AMANTE FINALMENTE

J.R. WARD

São Paulo
2013

UNIVERSO DOS LIVROS

Título original
Lover at Last

Diretor editorial
Luis Matos

Editora-chefe
Marcia Batista

Assistentes editoriais
Raíça Augusto
Raquel Nakasone

Tradução
Cristina Togneli

Preparação
Guilherme Summa

Revisão
Rodolfo Vidal
Viviane Zeppeline

Arte
Francine C. Silva
Valdinei Gomes

Capa
Zuleika Iamashita

Dados Internacionais de Catalogação na Publicação (CIP)
Angélica Ilacqua CRB-8/7057

W259a

Ward, J. R.
Amante finalmente/J. R. Ward; [tradução de Cristina Tognelli]. – São Paulo: Universo dos Livros, 2013.
680 p. (Irmandade da Adaga Negra)

1ª edição
ISBN: 978-85-7930-399-9
Título original: Lover at Last

1. Vampiros 2. Ficção I. Título II. Tognelli, Cristina III. Série

13-0620 CDD 813.6

Universo dos Livros Editora Ltda.
Rua do Bosque, 1589 – Bloco 2 – Conj. 603/606
Barra Funda – Cep: 01136-001 – São Paulo/SP
Telefone/Fax: (11) 3392-3336
www.universodoslivros.com.br
e-mail: editor@universodoslivros.com.br
Siga-nos no Twitter: @univdoslivros

Dedicado a:

Vocês dois –
com o risco da leviandade inadequada,
já era hora –
e ninguém merece mais do que vocês.

Agradecimentos

Com enorme gratidão aos leitores da *Irmandade da Adaga Negra* e saudações aos Cellies!

Muitíssimo obrigada por todo o apoio e orientações prestados por: Steven Axelrod, Kara Welsh, Claire Zion e Leslie Gelbman. Obrigada também a todos da New American Library – estes livros são o resultado de um verdadeiro trabalho em equipe.

Meus agradecimentos a todos os nossos Mods por tudo o que vocês fazem com tamanha bondade em seus corações!

Com amor ao Team Waud – vocês sabem quem vocês são. Isto simplesmente não teria acontecido sem vocês.

Nada disto seria possível sem: meu querido marido, que é meu conselheiro e que cuida de mim, além de ser um visionário; minha maravilhosa mãe, que me deu amor em quantidades que eu jamais conseguirei retribuir; minha família (tanto aqueles de sangue quanto os adotivos); e meus queridos amigos.

Ah, e à metade mais legal da WriterDog, é claro.

GLOSSÁRIO DE TERMOS E NOMES PRÓPRIOS

Ahstrux nohtrum: Guarda particular com licença para matar, nomeado(a) pelo Rei.

Ahvenge: Cometer um ato de retribuição mortal, geralmente realizado por um macho amado.

As Escolhidas: Vampiras educadas para servirem à Virgem Escriba. São consideradas membros da aristocracia, embora sejam voltadas mais para as coisas espirituais do que temporais. Têm pouca, ou nenhuma, interação com os machos, mas podem acasalar com guerreiros a fim de reproduzir sua espécie, segundo a orientação da Virgem Escriba. Têm a capacidade de predizer o futuro. No passado, eram utilizadas para satisfazer a necessidade de sangue de membros solteiros da Irmandade, mas tal prática foi abandonada pelos Irmãos.

Chrih: Símbolo de morte honrosa no Antigo Idioma.

Cio: Período fértil das vampiras. Em geral, dura dois dias e é acompanhado por intenso desejo sexual. Ocorre pela primeira vez aproximadamente cinco anos após a transição da fêmea e, a partir daí, uma vez a cada dez anos. Todos os machos respondem em certa medida se estiverem por perto de uma fêmea no cio. Pode ser uma época perigosa, com conflitos e lutas entre os machos, especialmente se a fêmea não tiver companheiro.

Conthendha: Conflito entre dois machos que competem pelo direito de ser o companheiro de uma fêmea.

Dhunhd: Inferno.

Doggen: Membro da classe servil no mundo dos vampiros. Os *doggens* seguem antigas e conservadoras tradições de servir a seus superiores, obedecendo a códigos formais no comportamento e no vestir. Podem sair durante o dia, mas envelhecem relativamente rápido. Sua expectativa de vida é de aproximadamente quinhentos anos.

Ehnclausuramento: Status conferido pelo Rei a uma fêmea da aristocracia em resposta a uma petição de seus familiares. Subjuga uma fêmea à autoridade de um responsável único, o *tuhtor*, geralmente o macho mais velho da casa. Seu *tuhtor*, então, tem o direito legal de determinar todos os aspectos de sua vida, restringindo, segundo sua vontade, toda e qualquer interação dela com o mundo.

Ehros: Uma Escolhida treinada em artes sexuais.

Escravo de Sangue: Vampiro macho ou fêmea que foi subjugado para satisfazer a necessidade de sangue de outros vampiros. A prática de manter escravos de sangue caiu em desuso, mas não é ilegal.

Exhile dhoble: O gêmeo mau ou maldito, o segundo a nascer.

Fade: Reino atemporal onde os mortos reúnem-se com seus entes queridos e ali passam toda a eternidade.

Ghia: Equivalente a padrinho ou madrinha de um indivíduo.

Glymera: A nata da aristocracia, equivalente à corte no período de Regência na Inglaterra.

Hellren: Vampiro macho que tem uma companheira. Os machos podem ter mais de uma fêmea.

Hyslop: Termo que se refere a um lapso de julgamento, tipicamente resultando no comprometimento das operações mecânicas ou da posse legal de um veículo ou transporte motorizado de qualquer tipo. Por exemplo, deixar as chaves no contato de um carro estacionado do lado de fora da casa da família durante a noite, e tal deslize resultar em passeios criminosos por terceiros desconhecidos, é um *hyslop*.

Inthocada: Uma virgem.

Irmandade da Adaga Negra: Guerreiros vampiros altamente treinados para proteger sua espécie contra a Sociedade Redutora. Resultado de cruzamentos seletivos dentro da raça, os membros da Irmandade possuem imensa força física e mental, assim como a capacidade de recuperarem-se de ferimentos rapidamente. Não é constituída majoritariamente por irmãos de sangue. São iniciados na Irmandade por indicação de seus membros. Agressivos, autossuficientes e reservados por natureza, vivem apartados dos vampiros civis e têm pouco contato com membros das outras classes, a não ser quando precisam se alimentar. Tema para lendas, são reverenciados no mundo dos vampiros. Só podem ser mortos por ferimentos muito graves, como tiros ou uma punhalada no coração.

Leelan: Termo carinhoso que pode ser traduzido aproximadamente por "muito amada".

Lhenihan: Fera mítica reconhecida por suas proezas sexuais. Atualmente, refere-se a um macho de tamanho sobrenatural e vigor sexual.

Lewlhen: Presente.

Lheage: Um termo respeitoso utilizado por uma submissa sexual para referir-se a seu dominante.

Libhertador: Salvador.

Lídher: Pessoa com poder e influência.

Lys: Instrumento de tortura usado para remover os olhos.

Mahmen: Mãe. Usado como um termo identificador e de afeto.

Mhis: O disfarce de um determinado ambiente físico; a criação de um campo de ilusão.

Nalla/nallum: Um termo carinhoso que significa "amada"/ "amado".

Ômega: Figura mística e maligna que almeja a extinção dos vampiros devido a um ressentimento contra a Virgem Escriba. Existe em um reino atemporal e possui grandes poderes, entre os quais, no entanto, não se encontra a capacidade de criar.

Perdição: Refere-se a uma fraqueza crítica em um indivíduo. Pode ser interna, como um vício, ou externa, como uma paixão.

Primeira Família: O Rei e a Rainha dos vampiros e sua descendência.

Princeps: O nível mais elevado da aristocracia dos vampiros, só suplantado pelos membros da Primeira Família ou pelas Escolhidas da Virgem Escriba. O título é hereditário e não pode ser outorgado. Eles formam o Conselho dos *Princeps*.

Redutor: Membro da Sociedade Redutora. Humano sem alma empenhado na exterminação dos vampiros. Os *redutores* só morrem se forem apunhalados no peito; do contrário, vivem eternamente, sem envelhecer. Não comem nem bebem e são impotentes. Com o tempo, seus cabelos, pele e íris perdem toda a pigmentação. Cheiram a talco de bebê. Depois de iniciados na Sociedade por Ômega, conservam uma urna de cerâmica, na qual seu coração foi depositado após ter sido removido.

Rîhgido: Termo que se refere à potência do órgão sexual masculino. A tradução literal seria algo aproximado de "digno de penetrar uma fêmea".

Rytho: Forma ritual de lavar a honra, oferecida pelo ofensor ao ofendido. Se aceito, o ofendido escolhe uma arma e ataca o ofensor, que se apresenta desprotegido perante ele.

Shellan: Vampira que tem um companheiro. Em geral, as fêmeas não têm mais de um macho devido à natureza fortemente territorial deles.

Sociedade Redutora: Ordem de assassinos constituída por Ômega com o propósito de erradicar a espécie dos vampiros.

Symphato: Espécie dentro da raça vampírica, caracterizada pela capacidade e desejo de manipular emoções nos outros (com o propósito de troca de energia), entre outras peculiaridades. Historicamente, foram discriminados e, em certas épocas, caçados pelos vampiros. Estão quase extintos.

Transição: Momento crítico na vida dos vampiros, quando ele ou ela transforma-se em adulto. A partir daí, precisam beber sangue do sexo oposto para sobreviver e não suportam a luz do dia. Geralmente, ocorre por volta dos 25 anos. Alguns vampiros não sobrevivem à transição, sobretudo os machos. Antes da mudança, os vampiros são fisicamente frágeis, inaptos ou indiferentes para o sexo, e incapazes de se desmaterializar.

Trayner: Termo usado entre machos em sinal de respeito e afeição. Pode ser traduzido como "querido amigo".

Tuhtor: Guardião de um indivíduo. Há vários graus de *tuhtors*, sendo o mais poderoso aquele responsável por uma fêmea *ehnclausurada*.

Tumba: Cripta sagrada da Irmandade da Adaga Negra. Usada como local de cerimônias e como depósito das urnas dos *redutores*. Entre as cerimônias ali realizadas estão iniciações, funerais e ações disciplinadoras contra os Irmãos. O acesso a ela é vedado, exceto aos membros da Irmandade, à Virgem Escriba ou aos candidatos à iniciação.

Vampiro: Membro de uma espécie à parte do *Homo sapiens*. Os vampiros precisam beber sangue do sexo oposto para sobreviverem. O sangue humano os mantêm vivos, mas sua força não dura muito tempo. Após sua transição, que geralmente ocorre aos 25 anos, são incapazes de sair à luz do dia e devem alimentar-se na veia regularmente. Os vampiros não podem "converter" os humanos por meio de uma mordida ou transferência de sangue, embora, ainda que raramente, sejam capazes de procriar com a outra espécie. Podem se desmaterializar por meio da vontade, mas precisam estar calmos e concentrados para consegui-lo, e não podem levar consigo nada pesado. São capazes de apagar as lembranças das pessoas, desde que recentes. Alguns vampiros são capazes de ler a mente. Sua expectativa de vida ultrapassa os mil anos, sendo que, em certos casos, vai além disso.

Viajante: Um indivíduo que morreu e voltou vivo do Fade. Inspiram grande respeito e são reverenciados por suas façanhas.

Virgem Escriba: Força mística conselheira do Rei. Também é guardiã dos registros vampíricos e distribui privilégios. Existe em um reino atemporal e possui grandes poderes. Capaz de um único ato de criação, que usou para trazer os vampiros à existência.

PREÂMBULO

Qhuinn, filho de Lohstrong, entrou na casa da família passando pela imponente porta da frente. No instante em que passou pela soleira, o cheiro do lugar invadiu seu nariz. Lustra-móveis de limão. Velas de cera de abelha. Flores frescas do jardim que os *doggen* colhiam diariamente. Perfume – da mãe. Colônia – do pai e do irmão. Chiclete de canela – da irmã.

Se a empresa Glade um dia produzisse um aromatizador como aquele, ele seria chamado de "Campina dos Abastados". Ou "Aurora de uma Conta Bancária Polpuda".

Ou, quem sabe, o mais popular "Somos Melhores do que Todos".

Vozes distantes vinham da sala de jantar, as vogais tão brilhantes quanto os diamantes lapidados, as consoantes arrastadas, suaves e longas como fitas de cetim.

– Ah, Lillie, isso parece ótimo, obrigada – a mãe disse à criada. – Porém, é muito para mim. E não sirva tanto assim a Solange. Ela está engordando.

Ah, sim, a dieta da mãe permanentemente imposta à geração seguinte: as fêmeas da *glymera* supostamente devem desaparecer de vista quando estão de perfil, cada osso da clavícula exposto, as faces encovadas e antebraços ossudos como uma espécie de distintivo de honra de merda.

Como se você se tornasse uma pessoa melhor por se parecer com um atiçador de lareira.

E como se a Virgem Escriba a protegesse caso a aparência de sua filha fosse saudável.

– Ah, sim, obrigado, Lilith – o pai agradeceu. – Um pouco mais para mim, por favor.

Qhuinn fechou os olhos e tentou convencer o corpo a dar um passo à frente. Um após o outro. Não devia ser tão difícil assim.

Seu calçado Ed Hardys, novinho, levantou o dedo do meio para essa sugestão. Por outro lado, por tantos motivos, entrar naquela sala de jantar costumava ser bem desagradável.

Deixou cair a bolsa de lona no chão. Os dois dias passados na casa do seu melhor amigo, Blay, fizeram-lhe bem, como uma folga da completa falta de ar desta casa. Infelizmente, a dor do regresso era tão intensa que o custo-benefício de sair equilibrava a situação.

Ok, aquilo era ridículo. Não podia continuar ali parado como um objeto inanimado.

Caminhando para a parede lateral, recostou-se contra um antigo espelho de corpo inteiro colocado bem ao lado da porta. Tão atencioso. Tão adequado com as necessidades da aristocracia em parecer bem. Dessa forma, os visitantes poderiam ajeitar os cabelos e as roupas enquanto o mordomo recebia seus casacos e chapéus.

O rosto do jovem pré-trans que o fitava pelo espelho tinha feições equilibradas, um belo maxilar, uma boca que, ele tinha de admitir, parecia ser capaz de fazer belos estragos à pele nua quando ele amadurecesse. Ou talvez isso fosse apenas ilusão sua. O cabelo era de Vlad, o Empalador, com tufos espetados no alto da testa. O pescoço estava envolto por uma corrente de moto – e não um modelo comprado na Urban Outfitters, mas a velha correia que impulsionara sua antiga 12 cilindros.

Levando-se tudo isso em consideração, ele mais se parecia com um ladrão que invadira a casa e estava preparado para destruir o lugar à procura de prata de lei, joias e eletrônicos portáteis.

A ironia era que esse papo furado gótico não era a parte de sua aparência que mais ofendia sua família. Na verdade, ele poderia ficar nu, pendurar um abajur na bunda e passear pelo primeiro andar imitando

Jose Canseco* com a decoração da casa que sequer chegaria perto do real motivo que irritava seus pais.

Eram os seus olhos.

Um azul. Um verde.

Ops. Foi mal.

A *glymera* não gosta de defeitos. Não em sua porcelana, não nos jardins. Tampouco no papel de parede, nos tapetes e nas bancadas. Não na seda da roupa íntima, nem na lã de seus blazers, ou no chiffon de seus vestidos.

E, com certeza, *nunca* em seus filhos.

Com a irmã tudo bem – ok, exceto pelo "pequeno problema de peso" que, na verdade, era inexistente, e um ceceio que sua transição não curara –, ah, sim, e o fato de ela ter a personalidade da mãe deles. E essa porcaria não tinha como ser mudada. O irmão, por sua vez, era uma maldita estrela, o filho primogênito preparado para levar adiante a linhagem da família, reproduzindo-se num interlúdio muito cavalheiresco, sem gemidos, sem suor, com uma fêmea escolhida para ele pela família.

Inferno, o recipiente de esperma dele já estava à espera. Ele copularia assim que passasse pela transição...

– Como está se sentindo, filho? – perguntou o pai com hesitação.

– Cansado, senhor – respondeu uma voz profunda. – Mas isso vai ajudar.

Um calafrio percorreu a coluna de Qhuinn. Aquilo não se parecia com seu irmão. Grave demais. Masculino demais. Muito...

Puta merda, o cara fizera a transição.

Nessa hora, seus Ed Hardys resolveram seguir em frente, adiantando-o até que ele conseguisse enxergar a sala de jantar. O pai estava sentado à cabeceira da mesa. Confere. A mãe em seu lugar adiante, oposta à porta de vaivém da cozinha. Confere. A irmã de frente para a porta da sala, faltando pouco para lamber o prato de tanta fome que sentia. Confere.

---

* Jose Canseco, cubano, ex-jogador profissional de baseball, foi campeão do World Series em 2000, jogando pelo New York Yankees. Em 2005, ele admitiu ter feito uso de esteroides anabolizantes. (N.T.)

O macho cujas costas davam para Qhuinn não fazia parte do cenário.

Luchas tinha dobrado de tamanho desde que Qhuinn fora abordado por um *doggen* que lhe dissera para juntar suas coisas e ir para a casa de Blay.

Bem, isso explicava tudo. Ele deduzira que o pai finalmente cedera ao pedido que lhe fizera semanas antes. Mas não, o homem só o queria fora da casa porque a transformação chegara para a carga genética do filho dourado.

Será que o irmão transou com a garota? Quem usaram para o sangue...?

O pai, um tipo que nunca demonstrava afeto, esticou a mão e deu um tapinha sem graça no antebraço de Luchas.

– Estamos muito orgulhosos de você. Você está... perfeito.

– Está mesmo – a mãe de Qhuinn concordou. – Simplesmente perfeito. O seu irmão não está perfeito, Solange?

– Sim, ele está. Perfeito.

– E eu tenho algo para lhe dar – disse Lohstrong.

O macho pôs a mão dentro do bolso da jaqueta esportiva e retirou uma caixinha de veludo preta do tamanho de uma bola de golfe.

Emocionando-se, a mãe começou a enxugar os olhos.

– Isto é para você, meu filho precioso.

A caixa foi empurrada por sobre a toalha de mesa branca adamascada, e a mão, agora grande, de seu irmão a pegou e levantou a tampa.

Qhuinn viu o dourado do outro lado do vestíbulo.

Enquanto todos à mesa permaneceram calados, o irmão fitou o anel de sinete, obviamente surpreso, enquanto a mãe continuava a enxugar os olhos, e até mesmo os do pai se umedeciam. E a irmã surrupiava um pãozinho da cesta.

– Obrigado, senhor – agradeceu Luchas ao colocar o anel no indicador.

– Serve, não é mesmo? – perguntou Lohstrong.

– Sim, senhor. Perfeitamente.

– Temos o mesmo tamanho, então.

Claro que sim.

No mesmo instante, o pai desviou o olhar, como se esperasse que o movimento dos olhos cuidasse da camada de lágrimas que atrapalhara sua visão.

E flagrou Qhuinn à espreita do lado de fora da sala de jantar.

Houve um flash de reconhecimento. Não do tipo "como vai, filho?" ou "ah, que bom, meu outro filho chegou". Algo mais parecido como quando você anda pela grama e percebe um amontoado de cocô de cachorro tarde demais para não pisar nele.

O macho voltou a fitar a família, excluindo Qhuinn.

Obviamente, a última coisa que Lohstrong queria era que tal momento histórico fosse arruinado – e foi por isso que, provavelmente, ele não fez os gestos para espantar o mal. Normalmente, todos na casa faziam esse ritual quando viam Qhuinn. Não naquela noite. Papai não queria que os outros soubessem.

Qhuinn voltou para junto da bolsa de lona. Passando o peso pelo ombro, seguiu até a escadaria da frente para ir ao quarto. A mãe preferia que ele tomasse a escadaria de serviço, mas, para isso, ele teria de atravessar todo aquele amor ali presente.

Seu quarto ficava o mais distante possível dos outros, bem na extrema direita. Muitas vezes, ele se perguntava por que não o mandavam logo ficar com os *doggen* – mas provavelmente a criadagem se demitiria.

Fechando-se no quarto, largou a mala no chão sem nenhum tapete e sentou-se na cama. Fitando sua única bagagem, deduziu que seria melhor lavar logo a roupa, já que havia uma sunga molhada ali.

As criadas se recusavam a tocar em suas roupas – como se o mal dentro dele permeasse as fibras dos seus jeans e camisetas. O lado bom era que, por nunca ser bem recebido em eventos formais, bastava simplesmente lavá-las e usá-las.

Descobriu que estava chorando quando fitou seus Ed Hardys e percebeu que havia algumas gotas de água bem no meio dos cadarços.

Jamais receberia um anel.

Ah, inferno... Como doía...

Ele esfregava o rosto com as palmas das mãos quando seu telefone tocou. Pegando-o de dentro da jaqueta de motoqueiro, teve que piscar algumas vezes para focar a visão.

Apertou o botão para aceitar a ligação, mas não atendeu.

– Acabei de saber – disse Blay do outro lado. – Como é que você está?

Qhuinn abriu a boca para responder, o cérebro se debatendo com todo tipo de resposta: "Maravilha. Melhor impossível", "Pelo menos não sou 'gordo' como a minha irmã", "Não, não sei se o meu irmão transou".

Em vez disso, falou:

– Eles me fizeram sair de casa. Não quiseram que eu amaldiçoasse a transição. Acho que deu certo porque o cara parece estar muito bem.

Blay praguejou baixinho.

– Ah, e ele acabou de ganhar o anel. Meu pai deu... o anel dele.

O anel de sinete com o brasão da família, o símbolo que todos os machos de boas linhagens usavam para atestar o valor de sua ascendência.

– Vi quando Luchas o colocou no dedo – disse Qhuinn, sentindo como se tivesse sido apunhalado por uma adaga que subia pelos braços. – Coube certinho. Ficou lindo. Mas sabe, né... Como se pudesse ser de outro jeito...

Nessa hora ele começou a soluçar.

Perdeu completamente o controle.

A terrível verdade era que debaixo do seu "foda-se" contracultural, ele queria que a família o amasse. Por mais afetada que a irmã fosse, por mais nerd que o irmão fosse, por mais reservados que os pais fossem, ele via o amor entre os quatro. Ele *sentia* o amor entre eles. Era um laço que unia aqueles indivíduos, um cordão invisível que ia de um coração ao outro, o comprometimento de se preocupar com tudo o que dizia respeito desde qualquer bobeira até os dramas mais verdadeiros e mortais. E a única coisa mais poderosa do que essa ligação era... sentir-se excluído dela.

Todos os malditos dias de sua vida.

A voz de Blay se fez ouvir acima do choro.

– Pode contar comigo. E eu sinto muito... Estou aqui para o que precisar... Apenas não faça nada estúpido, ok? Deixe-me ir aí...

Só mesmo Blay para saber que ele estava pensando em coisas que envolviam cordas e chuveiros.

Na verdade, a mão livre já abaixara para o cinto improvisado que ele mesmo confeccionara com um pedaço resistente de corda de náilon – porque seus pais não lhe davam dinheiro suficiente para roupas, e o cinto de verdade que ele possuíra se quebrara há vários anos.

Puxando-o, ele olhou para a porta fechada do banheiro. Tudo o que precisava fazer era amarrar a coisa no cano da parede – Deus bem sabia que aqueles canos de água tiveram utilidades nos tempos idos, quando as coisas eram fortes o suficiente para suportar um pouco de peso. Ele até tinha uma cadeira na qual podia subir para depois chutá-la debaixo de si.

– Preciso ir...

– Qhuinn? Não desligue. Não ouse desligar na minha cara...

– Olha aqui, eu tenho que ir...

– Estou indo te encontrar agora – muita comoção do outro lado da linha, como se Blay estivesse se vestindo às pressas. – Qhuinn! Não desligue... *Qhuinn...!*

Capítulo 1

Dias atuais

– Saca só que belezinha fodida aí, ô!

Jonsey olhou para o idiota que estava agachado ao seu lado no ponto de ônibus. Os dois estavam esperando na gaiola de acrílico há três horas. No mínimo. Ainda que comentários como aquele fizessem parecer que se tratavam de dias.

E dariam uma bela justificativa para um assassinato.

– 'Cê é branco, sabia? – observou Jonsey.

– Como é que é, mano?

Ok, talvez três anos de espera.

– Caucasiano, cara. 'Cê precisa de protetor solar no verão, entende? Eu não...

– Deixa disso, mano, olha só o carango...

– E porque 'cê tem de falar como se fosse do meu pedaço? 'Cê 'tá fazendo papel de besta, cara.

Àquela altura, ele só queria que a noite acabasse logo. Estava frio, nevava, e ele tinha de se perguntar a quem irritara tanto para acabar atolado ali com aquele Vanilla Ice.

Na verdade, estava considerando largar tudo. Vinha se dando bem traficando em Caldwell; fazia dois meses que saíra da prisão pelos homicídios que cometera quando menor de idade; a última coisa em que estaria interessado era passar tempo com um branquelo idiota que pensava em ganhar créditos de rua por meio do vocabulário.

Ah, sem falar naquele bairro de riquinhos em que estavam. Até onde ele podia supor, devia existir algum decreto que proibisse as pessoas de circular pelas ruas depois das dez da noite.

Por que diabos concordara com aquilo?

– Por favor. Olhe. Para. Aquele. Lindo. Automóvel.

Só para calar a boca do cara, Jonsey virou a cabeça e se inclinou para fora do abrigo. A neve soprando o atingiu no rosto e ele praguejou. Maldito norte de Nova York no inverno. Frio o suficiente para gelar as bolas...

Nossa... Olha ali...

Do outro lado de um estacionamento, bem diante de uma farmácia CVS 24 horas novinha, de paredes brancas sem nenhum grafite, havia mesmo um carrão fodido. O Hummer era completamente preto, nenhum cromado à vista – não nas rodas, nem em volta das janelas, nem mesmo no para-choque dianteiro. E era enorme – a julgar por toda aquela pompa, sem dúvida o motor devia ser o máximo.

O carrão era do tipo que se via nas ruas de onde ele vinha; seria o carro de um dos mandachuvas. A não ser pelo fato de que aquele lugar era bem longe da cidade, por isso só podia ser algum branquelo tentando mostrar que tinha colhões.

Vanilla Ice pegou a mochila e colocou uma alça no ombro.

– Vou dar uma espiada.

– O ônibus já vai chegar – Jonsey consultou o relógio e desejou que isso fosse verdade. – Cinco, talvez dez minutos.

– Vamos...

– Tchau, cretino.

– 'Tá com medinho? – o filho da puta levantou as mãos e começou a sacudi-las. – Ai, que meeedo...

Jonsey puxou o revólver e apoiou o cano bem no meio do rosto do cretino.

– Não tenho nenhum problema em matar você bem aqui. Já fiz isso antes. Posso fazer de novo. Agora para de idiotice e faz um favor pra você mesmo. Cala a porra dessa sua boca.

Quando Jonsey encarou os olhos do outro, não se importou muito com o resultado daquilo tudo. Atirar no idiota. Não atirar. Não fazia diferença.

– 'Tá bom, 'tá bom, 'tá bom. – O senhor Conversador recuou e deixou o ponto de ônibus.

Obrigado. Cacete.

Jonsey guardou a pistola, cruzou os braços e ficou olhando na direção que o ônibus viria – como se isso adiantasse.

Idiota filho da puta.

Olhou para o relógio de novo. Cara, chega disso. Se um ônibus voltando para a cidade chegasse ali primeiro, ele subiria e o resto que se foda.

Mudando de posição a mochila que lhe disseram para pegar, ele sentiu o contorno rígido do jarro dentro dela. O pacote ele entendia. Se ele ia transportar mercadoria de onde "Judas perdeu as botas" para o bairro, então tudo bem. Mas um jarro? Para que diabos alguém precisa disso?

A menos que fosse pó solto.

O fato de ele ter sido escolhido pelo C-Rider, o próprio, para aquilo foi bom pra cacete. Até ele ter conhecido o Garoto Branco – e daí a coisa perdeu um pouco da graça. As instruções do chefe foram claras: encontrar com o cara na parada da Rua Quatro. Pegar o último ônibus que ia para a periferia e esperar. Transferir-se para a linha rural quando o serviço voltasse a funcionar de madrugada. Descer na parada de Warren County. Depois andar um quilômetro e meio até uma propriedade rural.

C-Rider os encontraria ali com um punhado de outros caras para tratar de negócios. E depois? Jonsey faria parte da nova equipe montada para dominar o cenário em Caldie.

Ele gostava dessa merda. E respeitava completamente o C-Rider – o filho da puta era garantido: no comando lá do pedaço; foda.

Mas se o resto deles fosse como o Vanilla...

O ronco de um motor o fez pensar que algum ônibus da Companhia de Transportes de Caldwell tivesse finalmente chegado, e ele se pôs de pé...

– Puta que o pariu... – sussurrou.

O Hummer preto tinha parado bem na frente do ponto de ônibus e, quando o vidro abaixou, o Garoto Branco estava alucinado atrás do volante – e não só porque Cypress Hill estava, de fato, berrando no rádio.

– Entra! Entra! Entra!

– Que merda que 'cê fez? – Jonsey gaguejou, mesmo assim dando a volta por trás do carro e subindo no banco do passageiro.

Puta que o pariu – o cretino não era um cretino completo, não se conseguia fazer uma coisa dessas.

O cara pisou fundo no acelerador, o motor rugiu, e os pneus cravaram na neve acumulada, lançando-os para frente a oitenta quilômetros por hora.

Jonsey se segurou como pôde conforme eles dispararam pelo cruzamento de farol vermelho e depois por cima da calçada da loja Hannaford. Enquanto eles se distanciavam, a música sufocou o alarme que avisava que eles não tinham colocado o cinto de segurança.

Jonsey começou a rir.

– Isso aí, puta merda! Seu foda, floco de neve fodido...!

– Acho que isso é Justin Bieber.

De frente para a prateleira de batatinhas fritas, Qhuinn levantou o olhar para os alto-falantes de teto.

– É. Acertei, e odeio o fato de eu saber isso.

Ao seu lado, John Matthew sinalizou:

Como você sabe?

– O merdinha está por todos os lados – para provar o que disse, indicou um expositor de cartões com Short, Cocky e Fifteen-Minutes-Are-Up. – Juro, o garoto é a prova de que o Anticristo está chegando.

Talvez ele já esteja aqui.

– Isso explicaria Miley Cyrus.

Bem observado.

Enquanto John voltava a analisar a sua escolha de salgadinhos, Qhuinn deu uma olhada na loja. Quatro da manhã e a farmácia estava completamente abastecida e absolutamente vazia – a não ser por eles dois e pelo rapaz na caixa registradora, que lia o *National Enquirer* e comia uma barrinha de chocolate Snickers.

Nenhum *redutor*. Ninguém do Bando de Bastardos.

Nada em que atirar.

A menos que o expositor de Justin Bieber contasse.

O que vai pegar?, John perguntou com sinais.

Qhuinn deu de ombros e continuou olhando em volta. Como *ahstrux nohtrum* de John, era sua responsabilidade garantir que o cara voltasse inteiro para a mansão da Irmandade todas as noites e, depois de mais de um ano, tudo bem por enquanto...

Puxa, como sentia falta de Blay.

Balançando a cabeça, esticou o braço a esmo. Quando o braço recuou, ele segurava um pacote de batatas com cebola e creme azedo.

Olhando para o logo da Lay's e o close-up da batatinha, ele só conseguia pensar na época em que ele, John e Blay costumavam matar o tempo na casa dos pais de Blay, jogando Xbox, bebendo cerveja, sonhando com vidas melhores e maiores após a transição.

Infelizmente, melhor e maior só resultou no tamanho e na força de seus corpos. Ainda que talvez esse fosse apenas o seu ponto de vista. Afinal, John estava muito bem com sua companheira. E Blay estava com...

Merda, ele não conseguia nem mesmo dizer mentalmente o nome do primo.

– Tudo certo, J.? – perguntou asperamente.

John Matthew pegou uma embalagem normal de Doritos e assentiu. *Vamos pegar bebidas.*

Enquanto avançavam pela loja, Qhuinn desejou que estivessem no centro da cidade, brigando nos becos, enfrentando qualquer um dos seus dois inimigos. Tempo em excesso despendido em detalhes suburbanos e isso significava pensar demais em...

Interrompeu-se novamente.

Que diferença fazia? Além disso, ele detestava ter qualquer contato com a *glymera* – e isso era recíproco. Infelizmente, os membros da aristocracia gradualmente retornavam para Caldwell, e isso significava que Wrath ficara até o pescoço com chamados de supostos assassinatos.

Como se os mortos-vivos de Ômega não tivessem coisas melhores a fazer do que espreitar entre pomares desnudos e piscinas congeladas.

Ainda assim, o Rei não estava em posição de mandar os janotas se foderem. Não desde que Xcor e seu Bando de Bastardos colocaram uma bala no pescoço real.

Traidores. Malditos. Com um pouco de sorte, Vishous iria provar sem sombra de dúvida de onde tinha vindo o tiro de rifle, e então eles poderiam destripar aqueles soldados, colocar suas cabeças em estacas e atear fogo em seus corpos.

Assim como descobrir exatamente quem no Conselho estava de conluio com o novo inimigo.

Sim, amistoso era o nome do jogo agora – por isso, uma noite por semana, cada uma das equipes acabava ali no bairro em que ele crescera, batendo em portas e olhando debaixo das camas.

Em casas parecidas com museus que lhe davam mais arrepios do que qualquer passagem escura do centro da cidade.

Uma batidinha no seu braço fez com que ele virasse a cabeça.

– O que foi?

Era o que eu ia perguntar.

– Como é?

Você parou aqui. E ficou olhando para... Bem, você sabe.

Qhuinn franziu o cenho e olhou de relance para a prateleira de produtos. E acabou perdendo o fio da meada dos seus pensamentos – e boa parte do sangue da cabeça.

– Ah, é... Bem... – merda, alguém aumentou a calefação do lugar? – Hum...

Mamadeiras. Leite em pó. Babadores e lenços umedecidos e hastes flexíveis. Chupetas. Garrafinhas. Algum tipo de contraceptivo...

Ai, meu Deus, uma bomba de leite.

Qhuinn deu uma volta de 180° tão rápida que acabou de frente a uma pilha de fraldas Pampers, depois rebateu de volta no mundo das NUKs e, por fim, ricocheteou para fora do ambiente infantil graças ao rechaço de um A + D. O que quer que isso fosse.

Baby. Baby. Baby...

Ah, melhor assim... Seguiu o caminho para o caixa.

Enfiando a mão na jaqueta de motoqueiro, Qhuinn puxou a carteira e esticou a mão para trás para pegar a comida de John.

– Me passe isso aí.

Enquanto o cara começava a discutir, articulando as palavras visto que as mãos estavam ocupadas, Qhuinn apanhou a garrafa de Mountain Dew e os Doritos que estavam atrapalhando a comunicação deles.

– Prontinho. Enquanto ele cobra, você pode gritar comigo como se deve.

E como era de se esperar, as mãos de John dispararam em todas as posições possíveis na linguagem de sinais para dizer que aquela era por sua conta.

– Ele é surdo? – o rapaz atrás da caixa registradora perguntou num sussurro. Como se alguém usando linguagem de sinais fosse alguma aberração.

– Não. Cego.

– Ah.

Quando o rapaz continuou encarando, Qhuinn sentiu vontade de dar um peteleco nele.

– Vai nos ajudar aqui ou não?

– Ah, claro... Ei, você tem uma tatuagem no rosto – o senhor Observador se movia lentamente, como se os códigos de barra das embalagens estivessem criando algum campo de resistência debaixo do leitor a laser. – Sabia disso?

Sério?

– Não saberia dizer.

– Você também é cego?

O cara não tinha filtro algum. Nenhum mesmo.

– É, sou.

– Ah, então é por isso que os seus olhos são tão esquisitos.

– É. Pode crer.

Qhuinn pegou uma nota de vinte e não esperou pelo troco – homicídio era uma possibilidade um tantinho tentadora demais. Acenando para John, que também media o rapaz para encomendar uma mortalha, Qhuinn tomou o caminho da saída.

– E o seu troco? – chamou o rapaz

– Também sou surdo. Não estou ouvindo.

O rapaz gritou mais alto.

– Então vou ficar com ele, ok?

– Boa ideia – exclamou Qhuinn por sobre o ombro.

O idiota pertencia ao nível cinco de estupidez. Nível máximo.

Passando pelas barras de segurança, Qhuinn ponderou que era um milagre que humanos como aquele conseguissem passar seus dias. E o cretino conseguira vestir as calças e operar uma caixa registradora.

Os milagres nunca deixavam de acontecer.

Ao empurrar a porta para sair, o frio o esbofeteou, o vento açoitou seus cabelos, flocos de neve atingiam seu nariz...

Qhuinn ficou imóvel.

Olhou para a esquerda. Para a direita.

– Caralho... Cadê o meu Hummer?

Em sua visão periférica, as mãos de John começaram a voar como se ele estivesse se perguntando a mesma coisa. Em seguida, ele apontou para baixo, para a neve recém-caída e... para as marcas fundas dos quatro pneus monstruosos que formavam um círculo grande e seguiam para a saída do estacionamento.

– Puta que o pariu! – rosnou Qhuinn.

E ele pensava que o estúpido era o senhor Observador?

Capítulo 2

Na mansão da Irmandade, Blaylock estava sentado na beira da cama, o corpo nu afogueado, uma camada de suor sobre o peito e os ombros. Entre as pernas, o pênis estava adormecido e os quadris relaxados depois de todo tipo de investida e encontrão. Por sua vez, a respiração estava acelerada, a carne necessitando de um tantinho mais de oxigênio do que seus pulmões conseguiam fornecer.

Naturalmente por isso, ele se esticou para pegar o maço de Dunhill Reds que mantinha na mesinha de cabeceira.

Os barulhos no chuveiro do banheiro do outro lado, junto ao perfume cítrico do sabonete artesanal, eram dolorosamente familiares.

Já fazia quase um ano?

Tirando um dos cigarros, ele pegou o isqueiro Van Cleef & Arpels que Sax lhe dera em seu aniversário. O objeto era de ouro e tinha os rubis *Mystery Set* incrustados conforme a técnica especializada da empresa, uma peça adorável dos anos quarenta, que nunca deixava de agradar aos olhos e ao coração.

Enquanto a chama acendia, o chuveiro era desligado.

Blay se inclinou na direção da chama, inalou e fechou a tampa do isqueiro. Como sempre, um rastro do fluido do isqueiro permeou o ar, sua doçura se misturando com a fumaça que ele exalou.

Qhuinn detestava cigarros.

Nunca os aprovara.

O que, considerando-se a quantidade de coisas ultrajantes que o cara tinha o hábito de fazer, parecia simplesmente ofensivo.

Sexo com inúmeros desconhecidos em banheiros de boates? *Ménage à trois* com machos e fêmeas? Piercings? Tatuagens em diversos lugares?

E o cara não "aprovava" que se fumasse. Como se fosse um vício sórdido com o qual ninguém, em seu juízo perfeito, devesse perder tempo.

No banheiro, o secador de cabelos que ele e Sax partilhavam foi ligado, e Blay pôde imaginar o cabelo loiro que ele acabara de agarrar e puxar para trás voando no ar artificial, captando a iluminação, os reflexos naturais brilhando.

Saxton era bonito, de pele lisa, corpo definido e excelente bom gosto.

Deus, e as roupas em seu guarda-roupa? Incríveis. Como se o Grande Gatsby tivesse saído das páginas de um romance, passado pela 5ª Avenida e comprado todo o estoque de alta costura.

Qhuinn jamais foi assim. Ele usava camisetas da Hanes e uniformes de couro, e ainda usava a mesma jaqueta de motoqueiro que tinha desde logo depois de sua transição. Nada de Ferragamo ou Bally para ele; New Rocks com solados do tamanho de pneus de caminhão. Cabelo? Com um pouco de sorte penteado. Colônia? Pólvora e orgasmos.

Diabos, em todos aqueles anos em que Blay conhecia o cara – e isso era praticamente desde o nascimento –, ele jamais vira Qhuinn vestindo um terno.

Há de se duvidar que ele soubesse que smokings podiam ser comprados, não apenas alugados.

Se Saxton era o retrato perfeito da aristocracia, Qhuinn era o de um bandido...

– Aqui está. Bata as cinzas nisto.

Blay levantou a cabeça. Saxton estava nu, perfeitamente penteado e cheirava a Cool Water – e estava segurando o pesado cinzeiro Baccarat que ele comprara no verão como um presente de solstício. Também era dos anos quarenta, e pesava tanto quanto uma bola de boliche.

Blay obedeceu, pegando-o e balançando-o na palma da mão.

– Está de saída para o trabalho?

Como se isso não estivesse óbvio.

– Exato.

Saxton se virou e o banqueteou com suas nádegas espetaculares ao seguir para o closet. Tecnicamente, ele devia viver num dos quartos de hóspedes vazios da casa, mas no decorrer do tempo, suas roupas acabaram migrando para ali.

Ele não se importava com o fumo. Até mesmo chegava a partilhar um cigarro de vez em quando depois de uma... de um intercâmbio energético, digamos assim.

– Como está indo? – Blay perguntou numa exalada. – Quero dizer, a sua missão secreta.

– Muito bem. Estou quase terminando.

– Isso quer dizer que vai poder finalmente me contar do que se trata?

– Logo você vai descobrir.

Quando uma sacudida de camisa emanou do closet, Blay virou o cigarro e fitou a ponta acesa. Saxton vinha trabalhando em algo extremamente secreto para o Rei desde o outono, e não houve confissões de travesseiro a respeito – o que devia ter sido apenas um dos motivos pelos quais Wrath tornou o macho o seu advogado particular. Saxton tinha a mesma discrição de um cofre de banco.

Qhuinn, por outro lado, jamais fora capaz de guardar um segredo. Desde festas surpresa a boatos e detalhes pessoais embaraçosos tais como se você transou com uma prostituta barata na...

– Blay?

– Desculpe, o que disse?

Saxton saiu do closet, completamente vestido num terno de três peças de tweed da Ralph Lauren.

– Eu disse, vejo você na Última Refeição?

– Puxa. Já está tarde assim?

– Sim, está.

Pelo visto transaram durante toda a Primeira Refeição do dia – como eles vinham fazendo desde...

Deus. Ele nem conseguia pensar no que acontecera apenas uma semana antes. Não conseguia sequer traduzir em palavras como se sentia a respeito da única coisa com a qual jamais se preocupara que pudesse acontecer – bem na frente dos seus olhos.

E ele acreditara que ser rejeitado por Qhuinn era ruim?

Vê-lo ter um filho com uma fêmea...

Merda, ele tinha de responder ao seu amante, não tinha?

– Sim, claro. Vejo você mais tarde.

Houve uma hesitação, depois Saxton se aproximou e pressionou um beijo nos lábios de Blay.

– Está de folga esta noite?

Blay concordou, mantendo o cigarro longe para não queimar as belas roupas do macho.

– Pensei em ler a *New Yorker* e talvez começar *Paixões desenfreadas*.

Saxton sorriu, obviamente apreciando o apelo de ambos.

– Como eu o invejo. Depois que eu terminar, vou tirar algumas noites de folga e só relaxar.

– Talvez a gente possa ir para algum lugar.

– Talvez.

A expressão contraída do belo rosto foi rápida e triste. Porque Saxton sabia que eles não iriam a parte alguma.

E não só porque uma viagem a Sandals com tudo incluso não estava no futuro deles.

– Cuide-se – disse Saxton, esfregando os nós dos dedos no rosto de Blay.

Blay acarinhou a mão com o nariz.

– Você também.

Um segundo depois, a porta abriu e fechou... e ele ficou sozinho. Sentado na cama bagunçada, no silêncio que pareceu esmagá-lo de todos os lados, ele fumou aquele cigarro até o filtro, esmagou-o no cinzeiro e acendeu outro.

Fechando os olhos, tentou se lembrar do som dos gemidos de Saxton ou da visão das costas másculas arqueadas ou da sensação da pele contra a pele.

Não conseguiu.

E essa era a raiz do problema, não?

– Deixe-me ver se eu entendi – V. disse com a voz arrastada pelo telefone. – Você perdeu o Hummer.

Qhuinn queria atravessar a vidraça com a cabeça.

– É. Perdi. Então, pode, por favor...

– Mas como foi que você perdeu um veículo de três toneladas?

– Isso não importa...

– Bem, na verdade, importa se você quiser que eu acesse o GPS e lhe diga onde pode encontrar o maldito carro; pois é por isso que você me ligou, não foi? Ou você acha que se confessar sem contar os detalhes faz bem para a alma e essa porcaria toda?

Qhuinn segurou o telefone com força.

– Deixeiaschavesnocontato.

– Como é? Pode repetir? Não entendi.

Até parece.

– Deixei as chaves no contato.

– Que idiotice, filho.

Jura?

– Então, pode me ajudar...?

– Acabei de mandar as coordenadas para você por e-mail. Ah, mais uma coisa... Quando recuperar o veículo...

– Sim?

– Pare um segundo só para ver se os ladrões ajeitaram o banco... Sabe, só para ficarem confortáveis e à vontade. Porque eles provavelmente não estavam com pressa, já que as chaves estavam lá – o som da risada de V. era como ser acertado nas bolas com o para-choque de um carro. – Olha só, preciso ir. Preciso das duas mãos para segurar a barriga de tanto que estou rindo de você. Até mais...

Quando a ligação ficou muda, Qhuinn precisou de um minuto para controlar o desejo de atirar longe o telefone.

É, porque perdê-lo também o ajudaria muito.

Entrando na sua conta do Hotmail, e imaginando quanto tempo teria de aguentar aquela vergonha, conseguiu a localização do maldito carro.

– Está seguindo para o oeste – virou o telefone para que John pudesse ver. – Vamos lá.

Desmaterializando-se, Qhuinn ficou vagamente ciente de que sua raiva era desproporcional ao problema: conforme suas moléculas se dispersavam, ele era como um fusível aceso esperando para se conectar a alguma dinamite – e não era apenas o fato de ele ser um estúpido, ou de perder o carro, ou pelo fato de ele ficar com cara de idiota diante de um dos machos que ele mais respeitava na Irmandade.

Havia muitas outras coisas.

Materializando-se numa estrada rural, ele verificou o telefone novamente e esperou John aparecer. Quando o lutador surgiu, ele recalibrou e eles seguiram ainda mais a oeste, aproximando-se, redirecionando-se... até que Qhuinn irrompeu na exata faixa de asfalto coberta de neve na qual estava o seu maldito Hummer.

A menos de cem metros à frente do veículo.

Quem quer que fosse o filho da puta que estava atrás do volante dirigia a quase cem quilômetros por hora na neve, seguindo para uma curva. Que estúp...

Bem, chamá-los de estúpidos era exatamente o tipo de coisa que o sujo diz para o mal-lavado na qual aquela noite estava se transformando.

Deixe-me atirar nos pneus, John gesticulou, como se soubesse que uma arma na mão de Qhuinn não seria a melhor das ideias.

No entanto, antes que ele conseguisse sacar a sua .40, Qhuinn se materializou... bem em cima do capô do SUV.

Primeiro ele aterrissou de cara no para-brisa, o traseiro recebendo o tipo de brisa que o transformou num inseto contra o vidro. Depois, veio o espanto geral: graças ao brilho do painel, ele enxergou as expressões de "Ai, meu Deus!" nos rostos dos dois homens no banco da frente... E então a sua brilhante ideia se transformou na merda número dois da noite.

Em vez de pisar no freio, o motorista virou o volante, como se assim conseguisse evitar o que já tinha pousado no capô do Hummer. O torque arremessou Qhuinn, o corpo ficando sem peso conforme ele voava no ar, tentando manter contato visual com a sua carona.

No fim, ele é quem teve sorte.

Como Hummers foram projetados e construídos para outras coisas que não a aerodinâmica e a facilidade na frenagem, as leis da física se agarraram a todo aquele metal pesado e capotaram a coisa. No processo, e apesar da cobertura de neve, o metal se chocou com o asfalto, e os gritos agudos de soprano romperam a noite...

O impacto ensurdecedor do SUV cravando em um objeto sólido do tamanho de uma casa pôs fim aos gritos. Qhuinn não prestou muita atenção à batida, porém. Porque ele também aterrissou, a estrada pavimentada batendo em seu ombro e quadril, o corpo fazendo a sua própria versão de um porco untado deslizando pelo chão coberto de neve.

CRASH!

Seu movimento cinético também foi interrompido quando algo duro o acertou na cabeça...

Em seguida, um show espetacular de luzes, como se alguém tivesse acendido fogos de artifício bem diante do seu rosto. Depois, foi a vez do Piu-Piu, de estrelinhas rodando em sua visão enquanto dores em vários lugares começaram a aparecer.

Empurrando o que quer que estivesse mais próximo dele – e ele não sabia muito bem se era o chão, uma árvore ou aquele gordinho de vermelho, o Papai-Noel –, ele se pôs de costas. Ao se deitar, o frio foi para a sua cabeça e ajudou a entorpecer as coisas.

Tinha a intenção de se levantar. Verificar o Hummer. Socar quem quer que tivesse tirado vantagem de seu vacilo. Mas isso era apenas o seu cérebro brincando consigo próprio. O corpo assumira o comando do volante e do acelerador, e não tinha a mínima intenção de ir a parte alguma.

Deitado o mais imóvel que conseguia e respirando bafejos de frio desiguais, o tempo recuou e depois começou a se metamorfosear. Por um segundo, ele ficou confuso quanto ao que o colocara naquela condição à margem da estrada. O acidente que ele causara?

Ou... a Guarda de Honra antes dos ataques?

Aquela coisa de ficar deitado de costas no asfalto era uma lembrança do seu passado ou algo que estava de fato acontecendo?

A boa notícia era que tentar descobrir a realidade proporcionou ao seu cérebro outra coisa para fazer em vez de insistir naquela merda de se mexer. A notícia ruim era que as lembranças da noite em que sua família o repudiou estavam mais dolorosas do que qualquer outra coisa que estivesse sentindo no momento.

Deus, estava tudo tão claro, o *doggen* trazendo-lhe os papéis oficiais e exigindo um pouco de sangue para um ritual de purificação.

Ele jogando aquela bolsa de lona sobre o ombro e saindo de casa pela última vez. A estrada se estendendo à sua frente, vazia e escura...

Esta mesma estrada, na verdade. A estrada de agora em que caíra. E na qual estava. Ao sair da casa dos pais, ele tivera a intenção de seguir para o oeste, onde ouvira falar de um bando de malandros cretinos parecidos com ele. No entanto, quatro machos surgiram em mantos negros e o surraram até a morte – literalmente. Ele fora até os portões do Fade e, lá, vira um futuro no qual não acreditara... até ele acontecer. Estava acontecendo – naquele momento. Com Layla.

Ah, olha só, John estava falando com ele.

Bem diante dos seus olhos, as mãos do cara faziam movimentos, por assim dizer, e Qhuinn pretendia responder com algum tipo de informação.

– É real? – murmurou.

John pareceu momentaneamente confuso.

Tinha de ser real, pensou Qhuinn. Por que a Guarda de Honra o procurara no verão, e o ar que ele estava respirando era frio.

Você está bem?, John articulou com os lábios ao gesticular.

Enfiando a mão no chão coberto de neve, Qhuinn empurrou com toda a força que tinha. Quando não se moveu mais do que alguns centímetros, deixou que isso respondesse por ele... e apagou.

Capítulo 3

O som da coca sendo fungada por um septo desviado fez com que o homem do lado de fora da porta apertasse ainda mais a adaga.

Idiota. Maldito idiota.

A primeira regra para qualquer traficante de sucesso era não ser usuário. Viciados que davam início aos seus negócios usavam. Associados sobre quem você precisava ter poder usavam. Prostitutas que você necessitava que fossem para as ruas usavam.

A administração nunca usava. Jamais.

O raciocínio era muito lógico, fundamental e nada diferente de, digamos, ir a um cassino de seis milhões de metros quadrados, com comida suficiente para alimentar um pequeno país e malditas folhas de ouro espalhadas a torto e a direito, e se surpreender por ter perdido todo o seu dinheiro. Se consumir drogas era uma ideia tão genial, por que pessoas morriam regularmente com essa merda, destruíam suas vidas por causa delas, eram mandadas para a prisão graças a isso?

Cretino.

O homem virou a maçaneta e empurrou. Claro que a porta estava destrancada, e conforme ele entrava no quarto esquálido, o odor de talco de bebê o teria sobrepujado – se já não tivesse se acostumado a ele.

O cheiro desagradável era a única coisa da qual ele não gostara na mudança. Todo o resto – a força, a longevidade, a liberdade – ele aceitara. Mas o cheiro, que maldição.

Não importava a quantidade de colônia que usasse, não conseguia se livrar dele.

Ah, sim, e sentia falta de poder fazer sexo.

Fora isso, a Sociedade Redutora era o seu bilhete para a dominação.

A fungada parou e o *Redutor Principal* levantou a cabeça da revista *People* sobre a qual fizera as carreiras. Debaixo do resíduo, um cara chamado Channing Tatum olhava para a câmera, sexy como o quê.

– Ei, o que está fazendo aqui?

Conforme os olhos injetados e lustrosos se esforçavam para focalizar, o "chefe" parecia ter acabado de dar um boquete num donut açucarado.

– Trouxe uma coisa para você.

– Mais? Ah, bom Deus, como você sabia? Só tenho mais cinquenta gramas e...

Connors, também conhecido como C-Rider, moveu-se rapidamente, dando três passos à frente, esticando o braço amplamente, balançando a adaga num círculo amplo – que acabou ao lado da cabeça do *Redutor Principal*. A lâmina de aço afundou, atravessando o osso mais mole da têmpora, perfurando a massa cinzenta confusa.

O *Redutor Principal* teve uma convulsão, talvez por causa do ferimento... Mais provavelmente porque suas glândulas adrenais acabaram de lançar milhões de centímetros cúbicos de "puta merda" na circulação sanguínea e a coisa não estava se misturando muito bem com a cocaína. Enquanto o merdinha caía num baque da cadeira e trepidava até o chão, a adaga ficou com Connors, soltando-se da lateral do crânio, a lâmina marcada com sangue negro.

Connors sustentou o olhar do seu agora antigo superior e sentiu-se tremendamente bem a respeito da promoção que acontecia. O próprio Ômega o procurara oferecendo-lhe o emprego, sem dúvida reconhecendo, como todos os outros, que um punkezinho de rua qualquer não era o que se queria para comandar qualquer organização maior do que um jogo de pôquer. Bem, é óbvio que o cara fora útil em aumentar o pelotão. Mas quantidade não era o mesmo que qualidade, e não seria preciso o Exército, a Marinha, a Força Aérea ou os Fuzileiros para ver que a Sociedade Redutora estava sendo atropelada por jovens sem lei e com déficit de atenção.

Difícil promover qualquer programa com esse tipo de pelotão e histórico – a menos que você tivesse um administrador verdadeiramente profissional.

Motivo pelo qual Ômega pusera tudo aquilo em ação.

– O q-q-que...

– Você está despedido, filho da puta.

A parte final da aposentadoria forçada veio com mais uma apunhalada, esta com a lâmina penetrando bem no meio do peito. Com um "puf" e um pouco de fumaça, a mudança de regime foi concluída.

E Connors se tornou o cabeça de tudo.

A supremacia o fez rir por um momento – até seus olhos percorrerem o recinto. Por algum motivo, ele pensou naquele comercial de aromatizador de ar Febreze, aquele em que eles bagunçaram um lugar, borrifaram o produto como loucos, depois arrastaram "pessoas reais, não atores" para a cena para dar uma cheirada no ambiente.

Caramba, a não ser pelos restos de comida – que não existiam, porque assassinos não precisavam comer – tudo se encaixava: o mofo no teto, a mobília decadente, o vazamento na pia... e especialmente a parafernália que acompanhava os múltiplos vícios, como seringas, colheres, até mesmo a garrafa de dois litros de Sprite do laboratório de metanfetamina no canto.

Aquele não era um lugar que emanava poder. Era apenas um antro de drogas.

Connors se aproximou e pegou o celular do merdinha. A tela estava quebrada e havia algum tipo de remendo pegajoso na parte de trás. O equipamento não tinha senha de proteção e, quando ele entrou na parte das mensagens, todo tipo de puxa-saquismo surgiu, os textos cheios de blá-blá-blás parabenizando pela cerimônia de iniciação que aconteceria naquela noite.

Mas o *Redutor Principal* não soubera daquilo. Não era coisa dele.

No entanto, Connors não retaliaria. Os babacas puxa-sacos só estavam tentando permanecer vivos e chupariam o pau de qualquer um para continuar a respirar: ele, de fato, esperava a mesma lista se dirigindo a ele, e queria que o fizessem. Os espiões tinham o seu propósito no âmbito geral.

E, caramba, como havia trabalho a ser feito.

Pelo que ele deduzira do seu abençoado curto tempo de puxa--saquismo, a Sociedade Redutora tinha poucos recursos no que se referia à artilharia, à munição ou às propriedades. Nenhum dinheiro, pois o que entrara na forma de roubos menores acabara subindo pelo nariz do merdinha ou sendo injetado em seu braço. Nenhuma lista de recrutas, nenhuma tropa organizada, nada de treinamento.

Muita coisa precisava ser refeita rapidamente...

Uma rajada de ar frio entrou no cômodo, e Connors deu meia--volta. Ômega chegara de lugar nenhum, as vestes brancas do Mal brilhando suavemente, a sombra negra por baixo parecendo uma ilusão ótica.

A repulsa que perpassou Connors era algo a que ele sabia que teria de se acostumar. Ômega sempre apreciava um relacionamento especial com seu *Redutor Principal* – e, talvez por isso, dizia-se por aí que eles raramente duravam muito.

Mas, pensando bem, considerando-se quem ele escolhia...

– Cuidei dele – disse Connors, indicando a marca de queimado no chão.

– Sei disso – replicou Ômega, a voz se distorcendo no ar frio e fétido.

Do lado de fora, uma rajada de vento lançou neve contra a janela, o buraco no peitoril permitindo a entrada de alguns flocos. Ao entrarem, eles flutuaram até o chão, o frio ali presente era suficiente para sustentá-los, graças à presença do mestre.

– Ele voltou para casa agora – Ômega avançou como uma brisa, sem nenhuma evidência de que qualquer espécie de pernas se movesse debaixo dele. – E eu estou deveras satisfeito.

Connors ordenou aos seus pés que ficassem parados. Não havia para onde correr, nenhum lugar para onde escapar; ele simplesmente tinha que superar o que estava por vir.

Ao menos ele se preparara para isso.

– Tenho novos recrutas para você.

Ômega se deteve.

– Verdade?

– Uma espécie de tributo, por assim dizer – ou mais especificamente um ponto final definitivo naquilo: ele tinha de se encaminhar logo, planejara cuidadosamente para que aqueles dois eventos fossem próximos. Ômega, afinal, gostava dos seus brinquedinhos, mas gostava ainda mais da sua Sociedade e do seu propósito de eliminar os vampiros.

– Você me agrada imensamente – sussurrou Ômega ao se aproximar. – Acredito que vamos nos entender muito bem... Sr. C.

CAPÍTULO 4

A Escolhida Layla existira em seu próprio corpo sem qualquer comprometimento físico pela totalidade de sua existência. Nascida no Santuário da Virgem Escriba e treinada na paz sobrenatural e refinada dali, ela jamais soubera o que era fome, ou estado febril, ou dor de qualquer tipo. Nem calor, tampouco frio, contusão, concussão ou contração. Seu corpo fora, como com todas as coisas no lugar mais sagrado da mãe da raça, sempre da mesma placidez, um espécime perfeito funcionando no nível mais alto...

– Ai, meu Deus – ela engoliu em seco ao pular da cama e se arrastar até o banheiro.

Seus pés nus derraparam no mármore quando ela se lançou de joelhos, levantando a tampa do vaso sanitário, e se inclinou para ficar frente a frente com a epiglote do vaso.

– Só... acabe com... isso – ela arfou quando a onda de náusea poluiu seu corpo até os dedos dos pés se dobrarem agarrando-se ao chão. – Por favor... Pelo amor da Virgem Escriba...

Se ao menos ela conseguisse esvaziar o estômago, por certo a tortura terminaria...

Colocando o indicador e o dedo médio na garganta, ela os pressionou com tanta força que engasgou. Mas foi só isso. Não havia coordenação em seu diafragma, nenhuma libertação da carne estragada em seu estômago... Não que ela tivesse comido – isso ou qualquer outra coisa – por... quanto tempo mesmo? Dias.

Talvez fosse esse o problema.

Passando um braço ao redor do quadril, ela apoiou a testa suada na beirada fria e dura do vaso sanitário e tentou respirar superficialmente. A sensação do ar subindo e descendo pelo fundo de sua garganta só fazia piorar a necessidade impotente de vomitar.

Há apenas poucos dias, quando ela entrara no cio, seu corpo assumira o controle, a necessidade de copular forte o suficiente para apagar todo pensamento e emoção. Aquela supremacia logo passara, contudo, do mesmo modo que as dores da cópula infindável, a pele e os ossos mais uma vez tomando o assento de trás em seu cérebro.

O equilíbrio estava recuando mais uma vez.

Desistindo, mudou de posição com cuidado, apoiando os ombros na parede de mármore.

Considerando-se como se sentia mal, só podia deduzir que estava abortando. Jamais vira ninguém no Santuário passar por aquilo – será que aquele mal-estar era normal ali na Terra?

Fechando os olhos, desejou poder falar com alguém sobre isso. Porém, bem poucas pessoas sabiam de sua condição – e, por enquanto, ela precisava que as coisas continuassem assim. A maioria das pessoas sequer sabia que ela passara pelo cio e fora obsequiada. O período fértil de Autumn começara antes e, em reação, a Irmandade se afastara ao máximo para não correr o risco de se expor a esses hormônios – por um bom motivo, como ela tomou conhecimento em primeira mão. E quando as pessoas retornaram aos seus quartos normais na mansão? O seu cio passara, e qualquer corrente residual de hormônios no ar foi atribuída por todos ao fim do período de Autumn.

Entretanto, a privacidade naqueles seus dois cômodos não duraria se a gestação continuasse. Primeiro porque sua condição seria sentida pelos outros, especialmente pelos machos, que particularmente percebiam esse tipo de coisa.

Segundo, depois de um tempo, começaria a aparecer.

A não ser... Como é que o bebê sobreviveria se ela se sentia tão mal?

Enquanto uma leve sensação de contração se acomodava no baixo ventre, como se sua pélvis estivesse sendo comprimida por uma hera invisível, ela procurou focar a mente em alguma coisa, qualquer coisa que não fossem as sensações físicas.

Olhos da cor da noite surgiram.

Olhos penetrantes, olhos que fitavam de um rosto ensanguentado e distorcido... e belos mesmo em sua feiura.

Ok. Aquilo não era melhora alguma.

Xcor, o líder do Bando de Bastardos. Um traidor do Rei, um macho caçador que era inimigo da Irmandade e dos vampiros em todas as partes. O guerreiro bravio que nascera de uma mãe nobre que não o quisera por causa de sua aparência, e de um pai desconhecido que nunca reconhecera a paternidade. Um fardo indesejado saído de casa para um orfanato até entrar para o campo de treinamento de Bloodletter no Velho Mundo. Um lutador sem remorso, treinado nisso para grandes feitos; depois, em sua maturidade, um mestre na morte que viajou pela terra com um bando de lutadores de elite, primeiro aliados ao próprio Bloodletter e, depois, a Xcor – e a ninguém mais.

O rastro de informações na biblioteca do Santuário terminava ali porque nenhuma das Escolhidas vinha atualizando mais nada. O resto, contudo, ela podia completar por si só: a Irmandade acreditava que o atentado contra a vida de Wrath no outono fora planejado por Xcor, e ela também ouvira que existiam insurgentes dentro da *glymera* a serviço do guerreiro.

Xcor. Um traidor, um macho brutal sem consciência, sem lealdade, sem princípios a não ser para seu benefício.

Todavia, quando ela encarou aqueles olhos, quando esteve em sua presença, quando, sem saber, alimentara esse novo inimigo... sentira-se uma fêmea completa pela primeira vez em sua vida.

Porque ele a fitara não com agressão, mas com...

– Chega – disse ela em voz alta. – Pare com isso *agora*.

Como se ela fosse uma criança subindo numa estante ou algo assim.

Forçando-se a ficar de pé, ajeitou o roupão e resolveu sair do quarto e ir até a cozinha. Era necessária uma mudança de cenário, assim como comida – mesmo que fosse para dar ao seu estômago algo para expelir.

Antes de sair, não verificou o cabelo nem o rosto no espelho. Não se preocupou com o modo como o manto lhe caía. Não gastou nem um minuto ponderando sobre qual das suas sandálias idênticas usaria.

Tanto tempo fora gasto com detalhes em sua aparência.

Teria sido melhor despendê-lo estudando ou treinando para uma vocação. Isso, porém, não fora possível dentro dos preceitos permitidos das atividades para uma Escolhida.

Ao sair para o corredor, respirou fundo, equilibrou-se e começou a andar na direção do escritório do Rei.

Logo à frente, Blaylock, filho de Rocke, entrou apressado no corredor das estátuas, com as sobrancelhas unidas e o corpo coberto em couro do alto dos ombros até as solas dos enormes coturnos. Ao avançar, ele verificava as armas uma a uma, tirando-as dos coldres, recolocando-as, prendendo-as.

Layla parou de pronto.

E quando o macho finalmente a viu, ele fez o mesmo, os olhos se mostrando reservados.

Cabelos ruivos escuros, um par adorável de olhos azul safira, o aristocrata de sangue puro era um lutador da Irmandade, mas não era um bruto. Não importava como ele passasse as noites no campo de batalha, no complexo ele continuava um inteligente cavalheiro de boas maneiras, conduta e educação.

Por isso não foi surpresa que, mesmo em sua pressa, ele se inclinasse ligeiramente à cintura num cumprimento formal antes de voltar a correr para a escadaria principal.

Na descida dele para o vestíbulo, a voz de Qhuinn lhe retornou.

Estou apaixonado por alguém...

Layla praticou seu novo hábito de praguejar baixinho. Triste a situação entre esses dois guerreiros, e a sua gravidez em nada ajudaria.

Mas a sorte fora lançada.

E todos eles teriam de lidar com as consequências.

Quando chegou à escadaria, Blay sentia como se estivesse sendo perseguido, e isso era loucura. Ninguém que representasse qualquer tipo de ameaça estava atrás dele. Nenhum tarado com uma máscara de Jason, ou um bastardo com um infeliz suéter natalino e facas no lugar dos dedos, nem mesmo um palhaço assassino...

Somente uma Escolhida provavelmente grávida que, por acaso, passara bem umas doze horas transando com o seu maldito ex-melhor amigo.

Nada de mais.

Pelo menos, ela não deveria ser problema algum. A questão era que, toda vez que ele via aquela fêmea, sentia como se tivesse levado um soco no estômago. O que era mais uma loucura. Ela não fizera nada errado. Nem Qhuinn.

A menos que, Deus, se ela estivesse grávida...

Blay mandou todos esses pensamentos felizes para o fundo da mente ao cruzar o vestíbulo num trote. Não havia tempo para asneiras psicológicas, mesmo que só consigo: quando Vishous liga para você na sua noite de folga e lhe diz para estar na porta da frente em cinco minutos, não é porque as coisas estão bem.

Nenhum detalhe foi fornecido ao telefone; nenhum foi solicitado. Blay só levara um minuto para enviar uma mensagem de texto a Saxton, depois vestira couro e aço, pronto para qualquer coisa.

De certo modo, aquilo era bom. Passar a noite lendo no quarto acabara se mostrando uma tortura, e apesar de ele não querer que ninguém estivesse em apuros, ao menos aquilo o envolveria em alguma atividade. Saindo às pressas do vestíbulo, ele...

Deparou-se com o caminhão guincho da Irmandade.

O veículo estava equipado para parecer autenticamente humano, deliberadamente pintado com o logo vermelho da AAA* e o nome fictício Guinchos Murphy. Número de telefone falso. Slogan "Você pode contar sempre conosco" falso.

Bobagem. A menos que "você" fosse alguém da Irmandade.

Blay subiu no assento do passageiro e encontrou Tohr, e não V., atrás do volante.

– Vishous está vindo?

---

* Associação Automobilística Americana. (N.T.)

– Somos você e eu, garoto. Ele ainda está trabalhando no exame de balística daquela arma.

O Irmão pisou no acelerador, o motor a diesel roncou como uma fera, as luzes formando um círculo amplo ao redor da fonte do pátio e circundando os carros estacionados um atrás do outro.

Assim que Blay verificou os veículos e calculou quem estava faltando, Tohr disse:

– Qhuinn e John.

As pálpebras de Blay se fecharam por um átimo de segundo.

– O que houve?

– Não sei muito. John ligou para V. pedindo ajuda – o Irmão o fitou. – E você e eu somos os únicos disponíveis.

Blay alcançou a maçaneta da porta, pronto para abri-la e se desmaterializar dali.

– Onde eles est...

– Acalme-se, filho. Conhece as regras. Nenhum de nós pode sair desacompanhado, por isso preciso do seu traseiro nesse assento ou estarei violando o meu maldito protocolo.

Blay bateu o punho na porta, com força suficiente para que a dor na mão clareasse um pouco suas ideias. Maldito Bando de Bastardos, limitando-os assim – e o fato de a regra fazer sentido só o irritava ainda mais. Xcor e seus rapazes mostraram que eram perigosos, agressivos e completamente amorais – não eram exatamente o tipo de inimigo que você gostaria de enfrentar sozinho.

Mas, caramba...

Blay apanhou o telefone, pretendendo mandar uma mensagem para John, mas se conteve, pois não queria distraí-los ao tentar obter detalhes.

– Não há ninguém que consiga chegar lá antes?

– V. ligou para os outros. A luta está correndo solta no centro e ninguém consegue sair.

– Maldição.

– Vou dirigir o mais rápido que puder, filho.

Blay assentiu, só para não parecer rude.

– Onde estão e vai demorar muito?

– Uns quinze, vinte minutos. É depois da periferia.

Merda.

Olhando para fora da janela e vendo os flocos de neve passando, ele disse a si mesmo que se John estava mandando mensagens, eles estavam vivos e, pelo amor de Deus, o cara pedira um guincho, não uma ambulância. Até onde ele podia saber, os dois estavam com um pneu furado ou o para-brisa quebrado, e ficar histérico não encurtaria a distância, tampouco diminuiria o drama, se é que havia algum, nem mudaria as consequências.

– Desculpe se estou agindo como um idiota – murmurou Blay, quando o Irmão entrou na autoestrada.

– Não precisa se desculpar por se preocupar com um dos seus garotos.

Cara, o Tohr sabia ser legal.

Como era bem tarde da noite, a Northway não tinha nenhum carro, só um ou outro caminhão, cujos motoristas pilhados seguiam como morcegos saindo do inferno. O guincho não ficou muito tempo na estrada larga. Uns quinze quilômetros mais tarde, eles pegaram a saída ao norte do centro de Caldwell, numa área suburbana conhecida pelas suas mansões, não por ranchos; pelas Mercedes, não por Mazdas.

– Que diabos eles estão fazendo aqui? – perguntou Blay.

– Investigando aqueles relatos.

– Sobre os *redutores*?

– Isso.

Blay balançou a cabeça ao passarem por paredes de pedra tão altas e fortes quanto zagueiros de futebol americano, e portões com delicadas filigranas de ferro fechados para estranhos.

Abruptamente, respirou fundo e relaxou. Os aristocratas que voltavam para a cidade estavam assustados e viam provas das atividades dos *redutores* em tudo que os circundava – o que não significava que assassinos, de fato, saltassem detrás das esculturas dos jardins nem se escondessem em seus porões.

Aquele não era um evento mortal. Era só mecânico.

Blay esfregou o rosto e tratou de arrancar tudo do seu botão de pânico interno.

Pelo menos até saírem do outro lado do código postal e encontrarem o acidente.

Ao terminarem uma curva da estrada, havia um par de lanternas traseiras piscando sua luz vermelha do outro lado – bem depois do acostamento, de ponta cabeça.

O cacete que se tratava só de um problema mecânico.

Blay saltou antes de Tohr sequer começar a estacionar, materializando-se diretamente ao lado do Hummer.

– Oh, Cristo, isso não... – gemeu ao ver duas marcas no para-brisa dianteiro, o tipo de coisa que só podia ser feito por um par de cabeças atingindo o vidro.

Caminhando na neve, ele foi até a porta do motorista, o cheiro doce do combustível golpeando-o no nariz, a fumaça do motor cegando-o...

Um assobio agudo cortou o ar noturno logo à esquerda. Virando, Blay vasculhou o cenário acarpetado de neve... e encontrou duas formas desajeitadas cerca de seis metros mais distante, aninhadas na base de uma árvore quase do tamanho daquela na qual o Hummer se amontoara.

Andando com dificuldade pela neve acumulada, Blay se apressou até lá e aterrou sobre os joelhos. Qhuinn estava largado no chão, as pernas longas e pesadas esticadas, a parte superior do corpo no colo de John.

O macho apenas o encarou com aqueles olhos descombinados, sem se mover, sem falar.

– Ele está paralisado? – Blay exigiu saber, olhando para John.

– Não que eu saiba – respondeu Qhuinn secamente.

Acho que ele está com uma concussão, sinalizou John.

– Eu não...

Ele saiu voando do capô do carro e atingiu esta árvore...

– Quase nem acertei a árvore...

E eu tive que segurá-lo quieto desde então.

– O que está me irritando...

– E aí, rapazes, como estão? – Tohr perguntou ao se agachar perto deles, as botas esmagando o gelo. – Alguém ferido?

Qhuinn se soltou de John e se levantou.

– Não... Nós só...

Ao dizer isso, o equilíbrio dele oscilou, o corpo inclinando-se tanto que Tohr teve que segurá-lo.

– Vá esperar no guincho – o Irmão disse sério.

– Que se foda...

Tohr puxou-o até que ficassem de frente.

– Desculpe, filho, o que foi que disse? Porque tive a impressão que tentou usar a palavra que começa com "f" comigo.

Ok. Certo. Blay sabia de antemão que havia poucas coisas na vida diante das quais Qhuinn recuava; dito isso, um Irmão respeitado por ele, que estava mais do que pronto para concluir o trabalho que aquele pinheiro começara, era, definitivamente, uma delas.

Qhuinn olhou para o SUV destruído.

– Desculpe. Noite ruim. E só fiquei tonto por um segundo. Estou bem.

Numa atitude típica de Qhuinn, o maldito se soltou e se afastou, seguindo para a pilha fumegante que antes era metal condutível como se pudesse se livrar dos seus ferimentos pela simples força de vontade.

Deixando os outros para comer poeira.

Blay se pôs de pé e se obrigou a focar em John.

– O que aconteceu?

Deus abençoe a linguagem de sinais; isso lhe dava algo para que olhar e, felizmente, John se alongou em detalhes. Quando a narrativa chegou ao fim, Blay só conseguia fitar o amigo. Mas seria impossível alguém inventar tudo aquilo.

Não a respeito de alguém de quem se gostava, pelo menos.

Tohrment começou a rir.

– Pelo que você está me dizendo, ele cometeu um *hyslop*.

– Não sei muito bem o que isso quer dizer – Blay interrompeu.

Tohr deu de ombros e seguiu a trilha de Qhuinn pela neve, mexendo o braço na direção do acidente.

– Bem ali. Aquela é a definição de um *hyslop*... iniciada pelo seu garoto deixando as chaves na ignição.

Ele não é o meu garoto, Blay disse para si mesmo. Nunca foi. Nunca será.

E o fato de isso doer mais do que qualquer tipo de concussão era algo tão significativo que ele resolveu se calar.

De lado e longe da luz dos faróis, Blay ficou para trás e viu Qhuinn se agachar pelo lado da porta do motorista e praguejar baixinho.

– Meleca. Mas que meleca...

Tohr fez o mesmo do lado do passageiro.

– Olha só, um parzinho.

– Acho que estão mortos.

– Mesmo? O que foi que o convenceu disso? O fato de eles não estarem se mexendo ou por este cara aqui não ter mais nenhuma feição?

Qhuinn se endireitou e olhou por cima da parte inferior do carro.

– Precisamos virá-lo para guinchá-lo.

– E cá estava eu pensando que íamos derreter marshmellows – comentou Tohr. – John? Blay? Venham cá.

Os quatro se posicionaram lado a lado entre os pneus e se afundaram nas botas, travando suas posições na neve. Quatro pares de mãos seguravam pelas portas; quatro corpos inclinando-se na posição de partida; quatro pares de ombros se preparando.

Uma única voz, a de Tohr, contou em voz alta:

– No três. Um. Dois. *Três*...

O Hummer já tivera uma noite ruim, e essa coisa de acertar o que estava errado o fez gemer tão alto que uma coruja disparou pela estrada e um par de cervos saiu correndo em seus cascos em meio às árvores.

Porém, o Hummer não era a única coisa praguejando. Todos se portaram como George Carlin* debaixo do peso morto ao se esforçarem contra a gravidade de todo aquele aço. As leis da física eram possessivas, porém, e enquanto o corpo de Blay se retesava, todos os seus músculos se esticando sobre os ossos, ele virou a cabeça e mudou a pegada...

Estava ao lado de Qhuinn. Bem próximo.

Os olhos de Qhuinn estavam focando para a frente, os lábios arreganhados para trás das presas, sua expressão feroz era o resultado de um esforço anatômico total...

---

* Humorista e comediante de *stand-up* americano. (N.T.)

Bem perto de como ele ficava quando gozava.

Santa inadequação, Batman. Que pena que isso não mudasse em nada o curso dos seus pensamentos.

O problema era que Blay sabia de antemão o que um orgasmo provocava naquele homem – ainda que não porque ele tivesse sido um dos milhares que foram o repositório. Isso não. Nunca isso. Que Deus não permitisse que o cara que enfiava o pau em tudo o que respirasse – e quiçá objetos inanimados – um dia fizesse isso com Blay.

Sim, porque esse perspicaz paladar sexual que levou Qhuinn a copular com tudo em Caldwell entre os vinte e os vinte e oito anos excluiu Blay do grupo de risco.

– Ele... está começando a se mexer... – disse Tohr por entre os dentes. – Para baixo!

Blay e Qhuinn responderam rápido, relaxando a pegada, agachando-se e passando os ombros por debaixo do teto do carro. De frente um para o outro, os olhos se encontraram quando o ar foi expelido das bocas, as coxas reagindo, os corpos travando uma batalha contra todo aquele peso morto e frio – que, por acaso, também estava escorregadio graças à neve.

A força conjunta deles foi a causa da virada – literalmente. Um eixo se formou nos pneus opostos, e o fardo de toneladas do Hummer mudou entre eles, tornando-se cada vez mais leve.

Por que diabos Qhuinn olhava para ele daquele modo?

Aqueles olhos, um par de azul e verde, estavam cravados nos de Blay, sem se mexerem.

Talvez fosse apenas resultado da concentração, como se ele estivesse apenas se centrando nos poucos centímetros à frente e, por acaso, Blay estivesse no fim do seu campo de visão.

Só podia ser isso...

– Devagar, rapazes! – avisou Tohr. – Ou a maldita coisa vai dar um giro completo!

Blay aliviou a pressão, e houve um momento de suspensão, um átimo de segundo em que o impossível aconteceu, quando um veículo utilitário de três toneladas se equilibrou perfeitamente em duas rodas, em que o que fora excruciante se tornou... hilário.

E, ainda assim, Qhuinn o encarava.

Quando o Hummer aterrissou nas quatro rodas, Blay franziu o cenho e se virou. Quando voltou a olhar... os olhos de Qhuinn estavam exatamente onde estiveram antes.

Blay se inclinou e sibilou:

– O que foi?

Antes que houvesse qualquer tipo de resposta, Tohr se adiantou e abriu a porta do SUV. O cheiro de sangue fresco flutuou com a brisa.

– Cara, mesmo que isto não tenha tido perda total, não sei não se você vai querê-lo de volta. Limpar isto vai ser o cacete!

Qhuinn não respondeu, parecendo ter se esquecido completamente a respeito do vívido comercial de seguros de carros pelo qual o seu veículo estava passando. Apenas ficou ali, olhando para Blay.

Talvez o filho da mãe tivesse tido um derrame de pé?

– Qual é o seu problema? – repetiu Blay.

– Vou trazer o guincho – disse Tohr ao seguir para o outro veículo. – Vamos deixar os corpos onde eles estão; vocês podem descartá-los no caminho de casa.

Nesse meio-tempo, Blay pôde sentir John parando e olhando para eles – algo com que Qhuinn não parecia se importar.

Com uma imprecação, Blay solucionou o problema correndo para o guincho e caminhando ao lado enquanto Tohr dava a ré até o Hummer acidentado. Aproximando-se da manivela, Blay soltou o gancho e começou a liberar o cabo.

Ele tinha a sensação de saber o que se passava pela cabeça de Qhuinn e, caso estivesse certo, era melhor o cara ficar de boca fechada e recuar.

Ele *não* queria ouvir.

Capítulo 5

Enquanto Qhuinn permanecia parado no vento, vendo Blay enganchar o Hummer, a neve solta começou a cobrir suas botas, o peso leve e macio gradualmente obscurecendo as pontas de metal. Olhando para baixo, ele teve a vaga noção de que, se ficasse onde estava por tempo suficiente, acabaria completamente coberto por ela, da cabeça aos pés.

Que coisa mais estranha de se pensar.

O rugir do motor do guincho fez sua cabeça se erguer novamente, os olhos mudando de direção quando o cabo começou a arrastar seu carro arruinado do monte de neve.

Era Blay quem cuidava do içamento, ficando ao lado para monitorar e controlar a velocidade do cabo cuidadosamente a fim de que nenhuma força desnecessária fosse aplicada nos vários componentes mecânicos daquela produção de bom samaritanismo automotiva.

Tão atento. Tão controlado.

Tentando parecer casual, Qhuinn seguiu para perto de Tohr e fingiu que ele, assim como o Irmão, estava apenas monitorando o progresso do içamento. Não estava. Tratava-se apenas de Blay.

Sempre fora Blay.

Procurando demonstrar seu desinteresse, cruzou os braços sobre o peito, mas teve que abaixá-los novamente, visto que o ombro machucado reclamou.

– Lição aprendida – disse ele com o intuito de puxar conversa.

Tohr murmurou algo em resposta, mas ele não conseguiu ouvir. E menos ainda conseguia ver outra coisa que não Blay. Não num piscar de olhos. Nem numa respiração. Tampouco numa batida de coração.

Fitando através da neve rodopiante, ele se maravilhou em como alguém que sabia tudo a seu respeito, que vivia no mesmo corredor, que comia com você, trabalhava com você e dormia na mesma hora que você, pudesse... se tornar um estranho.

Pensando bem, e como sempre, aquilo se tratava de distância emocional, e não da coisa de trabalhar sob o mesmo teto.

A questão era que Qhuinn sentia como se quisesse explicar as coisas. Infelizmente, e diferentemente do seu primo sórdido, Saxton o Sacana, ele não tinha o dom das palavras, e o sentimento complicado no meio do seu peito só piorava ainda mais a sua tendência ao mutismo.

Depois de uma última puxada, o Hummer por fim se encontrava no piso do guincho, e Blay começou a passar a correia para dentro e para fora por baixo da carroceria.

– Certo, vocês três levem esse monte de entulho de volta – disse Tohr enquanto flocos de neve voltavam a cair.

Blay parou e olhou para o Irmão.

– Nós seguimos em pares. Portanto, devo ir com você.

Como se ele estivesse mais do que pronto a ir embora.

– Deu uma boa olhada no que temos aqui? Um monte de aço incapacitado com dois humanos mortos dentro. Acha que a situação é para relaxar?

– Eles conseguem cuidar disso – Blay disse baixo. – Os dois são capazes.

– Mas com você ficam mais fortes ainda. Vou desmaterializar de volta para casa.

No silêncio que se seguiu, a linha ereta que se formou subindo do traseiro de Blay até a base do crânio foi o equivalente a um dedo médio erguido. Não para o Irmão, porém.

Qhuinn sabia exatamente para quem.

As coisas correram rapidamente a partir daí; o SUV sendo amarrado, Tohr indo embora e John subindo no banco do motorista. Nesse meio-tempo, Qhuinn deu a volta até a porta do passageiro, abriu-a e deu um passo de lado, esperando.

Como um cavalheiro faria, supôs.

Blay apareceu, atravessando a neve. Sua expressão era como a do cenário que os envolvia: fria, reservada e inóspita.

– Depois de você – murmurou ele, pegando um maço de cigarros e um isqueiro elegante.

Qhuinn abaixou a cabeça num aceno rápido, depois entrou, deslizando pelo banco até o ombro encostar no de John.

Blay entrou em seguida, bateu a porta e entreabriu a janela, deixando a ponta acesa do prego do seu caixão na abertura para minimizar o cheiro.

O guincho foi quem sustentou a conversa por uns oito quilômetros mais ou menos.

Sentando entre os que costumavam ser seus dois melhores amigos, Qhuinn fitava o limpador de para-brisa e contava os segundos intermitentes entre as limpadas... três, dois... um... Sobe e desce. E... três, dois... um... Sobe e desce.

Mal havia neve solta o suficiente no ar para se darem ao trabalho.

– Desculpe – deixou escapar.

Silêncio. A não ser pelo ronco do motor diante dele e pelo ocasional barulho de correntes na parte de trás quando passavam por sobre uma elevação ou buraco.

Qhuinn olhou de relance e, ora essa, Blay parecia estar mastigando metal.

– Está falando comigo? – disse ele ranzinza.

– Sim. Estou.

– Não tem do que se desculpar – Blay esmagou o toco do cigarro no cinzeiro do painel. E acendeu outro. – Pode, *por favor*, parar de me encarar?

– Eu só... – Qhuinn levou a mão aos cabelos e lhes deu um puxão e tanto. – Eu não... Não sei o que dizer a respeito de Layla.

A cabeça de Blay se virou num rompante.

– O que você faz com a sua vida não me diz respeito...

– Isso não é verdade – Qhuinn disse baixinho. – Eu...

– Não é verdade?

– Blay, escute aqui, Layla e eu...

– O que o faz pensar que quero ouvir sequer uma palavra sobre você e ela?

– Só pensei que talvez você precisasse de algum... sei lá, de um contexto, ou algo assim.

Blay simplesmente fitou a frente um momento.

– E por que, exatamente, você acredita que eu precise de um "contexto"?

– Porque... pensei que talvez você achasse tudo... perturbador. Ou algo assim.

– E por quê?

Qhuinn não conseguia acreditar que o cara quisesse que ele dissesse tudo em voz alta. Menos ainda na frente de outra pessoa, mesmo que fosse John.

– Bem, por causa... Você sabe.

Blay se inclinou, o lábio superior se retraindo atrás das presas.

– Só para que fiquemos bem claros aqui, o seu primo está me dando tudo de que preciso. O dia inteiro. Todos os dias. Você e eu? – ele moveu a mão com o cigarro para frente e para trás entre eles. – Nós trabalhamos juntos. Só isso. Por isso, quero que nos faça um favor antes de pensar que eu "preciso" saber de alguma coisa. Pergunte-se "se eu estivesse preparando hambúrgueres no McDonald's, eu contaria isso para o cara das fritas?". Se a resposta for não, então fique de bico fechado.

Qhuinn voltou a olhar para o para-brisa. E pensou em atravessá-lo com o rosto.

– John, encoste.

O lutador olhou de relance para ele. E começou a balançar a cabeça.

– John, encoste esta merda. Ou faço isso por você.

Qhuinn estava vagamente ciente de que o peito subia e descia com força e que a mão se fechara num punho cerrado.

– Encoste esta merda! – rugiu ao socar o painel com tanta força que fez com que uma das saídas de ar saltasse.

O guincho foi para a lateral da estrada e os freios rangeram quando a velocidade diminuiu. Mas Qhuinn já estava do lado de fora. Desmaterializando-se, ele escapou pela fresta na janela, junto à fumaça exalada por Blay.

Quase imediatamente, ele reapareceu ao lado da estrada, incapaz de sustentar seu estado molecular porque suas emoções estavam afetadas demais para tal. Colocando uma bota na frente da outra, ele caminhou pela neve, sua necessidade de se mover afogando tudo, inclusive a dor pulsante nas juntas dos dedos.

No fundo de sua mente, algo a respeito daquela faixa de estrada se apresentou, mas havia barulho demais no seu cérebro para que a especificidade da coisa surgisse à tona.

Não fazia ideia para onde estava indo.

Caramba, estava frio demais.

Sentando no banco do guincho, Blay se concentrava na ponta acesa do cigarro, a luzinha laranja mexia de um lado para o outro como a corda de uma guitarra.

A mão devia estar tremendo.

O assobio ao seu lado era a maneira de John lhe chamar a atenção, mas ele o ignorou. O que o fez levar um tapa no braço.

Isto é muito ruim para ele, sinalizou John.

– Está de brincadeira, né? – murmurou Blay. – Só pode estar me zoando. Ele sempre quis um relacionamento convencional e transou com uma Escolhida... Eu diria que isso...

Não isso, isto. John apontou para o asfalto. *Aqui*.

Blay mudou o olhar para o para-brisa só porque estava cansado demais para discutir. Na frente do guincho, os faróis iluminavam tudo, o cenário branco coberto de neve a ponto de cegar, a figura caminhando ao lado da estrada como uma sombra largada.

Pingos vermelhos marcavam o caminho das pegadas.

As mãos de Qhuinn sangravam por ele ter socado o painel...

De repente, Blay franziu o cenho. Sentou-se um pouco mais ereto.

Como as peças de um quebra-cabeças se encaixando, os detalhes aleatórios de onde estavam, desde a curva da estrada, até as árvores e a parede de pedra ao lado deles, tudo se juntou e completou um cenário.

– Ai, que merda. – Blay bateu a cabeça no encosto de trás. Fechando os olhos de leve, tentou encontrar outra solução para aquilo, qualquer coisa que não fosse sair dali.

E não conseguiu encontrar coisa alguma. Absolutamente nada.

Ao empurrar a porta, o frio invadiu o interior aquecido da cabine. Não disse nada a John. Não havia por quê. Coisas como sair na neve atrás de alguém eram autoexplicativas.

Afundando, ele andou ruidosamente em meio ao acúmulo de neve. A estrada fora limpa antes, mas já havia algum tempo.

O que significava que ele teria de agir rapidamente.

Ali, naquela parte rica da cidade, onde a base de arrecadação era tão grande quanto os jardins enormes, era melhor acreditar que um daqueles miniarados amarelos de remover neve apareceria ali antes do amanhecer.

Não havia necessidade de fazer aquilo diante de humanos. Ainda mais com o par de cadáveres ensanguentados no Hummer.

– Qhuinn – disse ele seco. – Qhuinn, pare.

Ele não gritou. Não tinha energia para tanto. Aquela... coisa, o que quer que houvesse entre eles, já se tornara exaustiva há muito tempo, e o atual espetáculo no acostamento da estrada era mais um episódio para o qual ele não tinha energia.

– Qhuinn. Sério.

Pelo menos o cara diminuiu um pouco o passo. E, com um pouco de sorte, ele estaria tão furioso que não juntaria as pistas sobre a localização deles.

Jesus, qual seria a probabilidade... pensou Blay ao olhar ao redor. Foi exatamente ali no quilômetro seguinte que a Guarda de Honra fizera seu servicinho – e Qhuinn quase morrera em decorrência da surra.

Deus, Blay se lembrava de ter se armado aquela noite, um par de faróis diferentes captando uma figura escura, daquela vez sangrando no chão.

Estremecendo, deu mais uma chance ao jogo.

– Qhuinn.

Ele parou, as botas se plantando na neve e não se adiantando mais. No entanto, ele não se virou.

Blay gesticulou para que John apagasse as luzes e, um segundo depois, tudo o que lhe restava eram as luzes alaranjadas de estacionamento do guincho.

Qhuinn apoiou as mãos nos quadris e olhou para o céu, a cabeça inclinada para trás, a respiração subindo numa nuvem de condensação.

– Volte e entre no guincho – Blay deu mais uma tragada e soltou a fumaça. – Precisamos ir embora...

– Sei o quanto Saxton significa para você – disse Qhuinn de modo brusco. – Já entendi. De verdade.

Blay se forçou a dizer:

– Isso é bom.

– Só acho que... ouvir isso ainda é um choque.

Blay franziu o cenho na luz diminuta.

– Não entendo.

– Sei que não. E isso é culpa minha. Tudo isso... é minha culpa – Qhuinn olhou de relance sobre o ombro, o rosto rígido e forte numa expressão séria. – Só não quero que pense que eu a amo. É só isso.

Blay foi dar mais um tragada em seu Dunhill, mas não tinha força suficiente nos pulmões.

– Eu... lamento... Não entendo... por que...

Ora, se essa não foi uma resposta maravilhosa.

– Não estou apaixonado por ela. Ela não está apaixonada por mim. Não estamos dormindo juntos.

Blay emitiu uma risada ríspida.

– Até parece.

– É sério. Eu a servi no cio porque quero um filho, e ela também, e tudo começou e terminou ali.

Blay fechou os olhos quando a ferida em seu peito foi reaberta.

– Qhuinn, para com isso. Você esteve com ela o último ano inteiro. Eu vi vocês... Todos viram vocês...

– Tirei a virgindade dela há quatro noites. Ninguém esteve com ela antes disso, nem mesmo eu.

Ah, essa era uma imagem que ele realmente precisava na cabeça.

– Eu não a amo. Ela não me ama. Não estamos dormindo juntos.

Blay não conseguia mais ficar parado, por isso deu alguns passos, a neve se acumulando debaixo das botas. E, do nada, surgiu a voz da Senhora da Igreja do SNL* em sua cabeça: *Ora, isso não é incríiiível?*

– Não estou com ninguém – disse Qhuinn.

Blay riu mais uma vez com uma pontada de escárnio.

– Num relacionamento? Claro que não. Mas não espere que eu acredite que você está passando seu tempo fazendo florzinhas de crochê e colocando os temperos nas prateleiras em ordem alfabética com aquela fêmea.

– Faz mais de um ano que não faço sexo.

Isso o deteve.

Deus, onde fora parar o oxigênio daquela parte do universo?

– Tolice – Blay replicou com a voz entrecortada. – Você esteve com Layla... Há quatro noites. Como você mesmo disse.

No silêncio que se seguiu, a terrível verdade mostrou sua cara feia de novo, a dor tornando impossível para ele esconder o que tão diligentemente vinha escondendo nos últimos dias.

– Você esteve com ela de verdade – disse ele. – Vi o candelabro da biblioteca balançar debaixo do seu quarto.

E então foi Qhuinn quem fechou os olhos como se quisesse esquecer.

– Foi com um propósito.

– Preste atenção... – Blay balançou a cabeça. – Não estou entendendo bem por que você está me contando isso. Falei sério quando eu disse que não preciso de explicações quanto ao que você faz da sua vida. Você e eu... Nós crescemos juntos, e é só isso. Verdade, partilhamos muitas coisas no passado, e estávamos sempre presentes quando era preciso. Mas nenhum de nós cabe mais nas roupas que costumávamos usar, e esse nosso relacionamento também é assim. Ele não cabe mais nas nossas vidas. Nós... não cabemos mais. Você e eu? Temos um passado. E só. E é só isso... o que teremos sempre.

---

* Saturday Night Live, programa humorístico da TV americana, no qual a personagem The Church Lady, uma senhora devota e presunçosa, é a âncora de um programa de entrevistas da igreja. (N.T.)

Qhuinn desviou o olhar, o rosto mais uma vez nas sombras.

Blay se forçou a continuar a falar.

– Sei que essa... coisa com a Layla... é importante para você. Ou imagino que seja... como pode não ser se ela está grávida? Quanto a mim? Honestamente, desejo que sejam felizes. Mas você não me deve nenhuma explicação... e mais importante, não preciso delas. Toquei o barco quanto a paixonites infantis... e era isso o que eu sentia por você. Na época, era apenas uma paixão, Qhuinn. Portanto, por favor, cuide da sua fêmea e não fique se preocupando se cortarei meus pulsos porque você encontrou alguém para amar. Assim como eu encontrei.

– Eu já disse. Eu não a amo.

Espere por isso, Blay pensou para si mesmo. Porque está chegando.

Aquilo ali era o clássico Qhuinn.

O macho era incrível na batalha. Leal ao ponto da psicose. E esperto. E tão sensual que era capaz de provocar distrações. E milhares de outras coisas que Blay tinha de admitir que ninguém se equiparava. Mas ele tinha um defeito sério, e não era a cor dos olhos.

Ele não sabia lidar com emoções.

Com nenhuma.

Qhuinn sempre correra de qualquer coisa profunda – mesmo sem se mexer. Ele era capaz de se sentar na sua frente e assentir e falar, mas quando as emoções se aprofundavam para ele, ele saía de sua pele. Simplesmente se distanciava. E se você tentasse forçá-lo a confrontá-las?

Bem, isso não era possível. Ninguém forçava Qhuinn a fazer coisa alguma.

Ah, sim, claro que havia um bom número de bons motivos para ele ser assim. A família dele tratando-o como se fosse uma maldição. A *glymera* menosprezando-o. Não ter tido raízes a vida inteira. Porém, quaisquer que fossem os motivos, no fim do dia, o macho fugiria de tudo o que fosse complicado, ou exigisse algo dele.

Provavelmente a única coisa que poderia mudar isso seria um filho.

Portanto, não importava o que ele dizia agora, não havia dúvidas de que ele estava apaixonado por Layla; mas tendo passado o cio com ela, e agora aguardando os resultados, estava perdendo a cabeça de tanta preocupação e se afastava dela.

E, por isso, estava ali parado no acostamento da estrada, tagarelando a respeito de coisas que não faziam sentido algum.

– Desejo o melhor para os dois – disse Blay, com o coração batendo forte dentro do peito. – Com toda sinceridade. Espero, de verdade, que isso dê certo para vocês dois.

Em uma quietude tensa, Blay se suspendeu do buraco em que mais uma vez caíra, agarrando-se para ressurgir à superfície, longe da agonia dolorosa e incandescente no centro da sua alma.

– E agora, podemos voltar para o guincho e terminar o nosso trabalho? – disse de modo neutro.

As mãos de Qhuinn se elevaram brevemente diante do rosto. Depois, ele abaixou a cabeça, enfiou as juntas ensanguentadas nos bolsos da calça e começou a voltar para o guincho.

– É. Vamos fazer isso.

Capítulo 6

– Ah, meu Deus, eu vou gozar... Eu vou gozar...

Mais ao sul, no centro de Caldwell, no estacionamento atrás do Iron Mask, Trez Latimer estava feliz em saber disso, não surpreso. Mas ninguém na região dos três condados precisava saber.

Enquanto entrava e saía da participante muito disposta debaixo do seu corpo, ele a calou com um beijo sôfrego, a língua penetrando na boca quente, todos os comentários desnecessários sendo interrompidos.

O carro no qual se encontravam estava apinhado e rescendia ao perfume da mulher: doce e barato – merda, da próxima vez, ele escolheria uma voluntária com um SUV ou, melhor ainda, uma Mercedes S550 com espaço adequado no banco traseiro.

Obviamente, aquele produto da Nissan não fora fabricado para acomodar 120 quilos fodendo uma auxiliar de dentista seminua. Ou ela era uma auxiliar jurídica?

Não se lembrava.

E ele tinha problemas mais imediatos com que se preocupar. Numa mudança abrupta. Ergueu os lábios, pois quanto mais se aproximava do orgasmo, mais as presas se estendiam do maxilar superior, e ele não queria mordê-la por engano; o sabor de sangue fresco o colocaria num limiar mais perigoso, e ele não estava muito certo de que se alimentar dela seria uma boa ideia...

Risque isso.

Era uma má ideia. E não só por ela ser apenas humana.

Alguém os observava.

Erguendo a cabeça, espiou pelo vidro traseiro. Sendo um Sombra, sua visão era de três a quatro vezes mais perceptiva do que a de um vampiro normal, e ele conseguia enxergar com facilidade no escuro.

Sim, alguém os assistia à esquerda da entrada dos empregados como se estivesse vendo um filme.

Hora de acabar logo com aquilo.

Assumiu o controle de imediato, colocando a mão entre os corpos até chegar ao sexo da mulher, e masturbou-a ao mesmo tempo em que a penetrava, fazendo-a gozar com tanta intensidade que ela jogou a cabeça para trás e bateu na porta.

Nenhum orgasmo para ele.

Que seja. Alguém se demorando nas imediações fazia com que seu divertimento fosse transferido a outro território, o que significava que ele tinha de acabar logo com aquilo. Mesmo se não gozasse.

Ele tinha uma bela quantidade de inimigos graças às suas várias associações.

E também existiam... complicações... que eram somente suas.

– Oh, *meu Deus...*

Levando-se em consideração a respiração pesada, todas aquelas torções e as pulsações que comprimiam o pau de Trez, a auxiliar de dentista/assistente de advogado/técnica em veterinária estava se divertindo bastante. Ele, porém, já se retirara mentalmente daquela bobagem e bem que poderia estar saindo do carro, pegando a arma para...

Era uma fêmea. Sim, quem quer que fosse definitivamente era do sexo feminino...

Trez franziu o cenho ao perceber quem era.

Merda.

Bem, pelo menos não era um *redutor*. Um *sympatho*. Um traficante de drogas de quem ele precisava cuidar. Um cafetão rival com uma opinião a respeito de alguma coisa. Um vampiro desajustado. iAm, seu irmão...

Mas não. Apenas uma mulher inofensiva, e pena que ele não poderia voltar para seu bocado de prazer. O clima já era.

A auxiliar de dentista/assistente de advogado/técnica em veterinária/cabeleireira arfava como se tivesse carregado um piano sobre os ombros.

– Isso foi... incrível... Isso... foi...

Trez se retraiu e recolocou o pênis para dentro do zíper. Eram grandes as chances de sofrer de um caso de bolas de neon dentro de meia hora, mas ele lidaria com a situação quando ela surgisse.

– Você foi incrível. Você é o mais incrível dos...

Trez deixou que a barragem de palavras tolas recaísse sobre ele.

– Você também, gatinha.

Ele a beijou de modo que ela pensasse que ele se importava – e ele se importava, de certo modo. Essas mulheres humanas que ele usava importavam no sentido de serem seres vivos, merecedores de respeito e bondade pelo simples fato de terem corações pulsantes. Por um tempo breve, elas deixavam que ele lhes usasse os corpos, e algumas vezes as veias, e ele valorizava tais presentes, que lhes eram dados de livre e espontânea vontade, algumas vezes mais de uma vez.

E esse era o problema que se apresentava agora.

Subindo o zíper, Trez mudou o corpanzil de posição a fim de não esmagar a parceira de dez minutos, tampouco fazer uma craniotomia no teto do carro.

A garota não parecia querer se mexer, porém. Ela só continuava deitada como um travesseiro largado no assento, as pernas ainda abertas, o sexo ainda pronto, os seios ainda elevados desafiando a gravidade como dois melões colados nas costelas.

Devem estar debaixo da musculatura, pensou ele.

– Vamos vestir você – sugeriu, juntando as metades do sutiã rendado dela.

– Você foi tão fantástico...

Ela parecia feita de gelatina – a não ser pelos seios duros falsos – e toda maleável e aprazível, mas uma completa inútil quando ele a vestiu e a suspendeu, afagando seu rosto.

– Isso foi divertido, gatinha – murmurou, falando a verdade.

– Posso ver você de novo?

– Talvez – ele sorriu com comedimento para ela para que as presas não aparecessem. – Estou por aí.

Com isso, ela ronronou tal qual uma gata e depois lhe disse seu número de telefone, o qual ele não se deu ao trabalho de memorizar.

A triste verdade a respeito de mulheres como essa era que ela era apenas uma entre tantas. Naquela cidade de muitos milhões, deviam existir umas duzentas mil jovens de traseiros firmes e pernas frouxas à procura de diversão. Na verdade, eram apenas variações da mesma pessoa, motivo pelo qual ele precisava de novidades.

Com tanto em comum, uma porta giratória de suprimento novo era necessária para mantê-lo interessado.

Trez estava do lado de fora do carro um minuto e meio depois, e não se dera ao trabalho de apagar-lhe a memória. Como um Sombra, ele dispunha de muitos truques da mente para se apoiar, mas parara de se importar com isso há vários anos. O esforço não valia a pena – e, de vez em quando, ele gostava de repetir.

Verificada rápida na vigia.

Maldição, acabaria se atrasando para chegar ao encontro com iAm, mas, obviamente, ele teria de lidar com o problema da porta dos fundos antes de levantar acampamento.

Ao se adiantar e parar na frente da mulher, ela ergueu o queixo e colocou uma mão no quadril. Essa versão de pronta e disposta tinha entrelaçamentos loiros e preferia shorts curtos a saias – por isso parecia ridícula no frio, com a parca peluda rosa e as pernas nuas na brisa.

Muito parecida com uma bola de neve sobre dois palitos de dente.

– Mantendo-se ocupado? – ela exigiu saber. Obviamente, tentava parecer relaxada, mas devido ao modo como o sapato de salto batia no chão, ela evidentemente estava exaltada e incomodada... e não de um jeito bom.

– Oi, gatinha – ele as chamava sempre assim. – Está tendo uma noite agradável?

– Não.

– Puxa, que pena. Bem, vejo você por aí...

A mulher cometeu o erro colossal de segurá-lo pelo braço quando ele passou por ela, as unhas cravando na camisa de seda e apertando-lhe a pele.

A cabeça de Trez virou rápido, os olhos reluzindo. Mas, pelo menos, ele conseguiu se conter antes de arreganhar as presas.

– Que *diabos* você pensa que está fazendo? – perguntou ela, recostando-se nele.

– Trez! – alguém exclamou.

Abruptamente, a voz da sua segurança invadiu sua cabeça. Ainda bem. Os Sombras eram espécies pacíficas por natureza, desde que não fossem agredidos.

Enquanto Xhex se apressava, como se soubesse que homicídio não estava cem por cento fora de questão, ele desvencilhou o braço, sentindo cinco lâminas de dor provocadas pelas unhas da mulher. Refreando a fúria, ele a encarou.

– Vá para casa agora.

– Você me deve uma explicação...

Ele balançou a cabeça.

– Não sou seu namorado, gatinha.

– Ainda bem, ele sabe como tratar uma mulher!

– Então volta pra casa, pra ele – disse Trez com seriedade.

– O que você faz, transa com uma garota diferente toda noite?

– É. E às vezes duas aos domingos – merda, ele podia ter apagado a memória dessa. Quando foi que esteve com ela? Há duas noites? Três? Tarde demais agora. – Volte pra casa, pro seu homem.

– Você me enoja! Seu maldito filho da puta...

Enquanto Xhex se interpôs entre eles e começou a falar num tom baixo com a histérica, Trez ficou mais do que contente em recuar... Porque, veja só, a garota do Nissan escolheu aquele exato instante para dar a ré no estacionamento e passar por ali.

Abaixando a janela, ela sorriu como se gostasse de ser a outra.

– Vejo você depois, gatão.

Deixa para choro: garota de parca rosa, com namorado e desordem de afeição explodiu num acesso de choro digno de um velório.

E... naturalmente foi nesse instante que iAm apareceu.

Ao registrar a presença do irmão, Trez fechou os olhos.

Maravilha. Simplesmente perfeito.

Capítulo 7

A cerca de dez quarteirões da noite de mal a pior de Trez, Xcor limpava a lâmina de sua foice com um pedaço de camurça mais macia que a orelha de um cordeiro.

Do outro lado do beco, Throe estava ao telefone, falando em voz baixa. Ele estava assim desde que o terceiro dos três *redutores* que encontraram naquele quadrante da cidade fora devolvido a Ômega.

Xcor não estava interessado em nenhum atraso, telefônico ou de qualquer outro tipo. O restante do Bando de Bastardos estava em outra parte do centro da cidade, à procura de qualquer um dos dois inimigos – e ele preferia estar completamente envolvido.

Mas as necessidades biológicas falavam alto. Maldição.

Throe concluiu a ligação e levantou o olhar, o belo rosto retesado em linhas sérias.

– Ela está disposta.

– Quanta gentileza a dela – Xcor embainhou a foice e guardou o pano. – Eu, no entanto, estou menos interessado no consentimento dela do que na questão da sua capacidade.

– Ela é capaz.

– E como sabemos disso?

Throe pigarreou e desviou o olhar.

– Fui até ela ontem à noite e me certifiquei pessoalmente.

Xcor sorriu com frieza. Então isso explicava a ausência do soldado. E o motivo da sua saída era um alívio. Ele temera que o outro macho tivesse...

– E como ela é?

– Viável.

– Você experimentou os encantos dela?

O cavalheiro, que um dia fora membro intelectual da *glymera*, mas que agora se mostrava útil, pigarreou.

– Eu... Hum, sim.

– E como foram? – quando não houve resposta, Xcor avançou pela neve suja e se aproximou do seu braço direito. – Como ela estava, Throe. Molhada e disposta?

O rubor do macho se intensificou em seu rosto perfeitamente delineado.

– Ela se mostrou adequada.

– Quantas vezes você a tomou?

– Diversas.

– Em diferentes posições, espero – quando houve apenas um aceno, Xcor cedeu. – Bem, então você cumpriu sua tarefa com honra perante seus colegas soldados. Estou bem certo de que os outros haverão de querer usufruir tanto da veia quanto do sexo.

No silêncio constrangedor que se seguiu, Xcor jamais admitiria para ninguém que ele não pressionara para saber dos detalhes para espicaçar seu subordinado... mas porque estava satisfeito que Throe tivesse se deitado com a fêmea. Ele queria distância entre o macho e o que acontecera no outono. Queria calendários repletos de anos, inúmeras fêmeas e rios de sangue de outras fêmeas...

– Contudo, há uma condição – disse Throe.

Xcor estreitou os lábios. Como a fêmea em questão ainda não o vira, não poderia ser mais dinheiro e, além disso, ele ainda não precisava se alimentar. Graças a...

– E qual seria?

– Tem que ser feito no domicílio dela. No início da noite de amanhã.

– Ah – Xcor sorriu com frieza. – Então, trata-se de uma cilada.

– A Irmandade não sabe quem fez a consulta.

– Você identificou seis machos, não?

– Não usei nossos nomes.

– Não importa – Xcor relanceou pelo beco, os sentidos se aguçando, procurando por *redutores* ou Irmãos. – Não subestimo o alcance do Rei. Nem você deveria.

De fato, suas ambições lançaram todos contra um inimigo de valor. O atentado à vida de Wrath no outono passado fora sua declaração de guerra e, como esperado, houve um efeito previsível: a Irmandade encontrara o esconderijo do Bando de Bastardos, infiltrara-se e saíra com a caixa do rifle que continha a arma que fora usada para colocar a bala no pescoço do Rei Cego.

Indubitavelmente, eles queriam provas.

A questão era, do quê? Ele ainda não sabia se o Rei sobrevivera ou se morrera, nem o Conselho sabia, pelo que ele ficou sabendo. Na verdade, a *glymera* nem sabia que o atentado ocorrera.

Wrath sobrevivera? Ou fora assassinado e a Irmandade agora se ocupava em preencher a lacuna? A Lei Antiga era muito clara quanto às regras de sucessão, desde que o rei tivesse herdeiros, o que ele não tinha. Portanto, seria seu parente mais próximo, uma vez que houvesse um.

Xcor queria saber, mas não fez perguntas. Tudo o que podia fazer era esperar até que a novidade se espalhasse – e, nesse meio-tempo, ele e seus soldados continuavam a matar *redutores*, e ele prosseguia reforçando sua força de base dentro da *glymera*. Pelo menos essas duas empreitadas estavam se encaminhando bem. Todas as noites, eles apunhalavam assassinos, mandando-os de volta a Ômega. E seu contato no Conselho, o não tão venerável Elan, filho de Larex, revelava-se bem ingênuo e maleável – duas características muito úteis numa ferramenta descartável.

No entanto, Xcor estava ficando cansado do vácuo de informações. E, na verdade, o arranjo com a fêmea que Throe encontrara era necessário, porém repleto de perigos. Uma fêmea capaz de vender as veias e o sexo para múltiplos usuários certamente era capaz de trocar informações por dinheiro – e ainda que Throe tivesse mantido suas identidades em segredo, a quantidade em que estavam fora revelada. A Irmandade deve ter calculado que nenhum do Bando de Bastardos era casado e, cedo ou tarde, naquela terra nova, eles necessitariam daquilo que tinham em abundância no Velho Mundo.

Talvez aquela fêmea tivesse sido colocada à disposição pelo Rei e pela sua segurança privada.

Bem, descobririam no dia seguinte. Emboscadas eram facilmente armadas, e não havia momento mais vulnerável do que quando um macho faminto estava na garganta ou entre as pernas de uma fêmea. Todavia, chegara a hora. Seus soldados estavam dispostos a lutar, mas seus rostos estavam tensos, os olhos encovados, a pele esticada demais sobre os malares. Sangue humano, o fraco substituto, não fornecia força o suficiente, e seus bastardos vinham se sustentando com isso por tempo demais. No Velho Mundo, havia fêmeas em número suficiente para servir quando era necessário. Mas desde que chegaram ao Novo Mundo, eles tiveram que se contentar.

Se aquilo era uma armadilha, ele estava disposto a combater os Irmãos. Pensando bem, ele fora bem servido...

Pelo amor à Virgem Escriba, não pensaria nisso.

Xcor pigarreou quando a dor em seu peito dificultou que engolisse.

– Diga à fêmea que no início da noite é cedo demais. Em vez disso, a procuraremos à meia-noite. E providencie alimentos humanos assim que a noite cair. Se os Irmãos estiverem lá, devemos nos confrontar numa posição de relativa força.

As sobrancelhas de Throe se ergueram como se ele tivesse se impressionado com o raciocínio de Xcor.

– Sim. Farei isso.

Xcor assentiu e desviou o olhar.

No silêncio, os eventos do outono se interpuseram, esfriando ainda mais o frígido ar de dezembro.

Aquela Escolhida sagrada estava sempre com ambos.

– O alvorecer se aproxima com rapidez – disse Throe em seu sotaque perfeito. – Está na hora de irmos.

Xcor olhou de relance para o leste. O início da aurora ainda estava por chegar, mas seu subordinado estava correto. Logo... muito em breve... a luz mortal do sol se espalharia, e pouco importava que estivesse em seu nível mais fraco, com o solstício do inverno passado há tão pouco tempo.

– Chame os soldados do campo de batalha – disse Xcor. – E encontre-os na base.

Throe digitou alguma combinação de letras numa mensagem que Xcor não teria sido capaz de ler. Em seguida, o soldado guardou o telefone com a expressão fechada.

– Não vai voltar? – perguntou Throe.

– Vá.

Houve uma longa pausa. E depois o soldado disse com suavidade:

– Não vais?

Nesse instante, Xcor pensou em cada um dos seus soldados. Zypher, o conquistador sexual. Balthazar, o ladrão. Syphon, o assassino. E o outro que não tinha nome, mas tinha pecados demais para contar. Então, chamavam-no de Syn.

E depois considerou seu leal e justo Throe, seu tenente.

Throe, de passado perfeito, raça impecável.

Lindo, agradável Throe.

– Vá agora – disse ao macho.

– E quanto a você?

– Vá.

Throe hesitou e, durante a pausa, a noite em que Xcor quase morrera voltou aos dois. Como não poderia?

– Como preferir.

O soldado se desmaterializou, deixando Xcor parado sozinho contra o vento. Quando teve certeza de estar sozinho, também enviou suas moléculas em rajadas frias, aventurando-se para o norte, para uma campina coberta por neve. Tomando forma, parou na base de uma colina suave, encarando uma bela árvore orgulhosa e adorável no cume.

Pensou na elevação do seio de uma fêmea, a clavícula elegante, o mais sublime pescoço pálido...

Enquanto o vento golpeava sua nuca, ele fechou os olhos e deu um passo à frente, atraído a retornar ao local em que encontrara sua perdição.

Onde estava a sua Escolhida?

Estaria ainda viva? A Irmandade teria lhe tirado a vida por causa de seu presente generoso, bondoso e extraordinário ao inimigo do seu Rei?

Xcor sabia que teria morrido sem o sangue dela. Gravemente ferido durante o atentado à vida de Wrath, esteve à beira da morte quando Throe o levara àquela campina e convocara a Escolhida, e a façanha fora realizada.

Throe orquestrara tudo. E, no processo, cravara uma maldição no coração sombrio de Xcor.

Suas ambições continuaram as mesmas: ele pretendia lutar pelo trono do Rei Cego e governar sobre os vampiros. Havia, porém, uma fraqueza que o perseguia.

Aquela fêmea.

Ela fora arrastada injustamente ao conflito entre os machos portadores de adagas, uma inocente que fora manipulada e depois usada.

Ele se preocupava demasiadamente com o bem-estar dela.

De fato, ele só tinha um arrependimento em uma vida inteira de atos de maldade. Se não tivesse mandado Throe para os braços da Irmandade, seu tenente não teria cruzado o caminho dela e se alimentado dela. E, não fosse esse encontro, Throe não teria convocado os serviços dela mais tarde, e ela não teria ido até eles naquela campina... e Xcor jamais teria fitado aqueles olhos cheios de compaixão.

E perdido uma parte de si mesmo.

Ele não passava de um vira-lata imundo, malformado e bastardo, um traidor da ordem e da proteção sob a qual ela vivia por direito. Não merecera o presente dela.

Tampouco Throe, e não porque ele fora deposto de sua antiga posição superior na *glymera*.

Nenhum homem mortal era merecedor.

Parando debaixo da árvore, Xcor fitou o lugar em que jazera deitado diante dela... onde ela se ajoelhara perto dele e sulcara seu pulso, e ele abrira a boca para receber o poder que somente ela poderia lhe dar.

Houve um momento em que seus olhos se encontraram e o tempo parou... e depois ela abaixou lentamente o pulso para a boca dele.

Ah, aquele contato tão breve.

Ele se convencera de que ela não passara de uma aparição de sua mente errante, mas quando Throe o levara de volta ao covil, sua consciência compreendera que fora real. Muito real.

Semanas se passaram. E então, numa noite, na cidade, ele a pressentira, e seguira o eco do sangue dela em suas veias para vê-la.

Nesse ínterim, ela descobrira a verdade a seu respeito: fitara-o na escuridão, diretamente para ele, e sua aflição ficara evidente.

Depois disso, seu covil fora infiltrado. Muito provavelmente por causa das suas orientações.

Com uma rajada de vento, a neve começou a cair novamente, os flocos espessando o ar, girando ao redor, atingindo-o nos olhos.

Onde ela estaria agora?

O que fizeram com ela?

No leste, o brilho do sol começou a aparecer, apesar do manto de nuvens, e seus olhos queimaram – por isso, ele cuidou de mantê-los fixos no arauto alaranjado da luz do sol, só pela dor.

Nunca antes ele se debatera com suas emoções como agora. Toda a vida só se concentrara na sobrevivência – primeiro nos anos no acampamento de guerra, e depois na eternidade debaixo de Bloodletter, e agora, nesta época atual, como chefe do seu bando de lutadores.

Contudo, ela o fendera, criando uma fissura vital.

Certo como ela lhe dera vida, também lhe tomara uma parte dela, e ele não sabia o que fazer.

Talvez apenas se permitisse ficar ali para ser incinerado. Parecia uma situação mais fácil do que a que vivia agora...

Que sina fora a dela?

Ele tinha de saber.

Isso era tão crucial quanto a sua busca pelo trono.

CAPÍTULO 8

– Então, o que fizeram com os corpos? – perguntou V. ao caminhar pela saída de trás do centro de treinamento.

Enquanto Qhuinn esperava para que John e Blay saíssem do guincho, deixou que um deles respondesse à pergunta de V. Estava cansado demais para isso; na verdade, ao olhar de relance pelo para-brisa e espiar o estacionamento subterrâneo das instalações, ele pensou em apenas se esticar no banco da frente e dormir.

Estava cansado demais para se preocupar com qualquer coisa.

No fim, porém, seguiu John e passou o traseiro cansado pela porta do motorista. Tinha de verificar Layla, e isso não aconteceria dali.

Desconsiderando-se o episódio do acostamento, pelo menos ele, John e Blay trabalharam bem juntos a caminho de casa. Cerca de quinze quilômetros antes do cruzamento para o complexo da Irmandade, eles encostaram em uma estrada deserta, despiram os dois homens mortos e desovaram os corpos num buraco de escoamento natural que não tinha nenhum fundo visível. Depois só restou dar marcha a ré e voltar para a estrada, sumindo dali, e permitindo que a neve, que voltara a cair pesadamente, cobrisse seus rastros, assim como vários pingos que formaram uma trilha de sangue vivo. Até o meio-dia, levando-se em consideração a estimativa de acúmulo de neve, seria como se nada tivesse acontecido.

Um perfeito trabalho da neve. Rá-rá...

Ele achava que devia se sentir mal pelas famílias dos homens, pois ninguém jamais encontraria seus restos mortais. Mas as evidências grotescas sugeriam que os dois viviam à margem, e não por serem hippies: armas, facas, um canivete, maconha e um pouco de ecstasy foram encontrados em seus diversos bolsos. E só Deus sabia o que havia nas mochilas.

Vidas violentas tendiam a ter fins violentos.

– ... filho da puta – dizia V. ao caminhar sobre o Hummer em sua plataforma. – No que foi que eles bateram? Uma barricada de cimento?

John sinalizou algo e V. olhou intensamente para Qhuinn.

– Em que diabos você estava pensando? Você poderia ter morrido.

Qhuinn golpeou o próprio peito.

– Ainda batendo.

– Idiota – mas o Irmão sorriu, revelando as presas. – No seu lugar, eu teria feito a mesma coisa.

Pelo canto do olho, Qhuinn notou que Blay caminhava sorrateiramente para a porta que conduzia às instalações. Ele desapareceria em mais um segundo e meio, pondo um fim ao drama que mais uma vez fora despejado aos seus pés.

Qhuinn sentiu uma necessidade repentina e urgente de seguir o lutador pelo corredor, longe de olhares curiosos. Mas até parece que ele precisava de mais uma...

O seu primo está me dando tudo de que preciso. O dia inteiro. Todos os dias.

Ai, Jesus, ia vomitar.

– E então, mais algum objeto particular?

Qhuinn se desvencilhou de toda aquela merda e foi ser útil.

– Vou buscar.

Subindo na plataforma do guincho, forçou a porta amassada do bagageiro do Hummer e se apertou numa abertura de trinta centímetros até o banco traseiro. Foi bom apertar o corpo por lugares pelos quais ele não passaria – isso lhe dava algo em que pensar, e as poucas reclamações dos seus ferimentos eram outra digressão fantástica.

As duas mochilas foram bem sacudidas. Ele encontrou a que tinham visto primeiro no volante bem atrás do banco do passageiro, e a outra estava na frente sobre o freio e o acelerador. Bagagem esquisita a daqueles dois, até onde ele podia afirmar; a imagem pedestre não combinava em nada com todo o resto de roupas urbanas descoladas que eles vestiam.

Mais para Ensino Médio que para intermediário no tráfico de drogas. A menos que precisassem de um lugar para colocar os distintivos de honra ao mérito dos seus laboratórios de metanfetamina ou uma merda dessas.

Enquanto Qhuinn se arrastava de volta ao banco de trás, tomou a decisão abrupta de não sair pelo lado em que entrara. Girando, deitou-se no couro arruinado e levantou os joelhos na altura do peito. Com uma inspiração profunda, empurrou as botas na outra porta lateral e a abriu num estouro, as dobradiças de metal soltando-se num rugido, o painel rebatendo no concreto com um baque.

Satisfatório.

Enquanto os sons reverberavam em todo o estacionamento, V. acendeu um dos seus cigarros enrolados à mão e se inclinou no buraco que Qhuinn acabara de fazer.

– Você sabia que existem maçanetas feitas exclusivamente para isso, não sabia?

Qhuinn se sentou – e percebeu que acabara de arrebentar o único lado que não tinha sido destruído.

Oras se aquilo não era uma metáfora de toda a sua vida até aquele ponto.

Lançando as duas mochilas para fora, ele se jogou e aterrou firme ao mesmo tempo em que John pegava os fardos e os abria.

Droga. Blay tinha ido embora. A porta que dava para o centro de treinamento estava se fechando.

Praguejando baixinho, murmurou:

– Se houver celulares, eles ainda estão lá dentro; mesmo as janelas estando partidas, o vidro ainda está intacto, portanto nada deve ter saído voando.

– Ora, ora, ora... – comentou o Irmão num só sopro.

Qhuinn franziu o cenho e olhou para o que John tinha encontrado. Mas... que... diabos...

– Está de zoeira comigo?

Seu melhor amigo acabara de retirar um pote de cerâmica – um bem barato, daqueles que se encontram em lojas de departamento Target. E, olha só, o outro cara também tinha um.

Quais seriam as probabilidades de...?

– Precisamos encontrar esses telefones – murmurou Qhuinn, voltando a subir na plataforma do guincho. – Alguém tem uma lanterna?

Vishous retirou a luva de couro e esticou a mão iluminada.

– Bem aqui.

Enquanto o Irmão subia na beira da plataforma, Qhuinn se agachou e voltou para o compartimento traseiro do Hummer.

– Só não me acerte com essa coisa, ok, V.?

– Seria uma surra que você jamais esqueceria, eu prometo.

Puxa, aquela mão estava... bem à mão. Quando V. a colocou para dentro, todo o interior se iluminou como o dia, toda a carnificina formando sombras profundas e acentuadas. Rastejando em volta, Qhuinn apalpou debaixo dos bancos, esticando-se nos cantos. O cheiro era terrível, uma desagradável combinação de gasolina, plástico queimado e sangue fresco – e toda vez que ele apoiava a mão, ela afofava o resíduo de pó dos air bags.

Mas as pseudoposições de ioga valeram o esforço.

Ele saiu com um par de iPhones.

– Detesto essas coisas – V. murmurou ao recolocar a luva e apanhar os equipamentos.

Retornando ao ar relativamente fresco, Qhuinn respirou fundo e estalou o pescoço, depois desceu em outro pulo. Houve um tanto de conversa àquela altura, e ele acenou com a cabeça como se soubesse o que estava sendo dito.

– Olha, se você não se importar, preciso de um tempo para ver uma coisa – ele interrompeu.

Os olhos de V. se estreitaram nele.

– Com quem?

Na hora certa, John se adiantou, perguntando sobre o Hummer e o plano de recuperação, como alguém agitando um sinalizador na frente de um T-Rex para chamar a sua atenção. Enquanto V. falava do futuro do SUV como escultura de jardim, Qhuinn quase soprou um beijo na direção de seu camarada.

Ninguém, a não ser John e Blay, sabia a respeito de Layla – e eram assim que as coisas tinham de continuar naquele início.

No papel de *ashtrux nohtrum* de John, ele não podia ir longe, e não o fez. Passou pela porta que Blay utilizara e pegou o telefone. Discou para um dos ramais da casa e esperou, olhando para o veículo arruinado.

Lembrava-se da noite em que comprara a maldita coisa. Ainda que seus pais tivessem dinheiro, eles não sentiram uma necessidade premente de sustentá-lo assim como o fizeram com a irmã e o irmão. Antes da transição, ele se virara vendendo drogas às escondidas, mas não traficara muito – apenas o bastante para tapar o buraco da sua mesada miserável e evitar viver à custa de Blay o tempo inteiro.

O problema de caixa terminara assim que fora promovido a guarda-costas de John. Seu novo trabalho viera acompanhado de um salário de verdade: 75 mil por ano. E, levando-se em conta que ele não pagava impostos para o maldito governo humano, e a estadia e a alimentação eram gratuitas, ele tinha mais do que suficiente para sobrar.

O Hummer fora sua primeira aquisição importante. Ele fizera uma pesquisa na internet, mas a verdade era que ele já sabia o que queria. Fritz saíra para cuidar da negociação e da compra oficial... E na primeira vez em que Qhuinn ficou atrás daquele volante, girou a chave e sentiu o ronco debaixo do capô, ele quase chorou como uma menininha.

E agora o carro estava destruído. Ele não era mecânico, mas os danos estruturais eram tão graves que não fazia sentido algum ficar com ele...

– Alô?

O som da voz de Layla o fez voltar ao presente.

– Oi. Acabei de voltar. Como está se sentindo?

A enunciação precisa que lhe voltou o fez se lembrar dos seus pais, cada palavra pronunciada perfeitamente e escolhida com cuidado.

– Estou bem, obrigada. Descansei e assisti à televisão, conforme você me sugeriu. Estava passando uma maratona de *Million Dollar Listing*.

– Que diabos é isso?

– Um programa no qual se vendem casas em Los Angeles; por um instante, pensei que fosse ficção. Mas você sabe que é um *reality show*? Pensei que tivessem inventado tudo aquilo. Madison tem um cabelo maravilhoso... E gosto de John Flagg. Ele é muito astuto e muito gentil com a avó.

Ele lhe fez mais algumas perguntas. Queria saber se ela tinha se alimentado ou tirado um cochilo, por exemplo, só para mantê-la falando. Isso porque era entre as sílabas que ele procurava por sinais de desconforto ou preocupação.

– Então, você está bem – confirmou.

– Sim, e antes que você pergunte, já pedi a Fritz que me traga a Última Refeição. E sim, comerei todo o meu rosbife.

Ele franziu o cenho, sem querer que ela se sentisse acuada.

– Ei, escute, não se trata só do bem-estar do bebê. É também pelo seu. Quero que fique bem, sabe disso, não?

A voz dela ficou um pouco mais baixa.

– Você sempre foi assim. Antes de nós... sim, você sempre quis o que era o melhor para mim.

Concentrando-se na porta do carro que ele arrancara, ele pensou em como era bom chutar as coisas.

– Bem, meu plano é ir para a academia um pouco. Vou dar uma olhada em você antes de dormir, ok?

– Está bem. Cuide-se.

– Você também.

Ao desligar, ele percebeu que V. tinha parado de falar e olhava para ele como se algo estivesse fora de lugar – fogo nos cabelos, calças na altura dos tornozelos, sobrancelhas raspadas.

– Você está com uma fêmea por aí, Qhuinn? – perguntou o Irmão com fala arrastada.

Qhuinn olhou ao redor em busca de um bote salva-vidas e não encontrou nada.

– Eu... hum...

V. respirou fundo e se aproximou.

– Tanto faz. Vou trabalhar nestes telefones. E você precisa comprar outro carro – qualquer coisa desde que não seja um Prius. Até mais.

Quando John e ele se viram sozinhos, ficou bem claro que o outro estava se preparando para comentar sobre o acontecido no acostamento da estrada.

– Não quero ouvir, John. Não tenho forças para isso agora.

Merda, sinalizou John.

– Mais ou menos isso, amigo. Vai para casa?

Na interpretação severa das funções de trabalho de um *ahstrux nohtrum*, Qhuinn precisava estar com John 24 horas por dia, sete dias por semana. O Rei, contudo, os dispensara disso se estivessem dentro do complexo. De outro modo, ele acabaria sabendo coisas demais a respeito do seu amigo e de Xhex.

E John teria testemunhado o que ele e Layla... hum, é isso.

Quando John assentiu, Qhuinn abriu a porta e a segurou bem aberta.

– Depois de você.

Recusou-se a olhar no rosto do lutador quando ele passou; simplesmente não conseguiria. Porque sabia exatamente o que estava na cabeça do cara – e ele não tinha intenção alguma de falar sobre o que acontecera naquele pedaço de estrada em que ele caminhara pouco antes. Não da porcaria daquela noite. Nem da porcaria de... de tanto tempo atrás graças à Guarda de Honra.

Para ele, não havia mais o que falar.

A merda nunca ajudou ninguém a nada.

Saxton, filho de Tyhm, fechou o último Livro da História Oral e só conseguiu ficar olhando para a capa de couro macia com seus detalhes gravados em ouro.

O último.

Nem conseguia acreditar. Há quanto tempo vinha pesquisando aquilo? Três meses? Quatro? Será que havia terminado?

Uma rápida pesquisa visual na biblioteca da Irmandade, com suas centenas e centenas de volumes de direito, discursos e decretos reais... e ele pensou, sim, de fato, levara meses e meses para repassá-los. E agora, com a pesquisa completa, as anotações feitas e os caminhos legais pavimentados para aquilo que o Rei queria realizar, deveria existir um senso de realização.

Em vez disso, ele sentia medo.

Em seus estudos e prática como advogado, ele se deparara com problemas complicados antes, ainda mais depois que se mudara para aquela vasta casa e começara em suas funções como advogado pessoal do Rei Cego: as Leis Antigas eram muito complicadas, arcaicas não somente em seu fraseado, mas no próprio conteúdo – e o monarca da raça dos vampiros não era nada disso. O raciocínio de Wrath era tanto direto quanto revolucionário, e quando a questão era o seu governo, o passado e o futuro nem sempre coexistiam sem uma bela dose de remanejamento – das Leis Antigas, que fique bem entendido.

Aquilo, contudo, estava em um nível completamente diferente.

Wrath, como soberano, podia muito bem fazer o que quisesse, desde que os precedentes apropriados fossem identificados, remodulados e registrados. Afinal, o Rei era a lei viva, uma manifestação física da ordem necessária para uma sociedade civilizada. O problema era que a tradição não acontecia por acaso; era o resultado de gerações após gerações vivendo e tomando decisões baseadas em determinados grupos de lei que foram aceitos pelo público. Pensadores progressistas tentando liderar sociedades conservadoras entrincheiradas em novas direções tendiam a se deparar com problemas.

E essas... alterações adicionais sobre o modo como as coisas eram feitas? No atual ambiente político, no qual a liderança de Wrath já estava sendo desafiada...

– Está perdido em pensamentos.

Ante o som da voz de Blay, Saxton deu um salto e quase deixou sua Montblanc cair por cima do ombro.

Imediatamente Blay se adiantou para ajeitar o que fora perturbado.

– Desculpe...

– Não, está tudo bem, eu... – Saxton franziu o cenho ao ver as roupas de soldado molhadas e ensanguentadas. – Santa Virgem Escriba... o que aconteceu esta noite?

Evidentemente, em vez de responder, Blay seguiu para o bar sobre a antiga cômoda bombê no canto. Enquanto se demorava para escolher entre o xerez e um Dubonnet, ficou claro que ele preparava uma sequência de palavras em sua mente.

O que significa que aquilo estava ligado a Qhuinn.

Na verdade, Blay não gostava nem de xerez, nem de Dubonnet. E, obviamente, serviu-se de Porto.

Saxton se recostou na poltrona e fitou o candelabro penso tão distante do chão. O objeto era um espécime formidável de Baccarat, produzido na metade do século XIX, com todos os cristais chumbados e trabalho artesanal que havia de se esperar.

Lembrava-se dele oscilando sutilmente de um lado para o outro, os reflexos arco-íris cintilando ao redor do cômodo.

Há quantas noites? Fazia quanto tempo que Qhuinn servira à Escolhida no quarto imediatamente acima daquele cômodo?

Nada fora como antes depois disso.

– Um carro quebrado – Blay deu uma golada longa. – Apenas problemas mecânicos.

É por isso que sua roupa de couro está molhada e você tem sangue na camisa?, Saxton se perguntou.

E mesmo assim manteve a pergunta apenas para si.

Ele se acostumara a guardar as coisas para si.

Silêncio.

Blay terminou o Porto e se serviu de outro copo com o entusiasmo tipicamente reservado aos bêbados. Algo que ele não era.

– E... você? – perguntou o macho. – Como vai o seu trabalho?

– Terminei. Bem, quase.

Os olhos azuis de Blay se voltaram para ele.

– Verdade? Pensei que você ficaria nisso para sempre.

Saxton tracejou aquele rosto que ele conhecia tão bem. Aquele olhar no qual se detivera no que parecia uma vida inteira. Aqueles lábios nos quais ficara grudado por horas.

A sensação esmagadora de tristeza que sentiu foi tão inegável quanto a atração que o levara até aquela casa, para aquele trabalho, para sua vida nova.

– Eu também – disse ele depois de um momento. – Eu também... pensei que duraria mais tempo do que durou.

Blay fitou o próprio copo.

– Faz quanto tempo que você começou?

– Eu não... consigo lembrar – Saxton levantou uma mão e esfregou a parte do nariz que se junta à testa. – Não importa.

Mais silêncio. No qual Saxton estava pronto para apostar o ar em seus pulmões que a mente de Blay recuara para o outro macho, aquele a quem ele amava como a ninguém mais, a sua outra metade.

– O que era, então? – perguntou Blay.

– O que disse?

– O seu projeto. Todo esse trabalho – Blay agitou o copo em círculos de modo elegante. – Estes livros que você tem examinado. Se terminou, você pode me contar sobre o que se trata, não?

Saxton considerou brevemente contar-lhe a verdade... de que existiram outras coisas, tão importantes e urgentes sobre as quais ele se calara. Coisas com as quais ele acreditava poder viver, mas as quais, com o passar do tempo, provaram ser um fardo pesado demais para ser carregado.

– Logo você vai descobrir.

Blay assentiu, mas foi com aquela distração vital que ele demonstrara desde o começo. A não ser pelo fato de ele dizer:

– Estou feliz que esteja aqui.

A sobrancelha de Saxton se arqueou.

– Verdade...?

– Wrath precisa de um advogado verdadeiramente bom ao seu lado.

Ah.

Saxton afastou a cadeira e se levantou.

– Sim. É verdade.

Foi com uma estranha sensação de fragilidade que ele juntou seus papéis. Por certo parecia, naquele momento tenso e triste, como se somente eles o sustentassem, aquelas folhas finas, porém poderosas com incontáveis palavras, cada uma delas escritas à mão e com cuidado, contidas com esmero em suas linhas de texto.

Ele não sabia o que faria sem elas numa noite como aquela.

Pigarreou.

– Quais os seus planos para o que resta da noite?

Enquanto esperava por uma resposta, seu coração batia por detrás das costelas, porque ele, e somente ele, parecia perceber que a tarefa dada pelo Rei não era a única coisa que estava terminando naquela noite. De fato, o otimismo sem fundamento que o sustentara nas fases iniciais daquele caso amoroso se deteriorara num tipo de desespero que o fizera se agarrar a migalhas de modo pouco característico... mas agora, até isso sumira.

Era realmente irônico. O sexo era apenas uma ligação física transitória – e muitas vezes em sua vida era a única coisa por que ele procurara. Mesmo com Blaylock, no começo, fora assim. No transcorrer do tempo, porém, o coração se envolvera, e isso o levara aonde estava naquela noite.

O fim de tudo...

– ... me exercitar.

Saxton saiu do seu transe.

– Desculpe, o que disse?

– Vou me exercitar um pouco.

Depois de beber quase uma garrafa de Porto?, pensou Saxton.

Por um instante, ele ficou tentado a pedir mais informações sobre a noite, os mínimos detalhes sobre "quem", "o quê" e "onde" – como se eles pudessem desencadear algum tipo de alívio. Mas ele sabia que não devia fazer isso. Blay era uma alma generosa e compassiva, e tortura era algo que ele só realizava como parte do seu trabalho quando necessário.

Nenhum alívio viria, não de qualquer combinação de sexo, conversa ou silêncio.

Sentindo como se estivesse se preparando para o pior, Saxton abotoou o blazer e verificou se a gravata estava no lugar. Uma passada pelos peitorais indicou que o lenço quadrado estava precisamente arrumado, mas os punhos franceses da camisa precisavam de um ajuste, e ele logo providenciou isso.

– Preciso de um tempo para relaxar antes de ir falar com o Rei. Meus ombros estão me matando por eu ter passado a noite inteira sentado à escrivaninha.

– Tome um banho de banheira. Isso deve ajudar, não?

– Sim. Um banho.

– Vejo você mais tarde, então – disse Blay ao se servir novamente e se aproximar.

As bocas se encontraram num beijo breve, depois do qual Blay se virou e saiu para o vestíbulo, desaparecendo escada acima para ir se trocar.

Saxton observou sua saída. Até se adiantou alguns passos, só para poder ver os chutadores de merda, como os Irmãos chamavam os coturnos, subindo a escadaria principal, um degrau de cada vez.

Uma parte sua gritava para que ele seguisse o macho até o quarto e o ajudasse a se despir. Desconsiderando as emoções, a atração física entre eles sempre fora forte, e ele sentiu que gostaria de explorar aquilo agora.

A não ser pelo fato de que até mesmo esse Band-Aid estava se esfarelando.

Avançando para se servir de um xerez, sorveu-o e foi se sentar diante da lareira. Não fazia muito tempo que Fritz reestocara a lenha, e as chamas estavam vívidas e ativas por sobre as achas.

Aquilo doeria, Saxton pensou. Mas não o quebraria.

No fim, ele se recuperaria. Se curaria. Seguiria em frente.

Corações eram partidos o tempo todo...

Não havia uma canção a esse respeito?

A pergunta era, claro, quando ele e Blaylock falariam sobre aquilo.

Capítulo 9

O som dos esquis cross-country deslizando sobre a neve era um avanço rítmico, repetido rapidamente.

A tempestade que viera do norte se dissipara após o alvorecer, e o sol ascendente que brilhava debaixo da camada de nuvens que se partia atravessava a floresta até iluminar o chão reluzente.

Para Sola Morte, os feixes de ouro pareciam lâminas.

Logo adiante, seu objetivo se apresentava como um ovo Fabergé acomodado numa prateleira: a casa no Rio Hudson era um espetáculo da arquitetura, uma gaiola de vigas aparentemente frágeis segurando pilhas e pilhas de painéis de vidro. Por todos os lados, os reflexos da água e do sol nascente eram como fotografias capturadas por um verdadeiro artista, as imagens congeladas na própria construção da casa.

Não me pagariam para viver assim, pensou Sola.

A menos que fosse à prova de balas. Mas quem tinha dinheiro para tanto?

De acordo com o departamento de registros públicos de Caldwell, a terra fora adquirida por um tal de Vincent DiPietro dois anos antes, e desenvolvida pela imobiliária do homem. Não se pouparam gastos na construção – pelo menos de acordo com a listagem de avaliação das propriedades, que era superior a oito milhões de dólares. Só depois da construção, concluiu-se que a propriedade mudou de mãos, mas não para uma pessoa física; para um fundo imobiliário – com apenas um advogado em Londres apontado como curador.

No entanto, ela sabia quem vivia ali.

Era ele o motivo por ela estar ali.

Ele também era o motivo por ela ter se armado até os dentes. Sola tinha muitas armas em lugares de fácil acesso: uma adaga na bainha atrás das costas, uma pistola no quadril direito, um chicote escondido na gola da parca de camuflagem branca e creme.

Homens como o seu alvo não apreciavam ser espionados – mesmo que ela estivesse ali apenas em busca de informações, e não para matá-lo, não tinha dúvidas de que se a encontrassem na propriedade, a situação ficaria tensa. Rapidamente.

Ao pegar os binóculos de dentro do bolso da parca, manteve-se imóvel e em silêncio. Nenhum som de alguém se aproximando por trás ou pelas laterais, e, à frente, ela tinha visão desobstruída da parte de trás da casa.

Normalmente, quando era contratada para esse tipo de missão, ela operava à noite. Mas não com esse alvo.

Chefões do tráfico de drogas conduziam seus negócios das nove às cinco – da noite, não do dia. Durante o dia eles dormiam e transavam, portanto era nessa hora que você quereria avaliar suas casas, aprender seus hábitos, conhecer os empregados e como eles se protegiam durante seu período de repouso.

Focando a casa, ela fez sua avaliação. Portas de garagem. Portão dos fundos. Janelas pela metade que ela supunha ser da cozinha. E depois começavam os vidros do chão ao teto, passando da parte dos fundos e dando a volta para a margem do rio.

Três andares.

Não conseguia ver nada que se movesse no interior.

Caramba, aquilo era muito vidro. E, dependendo do ângulo da luz, ela até conseguia ver alguns dos cômodos, especialmente o espaço amplo que parecia tomar pelo menos metade do primeiro andar. A mobília era esparsa e moderna, como se o proprietário não fosse hospitaleiro com gente à toa.

Ela apostava que a vista era incrível. Ainda mais agora, com uma nuvem cobrindo parcialmente o sol.

Passando os binóculos para o beiral do telhado, procurou por câmeras de segurança, esperando ver uma a cada seis metros.

Isso mesmo.

Ok, fazia sentido. Pelo que lhe disseram, o dono da casa era muito cuidadoso e esse tipo de desconfiança implacável tendia a ser acompanhada por uma boa dose de comportamento voltado à segurança, incluindo, mas não se limitando, guarda-costas, carros blindados e, muito certamente, monitoramento constante de qualquer ambiente no qual o indivíduo passasse algum tempo.

O homem que a contratara, por exemplo, tinha tudo isso e mais um pouco.

– Mas o qu... – sussurrou, focando melhor os binóculos.

Parou de respirar para garantir que nada se movesse.

Aquilo estava... tudo errado. Havia um padrão de ondulação no que estava no interior da casa. A pouca mobília que ela via estava ondulando sutilmente.

Abaixando as lentes poderosas, ela olhou ao redor, perguntando-se se talvez o problema fosse com a sua visão.

Não. Todos os pinheiros na floresta se comportavam apropriadamente, inertes, os galhos imóveis no ar frio. E quando ela levantou os binóculos mais uma vez, tracejou o telhado da casa e o contorno das chaminés de pedra.

Tudo estava completamente inanimado.

De volta ao vidro.

Inspirando profundamente, ela segurou o oxigênio nos pulmões e se equilibrou contra o galho da árvore mais próxima para dar mais estabilidade ao corpo.

Alguma coisa continuava estranha. As molduras das portas de correr e as linhas das varandas e todo o resto na casa? Estático e sólido. O interior, contudo, parecia... de alguma forma em má resolução, como uma imagem múltipla que fora criada para fazer as coisas parecerem como se fossem mobília... e essa imagem fora sobreposta a algo como uma cortina... que parecia estar sujeita a uma corrente de ar suave.

Aquele projeto seria mais interessante do que ela imaginara. Reportar as atividades de um parceiro de negócios de um "amigo" seu não a animara muito. Ela preferia desafios maiores.

No entanto, talvez houvesse mais a respeito desse homem do que parecia à primeira vista.

Afinal, camuflagem significava que você estava escondendo algo e ela fizera uma carreira à custa de tirar das pessoas o que elas queriam manter. Segredos. Itens de valor. Informações. Documentos.

O vocabulário usado para definir as coisas era irrelevante para ela. O ato de penetrar numa casa trancada, ou num carro, num cofre, ou numa maleta, e extrair o que ela procurava era o que importava.

Ela era uma caçadora.

E o homem naquela casa, quem quer que fosse, era a sua presa.

CAPÍTULO 10

Blay não tinha que ficar perto de pesos, muito menos do tipo de ferro que havia na academia do centro de treinamento. Forçar aquele Porto no estômago vazio o deixara tonto e descoordenado. Mas ele precisava ter algum tipo de direção... um plano, um destino para o qual arrastar seu pobre traseiro. Qualquer coisa que não fosse subir para o quarto, sentar naquela cama de novo e começar o dia do mesmo modo como começara a noite – fumando e fitando o vazio.

Muito provavelmente com muito mais Porto para acompanhar.

Saindo do túnel subterrâneo, ele passou pelo escritório e empurrou a porta de vidro.

Enquanto avançava, ainda bebendo do copo meio vazio, sua mente andava em círculos, imaginando quando aquele monte de asneiras entre ele e Qhuinn chegaria ao fim. No seu leito de morte? Deus, ele achava que não conseguiria durar tanto, levando-se em conta que ele ainda tinha uma vida inteira diante de si.

Talvez ele devesse se mudar da mansão. Antes de Wellsie ser assassinada, ela e Tohr viveram numa casa própria. Diabos, se fizesse isso, não teria de ver Qhuinn a não ser durante as reuniões – e com tantas pessoas espalhadas pela Irmandade, seria fácil ficar longe do campo de visão.

Na verdade, já vinha fazendo isso há algum tempo.

De fato, com esse plano, os dois nunca teriam de cruzar seus caminhos: John era sempre o parceiro do cara por causa de toda aquela coisa do *ahstrux nohtrum*, e considerando-se os turnos, a maneira como o território era dividido, ele e Qhuinn nunca lutavam juntos, a não ser numa emergência.

Saxton podia ir e voltar do trabalho...

Blay parou de pronto na entrada da sala de levantamento de pesos. Pelo vidro, ele viu pesos subindo e descendo na máquina reclinada de agachamentos, e ele sabia a quem pertencia aquele par de Nikes.

Maldição, não tinha um minuto de folga.

Inclinando-se, ele bateu a cabeça uma vez. Duas. Três...

– Sabe que as séries de repetições devem ser feitas nas máquinas... e não na porta.

A voz de Manny Manello era tão bem-vinda quanto uma biqueira de aço no meio das bolas.

Blay se endireitou, e o mundo deu uma girada rápida, ao ponto em que ele teve que colocar, disfarçadamente, a mão livre no batente só para que seu desequilíbrio não ficasse evidente. E também escondeu seu drinque quase finalizado.

O médico provavelmente não consideraria uma boa ideia exercitar-se sob a influência de álcool.

– Como vai? – perguntou Blay, mesmo não se importando com a resposta... e esse não era um comentário reservado ao *hellren* de Payne. Ele não se importava com muita coisa no momento.

A boca de Manello começou a se mover e Blay ficou olhando os lábios do homem formarem e soltarem as sílabas. Um momento depois, algum tipo de adeus foi dito, e logo Blay se viu sozinho com a porta de novo.

Parecia uma idiotice ficar apenas parado ali, e ele dissera ao médico que entraria. Além disso, devia haver o quê... uns 25 equipamentos na sala? Além de barras e pesos. Esteiras. StairMasters, elípticos... muita coisa com que se ocupar.

Não estou apaixonado por Layla.

Com uma imprecação, Blay empurrou a porta e se preparou para um desajeitado "ah, oi, é você...". A não ser pelo fato de Qhuinn nem ter notado a sua entrada. Em vez de se exercitar com a música ambiente, ele estava com aqueles fones que cobrem os ouvidos e tinha se mudado para a barra fixa, portanto estava de frente para uma parede de concreto.

Blay se afastou o quanto pôde, subindo numa máquina qualquer – peitorais. Tanto faz.

Depois de apoiar o copo e ajustar o pino na pilha de pesos, acomodou-se no assento acolchoado, segurou as manoplas e começou a empurrar na altura do peito.

Tudo para o que podia olhar era Qhuinn.

Ou talvez isso fosse porque seus olhos se recusaram a olhar em qualquer outra direção.

O macho usava uma camiseta regata preta que deixava aqueles ombros tremendos em completa exposição... e os músculos ao longo deles se flexionavam ao máximo quando ele chegava ao topo da puxada, as saliências e os contornos de um lutador... não de um advogado...

Blay se deteve.

Qualquer comparação como aquela era injusta a ponto de provocar náuseas. Depois do último ano, ele conhecia o corpo de Saxton quase tão bem quanto o seu, e o macho era muito bem formado, tão magro e elegante...

Qhuinn suspendeu-se novamente, o peso da parte inferior do corpo exigindo força daqueles braços e daquele torso. E, graças ao seu esforço, o suor irrompeu sobre toda a pele, fazendo-o brilhar debaixo das luzes.

A tatuagem na parte de trás da nuca mudava conforme ele soltava e descia para ficar pendurado, e depois novamente na subida. E na descida. E na subida.

Blay pensou no modo como o macho ficara quando viraram o Hummer: poderoso, masculino... erótico.

Aquilo não podia estar acontecendo.

Ele não estava, de fato, sentado ali, olhando para Qhuinn daquele jeito...

Imagens do passado se infiltraram, transformando sua mente numa tela de televisão. Ele viu Qhuinn se inclinando sobre uma mulher humana que fora deitada com o traseiro para cima numa mesa, os quadris dele bombeando conforme ele a fodia, as mãos travadas nos quadris dela para segurá-la no lugar. Naquela vez ele não estava de camisa, e os ombros se mostraram tão rijos como agora.

Corpo firme sendo bem utilizado.

Havia tantas cenas como aquela, com Qhuinn em diferentes posições com pessoas diferentes, machos e fêmeas. No começo, logo depois das transições, houve uma tremenda sensação de excitação conforme os dois saíam para caçar juntos – ou melhor, era Qhuinn quem caçava e Blay aceitava o que quer que fosse trazido. Tanto sexo com tantas pessoas – ainda que, àquela altura, Blay se ativesse apenas às fêmeas.

Talvez porque ele soubesse que elas eram seguras, que elas "não contavam" em tantos modos.

Tão descomplicado no começo. Mas, em algum momento ao longo dos anos, as coisas sofreram uma mudança e ele começara a perceber que ao observar Qhuinn com os aleatórios, imaginava-se debaixo daquele corpo, recebendo o que o homem era tão bom em dar. Depois de um tempo, já não era mais a boca de um desconhecido no pau de Qhuinn; era a sua. E quando aqueles orgasmos surgiam, e eles sempre surgiam, era ele quem os recebia. Eram as suas mãos no corpo de Qhuinn, e seus lábios encaixados, e as suas pernas abertas.

E isso ferrou tudo.

Merda, lembrava-se de ter ficado acordado durante o dia, olhando para o teto, dizendo a si mesmo que quando estivessem numa boate novamente, naqueles banheiros, ou em qualquer lugar em que o mesmo acontecia, ele não faria mais aquilo. Mas toda vez que saíam, era como se uma pílula do sabor ideal fosse oferecida a um viciado.

E depois ocorreram aqueles dois beijos... o primeiro no corredor saindo dali, na sala de exames da clínica. E ele teve que implorar para recebê-lo. E depois o segundo no seu banheiro, pouco antes de ele sair com Saxton pela primeira vez.

Ele também teve que implorar por aquele.

Abruptamente, Blay parou de fingir que estava de fato se exercitando e baixou as mãos para as coxas.

Ordenou-se a ir embora. Apenas se levantar daquele lugar, sair dali antes que Qhuinn fosse para o próximo equipamento e ele fosse descoberto.

Em vez disso, viu seus olhos fixos naqueles ombros e naquela coluna, na cintura estreita e no traseiro firme, nas pernas fortes.

Talvez fosse o álcool. O resultado daquela discussão no guincho. A coisa toda do sexo com Layla...

Naquele instante, porém, ele se excitou. Ficou duro como uma pedra. Pronto para a coisa.

Blay baixou o olhar do peito para seus shorts largos e sentiu vontade de se dar um tiro na cabeça.

Ai, Jesus, ele precisava sair dali imediatamente.

Enquanto Qhuinn continuava sua série na barra fixa, as mãos entorpeciam e ele sentia como se os bíceps estivessem sendo arrancados dos ossos por facas cegas, e isso não passava de brincadeira se comparado com os ombros. Eram eles o verdadeiro problema. Alguém obviamente se aproximara por trás, aplicara removedor de verniz sobre eles e depois os friccionara com uma lixa industrial.

Não fazia ideia de quantas repetições fizera. Nem de quantos quilômetros correra. Não contara os abdominais, os agachamentos e afundos.

Ele só sabia que continuaria.

Objetivo: exaustão absoluta. Queria desmaiar no momento em que subisse e se deitasse na cama.

Descendo da barra, pousou as mãos nos quadris, abaixou a cabeça e respirou fundo. Seu ombro direito logo se recuperou, mas esse era o seu lado dominante, por isso era o esperado. Para relaxar o nó nos músculos, girou o braço num círculo amplo ao se virar...

E parou.

Do outro lado dos colchonetes azuis, Blay estava na máquina mais próxima à porta, sentado tão parado quanto os pesos que ele não levantava.

A expressão no rosto dele era vulcânica. Mas não estava furioso.

Não, não estava.

Ele estava com uma ereção tão grande que se via do outro lado do cômodo. Talvez do outro lado do Estado.

Qhuinn abriu a boca. Fechou-a. Abriu-a novamente.

No fim, resolveu que aquele era um exemplo típico de que a vida nunca deixava de surpreender. De todas as situações nas quais pensou que pudessem estar assim, esta não era nenhuma delas. Não depois... bem, depois de tudo.

Tirou os fones de ouvido e os deixou pendurados no pescoço, as batidas frenéticas de um show ensurdecedor diminuindo para apenas um sibilo.

Isso é para mim?, ele queria perguntar.

Por uma fração de segundo, ele pensou que poderia ser, mas, pensando bem, não seria muita arrogância de sua parte? O cara mal acabara de lhe fazer um discurso sobre como os dois não passavam de colegas trabalhando lado a lado em estações de gordura trans. Em seguida, Blay aparece com uma ereção do tamanho de um pé-de-cabra, e a primeira coisa que lhe vem à mente é que, talvez, quem sabe, seria possível, aquilo ser... para ele?

Que idiota ele era.

E, P.S., o que diabos ele faria se subitamente se encontrasse num universo paralelo, com Blay dizendo "ei, que tal" naquele departamento?

Claro que o desejava.

Mas que merda, sempre o desejara a ponto de se perguntar quanto daquela coisa de evitá-lo "pelo bem de Blay" não fora, na verdade, pelo seu próprio bem.

Pensando nisso, percebeu o copo repousando ao lado dos pés dele. Ah, o álcool estava envolvido – honestamente, ele duvidava que aqueles centímetros de líquido escuro fossem Coca-Cola.

Merda, pelo que podia saber, Saxton acabara de lhe enviar uma mensagem quente e essa era a causa da ereção.

Ah, se isso não era broxante.

O seu primo está me dando tudo de que preciso. O dia inteiro. Todos os dias.

– Tem mais alguma coisa para me dizer? – Qhuinn perguntou com aspereza.

Blay moveu a cabeça de um lado para o outro uma vez.

Qhuinn franziu o cenho. Blay não era esquentado – nunca fora, e em parte por isso, por muito tempo, eles foram tão próximos. Equilíbrio e todo aquele papo-furado. Naquele instante, porém, parecia que o cara estava bem perto de perder as estribeiras.

Problemas no paraíso do casal feliz?

Não, eles eram bons demais juntos.

– Ok – caramba, a ideia de ficar por perto enquanto Blay estava com o mastro erguido para mais uma sessão com Saxton, o Magnífico, era insustentável. – Até mais.

Ao se afastar, sentiu os olhos de Blay sobre si, mas eles não estavam no nível do seu rosto. Pelo menos, não parecia.

Que *porra* estava acontecendo ali?

Empurrando a porta para o corredor, deu uma olhada para ver se as paredes de concreto não estavam derretendo ou se ele não tinha, subitamente, peixes no lugar das mãos ou algo assim. Nada disso era verdade, mas uma sensação esquisita de irrealidade o perseguiu enquanto ele avançava até o vestiário. Uma chuveirada era obrigatória; estava coberto por suor, e por mais que os *doggen* adorassem uma bela bagunça, ele não pretendia dar-lhes mais trabalho só porque tentara se matar na academia...

Duro. Excitado. Pronto para o sexo.

Enquanto essa imagem de Blay martelava em sua cabeça, ele fechou os olhos, e chegou à porta do mundo dos azulejos e chuveiros. Tinha a intenção de seguir diretamente para os chuveiros, mas acabou se demorando na parte da frente do lugar, onde os armários estavam enfileirados e os bancos atravessavam os corredores pelo meio.

Parando, desamarrou os Nikes, chutou-os e tirou as meias.

Totalmente excitado.

Blay estivera fora de si por conta disso.

Por algum motivo, os dois últimos encontros sexuais de Qhuinn lhe vieram à mente. Houve o ruivo no Iron Mask – aquele a quem seduzira e com quem transara no banheiro. Escolhera-o aleatoriamente no meio da multidão por uma determinada característica física e, naturalmente, o sexo não lhe provocara nada de extraordinário. Em retrospecto, foi como querer tomar tequila e acabar bebendo água tônica.

E depois aconteceu aquela coisa com Layla, que não passara de um trabalho físico exigente, como cavar uma trincheira ou levantar uma parede...

Deus, sentia-se mal ao pensar assim, pois não queria desrespeitar a Escolhida. Mas pelo menos ficou bem claro que ela pensava do mesmo modo.

Foi só isso no último ano. Apenas aqueles dois.

Quase doze meses de nada, e ele nem vinha se masturbando. Ele simplesmente não estava interessado em nada, como se suas bolas estivessem hibernando.

Engraçado, depois da sua transição, ele transara com qualquer coisa com duas pernas e um coração pulsante, e enquanto se esforçava para se lembrar de alguns dos muitos rostos – Deus bem sabia que ele não se dera ao trabalho de saber os nomes muitas vezes –, uma sensação desconfortável contraía seu estômago.

Todas aquelas transas anônimas, sem nomes, sem rostos... diante de Blay. Sempre com ele, pensando bem. Na época, parecia um tipo de acontecimento entre camaradas, mas agora ele se questionava.

Ah, que merda. Ele *sabia* do que tratara.

Era um tremendo covarde, não?

Pondo-se de pé, despiu-se e deixou a camiseta e os shorts sobre o banco numa bagunça suada. Andando para os chuveiros, escolheu um a esmo, abrindo a torneira e entrando debaixo do jato. A água estava absurdamente fria, mas ele não se importava. Enfrentou o açoite, fechando as pálpebras e abrindo a boca.

Aquele ruivo do clube quase um ano atrás? Enquanto seduzia o cara para o banheiro, era Blay quem esteve em sua mente o tempo inteiro.

Foi Blay quem ele empurrou para a pia e beijou com sofreguidão. Foi o pau de Blay que ele chupou, e o corpo de Blay que ele comeu por trás e...

– Pelo amor de... – gemeu.

Do nada, a imagem do velho amigo sentado na máquina de pesos, com os joelhos afastados, o pênis pressionando o tecido fino dos shorts entrou em sua mente e atravessou a coluna, indo direto para o meio das suas pernas. Praguejando, ele se arqueou e teve que apoiar uma mão no azulejo escorregadio.

– Ai... cacete...

Recostando-se, apoiou a testa no braço e tentou se concentrar na sensação da água batendo na nuca.

Nada.

Tudo o que percebia era a pulsação no pênis.

Bem, isso e uma fantasia ressonante dele caindo de joelhos e se encaixando entre as coxas afastadas de Blay, lambendo o caminho até aquela boca... enquanto se insinuaria debaixo do cós dos shorts e começaria a aplicar um trabalho manual que o cara jamais conseguiria esquecer.

Entre outras coisas.

Virando para se livrar do jato, Qhuinn levou as mãos aos cabelos e os esticou para trás, arqueando a coluna.

Sentia o pênis ereto, implorando por atenção.

Mas não faria nada a respeito. Blay merecia mais do que isso. Sim, não fazia sentido, mas parecia sórdido masturbar-se no chuveiro por causa da excitação do cara por outra pessoa.

Inferno, por causa do *parceiro* do cara.

O *primo* de Qhuinn, pelo amor de Deus.

Enquanto sua ereção simplesmente continuava, inabalada pela lógica, ele soube que o dia seria bem longo.

Capítulo 11

Blay baixou a cabeça com uma imprecação enquanto a porta da academia se fechava. E claro, daquele ângulo, tudo o que enxergava era a sua ereção.

O que não ajudou.

Levantando o olhar, viu a barra fixa, e soube que tinha de fazer alguma coisa. Ficar sentado ali meio embriagado com uma festa armada entre as pernas dificilmente era uma posição na qual queria ser flagrado. Se um Irmão como Rhage entrasse e visse aquilo? Blay teria de aguentar a gozação pelo resto da vida. Além disso, estava com roupas de ginástica, cercado por equipamentos, portanto, só lhe restava se ocupar, puxar um pouco de ferro, e esperar que o senhor Alegria afundasse em depressão por falta de atenção.

Um bom plano.

Mesmo.

Claro.

Quando, um pouco depois, olhou para o relógio, percebeu que uns quinze minutos haviam se passado e ele não estava mais próximo de movimentos repetitivos e construtivos, a menos que se considerasse a respiração.

Sua ereção tinha uma sugestão para esse tipo de objetivo.

E sua palma se preparou, indo para o meio das pernas, encontrando a rigidez...

Blay levantou do assento num pulo e seguiu para a porta. Chega de idiotice. Iria para o banheiro do vestiário na esperança de reciclar um pouco do álcool no seu sistema. Depois voltaria para a esteira e suaria o resto da bebida.

Depois disso, seria hora de ir para a cama, onde, se precisasse de uma válvula de descarga do tipo erótico, ele a encontraria no local apropriado.

O primeiro sinal de que seu novo plano poderia levá-lo para mais confusão surgiu quando empurrou a porta do vestiário: o som de água corrente significava que alguém estava atarefado com o ritual do xampu e sabonete. Ele estava tão concentrado em se chutar no traseiro, porém, que nem se preocupou com qualquer conclusão.

O que o teria feito parar, virar e encontrar outro banheiro o mais rápido possível.

Em vez disso, passou pelos armários e foi fazer o que tinha de ser feito. Só quando estava lavando as mãos que os cálculos começaram a ser computados.

Por vontade própria, a cabeça girou na direção dos chuveiros.

Você tem que sair, ele se ordenou.

Ao desligar a torneira, o rangido sutil pareceu mais alto que um grito, e ele se recusou a se olhar no espelho. Não queria enxergar o que havia em seu olhar.

Volte para a porta. Apenas volte para a porta. Apenas...

O fracasso do seu corpo em seguir esse simples comando não foi apenas um exercício de rebelião física. Era, tragicamente, um padrão.

E ele se lamentaria mais tarde.

No momento, contudo, quando ele tomou a decisão de se aproximar e se esgueirar ao redor da parede de azulejos para os chuveiros, onde se manteve praticamente escondido, e espiou o macho que não deveria... a tresloucada onda de emoção que era tão dolorosamente familiar, era um conjunto de roupas feito sob medida para a sua insanidade.

Qhuinn estava de frente para o chuveiro com uma mão contra a parede escorregadia, a cabeça morena pensa debaixo do jato. A água corria pelos ombros e pelos acres de pele flexível que recobria as costas poderosas... depois descia pelo traseiro magnífico... e seguia em frente, passando pelas pernas longas e musculosas.

Durante o último ano, o lutador encorpara muito. Qhuinn ficara grande depois da transição e crescera ainda mais durante os primeiros meses de alimentação intensa. Mas já fazia um tempo desde que Blay não o via sem roupas... e, caramba, a rotina de puxar ferro à qual ele se submetera mostrava os resultados em todos aqueles músculos definidos...

Abruptamente, Qhuinn mudou de posição, virando, jogando a cabeça para trás, fazendo a água correr pelo cabelo escuro, aquele corpo incrível arqueando.

Ele manteve o piercing no pênis.

E, puta merda, estava excitado...

Um orgasmo imediatamente ameaçou a cabeça do pênis de Blay, os testículos ficando duros como punhos cerrados.

Dando meia-volta, ele saiu do vestiário como se tivesse sido lançado de um canhão, empurrando a porta, saindo em disparada no corredor.

– Ai, merda... cacete... puta que o...

Andando o mais rápido que podia, ele tentou tirar aquela imagem da cabeça, lembrando-se de que tinha um amante, que tocara a vida, que era possível se autodestruir a respeito da mesma coisa apenas uma limitada quantidade de vezes e que depois se chegava ao fim.

Quando nada disso funcionou, ele repetiu o discurso que fizera para Qhuinn no guincho...

Inferno, onde ficava o escritório?

Parando, olhou ao redor. Ah, fantástico. Tomara a direção oposta daquela que pretendia ter tomado, e agora tinha passado pela clínica e estava na ala de salas de aula do centro de treinamento.

A quilômetros de distância da entrada do túnel.

– ... laceração tão profunda. Mas ele não teve nada disso.

A voz grave de Manny Manello precedeu o homem que vinha pelo corredor saindo da sala de exames. Um segundo depois, a doutora Jane apareceu bem ao lado dele, com um prontuário aberto na mão, a ponta do dedo descendo pela página.

Blay se enfiou na primeira porta que encontrou...

E se deparou com uma parede de escuridão. Apalpando para encontrar um interruptor, visto que estava abalado demais para acender qualquer luz mentalmente, encontrou um, apertou e ficou momentaneamente cego.

– Ai!

A dor aguda que subiu da canela para o cérebro lhe disse que ele colidira com algo grande.

Ah, uma escrivaninha.

Estava num daqueles miniescritórios satélites das salas de aula, e isso era uma notícia muito boa. Com o programa de treinamento ainda suspenso por causa dos ataques, não havia ninguém ali embaixo, e provavelmente ninguém teria motivo para estar naquela saleta vazia.

Ele poderia ter um pouco de privacidade por um tempo, o que era uma bênção. Deus bem sabia que ele não tentaria voltar para a mansão agora. Com a sua sorte, acabaria se deparando com Qhuinn, e a última coisa de que ele precisava era estar perto do cara.

Indo para trás da escrivaninha, sentou-se na cadeira de escritório acolchoada e levantou as pernas, esticando-as sobre a superfície que deveria conter um computador, uma planta, um pote cheio de canetas. Em vez disso, estava vazia, ainda que não estivesse empoeirada. Fritz jamais permitiria isso mesmo num cômodo desocupado.

Esfregando a parte dolorida na canela, ficou evidente que produziria um belo hematoma. Mas ao menos a dor o distraíra daquilo que o motivara até ali.

Entretanto, isso não durou muito.

Ao inclinar a cadeira para trás e fechar os olhos, sua mente retornou ao vestiário.

E ele pensou se a tortura nunca teria um fim.

Deus, seu pênis estava latejando.

Considerando suas opções, ele ordenou que as luzes se apagassem, fechou os olhos e comandou que seu cérebro se desligasse para ele poder dormir. Se, ao menos, ele conseguisse cochilar uma ou duas horas ali, acordaria mais sóbrio, flácido e pronto para enfrentar as pessoas novamente.

Bem, *esse* era um bom plano, e também o ambiente era perfeito. Escuro, fresquinho, bem tranquilo do modo como somente as instalações subterrâneas podem ser.

Ajeitando o corpo ainda mais para baixo na cadeira, cruzou os braços sobre o peito e se preparou para o trem do sono REM chegar à estação.

Quando isso não funcionou, ele começou a imaginar todo tipo de situação "de desligamento", como aspiradores de pó sendo puxados da tomada e incêndios sendo apagados com água e telas de TV escurecendo...

Qhuinn estava tão altamente "transável" daquele jeito, o corpo macio e liso entalhado em músculos, o sexo grosso e orgulhoso. Toda aquela água o deixara escorregadio e sensual... e, santa Virgem Escriba, Blay teria dado praticamente qualquer coisa para se aproximar, se ajoelhar e tomar o sexo dele na boca, sentindo aquela cabeça com suas investidas penetrantes em sua língua ao entrar e sair...

O som desgostoso que emitiu ecoou, parecendo mais alto do que provavelmente fora.

Abrindo os olhos, tentou tirar da cabeça qualquer fantasia que envolvesse chupar. Mas a escuridão completa não ajudou; apenas formou a tela perfeita para ele continuar a projetar as imagens.

Praguejando, deu uma chance para o lance de ioga, com o qual você relaxa a tensão em cada parte do corpo, começando pela prega sempre presente entre as sobrancelhas, depois as cordas rígidas que desciam pelos ombros até a base do crânio. O peito também estava apertado, os peitorais contraídos sem nenhum motivo aparente, os bíceps afundando nos antebraços.

Em seguida, ele deveria focar no abdômen, depois nas nádegas e coxas, nos joelhos e panturrilhas... até a pontinha do pé.

Ele não chegou tão longe.

Pensando bem, tentar convencer sua excitação sobre qualquer tipo de maleabilidade demandaria poderes de persuasão que seu cérebro parcialmente embriagado não possuía.

Infelizmente, só havia um modo seguro de se livrar do senhor Alegria. E, no escuro, sozinho, com a garantia de que "ninguém nunca vai ficar sabendo", por que ele não podia simplesmente cuidar daquilo, apagar o fogo e desmaiar? Não era muito diferente de despertar no meio da noite com uma ereção – porque Deus bem sabia que não havia nenhuma emoção envolvida. E ele estava alcoolizado, certo? Então isso era mais uma razão.

Repetiu a si mesmo que não estava traindo Saxton. Não estava *com* Qhuinn – e era Saxton quem ele queria...

Por um instante, ele continuou a pesar os prós e os contras, mas, no fim, sua mão tomou a decisão por ele. Antes de se dar conta, a palma se escondia debaixo do cós folgado e...

O sibilo que emitiu ao se segurar foi como um tiro no silêncio, assim como o rangido da cadeira quando a investida dos quadris empurrou os ombros contra o estofamento de couro. Quente e duro, grosso e longo, seu pênis clamava por atenção, mas a angulação estava errada, e não havia espaço para mexer dentro dos malditos shorts.

Por algum motivo, a ideia de se despir da cintura para baixo o fez se sentir sujo, mas seu senso de decoro foi para o espaço bem rápido quando tudo o que ele conseguia fazer era apertar. Elevando o traseiro, abaixou os shorts, depois percebeu que precisaria de alguma coisa para limpar a bagunça.

A camiseta foi retirada em seguida.

Nu no escuro, esticado da cadeira para a escrivaninha, ele se entregou, afastando as pernas, bombeando para cima e para baixo. A fricção fez seus olhos revirarem, morder o lábio inferior. Deus, as sensações eram tão boas, fluindo pelo corpo...

Droga.

Qhuinn estava na sua cabeça, Qhuinn estava na sua boca... Qhuinn estava dentro dele, os dois se movendo juntos...

Isso era errado.

Congelou. Parou de pronto.

– Merda.

Blay soltou o pênis, ainda que o simples processo de desistir da traição o fizesse cerrar os molares.

Abrindo os olhos, fitou a escuridão. O som da sua respiração entrando e saindo do peito o fez praguejar novamente. Assim como a necessidade pulsante de um orgasmo – ao qual ele se recusava a ceder.

Não daria continuidade àquilo...

Do nada, a imagem de Qhuinn arqueado debaixo do jato de água golpeou sua mente, assumindo o controle. Contrariando seu raciocínio, sua lealdade, seu senso de justiça... seu corpo se sobrecarregou, o orgasmo atingindo o pênis antes que ele o conseguisse detê-lo, antes que ele conseguisse negar, pois aquilo não era certo... antes que ele conseguisse dizer "De novo, não. Nunca mais".

Ah, Deus. A sensação doce e penetrante, repetida uma vez depois da outra até ele se perguntar se aquilo um dia terminaria, mesmo ele não tendo ajudado.

Aquela reação física podia estar além do seu controle. Sua reação a ela não.

Quando ele se aquietou por fim, a respiração estava agitada e o frio na pele nua do peito sugeria que ele suara... e enquanto o corpo se recuperava, sua consciência retornava, e a ereção murchando era como um barômetro do seu humor.

Esticando-se, apalpou a mesa até encontrar a camiseta; depois esfregou-a e pressionou-a na junção das coxas.

O resto da confusão em que se metera não seria tão fácil de limpar.

Do outro lado da cidade, no 18º andar do Commodore, Trez estava sentado numa cadeira lustrosa de aço e couro que ficava de frente para a parede envidraçada dando para o rio Hudson. O sol do meio-dia brilhava mais por causa da neve fresca que caíra nas margens durante a noite.

– Sei que está aqui – disse secamente, sorvendo um gole da caneca de café.

Quando não houve resposta, ele rodopiou a cadeira em sua base giratória. Como esperado, iAm viera do quarto e estava sentado no sofá, com o iPad no colo, o indicador deslizando pela tela. Ele devia estar lendo a edição online do *The New York Times*, claro; era o que fazia toda manhã ao acordar.

– Então – disse Trez. – Manda ver.

A única resposta que teve foi uma das sobrancelhas de iAm se erguendo. Por, digamos, meio segundo.

O bastardo presunçoso nem olhava para ele.

– Deve ser um artigo fascinante. Sobre o que é? Irmãos teimosos?

Trez passou algum tempo segurando a caneca de café quente.

– iAm. Sério. Que bobagem.

Depois de um momento, o olhar escuro do irmão se ergueu. Os olhos que sustentaram os seus estavam, como sempre, completamente livres de emoção, dúvida e todas as asneiras com que os mortais lidavam. iAm era sensível de maneira sobrenatural... como uma cobra: atenta, inteligente, pronta a atacar, mas relutante em desperdiçar força até que fosse necessário.

– O que foi? – resmungou Trez.

– Seria redundante lhe dizer o que você já sabe.

– Faça isso por mim – ele sorveu mais um gole e se perguntou por que diabos estava se oferecendo para aquilo. – Vá em frente.

Os lábios de iAm se contraíram como sempre quando ele pensava numa resposta. Depois ele fechou a capa do iPad, cada uma das quatro seções descendo como pegadas na tela. Então ele pôs de lado o equipamento, descruzou as pernas e se inclinou para frente para equilibrar os cotovelos sobre os joelhos. Os bíceps dele eram tão grossos que as mangas da camisa pareciam que se rasgariam.

– Sua vida sexual está fora de controle – enquanto Trez revirava os olhos, o irmão continuou a falar. – Está transando com três ou quatro mulheres por noite, às vezes mais. Não se trata de alimentar-se, portanto não perca o nosso tempo tentando usar essa desculpa. Você está comprometendo os padrões profissionais do...

– Eu lido com bebidas e prostitutas. Não acha que isso parece um pouco intelectual...

iAm pegou o iPad e o balançou.

– Devo voltar a ler?

– Só estou dizendo...

– Você me pediu para falar. Se isto é um problema, a solução não é ficar na defensiva porque não gosta do que está ouvindo. A resposta é não me convidar a falar.

Trez cerrou os dentes. Veja, era esse o problema com o maldito irmão. Ele era sensato demais.

Levantando-se num rompante, atravessou a sala ampla. A cozinha era como todo o resto do apartamento: moderna, arejada e despojada. O que significava que se ele se servisse de um pouco mais de cafeína, conseguiria enxergar o irmão em sua visão periférica.

Caramba, às vezes ele detestava aquele lugar. A menos que estivesse no quarto com a porta fechada, não conseguia se livrar daqueles olhos.

– Devo ler ou falar? – perguntou iAm com tranquilidade, como se isso lhe fosse indiferente.

Caramba, como Trez queria falar para o cara enfiar o nariz no jornal, mas isso seria o mesmo que admitir uma derrota.

– Continue – Trez voltou à poltrona e se preparou para uma surra.

– Você não está se comportando de maneira profissional.

– Você come no Sal's.

– O meu linguini com molho de mariscos não requer uma ordem judicial quando decido que na noite seguinte quero o *Fra Diavolo*.

Bem observado. E, de alguma forma, isso o fez se sentir quase violento.

– Sei o que está fazendo – disse iAm. – E por quê.

– Você não é virgem, portanto é claro que...

– Sei o que lhe enviaram.

Trez parou.

– Como?

– Quando você não atendeu, recebi um telefonema.

Trez empurrou o tapete debaixo dos pés e girou a cadeira para ficar de frente para o rio. Merda. Ele imaginou que acalmaria a situação com aquilo, do tipo, dar ao irmão uma sessão de sermão para que os dois pudessem voltar ao normal. Eles costumavam ser como pele e osso, e o bom relacionamento era essencial.

Ele conseguia lidar com quase tudo, exceto com um desentendimento com o irmão.

Infelizmente, os problemas sobre os quais se referiam ali eram a única coisa no "quase tudo".

– Ignorar não vai fazer isso desaparecer, Trez.

Isso foi dito com uma certa medida de gentileza, como se o cara lamentasse por ele.

Enquanto Trez fitava o rio, imaginou estar em seu clube, com humanos cercando-o, o dinheiro trocando de mãos e as mulheres que trabalhavam lá fazendo o que faziam nos fundos. Legal. Normal. Controlado e confortável.

– Você tem responsabilidades.

Trez segurou a caneca com mais força.

– Não me apresentei como voluntário a eles.

– Não importa.

Ele virou com tanta rapidez que derramou café na coxa. Ignorou o ardor.

– Deveria. O cacete como deveria. Não sou um objeto inanimado que eles podem dar a quem quiserem. A coisa toda é uma tolice.

– Alguns considerariam uma honra.

– Bem, eu não. Não vou me amarrar àquela fêmea. Não me importo quem ela seja ou quem armou isso ou quão "importante" isso é para o s'Hisbe.

Trez se preparou para a enxurrada do "ah, sim, você vai". Em vez disso, seu irmão pareceu triste, como se ele também não quisesse aquela maldição.

– Vou repetir, Trez. Isso não vai desaparecer num passe de mágica. E tentar sair dessa transando por aí? Não só é fútil, como potencialmente perigoso.

Trez esfregou o rosto.

– As mulheres são apenas humanas. Elas não têm importância – ele voltou a olhar para o rio. – E, francamente, se eu não fizer alguma coisa, vou enlouquecer. Um punhado de orgasmos tem que ser melhor do que isso, certo?

Enquanto o silêncio retornava, ele soube que o irmão discordava dele. Mas a prova de que sua vida estava na mais absoluta merda era que a conversa terminara ali.

iAm, pelo visto, não era o tipo de homem que chuta um cara caído.

Tanto faz. Ele não se importava com o que se esperava dele. Ele *não* voltaria para ser condenado a uma vida de serviços forçados.

Pouco se importava se era para a filha da rainha.

CAPÍTULO 12

Era fim de tarde quando Wrath chegou a um beco sem saída. Estava à mesa, sentado no trono do pai, os dedos percorrendo um relatório escrito em braille, quando, de repente, não conseguia ler nem mais uma maldita palavra do texto.

Empurrando os papéis para o lado, praguejou e arrancou os óculos escuros do rosto. Bem na hora em que estava para lançá-los contra a parede, sentiu um focinho no cotovelo.

Passando o braço ao redor do golden retriever, pressionou a mão no pelo macio que crescia nos flancos do cachorro.

– Você sempre sabe, não é?

George se aninhou, pressionando o peito na perna de Wrath – a dica de que "alguém" queria ser erguido.

Wrath se inclinou e apanhou todos os quarenta quilos nos braços. Enquanto acomodava as quatro patas, a juba de leão e o rabo volante para que tudo coubesse, ele concluiu que era bom que fosse tão alto. Coisas grandes ofereciam um colo grande.

E o ato de afagar todo aquele pelo o acalmou, mesmo que não lhe tranquilizasse a mente.

Seu pai fora um Rei notável, capaz de suportar inúmeras horas de cerimônias, noites infindáveis nos esboços de proclamações e convocações, meses e anos inteiros de protocolo e tradição. E isso antes de ser inundado pelo fluxo perene de reclamações que vinham de todos os lados: cartas, telefonemas, e-mails – ainda que, obviamente, os últimos estivessem fora de questão na época do seu pai.

Wrath, um dia, fora um lutador. Um excelente lutador.

Levantando a mão, sentiu a lateral do pescoço, o lugar por onde a bala entrara...

A batida à porta foi decidida, direta ao ponto, mais uma exigência do que uma solicitação respeitosa para entrar.

– Pode entrar, V. – respondeu.

O odor adstringente da hamamélis que precedeu o Irmão foi uma pista evidente de que alguém estava irritado. E, com toda certeza, sua voz grave tinha uma ponta de descontentamento.

– Finalmente terminei os testes de balística. Malditos fragmentos sempre tomam tempo demais.

– E? – Wrath o instigou.

– É uma combinação perfeita. Cem por cento – enquanto Vishous se sentava na cadeira oposta à mesa, a peça de mobília rangeu debaixo do peso. – Nós os pegamos.

Wrath exalou longamente, parte do zumbido impotente escorrendo de sua mente.

– Bom – ele correu a mão pela cabeça grande de George, descendo até as costelas. – Então, esta é a nossa munição.

– Exato. O que aconteceria de qualquer maneira agora toma uma forma legal.

A Irmandade soubera o tempo todo quem estivera por trás do tiro que quase matara o Rei no outono, e a tarefa de acabar com o Bando de Bastardos um a um era algo que eles encaravam muito mais como uma tarefa sagrada para a raça.

– Olha aqui, eu preciso ser franco, certo?

– E quando não foi? – Wrath argumentou.

– Por que diabos está atando as nossas mãos?

– Eu não sabia que estava fazendo isso.

– Com Tohr.

Wrath reposicionou George a fim de que o fluxo sanguíneo da perna esquerda não ficasse completamente bloqueado pelo peso do cão.

– Ele solicitou o decreto.

– Todos nós temos o direito de acabar com Xcor. O cretino é o prêmio que todos nós queremos. Isso não deveria estar restrito somente a ele.

– Ele pediu.

– Isso só faz com que seja muito mais difícil matar o bastardo. E se um de nós o encontrar, e Tohr não estiver conosco?

– Vocês o trazem para cá – houve uma longa pausa, um silêncio tenso. – Você me ouviu, V.? Traga aquele monte de merda para cá e deixe Tohr fazer o serviço.

– O objetivo é eliminar o Bando de Bastardos.

– E como isso o impede de fazer o seu trabalho? – quando não houve resposta, Wrath balançou a cabeça. – Tohr estava naquela van comigo, meu Irmão. Ele salvou a minha vida. Sem ele...

Enquanto a frase não foi finalizada, V. praguejou baixinho, como se estivesse fazendo os cálculos sobre aquela lembrança e chegando à conclusão de que o Irmão que teve que cortar o tubo plástico da sua garrafa CamelBak e executar uma traqueotomia no seu Rei num veículo em movimento a quilômetros de distância de qualquer ajuda médica deveria ter um *tantinho só* a mais de direito de matar o criminoso.

Wrath sorriu de leve.

– Que tal se, só porque eu sou um cara legal, eu deixar que cada um de vocês dê um soco nele antes que Tohr mate o filho da puta com as próprias mãos? Fechado?

V. riu.

– Isso alivia um pouco.

A batida que os interrompeu foi baixa e respeitosa, uma sequência de batidinhas leves que parecia sugerir que quem quer que fosse ficaria feliz em ser mandado embora, satisfeito em aguardar, ou esperava por uma audiência imediata, tudo ao mesmo tempo.

– Pois não? – chamou Wrath.

Uma colônia cara anunciou a chegada do advogado: Saxton sempre cheirava bem, e isso se encaixava em sua personalidade. Pelo que Wrath lembrava, além da excelente educação do cara e da qualidade do seu raciocínio, ele sempre se vestia de acordo com a moda como um filho bem nascido da *glymera*. Isso é, com perfeição.

Não que Wrath tivesse visto isso recentemente.

Ele recolocou os óculos num movimento rápido. Uma coisa era se expor na frente de V.; isso não aconteceria diante do macho jovem e eficiente que passava pela porta, não importando o quanto Sax fosse confiável e profissional.

– O que tem para mim? – perguntou Wrath enquanto o rabo de George se movia de um lado para o outro à guisa de um cumprimento.

Houve uma longa pausa.

– Talvez seja melhor eu voltar mais tarde?

– Você pode dizer qualquer coisa na frente do meu Irmão.

Outra pausa longa, durante a qual V. provavelmente encarava o advogado como se quisesse tirar um naco do traseiro do garoto bonito e bem-vestido por sugerir que havia uma divisa de informações que precisava ser respeitada.

– Mesmo que seja sobre a Irmandade? – Saxton perguntou com franqueza.

Wrath praticamente sentia os olhos gélidos de V. virando de direção. E, como esperado, o Irmão bradou:

– O que há *conosco*?

Quando Saxton permaneceu calado, Wrath deduziu sobre o que se tratava.

– Pode nos dar um minuto, V.?

– Está de brincadeira?

Wrath pegou George e o colocou no chão.

– Só preciso de cinco minutos.

– Tudo bem. Divirta-se, meu senhor – grasnou V. ao se levantar. – Merda.

Um instante depois, a porta bateu.

Saxton pigarreou.

– Eu poderia ter voltado depois.

– Se eu quisesse isso, eu teria lhe dito. Agora fale.

Uma inspiração profunda, seguida de uma expiração, como se o civil estivesse olhando para a saída e se perguntando se a partida intempestiva de V. poderia ser a causa de ele acordar morto mais tarde.

– Hum... a auditoria das Leis Antigas está completa, e eu posso lhe fornecer uma lista completa das seções que necessitam de emendas, além de reformulações propostas, e um cronograma para que as mudanças possam ser implementadas se...

– Sim ou não. É tudo o que me interessa.

A julgar pelo sussurro dos sapatos resvalando o tapete Aubusson, Wrath deduziu que o advogado estava andando de um lado para o outro. De cabeça, ele visualizou o escritório, desde as paredes azul-claras até as cornijas em arabesco e toda a mobília francesa antiga e frágil.

Saxton fazia mais sentido naquele cômodo do que Wrath com seu couro e camiseta justa.

Mas a lei prescrevia quem deveria ser o Rei.

– Você precisa começar a mexer os lábios, Saxton. Garanto que não será demitido se falar comigo francamente. Se tentar editar a verdade ou suavizá-la? Isso sim o fará cair, pouco importando com quem está dormindo.

Houve um novo pigarrear. E então, a voz aculturada chegou até ele diretamente do outro lado da escrivaninha.

– Sim, pode fazer o que desejar. No entanto, preocupo-me quanto ao momento.

– Por quê? Porque vai precisar de dois anos para fazer as emendas?

– O senhor está fazendo uma mudança fundamental na seção da sociedade que protege a espécie – e isso pode desestabilizar ainda mais o seu governo. Estou a par das pressões que tem sofrido, e seria negligente de minha parte se eu não apontasse o óbvio. Se o senhor alterar a prescrição sobre quem pode entrar na Irmandade da Adaga Negra, isso poderá provocar ainda mais abertura para dissensão... isso não se parece com nada que tenha tentado em seu reinado, e virá numa época de extremo distúrbio social.

Wrath inspirou profundamente pelo nariz – e não captou vibração negativa; não havia evidências de que o homem estivesse sendo fraudulento ou que não estivesse disposto a realizar o trabalho.

E ele tinha razão.

– Agradeço sua opinião – disse Wrath. – Mas não vou me curvar ante o passado. Recuso-me. E se eu tivesse dúvidas a respeito do macho em questão, eu não estaria fazendo isso.

– Como os outros Irmãos se sentem a esse respeito?

– Isso não é da sua conta – na verdade, não tocara no assunto com eles ainda. Afinal, por que se importar se não houvesse possibilidade de seguir adiante? Tohr e Beth eram os únicos que sabiam exatamente até onde ele estava preparado para levar aquilo. – Quanto tempo vai levar para que você torne isso oficial?

– Posso deixar tudo preparado para o alvorecer de amanhã, no máximo ao anoitecer.

– Faça isso – Wrath cerrou um punho e o bateu no braço do trono. – Faça isso agora.

– Como desejar, meu senhor.

Houve uma movimentação de tecidos finos, como se o macho estivesse se inclinando, e depois mais passos antes que uma das portas duplas se abrisse e se fechasse.

Wrath fitou o vazio produzido pelos seus olhos cegos.

Tempos perigosos por certo. E francamente, o sensato a fazer era ter mais Irmãos, e não pensar em motivos para não os ter, ainda que a contra-argumentação fosse: se aqueles três garotos estavam dispostos a lutar ao lado deles sem serem iniciados, por que se importar?

Foda-se. Era costume antigo querer honrar alguém que tivesse colocado a própria vida em risco só para que a dele pudesse continuar.

A real questão, contudo, tirando as leis... era: o que os outros pensariam?

Muito provavelmente seria isso a colocar um freio na questão mais do que qualquer detalhe legal.

Quando a noite caiu horas mais tarde, Qhuinn estava deitado nu na cama. Ele dormia, mas nem seu corpo nem sua mente estavam descansando.

Em seu sonho, ele tinha voltado para o acostamento da estrada, tendo saído a pé da casa da família. Carregava no ombro uma bolsa de lona, a proclamação de deserdação enfiada na cintura e uma carteira que, a não ser por onze dólares, estava vazia.

Tudo estava bem nítido. Nada fora modificado devido a um erro de reprodução de memória: desde a noite úmida de verão e o som dos seus New Rocks no pedregulho do acostamento... até o fato de ele ter ciência de que não havia nada em seu futuro.

Não tinha para onde ir. Nenhum lar para onde voltar.

Nenhuma perspectiva. Nem mesmo um passado.

Quando o carro parou atrás dele, ele sabia que só podia ser John ou Blay...

Mas, não. Não foram seus amigos. Era a morte na forma de quatro machos em mantos negros que saíram por quatro portas e convergiram ao seu redor.

Uma Guarda de Honra. Enviada pelo seu pai para surrá-lo por desonrar o nome da família.

Quanta ironia. Alguém haveria de deduzir que esfaquear um sociopata que tentara estuprar seu colega seria uma coisa boa. Mas não quando o agressor era o seu perfeito primo de primeiro grau.

Em câmera lenta, Qhuinn se colocou em postura de luta, preparado para enfrentar o ataque. Não havia olhos para encarar, nenhum rosto em que reparar – e não havia motivo para tal: o fato de os mantos esconderem suas identidades supostamente faria com que a pessoa que transgredira sentisse como se toda a sociedade desaprovasse as ações que ele executara.

Circundando, circundando, aproximando-se... No fim, conseguiriam derrubá-lo, mas ele os feriria no processo.

E foi o que fez.

Mas ele também teve razão: depois do que pareceram serem horas de defesa, ele acabou de costas, e foi nesse momento que a surra de fato aconteceu. Deitado no asfalto, ele cobriu a cabeça e o escroto o melhor que pôde, os golpes chovendo sobre ele, mantos negros voando como asas de corvos conforme era golpeado e surrado.

Depois de um tempo, não sentiu dor.

Iria morrer ali no acostamento da estrada...

– Pare! Não devemos matá-lo!

A voz do irmão atravessou tudo aquilo, atingindo-o de um modo como nenhum golpe podia mais...

Qhuinn despertou com um grito, levando as mãos ao rosto, as coxas se elevando para proteger a virilha...

Nenhum punho, nenhum taco vindo em sua direção.

E ele não estava no acostamento da estrada.

Fazendo com que as luzes se acendessem, olhou ao redor do quarto no qual vinha ficando desde que fora expulso da casa da própria família. Não combinava em nada com ele, o papel de parede de seda e os objetos eram algo que a sua mãe escolheria – ainda assim, naquele momento, a visão de toda aquela quinquilharia que outra pessoa escolhera, comprara e pendurara, fez com que ele se acalmasse.

Mesmo enquanto a lembrança pairava.

Deus, o som da voz do irmão.

Seu próprio irmão fizera parte da Guarda de Honra enviada atrás dele. Em retrospecto, isso enviava uma mensagem ainda mais poderosa para a *glymera* sobre a seriedade com que a família cuidava dos seus assuntos. E não era como se o cara não tivesse sido treinado. Ele aprendera artes marciais, embora, naturalmente, não lhe permitissem lutar. Inferno, mal permitiram que ele brigasse nos treinos.

Valioso demais para a linhagem. E se ele se ferisse? Aquele que seguiria os passos do pai e um dia se tornaria *lídher* do Conselho poderia ficar exposto.

Risco pequeno de um dano catastrófico para a família.

Qhuinn, por sua vez... Antes de ser renegado, fora colocado no programa de treinamento, talvez com a esperança de que sofresse algum ferimento mortal no campo de batalha e fizesse o favor a todos de morrer com honra.

Pare! Não devemos matá-lo!

Essa fora a última vez em que ouvira a voz do irmão. Pouco depois de Qhuinn ter sido expulso de casa, a Sociedade Redutora conduzira uma onda de ataques e matara a todos, o pai, a mãe, a irmã – e Luchas.

Todos morreram. E mesmo que uma parte sua os odiasse pelo que lhe fizeram, ele não desejaria esse tipo de morte a ninguém.

Qhuinn esfregou o rosto.

Hora de uma chuveirada. Era tudo o que ele sabia.

Pondo-se de pé, espreguiçou-se até as costas estalarem e verificou o celular. Uma mensagem de texto para o grupo anunciava que haveria uma reunião no escritório de Wrath; e uma espiada rápida no relógio lhe informou que ele tinha pouco tempo.

O que não era ruim. Ao passar para velocidade acelerada e se apressar para o banheiro, era um alívio se concentrar em coisas reais em vez de no passado maldito.

Não havia nada que ele pudesse fazer a respeito desse último a não ser amaldiçoá-lo. E ele bem sabia que já fizera isso o suficiente para doze vidas.

Hora de acordar, pensou.

Hora de ir trabalhar.

Capítulo 13

Lá pela mesma hora em que Qhuinn tomava banho na casa principal, Blay despertou na cadeira daquele escritoriozinho no subterrâneo. A dor de cabeça que lhe serviu como despertador não se originava do vinho do Porto, mas pelo fato de ter pulado a Última Refeição. Mas, caramba, bem que ele queria que a bebida estivesse por trás do latejar em seu crânio. Ele poderia se valer disso para justificar o estado absolutamente deplorável com que fora parar ali.

Praguejando, abaixou as pernas da escrivaninha e se sentou melhor. O corpo estava duro como uma tábua, as dores brotavam em todo tipo de lugar enquanto ele fez as luzes se acenderem.

Merda. Ainda estava nu.

Mas até parece que os elfos recatados entrariam sorrateiramente ali para vesti-lo enquanto dormia... só para que ele não se lembrasse do que havia feito?

Vestindo os shorts, enfiou os pés nos tênis e se esticou para pegar a camiseta antes mesmo de se lembrar para o que a usara.

Ao olhar para as dobras amarrotadas do algodão e sentir os pontos endurecidos no tecido macio, deu-se conta de que nenhuma quantidade de racionalização mudaria o fato de ele ter traído Saxton. Contato físico com alguém era apenas uma das medidas da infidelidade – e, sim, isso era o maior divisor. O que fizera na noite anterior, porém, fora uma violação do relacionamento deles, mesmo que o orgasmo tivesse sido causado pelo cérebro e não pela sua mão.

Pondo-se de pé, sentiu-se meio morto ao se encaminhar para a porta e entreabri-la. Se houvesse alguém nas imediações, ele voltaria para dentro e esperaria até que o corredor estivesse vazio. Ele absolutamente não queria ser apanhado saindo daquele escritório vazio, meio despido e com aquela aparência lastimável. O lado bom de viver no complexo era que você estava sempre cercado por gente que se preocupava com você; o lado ruim era que todos tinham olhos e ouvidos, e nenhum assunto particular era totalmente particular.

Quando não ouviu nem vozes nem passos, explodiu para o corredor e começou a caminhar numa passada rápida, como se estivesse estado em algum lugar com determinado propósito e estivesse se dirigindo para o quarto com uma finalidade igualmente importante. Teve a sensação de ter se safado ao chegar ao túnel. Claro, não costumava andar por aí sem camisa, mas muitos dos outros Irmãos e machos faziam isso quando saíam da academia, não era nada extraordinário.

E ele realmente sentiu como se tivesse ganhado na loteria quando saiu de baixo da grande escadaria da mansão e foi recebido por mais uma bela dose de corredor vazio. O único problema era que, pelo som da louça sendo levada da sala de jantar, devia ser mais tarde do que ele imaginava. Obviamente, perdera a Primeira Refeição – notícia ruim para a sua cabeça, mas, pelo menos, ele tinha umas barras de proteína no quarto.

Sua sorte chegou ao fim quando ele subiu as escadas para o segundo andar. Parados diante das portas fechadas do escritório de Wrath, Qhuinn e John estavam vestidos para o combate, com as armas a postos e os corpos cobertos por couro preto.

De jeito nenhum ele olharia para Qhuinn. Só o fato de tê-lo em sua visão periférica era ruim o bastante.

– O que está acontecendo? – perguntou.

Temos uma reunião agora, sinalizou John. *Ou, pelo menos, era para termos. Não recebeu a mensagem?*

Merda, ele não fazia ideia de onde estava seu telefone. No quarto? Tomara.

– Vou tomar uma chuveirada e volto já.

Talvez tenha de se apressar. Os Irmãos estão a portas fechadas há meia hora. Não sei o que está acontecendo.

Ao lado dele, Qhuinn se balançava para frente e para trás nos coturnos, a oscilação do peso fazendo parecer que estava andando, mesmo ele não indo a parte alguma.

– Cinco minutos – murmurou Blay. – Só preciso disso.

Ele esperava que a Irmandade abrisse as portas até lá, a última coisa que queria era ficar sem fazer nada ao lado de Qhuinn.

Praguejando ao andar, Blay correu até o quarto. Normalmente, ele demorava para se aprontar, ainda mais se Sax estivesse a fim, mas dessa vez seria entrar, chuveiro e...

Ao abrir a porta, parou.

Mas o quê...?

Malas. Na cama. Tantas que ele não conseguia ver mais do que alguns centímetros do edredom. E ele sabia a quem elas pertenciam. Guccis combinando, brancas com o logo azul-marinho e as alças de tecido em azul e vermelho, porque, segundo Saxton, o tradicional marrom sobre marrom com vermelho e verde eram "óbvios demais".

Blay fechou a porta em silêncio. Seu primeiro pensamento foi "puta merda, Saxton sabe". De algum modo, ele soube o que aconteceu no centro de treinamento.

O macho em questão apareceu do banheiro com os braços cheios de frascos de xampu, condicionador e outros produtos. E parou no ato.

– Oi – disse Blay. – Vai sair de férias?

Depois de um momento tenso, Saxton se aproximou, colocou os produtos numa mala e se virou. Como sempre, seu lindo cabelo loiro estava afastado da testa em ondas espessas. E ele estava perfeitamente bem vestido, em outro terno de tweed com colete combinando, uma gravata vermelha e um lencinho de bolso também vermelho só para dar o toque certo de cor.

– Acho que você sabe o que vou dizer – Saxton sorriu triste. – Porque você não é nenhum idiota, assim como eu não sou.

Blay foi se sentar na cama, mas teve que mudar de ideia, pois não havia onde se acomodar. Acabou na *chaise-longue* e, com uma inclinação discreta para o lado, enfiou a camiseta suja debaixo do tecido do saiote. Longe dos olhos. Era o mínimo que podia fazer.

Deus, aquilo estaria mesmo acontecendo?

– Não quero que você vá – Blay se ouviu dizendo com voz grave.

– Acredito nisso.

Blay olhou para além das malas.

– Por que agora?

Pensou nos dois no dia anterior, debaixo dos lençóis, fazendo sexo selvagem. Estiveram tão próximos... Ainda que, sendo brutalmente honesto, talvez aquilo tivesse sido apenas físico.

Retire o *talvez.*

– Venho enganando a mim mesmo – Saxton balançou a cabeça. – Pensei que poderia continuar com você assim, mas não posso. Isto está me matando.

Blay fechou os olhos.

– Sei que tenho ficado muito tempo fora...

– Não é disso que estou falando.

Enquanto Qhuinn tomava todo o espaço entre eles, Blay quis gritar. Mas que bem aquilo faria? Parecia que ele e Saxton chegaram ao mesmo beco sem saída no mesmo momento lamentável.

Seu amante o fitou por cima da bagagem.

– Acabei aquela missão para Wrath. É uma boa hora para terminarmos, para eu me mudar e encontrar outro emprego...

– Espere, quer dizer que está abandonando o Rei também? – Blay franziu o rosto. – Não importa como estejam as coisas entre nós, você precisa continuar trabalhando para ele. Isso é mais importante do que o nosso relacionamento.

O olhar de Saxton abaixou.

– Suspeito que isso seja mais fácil para você dizer.

– Não é verdade – rebateu Blay inflexível. – Deus, eu... sinto muito.

– Você não fez nada errado. Você tem que saber que não sinto raiva de você, nem amargura. Você sempre foi honesto, e eu sempre soube que terminaria assim entre nós. Eu só não sabia quando. Não sabia... até chegar ao fim. Que é agora.

Ai, droga.

Mesmo sabendo que Saxton estava certo, Blay sentiu uma necessidade compulsiva de lutar por ele.

– Preste atenção, tenho estado distraído na última semana, e eu sinto muito. Mas as coisas vão acabar se ajeitando, e você e eu vamos voltar ao normal...

– Eu te amo.

Blay fechou a boca de súbito.

– Por isso, veja – Saxton continuou rouco –, não foi você quem mudou. Fui *eu*... e eu sinto que as minhas emoções tolas nos distanciaram.

Blay se colocou de pé e avançou pelo carpete de bela textura até o outro macho.

Ao chegar ao seu destino, ficou aliviado a ponto de sentir lágrimas nos olhos por Saxton aceitar o seu abraço. Ao segurar o seu primeiro amante verdadeiro contra si, sentindo a diferença familiar em suas alturas e o perfume maravilhoso da sua colônia, uma parte dele queria discutir aquele rompimento até que os dois desistissem e continuassem tentando.

Mas não seria justo.

Como Saxton, ele tivera a vaga noção de que as coisas terminariam em algum momento. E, tal qual seu amante, também se surpreendia por ser agora.

O que, claro, não alterava o resultado.

Saxton recuou um passo.

– Nunca tive a intenção de me envolver emocionalmente.

– Desculpe... Eu sinto muito – merda, isso era tudo o que saía da sua boca. – Eu daria tudo para que fosse diferente. Eu queria... ser diferente.

– Eu sei – Saxton esticou a mão e resvalou-a na lateral do rosto dele. – Eu perdoo você... e você tem que se perdoar.

Ele não tinha certeza se poderia fazer isso; ainda mais agora, nesse momento, e como sempre, quando uma ligação emocional que não queria, e que não poderia mudar, mais uma vez o impedia de ter algo que desejava.

Qhuinn era uma tremenda maldição para ele, era isso o que o cara era.

Cerca de 25 quilômetros ao sul da montanha do complexo da Irmandade, Assail despertou em sua cama redonda na suíte principal da sua mansão às margens do Hudson. Acima dele, painéis espelhados cobriam o teto e seu corpo nu estava iluminado com o brilho suave das luzes instaladas ao redor da base do colchão. O quarto octogonal estava escuro fora isso, as cortinas fechadas, a noite escondida.

Ao pensar em todo o vidro da casa, sabia que muitos vampiros considerariam as acomodações inadequadas. Muitos evitariam a mansão por completo.

Risco demais durante o dia.

Assail, contudo, nunca se sentira preso a convenções, e o perigo inerente de morar numa construção com tanto acesso à luz era algo que podia ser administrado, e não evitado.

Levantando-se, foi para a escrivaninha, ligou o computador e acessou o sistema de segurança que monitorava não apenas a casa, mas toda a propriedade. Alertas soaram várias vezes nas primeiras horas do dia, avisos não de ataques iminentes, mas de algum tipo de atividade que fora detectado pelo programa de filtragem do sistema de segurança.

Na verdade, faltava-lhe a energia para se preocupar demais, um sinal indesejável de que precisava se alimentar...

Assail franziu o cenho ao receber o relatório.

Ora, se aquilo não era interessante.

E era exatamente por isso que ele instalara todo aquele equipamento.

Nas imagens produzidas pelas câmeras de trás, ele viu uma figura vestida com uma roupa camuflada de neve passeando em esquis de cross-country pelo meio da floresta, aproximando-se da casa pelo norte. Quem quer que fosse, permaneceu escondido entre os pinheiros grande parte do tempo, e vigiou a casa por diversos ângulos por aproximadamente dezenove minutos... antes de atravessar o limite de pinheiros a oeste, atravessando a propriedade vizinha, e descendo pelo gelo. Duzentos metros mais à frente, o homem parou, pegou os binóculos novamente, e encarou a casa de Assail. Depois, circundou a península que se projetava do rio, voltou a entrar na floresta e desapareceu.

Aproximando-se da tela, Assail repetiu a gravação, aumentando o zoom para identificar a expressão facial, se possível. Mas não foi. A cabeça estava coberta por uma máscara de esqui, com abertura apenas para os olhos, o nariz e a boca. Junto à parca e às calças de esqui, o homem estava coberto dos pés à cabeça.

Recostando-se, Assail sorriu para si mesmo, as presas formigando numa reação territorial.

Só existiam dois grupos que poderiam se interessar em suas atividades, e a julgar pela luz solar que reinara durante aquele reconhecimento, ficou claro que a curiosidade não se originara da Irmandade: Wrath jamais usaria humanos para qualquer outra coisa que não fosse uma fonte derradeira de alimentação, e nenhum vampiro suportaria aquela intensidade de luz solar sem se incendiar.

Restava, então, alguém do mundo humano. E só havia um homem com interesse e recursos para tentar atacar a ele e ao seu território.

– Entre – disse ele pouco antes de uma batida soar à porta.

Enquanto um par de machos entrava, ele não se deu ao trabalho de desviar a vista da tela do computador.

– Como dormiram?

Uma voz conhecida e grave respondeu:

– Como os mortos.

– Que bom para você. Mudança de fuso horário pode ser uma inconveniência, pelo que sei. A propósito, tivemos um visitante esta manhã.

Assail inclinou-se para um lado a fim de que seus dois associados vissem a filmagem.

Era estranho ter gente morando com ele, mas teria que se acostumar à presença deles. Quando chegara ao Novo Mundo, fora uma viagem solitária, e ele tivera a intenção de manter essa situação por inúmeros motivos. O sucesso no ramo escolhido, todavia, exigira que ele chamasse uma retaguarda – e as únicas pessoas nas quais poderia confiar parcialmente eram da família.

E aqueles dois ofereciam um benefício sem igual.

Seus dois primos eram uma raridade na espécie vampiresca: eram gêmeos idênticos. Quando totalmente vestidos, o único modo de distingui-los era por uma única pinta atrás do lóbulo da orelha; fora isso, desde as vozes até os olhos negros e desconfiados, incluindo os corpos musculosos, eram o reflexo perfeito um do outro.

– Vou sair – anunciou Assail. – Se o nosso visitante aparecer novamente, sejam hospitaleiros, sim?

Ehric, o mais velho por questão de minutos, olhou de relance, o rosto destacado pela iluminação da base da cama. Tanta maldade naquela bela combinação de feições... a ponto de alguém quase sentir pena do intruso.

– Será um prazer, eu garanto.

– Mantenha-o vivo.

– Claro.

– Essa é uma divisória um tanto sutil que vocês dois às vezes gostaram de apreciar.

– Confie em mim.

– Não é você quem me preocupa – Assail olhou para o outro. – Entendeu?

O gêmeo de Ehric permaneceu calado, apesar de concordar com a cabeça uma vez.

Era precisamente por essa reação contrariada que Assail preferiria ter mantido a sua vida nova simples. Mas era impossível estar em mais de um lugar ao mesmo tempo. E aquela violação de privacidade era a prova de que ele não poderia fazer tudo sozinho.

– Sabem como me encontrar – disse antes de dispensá-los do quarto.

Vinte minutos mais tarde, saiu da casa de banho tomado, vestido e atrás do volante do seu Range Rover blindado.

O centro da cidade de Caldwell à noite era belo de longe, especialmente ao passar pela ponte de acesso. Só depois que ele penetrou no sistema viário que o esgoto da cidade ficou evidente: os becos com neve suja acumulada, as latas de lixo transbordando e os humanos sem-teto descartados, meio congelados, contavam a triste verdade sobre a desprotegida municipalidade.

Seu local de trabalho, evidentemente.

Ao chegar à Galeria de Arte Benloise, estacionou nos fundos, em uma das vagas que era paralela à construção atrás do estabelecimento. Ao sair do carro, o vento frio açoitou o casaco de pelo de camelo e ele teve que segurar as duas pontas juntas ao atravessar a calçada, aproximando-se da porta de tamanho industrial.

Não teve que bater. Ricardo Benloise tinha muitas pessoas trabalhando para ele e nem todos eram do tipo que se associava aos negociantes das artes. Um macho humano do tamanho de um parque de diversões abriu a porta e ficou de lado.

– Ele o está aguardando?

– Não, não está.

Disneylândia assentiu.

– Quer esperar na galeria?

– Seria bom.

– Quer beber alguma coisa?

– Não, obrigado.

Ao atravessarem a parte do escritório e seguirem para o espaço de exibições, a deferência agora concedida a Assail era algo novo, merecido tanto pelos enormes pedidos de mercadoria que ele vinha fazendo quanto pelo sangue derramado de incontáveis humanos. Graças a ele, a taxa de suicídio entre os machos desprivilegiados entre os 18 e os 29 anos com registros criminais em drogas aumentou como nunca na cidade, chegando ao noticiário nacional.

Imagine só.

Enquanto âncoras de TV e repórteres tentavam entender essas tragédias, ele simplesmente continuava a expandir os negócios usando qualquer meio necessário. As mentes humanas eram tremendamente sugestionáveis; praticamente nenhum esforço era necessário para fazer com que os traficantes intermediários levassem as pistolas às têmporas e apertassem os gatilhos. E, do mesmo modo como a natureza abominava um vácuo, o mesmo acontecia com a demanda de suplementos químicos.

Assail tinha as drogas. Os viciados tinham o dinheiro.

O sistema econômico mais do que sobrevivia à reorganização forçada.

– Vou subir – disse o homem na porta camuflada – para avisar da sua chegada.

– Leve o tempo de que precisar.

Deixado só, Assail passeou pelo espaço aberto de teto alto, entrelaçando as mãos às costas. De vez em quando, parava para ver a "arte" pendurada nas paredes e nas divisórias e foi lembrado do motivo pelo qual os humanos deviam ser erradicados, preferencialmente com métodos lentos e dolorosos.

Pratos de papel usados colados a tábuas de compensados baratas recobertas com citações de comerciais de TV escritas à mão? Um autorretrato feito com creme dental? E igualmente ofensivas eram as placas enaltecedoras ao lado das porcarias declarando que aquela tolice era a nova onda do Expressionismo Americano.

Tamanha explicação sobre a cultura de tantas maneiras.

– Ele pode recebê-lo agora.

Assail sorriu para si mesmo e se virou.

– Quanta gentileza.

Ao passar pela porta escondida e subir até o terceiro andar, Assail não condenou seu fornecedor por ser desconfiado e querer mais informações a respeito do seu maior cliente. Afinal, num espaço muito curto de tempo, o tráfico de drogas da cidade fora remanejado, redefinido e controlado por um completo desconhecido.

Há que se respeitar a posição do homem.

Mas as investigações terminariam ali.

No topo das escadas, outros dois homenzarrões estavam diante da porta, tão sólidos quanto vigas de sustentação. Assim como o segurança do primeiro andar, logo abriram a porta e acenaram em sua direção respeitosamente.

Do lado oposto, Benloise estava sentado no fundo de uma sala estreita com janelas em um dos lados e apenas três peças de mobiliário: sua escrivaninha elevada, que não passava de uma prancha grossa de teca com um abajur moderno e um cinzeiro por cima; a cadeira dele, com um estilo moderno; e um segundo assento no lado oposto para apenas um visitante.

O homem em si era como o seu ambiente: limpo, oficioso e despojado em seu modo de pensar. Na verdade, ele provou que, por mais ilícito que fosse o tráfico de drogas, os princípios de gerenciamento e as habilidades interpessoais de um CEO importavam muito se você quisesse faturar milhões com isso e manter o dinheiro.

– Assail. Como vai? – o homem baixinho se levantou e esticou a mão. – É um prazer inesperado.

Assail atravessou a sala, apertou o que lhe foi estendido e não esperou pelo convite para se sentar.

– O que posso fazer por você? – perguntou Benloise ao voltar a se sentar.

Assail pegou um charuto cubano de dentro do bolso. Cortando a ponta, inclinou-se para frente e colocou a ponta desprezada sobre o tampo da mesa.

Enquanto Benloise franzia o cenho como se alguém tivesse defecado em sua cama, Assail sorriu o suficiente para exibir rapidamente suas presas.

– Trata-se do que eu posso fazer por você.

– Ah.

– Sempre fui um homem reservado, levando uma vida privada por livre escolha – guardou o cortador e pegou um isqueiro de ouro. Acendendo a chama, inclinou-se e tragou até o charuto sustentar a ponta queimada. – Contudo, mais importante do que isso, sou um homem de negócios envolvido num ramo perigoso. Dessa forma, considero qualquer invasão na minha propriedade ou intrusão no meu anonimato como um ato direto de agressão.

Benloise sorriu com suavidade e se recostou na cadeira em forma de trono.

– Respeito-o por isso, claro, todavia estou confuso quanto aos motivos de você sentir a necessidade de explicitar isso para mim.

– Você e eu entramos num relacionamento mutuamente benéfico, e é meu desejo continuar com essa associação – Assail bafejou o charuto, soltando uma nuvem de fumaça azul francês. – Portanto, quero lhe mostrar o devido respeito e deixar isso claro antes de agir, pois se eu descobrir qualquer pessoa na minha propriedade a quem eu não tenha convidado, eu não só o erradicarei, como também descobrirei a origem das investigações – e bafejou novamente – e farei o que for necessário para defender a minha privacidade. Estou sendo bem claro?

As sobrancelhas de Benloise se abaixaram, os olhos escuros se zangando.

– Estou? – murmurou Assail.

Havia, obviamente, apenas uma resposta. Levando-se em consideração que o humano desejava viver mais do que até aquele final de semana.

– Sabe, você me lembra o seu predecessor – Benloise disse num sotaque britânico. – Conheceu o Reverendo?

– Sim, frequentamos alguns dos mesmos círculos.

– Ele foi assassinado de modo bem violento. Cerca de um ano atrás, não? A boate dele foi explodida.

– Acidentes acontecem.

– Normalmente em casa, pelo que ouvi dizer.

– Algo de que deve sempre se lembrar.

Enquanto Assail sustentava aquele olhar, Benloise desviou o dele primeiro. Pigarreando, o maior importador de drogas da costa leste passou a palma da mão sobre o tampo lustroso da mesa, como se sentisse os veios da madeira.

– Os nossos negócios – disse Benloise – têm um delicado ecossistema que, por conta de toda a sua robustez financeira, deve ser mantido cuidadosamente. A estabilidade é rara e muito desejável para homens como você e eu.

– Concordo. E para que isso aconteça, pretendo retornar à conclusão da noite com o meu pagamento desse ínterim, conforme planejado. Como sempre, venho a você em boa fé, e não lhe dou motivos para duvidar das minhas intenções.

Benloise lhe ofereceu outro sorriso suave.

– Você faz parecer como se eu estivesse por trás – ele moveu a mão num gesto aleatório de dispensa no ar – do que quer que o tenha incomodado.

Inclinando-se para frente, Assail deixou o queixo cair e o encarou.

– Não estou incomodado. Ainda.

Uma das mãos de Benloise sub-repticiamente saiu do campo de visão. Uma fração de segundo depois, Assail ouviu a porta do outro lado do cômodo se abrir.

Mantendo a voz baixa, Assail disse:

– Isto foi uma cortesia para você. Da próxima vez que eu encontrar alguém na minha propriedade, quer você o tenha enviado ou não, não demonstrarei nem metade dessa educação.

Dito isso, levantou-se e enterrou o charuto no tampo da mesa.

– Desejo-lhe uma boa noite – disse antes de sair.

Capítulo 14

Aquilo sim é que era começar tarde.

Enquanto Qhuinn se desmaterializava para longe da mansão, ele custava a acreditar que já fosse dez da noite e eles estavam apenas começando. Pensando bem, a Irmandade ficou enfiada no escritório de Wrath pelo que pareceu uma eternidade e quando ele e John, por fim, foram admitidos, o anúncio de V. de que a prova contra o Bando de Bastardos era concreta levou a mais uma bela meia hora de excomunhão de Xcor e dos comparsas.

Diferentes usos criativos para a palavra *arregaçar*, bem como excelentes sugestões de onde se enfiar objetos inanimados.

Ele jamais pensara em fazer aquilo com um rastelo, por exemplo. Divertido. Muito divertido.

E Blay perdera aquilo tudo.

Retomando forma numa área florestal a sudoeste do complexo, Qhuinn evitou pensar em que tipo de interferências o pudesse ter retardado, ainda que a verdade fosse que o lutador subira para o quarto e não voltara. E por mais que a maioria dos acidentes acontecesse em casa, seria um bom palpite deduzir que ele não escorregara e caíra.

A menos que Saxton estivesse brincando com o tapete no piso de mármore do banheiro.

Sentindo como se quisesse se estapear, vasculhou o cenário coberto de neve enquanto John, Rhage e Z. surgiam ao seu lado. As coordenadas daquela localização foram encontradas nos telefones dos ladrões de carro da noite anterior, a propriedade aparentemente abandonada cerca de quinze a vinte quilômetros além do local em que ele encontrara o Hummer roubado.

– Que diabos é isso?

Enquanto alguém falava, ele olhou por sobre o ombro. "Que diabos" estava certo: assomando-se atrás deles estava uma construção tão alta quanto um campanário de igreja e tão simples quanto uma lata de lixo reciclável.

– Hangar de aviões – anunciou Zsadist ao começar a andar naquela direção. – Só pode ser.

Qhuinn o seguiu, tomando a retaguarda caso alguém resolvesse fazer uma surpresa.

Do nada, Blay apareceu, todo coberto em couro e tão armado quanto o resto deles. Em reação, os pés de Qhuinn diminuíram de velocidade, depois pararam na neve, em boa parte porque não queria tropeçar e parecer um tolo.

Puxa, ele parecia bem sério. Haveria problemas no paraíso?

Ainda que não existisse nenhum contato visual entre eles, Qhuinn se sentiu compelido a dizer algo:

– O que...

Não concluiu a frase. Por que se importar? O cara passou por ele como se ele nem estivesse ali.

– Estou bem – murmurou Qhuinn, voltando a avançar pela neve compacta. – Obrigado por perguntar. Ah, está tendo problemas com Saxton? Mesmo? Que tal sairmos para tomar um drinque e conversar a respeito? É? Perfeito. Posso ser a sua menta pós-jantar e...

Ele interrompeu o monólogo fantasioso quando a brisa mudou de direção e seu nariz captou algo adocicado e desagradável.

Todos sacaram as armas e se concentraram no hangar.

– Estamos a favor do vento – observou Rhage –, portanto, a bagunça aí dentro deve ser incrível.

Os cinco se aproximaram da construção com cautela, espalhando-se e vasculhando o ambiente iluminado pelo luar à procura de algo que se movesse.

O hangar tinha duas entradas, uma bipartida e grande o bastante para deixar passar a envergadura de uma asa, e a outra supostamente para pessoas, que, em comparação, parecia do tamanho de uma Barbie. E Rhage tinha razão: apesar de o vento gélido os atingir pelas costas, o cheiro era forte o bastante para aguçar as narinas, e não no bom sentido.

Caramba, o frio costumava aplacar o fedor.

Comunicando-se por gestos, dividiram-se em dois grupos, com ele e John ficando num dos lados das portas duplas gigantes, e Rhage, Blay e Z. na entrada menor.

Rhage, como era de se esperar, tentou a maçaneta enquanto todos se preparavam para um confronto. Se houvesse o equivalente a um time de futebol de *redutores* ali, fazia sentido enviar o Irmão primeiro, porque ele tinha o tipo de retaguarda que ninguém tinha: a besta amava assassinos, e não no sentido de ter um relacionamento com eles.

Quem tinha falado em menta mesmo?

Hollywood levou a mão acima da cabeça. Três... dois... um...

O Irmão penetrou no silêncio absoluto, empurrando a porta e entrando sorrateiramente. Z. foi em seguida e Blay o acompanhou.

Qhuinn sentiu um segundo de puro terror quando o macho saltou para o desconhecido com nada além de um par de pistolas .40 para protegê-lo. Deus, a ideia de que Blay pudesse morrer naquela noite, bem na sua frente, naquela missão comum, fez com que ele quisesse parar com toda aquela tolice de defender a raça e transformar o lutador num bibliotecário. Ou modelo de mãos. Ou cabeleireiro...

O assobio que surgiu menos de sessenta segundos depois foi uma dádiva de Deus. O sinal de Z. de que estava tudo bem para que ele e John se reposicionassem, indo para a lateral da agora porta aberta e passando por...

Ok. Uau.

Falando em fedor. Nota máxima...

Os três que entraram antes ligaram as lanternas, e os fachos de luz cortaram o espaço cavernoso, atravessando a escuridão, iluminando o que a princípio não parecia ser nada além de uma camada de gelo negro. A não ser pelo fato de não ser preto e de não estar congelado.

Era sangue humano engrossado – uns mil litros da coisa. Misturado com uma boa quantidade de Ômega.

O hangar foi o local de uma iniciação em massa, numa escala que tornava o que acontecia há um tempo naquela casa de campo nada mais do que uma brincadeira de criança.

– Acho que os garotos que você castigou estavam vindo para uma festa e tanto – comentou Rhage.

– Bem observado – murmurou Z.

Enquanto fachos de luz destacavam um velho e decrépito avião no fundo, e absolutamente nada mais, Z. balançou a cabeça.

– Vamos vasculhar o exterior. Não há nada aqui.

Visto que o chalé não prometia muito pelo lado de fora, apenas uma típica cabana de caçador/pescador no meio da floresta, o Sr. C. sentiu-se tentado a ignorar a maldita coisa. A perfeição tinha as suas virtudes, contudo, e a localização do chalé, cerca de uns dois ou três quilômetros para dentro daquele pedaço de terra, sugeria que ele podia ter sido usado como um quartel-general a certa altura.

Levando-se tudo em consideração, teria sido mais inteligente verificar a propriedade antes de ele ter usado o hangar para a maior iniciação da história da Sociedade Redutora. Mas as prioridades se apresentaram daquele modo. Primeiro, ele teve que se colocar no controle; segundo, de justificar a promoção; e terceiro, de lidar com todos aqueles novos *redutores*.

E isso significava que ele precisava de recursos. Rápido.

Seguindo a cerimônia grande e suja de Ômega, e o período nauseante que durou algumas horas depois, o Sr. C. ordenara que os novos recrutas subissem num ônibus escolar que ele roubara de uma loja de veículos usados uma semana antes. Devido à exaustão e ao desconforto físico em que se encontravam, portaram-se como garotinhos obedientes, entrando e sentando-se dois a dois como se estivessem numa porra de uma Arca de Noé.

Dali, ele mesmo dirigira (por não confiar esse tipo de bem a qualquer um) para a Escola para Garotas de Brownswick. A extinta escola preparatória ficava no subúrbio em 35 acres de propriedades ignoradas, dilapidadas e cobertas de mato, e os boatos de ser assombrada mantinham afastadas as pessoas normais.

Por enquanto, a Sociedade Redutora estava desabrigada, mas a placa "Vende-se" na curva perto da estrada significava que ele poderia dar um jeito nisso. Tão logo arranjasse algum dinheiro.

Com os rapazes terminando de se recuperar na escola, e os assassinos atuais no centro à procura da Irmandade, ele estava por conta catalogando as poucas propriedades restantes da Sociedade – inclusive aquele pedaço praticamente deserto de floresta ao norte da cidade.

Embora começasse a acreditar que estivesse perdendo tempo.

Subindo na varanda do chalé, iluminou o interior com uma lanterna. Fogão antigo. Mesa de madeira tosca com duas cadeiras. Três camas sem colchão, nem lençóis. Quitinete.

Dando a volta para os fundos, ele encontrou um gerador sem combustível e um tanque de diesel enferrujado, o que sugeria que o lugar teve algum tipo de aquecimento em alguma época.

Voltando para a frente, tentou a porta e descobriu-a trancada.

Não fazia diferença. Não havia muita coisa ali.

Pegando um mapa de dentro da jaqueta de aviador, desdobrou-o e encontrou sua localização. Verificando o quadradinho, pegou a bússola, ajustou a direção e começou a caminhar para o noroeste.

De acordo com aquele mapa, que ele havia encontrado no antro de drogas do Redutor Principal, aquele pedaço de propriedade totalizava cinco acres e tinha esse tipo de chalé espalhado em intervalos randômicos. Ele imaginava que o lugar devia ter sido algum tipo de acampamento com proprietários múltiplos, um tipo de reserva de caça moderna que se perdera para a carga tributária do Estado de Nova York e depois comprada pela Sociedade nos anos oitenta.

Pelo menos era isso o que estava escrito à mão no canto, embora só Deus soubesse se a Sociedade ainda era a proprietária daquilo. Considerando-se a situação financeira da organização, o bom e velho Estado de Nova York poderia bem ter o penhor da propriedade a esta altura, ou até mesmo tê-la reempossado.

Ele parou e verificou a bússola novamente. Caramba, sendo urbano, ele detestava vagar pela floresta à noite, superando a neve com dificuldade, verificando aquele tipo de merda como se fosse algum tipo de guarda florestal. Mas ele tinha de ver com seus próprios olhos aquilo com que tinha que trabalhar, e só havia um modo de fazer isso.

Ao menos tinha um fluxo de receita preparado.

Nas próximas 24 horas, quando aqueles garotos estivessem finalmente de pé, ele voltaria a preencher os cofres. Aquele era o primeiro passo rumo à recuperação.

Passo número dois?

A dominação do mundo.

Capítulo 15

Ela estava sangrando.

Quando Layla olhou para o papel higiênico na mão, a mancha vermelha em todo aquele branco era o equivalente visual de um grito.

Esticando a mão para trás, deu a descarga, e teve que usar a parede para se equilibrar ao se levantar. Com uma mão no baixo ventre e a outra sobre a bancada da pia e depois na maçaneta, ela tropicou para o quarto e foi direto para o telefone.

Seu primeiro instinto foi ligar para a doutora Jane, mas decidiu não fazer isso. Concluindo que estava sofrendo um aborto espontâneo, existia a possibilidade de poupar Qhuinn da ira do Primale. Desde que ela deixasse aquilo debaixo dos panos. E usar a clínica geral da Irmandade provavelmente não seria o melhor modo de assegurar privacidade.

Afinal, só havia um motivo para uma fêmea sangrar. E perguntas a respeito do seu cio e de como ela lidara com isso inevitavelmente se seguiriam.

Na mesinha de cabeceira, ela abriu uma gaveta e retirou um caderninho preto. Encontrando o número da clínica da raça, ela discou com mãos trêmulas.

Quando desligou pouco depois, tinha um horário marcado para dali a trinta minutos.

Mas como sairia dali? Não poderia se desmaterializar, estava ansiosa demais e, de qualquer modo, fêmeas grávidas eram desencorajadas a fazer isso. E ela também não se sentia forte o bastante para dirigir até lá. As aulas de Qhuinn foram bem abrangentes, mas ela não conseguia se imaginar, em seu estado, pegando a autoestrada e tentando acompanhar o fluxo do tráfego humano.

Fritz Perlmutter era a sua única resposta.

Indo até o armário, pegou uma camisola macia, torceu-a numa corda espessa e colocou-a entre as pernas com a ajuda de diversos pares de calcinha. A solução para o seu problema de sangramento mostrou-se incrivelmente volumosa e dificultou o andar, mas esse era o menor dos seus problemas.

Um telefonema para a cozinha garantiu que o mordomo a levaria.

Agora ela só precisava descer as escadas, sair pelo vestíbulo e entrar inteira no enorme sedã. Tudo isso sem se deparar com nenhum macho da casa.

Bem quando estava para sair do quarto, viu seu reflexo no espelho na parede. O manto branco e seu penteado formal anunciavam seu status de Escolhida como nenhuma outra coisa. Ninguém além das fêmeas sagradas da Virgem Escriba da espécie se vestia daquela forma.

Mesmo se aparecesse sob o nome fictício que fornecera à recepcionista, todos adivinhariam sua afiliação sobrenatural.

Tirando o manto, tentou entrar num par de calças de ioga, mas o enchimento que ajustara em si impossibilitou isso. E os jeans que ela e Qhuinn compraram juntos também não estavam dando certo.

Tirando a camisola, ela usou papel higiênico do banheiro para lidar com o problema e conseguiu entrar nos jeans. Um suéter pesado a esquentaria e uma bela escovada nos cabelos e um rabo de cavalo faria com que ela parecesse... quase normal.

Saindo do quarto, ela segurou o tal do celular que Qhuinn lhe dera. Passou pela sua cabeça telefonar para ele, mas, na verdade, o que diria? Ele tinha tanto controle sobre aquele processo quanto ela...

Ah, santa Virgem Escriba, ela estava perdendo o bebê.

O pensamento lhe ocorreu bem quando ela chegou ao topo da escadaria principal. Ela estava *perdendo* o bebê deles. Naquele instante. Ali do lado de fora do escritório do Rei.

De repente, o teto caiu sobre a sua cabeça e as paredes do vestíbulo grande e espaçoso a apertaram tanto que ela não conseguia respirar.

– Sua Graça?

Estremecendo, ela olhou para baixo para a passadeira vermelha. Fritz estava ao pé das escadas, vestido em seu costumeiro uniforme, e sua adorável e anciã expressão carregada de preocupação.

– Sua Graça, vamos agora? – perguntou ele.

Quando ela assentiu e desceu com cuidado, não conseguia crer que tudo aquilo fora para nada, todas aquelas horas de esforço com Qhuinn... os gélidos momentos seguintes nos quais ela não conseguia se mover... a espera e antecipação de uma esperança quieta e traiçoeira.

O fato de ter cedido o presente de sua virgindade a troco de nada.

Qhuinn sofreria tanto, e o fracasso que ela impingiria a ele só aumentava imensamente o seu próprio sofrimento. Ele sacrificara o corpo durante o cio dela, o desejo dele de ter um laço de sangue incitando-o a fazer algo que ele não teria, de outro modo, escolhido fazer.

O fato de a biologia ter suas vontades não a aliviava.

A perda... ainda parecia ser culpa sua.

Tomar outra dose para acabar com a ressaca.

Saxton acreditava que esse adágio era grosseiro, no entanto, verdadeiro.

Parado nu diante do espelho do banheiro, abaixou o secador e passou os dedos pelos cabelos. As ondas se assentaram em seu estado normal, os fios loiros encontrando uma disposição perfeita para complementar o rosto quadrado e equilibrado.

A imagem que ele via era exatamente aquela da noite anterior, e da anterior àquela, contudo, por mais familiar que seu reflexo fosse, ele se sentia como se pertencesse a uma pessoa diferente, à parte.

Seu corpo mudara tanto por dentro, parecia bem razoável deduzir que a transformação se ecoaria na aparência. Deus, não era assim!

Virando e saindo para o closet, imaginou que não deveria se surpreender, tanto pelo seu íntimo perturbado quanto pelo seu exterior de falsa compostura.

Depois que ele e Blay conversaram, ele precisou de uma hora para tirar tudo do quarto em que ficara com o antigo amante e voltar para a suíte no fim do corredor. Ele recebera aquelas acomodações quando fora morar na mansão, porém, conforme as coisas progrediram com Blay, seus pertences gradualmente migraram para o outro quarto.

Esse processo migratório fora crescente, assim como o seu amor: um caso de uma camisa aqui e um par de sapatos acolá, uma escova de cabelos uma noite e meias na seguinte... uma conversa de valores partilhados seguida por uma maratona de sete horas de sexo acompanhada por um pote de sorvete de café Breyers com apenas uma colher.

Ele não percebera a distância transposta pelo seu coração, do mesmo modo como um andarilho se vê perdido em meio à selva. Contudo, quinze quilômetros e um determinado número de bifurcações em seu caminho mais tarde e não havia como voltar. Àquela altura, não restava alternativa a não ser organizar seus recursos para construir um abrigo e criar raízes novas.

Ele deduzira que construiria seu novo espaço pessoal com Blay.

Sim, deduzira. Afinal, por quanto tempo poderia sobreviver um amor não correspondido? Como o fogo precisa de oxigênio para queimar, assim é com as emoções.

Não no que se referia a Qhuinn, ao que tudo levava a crer. Não para Blay.

Saxton estava decidido a não sair da mansão real, porém. Quanto a isso, Blay tinha razão: Wrath, o Rei, precisava dele, e, mais do que isso, ele gostava do seu trabalho ali. Era ágil, desafiador... e a parte egoísta que havia dentro de si queria ser o advogado que reformaria a lei da maneira correta.

Deduzindo-se que o trono não seria tomado e que ele não fosse decapitado num novo regime.

Mas não se podia viver preocupado com coisas como essa.

Pegando um terno de xadrez escocês do closet, escolheu uma camisa e um colete e estendeu tudo sobre a cama.

Era um clichê triste, bem desestimulante, sair para procurar algo núbil e espiritual para aplacar a dor, mas ele preferia ter um orgasmo a se embriagar. Além disso, o "finja até encontrar um propósito novamente" parecia dar certo.

E parecia especialmente verdadeiro quando ele se olhou arrumado no espelho de corpo inteiro do banheiro, e isso ajudava.

Antes de sair, verificou o celular novamente. As Leis Antigas foram remodeladas seguindo as ordens de Wrath, e agora ele estava de prontidão, à espera da nova tarefa.

Deduziu que logo descobriria o que seria.

Wrath era notoriamente exigente, mas nunca irracional.

Nesse ínterim, ele afogaria sua tristeza no único tipo de "loira gelada" que o apetecia... algo com vinte e poucos anos, lá pelos seus um e oitenta de altura, atlético...

E preferivelmente moreno. Ou loiro.

Capítulo 16

– Alguém já passou por aqui.

Enquanto Rhage falava, Qhuinn pegou sua lanterna de bolso e apontou o discreto facho de luz para o chão. E lá estavam pegadas na neve fresca, sem nenhuma cobertura de flocos... que partiam diretamente para a clareira da floresta. Desligando a luz, ele se concentrou no chalé de caça mais à frente que parecia estar abandonado ao clima frio: nenhuma fumaça subindo pela chaminé, nenhuma iluminação interna e, mais importante, nenhum rastro de cheiro.

Os cinco se aproximaram, circundando a clareira e se movimentando sorrateiramente num ângulo amplo. Como não houve nenhuma ação defensiva de parte alguma, todos subiram na varanda e espiaram o interior pelas janelas estreitas.

– Nada – murmurou Rhage ao ir para a porta.

Uma tentativa rápida na maçaneta. Fechada.

Com um empurrão, o Irmão esmagou o ombro imenso contra o batente e mandou a coisa pelos ares, fragmentos da tranca caindo espalhados bem como lascas de madeira.

– Olá, querida, cheguei – gritou Hollywood ao marchar para dentro.

Qhuinn e John seguiram o protocolo e ficaram na varanda enquanto Blay e Z. entravam e vasculhavam.

A floresta estava quieta ao redor deles, mas seus olhos aguçados acompanharam aquelas pegadas... que, depois de uma passeada pelo chalé, seguiam para o noroeste.

Por certo era indício de que alguém estava ali com eles, vasculhando a propriedade ao mesmo tempo.

Humano? *Redutor*?

Ele acreditava mais na última opção, devido a toda aquela bagunça no hangar, e também por aquele lugar ser remoto e relativamente seguro por conta disso.

Ainda que houvessem de querer trazer a Stanley Steemer* para aquela construção para uma bela limpeza antes.

A voz de Blay surgiu através da porta aberta.

– Achei uma coisa.

Qhuinn teve que recorrer a todo o seu treinamento a fim de não parar de inspecionar o cenário e olhar para dentro. Não porque ele se importasse particularmente com o que fora encontrado. Durante todo aquele processo, ele vinha checando Blay constantemente, só para ver se o humor dele mudara.

Se mudara, fora para pior.

Vozes baixas se fizeram ouvir dentro do chalé, e depois os três emergiram.

– Encontramos uma caixa trancada a chave – anunciou Rhage ao baixar o zíper da jaqueta e enfiar o contêiner longo e estreito de metal junto ao peito. – Abriremos mais tarde. Primeiro, vamos encontrar o dono dessas botas, rapazes.

Desmaterializando-se rapidamente a cada quinze ou vinte metros, eles se espalharam pelas árvores, rastreando as pegadas na neve, seguindo em silêncio.

Depararam-se com o *redutor* um quilômetro adiante.

O assassino solitário marchava pela floresta coberta de neve num passo que somente um humano com treinamento olímpico teria conseguido sustentar por algumas centenas de metros. As roupas eram escuras, havia uma mochila nas costas e o fato de ele estar se movimentando apenas com a própria visão eram indicadores de que se tratava do inimigo: a maioria dos *Homo sapiens* não conseguiria se

---

* Empresa americana especializada em limpeza residencial usando máquina a vapor. (N.T.)

mover com aquela rapidez com tão pouca iluminação sem a ajuda de uma luz artificial.

Gesticulando em código, Rhage orientou o grupo a fazer uma formação de triângulo reverso que dava a volta ao redor do rastro do *redutor*. Continuando a avançar junto a ele, observaram-no por uma área mais ou menos do tamanho de um campo de futebol e, em seguida, todos de uma vez aproximaram-se, circundando o assassino, e bloquearam-no em pontos cardinais opostos na mira das armas.

O *redutor* parou de andar.

Ele era um recruta mais jovem, o cabelo escuro e a pele oliva sugeriam que tivesse descendência mexicana ou italiana, e mereceu pontos por não demonstrar medo. Mesmo tendo caído numa cilada, ele só olhou tranquilamente por sobre o ombro, como que para confirmar que, de fato, fora emboscado.

– Como tem passado? – Rhage perguntou com a fala arrastada.

O *redutor* não se deu ao trabalho de responder, o que era o oposto do que vinham presenciando nos últimos tempos. Diferentemente dos outros, aquele não era um garotinho metido a esperto cheio de falatório. Calmo, perspicaz... Controlado, ele era o tipo de inimigo que melhorava o seu desempenho no trabalho.

Não exatamente algo ruim...

E, como era de se esperar, a mão dele desapareceu para dentro do casaco.

– Não seja idiota, cara – exclamou Qhuinn, preparado para meter uma bala no bastardo sem nenhum aviso adicional.

O *redutor* não deteve o movimento.

Tudo bem.

Ele apertou o maldito gatilho e derrubou o merdinha.

No segundo em que o *redutor* caiu na neve, Blay ficou imobilizado com a arma ainda apontada. Os outros fizeram o mesmo.

Segundos silenciosos se passaram, eles continuaram a encarar o assassino caído. Nenhum movimento. Nenhuma reação da área periférica. Qhuinn o incapacitara, e ele parecia estar trabalhando sozinho.

Engraçado, mesmo se Blay não tivesse ouvido o tiro à esquerda do seu ouvido, ele teria sabido que o atirador fora Qhuinn: qualquer outro teria dado ao inimigo outra chance para reconsiderar.

O sinal para que se aproximasse foi o assobio de Rhage. Os cinco se moveram como uma matilha de lobos ao redor de sua presa, rápidos e confiantes, cruzando a neve com as armas erguidas. O assassino permaneceu absolutamente imóvel, mas não houvera uma morte na família, por assim dizer. Para isso, seria preciso que uma adaga de aço lhe atravessasse o peito.

Porém, aquele era o estado desejável. Queriam que ele fosse capaz de falar.

Ou, pelo menos, que estivesse em condições de ser forçado a falar...

Mais tarde, quando repassou o que aconteceu em seguida... quando sua mente ardeu obsessivamente a respeito dos fatos... quando ficou acordado tentando entender como as peças se encaixaram na esperança de adivinhar uma mudança de procedimento que garantisse que algo semelhante nunca mais acontecesse... Blay se demoraria naquela mudança de eventos.

Aquele leve tremor no braço. Apenas uma contração muscular aparentemente desconectada de qualquer pensamento consciente ou vontade. Nada perigoso. Nenhum sinal do que estava por vir.

Apenas uma contração.

A não ser pelo fato de que, com um movimento mais rápido que um piscar de olhos, o assassino sacou uma arma sabe-se lá de onde. Foi sem precedentes. Num segundo ele estava como morto no chão; no seguinte, estava atirando de modo controlado num raio amplo.

E mesmo antes de os sons dos tiros pararem, Blay percebeu a imagem horripilante de Zsadist levando chumbo bem no coração, um impacto tão forte que foi capaz de deter o avanço do Irmão, o torso catapultando para trás, os braços se abrindo enquanto ele caía no chão.

No mesmo instante, a dinâmica mudou. Ninguém mais queria interrogar o maldito.

Quatro adagas foram desembainhadas. Quatro corpos se adiantaram. Quatro braços talharam com lâminas afiadas e frias. Quatro impactos, um após o outro.

Tarde demais, porém.

O assassino desaparecera bem diante deles, as armas golpeando a neve manchada onde o inimigo estivera deitado, em vez de atingirem uma cavidade torácica vazia.

Que seja. Haveria tempo para se perguntarem quanto ao desaparecimento improcedente mais tarde. No momento, eles tinham um soldado caído.

Rhage praticamente se lançou sobre o Irmão, colocando o corpo diante de tudo e todos.

– Z.? Z.? Ai, mãe da raça...

Blay sacou o telefone e discou. Quando Manny Manello atendeu, não havia tempo a perder.

– Temos um Irmão ferido. Tiro no peito...

– Espere!

A voz de Z. foi uma surpresa. Assim como o braço do Irmão levantando e empurrando Rhage para o lado.

– Saia de cima de mim!

– Mas estou tentando fazer ressuscitação cardio...

– Prefiro morrer antes de beijar você, Hollywood – Z. tentou se sentar, estava com a respiração pesada. – Nem pense nisso.

– Alô? – a voz de Manello disse ao telefone. – Blay?

– Espere...

Qhuinn se ajoelhou perto de Zsadist, e apesar do fato de o Irmão não gostar de ser tocado, segurou-o por debaixo do braço e ajudou o macho a suspender o torso do chão.

– Estou com a clínica na linha – disse Blay. – Qual o seu estado?

Em resposta, Z. levou a mão até a bainha da adaga e a puxou. Depois, abaixou o zíper da jaqueta de couro e rasgou a camiseta ao meio.

Para revelar o mais lindo colete à prova de balas que Blay jamais vira.

Rhage se curvou em sinal de alívio, a ponto de Qhuinn ter que segurá-lo com a mão livre para que o cara também não caísse no chão.

– Kevlar – Blay murmurou para Manello. – Ah, graças a Deus, ele está usando um Kevlar.

– Que ótimo, mas escute, preciso que você tire o colete e verifique se ele deteve a bala, ok?

– Entendido – olhou de relance para John, contente em ver que ele estava de pé, com as duas armas adiante, os olhos vasculhando o ambiente enquanto o resto deles avaliava a situação. – Vou cuidar disso.

Blay se aproximou e se agachou na frente do Irmão. Qhuinn podia ter tido a coragem de fazer contato com Zsadist, mas ele não faria isso sem permissão expressa.

– O doutor Manello quer saber se você pode tirar o colete para que possamos ver se existe algum ferimento.

Z. moveu os braços e depois franziu o cenho. Tentou novamente. Depois da terceira tentativa, o Irmão conseguiu levantar as mãos até as tiras de velcro, mas elas não conseguiam fazer muita coisa.

Blay engoliu com força.

– Posso cuidar disso? Prometo não tocar em você o quanto for possível.

Ótima gramática ali. Mas ele falava sério.

Os olhos de Z. se levantaram para ele. Estavam negros de dor, e não amarelos.

– Faça o que tem que fazer, filho. Vou aguentar.

O Irmão desviou o olhar, o rosto contraído numa careta, a cicatriz que formava o S do alto do nariz até o canto da boca destacando-se num relevo alto.

Com um sermão severo, Blay ordenou às suas mãos que ficassem firmes, e a mensagem de algum modo foi levada adiante: ele puxou as tiras que o prendiam nos ombros, o barulho mais alto do que o grito em sua cabeça, e depois retirou o colete, aterrorizado pelo que descobriria.

Havia uma grande marca redonda bem no meio do peito musculoso de Z. Bem onde ficava o coração.

Mas era apenas um hematoma. Não um buraco.

Apenas um hematoma.

– Somente ferimento superficial – Blay afundou o dedo no preenchimento denso do colete e encontrou a bala. – Estou sentindo a bala dentro do colete.

– Então por que não consigo mexer meu...

O cheiro de sangue fresco do Irmão pareceu atingir todos os narizes ao mesmo tempo. Alguém praguejou, e Blay se inclinou.

– Você também foi alvejado debaixo do braço.

– É ruim? – Z. perguntou.

Pelo telefone, Manello disse:

– Dê uma olhada e veja o que consegue descobrir.

Blay suspendeu o braço pesado e iluminou a parte interna com uma lanterna de bolso. Aparentemente, uma bala entrara no torso pela pequena parte desprotegida nas axilas – um tiro em um milhão que se você tentasse recriar, não conseguiria repetir.

Merda.

– Não vejo o buraco da saída. É bem na lateral das costelas, no alto.

– Ele está respirando bem? – perguntou Manello.

– Com dificuldade, mas regular.

– Reanimação cardiorrespiratória foi administrada?

– Ele ameaçou castrar Hollywood se houvesse qualquer contato labial.

– Escute aqui, deixe eu me desmaterializar – Z. tossiu um pouco. – Me dê um pouco de espaço...

Todos ofereceram uma variedade de opiniões a essa altura, mas Zsadist não aceitou nenhuma delas. Empurrando-os, o Irmão fechou os olhos e...

Blay soube que estavam com problemas sérios quando nada aconteceu. Sim, Zsadist não fora morto, e estava muito melhor do que estaria se estivesse sem o colete. Mas não conseguia se movimentar – e eles estavam no meio do nada, tão floresta adentro que mesmo que chamassem por reforços, ninguém conseguiria levar um carro até quilômetros de onde estavam.

E o pior? Blay tinha a sensação de que o assassino que derrubaram era algo consideravelmente pior do que um *redutor* qualquer.

Não havia como saber quando os reforços chegariam.

O som de uma mensagem de texto chegando ao celular de um deles soou, e Rhage a leu.

– Merda. Os outros estão presos no centro da cidade. Teremos que cuidar disso sozinhos.

– Maldição – Zsadist murmurou entredentes.

Sim. A situação era mais ou menos essa.

Capítulo 17

Xcor não esperara aquilo.

Enquanto ele e seus soldados se materializavam na localização da alimentação comunal arranjada, ele esperara uma propriedade decaída ou, quem sabe, à beira da condenação, um lugar num estado tão deplorável que uma fêmea seria forçada a vender suas veias e seu sexo para sobreviver.

Nada disso.

A propriedade alcançava os padrões da *glymera*, a imensa mansão no alto da colina se destacava em sua iluminação, os jardins impecavelmente bem podados, o chalé menor da criadagem perto dos portões em perfeito estado apesar da idade óbvia.

Talvez ela fosse uma prima distante de alguém de linhagem mais importante?

– Quem é essa fêmea? – ele perguntou a Throe.

Seu tenente deu de ombros.

– Não sei nada de sua família. Mas verifiquei a filiação dela com uma linhagem de valor.

Ao redor deles, os soldados estavam ansiosos, os coturnos de combate socando a neve compacta aos seus pés enquanto andavam no mesmo lugar, a respiração escapando dos narizes como se eles fossem cavalos de corrida prestes a explodirem para fora dos portões da pista.

– Há que se perguntar se ela sabe para o que se ofereceu – murmurou Xcor, nem um pouco preocupado se a fêmea sabia ou não.

– Vamos? – perguntou Throe.

– Sim, antes que os outros se descontrolem e invadam aquele chalé dela.

Throe se desmaterializou até a porta singular, com seu topo arqueado e com uma lamparina que se esperaria ver do lado de fora de uma casa de bonecas. Porém, seu braço direito não foi persuadido pelo charme. A iluminação acima de sua cabeça logo foi cortada, certamente ao comando de Throe, e a batida à porta do soldado foi rápida e severa, uma exigência, não um pedido.

Momentos depois, a porta se abriu. A luz de uma lareira escapou para a noite, o brilho dourado das labaredas tão intenso que sugeria que elas conseguiriam derreter a camada de neve – e bem no meio daquela iluminação adorável, a figura de uma fêmea destacava uma silhueta escura e curvilínea.

Ela estava nua. E o cheiro que foi carregado pela brisa gélida indicava que ela estava pronta.

Zypher rosnou baixinho.

– Contenha-se – exigiu Xcor. – Não deixe que a sua avidez seja usada como uma arma contra nós.

Throe falou com ela e depois enfiou a mão no bolso para pegar o dinheiro. A fêmea aceitou o que lhe foi dado e depois esticou um braço no batente, angulando o corpo de modo a fazer com que um seio farto fosse iluminado por aquele brilho suave.

Throe olhou de relance sobre o ombro e acenou com a cabeça.

Os outros não esperaram por um segundo convite. Os lutadores de Xcor convergiram para a entrada, os corpos másculos tão grandes e tão numerosos, que a fêmea logo ficou invisível.

Praguejando, ele também se aproximou andando.

Zypher naturalmente foi o primeiro, tomando-a nos lábios e apalpando os seios, mas ele não foi o único. Os três primos brigaram por suas posições, um indo para trás e arqueando os quadris, como se estivesse esfregando o pau contra o traseiro dela, os outros dois alcançando os mamilos e o sexo dela, as mãos serpenteando conforme ela foi envolvida.

Throe falou acima dos gemidos crescentes.

– Vou montar guarda do lado de fora.

Xcor abriu a boca para ordenar o contrário, e depois percebeu que pareceria como se ele estivesse evitando a cena, e isso dificilmente seria algo másculo.

– Faça isso – murmurou. – Monto guarda no interior.

Seus machos pegaram a fêmea, as mãos das adagas segurando-a pelos braços, coxas e cintura, e, em conjunto, carregaram-na para o interior aconchegante do chalé. Foi Xcor quem fechou a porta e se certificou de que não havia nenhuma tranca para confiná-los. Também foi ele quem vasculhou o interior do chalé. Enquanto seus bastardos carregavam seu alimento para a frente da lareira, onde um tapete de peles recobria o chão, ele se inclinou em uma janela fechada, levantou a cortina e verificou os vitrôs. Antigos e chumbados, com suportes de madeira, não de aço.

Nada seguros. Ótimo.

– Alguém entre em mim – a fêmea gemeu numa voz profunda.

Xcor não se preocupou em ver se a obedeceram ou não, ainda que o gemido ofegante sugerisse que o fora. Em vez disso, olhou ao redor, procurando outras portas e lugares nos quais uma emboscada poderia ser armada. Aparentemente, não existia nenhum. O chalé não tinha um segundo andar, o esqueleto do teto formava um arco acima da sua cabeça e só havia um banheiro pequeno, cuja porta estava entreaberta e a luz acesa revelava um pé em forma de garra da banheira e uma pia em estilo antigo. A cozinha aberta não passava de uma bancada com alguns poucos eletrodomésticos modestos.

Xcor olhou para a ação. A fêmea estava deitada de costas, com os braços abertos formando um T, o pescoço exposto, as pernas escancaradas. Zypher montara nela e a penetrava ritmadamente, fazendo com que a cabeça subisse e descesse no tapete branco fofo enquanto ela absorvia os impactos. Dois dos primos se agarraram aos seus pulsos, e o terceiro tirara o pênis para fora e a fodia na boca. Na verdade, havia pouco dela que não estivesse coberto por machos vampiros, e seu êxtase por estar sendo usada era óbvio não somente aos olhos, mas também aos ouvidos: ao redor da ereção que entrava e saía dos lábios abundantes, a respiração pesada e os gemidos eróticos escapavam para a atmosfera carregada de sexo.

Xcor caminhou até a bancada da cozinha. Não havia nada ali, nenhum resto de comida, nenhum copo abandonado meio cheio. Havia pratos nos armários, contudo, e quando ele abriu a grande geladeira de estilo europeu, garrafas de vinho branco estavam organizadas horizontalmente nas prateleiras.

Uma imprecação masculina atraiu seu olhar para a diversão. Zypher estava gozando, os corpos se arqueando para frente enquanto a cabeça pendia para trás e, em meio ao seu orgasmo, um dos primos o afastava, assumindo seu posto, levantando os quadris da fêmea e se afundando no sexo rosado e molhado. Pelo menos Zypher parecia completamente satisfeito de trocar de lugar; ele expôs as presas, afundou a cabeça debaixo do peito agora arfante do seu camarada e beliscou o seio da fêmea para poder se alimentar perto do mamilo.

Aquele que estava na boca também gozou, e ela sorveu todo o sêmen, sugando a cabeça do pênis do lutador, soltando-a em seguida e lambendo os lábios úmidos como se ainda estivesse com fome. Alguém logo a atendeu, outra ereção bombeando seus lábios, os ritmos contrários das investidas do que acontecia em sua cabeça e entre as pernas balançando-a para frente e para trás num modo que ela parecia apreciar.

Xcor voltou a verificar o banheiro, mas sua primeira avaliação estava correta: não havia onde se esconder naquele confinamento diminuto.

Tendo garantido o interior, ele não pensou em nada mais para fazer a não ser se recostar num canto que lhe oferecia a melhor visão de acesso e testemunhar a refeição. Conforme as coisas se intensificaram, seus lutadores perderam a aparente civilização que tinham, trocando de posição como leões sobre carniça fresca, as presas se revelando, os olhos selvagens de agressão enquanto eles lutavam por suas posições. No entanto, eles não perderam completamente as cabeças. Cuidaram da fêmea.

Não demorou e alguém cortou a própria veia, aproximando-a dos lábios dela.

Xcor baixou o olhar para as botas e permitiu que sua visão periférica monitorasse o ambiente.

Houve uma época em que se excitaria com aquilo. E não por se interessar particularmente pelo sexo, mas do mesmo modo como seu estômago roncava quando via comida. Dessa forma, no passado, quando sentia a necessidade de tomar uma fêmea, era o que teria feito. Normalmente no escuro, claro, para que a pobre garota não sentisse nem repulsa nem medo.

Ele bem podia imaginar que as expressões de excitação que os machos exibiam em seus rompantes eróticos pouco melhoraram sua aparência.

Mas agora? De maneira curiosa, sentia-se desligado de tudo aquilo, como se estivesse assistindo os machos carregando mobília de um lado para o outro ou, quem sabe, limpando as folhas em um jardim.

O motivo era a sua Escolhida, claro.

Tendo tido os lábios pressionados contra a pele pura, tendo olhando dentro dos olhos verdes luminosos, tendo sentido o perfume delicado dela, ele estava completamente desinteressado pelos charmes bem utilizados daquela fêmea diante da lareira.

Ah, a sua Escolhida... ele jamais soube que tal graça existisse e, além disso, não teria como imaginar que se sentiria tão completamente tocado por aquilo que era tão antitético para ele. Ela era o seu oposto, gentil e generosa, enquanto ele era brutal e impiedoso, bela para a sua feiura, etérea para a sua depravação.

E ela o marcara. Do mesmo modo como se o tivesse golpeado e deixado uma cicatriz em sua carne, ele estava ferido e enfraquecido por ela.

Não havia nada a ser feito.

Deus, mesmo as lembranças dos momentos que partilhara com ela, quando estivera completamente vestida, e ele, tão gravemente ferido, bastavam para excitá-lo, seu pobre sexo endurecendo por nenhum motivo aparente: mesmo que não estivessem em lados opostos na guerra pelo trono, ela jamais permitiria que ele a abordasse como um macho faz ao se enfeitiçar por uma fêmea de valor. Naquela noite outonal quando se encontraram debaixo daquela árvore, ela executara um ato válido segundo seus preceitos. Não tivera nada a ver com ele em particular.

Mas, ah, como ele a desejava mesmo assim...

Abruptamente, a fêmea diante da lareira se arqueou debaixo dos pesos orgásmicos que mudavam sobre ela, e ele voltou-lhe sua atenção. Como se ela percebesse sua excitação, o olhar enevoado e extasiado focalizou nele, e uma surpresa repentina cruzou sua expressão – ou o pouco que ele conseguia distinguir por cima do antebraço grosso que lhe oferecia alimento.

O choque arregalou seu olhar. Evidentemente, ela não notara a presença dele, mas agora que o fazia, o medo, e não a paixão, fez-se óbvio dentro dela.

Sem querer atrapalhar toda aquela ação, ele balançou a cabeça e estendeu a palma num gesto de "pare", para garantir a ela que não teria de suportar sua mordida – ou pior, seu sexo.

A mensagem aparentemente funcionou, porque o medo abandonou sua expressão, e quando um dos soldados apresentou o pau pedindo atenção, ela o apanhou e começou a massageá-lo acima da sua cabeça.

Xcor sorriu para si mesmo de modo horripilante. Aquela prostituta não o queria, e mesmo assim, seu corpo, em toda a sua estupidez, insistia em reagir àquela Escolhida, como se a fêmea sagrada um dia fosse olhar para ele.

Tão tolo.

Consultando o relógio, surpreendeu-se ao ver que a refeição já vinha acontecendo há mais de uma hora. Que seja. Desde que seus machos obedecessem com suas duas regras básicas, ele não se importava em deixá-los continuar: tinham de permanecer substancialmente vestidos e as armas deveriam estar nos coldres com as travas desarmadas.

Dessa forma, se o clima mudasse, eles poderiam se defender rapidamente.

Ele estava mais do que disposto a lhes conceder aquele passatempo.

Depois daquele interlúdio? Muitos estariam no máximo de suas forças, e pelo modo como as coisas estavam com a Irmandade... eles precisariam estar assim.

Capítulo 18

– Não. De jeito nenhum.

Qhuinn teve que concordar com a opinião de Z. quanto à ideia brilhante de Rhage.

O grupo já se esforçara na floresta, com Rhage suportando boa parte do peso de Z., enquanto os demais os circundavam aos pares, a postos para apanhar qualquer um ou qualquer coisa que os ameaçasse pelas margens. Agora estavam de volta ao hangar e a solução de Hollywood para o problema de mobilidade parecia uma complicação com implicações mortais, e não exatamente algo que de fato ajudasse.

– Pilotar não deve ser tão difícil – enquanto todos, inclusive Z., apenas o encaravam, Rhage deu de ombros. – O que foi? Os humanos o fazem o tempo todo.

Z. esfregou o peito e lentamente se deixou cair no chão. Depois de respirar, balançou a cabeça.

– Primeiro, você não sabe se... a maldita coisa... pode subir. Provavelmente... está sem combustível... e você nunca pilotou antes.

– Quer me contar a nossa outra opção? Ainda estamos a quilômetros de um ponto plausível para que nos busquem, você não está melhorando e podemos ser encurralados. Deixe-me pelo menos entrar lá para ver se consigo fazer o motor pegar.

– Não é uma decisão inteligente.

No silêncio que se seguiu, Qhuinn raciocinou e olhou para o hangar. Depois de um instante, disse:

– Eu dou cobertura. Vamos fazer isso.

No fim, Rhage estava certo. Aquela evacuação a pé estava demorando demais e o *redutor* desaparecera antes que o apunhalassem, e não o contrário.

Será que Ômega dera poderes especiais aos seus garotos?

Tanto faz. Um soldado inteligente jamais subestimava o inimigo, ainda mais quando um dos seus estava abatido. Precisavam levar Z. para um lugar seguro e se isso significava ir pelo ar, que assim fosse.

Ele e Rhage entraram no hangar e ligaram as lanternas. O avião estava onde o tinham deixado no canto do fundo, como se fosse o filho adotivo feio de algum outro tipo de transporte muito mais bonito que há muito saíra de cena. Aproximando-se, Qhuinn viu que a hélice parecia estar inteira, e apesar de as asas estarem empoeiradas, conseguiu sustentar seu peso nelas.

O fato de a porta ter rangido como o diabo quando Rhage a abriu não foi uma notícia tão promissora.

– Nossa! – murmurou Rhage ao se encolher. – Parece que há algo morto ali dentro.

Caramba, o fedor devia ser tremendo se o Irmão conseguia distingui-lo do resto do cheiro que permeava o hangar.

Talvez a ideia não fosse tão boa assim.

Antes que Qhuinn conseguisse emitir uma segunda opinião a respeito do fedor, Rhage se espremeu como um pretzel e passou pela abertura oval.

– Puta merda... Chaves! As chaves estão aqui, dá pra acreditar?

– E quanto ao combustível? – murmurou Qhuinn, ao lançar o facho da lanterna de bolso num círculo amplo. Nada além de chão imundo.

– Acho bom recuar um pouco, filho – Rhage berrou de dentro da cabine. – Vou tentar ligar essa máquina velha.

Qhuinn se afastou, mas oras, se a coisa fosse explodir, poucos metros não fariam muita diferença...

A explosão foi alta, a fumaça, espessa, e o motor parecia estar sofrendo com um acesso de tosse mecânica. Mas a merda se estabilizou.

Quanto mais deixaram o motor esquentar, mais equilibrado o ritmo se tornou.

– Temos que sair daqui antes de nos asfixiarmos – Qhuinn gritou de dentro do avião.

Bem nessa hora, Rhage deve ter colocado a coisa para se mexer ou algo assim, porque o avião se lançou para a frente com um gemido, como se cada prego e parafuso da sua fuselagem doesse.

E aquela coisa voaria?

Qhuinn correu na frente e chegou à porta dupla. Segurando de um lado, usou toda a sua força para puxar e afastou as portas, lançando diversas trincas e travas para todos os lados.

Ele só esperava que o avião não se inspirasse naqueles fragmentos.

Sob o luar, as expressões de John e Blay não tinham preço ao darem uma bela olhada para o plano de fuga – e ele bem sabia de onde elas vinham.

Rhage pressionou o freio e se espremeu de novo para sair.

– Vamos trazê-lo para dentro.

Silêncio. Bem, a não ser pelo avião ofegante atrás deles.

– Você não vai levá-lo – disse Qhuinn, quase para si mesmo.

Rhage olhou sério para ele.

– O que disse?

– Você é valioso demais. Se esta coisa cair, não podemos perder dois Irmãos. Isso não vai acontecer. Eu sou dispensável, você não.

Rhage abriu a boca como se fosse argumentar. Mas quando a fechou, uma expressão estranha atravessou seu belo rosto.

– Ele tem razão – disse Z. sério. – Não posso colocar você em perigo, Hollywood.

– Que se foda, posso me desmaterializar para fora da cabine...

– E acha que vai conseguir fazer isso quando estiverem num espiral? Tolice...

Uma saraivada de balas irrompeu das margens das árvores, atingindo a neve, o zumbido passando pelos ouvidos.

Todos reagiram. Qhuinn mergulhou dentro do avião, posicionou-se atrás do assento do piloto e tentou entender... puta merda, havia botões demais. A única coisa que o salvava era que...

Rá-tá-tá!

... ele assistira a um número suficiente de filmes para saber que a alavanca com a manopla era o acelerador e que a direção em forma de gravata borboleta era a coisa que você puxava para subir, e abaixava para descer.

– *Cacete* – murmurou ao ficar abaixado o máximo que podia.

Considerando-se os sons explosivos que se seguiram, John e Blay também atiravam, por isso Qhuinn se sentou um pouco mais elevado e olhou para a fileira de instrumentos. Deduziu que aquele com um tanquezinho de combustível era o que ele estava procurando.

Um quarto de tanque disponível. E metade daquela coisa só devia ser condensação.

Aquela era uma ideia bem ruim.

– Traga-o aqui! – Qhuinn berrou, olhando para o campo aberto e reto à sua esquerda.

Rhage logo o atendeu, jogando Zsadist no avião com toda a gentileza de um estivador. O Irmão aterrissou como uma pilha amontoada, mas ao menos praguejava, o que significava que ainda estava bom o bastante para sentir dor.

Qhuinn não esperou pela tolice de fechar as portas. Soltou o pedal do freio, apertou o acelerador e rezou para não derrapar na neve...

Metade do para-brisa se estilhaçou na sua frente; a bala que causara o estrago ricocheteou pela cabine, o "fuuu" do assento ao lado do seu, sugerindo que o encosto de cabeça tivesse sido atingido. O que era melhor do que o seu braço. Ou o crânio.

A única notícia boa era que o avião parecia pronto para sair dali também, o motor enferrujado girando a hélice rapidamente como se soubesse que sair do chão era a única saída para a segurança. Ao lado das janelas, o cenário começava a passar e ele se orientou no meio da "pista" mantendo as duas fileiras de árvores equidistantes.

– Segure-se – gritou acima do estrondo.

O vento entrava na cabine como se houvesse um ventilador industrial preenchendo o espaço onde o vidro estivera, mas ele não pretendia subir o bastante para que necessitassem de pressurização.

Àquela altura, ele só queria passar por cima da floresta logo adiante.

– Vamos, meu bem, você consegue... Vamos, vamos...

Ele já estava com a alavanca toda puxada e teve que ordenar ao braço que relaxasse um pouco. Não havia mais para onde puxar, e quebrar a maldita coisa era a garantia de acabar com tudo ali mesmo.

O barulho aumentou ainda mais.

As árvores se agitaram cada vez mais.

A trepidação ficou cada vez mais violenta, até seus dentes batiam uns nos outros, e ele se convenceu de que uma ou as duas asas se partiriam e cairiam pelas laterais.

Concluindo que não havia tempo a perder, Qhuinn puxou o manche para trás o máximo que pôde, segurando firme, como se isso, de alguma forma, fosse se traduzir à fuselagem do avião e se mantivesse junto no lugar...

Algo caiu do teto e voou na direção de Z.

Um mapa? O manual do proprietário? Quem diabos haveria de saber...?

Caramba, as árvores na ponta extrema estavam se aproximando...

Qhuinn puxou ainda mais, apesar de o manche estar o mais próximo possível dele, o que era uma pena, porque estavam ficando sem pista e ainda colados no chão...

Sons de arranhados vinham da barriga do avião, como se a vegetação rasteira estivesse se esticando e tentando segurar as placas de aço.

As árvores estavam cada vez mais perto.

Seu primeiro pensamento ao enfrentar a morte era que jamais conheceria a filha. Pelo menos não neste lado do Fade.

O segundo e último era que não acreditava que nunca tivesse dito a Blay que o amava. Em todos os minutos e horas e noites de sua vida, em todas as palavras ditas ao macho no decorrer dos anos em que se conheciam, ele somente o afastara.

E agora era tarde demais.

Idiota. Que tremendo cretino que ele era.

Porque parecia bem evidente que seu cartão de biblioteca ficaria inutilizado aquela noite.

Endireitando-se e fazendo com que as lufadas o atingissem em cheio no rosto, Qhuinn encarou aquela arremetida, imaginando todos aqueles pinheiros logo adiante, já que não conseguia enxergá-los pelo fato de os olhos estarem lacrimejando devido ao vento. Abrindo a boca, ele gritou, acrescentando voz à confusão.

Maldição, não morreria como um covarde. Não mergulharia no chão, nada de frases patéticas implorando para que Deus o salvasse. Ao diabo com isso. Enfrentaria a morte com as presas expostas, o corpo preparado e o coração acelerado não de medo, mas com uma tremenda descarga de...

– *Morte, vá se foder!*

Enquanto Qhuinn tentava levantar voo, Blay tinha o cano da pistola apontado para a borda das árvores e descarregava balas como se tivesse um suprimento infindável... o que não era verdade.

Aquilo era horrível. Ele, John e Rhage não tinham cobertura; não havia como saber quantos assassinos estavam na floresta; e, pelo amor de Deus, só o que aquele avião antigo fazia era expelir uma nuvem de fumaça tóxica em seu rastro enquanto passava como se estivesse num desfile dominical.

Ah, e a máquina estava longe de ser blindada, mas, evidentemente, tinha combustível no tanque.

Qhuinn e Z. não conseguiriam. Colidiriam na floresta ao fim da pista. Isso se não explodissem antes.

Nesse instante, quando soube que uma bola de fogo era iminente de um ou outro modo, ele se partiu ao meio. A parte física permanecia concentrada em combater o ataque, os braços esticados, os indicadores apertando os gatilhos, os olhos e ouvidos rastreando os sons e as aparições de flashes de pistolas e os movimentos do inimigo.

A sua outra parte estava naquele avião.

Era como se estivesse assistindo à própria morte. Imaginava com nitidez a vibração violenta do avião, os saltos descontrolados no chão e a vista da margem sólida das árvores que se aproximavam dele, como se estivesse enxergando através dos olhos de Qhuinn e não dos seus.

Filho da puta imprudente.

Tantas vezes Blay pensou "ele vai se matar".

Tantas vezes no campo de batalha e fora dele.

Mas aquela era a vez em que isso aconteceria...

Uma bala o atingiu na coxa e a dor que subiu pela perna até o coração indicava que sua total atenção precisava voltar ao combate: se quisesse viver, teria de se concentrar completamente.

Contudo, quando essa convicção o acometeu, houve uma fração de segundo em que ele pensou: vamos acabar com isso aqui. Vamos acabar com essa tolice de vida de castigos, de "quase lá", de "e se?", da agonia crônica e infindável em que sempre esteve... e da qual estava tão cansado...

Ele não entendeu o que o fez atingir a neve.

Num minuto, estava olhando para o avião esperando que ele explodisse em chamas. No minuto seguinte, estava de peito no chão, com os cotovelos enfiados na terra congelada e obstinada, a perna machucada latejando.

Flap! Flap! Flap!...

O rugido que interrompeu o som das balas era tão alto que ele abaixou a cabeça, como se isso o ajudasse a evitar a bola de fogo crônica do avião.

Só que não houve nem luz nem calor. E o som vinha de cima...

Planando. O fardo de parafusos estava mesmo voando. Acima deles.

Blay despendeu um segundo olhando para cima, só para o caso de ter sido alvejado e a sua percepção da realidade ter sido afetada. Mas não. Aquela antiguidade de pulverização de plantações estava no céu, fazendo uma curva larga e seguindo na direção que, se é que conseguiria permanecer suspenso, levaria Qhuinn e Z. para o complexo da Irmandade.

Se tivessem sorte.

Caramba, aquele voo não seria fácil. Nada parecido com uma águia voando segura e decidida pelo céu noturno. Mais parecido com uma andorinha recém-saída do ninho com uma asa quebrada.

De um lado para o outro. Para cima e para baixo, inclinando-se de lado a lado.

Ao ponto em que parecia ter realizado o impossível saindo do chão... só para cair e queimar no meio da floresta...

Do nada, algo o atingiu na lateral do rosto, golpeando-o com tanta força que ele caiu de costas e quase perdeu as pistolas. Uma mão – fora uma mão que o espalmara como se ele fosse uma bola de basquete.

Em seguida, um peso absurdo o atingiu no peito, esticando-o no chão coberto de neve, fazendo-o exalar com tanta força que ele se perguntou se não deveria olhar ao redor para procurar o fígado.

– Porra, vai ficar abaixado ou não? – Rhage sibilou em seu ouvido. – Está tentando levar bala... de novo?

Enquanto a calmaria do tiroteio se estendia de segundos até completar um minuto, os *redutores* emergiram pela linha de árvores adiante, o quarteto de assassinos caminhando pela neve com as armadas suspensas e prontas.

– Não se mexa – sussurrou Rhage. – Dois podem brincar nesse jogo.

Blay fez seu melhor para não inspirar tão fundo quanto a queimação em seus pulmões lhe dizia que precisava. Também tentou não espirrar já que flocos soltos coçavam em seu nariz toda vez que ele respirava.

Espera.

Espera.

Espera.

John estava a um metro de distância, deitado numa posição contorcida que fez o coração de Blay se apertar...

O cara sutilmente levantou o polegar, como se estivesse lendo a mente de Blay.

Graças a Deus. Cacete.

Blay desviou o olhar sem mudar a posição estranha da cabeça, e depois discretamente trocou uma das pistolas por uma das suas adagas.

Enquanto um zumbido desengonçado começou a vibrar em sua cabeça, ele calculou os movimentos dos *redutores*, suas trajetórias, suas armas. Ele estava quase sem munição e não havia tempo para recarregar as pistolas. E ele sabia que tanto Rhage quanto John estavam na mesma condição.

As adagas que V. fizera à mão para todos eles eram o único recurso.

Mais perto... mais perto...

Quando os quatro assassinos finalmente estavam ao alcance, sua cronometragem foi perfeita. Assim como a dos outros.

Com um movimento coordenado perfeito, ele saltou e começou a apunhalar os dois mais próximos a ele. John e Rhage atacaram os outros...

Quase imediatamente, mais assassinos surgiram das árvores, mas, por algum motivo, talvez porque a Sociedade Redutora não estivesse armando seus alistados muito bem, não havia balas. O segundo round se passou pela neve com o tipo de armas que se esperaria ver numa briga de beco: tacos de baseball, pés-de-cabra, chaves de rodas e correntes.

Por ele, tudo bem.

Estava tão pilhado e furioso, que lhe faria bem sair na mão.

CAPÍTULO 19

Sentada na mesa de exames, com uma camisola frágil de papel cobrindo-a e os pés descalços pendurados da orla acolchoada, Layla sentiu como se estivesse cercada por instrumentos de tortura. E devia ser isso mesmo. Todo tipo de utensílios de aço inoxidável estava enfileirado na bancada da pia, com as embalagens plásticas transparentes indicando que estavam estéreis e prontos para serem usados.

Já fazia uma eternidade que estava na clínica de Havers. Ou, pelo menos, era o que parecia.

Em contraste com o trajeto apressado para atravessar o rio, quando o mordomo dirigira como se soubesse que a pressa era essencial, desde que ali chegara só acontecera um retardo após o outro. Desde a burocracia até a sala de espera, o aguardo pela enfermeira, a demora para que Havers apresentasse o resultado do seu exame de sangue.

Era o suficiente para enlouquecer alguém.

Do lado oposto ao que ela estava sentada, havia uma imagem emoldurada pendurada na parede, e há tempos ela havia memorizado suas pinceladas e cores, o buquê de flores pintadas em azuis e amarelos vibrantes. O nome embaixo dizia: *van Gogh*.

Àquela altura, ela nunca mais queria ver uma íris novamente.

Mudando de posição, fez uma careta. A enfermeira lhe entregara um objeto apropriado para o sangramento e ela ficou horrorizada ao perceber que logo precisaria de outro...

A porta se abriu com uma batida e seu instinto imediato foi correr, o que era ridículo. Era ali que precisava estar.

Só que tratava-se apenas da enfermeira que a levara até ali, tirara a amostra de sangue para o exame e seus sinais vitais, e tomara notas no computador.

– Sinto muito, houve outra emergência. Só quis certificá-la de que será a próxima.

– Obrigada – Layla se ouviu dizer.

A fêmea se aproximou e pôs uma mão em seu ombro.

– Como está se sentindo?

A gentileza a fez piscar rápido.

– Acho que vou precisar de outro... – ela apontou para o quadril.

A enfermeira assentiu e deu um leve apertão antes de seguir para a bancada e apanhar uma embalagem quadrada cor de pêssego.

– Temos mais aqui. Gostaria que eu a acompanhasse até o banheiro no final do corredor?

– Sim, por favor...

– Espere, não se levante ainda. Deixe-me pegar algo para que se cubra melhor.

Layla baixou o olhar para as mãos, aquelas que estavam enroscadas uma na outra e que não conseguiam ficar quietas.

– Obrigada.

– Aqui está – algo macio a envolveu. – Ok, agora vamos colocá-la de pé.

Escorregando para fora da mesa, ela se desequilibrou um pouco e a enfermeira estava logo ali, segurando-a pelo cotovelo para estabilizá-la.

– Vamos bem devagar.

E foi o que fizeram. No corredor, havia enfermeiras se apressando de quarto em quarto, e pessoas entrando e saindo das suas consultas, e outras equipes correndo... e Layla não conseguia acreditar que um dia fora rápida como eles. Para se afastarem do tráfego, ela e a gentil acompanhante ficaram próximas da parede, a fim de evitar serem atropeladas, mas os outros eram verdadeiramente gentis. Como se todos soubessem que ela estava sofrendo seriamente.

– Vou entrar com você – disse a enfermeira quando chegaram ao banheiro. – A sua pressão está muito baixa e fico preocupada que possa desmaiar, está bem?

Enquanto Layla assentia, elas entraram e trancaram a porta. A enfermeira retirou-lhe a coberta, e ela, desconcertada, afastou o papel do caminho.

Sentando-se, ela...

– Ah, santa Virgem Escriba.

– Psiu, está tudo bem, tudo bem – a enfermeira se inclinou e lhe estendeu o absorvente. – Vamos cuidar disso. Você está bem... aqui, não, você precisa me dar isso. Temos que encaminhar para o laboratório. Existe a possibilidade de ser usado para determinar o que está acontecendo e você há de querer ter essa informação quando tentar novamente.

Tentar novamente. Como se a perda já tivesse ocorrido.

A enfermeira colocou as luvas e pegou um saco plástico de um suporte. Ela cuidou de tudo com discrição e diligência, e Layla viu quando o nome que havia dado foi escrito do lado de fora do saco com uma caneta preta.

– Ah, querida, está tudo bem.

A enfermeira retirou as luvas, arrancou um pedaço de papel higiênico de um suporte na parede e se ajoelhou. Segurando o queixo de Layla com uma mão gentil, cuidadosamente enxugou as faces que se molharam de lágrimas.

– Sei bem pelo que está passando. Também perdi um – o rosto da enfermeira se tornou belo pela compaixão. – Tem certeza de que não podemos chamar o seu *hellren*?

Layla apenas balançou a cabeça.

– Bem, avise-me se mudar de ideia. Sei que é difícil vê-los tristes e preocupados, mas não acha que ele gostaria de estar aqui com você?

Ah, como contaria a Qhuinn? Ele parecera tão certo de tudo, como se já tivesse visto o futuro e encarado os olhos do filho deles. Aquilo seria um choque.

– Saberei se estive mesmo grávida? – murmurou Layla.

A enfermeira hesitou.

– O exame de sangue pode revelar isso, mas tudo depende de quanto tempo você está se sentindo assim.

Layla fitou as mãos novamente. As juntas estavam brancas.

– Preciso saber se estou tendo um aborto ou se isto é apenas um sangramento normal que acontece quando não se engravida. Isso é importante.

– Lamento muito, mas não sou eu quem pode lhe garantir isso.

– Mas você sabe, não sabe? – Layla levantou a cabeça para fitá-la nos olhos. – Não sabe?

– Repito, não sou eu quem pode lhe garantir, mas... com esse tanto de sangue?

– Eu estava grávida.

A enfermeira fez um movimento amplo com as mãos, os lábios se contraindo.

– Não conte a Havers que eu lhe disse isso, mas... sim, provavelmente. E você precisa saber, não há nada que você possa fazer para deter o processo. Não é culpa sua, e você não fez nada errado. É só que, às vezes, essas coisas simplesmente acontecem.

Layla deixou a cabeça pender.

– Obrigada por ser honesta comigo. E... na verdade, é isso o que acho que está acontecendo.

– Uma fêmea sabe. Bem, vamos levá-la de volta.

– Sim, muito obrigada.

Mas Layla teve dificuldade para suspender a calcinha ao se levantar. Quando ficou claro que não conseguia coordenar as mãos, a enfermeira se adiantou e a ajudou com facilidade invejável, e tudo foi tão vergonhoso e assustador. Ficar fraca e à mercê de outra pessoa para uma coisa tão simples...

– Você tem um sotaque maravilhoso – disse a enfermeira ao voltarem para o tráfego do corredor, retornando mais uma vez para a faixa mais lenta. – É tão Velho Mundo... minha avó aprovaria. Ela odeia o fato de o inglês ter se tornado a língua dominante aqui. Acredita que isso será a derrocada da nossa espécie.

A conversa a respeito de nada em especial ajudou, dando a Layla algo em que se concentrar em vez de pensar em quanto tempo aguentaria até ter de refazer aquele percurso... e se as coisas estavam piorando nesse aborto... e como seria quando fosse forçada a encarar Qhuinn para lhe dizer que fracassara...

De algum modo, chegaram à sala de exames.

– Não deve demorar muito mais. Prometo.

– Obrigada.

A enfermeira parou à porta e, ao se imobilizar, sombras cruzaram o fundo do seu olhar, como se ela estivesse revivendo partes de seu próprio passado. E no silêncio entre elas, um momento de comunicação ocorreu, e embora fosse raro ter algo em comum com uma fêmea da Terra, a conexão foi um alívio.

Ela se sentira tão sozinha naquilo tudo.

– Temos pessoas com quem você pode conversar – disse a fêmea. – Às vezes, conversar depois de tudo pode ajudar de verdade.

– Obrigada.

– Use esse botão branco se precisar de ajuda ou se sentir-se tonta, está bem? Não vou estar longe.

– Sim, farei isso, obrigada.

Enquanto a porta se fechava, lágrimas embaraçam sua visão, e mesmo sentindo uma dor profunda, a sensação esmagadora de perda era desproporcional à realidade. A gestação estava apenas bem no comecinho e, logicamente, não havia muito a perder.

No entanto, para ela, aquilo era o seu filho.

Aquilo era a morte do seu filho...

Houve uma batida suave à porta e depois uma voz masculina.

– Posso entrar?

Layla apertou os olhos e engoliu com força.

– Por favor.

O médico da raça era alto e distinto, com óculos de aro de tartaruga e uma gravata borboleta. Com um estetoscópio ao redor do pescoço e aquele longo jaleco branco, ele era a figura perfeita de um curador, calmo e competente.

Ele fechou a porta e sorriu de leve para ela.

– Como está se sentindo?

– Bem, obrigada.

Ele a fitou do outro lado da sala, como se estivesse avaliando seu estado clínico, embora não a tocasse ou usasse instrumento algum.

– Posso ser franco?

– Sim, por favor.

Ele assentiu e puxou um banquinho com rodinhas. Sentando-se, equilibrou o prontuário no colo e a encarou.

– Vejo que você não indicou o nome do seu *hellren*... nem do seu pai.

– É preciso?

O médico hesitou.

– Não tem nenhum parente, minha querida? – quando ela negou com a cabeça, os olhos dele registraram tristeza profunda. – Lamento muito pelas suas perdas. Então, não há ninguém que possa estar aqui com você? Ninguém?

Como ela simplesmente continuou ali, sem dizer nada, ele inspirou fundo.

– Muito bem...

– Mas posso pagar – ela deixou escapar de supetão. Ela não sabia muito bem onde arranjaria o dinheiro, mas...

– Ah, meu bem, não se preocupe com isso. Não preciso receber se não puder pagar – ele abriu o prontuário e afastou uma página. – Vejamos, vejo aqui que passou pelo seu cio.

Layla apenas concordou, como se isso fosse tudo o que pudesse fazer para não gritar: *Qual é o resultado do exame?*

– Bem, verifiquei o resultado do seu exame de sangue e ele mostrou algumas... coisas que eu não esperava. Portanto, se permitir, eu gostaria de coletar mais uma amostra e enviá-la para o laboratório para mais alguns exames. Com isso, espero ser capaz de entender o que está acontecendo... e também farei um ultrassom, se não se importar. É um exame padrão que me dará uma ideia de como as coisas estão progredindo.

– Como, por exemplo, quanto tempo sangrarei até que termine tudo? – disse com severidade.

O médico da raça esticou a mão para segurar a dela.

– Primeiro vamos ver como você está, certo?

Layla respirou fundo e concordou mais uma vez.

– Certo.

Havers foi até a porta e chamou a enfermeira. Quando a fêmea entrou no quarto, ela trouxe consigo o que parecia ser um computador de mesa montado num carrinho: havia um teclado, um monitor e umas varetas erguidas nas laterais do equipamento.

– Vou deixar que a enfermeira tire o sangue... as mãos dela são muito mais competentes que as minhas nesse quesito – ele sorriu de maneira gentil. – Nesse meio-tempo, vou verificar outro paciente. Volto em seguida.

A segunda picada de agulha foi muito melhor do que a primeira, pois ela sabia o que esperar, e ela foi deixada a sós por um curto tempo quando a enfermeira saiu para levar a amostra ao laboratório – o que quer que fosse ele e onde quer que estivesse localizado. Ambos voltaram em seguida.

– Pronta? – Havers perguntou.

Quando Layla fez que sim, ele e a enfermeira trocaram algumas palavras e o equipamento foi disposto perto de onde ela estava sentada. O médico, então, acomodou-se novamente no banquinho e puxou dois tipos de extensões das laterais da mesa de exame. Abrindo o que pareciam ser um par de estribos, ele fez um gesto para a enfermeira que reduziu a iluminação e se aproximou para apoiar uma mão no ombro de Layla.

– Deite-se, por favor – pediu Havers. – E desça até chegar ao fim da mesa. Você vai colocar os pés aqui depois de despir a roupa de baixo.

Enquanto ele indicava os dois estribos, os olhos de Layla se arregalaram. Ela não fazia ideia de que o exame seria...

– Nunca antes fez um exame interno? – perguntou Havers com hesitação. Quando ela começou a balançar a cabeça, ele assentiu. – Bem, isso não é incomum, ainda mais se esse foi o seu primeiro cio.

– Mas não posso tirar... – ela se interrompeu. – Estou sangrando.

– Cuidaremos disso – o médico parecia cem por cento confiante. – Vamos começar?

Layla fechou os olhos e se inclinou para trás para se deitar, o papel fino que cobria a superfície acolchoada rangendo debaixo do seu peso.

Elevando os quadris e mudando um pouco de posição, ela se desfez do que a cobria.

– Cuido disso para você – disse a enfermeira baixinho.

Os joelhos de Layla se encontraram enquanto ela foi tateando com os pés à procura dos malditos estribos.

– Isso mesmo – o banquinho de rodinhas guinchou quando o médico se aproximou. – Mas vá mais para baixo.

Por uma fração de segundo, ela pensou que não conseguiria.

Curvando os braços ao redor do baixo ventre, apertou-os, como se pudesse, de algum modo, segurar o bebê dentro dela ao mesmo tempo em que tentava se controlar. Mas não havia nada que pudesse fazer, nenhuma conversa que pudesse ter com seu corpo para acalmá-lo e segurar o que fora implantado, nenhum papo amoroso que pudesse ter com o filho para que ele tentasse sobreviver, nenhum fluxo de palavras para acalmá-la do seu pânico absoluto.

Por um momento, ela desejou a vida enclausurada que um dia considerou tão sufocante. Lá no Santuário da Virgem Escriba, a natureza plácida da sua existência fora algo que ela dera como certo. De fato, desde que descera para a Terra e tentara encontrar um propósito aqui, fora atingida por um trauma atrás do outro.

Isso fez com que respeitasse os machos e as fêmeas de quem lhe disseram ser inferiores a ela.

Ali embaixo, todos pareciam estar à mercê de forças além do controle deles.

– Está pronta? – perguntou o médico.

Enquanto lágrimas corriam pelos cantos dos olhos, ela se concentrou no teto e agarrou a beira da mesa.

– Sim. Pode começar.

Capítulo 20

Puta merda, Qhuinn estava completamente sem controle.

Quase nenhuma visibilidade. O avião balançando de um lado para o outro como se estivesse sofrendo *delirium tremens*. Motor ligando e desligando.

E ele nem podia dar uma olhada em Z. O vento estava forte demais para gritar, e não pretendia despregar os olhos do que quer que viesse pela frente – ou melhor dizendo, daquilo no que bateriam de frente – mesmo sem conseguir enxergar nada...

O que o fizera pensar que aquilo era uma boa ideia?

A única coisa que parecia estar funcionando era a bússola, portanto, ao menos ele conseguia se orientar quanto à localização da base: o complexo da Irmandade ficava ao norte, um tantinho ao leste, no topo de uma montanha circundada pelo *mhis* de V., a divisa defensiva invisível. Com isso, em relação ao direcionamento, ele estava certo, desde que o mostrador de N – S – L – O estivesse mais operacional do que, digamos, todo o resto daquele caixote.

Ao olhar para a direita, o vento incessante que passava pelo vidro parcialmente quebrado atingiu seu canal auditivo. Pela janela lateral, ele via... uma imensidão negra. O que ele interpretou como indício de eles terem passado pelo subúrbio e estarem sobrevoando as fazendas. Talvez já estivessem sobre as colinas que, no fim, transformariam-se na montanha...

Um som como o do escapamento de um carro explodindo chamou sua atenção negativamente, mas o que foi pior?

O silêncio repentino que se seguiu.

Nada de motor roncando. Apenas o vento soprando para dentro da cabine.

Ok, agora sim estavam em apuros.

Por um átimo, ele pensou em se desmaterializar. Era forte o bastante, estava consciente, mas jamais abandonaria Z...

Uma mão forte pousou em seu ombro, assustando-o tremendamente.

Z. se arrastara para a frente e, baseando-se em sua expressão, estava tendo dificuldades para se manter de pé. E não só pelos solavancos.

O Irmão falou, sua voz grossa superando todo aquele barulho.

– Hora de você ir embora.

– Nem a pau – berrou Qhuinn em resposta. Esticando o braço, tentou a ignição. Não faria mal tentar, não é mesmo?

– Não me obrigue a jogá-lo para fora.

– Tente.

– Qhuinn...

O motor voltou a pegar, o barulho se intensificando. Boas novas. A questão era que, se o maldito desligara uma vez, era bem possível que o fizesse novamente.

Qhuinn enfiou a mão na jaqueta. Ao apanhar o celular, pensou em todos que os dois estavam deixando para trás e passou o objeto para o Irmão.

Se existia uma hierarquia nessa coisa de se despedir, Z. estava no topo da lista. Ele tinha uma *shellan* e uma filha. Se alguém tinha de fazer uma ligação, esse alguém era ele.

– Para que isso? – Zsadist perguntou sombrio.

– Descubra você mesmo.

– E você pode ir...

– Não vou a parte alguma. Vou pilotar esta armadilha até batermos em alguma coisa.

Houve certa discussão depois disso, mas ele não sairia do assento do piloto, e por mais forte que o Irmão fosse em circunstâncias normais, Z. não estava em condições de suspender nada além de uma fatia de pão. E a conversa não durou muito. Depois que a discussão terminou, Z. desapareceu, sem dúvida indo para os fundos para fazer o último contato com as pessoas amadas.

Decisão inteligente.

Deixado a sós com seus equipamentos, Qhuinn fechou os olhos e lançou uma oração para quem pudesse ouvir. E visualizou o rosto de Blay...

– Pegue.

Ele abriu os olhos. O celular estava bem na sua frente, firme na mão de Z. E o mapa de GPS estava sendo mostrado, as pequenas setas piscantes indicando onde exatamente eles estavam.

– Mais uns cinco quilômetros – exclamou o Irmão acima do barulho ensurdecedor. – É tudo de que precisamos...

Houve um estouro, um assobio e mais uma rodada daquele silêncio terrível. Praguejando, Qhuinn concentrou-se naquela tela sempre desejando que as coisas voltassem a funcionar. Mais para o norte, obviamente, porém, mais para o leste. Muito mais. Seus cálculos estavam certos, mas não exatos.

Sem o telefone? Estariam fritos.

Bem, isso e toda aquela situação do motor.

Verificando a localização precisa, ele fez alguns cálculos mentalmente e virou para a direita, tentando chegar àquela indicação no mapa que levava diretamente para a montanha. Em seguida, seria a vez de tentar religar o motor.

Estavam perdendo altitude. Não espiralando, situação na qual haveria um close-up no altímetro e a coisa estaria acelerada do modo como você desejaria que as hélices estivessem. Mas lentamente, inexoravelmente indo para baixo... e se perdessem a aceleração, o que era o que aquela máquina de costura insegura debaixo do teto seria capaz de prover, acabariam caindo como uma pedra.

Tentando a ignição repetidas vezes, murmurou:

– Vamos, vamos, *vamos*...

Era difícil tentar manter o nariz empinado com apenas uma mão; e bem quando ele ia passar a devotar toda sua atenção ao manche, o braço de Z. se esticou, afastou a mão dele, e assumiu o controle sobre o botão da ignição.

Por um segundo, Qhuinn vislumbrou a marca de escravo para fora dos punhos da jaqueta do Irmão, mas logo voltou a se concentrar.

Deus, seus ombros estavam em chamas por puxar o manche para trás.

E pensar que ele estava morrendo de vontade de ouvir aquela barulheira do...

De uma só vez, o motor engasgou de volta à vida, e a mudança de altitude foi imediata. No instante em que os plugues e pistões começaram a rugir novamente, os números começaram a subir.

Mantendo a alavanca puxada, verificou o nível de combustível. Estava no vazio. Talvez estivessem apenas sem combustível, e não se tratasse de um problema mecânico?

Uma tolice, certo?

– Só mais um pouquinho, meu bem... um pouco mais, vamos lá, querida, você consegue...

Enquanto um fluxo interminável de encorajamento escapava dos seus lábios, as palavras impotentes eram abafadas pela única coisa que importava – mas, espere, como se o Cessna falasse inglês...!

Caramba, parecia que aquilo duraria uma eternidade, a esperança e as orações, seu cérebro num jogo de pingue-pongue entre os melhores e os piores cenários enquanto quilômetros eram atravessados num ritmo agonizantemente lento.

– Diga que telefonou para as suas fêmeas – berrou Qhuinn.

– Diga que consegue nos manter acima do solo.

– Não vou mentir.

– Leve-nos mais para o leste.

– O quê?

– Leste! Vá para o leste!

Z. aumentou o zoom do mapa e começou a correr o dedo em uma direção, de leste a oeste.

– Você vai precisar aterrissar neste ponto... atrás da mansão!

Qhuinn deduziu que deveria tomar como um bom sinal que o cara estava fazendo planos de aterrissagem que não envolviam bolas de fogo. E a sugestão era boa. Se conseguissem se orientar ao longo da mansão, do lado oposto à piscina, eles poderiam acabar com algumas árvores frutíferas... porém, teriam mais ou menos o mesmo tanto de pista que tiveram para decolar.

Muito melhor do que bater no muro que cercava a propriedade...

Daquela vez, o motor não emitiu nenhum aviso. Simplesmente morreu, como se estivesse cansado de brincar de pega-pega e houvesse decidido tirar uma folga permanente.

Ao menos já estavam próximos da aterrissagem.

Uma chance. Era tudo de que dispunham.

Uma única tentativa de aterrissar que, desde que ele conseguisse levá-los até as cercanias da propriedade, penetrar o *mhis*, e conseguir não colidir na mansão, no ginásio, nas construções, nos portões nem em nada que fosse real ou algum tipo de propriedade... resultaria nele entregando o orgulhoso pai e amoroso *hellren*, e soberbo lutador... de volta aos braços da família.

Mas não era só em Z. que ele estava pensando.

O Primale cuidaria da saúde e do bem-estar de Layla. Blay tinha os pais amorosos e Sax. John tinha a sua Xhex.

Todos eles ficariam bem.

Qhuinn se virou.

– Sente-se! Lá atrás! Sente-se e prenda o cinto de segurança...

O Irmão abriu a boca e Qhuinn fez o impensável. Cobriu os lábios do macho com a mão.

– Sente-se de uma vez e se amarre! Chegamos até aqui... não vamos estragar tudo!

E pegou o celular de volta.

– Vá! Deixe comigo!

Os olhos de Z. se conectaram aos seus e, por um breve segundo, Qhuinn se perguntou se seria lançado para fora da cabine. Mas então, o milagre aconteceu: um instante de conexão se estendeu entre eles, uma corrente de elos tão grossos quanto coxas ligando-os um ao outro.

Z. levantou o indicador e apontou direto no rosto de Qhuinn. Depois de acenar uma vez com a cabeça, desapareceu na parte traseira.

Qhuinn voltou a se concentrar.

A navegação os mantinha no alto, e graças às orientações de Z., aquela guinada extra à direita os colocara na direção certa. De acordo com o GPS, estavam se aproximando da junção de estradas que dava a volta na base da montanha, centímetro a centímetro. Centímetro... a centímetro...

Ele estava bem certo de que localizavam-se acima da propriedade agora.

Enquanto o avião abaixava mais, ele se preparou, continuando a puxar o manche com força até que os ombros cravassem no assento atrás dele. Não havia trem de pouso para puxar. Ele esteve abaixado o tempo todo...

Um assobio repentino penetrou na cabine, e isso, junto a uma abrupta mudança de angulação, anunciou que a gravidade começara a vencer a batalha, exigindo a construção de fibra de vidro e metal e tendo um par de vidas como seu prêmio.

Eles não conseguiriam... era cedo demais...

Uma vibração selvagem se seguiu e, por um momento, ele se perguntou se não tinham atingido o chão sem que ele percebesse. Copas de árvores, talvez? Não. Algo...

O *mhis*?

O amortecedor repentino parecia se estender para cima, e, ora essa, o avião reagiu de modo diferente, o bico se nivelando sem nenhum esforço da parte de Qhuinn ou ajuda do peso morto que era aquele motor. Até mesmo o sacolejo de um lado para o outro cessou.

Aparentemente, a defesa invisível de V. não só mantinha afastados humanos e *redutores*, como também sustentava um Cessna no ar.

Só que tinham um problema. Aquela elevação vital parecia não acabar.

Do modo como iam as coisas, era como se ele fosse flutuar ali para sempre, ultrapassando a única pista de aterrissagem que tinham...

Abruptamente, o barulho retornou, e ele verificou o altímetro. Tinham descido cerca de sete metros, e ele teve que se perguntar se tinham penetrado a barreira.

Luzes. Ah, bom Jesus amado. *Luzes*.

Do lado de fora da janela, abaixo, ele via o brilho da mansão e o pátio. Estava distante demais para distinguir os detalhes, mas só podia ser – sim, a pequena ramificação só podia ser o ginásio.

Instantaneamente, seu cérebro dimensionou e reorientou tudo.

Merda. O ângulo estava errado. Se continuasse assim, aterrissaria de frente para a propriedade e não ao longo dela. E a porcaria era que não tinha altitude suficiente para executar um círculo grande para apontá-lo para a direção certa.

Quando não se tem opções, a única alternativa é fazer dar certo.

Seu maior problema era deixar passar o gramado. Só havia uma clareira na montanha. O resto? Árvores que os devorariam.

Ele precisava descer mais. Imediatamente.

– Segure-se!

Mesmo sendo um contrassenso, ele arremessou o manche para frente, e os direcionou para o chão. Houve uma mudança de velocidade imediata, e ele rezou que se recuperasse disso quando chegasse à zona de impacto. E merda, a intensa trepidação ficou ainda pior, ao ponto de ele ficar tonto, e os braços doerem por segurar firme o manche.

Mais rápido. Mais próximo. Mais rápido. Mais barulhento. Mais próximo.

E, então, chegou a hora. A casa e os jardins estavam logo à frente, indo ao encontro deles numa velocidade de matar.

Ele puxou com força, e a nova velocidade os fez levantar um pouco.

Por cima da casa...

– *Prepare-se!* – exclamou a plenos pulmões.

Enquanto a câmera lenta assumia o comando, tudo se ampliou: a propriedade, os segundos, a dor nos olhos enquanto ele se esforçava para olhar adiante, a sensação do seu corpo sendo empurrado para trás no assento...

Merda. Ele estava sem o cinto de segurança.

Nem se preocupara com isso. Coisas demais em que pensar.

Idiota...

Nesse mesmo instante, fizeram contato com algo. Com força. O avião pulou, bateu em outra coisa, ricocheteou e pulou novamente. Nesse meio-tempo, sua cabeça bateu no painel acima dele, e seu traseiro ficou estatelado no assento, e seu...

Deixa para um mix de dores.

A fase seguinte da aterrissagem dos infernos foi um misto de desliza-chacoalha-rola que quase o lançou para fora da cabine. Aquilo era o chão – só podia ser – e, maldição, como iam rápido. As luzes corriam pelas janelas, tudo parecendo o Studio 54* até ele ficar praticamente cego. E por causa do lado em que o estroboscópio estava, ele deduziu que estavam no jardim – mas estavam ficando sem espaço.

Segurando o manche, ele os fez dar um cavalo de pau, na esperança que as mesmas leis da física que se aplicavam a carros desgovernados funcionassem ali: sem freios, espaço limitado e o único modo de diminuir a velocidade era mudar o coeficiente aerodinâmico.

A força centrífuga o fez bater na lateral da cabine e a neve bombardeou seu rosto; depois, algo afiado.

Merda, eles não estavam desacelerando em nada.

E aquele muro de proteção de seis metros de altura e 45 centímetros de espessura estava se aproximando com rapidez.

E por falar em paradas abruptas...

---

* Lendária discoteca em Manhattan que funcionou entre 1977 e 1986. (N.T.)

CAPÍTULO 21

Blay se desmaterializou para a mansão no instante em que o último assassino naquela clareira foi enviado de volta a Ômega. Como Qhuinn ainda estava no ar com Z., não havia razão para perder mais tempo à espera de mais um esquadrão.

Mesmo por que não havia nada que alguém pudesse fazer para ajudar aqueles dois.

Reaparecendo no pátio, ele...

Diretamente acima dele, sem produzir som algum, aquele maldito avião bloqueava a luz da lua.

Puta merda, eles conseguiram e, caramba, estavam tão próximos que ele pensou que, caso se esticasse, conseguiria tocar a fuselagem do Cessna.

O silêncio sepulcral, porém, não era um bom sinal...

O primeiro impacto veio do alto das cercas vivas que delimitavam o jardim. O avião saltou das pontas, pegou uma corrente de ar, depois sumiu de vista.

Blay se desmaterializou ao redor da varanda bem a tempo de ver o Cessna bater na neve, caindo como um homem obeso mergulhando de barriga numa piscina, criando grandes ondas brancas para todos os lados. E então a aeronave se transformou no maior cortador de grama jamais visto pelo homem, a combinação de seu corpo de aço e a velocidade acelerada demais, destruindo fileiras de árvores frutíferas e de moitas de flores que foram protegidas do inverno, e caramba, até mesmo a fileira de bebedouros para os pássaros.

Mas ao inferno com tudo isso. Ele pouco se importava se tivessem de replantar o lugar inteiro, desde que o avião parasse... antes do muro de contenção.

Por uma fração de segundo, ele chegou a pensar em se materializar diante da coisa e detê-la com as mãos, mas isso seria loucura. Se o Cessna não parecia se incomodar com as estátuas de mármore que ele agora destruía, pouco se importaria com um macho vivo e respirando diante dele...

Por nenhum motivo aparente, todo aquele descontrole começou a girar, a asa encarando Blay como se Qhuinn estivesse tentando virar. A derrapagem foi o movimento perfeito. Nem precisava ser dito que não havia freios, e desde que o espiral se sustentasse, eles teriam mais área para perder velocidade.

Merda, eles estavam mesmo perto demais do muro de contenção...

Centelhas de luz iluminaram a noite, além do grito de metal contra pedra que anunciava que "o perto demais do muro" fora substituído por "bem contra ele", mas, graças à manobra de Qhuinn, eles se colocaram numa posição paralela em vez de irem de frente.

Blay começou a correr na direção do show de luzes, e outros o acompanharam quando ele assim o fez, um verdadeiro bloco de pessoas em fila. Não havia como deter aquilo, mas eles bem podiam estar a postos quando as coisas...

Tum!

... terminassem.

O avião finalmente encontrou um objeto inanimado que não conseguiu superar: o barracão usado para guardar alguns dos equipamentos e produtos de jardinagem bem no fim do jardim.

Parada completa.

E tudo estava silencioso demais. Tudo o que Blay ouviu foi o *suissssh* dos coturnos trafegando pela neve, e sua respiração arfando no ar frio, e a pressa dos outros atrás de si.

Ele foi o primeiro a chegar à aeronave e se dirigiu à porta que, como por milagre, estava livre e não imprensada ao muro de concreto.

Abrindo-a e sacando a lanterna de bolso, ele não sabia o que esperava encontrar. Fumaça? Gases? Sangue e partes de corpos?

Zsadist estava sentado rígido no assento de frente para os fundos, com o corpo amarrado, ambas as mãos travadas nos apoios de braços. O Irmão encarava à frente, sem piscar.

– Paramos de nos mexer? – perguntou rouco.

Ok, ao que tudo levava a crer, até mesmo um Irmão podia ficar em estado de choque.

– Sim, pararam – Blay não queria ser rude, mas agora que estava certo de que um deles sobrevivera, ele queria ver se Qhuinn...

O macho cambaleou para fora da cabine. No facho de luz da lanterna de Blay, ele parecia ter estado num brinquedo radical de um parque de diversões, com o cabelo todo para trás da testa queimada pela ação do vento, os olhos, um verde e outro azul, arregalados num rosto completamente pálido, cada membro do corpo trêmulo.

– Você está bem? – exclamou ele, como se os ouvidos estivessem surdos depois de expostos a muito barulho. – Z., diga alguma coisa...

– Estou aqui – respondeu o Irmão, fazendo uma careta de dor ao soltar uma das garras dos apoios de braço. – Estou bem, filho... Estou bem.

Qhuinn se agarrou ao que estava saliente e foi então que seus joelhos se dobraram. Ele apenas caiu entre as mãos estendidas, a voz entrecortada a ponto de ele mal conseguir falar.

– Eu só... queria que você... estivesse bem... Só queria... que você... ficasse bem, oh Deus... para a sua filha... Só queria que você ficasse ok...

Zsadist, o Irmão que nunca tocava em ninguém, esticou-se e pousou uma mão livre na cabeça inclinada de Qhuinn. Erguendo os olhos, ele disse suavemente:

– Não deixe ninguém entrar aqui. Dê um minuto a ele, ok?

Blay assentiu e se virou, bloqueando a entrada com o corpo.

– Eles estão bem, eles estão bem...

Enquanto falava com a multidão, um bom número de pessoas fitava-no como se ele fosse um enviado de Deus, mas Bella não estava entre eles. Ela estava...

– Zsadist! *Zsaaaaadist!*

O grito se transportou por todo o caminho do gramado quando, do alto da varanda, uma figura solitária partiu em disparada em meio à neve.

Muitas pessoas responderam a Bella, mas ele duvidava de que ela tivesse ouvido qualquer coisa.

– *Zsaaaadist!*

Quando ela escorregou já perto dele, Blay imediatamente se esticou para pegá-la, preocupado que ela acabasse se chocando com a lateral do avião. Ah, Deus, ele jamais se esqueceria da expressão no rosto dela: era mais terrível do que qualquer atrocidade que já vira, como se ela estivesse sendo esfolada viva, como se os braços e pernas estivessem amarrados, e a pele estivesse sendo arrancada de seu corpo.

Qhuinn saiu do avião.

– Ele está bem, ele está bem, prometo... Ele está bem.

Bella se imobilizou, como se aquela fosse a última coisa que ela esperasse ouvir.

– Minha *nalla*, entre – disse Z. no mesmo tom baixo que usara com Qhuinn. – Entre aqui.

A fêmea chegou a olhar para Blay como se precisasse de uma garantia para saber se aquilo que ouvia estava correto. Em resposta, ele simplesmente a levou pelo cotovelo e a ajudou a passar pela portinhola.

Depois, mais uma vez virou de frente para bloquear a passagem. Enquanto os sons da fêmea chorando livremente em sinal de alívio emanavam, ele viu Qhuinn passar as mãos sobre os olhos como se o macho estivesse se livrando de lágrimas.

– Caramba, filho, eu não sabia que você sabia pilotar – alguém disse.

Enquanto Qhuinn levantava a cabeça, aparentemente olhando de relance para o cenário, Blay fez o mesmo. Pense numa cena apocalíptica: havia um rastro em toda a extensão pela qual o avião passara, como se o dedo de Deus tivesse feito uma linha em todo o jardim.

– Na verdade... eu não sei – murmurou Qhuinn.

V. levou o cigarro aos lábios e estendeu a palma.

– Você trouxe o meu Irmão de volta em um só pedaço. Que se foda o resto.

– Verdade...

– Sim, graças a Deus...

– Diabos, é isso aí...

– Amém...

Um a um, a Irmandade se adiantou, cada um deles erguendo a mão da adaga. A procissão levou um tempo, mas ninguém parecia se importar com o frio.

Blay, por certo, não o sentia. A ponto de ficar paranoico...

Colocando a mão dentro da jaqueta, encontrou o tórax e se deu um beliscão bem forte.

Ai.

Fechando os olhos, fez uma prece silenciosa para que aquilo fosse mesmo verdade... e não o horror que poderia ter sido.

Toda aquela atenção estava deixando Qhuinn nervoso.

E o seu pequeno voo nem fora uma experiência tão zen assim. A queimadura no rosto por causa de todo aquele vento, as dores nos ombros e nas costas, as pernas trêmulas... Ele sentia como se ainda estivesse lá em cima, ainda rezando para nada em que acreditava existir, parado e para sempre no limiar.

Da morte.

Além disso, estava tremendamente envergonhado. Deixar-se abater daquele jeito diante de Z.? Ora essa... Que covarde.

– Importam-se se eu der uma olhada? – a doutora Jane disse ao se aproximar da multidão.

Sim, uma boa ideia. O objetivo de tudo aquilo foi Z. estar ferido tão gravemente que não conseguia se desmaterializar.

– Qhuinn? – disse a fêmea.

– Como disse? – ah, ele estava atrapalhando. – Ok, deixe-me sair da frente...

– Não, não o Zsadist. Você.

– Hum?

– Você está sangrando.

– Estou?

A médica virou a mão dele.

– Vê? – e, como era de se esperar, escorriam gotas vermelhas de suas palmas. – Você acabou de esfregar o rosto. Está com um corte feio na cabeça.

– Ah, ok – talvez por isso se sentisse tão aéreo? – E quanto a Z.?

– Manny já está lá dentro.

Hum. Devia ter perdido aquela parte.

– Quer dar uma olhada em mim aqui?

Ela deu uma risada de leve.

– Que tal levarmos você de volta para a casa? Se conseguir andar.

– Eu cuido dele...

– Pode deixar que eu levo...

– Eu levo...

– Já peguei...

O coro de voluntários foi uma surpresa, bem como todos os braços solícitos que apareceram de todos os lados: ele, literalmente, foi envolvido por braços fortes de lutadores, e todos quase a carregá-lo do lugar como se estivesse fazendo *stage diving* num show de rock.

Ele olhou para trás, esperando ver Blay, rezando para se deparar com os olhos dele, mesmo isso sendo loucura...

Mas Blay estava lá.

O lindo olhar azul estava logo ali, tão firme e certo ao sustentar o seu que ele quase desmoronou novamente. E ele retirou forças daquele olhar, assim como o fizera na época em que passavam tanto tempo juntos. A verdade era que ele desejava que fosse Blay a levá-lo de volta à mansão, mas ninguém se arriscava a dizer nada à Irmandade quando ela aparecia em massa assim. Além disso, sem dúvida o cara pensaria que estariam próximos demais.

Qhuinn se concentrou no caminho à frente. Puta... merda...

O jardim fora completamente dizimado, metade da cerca viva de três metros de altura próxima à casa fora cortada, todos os tipos de árvore arrancados, arbustos aparados, os restos da colisão espalhados por todos os lados como estilhaços de uma metralha.

Caramba, muito do entulho se parecia com partes de avião.

Ah, olhe ali um painel de aço.

– Esperem – disse, libertando-se. Inclinando-se, pegou um fragmento afiado do chão no lugar em que derretera a neve. Ele podia jurar que a coisa ainda estava quente. – Eu sinto muito mesmo... disse para ninguém em especial.

A voz do Rei rebumbou diante dele:

– Por manter o meu Irmão vivo?

Qhuinn levantou a cabeça. Wrath saíra da biblioteca com George de um lado e a rainha do outro. O macho parecia tão grande e forte quanto a mansão atrás dele: mesmo cego, ele se parecia com um super-herói com aqueles óculos escuros encobrindo os olhos.

– Eu destruí o seu jardim – murmurou Qhuinn ao se aproximar do macho real. – Quero dizer... mudei o paisagismo de um modo muito ruim.

– Isso dará a Fritz algo para fazer na primavera. Você sabe o quanto ele adora arrancar ervas daninhas.

– Esse é o último dos seus problemas. Tenho quase certeza de que vai precisar de uma escavadeira.

Wrath se adiantou, encontrando-o no meio da varanda.

– Esta é a segunda vez, filho.

– Que eu arruinei algo mecânico nas últimas 24 horas? É, eu sei... Da próxima vez, é provável que eu destrua um navio de guerra.

As sobrancelhas negras se abaixaram.

– Não é disso que estou falando.

Ok, aquilo tinha de terminar logo. Ele *realmente* detestava ter as atenções voltadas para si.

Deliberadamente ignorando a afirmação do Rei, ele disse:

– Bem, a boa notícia é, meu Rei, que não estou pensando numa terceira rodada. Por isso, acho que vamos estar seguros daqui por diante.

Houve um murmúrio coletivo de concordância.

– Posso levá-lo para a clínica agora? – a doutora Jane interrompeu.

Wrath sorriu, as presas refletindo o luar.

– Faça isso.

Graças a Deus... a noite chegava ao fim.

– Onde está Layla? – a médica perguntou quando entraram no calor da biblioteca. – Acho que você precisa se alimentar.

Merda.

Enquanto a legião em roupas de couro atrás deles concordava com a ideia, os olhos de Qhuinn reviraram. Uma crise por noite era mais do que o suficiente. A última coisa na qual ele estava interessado era explicar por que, exatamente, a Escolhida não poderia ser usada como fonte de sangue.

– Você parece tonto – alguém comentou.

– Acho que ele vai...

E *essa* foi a última coisa que ele ouviu por um tempo.

Capítulo 22

Do outro lado do rio, na clínica de Havers, Layla finalmente teve que sair da mesa de exames e andar pela saleta. Perdera completamente a noção do tempo àquela altura. De fato, parecia que ela estivera fitando aquelas quatro paredes por uma eternidade. E continuaria a fitar pelo resto de sua vida na face da Terra.

A única parte sua que permanecia fresca e ocupada era a cabeça. Infelizmente, ela se concentrava em pensar no que a enfermeira lhe dissera... que aquilo era um aborto. Que era muito provável que ela tivesse concebido...

Quando a batida à porta que ela tanto esperava chegou, foi inesperada e a assustou.

– Entre – disse ela.

A enfermeira que fora tão gentil entrou... mas parecia diferente. Ela se recusava a olhar para Layla, e o rosto estava congelado numa máscara. Havia um tecido branco dobrado no braço, e ela o empurrou para a frente, desviando o olhar. E depois fez uma mesura.

– Sua Graça – disse ela com uma voz trêmula. – Eu... Havers... nós... não sabíamos.

Layla franziu o cenho.

– O que está...

A enfermeira sacudiu o manto, como se tentasse forçar Layla a aceitá-lo.

– Por favor, vista isto.

– Do que se trata?

– A senhora tem sangue de Escolhida – a voz da enfermeira tremulou. – Havers está... perturbado.

Layla se esforçou para compreender as palavras. Então aquilo não era... por causa da gravidez?

– O quê... Não compreendo. Por que ele está... está perturbado porque sou uma Escolhida?

A outra fêmea empalideceu.

– Pensávamos que a senhora fosse... decaída?

Layla cobriu os olhos com as mãos.

– Eu logo poderei ser isso... dependendo do que acontecer – ela *não* tinha energia para aquilo. – Alguém poderia me contar o resultado dos exames e o que preciso fazer para cuidar de mim?

A enfermeira remexeu no tecido, ainda tentando entregá-lo.

– Ele não pode voltar para cá...

– O quê?

– Não se não estiver... Ele não pode ficar aqui com a senhora. Ele nunca deveria ter...

Layla avançou, sua calma sumindo.

– Deixe-me ser bem clara, quero falar com o médico – ante essa exigência, a enfermeira levantou a cabeça para olhar para ela. – Tenho o direito de saber o que ele descobriu a respeito do meu corpo. Diga isso a ele *agora*.

Não havia nenhum guincho em sua voz. Nenhuma histeria aguda; apenas um tom neutro, poderoso, que ela nunca vira saindo de sua boca antes.

– Vá. E traga-o – exigiu.

A enfermeira levantou o pedaço de pano.

– Por favor. Vista isso. Ele...

Layla se esforçou para não gritar.

– Sou apenas uma paciente qualquer...

A enfermeira aprumou os olhos e franziu o cenho.

– Com licença, mas isso não é bem verdade. Segundo o médico, ele a violou durante o exame.

– O quê?

A enfermeira apenas a encarou.

– Ele é um bom macho. Um macho muito tradicional em seu modo de ser...

– O que isso, em nome da Virgem Escriba, tem a ver com qualquer coisa?

– O Primale pode matá-lo pelo que ele lhe fez.

– Durante o exame? Eu permiti... era um procedimento médico necessário!

– Isso não faz diferença. Ele fez algo ilegal.

Layla fechou os olhos. Deveria ter usado a clínica da Irmandade.

– A senhora tem que perceber de onde ele vem – ponderou a enfermeira. – A senhora vem de uma hierarquia com a qual não temos contato... e, mais do que isso, nem deveríamos ter contato.

– Tenho um coração pulsante e um corpo que precisa de ajuda. Isso é tudo o que ele, e qualquer outra pessoa, precisa saber. A carne é a mesma.

– O sangue não é.

– Ele tem que vir me ver...

– Ele não virá.

Layla voltou a focalizar a enfermeira. E depois pousou a mão no baixo ventre. Por toda sua existência, até então, ela vivera do lado da integridade, servindo com lealdade, executando suas tarefas, existindo apenas dentro dos parâmetros prescritos ditados por outrem.

Não mais.

Estreitou o olhar.

– Diga ao médico que ou ele vem até aqui e me diz pessoalmente o que está acontecendo... ou procuro o Primale e conto palavra por palavra o que aconteceu aqui.

Deliberadamente, desviou o olhar para a máquina utilizada durante o exame interno.

Enquanto a enfermeira empalidecia, Layla não sentiu nenhuma alegria no poder utilizado. Tampouco se arrependia.

A enfermeira fez uma mesura e saiu do quarto, deixando aquele pedaço de pano ridículo na bancada baixa ao lado da pia.

Layla nunca considerara seu *status* de Escolhida nem um fardo nem um benefício. Era simplesmente quem ela era: sua sina, o destino que lhe fora dado se manifestando por meio da respiração e da consciência. Outros, porém, não eram tão fleumáticos, especialmente ali embaixo.

E aquilo era apenas o começo.

Pensando bem, estava perdendo o bebê, não estava? Então, aquilo era o fim.

Esticando a mão, pegou o pano e o enrolou ao seu redor. Não se importava com as sensibilidades do médico, mas se ficasse coberta como lhe pediram, talvez ele se concentrasse nela em vez do que em quem ela era.

Quase imediatamente houve outra batida à porta e, quando Layla respondeu, Havers entrou, parecendo ter uma arma na cabeça. Mantendo o olhar no chão, ele apenas os fechou parcialmente na sala, antes de cruzar os braços sobre o estetoscópio.

– Se eu tivesse sabido do seu status, jamais a teria tratado.

– Procurei-o por livre e espontânea vontade, como uma paciente necessitada.

Ele balançou a cabeça.

– A senhora é uma santidade na Terra. Quem sou eu para intervir em assunto tão sagrado?

– Por favor. Apenas ponha um fim no meu sofrimento e me diga o que está acontecendo.

Ele retirou os óculos e esfregou o nariz.

– Não posso divulgar essa informação para a senhora.

Layla abriu a boca. Fechou-a.

– Como disse?

– A senhora não é minha paciente. O seu filho e o Primale são... Portanto, falarei com ele quando puder...

– Não! Não deve procurá-lo!

O olhar que ele lhe lançou sugeriu um desdém que ela imaginava que ele normalmente reservasse a prostitutas. E, em seguida, ele falou num tom baixo, vagamente ameaçador:

– Não está em posição de exigir nada.

Layla se retraiu.

– Vim até aqui porque quis, como uma fêmea independente...

– Você é uma Escolhida. Não só é ilegal para mim acolhê-la, como também posso ser julgado pelo que lhe fiz antes. O corpo de uma Escolhida...

– Pertence a ela mesma!

– ... ao Primale, por lei, como deveria ser. Você é de pouca importância... Nada além de um receptáculo para aquilo que lhe é dado. Como *ousa* vir até aqui, fingindo ser uma simples fêmea, e colocar o meu consultório e minha vida em risco com tal engodo?

Layla sentiu uma onda de raiva estremecer até cada uma das terminações nervosas de seu corpo.

– De quem é o coração que bate neste corpo? – ela bateu no peito. – De quem é esta respiração aqui dentro!

Havers balançou a cabeça.

– Falarei com o Primale e somente com ele...

– Não pode estar falando sério! Só eu vivo nesta carne. Ninguém mais...

O rosto do médico se contraiu em desgosto.

– Como já disse, você não passa de um recipiente para o mistério divino em seu ventre, o próprio Primale está em sua carne, e, por isso, eu a deterei aqui até que...

– Contra a minha vontade? Acho que não.

– Ficará aqui até que o Primale venha buscá-la. Não serei responsável por deixá-la livre no mundo.

Os dois se encararam.

Com uma imprecação, Layla arrancou o tecido que a cobria.

– Bem, esse seu plano é ótimo. Mas estou me despindo neste segundo e sairei daqui desse modo se assim for necessário. Fique e observe se quiser... ou pode tentar tocar em mim, mas acredito que isso seria considerado outra violação de algum tipo para o senhor, não seria?

O médico saiu com tanta rapidez que tropeçou no corredor.

Layla não desperdiçou sequer um segundo, vestindo suas roupas e se apressando pelo corredor. Ainda que fosse improvável que houvesse apenas uma saída, a da recepção – deviam existir outras rotas de fuga, para o caso de um ataque –, infelizmente, ela não conhecia a planta da clínica.

Sua única opção era ir direto para a entrada. E teria de fazer isso caminhando, pois estava furiosa demais para se desmaterializar.

Trotando, Layla tomou a direção pela qual entrara e, quase imediatamente, como se tivessem sido instruídas a tal, a equipe de enfermagem apareceu em seu caminho, tomando conta do corredor, impossibilitando-a de passar.

– Se uma de vocês tocar em mim – exclamou ela no Antigo Idioma –, considerarei isso uma violação da minha santidade sagrada.

Todas pararam.

Enfrentando cada um dos olhares, ela se adiantou e forçou-as a se afastarem, um caminho se formando entre as figuras imóveis e depois voltando a se fechar atrás dela. Na sala de espera, ela parou na frente do balcão de recepção e encarou a fêmea que, alarmada, continuava apenas sentada.

– Você tem duas escolhas – Layla indicou a porta de saída reforçada. – Pode voluntariamente abrir aquela porta para mim, ou eu a explodo com o meu poder... expondo todos vocês e os seus pacientes para o açoite da luz do sol que entrará – consultou o relógio da parede – em menos de sete horas. Não tenho certeza se vocês poderão consertar esse tipo de estrago a tempo... você tem?

O clique da trava sendo aberta ressoou no silêncio.

– Obrigada – murmurou com educação ao se encaminhar para a saída. – A sua aquiescência é *muito* apreciada.

Afinal, ela jamais se esquecia dos seus modos.

Sentado atrás da escrivaninha, com o traseiro confortável no trono que seu pai fizera séculos e séculos atrás, Wrath, filho de Wrath, escorregava o dedo para cima e para baixo na suave lâmina de prata do abridor de cartas em forma de adaga. Ao seu lado, no chão, George roncava pelo focinho.

O cão dormia em raros momentos.

Se alguém batesse à porta ou entrasse, ou se o próprio Wrath se movesse de algum modo, a cabeçorra se levantava e a coleira pesada fazia barulho. O alerta instantâneo também aparecia se alguém atravessasse o corredor, ou usasse um aspirador de pó em algum lugar, ou abrisse a porta do vestíbulo no andar de baixo. Ou servisse uma refeição. Ou espirrasse na biblioteca.

Depois que a cabeça se erguia, havia uma escala de reações, variando do nada (atividades na sala de jantar, aspirador e espirro), a um levantar de orelhas (a porta da frente se abrindo ou alguém no corredor) até a atenção completa sentando-se (batida e entrada). O cachorro nunca era agressivo, porém servia como um detector de movimentos, deixando a decisão quanto ao que fazer a seu dono.

O cão guia era um cavalheiro.

E, mesmo assim, ainda que a natureza mansa fosse parte do animal bem como os pelos longos e macios, e o corpo grande e amplo, Wrath, vez ou outra, testemunhara vislumbres da fera dentro de tal combinação adorável: quando se está em meio a um bando de lutadores agressivos e másculos como a Irmandade, as cabeças esquentavam vez ou outra, mesmo em relação ao Rei. E isso não incomodava Wrath. Ele estava junto aos filhos da mãe há tempo demais para se importar com um pouco de batidas no peito e seguradas de saco.

George, no entanto, não gostava disso. Se algum deles se metesse a valentão em relação ao Rei, os pelos do cão gentil se eriçavam e ele rosnava em aviso enquanto pressionava o corpo às pernas de Wrath, como se estivesse se preparando para mostrar aos Irmãos o comprimento das suas presas para o caso de as coisas chegarem às vias de fato.

A única coisa que Wrath amava mais era a sua rainha.

Abaixando a mão, afagou o flanco do cachorro; depois, voltou a se concentrar na sensação do abridor de cartas contra o dedo.

Jesus Cristo. Aviões caindo do céu... Irmãos se machucando... Qhuinn bancando o herói novamente...

Pelo menos a noite não fora apenas um drama de provocar ataques cardíacos. Na verdade, começaram em boa nota com a prova de que precisavam para atacar o Bando de Bastardos: V. concluíra o teste de balística e, caramba, a bala extraída do pescoço de Wrath começara sua trajetória no rifle encontrado no covil de Xcor.

Wrath sorriu consigo, as presas coçando nas pontas.

Aqueles traidores agora estavam, oficialmente, na sua lista de inimigos, com o amparo total da lei – e estava na hora de causar alguns estragos.

Nesse instante, George sacudiu a cabeça, e a batida insistente à porta que se seguiu indicava que Wrath não devia ter notado a primeira batida.

– Entre.

Ele sabia quem era antes que a Irmandade entrasse: V. e o tira. Rhage. Tohr. Phury. E, por fim, Z., quem, a julgar pelo baque, parecia estar usando uma bengala.

Fecharam a porta.

Como ninguém se sentou, tampouco jogou conversa fora, ele soube exatamente por que vieram vê-lo.

– Qual o veredicto, *senhoras*? – perguntou de modo arrastado, ao se recostar contra o trono.

Foi a voz de Tohr que lhe respondeu:

– Estivemos pensando a respeito de Qhuinn.

Ele apostava nisso. Depois de apresentar a ideia na reunião no começo da noite, não pressionara por um sim ou um não. Havia muitas coisas que ele, como rei, tinha que enfiar goela abaixo das pessoas. Quem os Irmãos aceitariam no grupo não era uma dessas coisas.

– E?

Zsadist falou no Antigo Idioma:

– Eu, Zsadist, filho de Ahgony, iniciado no ano 242 do reino de Wrath, filho de Wrath, por meio desta indico Qhuinn, um órfão no mundo, como membro da Irmandade da Adaga Negra.

Ouvir as palavras formais saírem da boca do Irmão foi um choque. Z., dentre todos eles, acreditava que o passado era um monte de asneira. Não quando se referia àquilo, pelo visto.

Jesus, pensou Wrath. Eles dariam prosseguimento àquilo. E rápido – acreditara que eles precisariam de mais tempo. Dias de reflexão. Semanas. Talvez um mês – e, talvez, um "não" por uma série de motivos.

Mas eles estavam dispostos – e, em concordância, também Wrath.

– *Em que se baseia esse pedido em seu nome e de sua linhagem?* – perguntou Wrath.

Em seguida, Z. deixou a formalidade de lado e foi para a realidade que importava.

– Ele me trouxe de volta para casa em segurança, para a minha *shellan* e minha pequena filha. Arriscando a própria vida.

– Muito justo.

Wrath passou o olhar por todos os machos parados diante de sua escrivaninha, mesmo sem conseguir enxergá-los. A visão não importava. Ele não precisava de retinas operantes para lhe dizer onde todos estavam e como se sentiam a respeito daquilo; o odor de suas emoções estava claro.

Eram, como grupo, firmes, resolutos e orgulhosos.

Mas as formalidades eram necessárias.

Wrath começou pelo que estava na ponta.

– V.?

– Eu estava pronto para atacar quando ele já estava em cima de Xcor.

Houve um grunhido de concordância.

– Butch?

O sotaque de Boston se fez alto e claro:

– Considero-o um lutador de primeira. E gosto dele. Ele está amadurecendo, deixando de lado a atitude negativa, está se tornando sério.

– Rhage?

– Deveria tê-lo visto hoje. Ele não me deixou pilotar o avião... disse que dois Irmãos seria muito a perder.

Mais grunhidos de concordância.

– Tohr?

– Na noite em que você foi atingido? Eu consegui tirá-lo de lá graças a ele. Ele tem valor.

– Phury?

– Gosto dele. De verdade. Ele é o primeiro a agir em qualquer situação. Ele, literalmente, faria *qualquer coisa* por qualquer um de nós... não importando o quanto possa ser perigoso.

Wrath tamborilou as juntas na mesa.

– Está acertado, então. Direi a Saxton para providenciar as mudanças e faremos isso.

Tohr se intrometeu:

– Com todo o respeito, meu senhor, precisamos resolver a questão do *ahstrum nohtrum*. Cuidar da retaguarda de John não pode mais ser a diretriz primária dele.

– Concordo. Diremos a John para liberá-lo disso... e não creio que a resposta seja negativa. Então, farei com que Saxton cuide da papelada, e depois da iniciação de Qhuinn; V., cuide da tatuagem no rosto dele. Como se John tivesse morrido de causas naturais ou algo do tipo?

Houve um barulho de roupas se mexendo, como se os Irmãos estivessem fazendo o gesto simbólico de "que a Virgem Escriba não permita isso" por sobre o peito.

– De acordo – disse V.

Wrath cruzou os braços diante do peito. Aquele era um momento histórico e ele sabia muito bem isso. A iniciação de Butch fora legal por causa do laço de sangue que ele tinha com a realeza. Qhuinn era uma história diferente. Nenhum sangue real. Nenhum sangue de Escolhida ou de Irmandade, ainda que, tecnicamente, ele fosse da aristocracia.

Nenhuma família.

Por outro lado, o garoto dera provas de quem era vezes sem conta no campo de batalha, fazendo jus a um padrão que, segundo as Antigas Leis atualmente determinavam, era reservado somente para aqueles de linhagens específicas – e isso era tolice. Não que Wrath não apreciasse os planos de procriação da Virgem Escriba. As combinações entre os machos mais fortes e as fêmeas mais inteligentes produziram, de fato, resultados extraordinários no que se referia aos lutadores.

Porém, também resultara em defeitos como a sua cegueira. E limitava as promoções baseadas no mérito.

No fim, a reformulação das leis no tocante a quem poderia ou não estar na Irmandade não era apenas apropriado nos termos de que tipo de sociedade ele desejava criar – era uma questão de sobrevivência. Quanto mais lutadores, melhor.

Além do mais, Qhuinn verdadeiramente fizera por merecer a honra.

– Que assim seja – murmurou Wrath. – Oito é um bom número. Um número de sorte.

O murmúrio de concordância perpassou o ar mais uma vez, o som de uma única e completa solidariedade.

Aquele era o futuro, pensou Wrath ao sorrir e revelar as presas. E era certo.

Capítulo 23

Enquanto Sola Morte estava no escritório do "chefe", seu corpo estava numa pose de combate. Pensando bem, aquele era seu modo de ser, e nada específico em relação ao ambiente ou à conversa que se sucedia.

Essa última, no entanto, não melhorava muito o seu humor.

– Desculpe, o que disse? – exigiu saber.

Ricardo Benloise sorriu em seu típico modo tranquilo e distante.

– A sua missão está completa. Obrigado pelo seu tempo.

– Eu nem lhe contei o que descobri lá.

O homem se recostou na cadeira.

– Pode receber seus honorários com meu irmão.

– Não entendo isso – quando ele telefonara menos de 48 horas antes, aquilo tinha sido uma prioridade. – Você disse...

– Seus serviços não são mais necessários para esse propósito específico. Obrigado.

Será que ele estava trabalhando com outra pessoa? Mas quem em Caldwell fazia o tipo de coisas que ela fazia?

– Você nem mesmo quer saber o que descobri.

– Sua missão chegou ao fim – o homem sorriu novamente, de modo tão profissional, que alguém poderia jurar que ele era um advogado ou um juiz. Não um criminoso em escala global. – Mal posso esperar para voltarmos a trabalhar juntos no futuro.

Um dos guarda-costas ao fundo deu alguns passos à frente, como se estivesse pronto para levar o lixo para fora.

– Alguma coisa está acontecendo naquela casa – disse ela ao se virar. – Quem quer que seja, está escondendo...

– Não quero que volte lá.

Sola parou e olhou por sobre o ombro. A voz de Benloise estava tranquila como sempre, mas os olhos eram francos.

Bem, aquilo era interessante.

A única explicação possível com alguma lógica era de que o senhor Misterioso da grande casa de vidro alertara Benloise para que recuasse. Será que sua visitinha fora descoberta? Ou seria aquilo apenas uma demonstração rotineira de como as coisas prosseguiam no tráfico de drogas?

– Está ficando sentimental? – perguntou ela com suavidade. Afinal, ela e Benloise se conheciam há tempos.

– Você é uma commodity muito útil – o sorriso atenuou a ferroada das palavras. – Agora vá e fique em segurança, *niña*.

Ah, pelo amor de Deus... não havia motivos para brigar com o homem. E ela receberia seu dinheiro, portanto, por que se importar?

Ela acenou, seguiu para a porta e desceu as escadas. No espaço da galeria, seguiu para o fundo do prédio, onde os empregados legítimos trabalhavam durante o expediente lícito. Passando os arquivos e as mesas, que pareciam do tamanho de uma casinha da Barbie graças ao teto alto industrial quinze metros acima, ela tomou um corredor estreito que estava marcado apenas pelas câmeras de segurança.

Bater à porta era inútil, mas ela o fez assim mesmo, os painéis à prova de balas absorvendo o som das juntas, como se estivessem com fome. Para auxiliar o irmão de Benloise (não que Eduardo precisasse disso) ela se virou para a câmera mais próxima e mostrou o rosto.

As travas foram abertas momentos depois. O escritório de Ricardo era minimalista ao extremo; o de Eduardo era um lugar em que Donald Trump, com todo o seu fetiche por ouro, sentiria-se sufocado.

Com um pouco mais de mármore e tecidos dourados, você se sentiria num prostíbulo.

Enquanto Eduardo sorria, seus dentes falsos eram da forma e cor das teclas de um piano, e o bronzeado uniforme tão profundo, que pareceria ter sido colocado nele com uma caneta permanente. Como sempre, ele estava usando um terno de três peças, ao estilo do senhor Roarke da *Ilha da Fantasia*, com a exceção de ser preto, e não branco.

– Como está hoje? – o olhar dele passeou pelo seu corpo. – Parece-me ótima.

– Ricardo disse para eu procurá-lo para pegar o meu dinheiro.

Instantaneamente, Eduardo se mostrou sério, lembrando-a do motivo pelo qual Ricardo o mantinha por perto: laços de sangue e competência eram uma combinação poderosa.

– Sim, ele me avisou que você viria – Eduardo abriu uma das gavetas e pegou um envelope. – Aqui está.

Ele esticou o braço ao longo da escrivaninha, e ela pegou o que lhe foi oferecido, abrindo-o imediatamente.

– Aqui só tem a metade – ela levantou o olhar. – Só tem dois e quinhentos.

Eduardo sorriu exatamente como o irmão: só no rosto, sem atingir o olhar.

– A missão não foi completada.

– Foi o seu irmão quem a suspendeu. Não eu.

Eduardo ergueu as palmas para cima.

– Esse é o seu pagamento. Ou pode deixar o dinheiro aqui.

Sola estreitou o olhar.

Fechando a aba do envelope devagar, ela o virou na mão, esticou o braço e depositou-o sobre a mesa. Deixando o indicador apoiado nele, assentiu uma vez.

– Como quiser.

Virando-se, foi para a porta e esperou que ela fosse destrancada.

– *Niña*, não faça assim – disse Eduardo. Quando ela nada disse, o rangido da cadeira indicou que ele estava se levantando e dando a volta na mesa.

E logo a colônia dele atingiu seu nariz, e as mãos dele pousaram em seus ombros.

– Preste atenção – disse ele. – Você é muito importante para Ricardo e para mim. Nós não a estamos desmerecendo... *mucho* respeito, certo?

Sola olhou por cima do ombro.

– Deixe-me sair.

– *Niña.*

– Agora.

– Leve o dinheiro.

– Não.

Eduardo suspirou.

– Você não precisa ser assim.

Sola apreciou a culpa que se fez ouvir na voz dele. A reação, na verdade, era a que ela buscava. Como muitos homens da cultura deles, Eduardo e Ricardo Benloise foram criados por uma mãe tradicional, e isso significava que sentir culpa era um ato reflexo.

Mais eficaz do que gritar com eles ou implorar.

– Saia – disse ela. – Agora.

Eduardo suspirou novamente, dessa vez mais profunda e demoradamente, o som da confirmação de que a manipulação dela mais uma vez atingira o alvo.

Entretanto, ele não lhe deu o dinheiro devido. Apesar da decoração excessiva e do retrospecto da dinâmica da sua infância, ele era mais fechado que um cofre de banco. Dito isso, ela tinha certeza de que arruinara a noite dele, portanto existia satisfação no ato... e ela cuidaria daquilo que Ricardo lhe devia.

Ele podia ser justo. Ou, conforme preferira, fazer o que ela não queria.

Isso vinha acompanhado de uma sobretaxa, evidentemente.

Sim, teria sido muito mais barato para ele lhe dar o valor correto, contudo, ela não era responsável pelas decisões dos outros.

– Ricardo ficará decepcionado – disse Eduardo. – Ele odeia ficar decepcionado. Por favor, apenas aceite o dinheiro; isto não está certo.

A parte lógica de seu cérebro sugeria que ela aproveitasse a oportunidade de apontar a injustiça de ser passada para trás naquilo que lhe era devido. Mas se ela bem conhecia aqueles irmãos, o silêncio... ah, o silêncio...

Como a natureza odiava o vácuo, o mesmo acontecia com a consciência dos sul-americanos bem-criados.

– Sola...

Ela simplesmente cruzou os braços diante do peito e continuou a olhar para a frente. Deixa para o espanhol: Eduardo disparou a falar em sua língua nativa, como se a angústia o despisse das suas habilidades no inglês.

Ele, finalmente, desistiu e a deixou sair cerca de dez minutos mais tarde.

Haveria rosas na sua porta às nove da manhã. No entanto, ela não estaria em casa.

Ela tinha trabalho a fazer.

– *Como assim, eles não apareceram?* – Assail exigiu saber no Antigo Idioma.

Ao se recostar no assento do Range Rover, segurou o celular firme contra a orelha. O farol vermelho logo adiante impedia seu progresso, e era difícil não enxergar isso como um paralelo cósmico.

Seu primo foi direto, como sempre:

– Os receptadores não chegaram na hora combinada.

– Quantos?

– Quatro.

– O quê? – mas não havia necessidade de o macho repetir. – E nenhuma explicação?

– Nada na rua da parte dos outros sete, se é isso o que está perguntando.

– O que fez com o produto extra?

– Trouxe para casa comigo.

Quando o farol ficou verde, Assail pisou no acelerador.

– Vou fazer o pagamento completo para Benloise, e depois vou me encontrar com você.

– Como preferir.

Assail virou à direita e se afastou do rio. Dois quarteirões à frente, uma curva à esquerda o deixou perto da galeria novamente; outra à esquerda e ele chegava aos fundos.

Já havia um carro estacionado ali, um Audi preto, e ele parou atrás do sedã. Abaixando à frente do banco de passageiros, apanhou pela alça uma maleta de metal prateada e saiu do carro.

Nesse instante, a porta dos fundos da galeria se abriu e alguém saiu. Uma fêmea humana, a julgar pelo cheiro.

Ela era alta e tinha pernas longas. Cabelos escuros e volumosos penteados para trás. Queixo erguido, como se estivesse pronta para um confronto. Ou como se tivesse acabado de sair de um.

Mas nada disso era relevante para ele. Exceto a parca: uma parca de camuflagem branca sobre creme.

– Boa noite – disse ele num tom baixo quando se encontraram no beco. Ele pronto para entrar, ela, saindo.

Ela parou e franziu o cenho, a mão entrando sorrateira no casaco. Num rompante, ele se viu questionando como seriam os seios dela.

– Nos conhecemos? – perguntou ela.

– Estamos nos conhecendo agora – ele esticou a mão e disse: – Como vai?

Ela olhou para a mão dele, depois voltou a se concentrar no rosto.

– Alguém já lhe disse que você parece o Drácula com esse sotaque?

Ele sorriu contido para que as presas não aparecessem.

– Algumas comparações foram feitas de tempos em tempos. Não vai apertar a minha mão?

– Não – ela indicou a porta da galeria com a cabeça. – É amigo dos Benloise?

– Sou. E você?

– Não os conheço. Bela maleta, a propósito.

Com isso, ela se virou sobre os saltos e se dirigiu para o Audi. Depois que a luz do alarme piscou, ela entrou, o vento varrendo os cabelos sobre seus ombros enquanto ela desaparecia atrás do volante.

Ele saiu da frente quando ela acelerou e saiu dali.

Assail a observou se afastar e se descobriu pensando com desdém a respeito do seu parceiro de negócios Benloise.

Que tipo de homem enviava uma fêmea para aquele tipo de trabalho?

Enquanto as luzes de freio se iluminaram brevemente, e depois viraram a esquina, Assail sinceramente esperava que o limite estabelecido previamente naquela noite fosse respeitado. Seria uma pena ter de matá-la.

Não que ele hesitaria sequer um instante se a situação o exigisse.

Capítulo 24

Deitado de costas no concreto duro, os diversos anos de Zypher como membro do Bando de Bastardos significava que ele estava bem familiarizado com a falta de acomodações de que agora usufruía: o traseiro estava entorpecido pelo frio bem como pela ausência de um colchão debaixo do corpo pesado. Do mesmo modo, a cabeça estava amparada apenas pela mochila que ele usara para carregar seus poucos pertences para o novo QG no porão daquele armazém. Além disso, a coberta fina e áspera que o cobria não era comprida o suficiente, deixando expostos seus pés apenas de meias ao ar frio e úmido.

Mas ele estava no paraíso. Um paraíso perfeito.

Correndo em suas veias estava o sangue daquela fêmea, e, ah, que alívio... Tendo passado quase um ano sem alimentação adequada, ele se acostumara à fadiga, aos músculos desassossegados e às dores. Mas tudo aquilo se acabara.

De fato, era como se estivesse inflando com força, a pele voltando a se esticar à sua dimensão própria, a altura mais uma vez retornado ao seu normal, a mente tanto sonolenta pelo que se passara quanto se aguçando a cada momento que transcorria.

Contudo, caso tivesse uma cama, ele também a apreciaria, claro. Travesseiros macios, lençóis cheirosos, roupas limpas... aquecimento no inverno, ar-refrigerado no verão... alimento num estômago vazio, água na garganta seca... tudo isso era bom quando se conseguia ter.

No entanto, não eram necessários.

Uma pistola limpa, uma adaga afiada, um lutador pleno em sua totalidade. Era disso que precisava.

E, claro, nas horas vagas, seria bom ter uma fêmea desejosa deitada de costas. Ou de bruços. Ou de lado com um joelho erguido até o seio expondo o sexo pronto para ele.

Ele não era de escolher muito.

Santa Virgem Escriba, aquilo era o... êxtase.

Não era uma palavra que usasse com muita frequência – e ele não queria dormir durante aquele despertar. Mesmo enquanto os outros se deixavam cair no descanso dos mortos, cada um deles na mesma recuperação que ele próprio estava amortecido, ele permanecia profundamente ciente da sua incandescência interna gloriosa.

Só havia uma coisa que o estava irritando. As passadas.

Entreabriu um olho.

Bem no limiar da luz das velas, Xcor andava de um lado para o outro, o caminho restrito entre duas imensas colunas de sustentação que segurava o pavimento superior.

O líder deles nunca estava à vontade, mas aquela inquietação era diferente. A julgar pelo modo como segurava o aparelho telefônico, esperava uma ligação. E isso explicava por que ele estava ali. O único lugar em que conseguiam um sinal era debaixo de um dos alçapões. A porta era feita de madeira, e a malha de aço que fora colocada por baixo foi a única alteração que fizeram quando espantaram os últimos vagabundos humanos, selando as portas exteriores para se mudarem para ali.

Dessa forma, os vampiros não poderiam se materializar ali embaixo.

E bem se sabia que os humanos não tinham força suficiente para abrir aquelas pranchas de madeira de quinze centímetros de espessura...

O tinido do telefone do líder era civilizado demais para aquele ambiente, a campainha falsa soando alegre demais como sinos de vento remexendo pela brisa primaveril.

Xcor parou e olhou para o telefone, deixando-o tocar uma vez mais. Duas vezes.

Obviamente, o macho não queria deixar transparecer que estava aguardando o telefonema.

Quando por fim atendeu, levou o aparelho ao ouvido, ergueu o queixo e relaxou o corpo. Estava de novo no controle.

– Elan – disse ele com suavidade. Houve uma pausa. E, em seguida, aquelas sobrancelhas sempre baixas se ergueram ao máximo. – Que dia e que hora?

Zypher se sentou.

– O Rei ligou? – silêncio. – Não, nem um pouco. De qualquer forma, somente o Conselho terá permissão. Ficaremos à margem... Conforme o seu pedido.

A última parte foi pronunciada com certa carga de ironia, ainda que dificilmente o aristocrata do outro lado da conversa percebesse isso. Pelo pouco que Zypher vira e ouvira de Elan, filho de Larex, ele estava menos do que impressionado. Pensando bem, os fracos eram sempre facilmente manipulados, e Xcor sabia muito bem disso.

– Há algo que precisa saber, Elan. Houve um atentado contra a vida de Wrath no outono... e não se surpreenda se houver insinuação do meu envolvimento e dos meus soldados nessa reunião... O quê? Foi na casa de Assail, na verdade, mas qualquer outro detalhe é insignificante. Portanto, entenda, é de se supor que Wrath esteja convocando a reunião com o propósito de expor a mim e aos meus... Lembre-se de que o avisei disso? Apenas se recorde de que foi amplamente protegido. Os Irmãos e o Rei desconhecem o nosso relacionamento... Isto é, a menos que um dos seus cavalheiros relatarem isso de alguma forma a ele. Nós, no entanto, permanecemos calados. Além disso, saiba também que não temo ser cunhado de traidor ou ser marcado como alvo pela Irmandade. Percebo, porém, que você possui uma sensibilidade muito mais cultural e refinada, e eu não só respeito isso como farei tudo o que estiver ao meu alcance para protegê-lo de qualquer brutalidade.

Ah, sim, claro, Zypher pensou revirando os olhos.

– Lembre-se, Elan, de que você está protegido.

Enquanto Xcor sorria mais amplamente, suas presas eram expostas por completo, como se estivesse perto de atacar a goela do outro, arrancando-lhe a traqueia.

Despedidas foram feitas em seguida, e Xcor concluiu a ligação.

Zypher falou:

– Está tudo bem?

A cabeça do líder se voltou no alto da espinha, e quando seus olhos se encontraram, Zypher lamentou pelo idiota ao telefone... e por Wrath e a Irmandade.

A luz no olhar do líder era pura maldade.

– Ah, sim. Está tudo muito bem.

Capítulo 25

Enquanto o som do telefone tocando sem ser atendido chegava da linha fixa, Blay segurava o aparelho junto ao ouvido e se sentou na beira da cama. Aquilo era estranho. Os pais deveriam estar em casa àquela hora da noite, faltando tão pouco para amanhecer.

– Alô? – disse a mãe, finalmente.

Blay emitiu um suspiro de alívio longo e lento, e se recostou na cabeceira da cama. Dobrando a ponta do roupão por sobre as pernas, pigarreou.

– Oi, sou eu.

A felicidade que se derramou na voz do outro lado aqueceu-lhe o peito.

– Blay! Como está? Deixe-me chamar seu pai, assim ele pode atender na extensão...

– Não, espere – ele fechou os olhos. – Vamos só... conversar. Você e eu.

– Você está bem? – ele ouviu o som de uma cadeira arranhando o piso e soube onde ela estava: à mesa de carvalho em sua preciosa cozinha. – O que está acontecendo? Não está ferido, está?

Não por fora.

– Eu... estou bem.

– O que foi?

Blay esfregou o rosto com a mão livre. Ele e os pais sempre foram ligados. Normalmente, não existia nada que não lhes contasse, e seu rompimento com Saxton era exatamente o tipo de coisa que ele comentaria: estava triste, confuso, desapontado, um pouco deprimido... todo tipo de descarga emocional que ele e a mãe processavam nesse tipo de telefonema.

Enquanto permanecia calado, porém, ele se lembrava de que havia, na verdade, um assunto que jamais tocara com eles. Um assunto muito importante...

– Blay? Você está me assustando.

– Eu estou bem.

– Não, não está não.

Verdade.

Ele imaginava que não lhes contara a respeito da sua orientação sexual porque a vida amorosa não era exatamente algo que as pessoas normalmente partilhavam com os pais. E talvez houvesse uma parte dele, por mais ilógica que fosse, que se preocupava se eles o encarariam de modo diverso ou não.

Retire esse talvez.

Afinal, a política da *glymera* a respeito da homossexualidade era bem clara: desde que você nunca fosse franco a esse respeito, e você se comprometesse com alguém do sexo oposto conforme o esperado, você não seria expulso por perversão.

Sim, fazia sentido, porque se amarrar a alguém por quem você não se sente atraído e nem ama, e mentir para essa pessoa a respeito de uma infidelidade, é muito mais honrável do que a verdade.

Mas que Deus o perdoe se você for um macho e tiver um namorado sério – como ele teve pelos últimos doze meses mais ou menos.

– Eu... hum... rompi com alguém.

E com isso se ouviam os grilos cricrilando do lado da mãe.

– Sério? – disse ela depois de um momento, como se estivesse chocada, mas tentando esconder isso.

Se você considera isso uma surpresa, mãe, espere pelo que está por vir, pensou ele.

Porque, caramba, ele iria...

Espere, ele ia mesmo fazer isso assim, pelo telefone? Não deveria ser pessoalmente?

– Sim, eu... hum... – ele engoliu em seco. – Na verdade, estive envolvido por boa parte do último ano.

– Ora, eu... – a dor no tom dela o afetou. – Eu... Nós, seu pai e eu, nunca suspeitamos.

– Eu não sabia muito bem como contar.

– Nós a conhecemos? A família?

Ele fechou os olhos, o peito estava apertado.

– Hum... sim, vocês conhecem a família.

– Bem, sinto muito que não tenha dado certo. Você está bem...? Como terminou?

– Simplesmente acabou, para falar a verdade.

– Bem, relacionamentos são sempre muito difíceis. Ah, meu amor, meu querido... dá para saber como você está triste só de ouvi-lo. Você gostaria de vir para cá e...

– Era Saxton. O primo de Qhuinn.

Houve uma inspiração profunda do outro lado.

Enquanto a mãe ficava solenemente calada, o braço de Blay começou a tremer tanto que ele mal conseguia sustentar o telefone.

– Eu... eu... hum... – a mãe engoliu em seco. – Eu não sabia. Que você... hum...

Ele terminou o que ela não conseguia em sua cabeça: *Eu não sabia que você era uma* dessas *pessoas*.

Como se homossexuais fossem leprosos sociais.

Ah, inferno. Ele não deveria ter dito nada. Nada, absolutamente nada. Maldição, por que tinha de implodir sua vida de uma só vez? Por que não podia antes lidar com o rompimento... e depois de alguns anos, talvez uma década, pudesse se revelar aos pais para que eles o repudiassem? Mas, nããão, ele tinha que...

– É por isso que você nunca nos contou que estava com alguém? – ela perguntou. – Porque...

– Talvez. Sim...

Houve uma fungada. Depois uma profunda inspiração.

O desapontamento dela pelo telefonema era demais para se aguentar, o peso esmagador comprimindo-lhe o peito e impossibilitando-o de respirar.

– Como pôde...

Ele se apressou em interrompê-la, porque não suportaria ouvir sua doce voz proferir aquelas palavras.

– *Mahmen*, desculpe. Escute, eu não quis dizer isso, ok? Eu não sei o que estava dizendo. Eu só...

– O que eu ou nós fizemos...

– *Mahmen*, pare – nessa pausa que se seguiu, ele pensou em recitar um pouco de Lady Gaga, e justificar-se bastante com aquele papo de "a culpa não é sua, você não fez nada de errado como mãe". – *Mahmen*, eu só...

Ele sucumbiu nesse instante, chorando o mais silenciosamente possível. A sensação de que, pelo ponto de vista da mãe, ele tivesse desapontado a família só por ser quem era... era uma rejeição que jamais superaria. Ele só queria viver honesta e abertamente, sem desculpas. Como todas as outras pessoas. Amar e ser amado, ser quem era... mas a sociedade tinha um padrão diferente, e como ele sempre temeu, seus pais eram uma parte disso...

Vagamente, ele percebeu que a mãe falava com ele, e se esforçou para se recompor e concluir aquele telefonema.

– ... para que você pensasse que não poderia nos abordar com esse assunto? Que isso, de algum modo, mudaria o que sentimos por você?

Blay piscou enquanto o cérebro traduzia o que ele acabara de ouvir em alguma linguagem que fizesse sentido.

– Desculpe... O que disse?

– Por que você... O que fizemos para que você sentisse que qualquer coisa a seu respeito o tornaria de algum modo... diminuído aos nossos olhos? – ela limpou a garganta, como se estivesse tentando se recompor. – Eu amo você. Você é o meu coração batendo fora do meu peito. Não me importo com quem se relacione, se eles têm cabelos claros ou escuros, olhos verdes ou azuis, partes femininas ou masculinas... contanto que você seja feliz, é tudo o que me interessa. Quero para você o que você quiser para si. Eu amo você, Blaylock... simplesmente amo.

– O que... está dizendo...

– *Eu te amo.*

– *Mahmen*... – ele engasgou, as lágrimas voltando a se formar.

– Eu só gostaria que não tivesse me contado pelo telefone – murmurou. – Porque eu gostaria muito de poder abraçá-lo agora.

Ele riu de um modo atrapalhado e disforme.

– Não tive a intenção. Quero dizer, não planejei isto. Escapou.

– E eu sinto muito – disse ela – que as coisas não tenham dado certo com Saxton. Ele é um cavalheiro muito gentil. Tem certeza de que acabou mesmo?

Blay esfregou o rosto enquanto a realidade se recalibrava, o amor que ele sempre conheceu ainda com ele. Apesar da verdade. Ou talvez... por causa dela.

Em momentos como aqueles ele se sentia o cara mais sortudo do mundo.

– Blay?

– Desculpe, hum, sim. A respeito de Saxton... – ele pensou no que fizera no escritório vazio no centro de treinamento quando esteve sozinho. – Sim, *mahmen*, está acabado. Tenho certeza.

– Ok, eis o que tem de fazer, então. Tire um tempo de folga para melhorar. Você saberá quando se sentir melhor. E depois tem que se abrir para conhecer uma pessoa nova. Você é um ótimo partido, sabe disso.

E lá estava ela lhe dizendo para conhecer outro homem.

– Blay? Você me ouviu? Não quero que passe a vida sozinho.

Ele enxugou o rosto de novo.

– Você é a melhor mãe do planeta, sabia disso, não?

– Então, quando virá me ver? Quero cozinhar para você.

Blay relaxou nos travesseiros, ainda que a cabeça começasse a doer, provavelmente pelo fato de, apesar de estar sozinho, ter tentado refrear o choro. Talvez também porque detestasse o ponto em que estava com Qhuinn. E ele também sentia falta de Saxton, de certo modo, porque era difícil dormir sozinho.

Mas aquilo era bom. Aquela... honestidade fizera muito por ele...

– Espere, espere – ele se ergueu dos travesseiros. – Preste atenção, não quero que conte nada para o papai.

– Santa Virgem Escriba, mas por que não?

– Não sei. Estou nervoso.

– Meu bem, ele não vai se sentir diferente de mim.

Sei não, como filho único e último da linhagem... e com toda aquela coisa de pai e filho...

– Por favor. Deixe-me contar pessoalmente – ah, como se isso não o deixasse com vontade de vomitar. – Era o que eu deveria ter feito com você. Apareço aí assim que tiver folga do meu turno; não quero colocá-la numa posição de ter de esconder algo dele...

– Não se preocupe com isso. Essa informação é sua, você tem o direito de partilhá-la com as pessoas quando quiser, se quiser. Porém, eu gostaria que o fizesse logo. Em circunstâncias normais, seu pai e eu contamos tudo um para o outro.

– Prometo.

Houve uma calmaria na conversa.

– Bem, e o trabalho, como tem ido?

Ele balançou a cabeça.

– *Mahmen*, você não vai querer ouvir a respeito disso.

– Claro que quero.

– Não quero que fique pensando que o meu trabalho é perigoso.

– Blaylock, filho do meu amado *hellren*, exatamente que tipo de idiota você acha que eu sou?

Blay riu e depois ficou sério.

– Qhuinn pilotou um avião hoje à noite.

– Verdade? Eu não sabia que ele pilotava.

E não era esse o assunto da noite?

– Ele não sabe – Blay voltou a relaxar nos travesseiros e cruzou os pés na altura dos tornozelos. – Zsadist se machucou e nós estávamos com ele num lugar remoto. Qhuinn decidiu que... isto é, sabe como ele é, ele tenta de tudo.

– Muito aventureiro, um tanto selvagem. Mas um macho adorável. Uma vergonha o que a família fez com ele.

Blay remexeu no cordão do roupão.

– Você sempre gostou dele, não? Engraçado, acho que a maioria dos pais não o aprovaria... de tantas maneiras.

– Isso porque eles creem naquele exterior durão. Para mim, é o interior que conta – ela estalou a língua e ele conseguiu visualizá-

-la balançando a cabeça. – Sabe, nunca vou esquecer a noite em que você o trouxe para casa pela primeira vez. Ele era apenas um projeto de pré-trans, com aquela imperfeição óbvia pela qual, estou certa, ele foi abusado e humilhado. E, mesmo com tudo isso, ele veio direto a mim, estendeu a mão e se apresentou. Ele me olhou direto nos olhos, não num tipo de confrontação, mas como se quisesse que eu olhasse bem para ele e o expulsasse de uma vez se fosse o caso – a mãe exalou uma leve imprecação. – Eu o teria acolhido naquela mesma noite, sabe. Num piscar de olhos. Ao diabo com toda a *glymera.*

– Você é, verdadeira e inexoravelmente, a melhor mãe do mundo.

Agora foi a vez dela rir.

– E pensar que você diz isso sem que eu esteja colocando um prato de comida na sua frente.

– Bem, uma lasanha a tornaria a melhor mãe do universo.

– Vou colocar a massa para ferver agora.

Enquanto fechava os olhos, essa volta à conversa descontraída, que sempre fora o marco do relacionamento deles, pareceu ainda mais especial.

– Então, conte-me a respeito dessa valentia de Qhuinn. Adoro ouvi-lo falar dele, você fica tão animado.

Caramba, Blay se recusava a pensar nos motivos por trás disso. Apenas se lançou na narrativa, com um pouco de edição para não divulgar nada que a Irmandade não quisesse que se soubesse, não que a mãe fosse contar alguma coisa a alguém.

– Bem, nós estávamos vasculhando essa região e...

– Necessita de mais alguma coisa, senhor?

Qhuinn balançou a cabeça e mastigou o mais rápido que pôde para deixar a boca livre.

– Não, obrigado, Fritz.

– Quem sabe um pouco mais de rosbife?

– Não, obrigado... ah, bem, ok – ele saiu do caminho quando uma carne cozida perfeita atingiu seu prato. – Mas não preciso...

Mais batatas. Mais abobrinhas.

– E vou lhe trazer mais um copo de leite – anunciou o mordomo com um sorriso.

Enquanto o *doggen* ancião se virava, Qhuinn emitiu um suspiro como quem se prepara para algo antes de acatar a segunda rodada. Ele tinha a sensação de que toda aquela comida era o modo de Fritz lhe dizer obrigado, e era estranho... quanto mais ele comia, mais começava a sentir fome.

Pensando nisso... quando foi mesmo a última vez em que fizera uma refeição?

E quando o mordomo lhe trouxe mais leite, ele o tomou todo como um bom menino.

Maldição, não fora sua intenção perder tempo ali na cozinha. Sua vontade original, quando saiu da clínica, era ir direto para o quarto de Layla. Fritz, por sua vez, teve outras ideias, e o velho *doggen* não aceitara não como resposta, o que sugeria que fora uma ordem vinda de cima. Como de Tohr, o chefe da Irmandade. Ou do próprio Rei.

Portanto, Qhuinn desistira e cedera... acabando por se sentar à bancada de granito, empanturrando-se tal qual uma piñata.

Pelo menos a rendição era deliciosa, pensou ele um pouco depois, ao abaixar o garfo e limpar a boca.

– Aqui está, senhor, a sua sobremesa.

– Hum, obrigado, mas... – ora, ora, ora, o que temos aqui: uma tigela de sorvete de café com calda quente de chocolate por cima; nada de chantili nem de castanhas. Bem como ele gostava. – Você não precisava se dar a esse trabalho.

– É seu favorito, não?

– Na verdade, é sim – e veja só, uma colher de prata.

Sabe, seria grosseiro deixar a coisa derreter.

Enquanto Qhuinn começava a sobremesa, os pontos dados na sobrancelha pela doutora Jane começaram a latejar debaixo do curativo e a dor o lembrou da noite louca que tivera.

Parecia surreal pensar que apenas uma hora antes ele esteve à beira da morte, dançando no céu escuro naquela armadilha de ratos que era aquele avião que ele não fazia ideia de como pilotar. E agora? Havia somente um pote do melhor de Breyers. Com calda quente.

E pensar que ele estava de fato feliz por não haver nem chantili nem castanhas para arruinar o seu paladar. Porque isso sim seria um problema bem sério.

Enquanto as glândulas adrenais arrotaram e um jorro de ansiedade tremulou ao longo de cada nervo do seu corpo, ele soube muito bem que os choques viriam e iriam embora. Como um tipo de chicotada em seu sistema nervoso.

Mas lidar com um caso de ansiedade pós-desastre era tremendamente melhor do que acabar subindo em chamas. Ou descendo, como teria sido o caso.

Depois da segunda parte da sua refeição, fez o que pôde para ajudar a limpar antes de sair para ver Layla, mas Fritz provocava um alvoroço caso ele sequer tentasse carregar a tigela e a colher para qualquer lugar perto da pia. Cedendo mais uma vez, ele saiu passando pela sala de jantar e parou um segundo para olhar para a longa mesa, imaginando todos sentados em seus lugares costumeiros.

Tudo o que importava era que Z. estava de volta, seguro nos braços de sua *shellan*, e que ninguém mais se ferira.

– Com licença, senhor – disse Fritz ao se apressar. – A porta.

No fim do vestíbulo, o *doggen* verificou a câmera de segurança. Um segundo depois, ele destravou a tranca interna do átrio.

E Saxton entrou.

Qhuinn se recolheu. A última coisa que desejava fazer era falar com aquele macho agora. Estava indo ver Layla e depois se deitar...

O cheiro que chegou a ele não estava certo.

Franzindo o cenho, foi até a passagem em arco. Logo adiante, seu primo conversou com Fritz por um minuto, depois começou a caminhar na direção da grande escadaria.

Qhuinn inalou profundamente, as narinas inflando. É, sim, aquela era a colônia cara de Saxton... mas havia outro odor misturado àquele. Outra colônia permeava o macho todo.

E não era de Blay. Ou de nada que o lutador usaria.

E também havia o inconfundível cheiro de sexo...

Não lhe ocorreu nenhum pensamento consciente quando marchou para o espaço aberto e exclamou:

– Onde esteve?

O primo parou. Olhou por sobre o ombro.

– O que disse?

– Você ouviu muito bem – numa inspeção mais próxima, ficou óbvio o que o cara aprontara. Os lábios estavam avermelhados e havia um rubor no rosto dele que Qhuinn podia apostar que não tinha nada a ver com o tempo frio. – Onde *diabos* você estava?

– Não creio que isso seja assunto seu, primo.

Qhuinn atravessou o piso de mosaico, sem parar até os coturnos de ponta de aço ficarem diante dos belos sapatos do cara.

– Seu puto maldito.

Saxton teve a audácia de parecer enfastiado.

– Sem ofensa, meu querido parente, mas não tenho tempo para isto.

O cara deu meia-volta...

Qhuinn esticou uma mão e o segurou pelo braço. Com um puxão, trouxe-o para perto novamente, nariz com nariz. E merda, o fedor no cara o deixou nauseado.

– Blay está arriscando a vida na guerra e você fica fodendo com um qualquer pelas costas dele? Muita classe, boqueteiro de merda...

– Qhuinn, isso não é da sua conta...

Saxton tentou se livrar dele. Não foi uma boa ideia. Antes de Qhuinn sequer perceber o que estava fazendo, travou as mãos ao redor do pescoço do macho.

– Como ousa? – disse com as presas totalmente expostas.

Saxton bateu as duas mãos nos pulsos de Qhuinn e tentou se soltar, puxando, empurrando, não tendo êxito algum.

– Você... está... me sufocando...

– Eu deveria matá-lo aqui mesmo – rugiu Qhuinn. – Como pôde fazer isso com ele? Ele está apaixonado por você...

– Qhuinn... – a voz estrangulada ficava cada vez mais fina. – Qh...

Pensar em tudo o que o primo tinha, e tudo de que ele não tomava conta, deu-lhe uma força extra, e ele a canalizou direto para as mãos.

– De que diabos você precisa mais, cretino? Acha que algum desconhecido vai ser melhor do que aquilo que você já tem na sua cama?

A força do ataque começou a empurrar Saxton para trás, os sapatos dele escorregando no piso liso enquanto os coturnos de Qhuinn guiavam os dois. Pararam quando os ombros de Saxton bateram no corrimão da imensa escadaria.

– Seu puto maldito...

Alguém gritou. Assim como outro alguém.

E logo se ouviram passadas vindas de todos os lados, seguidas por um punhado de pessoas puxando-o pelos braços.

Tanto faz. Ele apenas continuou com os olhos e os braços travados, a fúria em seu âmago transformando-o num buldogue que...

Não...

Iria...

Soltar...

Capítulo 26

– Então, vocês acham que um dia voltarão para Caldwell? – Blay perguntou para a mãe.

– Não sei. Seu pai vai e volta do trabalho com tanta facilidade à noite, e nós dois gostamos da calma e da privacidade daqui do interior. Acha que agora está mais seguro do que aí na cidade...

De repente, gritos passaram pelas portas fechadas de seu quarto. Muitos gritos.

Blay olhou de relancu e franziu o cenho.

– Ei, *mahmen*, sinto interromper, mas acho que está acontecendo alguma coisa aqui na casa...

O tom de voz dela baixou, o medo se entrelaçando em suas palavras.

– Não estão sendo atacados, estão?

Por um momento, aquela noite na casa deles em Caldwell um ano e meio atrás retornou em sua memória numa série rápida de contrações no estômago: a mãe correndo aterrorizada, o pai se armando contra o inimigo, a casa destruída.

Ainda que a gritaria parecesse piorar, ele não tinha como sair sem apaziguá-la.

– Não, não, *mahmen*, este lugar é muito seguro. Ninguém pode nos encontrar, e mesmo que conseguissem não poderiam entrar. É só que às vezes os Irmãos começam a discutir. Garanto, está tudo bem.

Pelo menos era o que ele esperava. As coisas pareciam estar piorando.

– Ah, que alívio. Não quero que nada aconteça com você. Vá cuidar de tudo e me ligue quando souber que virá nos visitar. Vou arrumar o seu quarto e preparar uma lasanha para você.

Na mesma hora, a boca começou a salivar. Assim como os olhos ficaram um poquinho marejados.

– Eu te amo, *mahmen*... E obrigado. Você sabe, por...

– Sou eu quem agradece pela confiança. Agora vá lá ver o que está acontecendo, e cuide-se. Eu te amo.

Desligando, ele saiu da cama e foi para a porta. No segundo em que se viu no corredor das estátuas, ficou claro que uma bela briga estava acontecendo na parte principal da casa: havia muitas vozes de machos, todas elas num volume que indicava "emergência".

Trotando, ele seguiu para o balcão do segundo andar...

Quando conseguiu espiar o vestíbulo, não entendeu de pronto o que via lá embaixo: havia um nó de pessoas na base da escadaria, todas com os braços esticados como se tentassem apartar uma briga.

Só que não era entre dois Irmãos.

Que merda era aquela? Estavam mesmo tentando tirar Qhuinn de cima de Saxton...?

Jesus, o maldito estava com as mãos ao redor do pescoço do primo e, a julgar pelo tom acinzentado no rosto do macho, prestes a matá-lo.

– Que diabos está acontecendo aqui! – Blay berrou, ao tomar as escadas correndo.

Quando chegou à confusão, havia Irmãos demais no caminho. E aqueles não eram o tipo de macho que você simplesmente afastava às cotoveladas. Infelizmente, se alguém conseguiria deter Qhuinn, esse alguém seria ele. Mas como diabos ele conseguiria atrair a atenção do idiota...

Isso mesmo, pensou.

Atravessando o vestíbulo, quebrou o vidro do antigo alarme manual de incêndio com o punho e puxou a alavanca para baixo.

No mesmo instante, uma sirene explodiu no recinto, a acústica do teto de igreja agindo como um amplificador enquanto o alarme berrava desenfreado.

Foi como atingir um bando de cães de briga com um balde de água. Toda a ação parou e as cabeças se levantaram da confusão para olhar ao redor.

O único que não deu a mínima foi Qhuinn. Ele ainda apertava com força.

Blay se aproveitou do momento "ei, o que é isso" e conseguiu abrir caminho.

Concentrando-se em Qhuinn, posicionou o rosto bem na frente do dele.

– Solte-o *agora*.

No segundo em que a sua voz foi registrada, uma expressão de choque substituiu a violência fria que marcava o rosto de Qhuinn, como se ele não tivesse esperado que Blay viesse até ali. E foi só isso o que foi preciso. Um único comando dele e aquelas mãos se soltaram tão rapidamente que Saxton caiu no chão como um peso morto.

– Doutora Jane! Manny! – alguém gritou. – Chamem um médico!

Blay queria berrar com Qhuinn ali mesmo, mas estava aterrorizado demais com o estado de Saxton para perder tempo com "o que há de errado com você?". O advogado não se mexia. Segurando o belo terno do rapaz, Blay o rolou no chão e verificou a carótida com a ponta dos dedos, rezando para encontrar a pulsação. Quando não encontrou, inclinou a cabeça de Saxton para trás e se curvou para fazer boca a boca.

Mas, antes disso, Saxton tossiu e puxou o ar para dentro dos pulmões.

– Manny está chegando – disse Blay com a voz rouca, mesmo sem saber se isso era verdade. Mas, ora essa, *alguém* devia estar a caminho. – Fique comigo...

Mais tossidas. Mais inspirações fundas. E a cor começou a voltar para o belo e refinado rosto.

Com a mão trêmula, Blay afastou o cabelo loiro e espesso da testa que tocara tantas vezes antes. Ao fitar os olhos confusos que olhavam para ele, ele quis sentir algo profundo na alma, que desse uma guinada em sua vida e...

Rezou por esse tipo de reação.

Inferno, naquele instante, trocaria seu passado e seu presente por isso.

Mas não estava ali. Pesar, raiva em favor do macho, tristeza, alívio... catalogou cada um desses sentimentos. Era só isso, contudo.

– Cheguei, deixe-me dar uma olhada – disse a doutora Jane ao apoiar a maleta preta de médico no chão e se ajoelhar no piso de mosaico.

Blay recuou para dar espaço à *shellan* de V., mas ficou próximo, mesmo sem poder fazer coisa alguma. Inferno, ele sempre quis ir para a faculdade de medicina, mas não para ressuscitar ex-amantes porque um psicótico tentara estrangulá-los no maldito átrio de entrada.

Olhou para Qhuinn. O lutador ainda estava sendo contido por Rhage, como se o Irmão não estivesse inteiramente certo de que o episódio terminara.

– Vamos ficar de pé – disse a doutora Jane.

Blay se adiantou, ajudando Saxton, mantendo-o firme, conduzindo-o para a escadaria. Os dois ficaram em silêncio ao subir, e quando chegaram ao segundo andar, Blay seguiu para o seu quarto por força do hábito.

Puxa.

– Não, está tudo bem – murmurou Saxton. – Só me deixe sentar aqui um minuto, está bem?

Blay pensou na cama, mas quando Saxton ficou tenso ao tomarem essa direção, ele o levou para a *chaise-longue*. Ajudando o macho a se deitar, recuou desajeitado.

No silêncio que se seguiu, uma raiva violenta o atingiu sabe-se lá vinda de onde.

E agora as suas mãos tremiam por outro motivo.

– Então – disse Saxton com voz rouca –, como foi a sua noite?

– O que diabos acabou de acontecer?

Saxton afrouxou a gravata. Desabotoou o colarinho. Respirou fundo mais uma vez.

– Briga de família, parece.

– Tolice.

Saxton desviou o olhar cansado.

– Temos mesmo que fazer isto?

– O que aconteceu...

– Acho que você e ele têm que conversar. E depois que o fizerem, não terei mais que me preocupar em ser atacado como um criminoso novamente.

Blay franziu a testa.

– Ele e eu não temos nada para dizer um ao...

– Com todo o respeito, as marcas no meu pescoço sugerem o contrário.

– Como estamos, grandão?

Enquanto a voz de Rhage era registrada nos ouvidos de Qhuinn, ficou claro que o Irmão verificava se o drama já acabara. Desnecessário. No instante em que Blay lhe disse para parar, o corpo de Qhuinn obedecera, como se o cara tivesse o controle remoto da sua TV.

Havia outras pessoas por perto, obviamente também esperando para ver se ele mostrava qualquer indicação de que correria atrás de Saxton para retomar a rotina de estrangulamento.

– Você está bem? – perguntou Rhage.

– Sim, sim. Estou bem.

As barras de aço ao redor do seu tronco relaxaram e gradualmente se abaixaram. Então uma mãozorra deu-lhe um tapa nas costas e apertou seu ombro.

– Fritz odeia corpos no átrio frontal.

– Mas não há muito sangue no estrangulamento – alguém observou. – Seria fácil limpar depois.

– Apenas uma polida e pronto – o outro disse.

Houve uma pausa pesada depois disso.

– Vou subir – quando voltaram a olhar para ele em antecipação, Qhuinn balançou a cabeça. – Não para uma repetição. Juro pelo...

Bem, ele não tinha uma mãe, um pai, um irmão, uma irmã... nem mesmo um filho, ainda que, tomara, isso fosse temporário.

– Não vou, ok?

Não esperou por mais nenhum comentário e se lembrou de que ainda precisava passar pelo quarto de Layla.

Tomando a direita no alto das escadas, seguiu para o quarto de hóspedes para o qual a Escolhida fora levada ao se mudar e bateu à porta com suavidade.

– Layla?

Apesar do fato de que teriam um filho juntos, ele não se sentia à vontade para entrar sem ser convidado.

A segunda batida foi um pouco mais forte. Assim como sua voz:

– Layla?

Ela devia estar dormindo.

Recuando, seguiu para o próprio quarto, passando diante do escritório de Wrath com suas portas fechadas e depois tomou o corredor das estátuas. Ao passar diante da porta de Blay, não conseguiu deixar de encarar a maldita porta.

Jesus Cristo, quase matara Saxton.

E ainda sentia vontade de matar.

Sempre soube que o primo não valia nada e detestava estar certo a esse respeito. O que diabos Sax estava pensando? O cara tinha o insuperável na sua cama todo santo dia e, mesmo assim, de algum modo, qualquer um de algum bar, de uma boate ou da maldita Biblioteca Municipal de Caldwell era melhor do que aquilo? Até mesmo necessário?

Filho da mãe traiçoeiro.

Enquanto as mãos se fechavam em punhos e ele entretinha a ideia de abrir caminho com um chute só para dar mais uns socos no rosto de Saxton, quase não conseguiu controlar seu impulso.

Solte-o agora.

De lugar nenhum a voz de Blay reverberou em sua cabeça uma vez mais e, obviamente, a violência foi desligada. Literalmente, entre um momento e o seguinte, ele passou de touro enfurecido a estado neutro.

Estranho.

Balançando a cabeça, foi até seu quarto, entrou e fechou a porta.

Depois de fazer com que as luzes se acendessem, ficou parado, os pés colados no chão, os braços pensos como cordas frouxas, a cabeça à toa no alto da espinha. Sem ir a parte alguma.

Sem nenhum motivo aparente, pensou no amado aspirador de Fritz, o eletrodoméstico estacionado dentro de um armário, deixado no escuro até que alguém o utilizasse.

Ótimo. Estava reduzido ao nível de um aspirador de pó.

No fim, praguejou, e se obrigou a começar a se despir e ir para a cama. A noite se mostrara um trabalho hercúleo desde o instante em que o sol se pusera e a boa notícia era que a confusão toda finalmente chegara ao fim: as persianas estavam abaixadas para impedir a entrada do sol. A casa estava ficando silenciosa.

Hora do sono REM para recarga.

Ao tirar a camiseta regata devagar e gemer ante todas as dores, percebeu que deixara a jaqueta de couro e as armas na clínica. Sem problemas. Ele tinha extras ali em cima caso precisasse delas durante o dia, e poderia ir buscar seus pertences antes da Primeira Refeição.

Descendo a mão para o zíper da calça, ele...

A porta atrás dele se abriu numa explosão tamanha que ricocheteou na parede, só para ser interceptada pela pegada firme de um filho da mãe muito irritado.

Parado debaixo da moldura da porta, Blay estava furioso, o corpo trêmulo de raiva que até mesmo Qhuinn, que já enfrentara muitas coisas na vida, se pôs em alerta.

– O que há de errado com você!? – o macho exclamou.

Está de brincadeira, foi o que Qhuinn pensou. Como ele não reconhecera o perfume estranho no corpo do amante?

– Acho que precisa perguntar isso ao meu primo.

Enquanto Blay marchava adiante, Qhuinn desviou do cara para...

Blay o segurou pelo braço e expôs as presas com um sibilo.

– Vai fugir?

Num tom controlado, Qhuinn respondeu:

– Não. Vou fechar a maldita porta para que ninguém escute isto.

– Não dou a mínima!

Qhuinn pensou em Layla do outro lado do corredor, tentando dormir.

– Bem, eu me importo.

Qhuinn se soltou e fechou a porta. Depois, antes de se virar, fechou os olhos para dar um tempo.

– Você me dá aversão – disse Blay.

Qhuinn deixou a cabeça pender.

– Você tem que cair fora da minha vida – a amargura naquela voz conhecida foi direto ao coração dele. – Afaste-se de tudo que se refere a mim!

Qhuinn olhou por cima do ombro.

– Você nem se importa de ele ter estado com outra pessoa?

A boca de Blay se abriu. Fechou. Então as sobrancelhas desceram.

– O quê?

Ah. Maravilha.

Naquela confusão, Blay não entendera os porquês.

– O que você disse? – repetiu Blay.

– Você me ouviu.

Quando não houve resposta, nenhuma imprecação, nenhum objeto lançado, Qhuinn se virou.

Depois de um momento, Blay cruzou os braços, não sobre o peito, mas no centro, como se estivesse se sentindo levemente nauseado.

Qhuinn esfregou o rosto e falou numa voz entrecortada:

– Desculpe. Eu sinto muito... não quero isso para você.

Blay balançou a cabeça.

– O quê... – os olhos azuis se concentraram. – Foi por isso que você o atacou?

Qhuinn deu um passo para a frente.

– Eu sinto muito... Eu só... Ele passou pela porta, eu percebi o cheiro dele e perdi a cabeça. Eu sequer estava pensando.

Blay piscou, como se talvez estivesse se deparando com um conceito desconhecido.

– É por isso que você... Por que diabos você faria uma coisa dessas?

Qhuinn deu mais um passo à frente, e depois se forçou a parar, apesar da necessidade quase premente de estar perto dele. E enquanto Blay balançava a cabeça como se estivesse tendo problemas de compreensão, Qhuinn não tinha intenção de falar.

Mas falou.

– Você se lembra do dia na clínica, mais ou menos um ano atrás... – ele apontou para baixo, para o caso de o cara ter se esquecido de onde ficava o centro de treinamento. – Foi antes de você e Saxton... – certo. Não terminaria aquela frase, não se quisesse segurar toda a comida que tinha no estômago. – Lembra-se do que eu lhe disse?

Enquanto Blay parecia confuso, ele o ajudou a se lembrar:

– Eu disse que se alguém o magoasse, eu perseguiria essa pessoa e a deixaria para queimar sob o Sol – até ele mesmo percebeu o modo como a voz abaixou para um rosnado ameaçador. – Saxton o magoou hoje, por isso fiz o que disse que faria.

Blay esfregou o rosto com a mão.

– Jesus...

– Eu lhe disse o que aconteceria. E se ele repetir isso, não posso prometer que não darei cabo do meu trabalho.

– Escute, Qhuinn, você não pode... não pode fazer esse tipo de merda. Simplesmente não pode.

– Você não se importa? Ele foi infiel. Isso não está certo.

Blay expirou profunda e lentamente, como se estivesse cansado de carregar um peso.

– Apenas... não faça mais isso.

Agora era Qhuinn quem balançava a cabeça. Ele não conseguia entender. Se estivesse num relacionamento com Blay, e Blay o traísse? Ele jamais superaria.

Deus, por que não tirara vantagem daquilo que lhe fora oferecido? Não deveria ter corrido. Deveria ter ficado parado.

De modo espontâneo, seus pés deram outro passo à frente.

– Sinto muito...

De repente, ele começou a repetir essas palavras, repetindo-as a cada passo que o levava para mais perto de Blay.

– Sinto muito... Sinto muito... Sinto... muito... – ele não sabia o que estava dizendo nem fazendo; apenas sentia uma urgência de se redimir de todos os seus pecados.

Havia tanto no que se referia àquele macho honrado que estava totalmente imobilizado diante dele.

Por fim, só havia mais um passo antes que seu peito nu atingisse o de Blay.

A voz de Qhuinn não passava de um sussurro:

– Sinto muito.

No silêncio espesso que se seguiu, a boca de Blay se abriu... mas não em sinal de surpresa. Era porque ele não estava conseguindo respirar.

Lembrando-se de não ser um cretino que acreditava que o mundo girava ao redor do seu umbigo, Qhuinn conduziu o assunto de novo para o que acontecia entre Blay e Saxton.

– Não desejo isso para você – disse ele, os olhos perscrutando aquele rosto. – Você já sofreu o bastante, e sei que o ama. Eu sinto muito... Sinto muito mesmo.

Blay apenas continuou parado diante dele, a expressão congelada, os olhos se mexendo como se ele não conseguisse compreender nada. Mas não recuou, não fugiu, não correu. Ele permaneceu... bem onde estava.

– Sinto muito.

Qhuinn observou de uma vasta distância a sua mão se levantar e tocar o rosto de Blay, as pontas dos dedos percorrendo a barba por fazer.

– Eu sinto muito.

Ah, Deus, poder tocá-lo. Sentir o calor daquela pele, inalar o odor másculo e limpo.

– Sinto muito.

O que diabos estava fazendo? Caramba... tarde demais para responder aquilo – esticando o outro braço, pousou a mão no ombro forte.

– Sinto muito.

Ah, Deus, estava atraindo Blay, puxando o corpo dele para junto do seu.

– Sinto muito.

Passou uma mão para a nuca de Blay e enfiou os dedos entre os cabelos que ali formavam cachos.

– Sinto muito.

Blay estava duro, a coluna reta como uma flecha, os braços ainda ao redor da barriga. Mas, um momento depois, como se estivesse confuso com sua própria reação, o macho se inclinou, o peso mudando sutilmente a princípio, e depois um pouco mais.

Com um puxão, Qhuinn passou os braços ao redor da pessoa mais importante da sua vida. Não era Layla, embora sentisse uma dor ante essa negação. Não era John, nem seu Rei. Não eram os Irmãos.

Aquele macho era a razão de tudo.

E mesmo se sentindo morrer porque Blay estava apaixonado por outra pessoa, ele agiu. Fazia tempo demais desde que o tocara pela última vez... e nunca daquela maneira.

– Sinto muito.

Espalmando a parte de trás da cabeça de Blay, incitou o macho a se aproximar, aninhando a cabeça em seu pescoço.

– Sinto muito.

Enquanto Blay aquiescia, Qhuinn estremeceu, virando o rosto para dentro, respirando fundo, enfiando todas as sensações em sua mente para poder se lembrar daquilo para sempre. Enquanto a palma subia e descia, relaxando as costas musculosas, ele fez o que pôde para poder compensar muito mais do que a infidelidade do primo.

– Sinto muito...

Mudando de posição rapidamente, Blay balançou a cabeça. Desvencilhou-se. Recuou.

Afastou-se.

Os ombros de Qhuinn cederam.

– Sinto muito.

– Por que fica repetindo isso?

– Porque...

Nesse instante, quando seus olhos se encontraram, Qhuinn soube que era chegada a hora. Estragara tantas oportunidades com Blay; existiram tantos passos em falso e desencontros deliberados, tantos anos, tantas negações. E tudo de sua parte. Acovardara-se por tempo demais, mas aquilo chegara ao fim.

Ao abrir a boca para dizer as três palavras que estavam na ponta da língua, os olhos de Blay se endureceram.

– Não preciso da sua ajuda, está bem? Posso cuidar de mim sozinho.

Tum. Tum. Tum.

Seu coração batia tão forte que ele teve que se perguntar se explodiria.

– Você vai continuar com ele – Qhuinn disse entorpecido. – Você vai...

– Não faça mais essa cretinice com Saxton... Nunca mais. Jure.

Mesmo morrendo por dentro, Qhuinn sentia-se impotente para negar-lhe qualquer coisa.

– Ok – levantou as palmas. – Não toco nele.

Blay assentiu, o acordo estava selado.

– Só quero ajudar você – disse Qhuinn. – Só isso.

– Você não pode – rebateu Blay.

Deus, mesmo se estranhando novamente, ele ansiava por mais contato e, de pronto, ele enxergou um caminho para exatamente isso. Uma proposta traiçoeira, mas ao menos havia um tipo de lógica interna nela.

Os braços se ergueram, as mãos procurando, encontrando, prendendo-se. Aos ombros de Blay. À nuca de Blay.

O sexo surgiu dentro dele, enrijecendo seu membro, fazendo-o ofegar.

– Mas eu tenho como ajudar.

– Como?

Qhuinn se aproximou, levou a boca ao ouvido de Blay. Em seguida, encostou o peito nu deliberadamente no de Blay.

– Use-me.

– *O quê?*

– Dê uma lição a ele – Qhuinn segurou com mais força e inclinou a cabeça de Blay para trás. – Vingue-se na mesma moeda. Comigo.

Para deixar bem claro, Qhuinn estendeu a língua e percorreu a lateral do pescoço de Blay.

O sibilo em reação foi tão alto quanto uma imprecação.

Blay o socou, empurrando-o.

– Perdeu o maldito juízo?

Qhuinn apalpou o sexo rijo e pesado.

– Quero você. E aceito você do jeito que for, mesmo que seja só como uma vingança contra o meu primo.

A expressão de Blay mudava como numa partida de tênis de mesa, passando da mais absoluta descrença para uma raiva épica.

– Seu cretino idiota! Você me rejeitou por anos e anos, e agora, de repente, muda de ideia? Que *diabos* há de errado com você?

Com a mão livre, Qhuinn tocou num dos piercings dos mamilos... e se concentrou no que estava acontecendo abaixo da cintura de Blay: debaixo daquele roupão, o macho ficou completamente duro, o tecido atoalhado impotente diante daquele tipo de ereção.

– Perdeu a sua *maldita* cabeça de vez? Que merda!

Normalmente, Blay não praguejava nem elevava a voz. Era excitante vê-lo perder o controle.

Encarando o amigo nos olhos, Qhuinn se deixou cair de joelhos.

– Deixe-me cuidar disso...

– *O quê...*

Ele se inclinou para a frente e puxou a bainha do roupão, atraindo-o na sua direção.

– Venha cá. Deixe-me mostrar do que sou capaz.

Blay agarrou o cordão que mantinha as duas metades unidas e deu um apertão.

– Que *diabos* você está fazendo?

Deus, o fato de ele estar de joelhos, implorando, parecia apropriado.

– Quero estar com você. Não me importo com o motivo... Apenas me deixe ficar com você...

– Depois de todo esse tempo? O que mudou?

– Tudo.

– Você está com a Layla...

– *Não.* Vou repetir quantas vezes você precisar ouvir: *não* estou com ela.

– Ela está grávida.

– Uma vez. Fiquei com ela apenas uma vez, e como já lhe disse, foi só porque quero uma família e ela também quer. Uma vez, Blay, e nunca mais.

A cabeça de Blay pendeu para trás como se alguém estivesse enfiando espinhos debaixo das suas unhas.

– Não faça isso, pelo amor de Deus, você não pode fazer isso... – a voz dele se quebrantou, a angústia era um triste vislumbre de todos os problemas que Qhuinn causara. – Por que agora? Talvez seja você quem queira se vingar de Saxton...

– Meu primo que se foda, isso não tem nada a ver com ele em relação a mim. Se você estivesse sozinho, eu ainda estaria neste tapete, ajoelhado, à espera de estar com você. Se você estivesse comprometido com uma fêmea, se estivesse namorando alguém de modo casual, se você estivesse em milhares de outras situações na vida... eu ainda estaria aqui. Implorando por algo, qualquer coisa... uma só vez, se é o que pode me dar.

Qhuinn esticou a mão de novo, passando por debaixo do roupão, afagando a perna musculosa e forte. E quando Blay recuou um passo, ele sabia que estava perdendo a batalha.

Merda, ele perderia aquela chance se não...

– Escute, Blay, fiz muitas merdas na minha vida, mas sempre tentei ser verdadeiro. Quase morri hoje... e isso endireita as pessoas. Lá em cima, naquele avião, olhando para a noite escura, não achei que fosse conseguir. Tudo ficou claro para mim. Quero estar com você por causa disso.

Na verdade, fazia muuuuito tempo, beeeem antes da situação com o Cessna, que ele sabia disso, mas ele desejava que a explicação fizesse sentido para Blay.

Talvez fizesse. Em resposta, ele oscilou o peso sobre os pés, como se fosse ceder... ou ir embora. Não havia como saber que direção ele tomaria.

Qhuinn se apressou em dizer mais:

– Sinto muito ter desperdiçado tanto tempo... e se você não quiser ficar comigo, eu entendo. Não vou insistir, vou lidar com as consequências. Mas, pelo amor de Deus, se houver uma chance... por qualquer motivo que seja da sua parte, raiva, curiosidade... droga, mesmo que me deixe transar com você uma vez e nunca mais, com o único propósito de me cravar uma estaca no peito... Eu aceito. Aceito você... do jeito que for.

Ele esticou a mão uma terceira vez, escorregando-a por trás da perna de Blay. Afagando. Implorando.

– Não me importo quanto isso vai me custar.

CAPÍTULO 27

Assomando-se acima de Qhuinn, Blay estava anormalmente ciente de tudo ao seu redor: a sensação da mão de Qhuinn atrás da sua perna, o modo como a bainha do roupão resvalava sua canela, o cheiro do sexo permeando o ar.

De tantos modos, ele quisera aquilo a vida inteira. Ou pelo menos, desde que sobrevivera à transição e teve algum tipo de impulso sexual. Aquele momento era o ápice de sonhos incontáveis e de inúmeras fantasias, seu desejo secreto sendo manifestado.

E era sincero: os olhos descombinados de Qhuinn não tinham sombras, nem dúvidas. O macho não só dizia a mais absoluta verdade que lhe passava pelo coração, mas estava em paz por se expor com tanta vulnerabilidade.

Blay cerrou as pálpebras brevemente. Aquela submissão era o oposto de tudo o que definia Qhuinn como macho. Ele nunca se entregava; não os seus princípios, não as suas armas, nunca, jamais a si mesmo. Pensando bem, a reviravolta fazia algum sentido. O enfrentamento da morte tendia a ser seguido por revelações...

A questão era que ele tinha a sensação de que aquilo não duraria. Aquela "visão desobstruída" sem dúvida estava ligada à viagem de avião, mas tal qual uma vítima de ataque cardíaco voltando à antiga dieta deplorável pouco depois, a "revelação" provavelmente não teria vida longa. Sim, Qhuinn estava sendo sincero quanto ao que dizia naquele momento inebriante, não havia dúvida alguma quanto a isso. No entanto, era difícil acreditar que aquilo seria permanente.

Qhuinn era o que era. E muito em breve, depois que o choque fosse absorvido – talvez ao cair da noite, quem sabe na semana seguinte, ou dali a um mês – ele voltaria ao seu modo de ser fechado, distante, à parte.

Decisão tomada, Blay voltou a abrir os olhos e se inclinou. Quando os rostos se aproximaram, os lábios de Qhuinn se partiram, o inferior, carnudo, pulsava como se ele já tentasse saborear o que desejava... e se deleitava.

Merda. O lutador era tão magnífico, o peito nu poderoso reluzindo na luz do abajur, a pele transportando uma camada de excitação, os mamilos perfurados se elevando e descendo conforme a pulsação desenfreada do sangue aquecido.

Blay percorreu a mão pelos músculos do braço que os ligava, desde a espessura grossa do ombro até a protuberância do bíceps e a curva entalhada do tríceps.

Retirou a palma de sua coxa.

E se afastou.

Qhuinn empalideceu a ponto de ficar acinzentado.

No silêncio, Blay nada disse. Não conseguiria. Sua voz havia desaparecido.

Em pernas cambaleantes, ele se distanciou, a mão envolvendo a maçaneta até conseguir coordenação suficiente para abrir a saída. Saindo, ele não saberia dizer se bateu a porta ou se a fechou silenciosamente.

Não foi muito longe. Pouco mais de um metro além do quarto, ele desabou ao encontro da parede lisa e fria do corredor.

Ofegando. Estava ofegando.

E todo aquele esforço de nada adiantaria. A sufocação no peito só piorava e, subitamente, sua visão foi substituída por quadrados em preto e branco de um tabuleiro de xadrez.

Deduzindo que estava prestes a desmaiar, agachou-se e colocou a cabeça entre os joelhos. Nos recessos da mente, rezou para que o corredor continuasse vazio. Aquele não era o tipo de coisa que gostaria de explicar para ninguém: estava do lado de fora do quarto de Qhuinn, obviamente excitado, o corpo tremendo como se um terremoto particular estivesse acontecendo...

– Jesus Cristo...

Quase morri hoje... e isso endireita as pessoas. Lá em cima naquele avião, olhando para a noite escura, não achei que fosse conseguir. Tudo ficou claro para mim.

– Não – Blay disse em voz alta. – *Não*...

Apoiando a cabeça nas mãos, tentou respirar calmamente, pensar racionalmente, agir sensatamente. Não poderia se dar ao luxo de se afundar ainda mais naquilo...

Aqueles olhos quentes, brilhantes, descombinados eram o que o atraiam.

– *Não* – sibilou.

Enquanto a voz ressoava em seu crânio, ele resolveu se dar ouvidos. Chega. Aquilo não poderia ir adiante.

Há tempos perdera o coração para aquele macho.

Não havia motivos para perder a alma também.

Uma hora mais tarde, talvez duas, ou seis, Qhuinn estava deitado nu entre os lençóis frios, fitando o escuro do teto que não conseguia enxergar.

Aquela era a dor horrível que Blay sentira? Como na vez em que fora procurá-lo no porão da casa dos pais dele e disse estar preparado para partir de Caldwell, deixando bem claro que não haveria mais nenhum laço entre eles? Ou talvez na vez em que se beijaram na clínica e Qhuinn se recusara a ir em frente? Ou naquela derradeira colisão quando eles quase ficaram juntos, pouco antes do primeiro encontro de Blay com Saxton?

Um maldito vazio enorme.

Como aquele quarto, na verdade: sem iluminação e essencialmente vazio, apenas quatro paredes e um teto. Ou um saco de pele e um esqueleto, como era o caso.

Levantando a mão, colocou-a sobre o coração, só para se certificar de que ainda tinha um.

Caramba, o destino tinha um jeito de lhe ensinar as coisas que você precisava saber, mesmo se você não estivesse ciente de que a lição era necessária até ela ser apresentada: ele desperdiçara tempo demais envolvido consigo mesmo e o seu defeito, e seu fracasso perante a família e a sociedade. Um emaranhado confuso em que se metera por tempo demais e Blay, porque se importara, fora sugado naquele turbilhão.

Mas quando foi que apoiara o amigo? O que de fato fizera pelo cara?

Blay estivera certo ao sair daquele quarto. Um pouco tarde demais, não era o ditado? E não que Qhuinn estivesse oferecendo algum tipo de prêmio. Debaixo da superfície, ele não estava muito mais estável, na verdade. Não estava mais em paz.

Não, ele merecia aquilo...

Uma centelha de luz amarelo-esverdeada fatiou o seu campo negro de visão, como se a escuridão fosse um tecido e o facho de luz uma faca.

Uma figura entrou sorrateira no seu quarto, silenciosamente, e fechou a porta.

Pelo cheiro, ele soube quem era.

O coração de Qhuinn começou a bater forte quando ele se endireitou nos travesseiros.

– Blay...?

Houve um ruído sutil, o roupão escorregando pelos ombros do macho alto. Em seguida, momentos depois, o colchão foi pressionado quando um peso grande, vital, subiu nele.

Qhuinn esticou a mão no escuro com acuidade certeira, as mãos encontrando as laterais do pescoço de Blay com tanta precisão como se tivessem sido direcionadas pela visão.

Nenhuma conversa. Ele temia que as palavras lhe roubassem aquele milagre.

Elevando a boca, puxou a de Blay para a sua, e quando aqueles lábios de veludo estavam perto de seu campo de atuação, ele os beijou com um desespero que foi retribuído. De uma vez só, todo o passado reprimido foi libertado com fúria e ele sentiu o gosto de sangue, sem saber quais foram as presas que rasgaram o outro.

E quem se importava?

Com um puxão forte, deitou Blay e depois rolou por cima do macho, afastando-lhe as coxas e pressionando-se até que o membro rijo se deparasse com...

Os dois gemeram.

Tonto por causa de tanta pele nua, Qhuinn começou a bombear os quadris para frente e para trás, a fricção dos sexos e a pele quente aumentando o calor úmido em suas bocas. Frenesi, em toda parte, rápido, depressa, rápido... Puta merda, havia desejo demais para entender onde suas mãos estavam, ou no que ele se esfregava ou... Porra, havia pele demais para tocar, cabelos para puxar, tanta coisa, demais...

Qhuinn gozou, as bolas endurecendo, a ereção jorrando entre eles, espalhando-se por todos os lados.

E isso não o desacelerou em nada.

Com um puxão, afastou-se da boca que poderia passar uma centena de anos beijando, lançou-se sobre o peito de Blay. Os músculos com que se deparava não se comparavam com os dos humanos com quem transara: aquilo era um vampiro, um lutador, um soldado treinado arduamente que exercitava o corpo para atingir uma condição não só útil, mas essencialmente letal. Caramba se aquilo não era excitante... mas, acima de tudo, aquele era Blay; finalmente, depois de todos aqueles anos...

Blay.

Qhuinn resvalou as presas por um abdômen que era sólido como uma rocha, e o seu cheiro na pele de Blay era uma marcação que sabia que fizera de propósito.

Aquele tempero forte também iria para outros lugares.

Gemeu quando as mãos encontraram o pênis de Blay e, enquanto circundava a coluna rija, o cara se arqueou profundamente, uma imprecação atravessando o quarto, de modo bem semelhante ao que a luz fizera pouco antes.

Qhuinn lambeu os lábios, elevou o sexo de Blay e permitiu que o pênis grosso e ousado partisse sua boca. Sugando, tomou-o até a base, abrindo a garganta, engolindo tudo. Em resposta, os quadris de Blay se elevaram, e mãos brutas cravaram em seus cabelos, forçando a cabeça ainda mais para baixo até que ele não conseguisse mais levar ar aos pulmões. Mas quem é que precisava de oxigênio?

Afundando as mãos nas nádegas de Blay, inclinou aquela pélvis e subiu e desceu, o pescoço se esticando com o ritmo punitivo, os ombros flexionando e relaxando enquanto ele executava exatamente aquilo que oferecera a Blay antes de ele ir embora.

Ele não pretendia fazer apenas aquilo, porém.

Não.

Era apenas o começo.

Capítulo 28

Quando Blay caiu contra os travesseiros de Qhuinn, quase partiu a coluna. Tudo estava fora de controle, mas ele não teria desacelerado em nada as coisas: os quadris subiam e desciam, o pau empurrava e era chupado pela boca de Qhuinn...

Graças a Deus as luzes estavam apagadas.

Só as sensações já eram demais. Com um auxílio visual? Ele não conseguiria...

O orgasmo disparou como um foguete, a respiração ficou suspensa, o corpo enrijeceu todo, o sexo gozando ao máximo. Ao chegar ao clímax em grandes espasmos, ele foi ordenhado por aquela boca... e, caramba, a sucção incitou o alívio a continuar, com grandes ondas de prazer pulsante varrendo-o do cérebro até as bolas, seu corpo atingindo um plano de existência completamente diferente...

Sem aviso, ele foi virado por uma mão brusca, o corpo manejado como se não pesasse absolutamente nada. Em seguida, um braço passou por baixo de sua pélvis e o colocou de joelhos. Houve uma breve calmaria na qual tudo o que ele ouviu foi a respiração pesada atrás dele, o arquejo aumentando cada vez mais, mais fundo...

Ouviu o orgasmo de Qhuinn e entendeu exatamente o motivo.

Mesmo seu corpo inteiro estando fraco de antecipação, ele sabia que tinha de se preparar quando uma mão pesada aterrissou em seu ombro e...

A penetração foi como um ferro de marcar, quente e brutal, atingindo direto o seu cerne. E ele praguejou numa exalação explosiva. Não porque doesse, ainda que do melhor modo possível. Nem mesmo porque aquilo era algo que ele tanto desejara, se bem que isso fosse verdade.

Não. Era porque ele teve a estranha sensação de estar sendo marcado e, por algum motivo, isso fez com que...

Um sibilo atingiu-o no ouvido, e depois um par de presas cravou--se em seu ombro, a pegada de Qhuinn mudando na altura dos quadris, o torso enroscado em tantos lugares. E, então, quando a penetração inexorável começou, os molares de Blay se cerraram, os braços tiveram que suportar o peso dos dois, as pernas e o torso se esforçaram debaixo do ataque.

Ele teve a sensação de que a cabeceira da cama batia contra a parede e por um centésimo de segundo, lembrou-se do candelabro na biblioteca oscilando enquanto Layla fora sujeitada àquilo.

Blay amaldiçoou a imagem. Não se permitiria ir lá; não poderia. Deus bem sabia que haveria muito tempo para refletir sobre tudo aquilo mais tarde.

Naquele instante? Aquilo era bom demais para ser desperdiçado...

Enquanto o açoite continuava, suas palmas escorregaram nos lençóis de algodão fino, e ele teve que reposicioná-las, afundando-as no colchão macio para tentar sustentar sua posição. Deus, os sons que Qhuinn fazia, os rosnados que reverberavam entre as presas enterradas em seu ombro, as estocadas... ah, sim, isso era a cabeceira. Definitivamente.

Com a pressão se avolumando em suas bolas, ele se sentiu tentado a se espalmar, mas não havia como. Ele precisava das duas mãos naquele trabalho...

Como se Qhuinn lesse sua mente, o macho passou o braço ao seu redor e o agarrou.

Não era necessário masturbá-lo. Blay gozou tão violentamente que sua mente ficou difusa e, naquele exato instante, Qhuinn começou a ter um orgasmo também, os quadris movendo-se para dentro, parando um segundo antes de recuarem só para afundarem ainda mais antes da explosão. E, ah, porra, a combinação dos dois fazendo suas coisas era tão erótica que só fez com que tudo recomeçasse mais uma vez: não houve intervalo para se recuperarem, absolutamente nenhuma pausa. Qhuinn apenas retomou as investidas como se seu alívio o tivesse fortalecido.

Enquanto o sexo se estendia, e apesar de toda a força que Blay tinha em seus membros superiores, ele acabou caindo da cama, uma mão travando na lateral da mesinha de cabeceira só para que ele não batesse na parede...

Crash!

– Merda – disse ele rouco. – O abajur...

Ao que tudo levava a crer, Qhuinn não estava interessado em decoração. O macho simplesmente puxou a cabeça de Blay e começou a beijá-lo, a língua com piercing penetrando sua boca, lambendo e sugando... como se não conseguisse se fartar.

Tontura. Ele ficou absolutamente tonto com tudo aquilo. Em cada fantasia que teve, ele sempre visualizou Qhuinn como um amante impetuoso, mas aquilo... aquilo estava num outro nível.

Por isso, foi ao longe que ele se ouviu dizer numa voz gutural:

– Morda... de novo.

Um grunhido imenso vindo de cima perpassou seu ouvido, e depois outro sibilo atravessou a escuridão quando Qhuinn mudou as posições, seu peso massivo girando para que as presas pudessem afundar na lateral do pescoço.

Blay praguejou e empurrou para longe o que quer que tivesse restado sobre a mesinha de cabeceira, o peito tomando o lugar dos objetos, a pele suada chiando no verniz enquanto ele jazia meio de lado. Esticando a mão, ele se apoiou na tábua do piso e empurrou para cima, mantendo os dois estáveis enquanto Qhuinn se alimentava e o penetrava tão magnificamente bem...

Vezes demais para contar, até os travesseiros estarem no chão, os lençóis rasgados, outro abajur destruído... e não estava muita certo, mas ele achava que tinha derrubado um quadro da parede.

Quando a imobilidade por fim substituiu todo aquele esforço, Blay respirou fundo e se sentiu como se estivesse submerso.

O mesmo se passava com Qhuinn.

O aumento da trajetória úmida no pescoço de Blay sugeria que as coisas ficaram tão descontroladas que não houve o fechamento da veia que fora sugada. E quem se importava? Ele não, nem conseguia pensar, e não se preocuparia. As sensações pós-coito de flutuação e êxtase eram gloriosas demais para serem estragadas, o corpo estava ao mesmo tempo hipersensível e entorpecido, quente e brando, dolorido e saciado.

Caramba, os lençóis teriam de ser lavados. E Fritz indubitavelmente teria de encontrar uma supercola para aqueles abajures.

Onde exatamente ele estava?

Esticando a mão, tateou e descobriu o tapete e a saia da cama... além de uma manta. Ah, bom, estava quase caindo pela ponta da cama. O que explicava a tontura que sentia.

Quando Qhuinn, por fim, soltou-se dele, Blay quis acompanhá-lo, mas seu corpo estava muito mais interessado em ser um objeto inanimado. Ou um rolo de tecido ou, quem sabe...

Mãos gentis o suspenderam e, com cuidado e devagar, rolaram-no de costas. Houve mais um pouco de movimentação e depois ele se sentiu reposicionado contra os travesseiros que retornaram ao seu devido lugar. Enfim, uma manta leve foi ajustada na metade do seu corpo, como se Qhuinn soubesse que ele estava muito quente para ser coberto demais e, ainda assim, começava a sentir um friozinho enquanto o suor que o cobria começava a secar.

Seu cabelo foi empurrado para longe da testa e, em seguida, sua cabeça foi ajeitada para o lado. Lábios de seda beijaram a coluna de seu pescoço e, depois, lambidas longas e langorosas selaram a mordida que ele pedira e recebera.

Quando tudo terminou, deixou que sua cabeça fosse ajeitada para o lado de Qhuinn. Ainda que estivesse absolutamente escuro, ele sabia exatamente como o rosto que o fitava estava: ruborizado nas maçãs do rosto, as pálpebras semicerradas, os lábios vermelhos...

O beijo pressionado em sua boca foi reverente, o contato não mais pesado do que o ar quente e estático do quarto. Era o beijo perfeito de um amante, o tipo de coisa que ele desejava mais do que o sexo ardente que partilharam...

O pânico golpeou o centro do seu peito e ressoou para fora num piscar de olhos.

As mãos agiram por vontade própria, empurrando Qhuinn.

– Não me toque. Nunca mais me toque assim.

Deu um salto da cama e só Deus sabia em que parte do quarto ele aterrissou. Hesitante, tateou pelo aposento, mas acabou se orientando pela luz que passava por baixo da porta.

Apanhando o roupão no chão, não olhou para trás ao sair.

Não suportaria encarar o resultado daquilo tudo em nenhum tipo de luz.

Isso só tornaria tudo aquilo muito real.

Em algum momento, Qhuinn teve que fazer com que as luzes se acendessem. Não suportava mais a escuridão.

Quando a iluminação inundou o lugar, ele piscou e teve que amparar os olhos com a mão. Depois de recalibrar as retinas, olhou ao redor.

Caos. Total e absoluto.

Então tudo aquilo acontecera mesmo, hein. E quanta ironia que o interior da sua cabeça fizesse com que aquela bagunça parecesse uma ordem militar em comparação.

Nunca mais me toque assim.

Ah, inferno, pensou ele ao esfregar o rosto. Não poderia culpar o cara.

Primeiro, demonstrara a mesma finesse de uma escavadeira. Bola de demolição. Tanque de guerra. O problema era que tudo aquilo fora intenso demais para demonstrar qualquer traço de paciência: o instinto, tão puro e tão inflamável quanto combustível, o acendera; a sessão fora um caso de deixar as coisas rolarem.

Oh, Deus, marcara o cara.

Caralho. E não exatamente no bom sentido, considerando que Blay estava apaixonado e envolvido num relacionamento... e voltando para a cama do amante.

Mas, pensando bem, quando um macho está com quem ele quer, especialmente se é a primeira vez, era isso mesmo o que acontecia. As coisas saíam do controle...

Nem era preciso dizer que aquele fora o melhor sexo de sua vida, a primeira vez de perfeito encaixe depois de uma longa história de "nem de longe". A questão foi que, no fim, ele quis que Blay soubesse disso, tentou encontrar as palavras e se apoiou no toque para pavimentar o caminho da confissão.

Contudo, ficou evidente que o macho não queria ter essa proximidade.

O que provocou um segundo, e mais profundo, arrependimento.

Sexo por desforra não se tratava de atração, mas sim de utilidade. E Blay o usara, do modo como ele pedira para ser usado.

Aquela sensação de vazio voltou multiplicada por dez. Por cem.

Sem conseguir suportar a emoção, pôs-se de pé, e teve que praguejar: a rigidez notável na lombar tinha tudo a ver com o acidente de avião e mais ainda com a pneumática que realizara na última hora... ou mais...

Merda.

Indo para o banheiro, deixou as luzes apagadas, mas havia iluminação suficiente vinda do quarto para ele conseguir entrar no chuveiro. Dessa vez, esperou a água esquentar; seu corpo não suportaria mais um choque.

Era tão patético; a última coisa que desejava era lavar o cheiro de Blay de sua pele, mas estava enlouquecendo com ele. Deus, devia ser assim que todos os *hellrens* se sentiam quando ficavam possessivos: metade do seu juízo dizia que ele devia descer o corredor, invadir o quarto de Blay e expulsar Saxton. A bem da verdade, teria adorado que o primo tivesse testemunhado, só para o cara saber que...

Para interromper aquele nada saudável curso de pensamentos, entrou no box envidraçado e pegou o sabonete.

Blay estava envolvido, tentou se lembrar disso, mais uma vez.

O sexo que partilharam não se referia à conexão emocional.

Portanto, ele estava, nesse momento de vazio, sendo passado para trás pela sua própria história.

Aquele parecia ser mais um caso em que o destino lhe dava aquilo que ele merecia.

Enquanto se lavava, o sabonete não era nada macio se comparado com a pele de Blay, nem cheirava um quarto do perfume do cara. A água não era tão quente quanto o sangue do lutador e o xampu, nada tranquilizador. Nada se equiparava.

Nem jamais conseguiria.

Enquanto Qhuinn virava o rosto para o jato e abria a boca, descobriu-se rezando para que Saxton pulasse a cerca mais uma vez, mesmo isso sendo uma coisa deplorável de se desejar.

O problema era que ele tinha a terrível sensação de que outro caso de infidelidade seria a única maneira de Blay voltar para ele.

Fechando os olhos, voltou para aquele momento em que beijou Blay no fim... em que o beijou de verdade, quando as bocas se encontraram gentilmente na calmaria após a tempestade. Enquanto sua mente reescrevia o roteiro, ele não era empurrado para o outro lado dos limites que ele mesmo criara. Não, em sua imaginação, as coisas terminavam como teriam de terminar, com ele afagando o rosto de Blay e fazendo as luzes se acenderem para que pudessem se olhar.

Em sua fantasia, ele beijaria seu amigo uma vez mais, se afastaria e...

– Eu te amo – disse ele para o jato de água. – Eu... te amo.

Ao fechar os olhos novamente ante a dor, ficou difícil saber quanto daquilo que descia pelo seu rosto era água e quanto era outra coisa.

CAPÍTULO 29

No dia seguinte, bem no fim da tarde, o visitante de Assail voltou.

Enquanto o sol se punha e os raios rosados de sol atravessavam a floresta, ele viu em seu monitor uma figura solitária em esquis de cross-country, os bastões equilibrados contra os quadris, binóculos cobrindo o rosto.

Nos quadris *dela*, o rosto *dela*, melhor dizendo.

A boa notícia era que suas câmeras de segurança não só tinham um zoom fantástico, como também seu foco e campo de visão eram facilmente manipulados por um joystick de computador.

Por isso ele restringiu ainda mais a imagem.

Quando a mulher abaixou os binóculos, ele mediu o comprimento de cada cílio ao redor dos olhos escuros e calculistas, e as marcas avermelhadas das maçãs do rosto de poros pequenos, e o ritmo uniforme da pulsação da artéria que percorria a mandíbula.

O aviso que ele dera a Benloise fora recebido. E, ainda assim, lá estava ela.

Era evidente que ela estava, de algum modo, ligada ao atacadista de drogas; e na noite anterior, pelo visto, ela ficara irritada com Benloise, visto o modo como marchara para fora da galeria como se alguém a tivesse insultado.

Todavia, Assail nunca a vira antes, o que era estranho. No último ano, aproximadamente, ele se familiarizara com todos os aspectos da operação de Benloise, desde o número incalculável de seguranças, até a equipe irrelevante da galeria, incluindo os importadores astutos e o irmão do homem, responsável pelas finanças.

Portanto, ele só podia deduzir que ela era uma empreiteira independente, contratada para um propósito específico.

Mas por que, então, ela ainda estava em sua propriedade?

Verificou os números digitais na parte inferior da tela. Quatro e meia. Costumeiramente, não seria uma hora com que se alegrar, pois ainda era cedo demais para sair. Mas o horário de verão acabara, e aquela invenção humana de manipular o sol na verdade trabalhava a seu favor por seis meses no ano.

Estaria um pouco quente lá fora, mas ele lidaria com isso.

Assail se vestiu rapidamente, colocando o terno Gucci com uma camisa de seda branca e pegando o sobretudo trespassado de pelo de camelo. O seu par de Smith & Wesson calibre .40 era o acessório perfeito, claro.

O metálico seria sempre o novo preto.

Pegando o iPhone, franziu ao tocar a tela. Uma chamada de Rehvenge, com uma mensagem.

Saindo do quarto, acessou a mensagem de voz do *lídher* do Conselho e ouviu-a enquanto descia as escadas.

A voz do macho ia direto ao ponto, e isso era algo a se respeitar:

– Assail, você sabe quem é. Estou convocando uma reunião do Conselho e quero não apenas um *quorum*, mas presença completa; o Rei estará presente, bem como a Irmandade. Como macho sobrevivente mais velho da sua linhagem, você está na lista do Conselho, mas registrado como inativo porque permaneceu no Antigo País. Agora que está de volta, está na hora de começar a participar desses encontros festivos. Ligue para mim para me informar a sua agenda, para que eu possa organizar local e data conveniente a todos.

Parando ante a porta de aço que bloqueava a escada inferior, colocou o telefone no bolso de dentro, destravou a porta e a abriu.

O primeiro andar estava escuro por conta das persianas especiais que bloqueavam toda a luz solar, e a sala de estar imensa mais se parecia com uma caverna no centro da terra do que com uma gaiola envidraçada às margens do rio.

Da direção da cozinha vinha o barulho de fritura e o cheiro de bacon.

Caminhando na direção oposta, entrou no falso escritório recoberto com painéis de nogueira que cedera ao uso dos primos e passou para o quarto especial de dois metros quadrados, cuja temperatura era mantida em precisos vinte graus Celsius e umidade a exatamente 69%, perfumado pelo tabaco de dúzias e dúzias de caixas de charutos. Depois de ponderar sobre a fileira exposta, apanhou três cubanos.

Afinal, os cubanos eram os melhores.

E ali estava mais uma coisa que Benloise lhe fornecia por um preço.

Trancando a sua preciosa coleção, voltou à sala de estar. Já não havia barulho de fritura, o bater sutil de talheres nos pratos o substituíra.

Ao entrar na cozinha, os dois primos estavam sentados em bancos ante a bancada de granito, o par comendo no mesmo ritmo preciso, como num rufar de tambores, despercebido por outros, mas que regulava seus movimentos.

Os dois levantaram as cabeças no mesmo ângulo para olhar para ele.

– Estou de saída. Sabem como me localizar – disse.

Ehric limpou a boca.

– Localizei três daqueles intermediários desaparecidos... voltaram à ação, estão prontos para se mexer. Vou fazer a entrega à meia-noite.

– Bom, muito bom – Assail verificou rapidamente as armas. – Tente descobrir onde estavam, sim?

– Como quiser.

Os dois abaixaram as cabeças ao mesmo tempo, voltando ao desjejum.

Nada de comida para ele. Do lado da cafeteira, ele pegou um frasco de cor de âmbar e desatarraxou a tampa, que tinha uma colherinha de prata grudada a ela, e o objeto emitiu um tinido enquanto ele o enchia com cocaína. Uma aspirada.

Bom dia!

Ele levou o resto consigo, colocando-o no mesmo bolso dos charutos. Já fazia um tempo desde que se alimentara e estava começando a sentir os efeitos, o corpo preguiçoso, a mente tendendo a um entorpecimento desconhecido.

O lado negativo do Novo Mundo? Era difícil encontrar fêmeas.

Felizmente, cocaína pura era um bom substituto, pelo menos por enquanto.

Ajustando um par de óculos de sol de lentes opacas, passou pelo vestíbulo e se preparou para sair pela porta dos fundos.

Afastando a porta...

Assail se retraiu e gemeu ante o ataque, seu peso oscilando em seus sapatos: apesar de 99% do seu corpo estar coberto por camadas múltiplas de roupa, e mesmo de óculos escuros, a luz efêmera do céu era o bastante para que ele vacilasse.

No entanto, não havia tempo para ceder à biologia.

Esforçando-se para se desmaterializar até a floresta atrás da casa, pôs-se a rastrear a mulher próximo à escuridão. Foi bem fácil localizá-la. Ela estava batendo em retirada, movendo-se rapidamente sobre aqueles esquis, abrindo caminho por entre os ramos espinhosos dos pinheiros e os carvalhos e bordos esqueléticos. Extrapolando a trajetória dela e aplicando a mesma lógica interna que ela demonstrara nas fitas de segurança da manhã anterior, ele logo se adiantou, antecipando bem onde ela estaria...

Ah, sim. O Audi preto da galeria. Estacionado ao lado da estrada limpa de neve a cerca de três quilômetros de sua propriedade.

Assail estava recostado contra a porta do motorista e bafejando um cubano quando ela saiu do limite das árvores.

Ela parou de pronto nos rastros duplos por ela criados, os bastões em ângulos abertos.

Ele lhe sorriu ao soprar uma nuvem de fumaça no crepúsculo.

– Belo entardecer para se exercitar. Apreciando a vista... Da minha casa?

A respiração dela estava acelerada devido ao esforço físico, mas não por algum medo que ele pudesse pressentir. Isso o excitava.

– Não sei do que está fal...

Ele interrompeu a mentira.

– Bem, o que posso lhe dizer é que, no momento, sou eu quem está apreciando a vista.

Enquanto seu olhar descia deliberadamente pelas pernas longas e atléticas nas calças justas de esqui, ela o encarou.

– Acho difícil que consiga ver qualquer coisa por trás dessas lentes.

– Meus olhos são muito sensíveis à luz.

Ela franziu o cenho e olhou ao redor.

– Quase não há mais nenhuma luz.

– Há o bastante para eu enxergá-la – ele deu nova baforada. – Gostaria de saber o que eu disse a Benloise ontem à noite?

– Quem?

Ela o aborreceu e ele afiou a voz:

– Um pequeno conselho. Não brinque comigo... isso fará com que morra mais rápido do que qualquer tipo de invasão de domicílio.

Um cálculo impassível fez com que ela estreitasse o olhar.

– Eu não sabia que invasão de propriedade dava pena de morte.

– Comigo, existe uma bela lista de coisas com repercussões letais.

Ele levantou o queixo.

– Ora, ora. Como você é perigoso.

Como se ele fosse um gatinho brincando com um novelo e sibilando.

Assail moveu-se com rapidez, ele bem sabia que os olhos dela seriam incapazes de acompanhá-lo. Num momento, estava a metros de distância; no instante seguinte, estava nas pontas dos seus esquis, prendendo-a no lugar.

A mulher gritou alarmada e tentou recuar, mas, claro, seus pés estavam presos. Para evitar que ela caísse, ele a apanhou pelo braço com a mão que não segurava o charuto.

Agora o sangue dela corria de medo e, quando ele inalou seu cheiro, excitou-se. Puxando-a para a frente, fitou-a, tracejando-lhe o rosto.

– Tome cuidado – disse ele numa voz mansa. – Eu me ofendo com rapidez e meu temperamento não é facilmente aplacado.

Embora ele conseguisse pensar pelo menos numa coisa que ela poderia lhe dar que o acalmaria.

Inclinando-se, ele inspirou profundamente. Deus, adorava o cheiro dela.

Mas aquela não era a hora de se distrair com esse tipo de coisa.

– Eu disse a Benloise que enviasse pessoas à minha casa por sua conta e risco... delas. Estou surpreso que ele não a tenha alertado sobre esses, como podemos dizer, limites bem delimitados de propriedade...

Pelo canto do olho, ele percebeu um movimento sutil no ombro dela. Ela pretendia pegar a arma com a mão direita.

Assail colocou o charuto entre os dentes e segurou o punho delicado. Aplicando pressão e só parando quando a dor se fez perceber na respiração dela, ele a arqueou para trás para que ela notasse completa e inequivocadamente o poder que ele tinha sobre si mesmo e sobre ela. Sobre tudo.

E foi nesse momento que a mulher se excitou.

Fazia muito tempo, talvez tempo demais, desde que Sola desejou um homem.

Não que ela não os considerasse desejáveis via de regra, ou que não tivessem existido ofertas para encontros horizontais com membros do sexo oposto. Nada lhe parecera valer o esforço. E talvez, depois daquele único relacionamento que não dera certo, ela tivesse regressado aos hábitos de sua rígida criação brasileira – o que era irônico, considerando-se o que fazia para sobreviver.

Aquele homem, porém, chamara sua atenção. Verdadeiramente.

O modo como a segurava pelo braço e pelo pulso não era nada educado e, mais do que isso, não havia clemência pelo fato de ela ser mulher; as mãos a apertavam com tanta força a ponto de a dor se encaminhar para o coração, fazendo-o bater forte. Do mesmo modo, o ângulo em que a forçava para trás testava os limites da capacidade de sua coluna se dobrar, e as coxas ardiam.

Excitar-se assim... era uma negligência ignorante para a sua autopreservação. Na verdade, ao fitar aquelas lentes escuras, ela estava bem ciente de que ele poderia matá-la ali mesmo. Torcendo o seu pescoço. Quebrando seus braços só para vê-la gritar antes de sufocá-la na neve. Ou talvez apenas desacordando-a antes de jogá-la no rio.

O sotaque carregado de sua avó subitamente veio-lhe à mente: *Por que não pode conhecer um bom rapaz? Um rapaz católico de uma família que conhecemos? Marisol, assim você parte o meu coração.*

– Só posso deduzir – a voz sombria sussurrou com um sotaque e uma inflexão que lhes eram desconhecidos – que a mensagem não lhe foi transmitida. Correto? Benloise deixou de lhe passar essa informação... e é por isso que, depois de eu ter expressamente indicado minhas intenções, você ainda assim voltou a espionar a minha casa? Creio que foi isso o que aconteceu, talvez uma mensagem de voz que ainda não tenha sido recebida. Ou uma mensagem de texto, um e--mail. Sim, acredito que o comunicado de Benloise tenha se perdido, não é mesmo?

A pressão nela intensificou-se ainda mais, sugerindo que ele tinha força de sobra, o que era, no mínimo, uma perspectiva assombrosa.

– Não é isso? – rugiu ele.

– Sim – disse ela. – É isso.

– Portanto, posso deduzir que não a encontrarei em seus esquis por aqui. Correto?

Ele a sacudiu novamente, a dor fazendo com que seus olhos revirassem.

– Sim – ela disse num engasgo.

O homem relaxou apenas o suficiente para que ela pudesse respirar um pouco. Depois continuou falando, naquela voz estranhamente sedutora:

– Bem, preciso de uma coisa antes que você vá. Você me dirá o que descobriu sobre mim... Tudo o que descobriu.

Sola franziu o cenho, pensando que aquilo era tolice. Sem dúvida um homem como aquele estaria ciente de qualquer informação que uma terceira pessoa poderia saber a seu respeito.

Então aquilo era um teste.

Visto que ela queria muito rever a avó, Sola disse:

– Não sei seu nome, mas posso imaginar o que faz, e também o que fez.

– E o que seria?

– Acredito que seja a pessoa que esteja matando aqueles interceptadores na cidade para assegurar território e controle.

– Os jornais e os noticiários disseram que se tratavam de suicídios.

Ela apenas prosseguiu, uma vez que não havia motivo para argumentar:

– Sei que mora sozinho, até onde posso saber, e que sua casa possui um tratamento estranho nas janelas. Um tipo de camuflagem para parecer o interior da casa, mas... é outro tipo de coisa. Só não sei o quê.

O rosto acima do dela permaneceu completamente impassível. Calmo. Tranquilo. Como se não a estivesse forçando a ficar no lugar... Ou a ameaçando. O controle era... erótico.

– E? – insistiu ele.

– É só isso.

Ele inalou o charuto nos lábios, a ponta em círculo alaranjado brilhando mais.

– Só vou libertá-la uma vez. Entende?

– Sim.

Ele se moveu com tanta rapidez que ela teve que balançar os braços para readquirir o equilíbrio, os bastões se afundando na neve. Espere, o que ele...

O homem apareceu bem atrás dela, os pés plantados nas laterais dos rastros dos esquis, uma barricada física para o caminho que ela fizera a partir da casa dele. Enquanto o bíceps e o pulso direitos dela ardiam por conta do sangue que voltava a circular nas partes que foram comprimidas, um aviso surgiu na base de sua nuca.

Cai fora daqui, Sola disse a si mesma. *Agora.*

Sem querer arriscar uma nova captura, ela se moveu para frente até a estrada, a parte inferior dos esquis lutando para conseguir avançar na neve gelada e compactada.

Enquanto ela avançava, ele a seguia, caminhando lentamente, inexoravelmente, como um grande felino que estava cercando a presa com a qual estava contente em apenas brincar, por enquanto.

As mãos dela tremiam quando usou as pontas dos esquis para soltar as amarras, e ela teve dificuldade para prender os esquis no rack do carro. O tempo inteiro, ele permaneceu parado no meio da estrada observando-a, a fumaça do charuto subindo pelo ombro em brisas frias que seguiam para o rio.

Entrando no carro, ela travou as portas, deu partida e olhou pelo espelho retrovisor. No brilho da luz do freio, ele parecia inequivocadamente maligno, um homem alto, de cabelos escuros, com o rosto lindo como o de um príncipe, e tão cruel quanto uma lâmina.

Pisando no acelerador, ela saiu do acostamento e se afastou rápido, o sistema de tração das quatro rodas sendo acionado para a tração de que ela precisava.

Ela olhou de relance mais uma vez pelo retrovisor. Ele ainda estava lá...

O pé de Sola mudou para o freio e quase o pressionou.

Ele sumira.

Como se tivesse se dissipado no ar. Num momento estava lá... no seguinte, invisível.

Sacudindo-se, voltou a pressionar o acelerador e fez o sinal da cruz sobre o coração acelerado.

Num pânico absurdo, perguntou-se: mas que diabos era ele?

Capítulo 30

Bem quando as persianas eram suspensas com a chegada da noite, Layla ouviu uma batida à porta e, mesmo antes de o cheiro passar pelas frestas, ela sabia quem tinha vindo vê-la.

Inconscientemente, a mão subiu para o cabelo, e descobriu que estava uma bagunça, todo emaranhado por ter virado e revirado o dia inteiro. Pior, nem se importara em tirar a roupa com que saíra para ir à clínica.

Entretanto, não lhe poderia negar a entrada.

– Entre – disse, sentando-se um pouco mais erguida e ajeitando as cobertas que puxara até o queixo.

Qhuinn estava com suas roupas de combate, o que a levou a deduzir que ele estava escalado para o turno daquela noite – mas talvez não. Ela não conhecia o escalonamento.

Quando seus olhares se cruzaram, ela franziu o cenho.

– Você não está bem.

Ele levou a mão para o curativo na sobrancelha.

– Isto? É apenas um arranhão.

Só que não fora o machucado que chamara sua atenção. Era o olhar vago, as concavidades rígidas nas faces.

Ele parou. Farejou. Empalideceu.

Imediatamente, ela baixou o olhar para as mãos, e mais uma vez as torceu.

– Por favor, feche a porta – pediu.

– O que está acontecendo?

Quando a porta se fechou conforme o seu pedido, ela respirou fundo.

– Fui à clínica de Havers ontem à noite.

– *O quê?*

– Estou sangrando...

– Sangrando? – ele se apressou para a frente, quase derrapando a caminho da cama. – Por que *diabos* não me contou?

Santa Virgem Escriba, seria impossível para ela não se acovardar ante tamanha fúria. Na verdade, ela estava sem forças no momento e impossibilitada de reunir qualquer tipo de autopreservação.

Instantaneamente, Qhuinn recuou em sua raiva, afastando-se e circulando pelo quarto. Quando a fitou novamente, disse bruscamente:

– Sinto muito. Não tive a intenção de gritar... Eu só... eu só estou preocupado com você.

– Eu sinto muito. E eu deveria ter lhe contado, mas você estava fora em combate e eu não quis aborrecê-lo. Eu não sei... francamente, eu não devia estar pensando com clareza. Estava fora de mim.

Qhuinn se sentou ao lado dela, os ombros imensos se curvando enquanto ele cruzava os dedos e apoiava os cotovelos nos joelhos.

– Então, o que está acontecendo?

Tudo o que ela conseguiu fazer foi dar de ombros.

– Bem, como você pode perceber... estou sangrando.

– Quanto?

Ela pensou no que a enfermeira lhe havia dito.

– O suficiente.

– Há quanto tempo?

– Tudo começou há mais ou menos 24 horas. Não quis procurar a doutora Jane porque não tinha certeza de quão confidencial isso seria e também... ela não tem muita experiência com gestações da nossa espécie.

– O que Havers disse?

Foi a vez de ela franzir a testa.

– Ele não quis me dizer.

– Como é que é? – a cabeça de Qhuinn se ergueu.

– Por causa do meu status como Escolhida, ele só falará com o Primale.

– Está de brincadeira?

Ela balançou a cabeça.

– Não. Também não consegui acreditar nisso e sinto dizer que saí de lá em circunstâncias menos que favoráveis. Ele me reduziu a um objeto, como se eu não tivesse a mínima importância... não passasse de um repositório...

– Você sabe que isso não é verdade – Qhuinn segurou sua mão com os olhos descombinados ardendo. – Não para mim. Nunca para mim.

Ela estendeu a mão e o tocou no ombro.

– Eu sei, mas obrigada por dizer isso – ela estremeceu. – Preciso ouvir isso agora. E quanto ao que está acontecendo... comigo... a enfermeira disse que não há nada que ninguém possa fazer para impedir isto.

Qhuinn baixou o olhar para o tapete e ficou assim por um bom tempo.

– Não entendo. Não era para ser assim.

Engolindo a horrível sensação de fracasso, ela se endireitou e afagou as costas dele.

– Sei que você desejava isto tanto quanto eu.

– Você não pode estar abortando. Não é possível.

– Pelo que fiquei sabendo, os dados estatísticos não são tão bons. Não no começo... e não no fim.

– Não, não pode estar certo. Eu... a vi.

Layla limpou a garganta.

– Sonhos nem sempre se tornam realidade, Qhuinn.

Parecia algo muito simplista de se dizer. Igualmente óbvio. Mas magoava em seu cerne.

– Não foi um sonho – disse ele de modo rude. Mas, então, sacudiu-se e voltou a olhar para ela. – Como está se sentindo? Sente dor?

Quando ela não respondeu de imediato, porque não queria mentir para ele a respeito das cólicas, ele se pôs de pé.

– Vou procurar a doutora Jane.

Ela o segurou pela mão, detendo-o.

– Espere. Pense bem. Se estou perdendo... nosso filho... – ela parou para juntar coragem depois de ter verbalizado aquilo. – Não há razão por que contar para alguém. Ninguém precisa ficar sabendo. Podemos simplesmente deixar a natureza... – a voz dela falhou nesse momento, mas ela se forçou a continuar – ... seguir seu curso.

– Ao inferno com isso. Não vou colocar sua vida em risco só para evitar um confronto.

– Isso não interromperá o aborto, Qhuinn.

– Não estou preocupado somente com o aborto – ele apertou-lhe a mão. – Você é importante. Por isso vou procurar a doutora Jane agora mesmo.

Isso mesmo, ao inferno deixar as coisas por debaixo dos panos, Qhuinn pensou ao seguir para a porta.

Ouvira falar de histórias sobre fêmeas com hemorragias durante os abortos, e ainda que não fosse mencionar nada disso com Layla, teria de agir a respeito.

– Qhuinn. Pare – Layla o chamou. – Pense no que está fazendo.

– Eu estou. Claramente – ele não esperou para debater mais aquilo. – Fique onde está.

– Qhuinn...

Ele ainda conseguiu ouvir a voz dela quando fechou a porta e começou a correr, terminando o corredor e descendo as escadas. Com um pouco de sorte, a doutora Jane ainda estaria se demorando na Última Refeição com seu *hellren*; o casal estava à mesa quando ele se levantara para ir ver Layla.

Ao chegar ao átrio, seus tênis Nike guincharam no piso de mosaico quando ele tomou a direção da arcada na entrada da sala de jantar.

Vendo a médica bem onde estivera antes foi um golpe de sorte, e seu primeiro instinto foi chamá-la com um grito. Só não o fez ao perceber a quantidade de Irmãos à mesa, comendo a sobremesa.

Merda. Era fácil para ele dizer que lidaria com as consequências se o que fizeram se tornasse público. Mas, e quanto a Layla? Como uma Escolhida sagrada, ela tinha muito mais a perder do que ele. Phury era uma cara bem legal, por isso a chance de ele lidar bem com aquilo era bem grande. E o resto da sociedade?

Ele já passara pela experiência de ser rejeitado, e não queria o mesmo para ela.

Qhuinn se apressou para onde V. e Jane estavam descontraídos, o Irmão fumando um cigarro feito à mão, a médica espectral sorrindo para o seu parceiro enquanto ele lhe contava uma piada.

No instante em que a boa médica olhou para ele, aprumou-se em seu assento.

Qhuinn se abaixou e sussurrou ao seu ouvido.

Nem meio segundo depois, ela estava de pé.

– Preciso ir, Vishous.

Os olhos de diamante do irmão se elevaram. Aparentemente, apenas um vislumbre do rosto de Qhuinn foi preciso: ele não fez perguntas, apenas assentiu uma vez.

Qhuinn e a médica se apressaram juntos para fora.

Para o infinito crédito da doutora Jane, ela não perdeu tempo querendo saber como aquela gravidez tinha acontecido.

– Há quanto tempo ela está sangrando?

– 24 horas.

– Com que intensidade?

– Não sei.

– Algum outro sintoma? Febre? Enjoo? Dor de cabeça?

– Não sei.

Ela o deteve quando chegaram à grande escadaria.

– Vá até o Buraco. A minha maleta está na bancada ao lado do cesto de maçãs.

– Entendido.

Qhuinn nunca correu tão rápido em toda sua vida. Para fora do vestíbulo. Atravessando o pátio coberto de neve. Digitando o código de acesso para o Buraco. Correndo pelo espaço de V. e de Butch.

Costumeiramente, ele jamais teria entrado sem bater. Inferno, sem um horário marcado previamente. Mas naquela noite, que se foda...

Ah, que bom, a maleta preta estava, de fato, ao lado das Fujis.

Apanhando-a, correu para fora, voando ao lado dos carros estacionados e batendo os pés enquanto aguardava que Fritz atendesse à porta.

Ele quase atropelou o *doggen*.

Ao chegar ao segundo andar, passou acelerado diante do escritório de Wrath e invadiu o quarto que Layla vinha usando. Fechando a porta, arfou até chegar à cama, onde a médica estava sentada bem onde ele esteve antes.

Deus, Layla estava pálida como um lençol. Pensando bem, medo e hemorragia faziam isso com uma fêmea.

A doutora Jane estava no meio de uma frase quando pegou a maleta das mãos dele.

– Acho que devemos começar verificando os seus sinais vitais...

Bum!

Quando o som ensurdecedor atravessou o quarto, o primeiro pensamento de Qhuinn foi se jogar sobre as duas fêmeas para formar um escudo.

Mas não era uma bomba. Era Phury escancarando a porta.

Os olhos amarelos do Irmão reluziam, e não de modo positivo, quando eles passavam de Layla, para a médica e depois para Qhuinn... e refazendo o caminho ao contrário.

– Que diabos está acontecendo aqui? – ele exigiu saber, com as narinas inflando quando captou o mesmo cheiro que Qhuinn havia percebido antes. – Vejo a médica subindo as escadas num rompante. Depois é a vez de Qhuinn com a maleta. E agora... é melhor alguém começar a falar. Neste exato minuto!

Mas ele sabia. Porque estava olhando para Qhuinn.

Qhuinn encarou o Irmão.

– Eu a engravidei...

Ele não teve oportunidade de terminar a frase. Na verdade, mal conseguiu terminar a última palavra.

O Irmão o agarrou e o lançou contra a parede. Enquanto suas costas absorviam o impacto, a mandíbula dele explodiu de dor, o que sugeria que o cara também o socara com exatidão. Então, mãos ásperas o mantiveram fixos com os pés pendurados a quinze centímetros do tapete oriental, bem na hora em que pessoas começavam a se aglomerar na porta.

Ótimo. Uma plateia.

Phury aproximou o rosto do de Qhuinn e expôs as presas.

– *O que* você fez com ela?

Qhuinn deu uma golada de sangue.

– Ela estava no cio. Eu a servi.

– Você não a merece...

– Eu sei.

Phury o empurrou com força mais uma vez.

– Ela é melhor do que...

– Concordo...

Bang!

De novo contra a parede.

– Então que porra que você foi fazer...

O rugido que permeou o quarto foi alto o bastante para estremecer o espelho ao lado da cabeça de Qhuinn, assim como o conjunto de escovas de prata na penteadeira e os cristais nas arandelas ao lado da porta. A princípio, ele pensou que tivesse sido Phury, a não ser, porém, pelo fato de as sobrancelhas do Irmão se abaixarem e o macho olhar por sobre o ombro.

Layla saíra da cama e se aproximava dos dois. Raios! A expressão no olhar dela bastaria para derreter a pintura da porta de um carro: apesar de ela não estar se sentindo bem, as presas estavam expostas, os dedos crispados em forma de garra... e a brisa gélida que a precedeu fez com que a nuca de Qhuinn se eriçasse em alerta.

Aquele rugido nem deveria ter saído de um macho... quanto menos de uma fêmea delicada com status de Escolhida.

De fato, o pior era o tom horrível de sua voz:

– *Solte-o. Agora.*

Ela encarava Phury como se estivesse plenamente preparada para arrancar os braços do Irmão de suas juntas e socá-lo até não poder mais caso ele não a obedecesse. Imediatamente.

E, veja só, de repente, Qhuinn conseguiu respirar direito, e agora seus Nikes tocavam novamente o chão. Num passe de mágica.

Phury levantou as palmas das mãos.

– Layla, eu...

– Não toque nele. Não por causa disso... Estou sendo bem clara? – o peso dela estava equilibrado quase nos dedos dos pés, como se ela fosse avançar na garganta do cara a qualquer segundo. – Ele era o pai do meu filho, e receberá todos os direitos e privilégios dessa posição.

– Layla...

– *Estamos entendidos?*

Phury fez que sim com sua cabeça multicolorida.

– Sim. Mas...

No Antigo Idioma, ela sibilou:

– *Caso algum mal recaia sobre ele, eu irei atrás de ti, e o encontrarei em teu sono. Não me importo onde e com quem repouses tua cabeça, minha vingança se derramará sobre ti até tu te afogares.*

Aquela última palavra foi arrastada até sua última sílaba se perder num rugido.

Silêncio absoluto.

Até a doutora Jane comentar secamente:

– E é *por isso* que dizem que as fêmeas da espécie são mais perigosas que os machos.

– Verdade – alguém aquiesceu no corredor.

Phury levantou as mãos em frustração.

– Só quero o que for melhor para você e não só no papel de amigo preocupado... essa é a porra do meu trabalho. Você atravessa o cio sem contar a ninguém, deita-se com ele – como se Qhuinn fosse bosta de cachorro – e depois não diz a ninguém que está tendo problemas médicos. Será que eu tenho que ficar feliz com isso? Que merda!

Houve algum tipo de conversa entre eles àquela altura, mas Qhuinn não prestou atenção: toda a sua consciência recuara para dentro do cérebro. Caramba, o feliz comentário do Irmão não deveria ter doído tanto. Não era a primeira vez que ele ouvia esse tipo de comentário, ou até mesmo pensara isso a respeito de si mesmo. Mas, por algum motivo, as palavras dispararam uma falha geológica que retumbava bem em seu cerne.

Lembrando-se de que dificilmente seria uma tragédia ter o óbvio evidenciado, ele se desvencilhou do seu espiral de vergonha e olhou ao redor. Sim, todos tinham aparecido diante da porta aberta e, mais uma vez, aquilo que ele preferia que tivesse permanecido como um assunto particular estava acontecendo diante de milhares.

Pelo menos Layla não se importava. Inferno, ela nem parecia ter notado.

E era até engraçado ver todos aqueles lutadores profissionais desejando estar a quilômetros de distância de uma fêmea. Pensando bem, caso quisessem sobreviver no trabalho que exerciam, uma acurada avaliação de riscos era algo que se desenvolvia precocemente e até mesmo Qhuinn, objeto do instinto protetor da Escolhida, não ousaria tocá-la.

– *Eu, neste momento, renuncio ao meu status de Escolhida, e todos os direitos e privilégios inerentes. Eu sou Layla, decaída daqui por diante...*

Phury tentou interrompê-la:

– Escute, você não tem que fazer isso...

– *... e sempre. Estou arruinada perante os olhos tanto da tradição quanto da prática, não mais virgem, concebi um filho, mesmo estando a perdê-lo.*

Qhuinn bateu a parte de trás da cabeça na parede. Maldição.

Phury passou uma mão pelos cabelos.

– Merda.

Quando Layla oscilou em seus pés, todos se projetaram para ela, mas ela empurrou todas as mãos e caminhou sozinha até a cama. Abaixando o corpo devagar, como se tudo lhe doesse, deixou a cabeça pender.

– Minha sorte está lançada e estou preparada para viver com as consequências, quaisquer que sejam elas. Isso é tudo.

Houve um belo tanto de sobrancelhas se erguendo quando a multidão começou a se dispersar, mas ninguém disse um pio. Depois de um instante, o grupo se desfez, embora Phury continuasse ali. Assim como Qhuinn e a médica.

A porta foi fechada.

– Ok, ainda mais depois disso tudo, preciso mesmo verificar seus sinais vitais – disse a doutora Jane, ajudando a fêmea a se recostar contra os travesseiros e a acomodar as cobertas que haviam sido afastadas.

Qhuinn não se moveu enquanto o aparelho de pressão era ajustado no braço magro e uma série de *pufe-pufes* era exalada.

Phury, por sua vez, andou de um lado para o outro, pelo menos até franzir o cenho e pegar o celular.

– É por isso que Havers me telefonou ontem?

Layla concordou.

– Fui lá em busca de ajuda.

– Por que não me procurou? – o Irmão murmurou para si mesmo. – O que Havers disse?

– Não sei por qual motivo não verifiquei a caixa de mensagens. Pensei que não tivesse motivo para fazer isso.

– Ele deixou claro que só lidaria com você.

Ante isso, Phury olhou para Qhuinn, com aquele olhar amarelo se estreitando.

– Vai se vincular a ela?

– Não.

A expressão de Phury voltou a ser gélida.

– Que tipo de macho é você para...

– Ele não me ama – Layla interrompeu. – Tampouco eu o amo.

Quando a cabeça do Primale virou de lado, Layla prosseguiu:

– Queríamos um filho – ela se sentou inclinada para a frente enquanto a médica auscultava o coração por trás. – Nós começamos e terminamos ali.

Dessa vez o Irmão praguejou.

– Não entendo.

– Nós dois somos órfãos de muitas maneiras – disse a Escolhida. – Nós estamos... estávamos... querendo formar a nossa própria família.

Phury expirou fundo e caminhou até a mesa num canto, sentando-se sobre a cadeira frágil.

– Ah, bem. Acho que isso muda um pouco as coisas. Eu pensei que...

– Nada importa – interveio Layla. – As coisas são como são. Ou... eram, como parece ser o caso.

Qhuinn se viu esfregando os olhos sem nenhum motivo em especial. Não que eles estivessem embaçados nem nada assim. Não. Nem um pouco.

Tudo aquilo era só... tão triste. Toda aquela porcaria. Desde o estado de Layla, até a exaustão impotente de Phury, chegando a sua dor imensa no meio do peito, tudo era uma maldita coisa verdadeiramente triste.

Capítulo 31

– É exatamente o que eu estava procurando.

Enquanto Trez falava, caminhava ao redor do espaço amplo e vazio do armazém, com as botas produzindo impactos altos que ecoavam. Atrás dele, sentia facilmente o alívio da corretora parada ao lado da porta.

Negociar com humanos? Era o mesmo que tirar o pirulito de uma criancinha.

– Você poderia transformar este lado da cidade – disse a mulher. – É uma verdadeira oportunidade.

– Verdade – não que o tipo de restaurante e lojas que o seguiriam até ali fossem de classe: seriam algo mais como lojas de piercings e tatuagens, restaurantes baratos, cinemas pornográficos.

Mas ele não tinha nenhum problema com isso. Até mesmo cafetões podiam se orgulhar de seus trabalhos e, francamente, ele tinha certa tendência a acreditar muuuito mais em tatuadores do que em muitos dos assim chamados "cidadãos exemplares".

Trez girou sobre os calcanhares. O espaço era tremendo, quase tão alto quanto largo, com fileiras e fileiras de janelas quadradas, muitas delas com os vidros quebrados recobertos por tábuas de madeira. O teto parecia bom – ou quase isso, o revestimento de latão corrugado mantendo a neve do lado de fora, mas não o frio. O chão era de concreto, mas obviamente havia um piso subterrâneo – em diversos pontos viam-se alçapões, embora nenhum deles pudesse ser aberto com facilidade. A parte elétrica parecia boa; sistema de aquecimento, ventilação e ar-condicionado inexistentes; a hidráulica, uma piada.

Em sua mente, contudo, ele não enxergava o lugar como ele estava. Nada disso. Ele o via transformado, como uma boate nas proporções da Limelight. Naturalmente, o projeto necessitaria de uma imensa injeção de capital e vários meses para concluir os trabalhos; no fim, porém, Caldwell acabaria com um novo lugar quente – e ele teria mais uma fonte de renda.

Todos ganhavam.

– Então, gostaria de fazer uma oferta?

Trez olhou para a mulher. Ela era a senhora Profissional em seu casaco preto e terninho escuro abaixo dos joelhos – noventa por cento de sua pele estava coberta, e não só por estarem em dezembro. Contudo, mesmo abotoada até em cima e cabelo comportado, ela era bela no modo como todas as mulheres lhe eram belas: tinha seios e pele macia, e um lugar para ele brincar no meio das pernas.

E ela gostava dele.

Ele sabia disso pelo modo como ela abaixava o olhar, e também por ela aparentemente não saber o que fazer com as mãos: uma hora estavam nos bolsos do casaco; na outra, mexendo no cabelo, depois ajeitando a camisa de seda dentro da saia...

Ele conseguia pensar em alguns modos para mantê-la ocupada.

Trez sorriu ao se aproximar dela e não parou até invadir-lhe o espaço pessoal.

– Sim. Eu quero.

O duplo sentido foi captado, as faces dela enrubesceram não de frio, mas de excitação.

– Ah. Que bom.

– Onde quer fazer? – ele perguntou de modo arrastado.

– A oferta? – ela pigarreou. – Tudo o que tem que fazer é me dizer o que você... quer e eu... faço isso acontecer.

Ah, ela não era ligada em sexo casual. Que meigo.

– Aqui.

– Como disse? – perguntou ela, finalmente levantando o olhar.

Ele sorriu devagar e de modo contido para não revelar as presas.

– A oferta. Vamos fazer isso aqui?

Os olhos dela se arregalaram.

– Aqui?

– É. Aqui – ele se aproximou com mais um passo, mas não ficou perto o suficiente a ponto de se tocarem. Ele estava satisfeito em seduzi-la, mas ela teria de estar cem por cento segura de estar a fim. – Está pronta?

– Para... fazer... a oferta.

– Isso.

– Está... hum, está frio aqui – disse ela. – Que tal no escritório? É lá que a maioria... das ofertas... é conduzida.

Do nada, a imagem do irmão sentado no sofá em casa, olhando para ele como se ele fosse um maldito problema, atingiu-o em cheio, e quando isso aconteceu, percebeu que fazia sexo com praticamente toda mulher que conhecia desde... caramba, quanto tempo?

Bem, obviamente, se não tinham idade para copular, ele não estaria com elas.

Ou se eram férteis.

O que cortava, digamos, uma dúzia ou duas? Maravilha. Que herói.

Que porra ele estava fazendo? Não queria voltar ao escritório da mulher, primeiro porque não havia tempo suficiente, supondo que quisesse estar na abertura do Iron Mask. Portanto, a única opção era ali mesmo, de pé, com a saia suspensa até a cintura, as pernas ao redor dos seus quadris. Rápido, direto ao ponto; depois cada um seguindo o seu caminho.

Depois de ele dizer o quanto pretendia gastar na compra do armazém, claro.

Mas e aí? Ele não tinha a intenção de transar com ela no fechamento do contrato. Ele raramente repetia, e só se estivesse seriamente atraído ou com muito tesão, o que não acontecia nesse caso.

Pelo amor de Deus, o que exatamente ele tiraria daquilo? Sequer a veria nua. Nem teria muito contato de pele com pele.

A não ser... era essa a questão.

Quando foi a última vez em que esteve de fato com uma fêmea? Do jeito certo? Como num jantar fino, um pouco de música, uns amassos que conduziam até o quarto... depois um monte de ações longas e demoradas que levavam a alguns orgasmos...

E nenhuma sensação de pânico asfixiante quando tudo chegava ao fim.

– Você estava para dizer alguma coisa? – a mulher o instigou a falar.

iAm estava certo. Ele não precisava estar fazendo aquele tipo de merda. Inferno, nem mesmo estava atraído pela corretora. Ela estava parada diante dele, disponível, e aquela aliança no dedo era indício de que ela não causaria muitos problemas depois que terminassem, porque tinha algo a perder.

Trez recuou um passo.

– Escute, eu... – quando o celular tocou em seu bolso, ele pensou que tinha sido em boa hora. Viu quem era: iAm. – Com licença, preciso atender esta ligação. Ei, o que está fazendo, irmãozinho?

A resposta de iAm saiu suave, como se tivesse abaixado a voz:

– Temos companhia.

O corpo de Trez ficou tenso.

– De que tipo e onde?

– Estou em casa.

Ah, merda.

– Quem é?

– Não é a sua noiva, relaxe. É AnsLai.

O sumo sacerdote. Fantástico.

– Bem, estou ocupado.

– Ele não veio aqui para me ver.

– Então é melhor ele voltar de onde veio porque estou ocupado – quando não houve resposta do outro lado, tudo o que restava fazer era se chutar no traseiro. – Escute aqui, o que quer que eu faça?

– Pare de fugir e cuide disto.

– Não há do que cuidar. Falo com você mais tarde, ok?

Esperou por uma resposta. Em vez disso, a linha ficou muda. Pensando bem, quando você espera que seu irmão limpe suas bostas, o cara não deve ficar com muita vontade de se despedir longamente.

Trez desligou e olhou para a corretora. Com um sorriso amplo, ele se aproximou e baixou a cabeça para fitá-la. O batom era coral demais para a tez dela, mas ele não se importava.

Aquela coisa não continuaria na boca dela por muito tempo.

– Deixe-me mostrar como posso aquecer isto aqui – disse com um sorriso langoroso.

De volta à mansão da Irmandade, no quarto de Layla, um tipo de cessar-fogo fora alcançado pelas partes interessadas.

Phury não estava tentando transformar Qhuinn num gancho de parede. Layla estava sendo avaliada. A porta fora fechada e, com isso, nada do que acontecia ali teria mais do que um quarteto de testemunhas oculares.

Qhuinn só estava esperando que a doutora Jane se pronunciasse.

Quando ela, por fim, tirou o estetoscópio do pescoço, apenas se acomodou. E a expressão em seu rosto não lhe deu esperança alguma.

Ele não entendia. Vira sua filha às portas do Fade: quando fora surrado e largado como morto no acostamento pela Guarda de Honra, subira para só Deus sabe onde, aproximara-se de um portal branco... e lá vira uma fêmea jovem cujos olhos começaram com uma cor, e acabaram azul e verde como os seus.

Se ele não tivesse testemunhado aquilo, provavelmente não teria se deitado com Layla para início de conversa. Mas ele teve tanta certeza de que o destino estava traçado que nunca lhe ocorrera que...

Merda, talvez aquela jovem fosse o resultado de outra comunhão... com outra pessoa no futuro.

Como se algum dia ele fosse se unir a outra pessoa... Jamais.

Não era possível. Não agora que esteve com Blay uma vez.

Nada disso.

Mesmo que ele e seu ex-amigo nunca mais se encontrassem debaixo dos lençóis, ele nunca mais ficaria com ninguém. Quem poderia se comparar? E o celibato era melhor do que a segunda melhor opção, que é o que seria oferecido pelo resto do planeta.

A doutora Jane pigarreou e segurou a mão de Layla.

– A sua pressão sanguínea está um pouco baixa. A sua pulsação está um pouco lenta. Acredito que essas duas coisas possam ser melhoradas com alimentação...

Qhuinn praticamente pulou para perto da cama com o pulso estendido.

– Estou aqui... Pronto. Pode pegar.

A doutora Jane pousou uma mão no braço dele e lhe sorriu.

– Mas não é com isso que estou preocupada.

Ele congelou e, pelo canto do olho, viu que o mesmo aconteceu com Phury.

– Eis a questão – a doutora voltou a olhar para Layla, falando com suavidade e clareza. – Não sei muito sobre gestações vampíricas, portanto, por mais que eu deteste dizer isso, você precisa voltar à clínica de Havers – ela levantou a mão, como se já esperasse discussões de todos os lados. – Isto se trata dela e do filho dela, temos que levá-los para alguém que possa tratá-la adequadamente, mesmo se, em outras circunstâncias, nenhum de nós batesse à porta do cara. E, Phury – ela encarou o Irmão –, você tem que ir com ela e com Qhuinn. A sua presença lá só facilitará as coisas para todos.

Muitos lábios apertados depois disso.

– Ela tem razão – concordou Qhuinn por fim. E depois se voltou para o Primale. – E você tem que dizer que é o pai. Ela obterá mais respeito assim. Comigo? Ele pode muito bem se recusar a tratá-la... se ela for decaída e tiver transado com um defeituoso? Pode nos mandar dar meia-volta.

Phury abriu a boca. Fechou-a.

Não havia muito mais a ser dito.

Enquanto Phury pegava o telefone e ligava para a clínica para informar que estavam indo para lá, o tom de voz dele sugeria que estava pronto para incendiar o lugar se Havers e sua equipe dessem mancada.

Com isso resolvido, Qhuinn se aproximou de Layla.

Num tom baixo, disse:

– Desta vez vai ser diferente. Ele vai fazer isso acontecer. Não se preocupe, você será tratada como uma rainha.

Os olhos de Layla se arregalaram, mas ela se controlou.

– Sim. Tudo bem.

Resultado? O Irmão não era o único prestes a acabar com tudo. Se Havers provocasse qualquer tipo de desgosto à la *glymera* em Layla,

Qhuinn acabaria com o ego do cara a tapa. Layla não merecia esse tipo de tratamento – nem mesmo por escolher um rejeitado como ele para se acasalar.

Cacete. Talvez fosse melhor ela abortar. Ele queria mesmo condenar uma criança ao seu DNA?

– Você também vem? – ela lhe perguntou, como se não estivesse acompanhando.

– Sim. Vou estar lá.

Quando Phury desligou, olhou de um para outro, os olhos amarelos se estreitando.

– Ok, eles vão nos receber no segundo em que chegarmos. Vou fazer Fritz ligar a Mercedes, mas eu dirijo.

– Desculpe – disse Layla ao encarar o grande macho. – Sei que decepcionei as Escolhidas e você, mas foi você quem nos disse para vir para este lado e... viver.

Phury apoiou as mãos nos quadris e exalou fundo. Ao balançar a cabeça, ficou claro que ele não teria escolhido nada daquilo para ela.

– Sim, eu disse isso. Eu fiz isso.

CAPÍTULO 32

Ah, grande poder desgovernado, pensou Xcor ao olhar para seus soldados, cada um deles armado e pronto para uma noite de luta. Depois de 24 horas de recuperação após a alimentação grupal, eles estavam loucos para sair e encontrar os inimigos – e ele estava pronto para libertá-los daquele porão de armazém.

Só havia um problema: alguém estava andando no andar de cima.

Como demonstração, passos pesados atravessaram o alçapão de madeira sobre sua cabeça.

Pela última meia hora, eles acompanharam o progresso dos visitantes inesperados. Um era pesado, uma forma masculina. O outro era mais leve, de uma variedade feminina. No entanto, não havia como perceber seus cheiros; o porão era hermeticamente fechado.

Muito provavelmente, eram apenas humanos de passagem, ainda que ele não pudesse adivinhar o motivo para alguém que não fosse sem teto perder tempo numa estrutura tão decrépita numa noite fria. Quem quer que fossem, quaisquer as razões que os levaram até ali, contudo, ele não teria problemas para defender seu território, mesmo sendo aquele.

Mas não fazia mal esperar. Se ele podia evitar massacrar aqueles humanos? Isso significava que ele e seus soldados continuariam a usar aquele espaço sem serem incomodados.

Ninguém disse nada enquanto as passadas continuavam.

Vozes se misturavam. Grave e aguda. Em seguida, um telefone tocou.

Xcor acompanhou o toque e a conversa que se seguiu, caminhando em silêncio até o outro alçapão, lugar em que a pessoa escolheu parar. Imóvel, prestou atenção e captou metade de uma conversa nada interessante que não lhe revelou nenhuma das identidades dos envolvidos.

Não muito depois, o som inconfundível de sexo se fez claro.

Enquanto Zypher ria baixinho, Xcor encarou o bastardo para calá-lo. Mesmo cada um dos alçapões estando fechado pelo lado de baixo, ninguém sabia que tipo de problema aqueles ratos sem rabo podiam causar em qualquer situação.

Consultou o relógio. Esperou que os gemidos parassem. Gesticulou para que os soldados ficassem quietos quando eles pararam.

Movendo-se em silêncio, ele seguiu para o alçapão no canto extremo do armazém, aquele que se abria no que deveria ser um escritório de supervisor. Destrancando-o, segurou uma pistola, desmaterializou-se e inalou.

Não era humano.

Bem, um esteve ali, mas o outro... era algo diferente.

Do outro lado, a porta externa foi fechada e trancada.

Em sua forma fantasmagórica, Xcor atravessou o armazém e apoiou as costas na parede de tijolos, e olhou para fora de um dos vidros empoeirados.

Um par de faróis se acendeu na frente, no estacionamento.

Desmaterializando-se do lado de fora da janela, subiu até o telhado do armazém do lado oposto da rua.

Ora, ora, se aquilo não era interessante.

Havia um Sombra ali embaixo, sentando atrás do volante do BMW com a janela do motorista abaixada até a metade e uma fêmea humana se inclinando sobre o SUV.

Era a segunda vez que se deparava com um em Caldwell.

Eles eram perigosos.

Pegando o celular, ligou para o número de Throe após encontrar a foto do macho na lista de contatos, e ordenou que os soldados saíssem e lutassem. Ele lidaria sozinho com aquela situação.

Lá embaixo, o Sombra esticou a mão, puxou a mulher pela nuca e a beijou. Depois deu marcha à ré no carro e saiu sem olhar para trás.

Xcor mudou de posição para acompanhar o macho, transitando de telhado em telhado, conforme o Sombra seguia na direção do bairro das boates nas ruas que corriam em paralelo ao rio...

A princípio, a sensação em seu corpo sugeria uma mudança na direção do vento, os açoites gélidos atingindo-o por trás, em vez de golpeá-lo no rosto. Mas logo pensou... não, era algo puramente interno. As ondas que sentia sob a pele...

Sua Escolhida estava por perto.

Sua Escolhida.

Abandonando imediatamente o rastro do Sombra, ele seguiu para perto do rio Hudson. Onde ela estava...

Num carro. Estava se movendo num carro.

Pelo que seus instintos lhe diziam, ela estava se movendo em alta velocidade que, ainda assim, era rastreável. Portanto, a única explicação era que ela estava na Northway, seguindo de noventa a cento e vinte quilômetros por hora.

Recuando na direção da fileira de armazéns, ele se concentrou no sinal que estava captando. Como fazia meses desde que se alimentara dela, sentiu pânico ao perceber que a conexão criada pelo sangue dela em suas veias estava perdendo intensidade, a ponto de ele ter dificuldade para localizar o veículo.

Mas, em seguida, captou um sedã luxuoso graças ao fato de ele ter freado na saída que convergia o tráfego para as pontes. Desmaterializando-se nas vigas, plantou as botas de combate no pináculo de um dos esteios de metal e esperou que ela passasse debaixo dele.

Pouco depois de fazê-lo, ela seguiu em frente, indo para o outro lado da cidade, oposta à margem do rio.

Ele continuou com ela, mantendo uma distância segura, embora se perguntasse a quem tentava enganar. Se ele pressentia sua fêmea?

O mesmo acontecia com ela.

Porém, ele não abandonaria seu rastro.

Enquanto Qhuinn estava no assento de passageiro do Mercedes, sua Heckler e Koch calibre .45 era mantida discretamente sobre a coxa, os olhos movimentando-se incessantemente do espelho retrovisor para a janela lateral e o para-brisa. Ao lado dele, Phury estava na direção, as mãos do Irmão num perfeito dez para as duas tão apertado que mais parecia que ele estava estrangulando alguém.

Caramba, havia coisas demais acontecendo ao mesmo tempo.

Layla e a criança. Aquele acidente com o Cessna. O que ele fizera ao primo na noite anterior. E também... bem, havia aquela situação com Blay.

Ah, bom Deus... a situação com Blay.

Enquanto Phury pegava a saída que os levaria às pontes, a mente de Qhuinn ia da preocupação com Layla às lembranças das imagens, dos sons... e dos sabores das horas diurnas.

Intelectualmente, ele sabia que o que acontecera entre eles não fora um sonho. E seu corpo se lembrava muito bem disso, como se o sexo tivesse sido um tipo de marcação a ferro em sua pele que o mudara para o resto da vida. E, mesmo assim, enquanto tentava lidar com o drama mais recente, a sessão breve demais parecia pré-histórica, e não ocorrera há nem 24 horas atrás.

Ele temia que se tratasse de uma sessão única.

Nunca mais me toque assim.

Gemendo, ele esfregou a testa.

– Não são os seus olhos – disse Phury.

– O que disse?

Phury olhou de relance para o banco de trás.

– Ei, como estão as coisas? – perguntou às fêmeas. Quando Layla e a doutora Jane responderam numa afirmativa breve, ele assentiu com a cabeça. – Escutem, vou fechar a divisória por um segundo, está bem? Está tudo bem por aqui.

O Irmão não lhes deu a chance de responder de um ou outro modo, e Qhuinn se retesou no banco enquanto a divisória opaca subia, partindo o sedã em duas partes. Não fugiria de nenhum tipo de confronto, mas isso não significava que ele estava ansioso pelo segundo round, e se Phury estava isolando as duas, aquilo não seria nada bonito.

– Seus olhos não são o problema – disse o Irmão.

– Não entendi.

Phury olhou para ele.

– O fato de eu estar irritado sobre tudo isso não tem nada a ver com nenhum defeito. Layla está apaixonada por você...

– Não, não está não.

– Vê, você está me irritando muito agora.

– Pergunte a ela.

– Enquanto está sofrendo um aborto? – replicou o Irmão. – É, é isso mesmo o que vou fazer.

Enquanto Qhuinn se retraía, Phury continuou:

– Sabe, esse é o seu negócio. Você gosta de viver no limite e ser desvairado... Eu, honestamente, acredito que isso o ajuda a lidar com as idiotices que sua família o fez passar. Se você destruir tudo? Nada pode afetá-lo. E acredite ou não, não tenho problema algum com isso. Você faz o que tem que fazer e sobrevive às noites e aos dias do melhor modo que pode. Mas assim que você parte o coração de uma inocente, ainda mais se ela está sob a minha proteção? É nessa hora que você e eu temos um problema.

Qhuinn olhou pela janela. Antes de tudo, parabéns ao cara ali do lado. A ideia de que havia um preconceito contra Qhuinn baseado em seu caráter em vez de uma mutação genética sobre a qual não tivera nenhum poder decisório era uma mudança refrescante. E, ei, não que ele não concordasse com o cara, pelo menos até um ano atrás. Antes disso? Inferno, ele esteve descontrolado em muitos níveis. Mas as coisas mudaram. Ele mudara.

Evidentemente, Blay se tornar indisponível fora o tipo de chute no saco de que ele precisava para finalmente crescer.

– Não sou mais assim – disse ele.

– Então, está preparado para se vincular a ela? – quando ele não respondeu, Phury deu de ombros. – E lá vai você de novo. Conclusão: sou responsável por ela, legal e moralmente. Posso não estar agindo como um Primale em alguns aspectos, mas o restante das funções desse cargo eu levo muito a sério. A ideia de que você a meteu nessa confusão me deixa enjoado, e eu acho muito difícil de acreditar que ela não tenha feito isso para agradá-lo... Você disse que os dois queriam um filho? Tem certeza de que não era só você, e ela só fez isso para deixá-lo feliz? Isso se parece muito com o feitio dela.

Tudo aquilo foi apresentado de maneira retórica. E não cabia a Qhuinn criticar a lógica, mesmo que ela estivesse errada. Mas, enquanto ele passava os dedos pelos cabelos, o fato de que fora Layla a procurá-lo era algo que ele manteria só para si. Se Phury queria pensar que a culpa era só sua, tudo bem, ele aguentaria o tranco. Qualquer coisa para tirar a pressão e as atenções de cima de Layla.

Phury olhou por entre os bancos.

– Isso não está certo, Qhuinn. Não é isso o que machos de verdade fazem. E olhe só a situação em que ela está. Você causou isso a ela. Você a colocou no banco de trás deste carro, e isso é errado.

Qhuinn apertou os olhos. Bem, como se isso não fosse martelá-lo na cabeça pelos próximos cem anos. Mais ou menos.

Enquanto eles seguiam pela ponte e deixavam as luzes piscantes do centro da cidade para trás, ele manteve a boca fechada, e Phury também se calou.

Mas, pensando bem, o Irmão já dissera tudo o que havia para ser dito, não?

Capítulo 33

Assail acabou perseguindo sua presa atrás do volante do seu Range Rover. Muito mais confortável assim, e a localização da mulher já não era mais um problema: enquanto estivera esperando ao lado do Audi que ela saísse de sua propriedade, colocara um equipamento de rastreamento na parte inferior do espelho retrovisor lateral.

Seu iPhone cuidou do resto.

Depois de ela ter deixado abruptamente seu bairro – após a proposital desmaterialização ante suas vistas só para desestabilizá-la ainda mais –, ela atravessou o rio e deu a volta para a parte de trás da cidade, onde as casas eram pequenas, próximas umas das outras e delimitadas por cercas de alumínio.

Enquanto a perseguia, mantendo pelo menos dois quarteirões de distância entre os veículos, observou as luzinhas coloridas no bairro, milhares de fios de pisca-pisca entre os arbustos, pendurados nos telhados e emoldurando janelas e portas. Mas aquilo não era nem metade da história. Cenários de manjedouras colocados em destaque em diminutos jardins eram iluminados, e também havia os bonecos de neve falsos com cachecóis vermelhos e calças azuis que brilhavam por dentro.

Em contraste com a decoração sazonal, ele estava disposto a apostar que as estátuas da Virgem Maria eram permanentes.

Quando o carro parou e estacionou, ele se aproximou, parando quatro casas adiante e desligando as luzes. Ela não saiu imediatamente do carro, e quando o fez, não vestia a parca e as calças de esqui nas quais o espionara. Em vez disso, mudara para um suéter vermelho e um par de jeans.

E soltara o cabelo.

O volume escuro e pesado ultrapassava os ombros, curvando-se nas pontas.

Ele grunhiu na escuridão.

Com passadas rápidas e certeiras, ela ultrapassou os quatro degraus de concreto que levavam à entrada modesta da casa. Abrindo a porta de tela numa moldura de metal, ela a segurou com o quadril enquanto destrancava a porta com a chave, para depois entrar e trancar pelo lado de dentro.

Quando as luzes se acenderam no andar de baixo, ele observou a silhueta dela avançar pelo cômodo da frente, as cortinas finas lhe possibilitando apenas uma ideia da movimentação dela, e não uma visão desobstruída.

Ele pensou em suas próprias persianas. Demorou um tempo para que aperfeiçoasse aquela invenção, e a casa às margens do rio Hudson fora um teste perfeito. As barreiras funcionavam melhor do que ele antecipara.

Ela, porém, era esperta o bastante para notar alguma anormalidade, e ele se perguntou o que as teriam denunciado.

No segundo andar, uma luz se acendeu, como se alguém que estivesse descansando tivesse despertado com a chegada dela.

As presas dele pulsaram. A ideia de que algum homem humano estivesse à espera dela em seu quarto conjugal fez com que ele quisesse estabelecer sua dominância, mesmo que isso não fizesse sentido. Ele a seguira para o seu próprio bem, e nada mais.

Absolutamente nada mais.

Bem quando a mão segurou a maçaneta da porta, seu telefone tocou. Na hora certa.

Quando ele viu quem era, franziu o cenho e levou o celular ao ouvido.

– Duas ligações em tão pouco tempo. A que devo essa honra?

Rehvenge não pareceu estar se divertindo.

– Não retornou a minha ligação.

– Eu deveria?

– Cuidado, garoto.

Os olhos de Assail continuaram atentos à casinha. Ele estava curiosamente desesperado para saber quem estava lá dentro. Estaria ela subindo, despindo-se pelo caminho?

Exatamente de quem ela escondia suas espreitas? E ela de fato as escondia – senão, por que outro motivo trocar de roupa?

– Alô?

– Aprecio o gentil convite – ele se ouviu dizer.

– Não foi um convite. Você é um maldito membro do Conselho agora que está vivendo no Novo Mundo.

– Não.

– Como é que é?

Assail relembrou o encontro na casa de Elan no começo do inverno, aquele sobre o qual Rehvenge nada sabia, aquele no qual o Bando de Bastardos apareceu para forçar a barra. Também pensou no atentado a Wrath, à vida do Rei Cego... na *sua* própria propriedade, pelo amor de Deus.

Drama demais para o seu gosto.

Com calma ensaiada, ele se lançou no mesmo discurso que fizera à facção de Xcor:

– Sou um homem de negócios por predileção e propósito. Embora respeite tanto o reinado atual quanto o poder de base do Conselho, não posso desviar nem energia nem tempo das minhas empreitadas vigentes. Nem agora, nem no futuro.

Houve um momento prolongado de silêncio. E depois aquela voz profunda e maligna se fez ouvir do outro lado:

– Ouvi falar dos seus negócios.

– Verdade?

– Eu mesmo estive envolvido com isso há alguns anos.

– Foi o que eu soube.

– Consegui fazer as duas coisas.

Assail sorriu na escuridão.

– Talvez eu não seja tão talentoso quanto você.

– Vou deixar isto perfeitamente claro. Se você não aparecer nessa reunião, deduzirei que você está jogando no time errado.

– Com essa declaração, você reconhece que existem dois e que eles se opõem.

– Entenda como quiser. Mas se não estiver comigo e com o Rei, você é inimigo meu e dele.

E foi exatamente isso o que Xcor lhe dissera. Pensando bem, havia alguma outra posição naquela guerra crescente?

– O Rei foi alvejado na sua casa, Assail.

– Pelo que me lembro – disse ele secamente.

– Pensei que você talvez quisesse dizimar qualquer ideia quanto ao seu envolvimento.

– Já o fiz. Naquela mesma noite disse aos Irmãos que eu não tinha nada a ver com aquilo. Eu lhes dei o veículo com que escaparam com o Rei. Por que eu faria tal coisa se fosse um traidor?

– Para livrar seu rabo.

– Sou muito eficiente nisso sem o benefício de conversações, eu lhe garanto.

– Então, como anda a sua agenda?

A luz no segundo andar se apagou, e ele teve que imaginar o que a mulher fazia no escuro... E com quem.

Por vontade própria, suas presas se expuseram.

– Assail. Você está seriamente me aborrecendo com essa merda de comportamento.

Assail ligou o motor do Range Rover. Não estava disposto a ficar esperando no meio-fio enquanto o que quer que estivesse acontecendo ali dentro... acontecia. Obviamente, ela se recolhera e ficaria ali. Além disso, seu telefone o alertaria caso o carro dela voltasse a se movimentar.

Enquanto ele tomava a rua e acelerava, falou com clareza:

– Neste instante, estou me demitindo da minha posição no Conselho. A minha neutralidade nessa disputa pela coroa não será questionada por nenhum dos lados...

– E você sabe quem são os jogadores, não?

– Deixarei isto o mais claro possível: não tomo partido, Rehvenge. Não sei de que outro modo deixar isso ainda mais claro… e não serei arrastado para essa guerra por você, nem pelo Rei nem por ninguém mais. Não tente me forçar, e saiba que a neutralidade que lhe apresento agora é a mesma que apresentei a eles.

Desse mesmo modo, prometera a Elan e a Xcor não revelar suas identidades, e manteria sua palavra – não por acreditar que o grupo seria capaz de retribuir o favor, mas pelo simples fato de que, dependendo de quem vencesse, um confidente de qualquer lado seria visto como espião a ser erradicado ou um herói a ser aclamado. O problema era que não se saberia que lado venceria até aquilo acabar, e ele não estava interessado em apostas.

– Então você foi abordado – declarou Rehv.

– Recebi uma cópia da carta que eles enviaram na primavera passada.

– E esse foi o único contato que teve?

– Sim.

– Está mentindo para mim.

Assail parou num farol.

– Não há nada que possa dizer ou fazer para me arrastar para isso, caro *lídher*.

Com ameaças em excesso, o macho do outro lado rosnou.

– Não conte com isso, Assail.

Dito isso, Rehvenge desligou.

Praguejando, Assail jogou o telefone no banco do passageiro. Depois, cerrou os dois punhos e os bateu com força no volante.

Se existia uma coisa que ele não tolerava era ser sugado para o olho do furacão das brigas dos outros. Pouco se importava com quem sentava no trono, ou com quem era encarregado da *glymera*. Ele só queria ser deixado em paz para ganhar dinheiro à custa dos ratos sem rabo.

Isso era tão difícil de entender?

Quando a luz ficou verde, ele afundou o pé no acelerador, mesmo sem ter nenhum destino específico em mente. Apenas dirigiu a esmo… e cerca de quinze minutos mais tarde descobriu-se sobre o rio em uma das pontes.

Ah, então seu Range Rover decidira levá-lo de volta para casa.

Ao emergir na margem oposta, seu telefone emitiu um alerta, que ele quase ignorou. Mas os gêmeos tinham saído para cuidar do último carregamento de Benloise, e ele queria saber se os intermediários tinham aparecido com suas cotas no fim das contas.

Não era uma chamada, ou uma mensagem de texto.

Era o Audi preto se movendo mais uma vez.

Assail pisou no freio, cortou na frente de um carro que buzinou como se o xingasse, subiu e atravessou o canteiro central coberto de neve.

E praticamente voou pela ponte que o levava de volta.

Em sua posição vantajosa em uma relativa periferia distante, Xcor precisava de binóculos para ver adequadamente a sua Escolhida.

O carro em que ela vinha andando, o enorme sedã preto, continuara em frente depois da ponte, seguindo por oito ou nove quilômetros antes de sair por uma estradinha rural que levava para o norte. Depois de mais alguns quilômetros, e sem nenhum aviso, virou numa estrada de terra que era estrangulada nas duas laterais por plantações perenes. Por fim, parou ante uma construção baixa de concreto que não dava indícios de ter nem janelas nem uma porta.

Ele ajustou o foco quando dois machos saíram pela frente. Reconheceu um instantaneamente, o cabelo o denunciava: Phury, filho de Ahgony, que, de acordo com a boataria, tornara-se o Primale das Escolhidas.

O coração de Xcor começou a bater forte.

Especialmente quando reconheceu a segunda figura: era o lutador de olhos descombinados contra quem pelejara na casa de Assail quando o Rei fora levado embora às pressas.

Os dois machos sacaram as pistolas e perscrutaram as imediações.

Como Xcor estava a favor do vento e parecia não haver ninguém mais por perto, ele deduziu que havia uma grande probabilidade, a não ser que sua Escolhida revelasse a posição dele, que aquele par procedesse com o que quer que tivesse planejado para a fêmea.

De fato, era como se ela estivesse sendo levada para uma prisão.

Só. Por. Cima. Do. Seu. Cadáver.

Ela era um inocente naquela guerra, utilizada com propósitos nefastos sem que isso tivesse sido culpa sua; mas, obviamente, ela seria executada ou trancafiada numa cela na qual passaria o resto de sua vida na Terra.

Ou não.

Ele segurou as pistolas.

Aquela era uma boa noite para cuidar daquele assunto. De fato, era a sua chance de tê-la para si, de salvá-la de qualquer punição que lhe impingiram por ter, sem saber, ajudado e revigorado o inimigo. E talvez as circunstâncias quanto à sua condenação injusta a deixassem favoravelmente disposta em relação ao seu inimigo e salvador.

Ele fechou os olhos brevemente ao imaginá-la em sua cama.

Quando Xcor voltou a abri-los, Phury abria a porta traseira do sedã e colocava a mão para dentro. Quando o Irmão se endireitou, a Escolhida era retirada do veículo... e levada pelos dois cotovelos, os lutadores segurando-a de cada lado enquanto a conduziam para a construção.

Xcor se preparou para se aproximar. Depois de tanto tempo, uma vida inteira, mais uma vez ele a tinha próxima de si e não desperdiçaria a oportunidade que o destino lhe propiciava, não agora, não quando a vida dela tão obviamente pendia na balança. E ele levaria a melhor naquilo; a ameaça a ela fortalecia seu corpo a um nível inimaginável de poder, a mente se aguçava a ponto de avaliar todas as possibilidades de ataque e continuar absolutamente calmo.

De fato, havia apenas dois machos a guardá-la e, com eles, uma fêmea que não só parecia não estar armada, como também não avaliava seus arredores como se fosse treinada para tal ou inclinada para o conflito.

Ele estava mais do que preparado para acabar com os captores de sua fêmea.

Bem quando ele se preparava para avançar, o cheiro da Escolhida o atingiu na brisa fria, aquele perfume tentador exclusivo fazendo-o oscilar dentro de suas botas de combate...

Imediatamente, ele reconheceu uma mudança nele.

Sangue.

Ela estava sangrando. E havia mais alguma coisa...

Sem pensamento consciente, seu corpo se moveu para mais perto, sua forma restabelecendo o peso corpóreo, suspendendo-se a meros três metros, atrás de uma construção destacada do prédio principal.

Ele percebeu que ela não era uma prisioneira sendo levada para uma cela ou para a execução.

A sua Escolhida tinha dificuldade para andar. E aqueles guerreiros a amparavam com cuidado; mesmo com as armas expostas e os olhos vasculhando qualquer sinal de ataque, eles eram gentis com ela como seriam com a mais frágil das flores em botão.

Ela não estava sendo maltratada. Não tinha hematomas nem ferimentos. Enquanto o trio avançava, ela olhou para um macho, depois para o outro, e disse algo como que tentando assegurá-los, pois, na verdade, não era raiva que contraía as sobrancelhas daqueles guerreiros.

Era, na realidade, o mesmo terror que ele sentiu quando farejou o sangue dela.

O coração de Xcor bateu ainda mais forte em seu peito, a mente tentando compreender tudo aquilo.

E então, ele se lembrou de algo do seu passado.

Depois do seu nascimento, sua *mahmen* o repelira e ele fora deixado no orfanato no Antigo País para o que quer que o destino lhe reservasse. Ali, permanecera entre os raros indesejados, cuja maioria possuía deformidades físicas como a sua, por quase uma década... tempo suficiente para forjar lembranças permanentes sobre aquilo que transpirava no lugar triste e solitário.

Tempo suficiente para ele entender o que significava quando uma fêmea sozinha aparecia nos portões, era-lhe concedida a entrada, e depois berrava por horas, às vezes dias... antes de dar à luz, na maioria dos casos, a crianças mortas. Ou abortadas.

O cheiro do sangue naquela época era bem específico. E o cheiro levado pelo vento frio desta noite era o mesmo.

Uma gestação era o que invadia seu nariz agora.

Pela primeira vez em sua vida, ele se ouviu dizer, em absoluta agonia:

– Santa Virgem do Fade...

Capítulo 34

A ideia de que os membros do s'Hisbe estivessem no código postal de Caldwell fez com que Trez pensasse em fazer as malas com tudo o que possuía, buscar o irmão e sair em férias permanentes dali.

Enquanto dirigia do armazém para o Iron Mask, a cabeça estava tão confusa que ele tinha de pensar conscientemente em quais esquinas virar, e frear nas placas de pare, e onde deveria estacionar quando chegasse à boate. E depois, quando desligou o motor do X5, apenas continuou sentado atrás do volante, encarando a parede de tijolos do seu prédio por... sei lá, um ano.

Uma tremenda metáfora, todo o "ir a nenhum lugar" bem na sua frente.

Não que não soubesse o quanto decepcionava as pessoas. A questão? Pouco se importava. *Não* voltaria para os costumes antigos. A vida que agora levava era sua, e ele se recusava a permitir que uma promessa feita na época do seu nascimento o encarcerasse na vida adulta.

Aquilo não aconteceria.

Desde que Rehvenge realizara a boa ação do século e salvara tanto o seu traseiro quanto o do seu irmão, as coisas mudaram para Trez. Ele e iAm receberam ordens para se aliarem aos *sympatho* do lado de fora do Território a fim de saldarem a dívida, e esse "pagamento forçado" fora o bilhete deles para a liberdade, a saída que eles vinham procurando. E ainda que ele lamentasse arrastar iAm para aquele drama, o resultado final foi que seu irmão teve que vir com ele, e essa era apenas mais uma parte da solução perfeita que vivia atualmente. Abandonar o s'Hisbe e vir para o mundo exterior fora uma revelação, a primeira e deliciosa amostra de liberdade. Não havia protocolo, nenhuma regra, ninguém bafejando em seu cangote.

A ironia? Aquilo deveria ter sido um tapinha na bunda por ousar ter saído do Território e se misturar com os Desconhecidos. Um castigo com a intenção de fazê-lo andar na linha.

Rá.

E, desde então, nos recessos de sua mente, ele meio que desejava que a extensão dos seus negócios com os Desconhecidos durante a última década o tivesse contaminado perante os olhos do s'Hisbe, tornando-o inelegível para a "honra" que lhe fora concedida no nascimento. Ou seja, condenando-o a uma liberdade permanente.

O problema era que, se enviaram AnsLai, o sumo sacerdote, obviamente esse objetivo não fora alcançado. A menos que a visita tenha sido para repudiá-lo...

Nesse caso, saberia por meio de iAm. Não?

Trez verificou o celular. Nenhuma mensagem. Nem de voz nem de texto. Estava na casinha do cachorro de novo em relação ao seu irmão, a menos que iAm tivesse resolvido mandar tudo à merda e voltado para casa, para a tribo.

Maldição...

A batida forte à sua janela não fez com que ele simplesmente levantasse a cabeça. Não. Ele também sacou a arma.

Trez franziu a testa. Parado do lado de fora do carro, um macho humano do tamanho de uma casa. O cara tinha um barrigão de cerveja, mas os ombros fortes sugeriam que ele realizava trabalho físico regular, e o maxilar rígido e pesado revelava tanto a sua ancestralidade Cro-Magnon quanto o tipo de arrogância mais comum entre os animais grandes e idiotas.

Com grandes baforadas de touro libertando-se das narinas, ele se inclinou e bateu na janela. Naturalmente, com um punho tão grande quanto uma bola de futebol.

Bem, ficou claro que ele queria um pouco de atenção, e quer saber? Trez estava mais do que disposto em lhe dar.

Sem aviso, ele escancarou a porta, pegando o cara em cheio nas bolas. Enquanto o humano cambaleava para trás agarrando a virilha, Trez se ergueu em toda a sua altura e guardou a arma no cós da calça, fora de vista, mas fácil de apanhar.

Quando o senhor Agressivo se recuperou o bastante para olhar para cima, beeeem para cima, ele pareceu perder um pouco do seu entusiasmo. Pensando bem, Trez devia ter uns quarenta centímetros e pesar uns 45 quilos a mais que o cara. Apesar daquele pneuzão que ele carregava.

– Está procurando por mim? – perguntou Trez, querendo mesmo dizer: tem certeza de que quer fazer isso, grandalhão?

– É. 'Tô.

Ok, então tanto a gramática quanto a avaliação de risco eram problemas para ele. Provavelmente teria dificuldades do mesmo tipo com adições e subtrações com numerais de único dígito.

– Estou – corrigiu Trez.

– Quê?

– Acredito que seja "sim, eu estou", e não "tô".

– Vai à merda. Que tal? – o cara se aproximou. – E fique longe dela.

– Dela? – isso restringia o problema para o que... umas mil pessoas?

– Minha mina. Ela num qué ocê, num precisa ducê, e num vai mais ficá cucê.

– De quem, exatamente, estamos falando? Vou precisar de um nome – e talvez nem isso ajudasse.

À guisa de resposta, o cara avançou. Provavelmente teria sido um soco ferrado, mas o avanço foi lento demais e muito penoso, e a maldita coisa poderia ter sido acompanhada de uma legenda.

Trez segurou o punho com uma mão, espalmando-a como se fosse uma bola de basquete. E depois, com um giro rápido, ficou com o pedaço de bife virado e preso – prova positiva de que pontos de pressão funcionavam, e que o pulso era um deles.

Trez falou bem no ouvido do homem, só para que as regras básicas fossem bem recebidas:

– Faça isso de novo e vou quebrar cada osso da sua mão. De uma vez – enfatizou isso com um puxão que fez o cara gemer. – E depois, vou subir até o braço. Agora, de que porra você está falando?

– Ela 'teve aqui ontem à noite.

– Muitas mulheres estiveram. Consegue ser mais específico...?

– Ele 'tá falando de mim.

Trez ergueu o olhar. Ah... que magnífico.

A garota que deu uma de doida, a sua perseguidora.

– Eu disse que cuidava disso! – ela gritou.

É, o cara parecia mesmo ter o controle da situação. Então, a que tudo levava a crer, os dois tinham ilusões... E talvez isso explicasse o relacionamento deles: ele a considerava uma supermodelo, e ela acreditava que ele tivesse um cérebro.

– Isto é seu? – Trez perguntou à mulher. – Porque, ser for, pode levá-lo para casa com você antes que precise de um balde para limpar a bagunça?

– Eu disse procê não vir aqui – disse a mulher. – Que que 'cê 'tá fazendo aqui?

E mais uma prova de que esses dois eram um casal perfeito.

– Que tal se eu deixar vocês dois resolverem isso? – sugeriu Trez.

– Eu amo ele!

Por um segundo, a resposta não fez sentido. Mas depois, e deixando o sotaque carregado de lado, ele entendeu: a tonta estava falando *dele*.

Enquanto Trez encarava incrédulo a mulher, percebeu que aquela transa em particular tinha saído pela culatra de maneira *gigantesca*.

– Não está, não.

Bem, pelo menos o namorado agora falara corretamente.

– Sim, estou!

Foi nessa hora que tudo foi para a puta que o pariu. O touro se lançou sobre a mulher, quebrando o próprio pulso no processo de se libertar. Depois os dois ficaram cara a cara, berrando obscenidades, os corpos se arqueando para a frente.

Ficou claro que eles tinham prática naquilo.

Trez olhou ao redor. Não havia ninguém no estacionamento, nenhuma alma viva andando na calçada, mas ele não precisava de violência doméstica rolando nos fundos da sua boate. Inevitavelmente, alguém acabaria vendo e chamando a polícia ou, pior, aquela burra acabaria forçando demais a barra do namorado grande e burro, e acabaria levando a pior.

Se ao menos ele tivesse um balde de água ou, quem sabe, uma mangueira de jardim para que os dois se largassem.

– Escutem aqui, vocês dois têm que...

– Eu te amo! – a mulher disse, virando-se para Trez e agarrando o bustiê. – Não entendeu ainda? Eu te amo!

Por conta da camada de suor que a cobria, apesar de a temperatura estar próxima de zero, ficou bem claro que ela tinha usado alguma coisa. Coca ou metanfetamina seria o seu palpite se ele tivesse de adivinhar. Êcstasy normalmente não era associado a esse tipo de agressão.

Perfeito. Mais essa agora.

Trez balançou a cabeça.

– Querida, você não me conhece.

– Conheço sim!

– Não, você não...

– Porra, não fala com ela assim!

O cara atacou Trez, mas a fêmea se colocou na frente, metendo-se diante de um trem acelerado.

Cacete, agora era a hora de ele se meter. Nada de violência contra mulheres na frente dele. *Nunca* – mesmo que fosse dano colateral.

Trez se moveu com tanta rapidez que quase fez o tempo voltar para trás. Tirou sua "protetora" da linha de combate e lançou um soco que pegou o animal disparado bem no meio do queixo.

Causou pouca ou nenhuma impressão. Foi o mesmo que atingir uma vaca com uma pilha de papel.

Trez levou um murro no olho, uma luz pipocou em metade da sua vista, mas foi um golpe de sorte mais do que algo coordenado. A recompensa, contudo, foi tudo isso e muito mais: com rápida coordenação, ele descarregou as juntas dos dedos em sucessão veloz, acertando-o no ventre, transformando o fígado cheio de cirrose do cara num saco de pancada vivo até o filho da puta se dobrar ao meio e pedir arrego.

Trez concluiu o assunto chutando o peso morto gemedor até ele cair no chão.

Então, ele sacou a pistola e enfiou o cano bem na carótida do cara.

– Você tem uma chance de sair daqui – Trez disse calmo. – E é assim que as coisas vão ser. Você vai se levantar e não vai nem olhar nem falar com ela. Você vai embora pela frente da boate e vai entrar numa porra de um táxi e vai para a porra da sua casa.

Diferentemente de Trez, o homem não tinha um sistema cardíaco muito bem desenvolvido e conservado e respirava como um trem de carga. Apesar disso e do jeito como os olhos injetados e marejados o olhavam, ele conseguira focar a visão independentemente da hipoxia, e captara a mensagem.

– Se a agredir de qualquer modo que seja, se ela quebrar sequer uma unha por sua causa, se alguma propriedade dela for danificada de algum modo? – Trez se inclinou, aproximando-se. – Vou abordá-lo por trás. Você nem saberá que estive ali, e não vai sobreviver ao que eu lhe farei. Isso eu *prometo*.

Sim, Sombras tinham maneiras de se livrar dos inimigos e, ainda que ele preferisse carne com pouca gordura, como frango e peixe, não se importava em abrir exceções.

O problema era que tanto em sua vida pessoal quanto na profissional ele vira como a violência doméstica se intensificava. Em muitos casos, algo grande tinha que intervir a fim de romper o ciclo. Veja só? Ele se encaixava nisso.

– Acene com a cabeça se você entendeu meus termos – quando o aceno veio, ele bateu a arma com força contra a nuca gorda. – Agora, olhe em meus olhos e saiba que estou falando a verdade.

Enquanto Trez o encarava, ele inseriu um pensamento direto no córtex cerebral, implantando-o como se fosse um chip instalado entre os lóbulos. O seu disparo seria qualquer tipo de ideia brilhante que tivesse a respeito da mulher; seu efeito seria a absoluta convicção de que a sua própria morte seria inevitável e rápida, caso ele desse seguimento à ideia.

O melhor tipo de terapia cognitiva que existia.

Taxa de sucesso de cem por cento.

Trez deu um pulo e concedeu uma chance de se comportar como um bom garoto ao gorducho. E, claro, o filho da puta se ergueu do chão, sacudiu-se como um cão com as pernas plantadas afastadas e a camisa larga solta.

Quando ele saiu, foi mancando.

E foi nesse instante que as fungadas foram percebidas.

Trez se virou. A mulher tremia no frio, as roupas indiscretas não ofereciam nenhuma barreira para a noite de dezembro, a pele pálida, a exaltação desaparecida... como se o fato de ele colocar o cano da sua .40 na garganta do seu namoradinho tivesse alguma influência.

O rímel escorria pelo rosto enquanto ela testemunhava a partida do seu "Príncipe Encantado".

Trez olhou para o céu e começou seu diálogo interno.

No fim, ele não teria como deixá-la ali sozinha no estacionamento, ainda mais toda trêmula como estava.

– Onde você mora, querida? – até ele percebia a exaustão em sua voz. – Querida?

A mulher olhou para o lado dele e imediatamente a sua expressão mudou.

– Nunca ninguém me defendeu assim antes.

Ok, agora ele pensava em afundar a cabeça na parede de tijolos. E, olha só, havia uma logo ali do lado.

– Deixe-me levá-la para casa. Onde você mora?

Enquanto ela se aproximava, Trez teve que ordenar aos pés que continuassem exatamente onde estavam – pois, claro, ela se enterrou em seu corpo.

– Eu te amo.

Trez cerrou bem os olhos.

– Vamos – disse, desprendendo-se dela e levando-a até o carro. – Você vai ficar bem.

Capítulo 35

Enquanto Layla era levada até a clínica, seu coração batia forte e as pernas tremiam. Felizmente, Phury e Qhuinn não mostravam problema algum em sustentá-la.

Contudo, graças à presença do Primale, sua experiência foi completamente diferente dessa vez. Quando o painel de entrada do edifício deslizou para o lado, uma das enfermeiras estava lá para recebê-los, e eles foram levados imediatamente para uma parte diferente da clínica daquela em que ela esteve na noite anterior.

Enquanto eram levados para a sala de exames, Layla olhou de relance ao redor e hesitou. O que... era aquilo? As paredes eram recobertas por um rosa claro, e as pinturas em molduras douradas estavam penduradas a intervalos regulares. Nenhuma mesa de exames, tal como aquela em que ela se deitou na noite anterior. Ali, havia uma cama forrada por uma manta elegante, recoberta com pilhas de travesseiros fofos. E, além disso, em vez da pia de aço inoxidável e gabinetes brancos sem graça, uma tela pintada escondia um canto inteiro do quarto atrás da qual, ela deduziu, os instrumentos clínicos de Havers eram mantidos.

A menos que o grupo tenha sido conduzido para os aposentos particulares do médico.

– Ele logo virá vê-la – disse a enfermeira, sorrindo para Phury e se curvando. – Posso lhes trazer algo? Café, chá?

– Apenas o médico – o Primale respondeu.

– Imediatamente, Vossa Excelência.

Ela se curvou novamente e se apressou para fora.

– Vamos colocá-la na cama, está bem? – disse Phury ao lado do leito.

Layla balançou a cabeça.

– Tem certeza de que estamos no lugar certo?

– Sim – o Primale se aproximou e a ajudou a atravessar o quarto. – Esta é uma das suítes VIP.

Layla olhou por sobre o ombro. Qhuinn se acomodara no canto oposto à tela. Ele se mantinha absolutamente imóvel, os olhos focados no chão, a respiração estável, as mãos atrás das costas. E mesmo assim não estava à vontade. Não, ele parecia pronto e capaz de matar e, por um momento, uma pontada de medo a perpassou. Jamais teve medo dele antes, mas, pensando bem, ela nunca o vira num estado tão potencialmente agressivo.

Pelo menos a violência represada não parecia direcionada a ela, nem mesmo ao Primale. Certamente não à doutora Jane enquanto a médica se acomodava numa cadeira forrada de seda.

– Vamos – insistiu Phury com gentileza. – Vamos lá.

Layla tentou subir sozinha, mas o colchão estava longe demais do chão e a parte superior do seu corpo estava tão fraca quanto as pernas.

– Eu pego você – Phury atenciosamente passou o braço ao redor das suas costas e atrás das pernas; depois a suspendeu com cuidado. – Lá vamos nós.

Ajeitando-se na cama, ela gemeu ao sentir uma câimbra se agarrar à sua região pélvica. Enquanto todos os olhos no quarto fixavam-se nela, ela tentou esconder a careta com um sorriso. Sem sucesso: embora o sangramento continuasse estável, as ondas de dor se intensificavam, a duração delas era mais longa, e o espaçamento entre elas, menor.

Naquele compasso, logo se transformaria em agonia constante.

– Estou bem...

A batida à porta a interrompeu.

– Posso entrar?

Apenas a voz do doutor Havers já fez com que ela quisesse fugir.

– Ah, Santa Virgem Escriba – disse ao tentar juntar coragem.

– Sim – respondeu sombriamente Phury. – Entre...

O que aconteceu em seguida foi tão rápido e furioso que o único modo de descrever seria com o coloquialismo que aprendera com Qhuinn.

O mundo desabou.

Havers abriu a porta, entrou e Qhuinn atacou o médico, empurrando-o para aquele canto, inclinando-se com a adaga.

Layla gritou alarmada, mas ele não matou o macho.

No entanto, ele fechou a porta com o corpo do macho, ou talvez com a cara dele. E foi difícil saber se o barulho que ressoou foi a porta se encontrando com a soleira ou o impacto do curandeiro sendo lançado contra a madeira. Provavelmente uma combinação de ambos.

A terrível lâmina afiada foi pressionada contra a garganta pálida.

– Adivinha o que vai fazer primeiro, cretino? – Qhuinn rosnou. – Vai se desculpar por tratá-la como se fosse uma maldita incubadora.

Qhuinn o virou com um puxão. Os óculos de Havers estavam quebrados, uma das lentes rachada formando um padrão de teia de aranha, a alça do outro lado esticada num ângulo estranho.

Layla lançou um olhar para Phury. O Primale não parecia particularmente aborrecido: apenas cruzou os braços sobre o peito imenso e se recostou contra a parede ao lado dela, obviamente muito à vontade com aquela encenação. Do outro lado na cadeira, o mesmo acontecia com a doutora Jane, o olhar esverdeado era tranquilo enquanto observava o dramalhão.

– Olhe nos olhos dela – bramiu Qhuinn – e peça desculpas.

Quando o lutador sacudiu o médico como se ele não passasse de uma boneca de pano, algumas palavras amontoadas escaparam do médico.

Caramba. Layla supunha que deveria se portar como uma dama e não gostar daquilo, mas sentiu satisfação ante aquela vingança.

Tristeza também, porque a situação jamais deveria ter chegado àquilo.

– Aceita as desculpas dele? – Qhuinn perguntou num tom maldoso. – Ou prefere que ele rasteje? Eu ficarei muito feliz em transformá-lo num capacho aos seus pés.

– Isso foi o bastante. Obrigada.

– Agora você vai contar a ela – Qhuinn repetiu o chacoalhão, os braços de Havers quase sendo arrancados das juntas, o jaleco branco balançando tal qual uma bandeira – e *somente* a ela, que merda está acontecendo com o corpo dela.

– Preciso do... prontuário...

Qhuinn expôs as presas e as colocou ao lado da orelha de Havers, como se estivesse considerando a ideia de arrancá-la numa mordida.

– Tolice. E se você estiver contando a verdade? O lapso de memória vai causar a sua morte. Agora.

Havers já estava pálido, mas isso fez com que ele ficasse completamente branco.

– Comece a falar, doutor. E se o Primale, que o impressiona pra cacete, fizer a gentileza de me contar caso você desvie o olhar dela, isso seria maravilhoso.

– Com prazer – disse Phury.

– Não estou ouvindo nada, doutor. E não sou um cara muito paciente.

– Você é... – por detrás dos óculos quebrados, os olhos do macho encontraram os dela. – O seu filho...

Ela quase desejou que Qhuinn não forçasse aquele contato. Já era bastante difícil ouvir aquilo sem ter que encarar o médico que a tratara tão mal.

Mas, pensando bem, era Havers quem tinha de olhar para ela, e não o contrário.

Ela encarava os olhos de Qhuinn quando Havers disse:

– Você está sofrendo um aborto.

As coisas ficaram embaçadas dali por diante, portanto, ela deduziu que estivesse chorando. Entretanto, não sentia coisa alguma. Era como se sua alma tivesse sido tragada para fora do seu corpo, tudo o que a animava e conectava ao mundo nunca tivesse existido.

Qhuinn não demonstrou reação alguma. Não piscou. Não mudou de posição, nem balançou a adaga.

– Existe algo que possa ser feito em termos médicos? – questionou a doutora Jane.

Havers foi balançar a cabeça, mas parou quando a ponta afiada da adaga perfurou a pele do seu pescoço. Quando o sangue começou a descer pelo colarinho engomado da camisa social, o vermelho combinou com a gravata borboleta.

– Nada que eu saiba – respondeu o médico com voz rouca. – Não neste mundo, de qualquer forma.

– Diga a ela que ela não teve culpa – exigiu Qhuinn. – Diga a ela que ela não fez nada de errado.

Layla fechou os olhos.

– Presumindo que isso seja verdade...

– Em humanos, esse costuma ser o caso, desde que não tenha havido nenhum trauma – interveio a doutora Jane.

– Diga a ela – disse Qhuinn num estalido, o braço começando a vibrar bem de leve, como se estivesse a um passo de liberar a sua violência.

– É verdade – confirmou Havers meio engasgado.

Layla fitou o médico, procurando o olhar dele por trás dos óculos arruinados.

– Nada?

Havers falou rapidamente:

– A incidência de abortos espontâneos é de aproximadamente uma a cada três gestações. Acredito que, como acontece com os humanos, seja causado por um sistema autorregulatório que garante que defeitos de vários tipos não sejam levados a cabo.

– Mas, sem sombra de dúvida, eu estou grávida – disse ela num tom desprovido de emoção.

– Sim. Seus exames de sangue atestaram isso.

– Existe algum risco à vida dela – perguntou Qhuinn – se isso continuar?

– Você é o *ghia* dela? – perguntou Havers num rompante.

Phury interveio:

– Ele é o pai do filho dela. Portanto, você o tratará com o mesmo respeito com que me trataria.

Isso fez com que os olhos do médico saltassem das órbitas, as sobrancelhas emergissem por trás da armação arruinada. E foi engraçado; foi nesse instante que Qhuinn demonstrou um pouco de reação: apenas um leve vacilo em seu rosto antes que a expressão ferrenha voltasse a demonstrar agressividade.

– Responda – exigiu Qhuinn. – Ela corre algum perigo?

– E-eu... – Havers engoliu em seco. – Não existem garantias na medicina. De modo geral, eu diria que não; ela é saudável em relação ao resto, e o aborto parece estar seguindo seu curso costumeiro. Além disso...

Enquanto o médico continuava a falar, Layla percebeu que seu tom educado e refinado estava muito mais irregular do que na noite anterior.

Tudo regrediu, sua audição sumiu, junto a qualquer percepção de temperatura do quarto, a cama debaixo dela, bem como os outros corpos ao seu redor. A única coisa que enxergava eram os olhos descombinados de Qhuinn.

Seu único pensamento enquanto ele segurava aquela adaga junto ao pescoço do médico?

Mesmo não estando apaixonados um pelo outro, ele era exatamente o pai que queria que seu filho tivesse. Desde que tomara a decisão de participar do mundo real, ela aprendera o quanto a vida podia ser dura, como os outros podiam conspirar contra você e como, às vezes, a força baseada em seus princípios era a única coisa que o fazia atravessar a noite.

Qhuinn dispunha desse último aos montes.

Ele era um extraordinário e temível protetor, e era exatamente disso que uma fêmea precisava quando estava grávida, amamentando ou cuidando de um bebê.

Isso e sua gentileza inata o tornavam nobre a seu ver.

A cor dos seus olhos não importava.

Quase oitenta quilômetros ao sul de onde Havers molhava as calças de tanto medo em sua clínica, Assail estava atrás do volante de seu Range Rover, balançando a cabeça em descrença.

As coisas ficavam cada vez mais interessantes com aquela mulher.

Graças ao GPS, ele rastreara o Audi de longe quando ela decidira sair de seu bairro e tomar a Northway. A cada saída de subúrbio, ele esperava que ela a tomasse, mas enquanto eles deixavam Caldwell para trás para comer poeira, ele começou a pensar que talvez ela estivesse seguindo para Manhattan.

Nada disso.

West Point, o lar da venerável escola militar humana, ficava aproximadamente na metade do caminho entre a cidade de Nova York e Caldwell, e quando ela saiu da autoestrada àquela altura, ele ficou aliviado. Muitas coisas aconteciam lá naquela terra em que o código postal começava com 100, e ele não queria se distanciar muito de sua base por dois motivos: um, ainda não tivera notícias dos gêmeos quanto à aparição daqueles intermediários fuleiros, e, dois, a aurora surgiria em algum momento, e ele não apreciava a ideia de abandonar seu muito modificado e reforçado Range Rover no acostamento de uma estrada caso precisasse se desmaterializar de volta para a sua segurança.

Uma vez fora da estrada, a mulher prosseguiu a exatos setenta quilômetros por hora pela seleção de postos de combustível, hotéis turísticos e lanchonetes da cidade. Em seguida, do outro lado dessa coleção de lugares baratos, as coisas começaram a ficar mais caras. Casas grandes, do tipo que ficavam bem ao fundo de gramados que se pareciam com carpetes, começaram a aparecer, com seus muros de pedra baixos placidamente se aglomerando próximos à estradinha. Ela passou por todas essas propriedades, porém, para acabar parando no estacionamento de um parque que dava para a margem de um rio.

Assim que ela saiu do carro, ele passou por ela, virando a cabeça para trás para medi-la.

Uma centena de metros mais adiante, fora do campo de visão dela, Assail parou o carro no acostamento da estradinha, saindo para o vento enregelante, abotoando o casaco até o alto. Os sapatos não eram os ideais para caminhar sobre a neve, mas ele não se importou. Seus pés suportariam o frio e a umidade, e ele tinha outra dúzia de pares à sua espera no armário de sua casa.

Como o carro dela, e não o corpo, estava com o aparelho de rastreamento, ele manteve o olhar fixo nela. Como esperado, ela vestiu os esquis de cross-country e, depois, com uma máscara branca de esqui sobre a cabeça e roupa de camuflagem clara a lhe cobrir o corpo, ela praticamente desapareceu em meio ao cenário de inverno.

E ele a acompanhou.

Aparecendo a cada dez ou quinze metros, ele encontrou pinheiros para se esconder conforme ela avançava na direção de mansões, os esquis devorando o chão coberto de neve.

Ele concluiu, enquanto mantinha o compasso, antecipando a direção que ela tomaria e, em boa parte adivinhando, que ela iria para uma daquelas mansões.

Toda vez que ela passava por ele sem saber que ele estava em meio às árvores, seu corpo queria saltar. Para derrubá-la. Para mordê-la.

Por algum motivo, aquela humana o deixava faminto.

E brincar de gato e rato era algo muito erótico, especialmente se só o gato soubesse que o jogo estava valendo.

A propriedade na qual ela acabou se infiltrando ficava a quase dois quilômetros dali, mas, apesar da distância, o ritmo puxado daquelas pernas não diminuiu em nada. Ela entrou pelo lado direito do gramado da frente, aproximando-se de um muro de sempre-vivas, depois retomando seu curso.

Aquilo não fazia sentido. Se ela fosse descoberta, estava muito longe do carro. Por certo uma abordagem mais próxima teria feito mais sentido? Afinal, de qualquer modo, agora ela estava exposta, sem árvores para lhe servir de cobertura, nenhuma possível defesa contra uma acusação de invasão de propriedade se a vissem.

A menos que ela conhecesse o dono. E, nesse caso, por que se esconder e aparecer sorrateira no meio da noite?

O jardim de uns 30 mil metros quadrados gradualmente se elevava em direção a uma casa de pedras de uns 180 metros quadrados, com esculturas modernistas paradas como sentinelas brilhantes e cegas ante aquela aproximação, o gramado continuando pelo fundo. O tempo inteiro ela se ateve àquele muro e, observando-a a uns vinte metros de distância, ele se viu impressionado por ela. Contra a neve, ela se movia como uma brisa o faria, invisível e rápida, a sombra lançada contra o muro de pedras de tal modo que ela parecia desaparecer...

Ahhhh...

Ela escolhera aquela rota exatamente por isso, não?

Sim, de fato, o ângulo do luar lançava a sombra dela exatamente sobre as pedras, criando uma camuflagem ainda mais eficiente.

E aquela sensação estranha se intensificou nele.

Esperta.

Assail avançou, encontrando um esconderijo entre a vegetação na lateral da casa. De perto, notou que a mansão não era nova, embora também não fosse antiga – mesmo porque, no Novo Mundo, era raro se deparar com algo construído antes do século XVIII. Muitas janelas chumbadas. E varandas. E terraços.

Conclusão? Fortuna e distinção.

Sem dúvida, muito bem protegidas por inúmeros alarmes.

Parecia muito improvável que ela só fosse espiar a propriedade como fizera na dele. Para começar, havia uma extensão arborizada do lado oposto daquele muro de pedras que ela atravessara. Ela poderia ter estacionado os esquis, subido aquela moita de uns quatro a seis metros, e obtido uma vista privilegiada da casa. O que mais? Nesse caso, ela não precisaria de nada do que estava na mochila que lhe pesava nas costas.

A coisa parecia grande o bastante para transportar um corpo, e estava cheia.

Como se tivessem combinado, ela parou, pegou os binóculos e inspecionou a propriedade, ficando absolutamente imóvel com somente a cabeça a se mexer. E depois atravessou o gramado, movendo-se ainda mais rapidamente do que antes, a ponto de estar literalmente correndo em direção à casa.

Na direção dele.

De fato, ela seguia diretamente para Assail, para aquela junção entre arbustos que marcava a frente da mansão, para a sebe alta que corria ao redor do jardim dos fundos.

Obviamente, ela conhecia a propriedade.

Obviamente, ele escolhera o lugar perfeito.

Ante a aproximação dela, ele recuou apenas um pouco... porque não teria se importado em ser flagrado espiando.

A mulher esquiou mais uns dois metros além de onde ele se encontrava, aproximando-se tanto que ele conseguiu captar o cheiro dela não só em seu nariz, mas também no fundo da garganta.

Ele teve que se refrear para não ronronar.

Depois do esforço em atravessar aquela faixa de gramado com tanta rapidez, ela estava arfando, mas seu sistema cardiovascular se recuperou rápido – um sinal de sua boa saúde e vigor. E a velocidade com a qual ela agora se movia foi igualmente erótica. Tirando os esquis. Tirando a mochila. Abrindo a mochila. Extraindo...

Ele deduziu que ela subiria no telhado, enquanto ela montava o que parecia ser um lança-arpão. Ela mirou a coisa para cima, apertou o gatilho para atirar um gancho. Um instante depois houve o som de um metal se agarrando no alto.

Quando olhou para cima, ele percebeu que ela escolhera uma das poucas extensões de pedra sem janelas... e protegida pela sebe enorme na qual ele mesmo se escondia.

Ela ia entrar.

Àquela altura, Assail franziu o cenho... e desapareceu de onde a observava.

Reaparecendo nos fundos da casa no andar de baixo, ele espiou por várias janelas, apoiando as laterais das mãos no vidro ao se inclinar. O interior estava basicamente escuro, mas não completamente: aqui e acolá havia abajures acesos, as lâmpadas emitindo uma luz alaranjada sobre a mobília que era uma combinação de objetos antigos e arte moderna. Luxuoso que só: em seu sono pacífico, o lugar se parecia com um museu, ou algo que se fotografaria para uma revista, tudo muito bem organizado com uma precisão que haveria de se perguntar se réguas tinham sido utilizadas para dispor a mobília e os objetos de arte.

Nenhuma bagunça em lugar algum, nenhum jornal largado sem querer, nada de cartas, contas, recibos. Nenhum casaco sobre o espaldar de uma cadeira ou um par de sapatos abandonados ao lado do sofá.

Cada um dos cinzeiros imaculadamente limpos.

Somente uma pessoa lhe veio à mente.

– Benloise – sussurrou para si mesmo.

CAPÍTULO 36

Baseando-se nas vibrações regulares que vinham de seu bolso, Xcor sabia que a sua presença estava sendo desejada pelos seus lutadores.

Ele não atendeu.

Parado do lado de fora do prédio para o qual a sua Escolhida fora conduzida, ele não tinha forças nem para sair mesmo quando o fluxo de outros de sua espécie surgia em carros ou materializando-se diante do portal pelo qual ela fora levada. De fato, como tantos entraram e saíram, não havia dúvidas de que aquela era uma clínica médica.

Pelo menos ninguém parecia notá-lo, estando preocupados demais com o que os afligia, apesar do fato de ele estar parado no meio do caminho.

Ah, deuses, só o pensamento do que trouxera a sua Escolhida ali o nauseava ao ponto de ele ter de pigarrear e...

Inspirar o ar frio para dentro dos seus pulmões ajudou a conter a ânsia de vômito.

Quando o cio dela acontecera? Devia ter sido muito recentemente. Da última vez em que a vira...

Quem seria o pai?, perguntou-se pela centésima vez. Quem tomara o que era seu...

– Não seu – ele disse para si mesmo. – *Não* seu.

Só que era a sua mente dizendo isso e não os seus instintos. Em seu cerne, na parte mais máscula da sua essência, ela *era* a sua fêmea.

E, ironicamente, era isso o que o impedia de atacar a clínica – com todos os seus soldados, se necessário. Se ela estava recebendo cuidados, a última coisa que ele queria era interromper o processo.

Enquanto o tempo passava e a ausência de informações o torturava até a insanidade, ele percebeu que desconhecera a existência daquele lugar. Se ela fosse dele? Ele não teria sabido onde levá-la para obter ajuda, certamente teria mandado Throe encontrar algum lugar, de algum modo, para garantir os cuidados dela, mas e no caso de uma emergência? Uma hora ou duas procurando um curandeiro poderia significar a diferença entre a vida e a morte.

A Irmandade, por sua vez, soube exatamente onde levá-la. E quando ela recebesse alta daquele lugar, sem dúvida, eles a levariam de volta a um lugar aquecido, seguro, onde teria alimento abundante e uma cama macia, e a força valente de pelo menos seis guerreiros para protegê-la enquanto dormisse.

Irônico como ele se sentia à vontade com isso. Mas, pensando bem, a Sociedade Redutora era um adversário muito sério; e digam o que quiserem a respeito da Irmandade, eles provaram durante toda a eternidade serem defensores capazes.

Abruptamente, seus pensamentos se voltaram para o armazém em que ele e seus soldados vinham ficando. Aquele ambiente úmido, frio, hostil era, na verdade, apenas um degrau acima dos outros lugares em que levantaram acampamento. Se ela estivesse com ele, como a manteria? Nenhum macho jamais poderia vê-la em sua presença, especialmente se ela tivesse de trocar de roupa ou se banhar...

Um rugido se infiltrou em sua garganta.

Não. Nenhum macho colocaria os olhos na pele dela ou ele o esfolaria vivo...

Ah, Deus, ela se vinculara a outro. Abrira-se e aceitara outro macho dentro de suas carnes sagradas.

Xcor abaixou o rosto entre as mãos, a dor em seu peito fazendo-o cambalear em suas botas de combate.

Deve ter sido o Primale. Sim, claro, ela se deitara com Phury, filho de Ahgony. Era esse o único modo com que as Escolhidas se procriavam, se a sua memória e os boatos estivessem certos.

Instantaneamente, sua mente ficou enevoada com a imagem do rosto perfeito e da silhueta delgada. Pensar que outro a desnudara e cobrira-lhe o corpo com o dele...

Pare, ele se ordenou. *Pare com isso.*

Arrastando sua mente para longe dessa loucura, ele se desafiou a definir qualquer tipo de hospedagem que poderia propiciar a ela. Em qualquer circunstância.

O único pensamento que lhe ocorreu foi voltar e matar aquela fêmea de quem seus soldados se alimentaram. Aquele chalé parecera bem tranquilo e adorável...

Mas para onde iria sua Escolhida durante o dia?

E, além disso, ele jamais a envergonharia permitindo que ela sequer andasse sobre o tapete onde todo aquele sexo acontecera.

– Com licença.

Xcor buscou a pistola dentro da jaqueta ao dar meia-volta. Só que não havia necessidade de usar força bruta – era apenas uma fêmea pequena com seu filho. Ao que tudo levava a crer, eles tinham saído de um utilitário estacionado a poucos metros dele.

Enquanto a criança se escondia atrás da mãe, os olhos da fêmea se arregalaram de medo.

Mas, pensando bem, quando se tropeça num monstro, sua presença dificilmente é recebida com alegria.

Xcor se curvou profundamente, em grande parte porque a visão do seu rosto por certo não estava melhorando a situação.

– Sim, como não...

Dito isso, ele recuou e virou, voltando ao posto originalmente ocupado. Na verdade, não percebera o quanto tinha se exposto.

E ele não queria brigar. Não com a Irmandade. Não com a sua Escolhida daquele modo. Não... ali.

Fechando os olhos, desejou poder voltar para aquela noite quando Zypher o levara para a campina e Throe, com o subterfúgio de ajudá-lo, o condenara àquele tipo de morte em vida.

Um macho vinculado que não podia estar com sua fêmea?

Morto apesar de viver...

Sem aviso, o portal foi puxado para trás e sua Escolhida surgiu. Instantaneamente, os instintos de Xcor gritaram para que ele agisse, apesar de todos os motivos para deixá-la em paz.

Leve-a! Agora!

Mas ele não o fez: as expressões sérias daqueles que a protegiam com tamanho cuidado o imobilizaram: notícias ruins foram dadas durante a estada deles ali.

Como antes, só faltaram carregá-la até o veículo.

E o cheiro do sangue dela ainda pairava no ar.

Sua Escolhida foi acomodada no banco traseiro do sedã, com a fêmea ao lado dela. Depois, Phury, filho de Ahgony, e o guerreiro de olhos descombinados entraram na frente. O veículo foi virado bem lentamente, como que por preocupação com a carga preciosa no compartimento traseiro.

Xcor os seguiu, materializando-se de tempos em tempos acompanhando a velocidade crescente na estrada rural ao fim da rua, e depois na autoestrada. Quando o carro chegou à ponte, ele mais uma vez o viu do mais alto esteio e depois que sua fêmea passou debaixo dele, ele saltou de telhado em telhado enquanto o sedã dava a volta no centro da cidade.

Ele rastreou o carro seguindo ao norte até sair da autoestrada e entrar numa região rural.

Continuou com ela o tempo inteiro.

E foi assim que ele descobriu a localização da Irmandade.

Capítulo 37

Enquanto Blay girava o anel de sinete da família no dedo, seu cigarro aceso queimava lentamente na outra mão, e seu traseiro ficava adormecido... e ninguém passava pelas portas do átrio.

Sentado no degrau de baixo da grande escadaria da mansão, ele não respeitaria a promessa feita à mãe de ir para casa. Não naquela noite, pelo menos. Depois da loucura da noite anterior, do pouso forçado do avião e do drama subsequente, Wrath ordenara que a Irmandade e os lutadores tirassem 24 horas de folga. Por isso, tecnicamente, ele deveria ligar para os pais e dizer à mãe que caprichasse na mussarela e no molho à bolonhesa.

Mas de jeito nenhum ele sairia daquela casa. Não depois de ouvir os gritos vindos do quarto de Layla, e de vê-la praticamente sendo carregada escadaria abaixo.

Naturalmente, Qhuinn esteve ao lado dela.

John Matthew não.

Portanto, o quer que estivesse acontecendo, pelo visto superava o *ahstrux nohtrum*, e isso significava que... ela só podia estar perdendo o filho. Somente algo sério assim possibilitaria um passe livre.

Enquanto ele continuava parado como uma porta, sem nada além da sua preocupação para lhe fazer companhia, naturalmente sua mente resolveu seguir o caminho errado: merda, fora mesmo para a cama com Qhuinn na noite passada?

Dando uma tragada em seu Dunhill, ele expeliu uma imprecação.

Acontecera mesmo?

Deus, essa pergunta vinha martelando a sua cabeça desde o minuto em que despertou de um sonho sensual, com uma ereção que parecia fazer pensar que o outro macho dormia ao seu lado.

Revendo as cenas pela centésima vez, só no que ele conseguia pensar era... como um plano podia fracassar. Depois de ter rejeitado Qhuinn quando ele se pôs de joelhos, voltara para o próprio quarto e andara de um lado para o outro, um debate que não interessava ter consigo mesmo transformando seu cérebro em *fois gras*.

Ele tomara a decisão correta ao sair. Mesmo. Tinha sim.

O problema foi que a decisão não se sustentou. Enquanto as horas do dia passavam, tudo o que ele conseguia pensar foi a vez em que o pai o flagrou roubando uma caixa de cigarros do *doggen* da família. Na época, ele era um jovem pré-trans e, como castigo, seu pai o obrigou a se sentar do lado de fora e fumar cada um daqueles Camels sem filtro. Ele se sentiu muito mal e demorou mais de dois anos para sequer tolerar fumo passivo.

Portanto, esse fora o seu segundo plano.

Fazia tempo demais que era louco por Qhuinn, mas tudo não passava de algo hipotético, dividido em fantasias de modo que ele conseguisse suportar. Nada de uma vez só, nada da coisa sobrecarregada, absoluta e arrasadora – e ele sabia muito bem que na vida real, Qhuinn não se conteria nem relaxaria. O "plano" fora ter a experiência concreta, e descobrir que aquilo não passava de apenas sexo brutal. Ou, inferno, descobrir que não era nem sexo *bom*.

Não era de se esperar que você fumasse um maço inteiro de cigarros... só para querer mais.

Deus todo-poderoso, foi a primeira vez em que a realidade foi muito melhor do que uma fantasia, a absolutamente melhor experiência erótica de toda a sua vida.

Depois, porém, a gentileza que Qhuinn demonstrara fora insuportável.

Na verdade, enquanto Blay rememorava aquela ternura, ele deu um salto de onde estava e começou a marchar ao redor do mosaico de macieira – não tinha para onde ir.

Naquele instante a porta se abriu. Porém, não a de entrada.

A da biblioteca.

Enquanto olhava de relance por sobre o ombro, Saxton surgiu de lá. Ele parecia saído do inferno, e não só porque, por mais veloz que fosse a sua recuperação, ele ainda tinha um inchaço residual na mandíbula graças ao ataque de Qhuinn.

Que lindo, Blay pensou. Bela maneira de expressar seu desapontamento quanto ao comportamento de alguém: deixe-o transar com você depois que ele tentou estrangular seu ex.

Quaaanta classe.

– Como você está? – Blay perguntou, e não por convenção social.

Foi um alívio Saxton se aproximar. E encará-lo. E sorrir-lhe um pouco como se estivesse determinado a fazer um esforço.

– Estou exausto. E faminto. E agitado.

– Gostaria de comer comigo? – sugeriu Blay num rompante. – Também estou me sentindo assim, e a única coisa em que posso dar jeito é a fome.

Saxton assentiu com a cabeça e enfiou as mãos nos bolsos da calça.

– Ideia brilhante.

Os dois acabaram na cozinha, sentados ante a castigada mesa de carvalho, lado a lado, de frente para o resto do cômodo. Com um sorriso contente, Fritz imediatamente passou para o seu modo "provedor de alimentos" e, veja só, dez minutos mais tarde, o mordomo servia uma tigela de cozido de carne para cada um, além de uma baguete para dividirem, uma garrafa de vinho tinto e uma porção de manteiga num pratinho ao lado.

– Volto em seguida, meus senhores – disse o mordomo com uma reverência. E depois ele prosseguiu expulsando todos da cozinha, desde o *doggen* que descascava legumes até os que poliam a prataria e os que limpavam as janelas de uma alcova logo além dali.

Quando a porta se fechou após a saída do último criado, Saxton disse:

– Tudo o que nos falta é uma vela, aí isto seria um encontro – o macho se inclinou para a frente e começou a comer com modos impecáveis. – Bem, suponho que precisaríamos de mais algumas coisas, não?

Blay olhou de esguelha enquanto apagava o cigarro. Mesmo com as olheiras e o hematoma desvanecendo no pescoço, o advogado era muito bonito de se olhar.

Por que ele não poderia simplesmente...

– Não repita, de novo, que sente muito – Saxton limpou a boca com o guardanapo e sorriu. – Não é necessário, nem apropriado.

Assim, sentado ao lado dele, não parecia que tinham acabado de romper, nem que ele estivera com Qhuinn. Será que as últimas noites aconteceram mesmo?

Até parece... O que ocorreu com Qhuinn não teria acontecido se ele e Sax ainda estivessem juntos. Isso era bem claro para ele: uma coisa era se masturbar secretamente, e isso já era ruim o bastante. Aquilo tudo? De jeito nenhum.

Droga, apesar do fato de ele e Saxton terem rompido, ele ainda sentia que devia confessar sua transgressão... mesmo que Qhuinn estivesse certo e que Saxton já tivesse seguido em frente, por assim dizer.

Enquanto comiam em silêncio, Blay balançou a cabeça, ainda que não tivessem lhe feito nenhuma pergunta e nem estivessem conversando. Ele só não sabia o que fazer. Às vezes, as mudanças da vida surgiam com tanta rapidez, e com tamanha impetuosidade, que não havia como acompanhar a realidade. Levava tempo para as coisas se assentarem, um novo equilíbrio se reestabelecia só depois de algum tempo em que seu cérebro batia de um lado contra o outro das paredes da sua cabeça.

Ele ainda estava na fase de balançar.

– Já sentiu alguma vez como se as horas fossem medidas em anos? – perguntou Saxton.

– Ou décadas. Sim. Absolutamente – Blay olhou de novo. – Na verdade, eu também estava pensando nisso.

– Que par de mórbidos nós somos.

– Talvez devêssemos vestir preto.

– Braçadeiras? – sugeriu Saxton.

– Não, preto dos pés à cabeça.

– E o que eu faço com o meu gosto por cores? – Saxton apontou para o lenço laranja Hermès no bolso da sua lapela. – Bem, pode-se muito bem usar todo tipo de acessórios.

– Certamente isso explica a teoria por trás dos aparelhos ortodônticos.

– Flamingos de plástico rosa.

– A franquia da Hello Kitty.

Juntos, os dois explodiram numa gargalhada. Nem era assim tão engraçado, mas o humor não era a questão ali. Mas quebrar o gelo. Voltar ao que era antes. Aprender a se relacionarem de um modo diverso.

Quando convergiram para um riso mais contido, Blay passou o braço ao redor dos ombros do macho e lhe deu um abraço rápido. Foi bom que Saxton tivesse relaxado um pouco, aceitando aquilo que lhe era oferecido. Não que Blay acreditasse que por estarem sentados juntos, partilhando uma refeição e uma bela risada, tudo, de repente, seria um navegar suave. Nada disso. Era estranho pensar que Saxton estivera com outra pessoa, e ainda mais incrível saber que ele fizera o mesmo – principalmente com *quem* o fizera.

Não se passava de amantes de quase um ano para companheiros de risadas em um ou dois dias.

Podia-se, porém, começar a forjar um novo caminho.

E colocar um pé na frente do outro.

Sempre haveria um lugar em seu coração para Saxton. O relacionamento que tiveram foi o seu primeiro não só com um macho, mas com qualquer um. E muitas coisas boas aconteceram, coisas que ele carregaria consigo como lembranças que valiam o espaço em sua mente.

– Deu uma olhada nos jardins de trás? – Saxton perguntou ao lhe oferecer o pão.

Blay partiu um pedaço e depois espalhou manteiga por cima enquanto Saxton também pegava um pouco.

– Estão bem ruins, não?

– Lembre-me de nunca tentar cortar grama com um Cessna.

– Você não curte jardinagem.

– Bem, para o caso de um dia eu tentar – Saxton se serviu de vinho. – Aceita?

– Sim, por favor.

E foi assim que as coisas aconteceram. Durante o cozido de carne até a torta de pêssegos, que milagrosamente apareceu diante deles graças à impecabilidade de Fritz. Quando a última garfada e a última limpada com guardanapo foram dadas, Blay se reclinou contra o encosto acolchoado do banco embutido e inspirou fundo.

Que se referia a muito mais do que uma simples barriga cheia.

– Bem – disse Saxton, ao apoiar o guardanapo ao lado do prato de sobremesa –, acredito que finalmente vou poder tomar o banho de banheira que você me sugeriu há algumas noites.

Blay abriu a boca para observar que os sais de banho que o macho preferia ainda estavam em seu banheiro. Ele os vira no gabinete quando fora pegar o creme de barbear reserva ao cair da noite.

Só que... ele não sabia se devia mencionar isso. E se Saxton pensasse que ele estava lhe pedindo para ir à sua banheira? Seria um lembrete muito grande de como as coisas tinham mudado e do por quê? E se...

– Tenho esse novo tratamento à base de óleos que estou morrendo de vontade de experimentar – explicou Saxton ao deslizar pelo banco. – Ele finalmente chegou do exterior hoje. Faz séculos que espero por ele.

– Parece maravilhoso.

– Mal posso esperar – Saxton ajustou o paletó nos ombros, ajeitou os punhos e depois acenou com a mão, saindo sem nenhum indício de complicações ou de tensão em seu rosto.

O que, de fato, ajudava muito.

Dobrando o próprio guardanapo, deixou-o de lado, e saiu de trás da mesa, esticando os braços acima da cabeça e curvando-se para trás, estalando muito bem a coluna.

A sua tensão voltou no segundo em que pisou no átrio novamente.

Que diabos estava acontecendo com Layla?

Maldição, ele nem podia ligar para Qhuinn. Aquele drama não era seu, nem estava ligado a ele de modo algum. Quando se tratava de uma gestação, ele não era diferente de nenhum outro macho daquela casa que também ouvira ou vira o show e, sem dúvida, estava tão preocupado quanto ele. Mas também não tinha direito a nenhuma notícia antecipada.

Uma pena que sua barriga, agora cheia, não concordasse com isso. Pensar em Qhuinn perdendo o filho o fez considerar seriamente a localização do banheiro mais próximo da porta de entrada, só para o caso de uma evacuação rápida ser ordenada pelo fundo da sua garganta.

No fim, ele se viu subindo para a sala de estar do segundo andar. Daquele lugar, ele não teria dificuldade em ouvir a porta da frente, e não estaria esperando abertamente...

As portas do escritório de Wrath se abriram, e John Matthew emergiu do santuário do Rei.

Imediatamente, Blay atravessou a sala de espera, pronto para ver se, talvez, o cara sabia de alguma coisa, mas se conteve ante a expressão de John.

Perdido em pensamentos. Como se tivesse recebido notícias pessoais do tipo perturbador.

Blay ficou para trás enquanto o camarada seguia no caminho contrário, na direção do corredor das estátuas, sem dúvida para desaparecer no próprio quarto.

Parecia que as coisas não andavam bem nas vidas dos outros também.

Maravilha.

Com uma imprecação baixa, Blay deixou o amigo em paz e voltou a caminhar e... a esperar.

Muito mais ao sul, na cidade de West Point, Sola estava pronta para entrar no segundo andar da casa de Ricardo Benloise, através da janela ao fim do corredor principal. Fazia meses desde que estivera lá dentro, mas ela contava com o fato de que seu contato na segurança por ela cuidadosamente manipulado ainda fosse o seu amigo.

Havia dois fatores-chave para invadir com sucesso qualquer casa, prédio, hotel ou instalação: planejamento e velocidade.

Ela possuía os dois.

Pendurada no cabo que lançara no telhado, ela tirou um instrumento de dentro do bolso da parca, segurando-o no canto direito da janela dupla. Iniciado o sinal, ela esperou, olhando fixamente para a luzinha vermelha que brilhava na tela à sua frente. Se por algum motivo ela não mudasse, ela teria de entrar por uma das águas-furtadas que dava para o jardim, o que seria um pé no saco...

A luz ficou verde com um sinal, e ela sorriu ao pegar mais instrumentos.

Pegando um copo de sucção, ela o empurrou no meio do painel, imediatamente abaixo da tranca e depois girou a coisa com o cortador de vidro. Um empurrão rápido e o espaço que possibilitava a entrada do seu braço foi criado.

Depois de deixar o círculo de vidro cair com suavidade na passadeira oriental, ela enfiou o braço e o virou, para soltar a trava de latão que mantinha a janela fechada.

O ar quente lhe deu boas-vindas, como se a casa estivesse contente por vê-la mais uma vez.

Antes de entrar, ela olhou ao redor. Relanceou para o caminho de carros. Inclinou-se para fora para ver o que conseguia encontrar nos jardins escuros.

Sentia como se alguém a estivesse observando... não tanto no caminho de carro até a cidade, mas depois que parara no estacionamento e colocara os esquis. Todavia, não havia ninguém por perto – pelo menos, ninguém que ela conseguisse enxergar – e por mais que a atenção fosse essencial em seu ramo de trabalho, a paranoia era uma perda de tempo perigosa.

Ela precisava deixar isso de lado.

Voltando a se concentrar no jogo, esticou as mãos enluvadas e suspendeu o traseiro e as pernas por cima e através da janela. Ao mesmo tempo, relaxou a tensão do cabo para que ele ficasse folgado e permitisse a sua entrada. Aterrissou sem nenhum som, graças não só ao tapete que cobria o longo corredor como também aos seus calçados de solas macias.

O silêncio era outro critério importante no tocante a realizar um trabalho com sucesso.

Ela parou onde estava por um breve momento. Nenhum som na casa, mas isso não significava nada necessariamente. Ela tinha quase certeza de que o alarme de Benloise fosse silencioso, e mais certeza ainda de que o sinal não iria para a força policial, nem a local, tampouco a estadual: ele gostava de cuidar das coisas particulares de modo privado. E Deus bem sabia, com o tipo de força braçal que ele contratava, havia poder suficiente para tal.

Felizmente, contudo, ela era boa no que fazia, e Benloise e seus capangas não estariam em casa até perto do nascer do sol, afinal, ele vivia a vida de um vampiro.

Por algum motivo, a palavra que começava com "v" a fez pensar no homem que aparecera ao lado do seu carro e que desaparecera como num passe de mágica.

Loucura. E a única vez em sua lembrança recente que alguém a fazia parar para pensar. Na verdade, depois de ser confrontada daquela forma, ela estava realmente considerando não voltar à casa de vidro no rio, embora houvesse motivos mais do que válidos para isso. Não por ela se preocupar em se machucar fisicamente. Deus bem sabia que ela era perfeitamente capaz de se defender.

Era a atração.

Mais perigosa do que qualquer pistola, faca, ou punho, em sua opinião.

Com passadas ágeis, Sola trotou pelo tapete, saltitando na ponta dos pés, seguindo para a suíte principal que dava para o jardim dos fundos. A casa ainda tinha o mesmo cheiro de que se lembrava: mobília antiga e lustra-móveis, e ela conhecia o bastante para se ater ao lado esquerdo da passadeira. Nenhum rangido daquele lado.

Quando chegou à suíte principal, a porta pesada de madeira estava fechada, e ela pegou a chave micha antes mesmo de testar a maçaneta. Benloise tinha duas patologias: limpeza e segurança. A impressão dela, entretanto, era que a segunda era mais crítica na galeria no centro de Caldwell do que em seu lar. Afinal, Benloise não mantinha debaixo do seu teto nada além de objetos de arte com seguros até o último centavo, e a ele próprio durante o dia – quando estava cercado por diversos seguranças e armas.

Na verdade, devia ser por isso que ele era uma coruja no centro da cidade. Isso significava que a galeria nunca ficava sem supervisão: ele aparecia depois do expediente e sua equipe de trabalho legítima estava lá durante o dia.

Como uma gatuna, ela certamente preferia entrar em lugares vazios.

Dito isso, mexeu no mecanismo de tranca da porta, abrindo-a, e entrou no quarto. Inspirou profundamente, o ar estava permeado com a fumaça do tabaco e da colônia refrescante de Benloise.

A combinação a fez pensar nos filmes em preto e branco de Clark Gable por algum motivo.

Com as cortinas puxadas e nenhuma luz acesa, ali estava absolutamente escuro, mas ela tirara fotografias dos quartos quando fora a uma festa ali, e Benloise não era o tipo de homem que mudava as coisas de lugar. Inferno, toda vez que uma nova exibição era instalada na galeria de arte, ela praticamente sentia o tremor debaixo da pele dele.

Medo de mudança era uma fraqueza, sua avó sempre dizia.

Obviamente facilitava as coisas para ela.

Mais devagar, ela avançou dez passos até o meio do quarto. A cama estaria à esquerda encostada na parede comprida. À sua frente estavam as janelas altas que davam para o jardim. À direita, haveria uma cômoda, uma escrivaninha e algumas cadeiras, e a lareira que nunca era usada porque Benloise detestava o cheiro de madeira queimada.

O alarme de segurança se localizava entre a entrada do banheiro e a cabeceira ornamentada da cama, ao lado do abajur que se elevava noventa centímetros do criado-mudo.

Sola deu um giro ao redor de si mesma. Deu quatro passos. Tentou encontrar o pé da cama... e o encontrou.

Passo lateral, um, dois, três. De frente para o flanco do colchão king-size. Outro passo lateral para desviar da mesinha de cabeceira e do abajur.

Sola esticou o braço esquerdo...

E lá estava o painel de segurança, bem onde deveria.

Abrindo a portinhola, usou uma lanterna de bolso que prendeu entre os dentes para iluminar o circuito. Pegando outro instrumento da mochila, conectou fios a fios, interceptando sinais, e com a ajuda de um laptop em miniatura e de um programa que um amigo seu desenvolvera, criou um circuito fechado dentro do sistema de alarme de modo que, enquanto o roteador estivesse no lugar, os detectores de movimento que ela estava para disparar não seriam registrados.

No que se referia à placa-mãe, nada pareceria anormal.

Deixando o laptop pendurado pelos fios, saiu do quarto, chegou ao corredor, e tomou as escadas para o primeiro andar.

O lugar estava perfeitamente decorado, pronto para uma foto de revista – ainda que, claro, Benloise protegesse demais a sua privacidade para permitir que suas coisas fossem fotografadas para o consumo público. Com passos rápidos, ela passou pelo hall de entrada, pela sala à esquerda e entrou no escritório.

Andando em meio à penumbra, ela bem que preferiria tirar a parca de camuflagem branca e as calças para neve: fazer aquilo em seu *body* preto seria um clichê que, entretanto, seria bem prático. Não havia tempo, porém, e ela estava mais preocupada em não ser vista do lado de fora do que ali, na casa vazia.

O espaço de trabalho pessoal de Benloise era, como todo o resto debaixo daquele teto, mais um cenário montado do que algo funcional. Ele, na verdade, não usava a imensa escrivaninha, nem se sentava no minitrono, tampouco lia qualquer um dos livros em capa de couro das prateleiras.

Todavia, ele transitava por aquele cômodo. Uma vez ao dia.

Certa vez, num momento de tranquilidade, ele lhe dissera que antes de sair, todas as noites, passeava pela casa olhando seus pertences, lembrando a si mesmo da beleza das suas coleções e de sua casa.

Como resultado dessa informação e de algumas outras coisas, Sola há muito deduzira que o homem crescera na pobreza. Primeiro porque, quando conversavam em espanhol ou em português, seu sotaque pertencia à classe baixa, mesmo que de modo sutil. Segundo, os ricos não valorizavam seus pertences como ele o fazia.

Nada era raro aos ricos, e isso significava que eles davam como certas todas as coisas.

O cofre estava escondido atrás da escrivaninha numa seção de estandes que era liberada por um botão localizado na gaveta inferior do lado direito.

Ela descobrira isso graças a uma minúscula câmera escondida que colocara do lado oposto durante aquela festa.

Após a abertura do mecanismo, um corte de sessenta por noventa centímetros na prateleira rolou para a frente e deslizou para o lado. E lá estava ela: uma caixa grossa de aço, cujo fabricante ela reconhecia.

Pensando bem, depois de invadir centenas de espaços, você acaba conhecendo intimamente os fabricantes. E ela aprovava aquela escolha. Se precisasse ter um cofre, era daquele tipo que ela pegaria e, sim, ele o prendera ao chão.

O maçarico que trouxera na mochila era pequeno, mas poderoso, e enquanto ela acendia a ponta, a chama chamuscou com um sibilo substancial e um brilho branco e azul.

Aquilo levaria tempo.

A fumaça do metal queimado irritava seus olhos, o nariz e a garganta, mas ela manteve a mão firme enquanto produzia um quadrado na frente do painel. Ela conseguia explodir a porta de alguns cofres, mas o único jeito com um daqueles era do modo antigo.

Que levava uma eternidade.

No entanto, ela conseguiu.

Deixando a pesada seção da porta de lado, ela mordeu a ponta da lanterna mais uma vez e se inclinou. Uma prateleira continha joias, cautelas de ações e alguns relógios de ouro que ele deixara à mão. Havia uma pistola que ela seria capaz de apostar que estaria carregada. Nenhum dinheiro.

Pensando bem, com Benloise sempre havia tanto dinheiro disponível que fazia sentido ele não se dar ao trabalho de colocá-lo no cofre.

Maldição. Não havia nada ali que valesse apenas cinco mil dólares.

Afinal, naquele trabalho, ela só estava atrás daquilo que lhe era devido por direito.

Com uma imprecação, ela se apoiou nos calcanhares. Na verdade, não havia nada no cofre que valesse menos do que vinte e cinco mil dólares. E não tinha como ela partir a metade da pulseira de um relógio de ouro – porque, como diabos conseguiria revender a coisa?

Um minuto se passou.

O segundo.

Ao diabo com aquilo, ela pensou ao recolocar o painel que cortara contra o cofre e deslizar a prateleira de volta ao seu lugar. Levantando-se, olhou ao redor da sala com a lanterna de bolso. Os livros eram todos edições de colecionadores de primeiras edições de antiguidades. A arte nas paredes e sobre as mesas não era somente muito cara, como difícil de transformar em dinheiro sem ser debaixo dos panos... para as pessoas intimamente ligadas a Benloise.

Mas, que droga, ela não sairia sem seu dinheiro, maldição...

Abruptamente, sorriu para si mesma, a solução se tornando muito clara.

Por vários anos no curso da civilização humana, o comércio só existira e sobrevivera na base da troca. Ou seja, um indivíduo trocava bens ou serviços por outros de mesmo valor.

Em todos os trabalhos que realizara, ela jamais considerara acrescentar os custos auxiliares aos seus alvos: novos cofres, novos sistemas de segurança, novos protocolos de segurança. Ela podia apostar que isso era caro – ainda que não tão caro quanto o que ela costumava tomar. E ela entrara ali deduzindo que esses custos adicionais seriam arcados por Benloise – um tipo de prejuízo monetário pelo que ele roubara dela.

No entanto, eles agora eram a questão.

No caminho de volta à escada, observou as oportunidades disponíveis... e, no fim, foi até uma escultura de Degas de uma pequena bailarina que fora colocada na lateral de um nicho. A figura em bronze da garotinha era o tipo de coisa que sua avó teria adorado, e talvez por isso, dentre tantas peças, foi aquela a lhe chamar a atenção.

A luz que fora colocada no teto acima da estátua estava desligada, mas a obra-prima ainda assim parecia brilhar. Sola adorou especialmente a saia em tutu, a delicada ainda que rígida explosão de tule delineada por metal entrelaçado que capturava perfeitamente o que deveria ser maleável.

Sola se aproximou da base da escultura, passou os braços ao redor dela, e concentrou toda a sua força em girar a sua posição não mais do que cinco centímetros.

Depois correu para as escadas, retirou os clipes do roteador e do laptop do painel de alarme na suíte principal, trancou novamente a porta e seguiu para a janela na qual cortara um buraco.

Estava de volta nos esquis, deslizando na neve não mais do que quatro minutos mais tarde.

Apesar do fato de não ter nada nos bolsos, ela sorria ao deixar a propriedade.

Capítulo 38

Quando a Mercedes finalmente parou na entrada da mansão da Irmandade, Qhuinn saiu primeiro e foi para a porta em que Layla estava. Quando a abriu, os olhos dela encontraram os dele.

Ele soube que jamais se esqueceria da aparência dela. A tez estava branca como um papel e parecia tão fina quanto um, a bela estrutura óssea se esticando sobre a cobertura de pele. Os olhos estavam encovados no crânio. Os lábios, finos e inexpressivos.

Naquele instante, ele teve um vislumbre de como ela ficaria ao morrer, não importando quantas décadas e séculos isso fosse levar para acontecer.

– Eu carrego você – disse ele, inclinando-se para pegá-la no colo.

O modo como ela não discutiu lhe contou exatamente o pouco que restava dela.

Quando as portas de entrada foram abertas por Fritz, como se o mordomo estivesse esperando pela chegada deles, Qhuinn se arrependeu de tudo: do sonho que acalentara por um instante durante o cio dela. A esperança desperdiçada. A dor física pela qual ela passava. A angústia emocional que ambos atravessavam.

Você fez isso com ela.

Na época, quando a servira, ele só se concentrara no resultado positivo do qual esteve tão certo.

Agora, depois de tudo, com os coturnos fincados na realidade sólida e fétida? Não valia a pena. Mesmo a possibilidade de um filho saudável não valia aquele sacrifício.

O pior de tudo era testemunhar o sofrimento dela.

Ao carregá-la para dentro da casa, rezou para que não houvesse uma grande plateia. Ele só gostaria de poupá-la de tudo, de qualquer coisa, mesmo do simples fato de desfilar diante de rostos tristes e preocupados.

Não havia ninguém por perto.

Qhuinn subiu os degraus dois de cada vez e, ao chegar ao segundo andar, as grandes portas duplas do escritório de Wrath abertas o fizeram praguejar.

Pensando bem, o Rei era cego.

Enquanto George emitiu um latido de boas-vindas, Qhuinn apenas passou pela frente, indo direto para o quarto de Layla. Abrindo a porta com um chute, descobriu que o *doggen* estivera ali e limpara tudo, arrumando a cama, decerto tendo até trocado os lençóis, e também havia um vaso de flores frescas.

Ao que tudo levava a crer, ele não era o único disposto a ajudar em qualquer coisa que pudesse.

– Quer trocar de roupa? – perguntou ao fechar a porta com outro chute.

– Quero tomar banho...

– Vamos providenciar isso.

– ... mas estou com muito medo. Eu não quero... ver, se é que me entende.

Ele a deitou e se sentou ao seu lado na cama. Colocando uma mão em sua perna, esfregou-lhe o joelho com o polegar, de um lado para o outro.

– Sinto muito – disse ela com pesar.

– Droga... Não, não faça isso. Jamais pense nem diga isso, está bem? Isto *não é* culpa sua.

– De quem mais é?

– Isso não vem ao caso.

Merda, ele não conseguia acreditar que o processo do aborto duraria mais ou menos uma semana. Como podia ser possível...

A careta que contraiu o rosto de Layla revelou a ele que uma cólica a assolava novamente. Olhando de relance para trás, esperando ver a doutora Jane, descobriu que estavam sozinhos.

O que garantiu, mais do que tudo, que não havia nada a ser feito.

Qhuinn deixou a cabeça pensa e segurou a mão dela.

Aquilo começara com os dois.

E estava terminando com os dois.

– Acho que gostaria de dormir um pouco – disse Layla ao apertar a mão dele. – Você também parece estar precisando...

Ele olhou para a *chaise-longue* do outro lado.

– Você não precisa ficar comigo – murmurou ela.

– Onde mais eu ficaria?

Uma breve visão mental de Blay abrindo os braços cruzou sua mente. Que fantasia, hein...

Nunca mais me toque assim.

Qhuinn sacudiu a cabeça para que tais pensamentos sumissem.

– Vou dormir ali.

– Você não pode ficar aqui por sete noites seguidas.

– Vou repetir mais uma vez. Onde mais eu...

– Qhuinn – a voz dela soou estridente. – Você tem o seu trabalho. E você ouviu Havers. Isto vai levar o tempo que for preciso e, provavelmente, vai demorar um pouco. Não corro o risco de ter uma hemorragia e, francamente, sinto como se devesse ser forte na sua frente, e não tenho a energia necessária para isso. Por favor, volte aqui para me ver o quanto quiser. Mas vou enlouquecer se você montar acampamento aqui até isso tudo terminar.

Desespero comedido.

Era tudo o que Qhuinn tinha enquanto permanecia sentado na beira da cama, segurando a mão de Layla.

Ele acabou se levantando pouco depois. Claro, ela estava certa. Ela precisava descansar o máximo possível e, de fato, além de ficar olhando para ela e fazendo com que ela se sentisse fraca, não havia nada que ele pudesse fazer.

– Não estarei longe.

– Sei disso – ela suspendeu o punho dele para os seus lábios, e ele ficou chocado ao perceber o quanto eles estavam frios. – Você tem se mostrado... mais do que eu seria capaz de pedir.

– Não... Não fiz nada de...

– Você fez o que era certo e apropriado. Sempre.

Aquilo era uma questão de opinião.

– Preste atenção. Vou estar sempre com meu telefone por perto. Volto em algumas horas para ver como você está. Se estiver dormindo, eu não a incomodarei.

– Obrigada.

Qhuinn assentiu com a cabeça e andou de lado até a porta. Certa vez ouvira que não se devia dar as costas a uma Escolhida, e ele imaginou que demonstrar um pouco de protocolo não faria mal.

Fechando a porta atrás de si, ele se recostou nela. A única pessoa que ele queria ver era o único cara naquela casa que não tinha interesse algum em...

– O que está acontecendo?

A voz de Blay foi um choque tão grande que ele pensou que a tivesse imaginado. A não ser pelo fato de que o macho em pessoa acabara de passar pela porta da sala de estar do segundo andar. Como se estivesse ali esperando o tempo inteiro.

Qhuinn esfregou os olhos e depois começou a andar, o corpo procurando a única coisa pela qual ele vinha rezando.

– Ela está abortando – Qhuinn se ouviu dizer numa voz morta.

Blay murmurou algo em resposta, mas que não ficou registrado.

Engraçado, o aborto não lhe parecera real até aquele momento. Não até contar a Blay.

– O que disse? – perguntou Qhuinn, ciente de que o cara esperava por uma resposta.

– Posso fazer alguma coisa?

Tão engraçado. Qhuinn sempre achou que saíra do ventre da mãe já como um adulto. Pensando bem, nunca houve nenhum agradinho materno, nada de abraços quando ele se machucava, nenhum amparo quando ele tinha medo. Como resultado, quer fosse um aspecto do seu caráter, ou o modo como fora criado, ele nunca regredira. Não havia para o que voltar.

Todavia, foi com a voz de uma criança que disse:

– Faz isso parar?

Como se só Blay tivesse o poder de operar um milagre.

E então... foi o que o macho fez.

Blay abriu os braços, oferecendo o único refúgio que Qhuinn sempre conheceu.

– Faz isso parar?

O corpo de Blay começou a tremer quando Qhuinn enunciou essas palavras: depois de todos esses anos, ele vira o cara em diferentes estados de humor dependendo da circunstância. Porém, jamais assim. Nunca... tão completa e absolutamente devastado.

Nunca perdido como uma criança.

A despeito da sua necessidade de se manter verdadeiramente afastado de qualquer vínculo emocional, seus braços se abriram por vontade própria.

Enquanto Qhuinn avançava para ele, o corpo do guerreiro parecia menor e mais frágil do que de fato era. E os braços que passaram ao redor da cintura de Blay simplesmente ficaram lá, como se não tivessem força nos músculos.

Blay sustentou a ambos.

E antecipou que Qhuinn recuaria rapidamente. Normalmente, o cara não suportava nenhum tipo de conexão intensa além da sexual por mais tempo do que um segundo e meio.

Qhuinn não o fez, porém. Ele parecia preparado para ficar parado na entrada da sala de estar para sempre.

– Venha – disse Blay, levando o macho para dentro e fechando a porta. – Vamos para o sofá.

Qhuinn o seguiu, os coturnos se arrastando em vez de marcharem.

Quando chegaram ao sofá, sentaram-se de frente, os joelhos se tocando. Quando Blay o fitou, a tristeza ressonante o tocou tão profundamente, que não pôde evitar que a mão se esticasse e afagasse o cabelo escuro...

Sem aviso, Qhuinn se enroscou ao seu encontro, simplesmente se deixou cair, o corpo se dobrando ao meio, quase se desmanchando no colo de Blay.

Uma parte de Blay reconhecia que aquele era um terreno perigoso. Sexo era uma coisa, e já bem difícil de lidar, ora essa. Aquele momento tranquilo? Era potencialmente devastador.

Motivo pelo qual saíra num rompante daquele quarto na noite anterior.

A diferença desta noite, porém, era que ele estava no controle. Era Qhuinn quem buscava conforto, e Blay podia negar ou oferecer, dependendo de como se sentisse. Ser o depositário da confiança de alguém era absolutamente diferente de recebê-la... ou necessitá-la.

Blay era bom nisso. Havia uma medida de segurança, de controle. Não era o mesmo que cair num abismo. E, inferno, se alguém devia saber isso, esse alguém era ele. Deus bem sabia que ele passara anos lá embaixo.

– Eu faria qualquer coisa para mudar isso – disse Blay, afagando as costas de Qhuinn. – Odeio o que você está passando...

Ah, as palavras eram tão inúteis...

Ficaram ali por um tempo enorme, a tranquilidade da sala formando uma espécie de casulo. Periodicamente, o relógio antigo sobre a lareira tocava, e depois de um bom tempo, as persianas começaram a baixar sobre as janelas.

– Gostaria que existisse algo que eu pudesse fazer – disse Blay quando os painéis de aço chegaram ao fim com um baque.

– Deve estar na hora de você ir.

Blay deixou aquela passar. A verdade não era algo que ele quisesse partilhar: nem cavalos selvagens, ou armas carregadas, pés-de-cabra, mangueiras de incêndio, estouro de elefantes... nem mesmo uma ordem do Rei em pessoa o teria tirado dali.

E havia uma parte sua que ficava zangada com isso. Não com Qhuinn, mas com seu próprio coração. A questão era que não se pode lutar contra a sua natureza, e era isso o que ele vinha aprendendo. No rompimento com Saxton. Em se revelar à mãe. Naquele exato instante.

Qhuinn gemeu ao suspender o tronco e depois esfregar o rosto. Quando abaixou as mãos, as faces estavam vermelhas, bem como os olhos, mas não porque ele estivesse chorando.

Indubitavelmente, a sua cota de lágrimas da década fora derramada na noite anterior quando ele chorara de alívio por ter salvado a vida de um pai.

E se soubesse que Layla não estava bem naquele instante?

– Sabe o que é pior? – perguntou Qhuinn, parecendo um pouco mais consigo mesmo.

– O quê? – Deus bem sabia que a gama de opções era vasta.

– Eu vi a criança.

Os pelos da nuca de Blay se eriçaram.

– Do que está falando?

– Na noite em que a Guarda de Honra veio atrás de mim e que quase morri, lembra?

Blay deu uma tossidela, a lembrança era tão vívida e visceral como se tivesse acontecido uma hora antes. E mesmo assim a voz de Qhuinn era calma e tranquila, como se ele estivesse se referindo a uma noite numa boate ou algo assim.

– Sim, eu me lembro.

E pensou, *eu fiz boca a boca em você no acostamento da estrada, porra.*

– Eu fui até o Fade... – Qhuinn franziu o cenho. – Você está bem?

Ah, sim, claro, uma maravilha.

– Desculpe. Pode continuar.

– Fui até lá. Quero dizer, é como... a gente ouviu falar. Branco – Qhuinn esfregou o rosto de novo. – Tão branco. Tudo. Havia uma porta, e eu caminhei até ela... Eu sabia que se girasse a maçaneta, entraria e não sairia mais. Eu estava prestes a tocá-la quando... foi então que eu a vi. Na porta.

– Layla – interpôs Blay, sentindo como se o peito tivesse sido apunhalado.

– A minha filha.

A respiração de Blay ficou presa.

– A sua...

Qhuinn o encarou.

– Ela era... loira. Como Layla. Mas os olhos... – ele levou a mão próxima aos seus. – Eram como os meus. Parei de andar quando a vi e depois, de repente, eu estava de volta no chão, no acostamento da estrada. Depois disso, fiquei sem saber o que foi tudo aquilo. Mas depois, muito tempo depois, Layla entrou no cio e me procurou, e tudo se encaixou. Era como se aquilo... tivesse que acontecer. Pareceu o destino, sabe. De outro modo, eu jamais teria me deitado com Layla. Só fiz isso porque eu *sabia* que teríamos uma garotinha.

– Jesus.

– Mas eu estava errado – ele esfregou o rosto pela terceira vez. – Errei feio... E o que eu mais queria era não ter tomado esse caminho. O maior arrependimento da minha vida... Bem, o segundo maior, na verdade.

A Blay só restou imaginar o que poderia ser pior do que aquilo pelo que ele passava.

O que posso fazer?, Blay se perguntou.

Os olhos de Qhuinn procuraram os dele.

– Quer mesmo que eu responda a isso?

Pelo visto, ele pensara em voz alta.

– Sim, claro.

A mão da adaga de Qhuinn se levantou e amparou a lateral do rosto de Blay.

– Certeza?

O clima mudou de pronto. A tragédia ainda estava com eles, mas a poderosa ressaca sexual os abateu entre uma pulsação e a seguinte.

O olhar de Qhuinn começou a queimar, as pálpebras pesaram.

– Preciso... de uma âncora agora. Não sei explicar de modo melhor.

O corpo de Blay reagiu instantaneamente, o sangue fervendo, o membro engrossando e esticando.

– Deixe-me beijar você – Qhuinn gemeu ao se inclinar. – Sei que não mereço, mas, por favor... é isso o que você pode fazer por mim. Deixe-me senti-lo...

A boca de Qhuinn resvalou a dele. Voltou para um pouco mais. Demorou-se.

– Vou implorar – mais carícias daquela boca devastadora. – Se for preciso. Estou pouco me importando, eu vou implorar...

De algum modo, isso não seria necessário.

Blay deixou a cabeça ser inclinada para abrir caminho para mais manobras, a mão de Qhuinn em seu rosto tanto gentil quanto no comando. E, então, houve mais boca a boca, lento, arrastando-se, inexorável.

– Deixe-me estar dentro de você de novo, Blay...

CAPÍTULO 39

Assail voltou para casa cerca de meia hora antes do amanhecer. Ao estacionar o Range Rover na garagem, ele teve que esperar a porta abaixar para sair.

Sempre se considerara um intelectual – e não no sentido atribuído pela *glymera*, onde um se sentia importante ao discorrer sobre literatura, filosofia ou assuntos espirituais. Era mais pelo fato de existirem poucas coisas na vida na qual ele não podia aplicar seu raciocínio e entender a sua totalidade.

O que diabos aquela mulher fizera na casa de Benloise?

Obviamente ela era uma profissional, com tanto equipamento quanto técnica, e uma abordagem de infiltração muito praticada. Ele também suspeitava que ou ela tivesse a planta da casa ou estivera lá previamente. Tão eficiente. Tão decidida. E ele estava qualificado para julgar: seguira-a o tempo inteiro em que ela esteve dentro da casa, penetrando como um fantasma pela janela que ela abrira, atendo-se às sombras.

Seguindo o rastro dela por trás.

Mas aquilo ele não entendia: que tipo de ladrão se dá ao trabalho de invadir uma casa segura, encontra um cofre, queima-o para abri-lo, descobre muitas riquezas portáteis... mas não leva nada? Porque ele vira muito bem ao que ela teve acesso; assim que ela saiu do escritório, ele permanecera lá, soltando a prateleira como ela fizera antes, e usara a própria lanterna para dar uma espiada no cofre.

Só para descobrir o que ela deixara para trás, se é que tinha deixado algo.

Quando ele voltou para a casa em si, evitando qualquer fonte de luz, observara-a parada um instante no hall de entrada, com as mãos nos quadris, a cabeça virando lentamente, como se ela estivesse considerando suas opções.

E então ela se aproximou de uma estátua que só podia ser de Degas... e a girara apenas alguns centímetros para a esquerda.

Isso não fazia sentido.

Bem, *era* possível que ela tivesse invadido o cofre procurando por algo específico que, na verdade, não estava lá. Um anel, uma bugiganga, um colar. Um chip de computador, um pendrive, um documento como um testamento ou apólice de seguro. Mas a demora no hall não estava de acordo com a diligência anterior... e depois ela só moveu uma estátua?

A única explicação era que aquilo fora uma violação deliberada da propriedade de Benloise.

O problema era que, no que se referia a vinganças contra objetos inanimados, era difícil encontrar muita significância nos atos dela. Derrubasse a estátua, então. Levasse a maldita coisa. Danificasse-a com obscenidades em tinta spray. Batesse nela com um pé-de-cabra para que ficasse destruída. Mas uma leve virada que mal se podia perceber?

A única conclusão a que ele conseguia chegar era que aquilo fora um tipo de mensagem. E ele não gostava nem um pouco disso.

Pois sugeria que talvez ela conhecesse Benloise pessoalmente.

Assail abriu a porta do motorista...

– Oh, meu Deus... – sibilou, retraindo-se.

– Ficamos imaginando quanto tempo você ainda ficaria aí.

Enquanto uma voz ríspida se pronunciava, Assail saiu do carro e olhou ao redor da garagem para cinco carros. O fedor estava num meio-termo entre um atropelamento de três dias, maionese estragada e perfume barato.

– Isso é o que eu estou pensando? – perguntou aos primos, que estavam parados na soleira da antessala.

Graças à Virgem Escriba, eles avançaram e fecharam a porta que dava para a casa; caso contrário, aquele fedor horrendo invadiria o resto da construção.

– São os seus traficantes. Bem, parte deles, na verdade.

Que. Merda. Era. Aquela?

As passadas longas de Assail o levaram na direção que Ehric apontava: o canto oposto, onde três sacos plásticos verdes-escuro foram jogados de lado sem cuidado algum. Agachando-se, ele afrouxou a tira amarela de um deles, puxou a beirada e...

Deparou-se com os olhos sem vida de um humano que ele reconhecia.

A cabeça inanimada fora arrancada da coluna uns dez centímetros abaixo da mandíbula, e estava virada de modo a fitar para fora de seu caixão frouxo. O cabelo escuro e a pele vermelha estavam marcados por sangue preto e brilhante, e se o cheiro esteve ruim próximo ao carro, ali, bem perto, fez seus olhos lacrimejarem e a garganta se contrair num protesto.

Não que ele se importasse.

Abriu os outros dois sacos e, usando o plástico como "luva", virou as outras cabeças na mesma posição.

Depois se sentou e ficou olhando para as três, observando as bocas escancaradas e impotentes em busca de ar.

– Contem o que aconteceu – ordenou sombriamente.

– Aparecemos na hora combinada.

– Rinque de patinação, na margem do rio ou debaixo da ponte?

– Ponte. Chegamos – Ehric apontou para o irmão gêmeo, que estava parado em silêncio ao seu lado – na hora com o produto. Uns cinco minutos depois, esses três apareceram.

– Como *redutores*.

– Eles tinham o dinheiro. Estavam prontos para fazer a transação.

Assail girou a cabeça na direção dele.

– Eles não foram lá para atacá-los?

– Não, mas só descobrimos isso quando já era tarde demais – Ehric deu de ombros. – Eram assassinos que apareceram do nada. Não sabíamos quantos havia, e não queríamos nos arriscar. Foi só depois que vasculhamos os bolsos e encontramos o montante certo de dinheiro que percebemos que eles só foram lá para fazer negócios.

Redutores no tráfico? Aquilo era novidade.

– Vocês apunhalaram os corpos?

– Pegamos as cabeças e escondemos o que restou. O dinheiro estava na mochila desse da esquerda e, naturalmente, nós o trouxemos para casa.

– Celulares?

– Peguei.

Assail começou a acender um charuto, mas não queria desperdiçar o sabor. Fechando os sacos, levantou-se acima da carnificina.

– Tem certeza de que não foram agressivos?

– Estavam mal preparados para se defenderem.

– Estar mal armado não significa que eles não estivessem lá para matá-los.

– Por que levar o dinheiro?

– Eles podiam estar negociando em outro lugar.

– Como já disse, era a quantia correta e nem um centavo a mais.

Abruptamente, Assail gesticulou para que o seguissem para o interior da casa e, ah, que alívio quando chegaram ao ar limpo. Com as telas descendo lentamente sobre as janelas de vidro, e com o alvorecer se completando, ele foi para o bar, pegou um galão de Bouchard Père et Fils, Montrachet, 2006 e estalou a rolha.

– Querem me acompanhar?

– Sim, claro.

Na mesa redonda na cozinha, ele se sentou com três taças e a garrafa. Servindo os três, dividiu o chardonnay com os dois sócios.

Porém, não lhes ofereceu seus cubanos. Eram valiosos demais.

Felizmente, cigarros apareceram e todos se sentaram juntos, fumando e saboreando goladas sublimes da beira afiada do seu Baccarat.

– Nenhuma agressão por parte dos assassinos – murmurou, inclinando a cabeça para trás para baforar, a fumaça azulada se elevando sobre sua cabeça.

– E a quantia exata.

Depois de um momento, ele voltou a olhar para eles.

– Será possível que a Sociedade Redutora esteja tentando entrar no meu ramo de negócios?

Xcor estava à luz de velas, sozinho.

O armazém estava tranquilo, seus soldados ainda não tinham retornado, nenhum humano, nenhum Sombra, nada caminhava sobre ele. O ar estava frio; o mesmo com o concreto abaixo dele. A escuridão o envolvia, a não ser pela fraca fonte de luz perto da qual ele estava sentado.

Algo no fundo de sua mente lhe dizia que estava perigosamente perto de amanhecer. Também havia outra coisa, algo de que ele deveria ter se lembrado.

Mas não havia a mínima chance de que algo transpusesse seu torpor.

Com os olhos fixos na única chama diante dele, Xcor repassou os eventos da noite em sua cabeça.

Dizer que ele encontrara a localização da Irmandade seria talvez aumentar um pouco a verdade, mas não uma falácia completa. Seguira aquela Mercedes para o interior, quilômetro após quilômetro, sem nenhum plano real do que deveria ou poderia fazer quando ela parasse... quando, do nada, o sinal do sangue no corpo de sua Escolhida não só se perdeu, mas foi totalmente redirecionado, como se uma bola lançada contra um muro tivesse alterado repentinamente a sua trajetória.

Confuso, ele vasculhou os arredores, desmaterializando aqui, acolá, para cima e para baixo e, durante o tempo todo, uma sensação de horror se abatendo sobre ele. Recuando, ele se viu na base de uma montanha, com seus contornos, mesmo sob o luar claro, registrados de maneira estranha, indistinta, pouco nítida.

O lugar em que eles ficavam só podia ser ali.

Talvez no alto da montanha. Talvez do outro lado.

Não havia outra explicação – afinal, a Irmandade vivia com o Rei para protegê-lo... portanto, indubitavelmente, eles tomariam precauções do tipo que ninguém mais conseguiria tomar, ou quem sabe, tivessem ao seu dispor tecnologias e provisões místicas que seriam, de outro modo, indisponíveis.

Em frenesi, ele circundou os arredores, dando a volta na base algumas vezes, pressentindo nada além da refração do sinal dela e aquela sensação de horror. Sua conclusão era de que ela deveria estar em algum lugar daquela imensidão: ele teria pressentido se ela tivesse atravessado para o outro lado, e seria razoável concluir que se tivesse ido para o seu templo sagrado, até um plano alternativo de existência, ou – que o destino não permitisse – morrido, aquele eco ressonante dentro dele teria desaparecido.

A sua Escolhida estava ali em algum lugar.

Retornando para o armazém, para o presente, para onde ele estava agora, Xcor esfregou as palmas para frente e para trás lentamente, o raspar dos calos interrompendo a quietude. À esquerda, no limiar da luz de velas, suas armas estavam dispostas lado a lado, as adagas, as pistolas, e sua adorada foice cuidadosamente organizadas ao lado de uma pilha confusa de roupas de sair que ele retirara assim que escolhera aquele lugar específico no chão.

Concentrou-se na foice e esperou que ela lhe falasse: ela o fazia com frequência, com seus modos sedentos de sangue em compasso com a agressividade que fluía em suas veias e que definia seus pensamentos e motivava suas ações.

Aguardou que ela lhe dissesse para atacar a Irmandade onde eles ficavam. Onde as fêmeas moravam. Onde as crianças dormiam.

O silêncio era preocupante.

De fato, sua chegada ao Novo Mundo fora baseada no desejo de ganhar poder, a expressão maior e mais arrojada desse desejo era tomar o trono, portanto, naturalmente, esse era o curso que ele escolhera. E estava progredindo. A tentativa de assassinato no outono, que, sem sombra de dúvida, lançara uma sentença de morte sobre a sua cabeça e a dos seus soldados, fora uma medida tática que quase colocara um ponto final na guerra inteira antes mesmo de ela começar. E seus esforços contínuos com Elan e com a *glymera* estavam promovendo seus objetivos e reforçando seu apoio dentro da aristocracia.

Mas aquilo que ele descobrira naquela noite...

Deuses, quase um ano de trabalho, sacrifício, planejamento e combate perdiam importância em comparação com a sua descoberta.

Se seu palpite estivesse correto – e como não podia estar? –, tudo o que ele tinha de fazer era marchar com seus soldados e começar um cerco assim que a noite caísse. A batalha seria épica, e a Irmandade e o lar da Primeira Família seriam permanentemente comprometidos, independentemente do resultado.

Seria um conflito digno dos livros de História – afinal, a primeira vez em que a propriedade real fora atingida foi quando o progenitor e a *mahmen* de Wrath foram assassinados antes da transição dele.

A história se repetia.

E ele e seus soldados tinham uma séria vantagem em relação àqueles assassinos que, na época, não possuíram: a Irmandade agora tinha muitos machos vinculados. Na verdade, ele acreditava que todos eles estivessem vinculados, e isso dividiria as atenções e as lealdades dos machos como nada mais conseguiria fazer. Ainda que a diretriz principal deles como guarda pessoal do Rei fosse proteger Wrath, seus cernes estariam divididos, e mesmo o mais forte dos lutadores com as melhores armas estaria enfraquecido se suas prioridades estivessem em dois lugares distintos.

Além disso, se Xcor ou um dos seus soldados conseguisse apanhar uma daquelas *shellans*, a Irmandade esmoreceria, porque a outra coisa verdadeira a respeito deles era que a dor de um dos Irmãos era a própria agonia.

Só bastaria uma fêmea de qualquer um deles, a arma derradeira.

Ele sabia disso em sua alma.

Sentado à luz da vela, Xcor esfregou a lâmina da adaga na palma de sua mão, de um lado para o outro, de um lado para o outro.

Uma fêmea.

Era só disso que ele precisava.

E ele conseguiria não só reivindicar sua própria fêmea... mas também o trono.

Capítulo 40

Qhuinn sabia que acabara de colocar Blay numa posição totalmente injusta.

Transa por pena, hein? Mas, ah, Deus, encarando aqueles olhos azuis, aqueles malditos olhos azuis sem fundo que estavam francos para ele do mesmo modo que um dia estiveram... era só no que conseguia pensar. E, sim, tecnicamente era sexo em termos de onde ele queria suas diversas partes – bem, uma mais especificamente. No entanto, havia muito mais do que apenas isso.

Ele não sabia expressar em palavras; simplesmente não era bom em juntar as sílabas. Mas seu desejo de conexão foi o que o levou ao beijo. Ele quis mostrar a Blay o que estava querendo dizer, do que ele precisava, por que aquilo era importante: seu mundo inteiro parecia estar desmoronando e a perda que acontecia na porta ao lado doeria por um bom tempo.

No entanto, estar com Blay, sentir o seu calor, fazer contato, era como uma promessa de cura. Mesmo se durasse apenas o tempo em que estivessem ali naquela sala, ele aceitaria, e guardaria aquilo para si... para relembrar quando precisasse.

– Por favor – sussurrou.

Só que ele não deu chance para o cara responder. Sua língua saiu sorrateira e lambeu aquela boca, escorregando para dentro, assumindo o controle.

E a resposta de Blay foi o modo como ele se permitiu ser empurrado para trás nas almofadas do sofá.

Qhuinn teve dois pensamentos vagos: um, a porta só estava fechada, não trancada – e ele cuidou disso desejando que a trava de latão ficasse no lugar certo. E o segundo pensamento momentâneo era que eles não poderiam destruir aquele lugar. Explodir tudo em seu quarto era uma coisa. A sala de estar era propriedade pública, e muito bem decorada, com as almofadas de seda e as cortinas luxuosas, e um monte de outras coisas que pareciam facilmente rasgáveis, amassáveis, Deus, mancháveis...

Além disso, ele já destruíra seu Hummer, acabara com o jardim e sacudira o quarto. Portanto, sua cota de Destruidor já ultrapassara, e muito, o calendário anual...

Naturalmente, a solução mais prática para não dar nenhuma preocupação adicional a Fritz seria percorrer o corredor rapidamente até o seu quarto, mas enquanto as mãos talentosas de Blay estavam na frente do quadril de Qhuinn, já abaixando seu zíper, ele lançou essa ideia brilhante no cesto de lixo.

– Ai, Deus, toque-me – gemeu, empurrando a pélvis para a frente.

Ele só teria de ser comportado e bem limpinho com aquilo.

Presumindo que isso fosse possível.

Quando a palma de Blay se enfiou em sua calça de couro, o corpo de Qhuinn se arqueou, o torso curvando-se para trás enquanto o outro iniciava os trabalhos. O ângulo estava meio errado, por isso não havia muita fricção, e suas bolas estavam sendo beliscadas pela costura da calça, mas santo inferno, ele não se importava. O fato de que aquele era Blay bastava.

Cacete, depois de anos de chupadas, punhetas e transas, aquela parecia a primeira vez que alguém tocava nele.

Ele precisava retribuir o favor.

Entrando em ação, elevou o peito e aproximou os rostos. Caramba, ele adorava a expressão daqueles olhos azuis enquanto Blay o encarava, quente, selvagem, sensual.

Com tesão.

Qhuinn o segurou com força e aproximou as bocas, agarrando-se àqueles lábios, lançando a língua, tomando tudo como um desvairado...

– Espere, espere – Blay retrocedeu. – Vamos quebrar o sofá.

– O quê...? – o cara parecia estar falando inglês, mas pro inferno se ele conseguia traduzir. – Sofá?

E então ele percebeu que empurrara tanto Blay no braço do móvel, que a coisa estava começando a se inclinar. Que era mais do que duzentos quilos de sexo poderiam fazer em uma peça de mobília.

– Ai, merda, desculpe.

Ele estava começando a recuar quando Blay assumiu o controle e Qhuinn, de repente, viu-se fora do sofá, de costas no chão, as pernas unidas, as calças sendo empurradas para os tornozelos.

Ideia. Genial.

Graças ao fato de ele não usar cuecas, seu pau estava todo exposto, grosso e tenso, ao ser lançado para cima, dolorido e inchado por sobre a barriga. Abaixando a mão, ele deu umas puxadas enquanto Blay arrancava seus coturnos que estavam atrapalhando, largando-os de lado. As calças foram as próximas a darem adeus, e, com Deus como testemunha, Qhuinn nunca antes ficou tão contente em ver um par de couro voar por cima do ombro em toda a sua vida.

Em seguida, Blay voltou ao trabalho.

Qhuinn teve que fechar os olhos quando sentiu as coxas sendo afastadas e um par de mãos de lutador puxar o interior de suas pernas. Imediatamente ele soltou a ereção, afinal, porque ter a palma atrapalhando quando Blay poderia...

Não foram as mãos do cara que o seguraram.

Foi a boca quente e úmida que Qhuinn beijara pra cacete pouco antes.

Por uma fração de segundo, enquanto a sucção abocanhava a ponta e o mastro, ele teve o pensamento maldito de que Saxton ensinara Blay a fazer aquilo: seu maldito primo fizera aquilo com o cara, e fizera com que ele...

Pare, ordenou-se. Quaisquer lições aprendidas e a história por detrás delas não importavam, era a sua ereção que recebia atenção naquele instante. Por isso, que se dane essa merda.

Para deixar isso bem claro, forçou seus olhos a se abrirem. Inferno... do céu...

A cabeça de Blay subia e descia em seus quadris, o punho segurava a base do pau de Qhuinn, a outra mão se ocupava com as bolas. Mas então, como se estivesse esperando por contato visual, o cara parou no alto, libertou a cabeça e lambeu os lábios.

– Eu não gostaria que você fizesse uma lambança nesta linda sala – Blay disse com fala arrastada.

E então, estendeu a ponta da língua para açoitar o piercing no pênis de Qhuinn, a carne rosada brincando com a argola cinza de metal e a bolinha...

– Caralho. Vou gozar agora – grunhiu Qhuinn, com uma onda fervente se avolumando. – Eu vou...

Ele estava impotente para deter as coisas, muito mais até do que alguém que tivesse se lançado de um precipício e que, depois de metros de queda livre, quisesse desistir.

Só que ele não queria pisar no freio.

E não pisou.

Com um rugido potente, que provavelmente foi ouvido em outros lugares, a espinha de Qhuinn se afastou do chão, o traseiro ficou rígido, as bolas explodiram, a excitação esguichando com força na boca de Blay. E não foi só o seu sexo que foi afetado. O orgasmo o atingiu em todo o corpo, uma energia latente emergindo por ele enquanto cravava as unhas no tapete em que estava deitado, os dentes cerrados... e gozando como um animal selvagem.

Felizmente, Blay se mostrou mais do que eficiente na limpeza. E se isso não o fez gozar ainda mais... Também lhe deu muito para o que olhar: pelo resto dos seus dias, Qhuinn jamais se esqueceria da visão da boca do macho o envolvendo, as bochechas sugando enquanto ele libertava seu gozo e ele absorvia tudo. De novo e de novo e de novo.

Normalmente, Qhuinn ficava pronto para outra em seguida, mas quando as ondas tumultuadas finalmente se quebraram sobre ele, ele ficou completamente inerte, os braços largados no chão, os joelhos moles, a cabeça pensa.

– Não consigo me mexer – murmurou.

O riso de Blay foi profundo e sensual.

– Você parece um pouco cansado.

– Posso retribuir o favor?

– Você consegue levantar a cabeça?

– Ela ainda está grudada no meu corpo?

– Pelo que vejo, sim, está.

Enquanto Blay ria de novo, Qhuinn soube o que queria fazer e isso o surpreendeu. Em todas as suas explorações sexuais, ele nunca se permitiu ser enrabado. Não era assim que as coisas aconteciam. Ele era o conquistador, o que tomava, o que estabelecia o controle e conservava a superioridade.

Ficar por baixo simplesmente não o interessava.

E agora era o que queria.

O único problema era que, literalmente, não conseguia se mexer. Ah, sim, e havia uma coisinha a mais: como contar a Blay que ele era virgem?

Porque ele desejava. Se um dia chegasse àquilo, ele queria que Blay soubesse. Por algum motivo, isso era importante.

De repente, o rosto de Blay apareceu em seu campo de visão, e, Deus, como o lutador era lindo, o rosto afogueado, os olhos reluzentes, aqueles ombros largos bloqueando tudo.

E, ah, sim, aquele sorriso sexy como o inferno, tão satisfeito consigo e autossuficiente, como se o fato de Blay ter provocado tanto prazer em alguém fosse o bastante para que ele não precisasse do próprio alívio.

Mas isso não seria justo, seria?

– Não acho que você vai voltar a se mexer tão cedo – comentou Blay.

– Talvez. Mas posso abrir a boca – foi a resposta misteriosa. – Tanto quanto você.

Certo, tudo bem, a ideia de que provocava um orgasmo daquele em Qhuinn foi tão ratificadora que Blay se esquecera por completo do seu corpo.

A questão era que após tantos anos de rejeição, era uma emoção sem igual sentir poder em relação ao cara, ser aquele quem comandava o ritmo... a pessoa que levava Qhuinn a um lugar vulnerável e erótico muito mais intenso do que qualquer outro antes. E foi isso o que aconteceu. Ele sabia exatamente como Qhuinn ficava e como soava quando gozava, e Blay podia afirmar, sem nenhum traço de dúvida, que ele jamais vira seu camarada tão prostrado como agora, largado no tapete, os músculos do pescoço esticados, os abdominais contraídos, os quadris bombeando com força.

Qhuinn gozara praticamente vinte minutos direto.

E agora, no pós-coito, uma estranha revelação: até aquele instante, Blay jamais reconhecera o cinismo que Qhuinn carregava no rosto o tempo inteiro... as sobrancelhas caídas, o canto da boca perpetuamente repuxado para cima... o maxilar nunca, jamais relaxado.

Era como se toda a torpeza que a família lhe fizera tivesse permanentemente esculpido suas feições.

Mas não era verdade, não é mesmo? Durante o orgasmo, e agora, enquanto as coisas se acalmavam, nada daquela tensão era visível em lugar algum. O rosto de Qhuinn estava... livre de toda reserva, parecendo tão mais jovem, e Blay teve que se perguntar por que nunca percebera a idade dele antes.

– Então, vai me dar algo para eu chupar enquanto me recupero? – Qhuinn perguntou.

– O quê...?

– Estou com sede. E preciso chupar alguma coisa – dito isso, Qhuinn mordeu o lábio inferior, as presas brancas brilhantes afundando na pele. – Vai me ajudar?

Os olhos de Blay reviraram em suas órbitas.

– É... acho que posso fazer isso.

– Então me deixe tirar suas calças.

As pernas de Blay se levantaram com tanta rapidez que ele teve um insight novo sobre as leis da física, e enquanto ele chutava os sapatos, as mãos tremiam ao desabotoar a calça. As coisas foram bem rápidas a partir dali. E durante o tempo todo em que se despia, ele estava absolutamente ciente de tudo o que havia na sala – especialmente Qhuinn. O macho estava ficando rígido novamente, o sexo engrossando apesar de tudo pelo que acabara de passar... as coxas pesadas se contraindo e a pélvis rolando... a parte baixa do tronco tão delgada que cada sutil mudança do torso era refletida na pele esticada e bronzeada.

– Isso aí... – Qhuinn sibilou, as presas se estendendo do maxilar superior, as mãos procurando, e encontrando, o sexo, apalpando-o em movimentos longos e lentos. – Isso mesmo.

A respiração de Blay começou a acelerar, os batimentos cardíacos subindo até o telhado enquanto os olhos descombinados de Qhuinn se prendiam ao seu sexo.

– É isso o que eu quero – o macho grunhiu, soltando-se e esticando as duas mãos.

Por uma fração de segundo, Blay não teve muita certeza como as partes trabalhariam. Qhuinn estava diante do sofá, paralelo ao móvel, por isso não havia muito espaço para...

Um grunhido sutil perpassou o ar enquanto Qhuinn flexionava os dedos como se mal conseguisse esperar para segurar aquilo que desejava.

O planejamento que fosse para o inferno.

Os joelhos de Blay atenderam ao chamado, dobrando para a frente, levando seu peso ao chão perto da cabeça de Qhuinn.

Qhuinn assumiu o controle a partir daí. As palmas escorregaram e se prenderam, atraindo Blay de modo que, sem nem se dar conta, ele tinha um joelho atrás da cabeça do cara e a outra perna estendida ao longo do corpo até o quadril de Qhuinn.

– Ai... cacete... – Blay gemeu ao sentir o sexo entrar entre os lábios de Qhuinn.

O corpo pendeu para a frente até ele acabar derramando o torso nas almofadas do sofá, e foi nesse momento que ele se viu com uma excelente alavancagem. Apoiando os braços no sofá, distribuiu o peso entre os joelhos, os pés e as palmas... e depois se pôs a foder a boca adorável de Qhuinn.

O cara aceitou tudo, mesmo quando os quadris descontrolados de Blay empurraram com tudo o que ele tinha.

Com os dedos de Qhuinn cravados em seu traseiro, e aquela incrível sucção, e... Cristo, o piercing da língua, com a bolinha resvalando seu mastro a cada estocada... Blay estava se dirigindo exatamente para o mesmo tipo de orgasmo que Qhuinn acabara de ter.

Mesmo assim, no fundo da sua mente, ele se questionava se não estava machucando o cara. Do jeito como as coisas seguiam, ele acabaria gozando no estômago dele.

Tarde demais para se preocupar com isso.

Seu corpo assumiu, enrijecendo numa série de espasmos torturantes que corriam do alto da coluna até as pernas.

E bem quando as sensações descontroladas estavam começando a diminuir, o mundo entortou ao seu redor, como se seu senso de equilíbrio tivesse explodido junto de seu...

Não, o mundo estava no lugar. Qhuinn acabara de se levantar do chão, saindo de baixo e se posicionando atrás...

Enquanto Qhuinn penetrava com uma estocada na velocidade da luz, Blay emitiu um gemido que com certeza seria ouvido no Canadá...

O rangido que se fez ouvir na sala o deixou intrigado, mesmo em meio à pressão e ao prazer.

Ah. Eles estavam empurrando o sofá.

Que seja. Ele compraria um novo para a casa se quebrassem a maldita porcaria; ele *não* iria parar.

O ritmo foi tão punitivo quanto fora o seu e, nesse caso, a revanche não era só o que ele merecia, mas exatamente o que ele queria. A cada estocada, seu rosto era empurrado contra as almofadas do sofá; a cada recuada, ele respirava; só para ser empurrado novamente, num círculo que recomeçava sempre.

Reposicionando as pernas para que Qhuinn alcançasse ainda mais fundo, Blay teve a vaga noção de que eles, definitivamente, mudavam o sofá de posição, mas quem é que se importava com isso, contanto que eles não acabassem no corredor?

No último instante, pouco antes de ele gozar, teve a presença de espírito de pegar as calças. Puxando as cuecas, ele...

A mão de Qhuinn se esticou, apanhou a Calvin Klein e fez o que era preciso, garantindo que houvesse algo para conter o seu gozo. Então, um instante depois, seu peito se deslocou do sofá e ele estava ereto sobre os joelhos. Qhuinn cuidou de tudo, segurando o pau de Blay enquanto cobria a cabeça – penetrando, ainda penetrando, sempre penetrando...

Gozaram ao mesmo tempo, dois pares de gritos ecoando pela sala.

No meio do orgasmo, Blay, sem querer, levantou o olhar. No enorme espelho antigo que estava pendurado entre as duas janelas do lado oposto, ele viu os dois, soube que estavam ligados... e isso o fez gozar novamente.

No fim, as investidas desaceleraram. Os batimentos cardíacos começaram a diminuir. As respirações foram se acalmando.

No vidro chumbado, ele viu Qhuinn fechar os olhos e abaixar a cabeça. Na lateral do seu pescoço, Blay sentiu um resvalar suave.

Os lábios de Qhuinn.

E então a mão livre do macho subiu, parando para afagar Blay no peitoral...

Qhuinn congelou. Recuou. Afastou os lábios, seu toque.

– Desculpe. Desculpe, eu... sei que não quer isso de mim.

A mudança no rosto do cara, o regresso ao cinismo costumeiro, era como ser roubado.

E mesmo assim Blay não podia dizer a ele que voltasse a se aproximar. Qhuinn estava certo; no instante em que a ternura aparecia, ele começava a entrar em pânico.

A retirada foi rápida, rápida demais, e Blay sentiu falta da sensação de estar completo e de ser possuído. Mas *estava* na hora de acabar com aquilo.

Qhuinn pigarreou.

– Hum... você quer que eu...

– Cuido disso – murmurou Blay, substituindo a mão de Qhuinn sobre as cuecas amassadas em seu quadril.

Durante o sexo, o silêncio na sala equivalia à privacidade. Agora, eram apenas os sons amplificados de Qhuinn subindo as calças de couro.

Droga.

Voltavam ao caos e à confusão. E enquanto as coisas aconteciam, as sensações eram tão intensas e esmagadoras que não houve nenhum pensamento além do sexo. Depois, porém, o corpo de Blay estava frio demais no ambiente climatizado, diferentes partes pulsavam por terem sido usadas, as pernas estavam moles e cambaleantes, a mente, enevoada...

Nada parecia seguro ou garantido. Nem um pouco.

Forçando-se a se vestir, colocou as roupas o mais rápido que conseguiu, inclusive os sapatos. Nesse meio-tempo, foi Qhuinn quem devolveu o sofá ao seu lugar, cuidadosamente colocando os pés nas marcas do tapete. Também ajeitara as almofadas. Endireitara o tapete oriental.

Foi como se nada tivesse acontecido. A não ser pelas cuecas de Blay amassadas em sua mão fechada.

– Obrigado – disse Qhuinn baixinho. – Eu, hum...

– Tudo bem.

– Então... acho que eu vou agora.

– Ok.

E foi isso.

Bem, além de a porta se fechar.

Deixado a sós, Blay resolveu que precisava de uma chuveirada. Mais comida. Dormir.

Em vez disso tudo, ele ficou na sala de estar do segundo andar, olhando para aquele espelho, lembrando-se do que vira nele. Em sua mente, teve a vaga noção de que eles não podiam continuar fazendo aquilo. Emocionalmente, não era seguro para ele; na verdade, era o equivalente a manter a palma da mão sobre uma chama uma vez após a outra, só que a cada vez que você voltava a colocar a mão, você diminuía a distância entre a sua carne e o calor. Cedo ou tarde? Queimaduras de terceiro grau seriam o menor dos seus problemas, porque o braço inteiro estaria em chamas.

Depois de um tempo, contudo, não ficou só pensando naquela coisa de autopreservação.

Mas sim no que dera início àquilo tudo.

Faz isso parar.

Blay passou a mão pelo cabelo. Depois olhou para a porta fechada e franziu o cenho, a mente trabalhando, trabalhando, trabalhando...

Um minuto depois, saiu apressado, andando rapidamente.

Antes de partir num trote.

E acabar correndo como um louco.

Capítulo 41

Eram mais ou menos dez da manhã quando Trez seguiu para o Restaurante Sal's. O trajeto do apartamento no Commodore para o belo estabelecimento do irmão não demorou, levando apenas dez minutos, e havia diversos espaços disponíveis para estacionar quando ele chegou lá.

De fato, o lugar não abria antes da uma da tarde, nem mesmo para o pessoal da cozinha iniciar a preparação.

Enquanto se encaminhava para a entrada, suas botas esmagando a neve, ele esperou que o código de abertura pelo lado externo não funcionasse: iAm não voltara para casa na noite anterior e, supondo que os cretinos do s'Hisbe não o tivessem levado embora como dano colateral, só havia um lugar em que seu irmão poderia estar. Depois de dois bules de café e muitas consultas ao relógio de pulso, Trez entendeu que, se queria fazer as pazes, ele teria de atravessar a cidade.

Legal. A combinação não fora mudada.

Ainda.

Do lado de dentro, o lugar parecia uma réplica do Rat Pack, numa interpretação moderna de uma era que gerara tipos como Peter Lawford e Frank Sinatra: uma entrada com papel de parede de algodão preto e vermelho o levava até a recepção, onde a chapelaria, a mesinha retrô da recepcionista e o caixa ficavam. À esquerda e também à direita, estavam os dois salões principais, ambos decorados em veludo e couro preto e vermelho, mas não eram onde os políticos e os endinheirados locais ficavam. O lugar predileto era o bar mais à frente, um salão com painéis de madeira que tinha bancos estofados quadrados de couro vermelho perto das paredes e, durante o expediente, um barman de smoking atrás de uma bancada de carvalho servindo nada que não fosse o melhor.

Atravessando a extensão do bar, Trez seguiu para o outro lado das cinco prateleiras de garrafas à mostra e passou pelas portas em vaivém. Ao entrar na cozinha, o cheiro de manjericão, cebola, orégano e vinho tinto lhe denunciou exatamente onde iAm estava.

Como esperado, o cara estava diante do enorme fogão industrial de dezesseis bocas na parede oposta, com cinco panelas imensas borbulhando diante dele – e você gostaria de apostar que também havia alguma coisa no forno? Nesse meio-tempo, tábuas de madeira de corte estavam enfileiradas nas bancadas de aço inoxidável, as cabeças mortas de diferentes tipos de pimentão deixadas ao lado das facas afiadas que foram usadas.

Dez pratas para adivinhar em quem o cara estava pensando enquanto picava aquilo tudo.

– Vai ou não falar comigo? – Trez disse para as costas do irmão.

iAm seguiu para a panela seguinte, levantando a tampa com um pano de prato branco, uma imensa escumadeira entrando e mexendo lentamente.

Trez se inclinou para o lado e puxou um banquinho de aço inoxidável. Sentando-se, esfregou as coxas para cima e para baixo.

– Oi? Alguém aí?

iAm foi para a panela seguinte. E depois a outra. Cada uma delas tinha uma colher diferente para evitar a mistura de sabores, e seu irmão tomava muito cuidado com isso.

– Escute, eu sinto muito se não estava quando você foi à boate ontem à noite – todas as noites, iAm ia para o Iron Mask para dar uma olhada depois que o Sal's fechava. – Tive que cuidar de uns assuntos.

Merda, se teve. A garota do namorado grosseiro levou uma eternidade para sair do seu carro quando ele a levou para a casa dela. No fim, ele a acompanhou até a porta, abriu e só faltou empurrá-la para dentro. De volta ao carro, ele acelerou como se tivesse plantado uma bomba na calçada e, enquanto seguia para o Iron Mask, tudo o que ouvia em sua cabeça era a voz de iAm.

Você não pode continuar a fazer isso.

A essa altura, iAm se virou, cruzou os braços sobre o peito e se recostou ao fogão. Os bíceps já eram grandes, mas com os braços cruzados daquele jeito, forçavam a borda da camiseta preta que ele vestia. Os olhos amendoados estavam semicerrados.

– Você acha mesmo que eu estou bravo porque você não estava quando fui ao clube? Sério? E não por que você me deixou para lidar com AnsLai ou qualquer asneira do tipo...

Eeeee estavam todos a postos.

– Sabe que não posso me encontrar com o cara – Trez levantou as mãos como se quisesse dizer que não havia nada que ele pudesse fazer. – Eles tentariam me forçar a voltar com eles e, então, quais seriam as minhas opções? Brigar? Eu acabaria lutando com o filho da puta e onde eu iria parar com isso?

iAm esfregou os olhos como se estivesse com dor de cabeça.

– Neste instante, parece que eles estão tomando uma abordagem diplomática. Pelo menos comigo.

– Quando vão voltar?

– Não sei. É isso o que está me deixando nervoso.

Trez enrijeceu. A ideia de que seu irmão frio como peixe estivesse ansioso o fez sentir como se estivesse com uma faca no pescoço.

Pensando bem, ele sabia muito bem o quanto o seu povo podia ser perigoso. O s'Hisbe era conhecido como uma tribo pacífica, satisfeita em se manter ao largo das lutas contra a Sociedade Redutora e dos desagradáveis humanos. Educados, muito inteligentes e espirituais, eles eram, como um todo, um grupo agradável. Desde que você não estivesse na lista negra deles.

Trez olhou para as panelas e se perguntou qual seria a carne no molho.

– Ainda estou em débito com Rehv – ele observou. – Portanto, essa obrigação deve vir em primeiro lugar.

– Não para o s'Hisbe. AnsLai disse, e vou citar suas palavras: "Chegou a hora".

– Não vou voltar – ele fitou os olhos do irmão. – Isso não vai acontecer.

iAm voltou para as panelas, mexendo em cada uma com a colher designada.

– Sei disso. E é por isso que estou cozinhando. Estou tentando encontrar uma saída.

Deus, como ele amava o irmão. Mesmo irritado, o cara tentava ajudar.

– Desculpe-me por ter desaparecido e ter feito você cuidar disso. Sinto muito mesmo. Não foi justo... Eu só... bem, não achei seguro estar no mesmo cômodo que aquele cara. *Sinto muito.*

O peito largo de iAm subiu e desceu.

– Sei que sente.

– Eu poderia simplesmente desaparecer e o problema estaria resolvido.

Ainda que deixar iAm para trás o matasse. A questão era que, caso ele fugisse do s'Hisbe, ele jamais teria contato com o macho novamente. Nunca mais.

– Para onde você iria? – iAm observou.

– Não faço ideia.

A boa notícia é que o s'Hisbe não gostava de ter nenhum contato com os Desconhecidos. Sem dúvida, só aparecer no apartamento dele e de iAm fora traumático, mesmo se o sumo sacerdote tivesse se desmaterializado até a varanda. Lidar diretamente com humanos? Estar ao lado deles? A cabeça de AnsLai explodiria.

– Então, qual era o seu assunto? – perguntou iAm.

Maravilha. Mais um assunto igualmente feliz.

– Fui ver aquele armazém – ele desviou. Mas, cacete, até parece que ele tocaria no assunto da garota com o namorado espontaneamente.

– A uma da manhã?

– Fiz uma oferta.

– De quanto?

– Um milhão e quatrocentos. O preço pedido era de dois milhões e meio, mas não vão conseguir esse montante de jeito nenhum. O lugar está vazio há anos e demonstra isso – embora, ao dizer isso em voz alta, ele teve que admitir que sentira presenças lá. Pensando bem, talvez fosse apenas o seu estresse o responsável por isso. – Meu palpite é que vão dar uma contraoferta de dois milhões, eu subo para um e seiscentos e acabamos acordando em um e setecentos.

– Tem certeza de que quer iniciar esse projeto agora? A menos que apareça no território com o seu mastro matrimonial pronto para ser usado, esta questão com o s'Hisbe só vai piorar.

– Se as coisas chegarem a esse ponto, eu cuido disso na hora certa.

– Quando – iAm o corrigiu. – A questão é "quando". E sei o que aconteceu no estacionamento, Trez. Com aquele cara e a mulher.

Claaaaro que sim.

– Viu as fitas ou algo assim?

Maldita câmera de segurança.

– Sim.

– Eu cuidei daquilo.

– Assim como está cuidando do s'Hisbe. Perfeito.

Com o humor afetado, Trez se inclinou.

– Quer calçar os meus sapatos, irmãozinho? Eu bem que gostaria de saber como você lidaria com essa merda toda.

– Eu não estaria fodendo putas, isso eu garanto. O que me faz pensar... o nosso corretor é uma fêmea, não?

– Foda-se, iAm. De verdade.

Trez se levantou do banquinho e marchou para fora da cozinha. Ele já tinha problemas suficientes, pelo amor de Deus, não precisava do senhor Superior com habilidades de Julia Child palpitando sobre o assunto com doze tipos de panelas...

– Você não pode continuar postergando esse assunto – iAm chamou de lá de trás. – Ou tentando enterrá-lo entre as pernas das mulheres.

Trez parou, mas manteve o olhar fixo na saída.

– Simplesmente não pode – o irmão afirmou com franqueza.

Trez girou. iAm estava perto do bar, a porta em vaivém mexendo atrás dele formando um efeito de estroboscópio de luz, escuro, luz, escuro. Toda vez que a luz surgia, parecia que seu irmão tinha um halo ao redor de todo o corpo.

Trez praguejou.

– Só preciso que me deixem em paz.

– Eu sei – iAm esfregou a cabeça. – E, honestamente, não sei que porra fazer a respeito. Não consigo me imaginar vivendo sem você, e também não quero voltar para lá. Só que também não encontrei alternativas.

– Aquelas mulheres... sabe, as que eu... – Trez hesitou. – Não acha que elas me excitam?

– Se elas não fazem isso – iAm disse secamente –, não sei porque perde tempo com elas.

Trez teve que dar um sorriso.

– Não, estou falando do s'Hisbe. Estou bem longe de ser virgem a esta altura – pelo menos ele ainda não se rebaixara a animais de fazenda. – E o que é pior? Todas eram Desconhecidos, a maioria humanas. Isso deve enojá-los. Estamos falando da filha da rainha!

Enquanto iAm franzia o cenho como se estivesse considerando a ideia, Trez sentiu uma centelha de esperança.

– Não sei, não – veio a resposta. – Talvez isso funcione, mas ainda assim você negou a Sua Alteza o que ela quer e precisa. Se eles o considerarem desonrado, podem muito bem decidir matá-lo como castigo.

Que seja. Eles teriam que encontrá-lo primeiro.

Numa onda de agressão, Trez abaixou o queixo e olhou fixo por debaixo das sobrancelhas.

– Se esse for o caso, eles vão ter que lutar comigo. E eu garanto que isso não vai acabar bem para eles.

Na mansão da Irmandade, Wrath entendeu que sua rainha estava aborrecida no instante em que ela passou pelas portas do escritório. Seu cheiro atraente estava maculado por uma pontada de acidez: ansiedade.

– O que foi, *leelan*? – ele quis saber, estendendo os braços.

Mesmo não enxergando, suas lembranças lhe davam uma imagem mental dela cruzando o tapete Aubusson, com o corpo longo e atlético se movendo com graciosidade, os cabelos escuros soltos sobre os ombros, o lindo rosto marcado por tensão.

Naturalmente, o macho vinculado dentro dele desejou perseguir e matar o que quer que a tivesse perturbado.

– Olá, George – disse ela ao cão. Pelo barulho de batidas ritmadas no chão, ele supôs que o cachorro tivesse recebido uma dose de amor antes.

E então foi a vez do dono.

Beth subiu no colo de Wrath, o peso próximo de nada, o corpo quente e vivo enquanto ele passava os braços ao seu redor e a beijava nas laterais do pescoço e depois na boca.

– Jesus – grunhiu ele, sentindo a rigidez no corpo dela –, você está aborrecida mesmo. Que merda está acontecendo?

Deus do céu, ela estava tremendo. Sua rainha estava, de fato, tremendo.

– Fale comigo, *leelan* – insistiu, esfregando-lhe as costas. E se preparando para se armar e sair em plena luz do sol se preciso fosse.

– Bem, você sabe sobre Layla – disse ela com voz rouca.

Ahhhh.

– Sim, sei. Phury me contou.

Enquanto a cabeça dela se posicionava em seu ombro, ele a ajeitou, aninhando-a em seu peito – e isso era bom. Havia vezes – não muitas, mas ocasionais – em que ele se sentia menos macho por conta de sua falta de visão: no passado, um lutador, agora, preso atrás daquela mesa. Um dia livre para ir aonde bem quisesse, agora, dependendo de um navegador canino. Certa vez absolutamente autossuficiente, agora, precisando de ajuda.

Não muito bom para os colhões de um macho.

Mas em momentos como aquele, quando aquela fêmea maravilhosa estava incomodada e o procurava, e somente a ele, para conforto e segurança, ele se sentia mais forte que uma maldita montanha. Afinal, machos vinculados protegiam suas fêmeas com tudo o que tinham, e mesmo com o fardo do seu direito de nascimento e aquele trono em que era obrigado a se sentar, ele, em seu cerne, permanecia o *hellren* daquela fêmea.

Ela era a sua primeira prioridade, acima inclusive daquela coisa toda de reinado. A sua Beth era o seu coração atrás das costelas, o tutano dentro de seus ossos, a alma em seu corpo físico.

– É tudo tão triste – disse ela. – Tão triste.

– Você foi vê-la?

– Acabei de ir. Ela está descansando. Quero dizer... de certa forma, custo a acreditar que não haja nada a ser feito.

– Falou com a doutora Jane?

– Assim que eles voltaram da clínica.

Enquanto a sua *shellan* chorava um pouco, o cheiro das lágrimas frescas de sua amada era como uma adaga em seu peito, e ele não estava surpreso com a reação dela. Ouvira dizer que as fêmeas lidavam muito mal com a perda da gravidez de outra fêmea – e como não ser assim? Ele, por certo, conseguia se colocar no lugar de Qhuinn.

E, ah, Deus... a ideia de Beth sofrer daquele modo? Ou pior, de conseguir levar adiante a gestação e depois...

Ótimo. Agora era ele quem tremia.

Wrath abaixou o rosto para os cabelos de Beth, inspirando, acalmando-se. A boa notícia era que eles jamais teriam um filho, portanto, ele não tinha com que se preocupar.

– Eu sinto muito – sussurrou.

– Eu também. Odeio o que eles estão passando.

Bem, na verdade, ele estava se desculpando por outra coisa completamente diferente.

Não que ele quisesse que uma merda daquelas acontecesse com Qhuinn, Layla e o filho deles. Mas talvez se Beth enxergasse a triste realidade, ela se lembraria de todos os riscos que se apresentavam a eles em todas as etapas de uma gestação.

Porra. Aquilo soava horrível. *Era* horrível. Pelo amor de Deus, ele não queria mesmo nada daquilo para Qhuinn, e tampouco queria ver sua *shellan* triste. Infelizmente, porém, a triste realidade era que ele não tinha absolutamente interesse algum em plantar sua semente nela daquele jeito – *jamais.*

E esse tipo de desespero fazia com que um cara pensasse em coisas imperdoáveis.

Numa onda de paranoia, ele calculou mentalmente os anos desde a transição dela – um pouco mais do que dois. Pelo que sabia, as fêmeas vampiras, em média, passavam pelo primeiro cio uns cinco anos após a transformação, e a cada dez anos depois disso. Portanto, eles tinham um bom tempo antes de terem de se preocupar com tudo isso...

Pensando bem, como mestiça, não havia garantias no caso de Beth. Quando os humanos e os vampiros se misturavam, qualquer coisa podia acontecer... E ele tinha motivos para se preocupar. Afinal, ela já mencionara filhos uma ou duas vezes.

Mas, obviamente, aquilo só podia ser hipoteticamente.

– E então, você vai postergar a iniciação de Qhuinn? – ela perguntou.

– Sim. Saxton já atualizou a lei, mas Layla estando assim? Não é o momento de trazê-lo para a Irmandade.

– Foi o que pensei.

Os dois se calaram, e enquanto Wrath guardava aquele momento em seu coração, não conseguiu imaginar sua vida sem ela.

– Sabe de uma coisa? – perguntou.

– O quê? – havia um sorriso na voz dela, do tipo que dizia a ele que ela sabia para onde a conversa estava indo.

– Eu amo você mais do que tudo.

Sua rainha deu uma leve risada, e o afagou no rosto.

– Eu jamais teria imaginado isso.

Inferno, até ele captava a onda de seu odor de vinculação.

Em resposta, Wrath segurou o rosto dela entre as palmas e se inclinou, encontrando seus lábios e depositando um beijo suave, que não permaneceu assim. Caramba, era sempre assim com ela. Qualquer contato e, antes que se desse conta, já estava rígido e pronto.

Deus, não sabia como os homens humanos lidavam com isso. Pelo que entendia, eles tinham de adivinhar se seus pares estavam férteis toda vez que faziam sexo – evidentemente, eles não tinham como captar a alteração nos odores de suas fêmeas.

Ele enlouqueceria. Pelo menos quando uma vampira estava no cio, todos sabiam.

Beth mudou de posição em seu colo, apertando a sua ereção e fazendo-o gemer. E, normalmente, essa era a dica para George ser levado para o outro lado das portas duplas, banido temporariamente. Mas não naquela noite. Por mais que Wrath a desejasse, a tristeza presente na casa aplacava até mesmo a sua libido.

E também havia a questão do cio de Autumn. E de Layla.

Ele não iria mentir; aquela merda o estava deixando ansioso. Sabia-se que hormônios no ar tinham um efeito ricochete numa casa cheia de fêmeas, influenciando umas às outras ao cio, desde que seu período estivesse próximo.

Wrath afagou os cabelos de Beth e voltou a acomodar a cabeça dela em seu ombro.

– Você não quer...

Enquanto ela deixava a frase inacabada, ele pegou a sua mão e a levantou, sentindo o peso do anel de rubi que a rainha da raça sempre usava.

– Só quero abraçar você – disse ele. – Isso basta para mim agora.

Aninhando-se, ela se encaixou ainda mais perto dele.

– Bem, isto também é gostoso.

Sim. Era.

E curiosamente aterrador.

– Wrath?

– Sim?

– Você está bem?

Demorou um pouco para ele confiar na voz e responder:

– Sim, estou bem. Tudo bem.

Ao alisar o braço dela, para cima e para baixo, ele rezou para que ela acreditasse... e jurou que o que acontecia no quarto no fim do corredor nunca, jamais, aconteceria com eles.

Não. Os dois não teriam de lidar com aquele tipo de crise.

Graças à Virgem Escriba.

Capítulo 42

Claro que Layla não estava dormindo.

Quando pediu a Qhuinn que saísse, ela falou sério quanto a não querer sustentar uma fachada de força diante dele. Mas o mais engraçado era que mesmo sem ninguém por perto, ela não ficou histérica. Não chorou. Não praguejou.

Apenas ficou deitada de lado com os braços e as pernas enroscados, a mente recuada para dentro do corpo e monitorando constantemente cada dor e cólica numa compulsão que a enlouquecia. No entanto, não havia como mudar aquilo. Era como se uma parte dela estivesse convencida de que se ao menos ela soubesse em que estágio estava, ela poderia, de algum modo, monitorar o processo.

O que, na verdade, era uma tremenda tolice. Como Qhuinn bem diria.

A imagem dele na clínica, com a adaga no pescoço do médico, era algo saído de um dos livros da biblioteca do Santuário – um episódio dramático que era parte da vida de outra pessoa.

Sua posição na cama, porém, fazia com que ela lembrasse que o caso não era bem esse...

A batida à porta foi suave, sugerindo se tratar de uma fêmea.

Layla fechou os olhos. Por mais que apreciasse qualquer tipo de gentileza que aguardava uma resposta, ela preferiria que quem quer que estivesse no corredor, continuasse lá. A breve visita da rainha fora uma provação, mesmo ela tendo apreciado.

– Sim – quando sua voz mal soou em seus ouvidos, ela pigarreou e repetiu: – Sim?

A porta abriu e, a princípio, ela não reconheceu quem era na sombra que preenchia o espaço entre os batentes da porta. Alta. Forte. Porém, não um macho...

– Payne? – perguntou.

– Posso entrar?

– Sim, claro.

Enquanto Layla tentava se sentar, a fêmea guerreira gesticulou para que ela continuasse deitada, e depois fechou a porta.

– Não, não... por favor, fique à vontade.

Um abajur fora deixado aceso sobre a cômoda e, na luz suave, a irmã de sangue de Vishous da Irmandade da Adaga Negra parecia temerária, com os olhos de diamante parecendo reluzir para fora dos ângulos fortes do rosto dela.

– Como você está? – a fêmea perguntou com suavidade.

– Estou bem, obrigada. E você?

A lutadora deu um passo à frente.

– Eu sinto muito quanto... à sua condição.

Ah, como Layla desejava que aquilo fosse algo que Phury e os outros não tivessem partilhado com ninguém. Em retrospecto, a saída da casa fora um tanto dramática, o tipo de evento que causaria perguntas preocupadas. Ainda assim, sua privacidade preferia evitar esse tipo de invasão indesejável, ainda que misericordiosa.

– Agradeço as suas palavras gentis – sussurrou.

– Posso me sentar?

– Sim, claro.

Ela imaginou que a fêmea fosse se sentar numa das cadeiras dispostas mais ao longe. Não foi o que Payne fez. Ela se aproximou da cama e abaixou o peso ao lado de Layla.

Compelida a, pelo menos, parecer uma boa anfitriã, Layla tentou se suspender, fazendo uma careta quando uma nova onda de cólicas a imobilizou no meio do caminho.

Enquanto Payne praguejava baixinho, Layla teve que voltar a se deitar. Com voz rouca, disse:

– Perdoe-me, mas não posso receber visitas agora, por mais que me queira bem. Obrigada por expressar a sua empatia...

– Você sabe quem é a minha mãe – Payne a interrompeu.

Layla balançou a cabeça ao encontro do travesseiro.

– Por favor, saia...

– Sabe? – a fêmea perguntou com rispidez.

Abruptamente, Layla quis chorar. Simplesmente não tinha forças para qualquer tipo de conversa, ainda mais a respeito de *mahmens*. Não enquanto perdia o filho.

– Por favor.

– Sou filha da Virgem Escriba.

Layla franziu o cenho, as palavras sendo compreendidas mesmo em meio à dor, tanto física quanto mental.

– O que disse?

Payne inspirou profundamente, como se a revelação não fosse algo com que se alegrasse, mas como se fosse um tipo de maldição.

– Sou da carne da Virgem Escriba, nascida há muito tempo, e ocultada dos registros das Escolhidas e dos olhos de outrem.

Layla piscou em estado de choque. A aparição da fêmea fora um tipo de mistério, mas ela certamente não fizera nenhuma pergunta, pois isso não cabia a ela. A única coisa que sabia com convicção é que jamais houve registro algum da mãe sagrada da raça um dia ter dado à luz uma criança.

Na verdade, a estrutura completa do sistema de crença era prevista no fato de isso *não* ter ocorrido.

– Como isso é possível? – arfou Layla.

Os olhos brilhantes de Payne estavam sérios.

– Não era o que eu desejaria. E não é algo de que fale a respeito.

No momento tenso que se seguiu, Layla considerou impossível não ver a verdade naquilo que a fêmea falava. Tampouco a raiva, cuja causa ela apenas podia supor.

– Você é sagrada – disse Layla maravilhada.

– Nem um pouco, eu lhe garanto. Mas minha linhagem me concedeu um tipo de... como posso explicar? Habilidade.

Layla se enrijeceu.

– Que seria...?

Os olhos de diamante de Payne não se desviaram.

– Quero ajudá-la.

As mãos de Layla foram para o baixo ventre.

– Se quer abreviar isto... não.

Ela tinha seu filho por um tempo curto demais. Não importava a dor que tivesse que passar, ela não sacrificaria um minuto sequer daquilo que, sem dúvida, seria sua única gestação.

Ela jamais se colocaria à mercê de outro sofrimento assim. No futuro, quando seu cio chegasse, ela seria sedada e pronto.

Aquele tipo de perda uma vez na vida já era demais.

– E se acredita que pode deter isto – Layla continuou –, isso não é possível. Não há nada que ninguém possa fazer.

– Não estou tão certa disso – o olhar de Payne era enlevado. – Eu gostaria de ver se posso salvar esta gestação. Se me permitir.

No campus abandonado da Escola para Moças Brownswick, o Sr. C. se acomodou no que um dia fora o escritório da diretora.

Era o que estava escrito na placa rachada do lado de fora da sala.

Como não havia calefação, a temperatura ambiente não estava muito maior do que a do lado de fora, mas graças ao sangue de Ômega, o frio não era um problema. Ainda bem: do outro lado do gramado crescido coberto de neve, no dormitório principal sobre uma colina, quase cinquenta *redutores* dormiam o sono dos mortos.

Se aqueles malditos necessitassem de aquecimento ou de comida, ele estaria sem sorte alguma.

Mas não, tudo o que ele tinha de fazer era providenciar um abrigo. A iniciação cuidaria do resto – e o fato de que precisavam desligar a consciência a cada 24 horas era um alívio.

Ele precisava de tempo para pensar.

Jesus Cristo, que confusão.

Compelido pela necessidade de se mexer, ele empurrou a cadeira para trás e se lembrou de que estava se sentando sobre um balde de argamassa virado ao contrário.

– Maldição.

Olhando ao redor da sala decrépita, ele mediu as placas de gesso penduradas das vigas do teto, as janelas cobertas por tábuas de madeira, e o buraco em uma das tábuas do piso no canto. O lugar era igual à conta bancária que ele encontrara.

Nenhum dinheiro em lugar algum. Munição zero. Armas que podiam ser usadas em combate à força, e só.

Depois de sua promoção, ele se viu cheio de energia, de planos. Agora encontrava-se diante de nenhum dinheiro, nenhum recurso, nada.

Ômega, por outro lado, esperava todo tipo de resultado. Como deixara bem claro no "encontro" deles na noite anterior.

E também havia outro problema. Ele odiava aquela merda.

Pelo menos ele podia fazer algo a respeito de todo o resto.

Esticando os braços acima da cabeça e estalando os ombros, agradeceu a Deus por duas coisas: uma, os celulares não tinham sido desligados, por isso ele podia se comunicar com seus homens no campo de batalha. E dois, todos aqueles anos na rua lhe deram os punhos de ferro no que se referia a controlar o bando de idiotas do tráfico de drogas.

Tinha de arranjar dinheiro. Logo.

Ele teve uma porra de um plano para isso também, mandando os últimos nove mil dólares com aqueles três garotos no meio da noite. Tudo o que os malditos tinham de fazer era pagar, pegar a droga e trazer para ali, onde dividiriam a merda, depois distribuiriam entre os novos recrutas para que eles vendessem nas ruas.

O problema era que ele ainda estava esperando pela porra da entrega.

E estava ficando puto de tanto esperar para descobrir se as drogas e o dinheiro tinham sumido.

Era bem possível que aqueles merdinhas tivessem fugido com um ou com o outro, mas, nesse caso, ele os caçaria como cachorros para mostrar aos outros o que acontecia quando você...

Quando seu celular tocou, ele o pegou, viu quem era e apertou o botão de chamada.

– Já era hora. Onde diabos você está e cadê minha mercadoria?

Houve uma pausa. Depois, a voz que se ouviu pela conexão não era nada parecida com a do traficante cheio de espinhas para quem ele entregara o celular e a última pistola da Sociedade que funcionava.

– Tenho uma coisa que você quer.

O Sr. C. franziu a testa. Voz grave. Envolta numa impaciência que ele reconhecia das ruas, e um sotaque que ele não sabia de onde vinha.

– Não é essa merda com a qual você está falando comigo – disse o Sr. C. com fala arrastada. – Tenho um monte desses.

Afinal de contas, quando você não tem nada na mão, no coldre ou na carteira, blefar era a sua única opção.

– Ora, que bom para você. Também tem muito do que me mandou? Dinheiro? Soldados?

– Quem diabos está falando?

– Sou seu inimigo.

– Se você ficou com a porra da minha grana, pode apostar que sim.

– Na verdade, essa é uma resposta bem simplista para um problema um tanto complexo.

O Sr. C. se pôs de pé, derrubando o balde.

– Onde está a porra do meu dinheiro e o que fez com os meus homens?

– Lamento, mas eles não podem mais atender ao telefone. É por isso que estou ligando.

– Você não faz ideia com quem está lidando – o Sr. C. ameaçou.

– Pelo contrário, é você quem está em desvantagem, bem como tantos outros – quando o Sr. C. estava pronto para rebater, o cara o interrompeu. – Eis o que vamos fazer. Vou telefonar à noite para lhe dar uma localização. Você, e apenas você, vai me encontrar lá. Se alguém o acompanhar, eu saberei, e você nunca mais vai saber de mim.

O Sr. C. estava acostumado a sentir desdém pelos outros, isso era parte do trabalho uma vez que você só lida com ladrões de merda e malditos viciados. Mas esse cara do outro lado da conexão? Controlado. Calmo.

Um profissional.

O Sr. C. controlou seu humor.

– Não preciso de nenhum joguinho...

– Sim, precisa. Porque se você quiser drogas para vender, terá que vir a mim.

O Sr. C. ficou calado. Ou aquele era um lunático cheio de ilusões de grandeza ou... era alguém com poder de verdade. Talvez o tipo que matou os intermediários do cartel de drogas em Caldwell um ano antes.

– Quando e onde? – disse de má vontade.

Houve uma risada sombria.

– Atenda o seu telefone ao cair da noite e você descobrirá.

Capítulo 43

Layla não conseguiu falar enquanto tentava compreender as palavras de Payne.

– Não – disse à outra fêmea. – Não, Havers me disse que... não havia nada que pudesse ser feito.

– Na medicina, isso pode ser verdade. Eu posso ter outro modo, porém. Não sei se funcionará, mas, se permitir, eu gostaria de ver o que posso fazer.

Por um instante, Layla só conseguiu respirar.

– Eu não... – pôs a mão no abdômen liso. – O que fará comigo?

– Não sei bem, para ser sincera – Payne deu de ombros. – Na verdade, nem me passou pela cabeça que eu poderia ajudar nesta situação. Mas sou conhecida por curar aquilo que precisa ser curado. Repito, não sei se isso se aplica neste caso. Contudo, podemos tentar... e isso não a machucará. Isso eu posso prometer.

Layla perscrutou a expressão da lutadora.

– Por que... faria uma coisa dessas por mim?

Payne franziu o cenho e desviou o olhar.

– Você não precisa saber os motivos.

– Sim, preciso.

O perfil dela se tornou absolutamente frio.

– Você e eu somos irmãs da tirania de minha mãe, casualidades de seu plano maior de como as coisas devem ser. Estivemos as duas enjauladas em seus modos diversos, você como uma Escolhida; eu, como sua filha de sangue. Não há nada que eu não faça para ajudá-la.

Layla se recostou. Jamais se considerara uma desventura da mãe da raça. A não ser... ao pensar em seu desespero em ter uma família, seu senso de não ter raízes, sua absoluta falta de identidade além do trabalho de uma Escolhida... ela teve o que pensar. O livre-arbítrio a levava àquela situação horrenda, mas, pelo menos, ela escolhera a rota e os meios. Como membro da classe especial da Virgem Escriba, não tivera muitas escolhas, a respeito de nada em sua vida.

A respeito de nada mesmo.

Ela estava perdendo aquela gravidez, aquilo era óbvio. E se Payne achava que existia uma chance de...

– Faça o que precisar fazer – disse com voz rouca. – E obrigada, não importando o resultado.

Payne assentiu uma vez. Depois esticou as mãos, flexionando e afastando os dedos.

– Posso tocar no seu abdômen?

Layla abaixou as cobertas.

– Devo tirar a camisa?

– Não.

Melhor assim. A simples retirada da colcha lhe provocara uma nova onda de dor, a mínima mudança de peso era causa de...

– Você está sofrendo muito – murmurou a outra fêmea.

Layla não respondeu ao expor a pele do abdômen. Obviamente, sua expressão já dizia o bastante.

– Apenas relaxe. Isso não deverá lhe causar nenhum desconforto...

Quando o contato foi feito, Layla levantou a cabeça. As mãos da lutadora estavam quentes como a água de uma banheira. E igualmente calmas. Estranhamente calmas, para falar a verdade.

– Isto dói? – Payne perguntou.

– Não. Parece... – quando uma nova onda de dor se avolumava, ela agarrou os lençóis, se preparando...

Só que o pico da dor não se elevou como antes, como se a sensação fosse uma montanha íngreme, cujo topo fora arrancado.

Era o primeiro alívio que sentia desde que tudo aquilo começara.

Com um gemido de submissão, ela deixou a cabeça pender, o travesseiro amparando o repentino cansaço que a abateu pelo tanto de desconforto pelo qual seu corpo passara.

– E agora nós começamos.

De repente, a luz do abajur tremulou... e depois se apagou.

Sua iluminação, contudo, logo foi substituída.

Das mãos pálidas de Payne um brilho suave começou a ser lançado. O calor de seu toque se intensificou, o abrandamento estranho e maravilhoso parecia penetrar em sua pele, nos músculos, em cada osso que estava no caminho... indo direto para o ventre de Layla.

E, então, houve um tipo de explosão.

Com um sibilo, ela se entregou à grande onda de energia que abruptamente surgiu dentro dela, um calor que não queimava, mas fervia afastando a dor, suspendendo a agonia e arrancando-a de sua carne, como se o vapor de uma panela se dissipasse.

Mas não acabou ali. Uma grande sensação de euforia em seu corpo inteiro, com cachos dourados pulsando para fora de sua região pélvica e fluindo pelo torso até a mente e também em sua alma, e pernas e braços formigando.

Ah, que alívio pungente.

Ah, que poder incrível.

Ah, graça salvadora gentil.

A cura, contudo, não estava completa.

No meio do turbilhão, Layla sentiu... o que era aquilo? Um movimento em seu útero. Uma contração, talvez? Mas não uma cólica, não, nada disso. Mais como se o que estivesse defasado tivesse recuperado as forças.

Ela, gradualmente, deu-se conta de que batia os dentes.

Olhando para baixo, para seu corpo, ela viu que tudo tremia, e não só isso.

Sua forma física estava brilhando. Cada centímetro de sua pele era como uma cúpula de um abajur, revelando a luz que jazia por baixo, as roupas agindo como barreiras frágeis daquilo que fervia lentamente dentro dela.

Na iluminação, o rosto de Payne estava contraído, como se fosse um custo alto transferir a cura maravilhosa para outra pessoa. E Layla teria se distanciado, colocado um fim naquilo, se pudesse – porque a outra fêmea começava a parecer muito cansada. No entanto, não havia como romper a ligação. Ela não tinha o controle dos seus membros, não tinha como falar.

Aquela comunhão vital entre as duas pareceu durar uma eternidade.

Quando Payne finalmente se afastou, rompendo o elo, ela caiu da cama, formando uma pilha no chão.

Layla abriu a boca para gritar. Tentou segurar sua salvadora. Lutou contra o peso morto do corpo ainda iluminado.

Todavia, não havia nada que ela pudesse fazer.

A última coisa que ficou registrada antes que perdesse a consciência era a sua preocupação com a outra fêmea. E, depois, tudo ficou escuro.

Capítulo 44

Qhuinn despertou com o pênis duro.

Estava deitado de costas e seus quadris se mexiam por conta própria, o movimento contínuo resvalava a ereção contra o peso dos lençóis e da colcha. Por um instante, enquanto se demorava naquele estado meio dormente antes de a consciência chegar, ele imaginou que era Blay criando aquela fricção, as palmas do macho subindo e descendo... num preâmbulo de mais ação oral.

Foi quando abaixou a mão para enterrar os dedos nos cabelos ruivos que percebeu estar sozinho: a mão encontrou apenas os lençóis.

Numa atitude otimista, lançou o braço para o lado, tateando o lugar ao seu lado, pronto para encontrar o corpo quente do macho.

Apenas mais lençóis. E estavam frios.

– Cacete – inspirou.

Abrindo os olhos, a realidade de onde estava o atingiu com força, murchando a sua ereção. Apesar dos encontros, aqueles dois interlúdios maravilhosos e extremamente sensuais, Blay estava, naquele exato instante, acordando ao lado de Saxton.

Provavelmente fazendo sexo com o cara.

Ah, Deus, ele ia vomitar.

A ideia de Blay tocando em outro, cavalgando em outro, lambendo e afagando outro – seu maldito primo, para ser bem claro – era quase tão insuportável quanto a maldita situação de Layla. A verdade era que, graças ao que acontecera, qualquer atração que Qhuinn sentisse pelo cara aumentara em vez de diminuir.

Maravilha. Outra rodada de boas notícias.

Foi sem nenhum entusiasmo que Qhuinn se arrastou para fora da cama e entrou no banheiro. Não acendeu a luz, não tinha interesse algum em ver que sua aparência era a mesma da merda de um cachorro, mas barbear-se só pelo toque não era a melhor das ideias.

Ao apertar o interruptor, piscou com força, e uma dor de cabeça começou a latejar atrás de ambos os olhos. Sem dúvida precisava comer de novo, mas que merda, as exigências constantes de seu corpo estavam acabando com ele.

Abrindo a torneira, ele pegou o gel de barbear e colocou um punhado na palma. Esfregou as mãos para criar espuma e pensou em seu primo. Ele tinha a impressão, embora não soubesse com certeza, de que Saxton usaria um daqueles pincéis antigos para espalhar a espuma no rosto. E nada de lâminas Gilette para ele. Muito provavelmente ele tinha um daqueles instrumentos de barbeiro com cabo em madrepérola.

O pai de Qhuinn tinha um desses. E seu irmão recebera um com suas iniciais após sua transição.

Junto ao anel de sinete.

Bem, ótimo para eles. Além do que, já que ambos estavam mortos, não era como eles continuassem se barbeando.

Quando o rosto ficou coberto de branco, como o cenário lá de fora, ele pegou sua lâmina comum Mach 3 com cabeça descartável...

Sem nem saber por que, achou que devia pegar uma lâmina nova.

Sim, uma supernova e ultracortante.

Qhuinn revirou os olhos para si mesmo. Nada como se concentrar em três pequenas lâminas e uma tira umidificadora. Algo bem lógico.

Depois de se admoestar, ele começou a vasculhar as gavetas do gabinete, puxando-as uma a uma, inventariando os itens de tolices de higiene que nunca usava, nem jamais sequer perdia tempo olhando-as.

Puxando a última, a mais próxima do chão, parou. Franziu o cenho. Agachou.

Havia uma caixinha preta de veludo ali, do tipo em que se colocam joias. Só que ele não tinha nenhuma, e muito menos da Reinhardt, aquela loja esnobe no centro. Como ninguém mais ficava em seu quarto, ele se perguntou se, talvez, aquilo estivesse ali desde que ele se mudara e ele simplesmente nunca o vira.

Tirando a caixinha, levantou a tampa e...

– Filho da mãe.

Dentro, como se valesse muita coisa, estavam todos os seus brincos de argola, bem como o piercing que costumava usar no lábio inferior.

Fritz deve tê-los juntado ao limpar o quarto uma noite e guardado na caixinha. Única explicação possível, porque Qhuinn não se importara com eles depois de tirá-los, um a um. Simplesmente os jogara no fundo de uma das gavetas do banheiro.

Qhuinn mexeu nas argolas de aço, relembrando quando as comprara e colocara. Seu pai ficara mortificado; a mãe também – ao ponto de se retirar da Última Refeição e ficar trancada no quarto por 24 horas seguidas depois de ele entrar flanando na sala de jantar usando-as.

O colocador de *piercings* lhe dissera para não usá-los até que as tachas utilizadas para perfurar tivessem a chance de cicatrizar. Mas esse conselho era para humanos. Em poucas horas, estava tudo perfeito e ele fizera a troca.

No banheiro de Blay, para falar a verdade.

Qhuinn franziu a testa, lembrando-se do momento em que pisara no quarto do cara. Blay estava na cama, acalentando uma Corona, assistindo TV. A cabeça dele se virou, com sua expressão franca e relaxada... até dar uma olhada em Qhuinn.

Seu rosto se contraiu mesmo que minimamente. De um jeito que, a menos que você conhecesse bem, muito bem uma pessoa, jamais teria percebido. Mas Qhuinn notara.

Naquela época, deduzira que seu estilo obviamente gótico fosse um tantinho demais para o senhor Conservador. Mas agora, em retrospecto, ele se lembrou de algo mais. Blay voltara a se concentrar na TV de plasma... e, casualmente, cobrira o colo com uma almofada.

Ele deve ter ficado excitado.

Enquanto Qhuinn repassava a cena inteira na mente, seu próprio sexo voltava a engrossar.

Só que aquilo era uma completa perda de tempo, não era?

Fitando as malditas argolas, pensou em sua rebeldia, na raiva e na ideia sem noção do que precisava ter para ser feliz.

Uma fêmea. Se encontrasse uma que o aceitasse.

Que... mentira... fora aquilo.

Engraçado, a covardia aparecia em muitas formas, não é? Não era necessário se encolher num canto, tremendo e choramingando como um gatinho. Inferno, não. Você pode ser um grandalhão barulhento cheio de marra e com o rosto cheio de *piercings* e um rosnado para mostrar para o mundo... e ainda assim não passar de um covarde filho da puta. Afinal, Saxton podia vestir ternos de três peças e gravatas e sapatos, mas o macho sabia quem era, e não tinha medo de ter aquilo que desejava.

E, olha só, Blay estava acordando ao lado do cara.

Qhuinn fechou a tampa e recolocou os *piercings* onde os encontrara. Depois se olhou no espelho. O que estava fazendo mesmo?, pensou ao fitar seu reflexo.

Ah, sim. Barbeando-se.

Era isso mesmo.

Cerca de vinte minutos mais tarde, Qhuinn saiu do quarto. Andou pelo corredor das estátuas, passou pelas portas fechadas do escritório de Wrath e continuou em frente.

Enquanto avançava, foi difícil olhar para a sala de estar do segundo andar, difícil permanecer controlado quando aquele sofá surgiu no seu campo de visão.

Nunca mais olharia para aquela peça de mobília do mesmo modo. Inferno, talvez todos os sofás estivessem perdidos para ele, para sempre.

À porta de Layla, ele se inclinou encostando o ouvido na madeira. Quando não ouviu nada, perguntou-se exatamente o que achava que descobriria daquele modo.

Deu uma batida suave. Quando não houve resposta, sentiu um aperto de medo irracional na garganta e, sem pensar duas vezes, abriu a porta.

A luz invadiu a escuridão.

Seu primeiro pensamento foi que ela tivesse morrido; que Havers, o filho da puta, tivesse mentido, e que o aborto tivesse saído do controle e a matado: Layla estava imóvel ao encontro dos travesseiros, a boca ligeiramente entreaberta, as mãos cruzadas sobre o peito como se ela tivesse sido arrumada por um agente funerário com respeito pelos mortos.

Só que... algo estava diferente, e ele precisou de um minuto para perceber o que era.

Não havia mais o cheiro sobrepujante do sangue. Na realidade, somente a fragrância delicada de canela marcava o ar, refrescando-o de um modo que iluminava o quarto inteiro.

Será que o aborto finalmente chegara ao fim?

– Layla? – ele a chamou, mesmo tendo dito que se a encontrasse dormindo, não a perturbaria.

Foi um alívio ver as sobrancelhas se mexendo quando seu nome foi captado pelo cérebro, mesmo sob o véu do sono.

Ele teve a sensação de que se a chamasse de novo, ela acordaria.

Parecia cruel forçar-lhe a consciência. O que ela teria para recebê-la quando acordasse? A dor que sentia? A sensação de perda?

Cacete.

Qhuinn saiu silenciosamente, fechou a porta atrás de si e continuou ali. Não sabia o que fazer. Wrath lhe dissera para ficar em casa, mesmo se John Matthew saísse – ele deduziu que aquilo fosse uma espécie de folga misericordiosa de seus deveres de *ahstrux nohtrum*. E estava grato por isso. Havia tão pouco que pudesse fazer por Layla – pelo menos podia ficar por perto caso ela precisasse de alguma coisa. Um refrigerante. Uma aspirina. Um ombro para chorar.

Você fez isso a ela.

A julgar pelo toque que saía da maldita sala de estar, ele deduziu que perdera a Primeira Refeição. Nove horas. Isso mesmo. Acabara dormindo demais, e isso era bom. Se ele tivesse de se sentar à mesa e passar 45 minutos na companhia de quase duas dúzias de pessoas que tentariam não encará-lo, ele teria perdido a porra da cabeça.

O som de alguém andando no vestíbulo logo abaixo fez com que ele levantasse a cabeça.

Sem nenhum plano ou pensamento específico, ele se aproximou da balaustrada e olhou para baixo.

Payne, a irmã valentona de V., estava saindo da sala de jantar.

Ele não conhecia muito bem aquela fêmea, mas a respeitava imensamente. Seria impossível não admirar, dado o modo como se portava no campo de batalha... Durona, verdadeiramente durona. Naquele instante, porém, a *shellan* do doutor Manello parecia ter levado uma surra de bar: caminhava lentamente, os pés se arrastando pelo piso de mosaico, o corpo encurvado, a pegada no braço de seu par parecendo ser a única coisa que a sustentava.

Será que ela se machucara em alguma luta corpo a corpo?

Não havia cheiro de sangue.

O doutor Manello disse algo para ela que ele não conseguiu ouvir, mas depois o cara indicou a direção da sala de bilhar com a cabeça – como se ele estivesse perguntando se ela queria ir para lá.

Tomaram aquela direção a passos de caramujo.

Já que não gostava quando as pessoas o encaravam, Qhuinn recuou da grade e esperou até que o caminho estivesse livre. Depois correu escada abaixo.

Comida. Exercícios. Voltar a ver Layla.

Aquela seria a sua noite.

Seguindo para a cozinha, ele se viu imaginando onde Blay estaria. O que estaria fazendo. Se tinha saído para lutar ou se tinha ficado em casa e...

Visto que não sabia onde Saxton estava, ele pôs um ponto final naquela linha de questionamentos.

Se Qhuinn não tivesse de fazer seu turno e pudesse passar um tempo com o cara, ele sabia muito bem o que Blay estaria fazendo.

E Saxton, seu primo filho da puta, não era nenhum tolo.

CAPÍTULO 45

A ausência de alimentação de Assail finalmente o atingiu cerca de cinco horas após o anoitecer. Ele vestia uma camisa social azul-clara com punhos franceses, quando suas mãos começaram a tremer tão violentamente que não havia como ele abotoar a maldita coisa sobre o peito. Em seguida, a exaustão o acometeu, tão forte que ele cambaleou.

Praguejando, foi até a cômoda. Sobre o tampo de mogno polido, seu frasco e colher o esperavam, e ele cuidou do assunto em duas rápidas inaladas, uma para cada narina.

Hábito hediondo – e um ao qual recorria somente quando de fato necessitava.

Pelo menos a fungada cuidou do cansaço. Contudo, ele teria de encontrar uma fêmea. Logo. De fato, era um milagre que ele tivesse suportado por tanto tempo. A última vez em que tomara uma veia fora meses atrás, e a experiência havia sido menos que cativante, uma rapidinha com uma fêmea da espécie bem versada em fornecer alimento para os machos necessitados. A um preço.

Que estorvo.

Depois de se armar e pegar o casaco de cashmere preto, desceu as escadas e destrancou a porta de correr de aço. Ao abrir a passagem para o primeiro andar, foi recebido pelo som de pistolas sendo travadas.

Na cozinha, os gêmeos verificavam várias pistolas .40.

– Fez a ligação? – Assail perguntou a Ehric.

– Como você pediu.

– E?

– Ele vai estar lá e vai sozinho. Precisa de armas?

– Já as tenho – ele pegou as chaves do Range Rover de uma travessa de prata na bancada. – Vamos no meu carro. Para o caso de nos ferirmos.

Afinal, só um idiota aceitava a palavra de um inimigo, e seu SUV era equipado com um instrumento sob a carenagem que poderia ser muito útil se houvesse um ataque em massa.

Bum.

Quinze minutos mais tarde, os três cruzavam a ponte para Caldwell e, enquanto Assail seguia em frente, ele se lembrou do motivo pelo qual trazer os primos para ali fora uma ideia inspirada: não só eram uma boa retaguarda, como também eles não se mostravam inclinados a desperdiçar tempo com conversas inúteis.

O silêncio era um quarto passageiro muito bem-vindo no trajeto.

No centro além do rio Hudson, ele pegou uma saída que fazia uma curva e acabava debaixo da Northway. Avançado paralelo ao rio, ele entrou numa floresta de pilares que sustentavam a estrada, o cenário era insignificante, sombrio e, essencialmente, deserto.

– Estacione ali à direita, mais uns cem metros – disse Ehric na parte de trás do carro.

Assail foi para o meio-fio e parou.

Os três emergiram no frio, com os casacos abertos, as armas empunhadas, os olhos à espreita. Conforme caminhavam, o gêmeo de Ehric tomava a retaguarda, com os três sacos da garagem em uma das mãos, os plásticos produzindo um roçar à medida que eles andavam.

Acima deles, o trânsito rugia, os carros se deslocando a um ritmo constante, a sirene de uma ambulância berrando um grito estridente, um caminhão pesado ribombando sobre as vigas. Quando Assail inspirou fundo, o ar entrou gélido em seus seios nasais, e qualquer odor de sujeira ou de peixes mortos fora subjugado pelo frio.

– Logo em frente – orientou Ehric.

Eles cruzaram o asfalto calma e ritmadamente, seguindo por um caminho de terra batida congelada e dura. Com as enormes placas de concreto da estrada bloqueando o sol, nada crescia ali, mas havia vida – de certa forma. Humanos sem teto em abrigos improvisados com papelões e encerados permaneciam acocorados para se protegerem do inverno, os corpos tão enrolados que não se podia dizer para que lado olhavam.

Considerando o interesse em permanecerem vivos, ele não se preocupou com uma interferência da parte deles. Além disso, eles estavam acostumados a ficarem na periferia daquele tipo de negociata e sabiam que não deveriam se meter.

E se o fizessem? Ele não hesitaria em acabar com a vida miserável deles.

O primeiro sinal de que o inimigo aparecera foi o fedor carregado pelo vento. Assail não era muito versado quanto à Sociedade Redutora e os seus membros, mas seu olfato apurado não era capaz de discernir muitas nuances entre os maus odores. Portanto, ele deduziu que suas instruções foram seguidas e que aquele não era um caso de milhares chegando ao ponto de encontro – conquanto fosse possível que os seguidores de Ômega tivessem apenas um buquê.

Logo ele descobriria.

Assail e seus machos pararam. E esperaram.

Um momento depois, um único *redutor* saiu de trás de um poste.

Ah, interessante. Aquele já fora um cliente antes, aparecendo com dinheiro para aceitar porções de ecstasy ou de heroína. Ele esteve muito perto de ser eliminado, seu volume de compra pouco abaixo da qualificação de um intermediário.

Único motivo pelo qual ele ainda respirava... e, portanto, a certa altura, transformara-se num assassino. Pensando bem, o camarada não vinha circulando muito ultimamente, logo, era possível se deduzir que ele estivesse se ajustando à nova vida. Ou não vida, como parecia ser o caso.

– Jesus... Cristo – disse o *redutor*, obviamente captando os cheiros deles.

– Falei sério quando disse que eu era o seu inimigo – Assail comentou com fala arrastada.

– Vampiros?

– O que nos coloca numa posição curiosa, não? – Assail acenou para os gêmeos. – Meus parceiros vieram aqui em boa-fé. Surpreenderam-se do mesmo modo com o que descobriram quando seus homens chegaram. Certos... comportamentos violentos... por parte nossa foram demonstrados antes que a situação fosse esclarecida. Mil perdões.

Quando Assail indicou, os três sacos foram lançados para a frente.

A voz de Ehric foi seca:

– Estamos dispostos a lhe informar onde está o resto deles.

– Dependendo do resultado desta transação – acrescentou Assail.

O *redutor* olhou para baixo, mas, fora isso, não demonstrou reação alguma. O que sugeria que ele era profissional.

– Trouxe a mercadoria?

– Você pagou por ela.

Os olhos do assassino se estreitaram.

– Vai fazer negócios comigo.

– Garanto que não estou aqui pelo prazer da sua companhia – quando Assail gesticulou, Ehric puxou um pacote embrulhado. – Primeiro, algumas regras básicas. Você entrará em contato comigo diretamente. Não aceitarei ligações de mais ninguém de sua organização. Você poderá delegar o pagamento e o recebimento da mercadoria a quem desejar, desde que me informe a identidade e o número de representantes que estiver enviando. Se houver qualquer tipo de cilada, ou se houver qualquer desvio das minhas duas regras, eu cessarei minhas transações com você. São essas as minhas únicas condições.

O *redutor* olhou de Assail para os primos.

– E se eu quiser comprar mais do que isto?

Assail já considerara essa possibilidade. Não passara os últimos doze meses fazendo com que os intermediários estourassem seus miolos à toa – e não estava disposto a ceder seu poder duramente conquistado a ninguém. Contudo, aquela era uma oportunidade única. Se a Sociedade Redutora queria ganhar dinheiro nas ruas, ele concordava em lhes fornecer as drogas para tal. Não que aquele fedido filho da puta conseguisse chegar até Benloise porque Assail se certificaria de impedir isso. Mais precisamente, Assail tinha um racionamento estipulado inerente ao seu modelo de negócios – com apenas eles três, tinha mais produtos do que vendedores.

Portanto, era hora de começar a delegar. Seu controle sobre a cidade estava completo, a fase seguinte era escolher a dedo alguns intermediários para contratos de trabalho, por assim dizer.

– Vamos começar devagar e veremos como nos saímos – murmurou Assail. – Você precisa de mim. Eu sou a fonte. Portanto, a escolha é sua sobre como procederemos. Certamente, eu não estou... como dizer... "desinclinado" a aumentar os seus pedidos. Com o tempo.

– Como posso saber que você não está trabalhando com a Irmandade?

– Caso eu estivesse, já teria providenciado para que eles tivessem armado uma emboscada agora – ele indicou os sacos plásticos aos pés do assassino. – Além do que, como gesto de boa-fé, e em reconhecimento pelas suas perdas, eu lhe dei um crédito de três mil dólares nesta entrega. Mil para cada um dos nossos, digamos, mal-entendidos da noite passada.

As sobrancelhas do assassino se ergueram.

No silêncio que se seguiu, o vento rodopiou ao redor deles, os casacos revirando-se, o colarinho da jaqueta do *redutor* tremulando.

Assail ficou tranquilo no aguardo de uma resposta. Existiam duas possibilidades: sim, e nesse caso Ehric jogaria o pacote para ele. Ou não, o que os faria abrir fogo no maldito, neutralizá-lo, e apunhalá-lo de volta a Ômega.

As duas opções eram-lhe aceitáveis. Mas ele esperava que fosse a primeira.

Dinheiro precisava ser produzido. Para ambos os lados.

Sola manteve distância do quarteto de homens que se juntaram sob a ponte: detendo-se à margem, ela usava os binóculos para focalizar a reunião.

O senhor Misterioso, também conhecido como Houdini do Acostamento, estava protegido por dois imensos guarda-costas que eram o espelho um do outro. Pelo que podia perceber, ele comandava a reunião, e isso não era surpresa alguma – e ela podia adivinhar o assunto em pauta.

Como esperado, o gêmeo da esquerda deu um passo à frente e lhe deu um pacote do tamanho de uma lancheira de criança para o homem que estava sozinho.

Enquanto ela aguardava que a reunião chegasse ao fim, soube que estava ariscando a vida com aquilo – e não por estar debaixo de uma ponte no meio da noite.

Levando-se em consideração o encontro que teve com o homem na noite anterior, era bem duvidoso que ele apreciasse o fato de ela o seguir até ali, testemunhando suas atividades ilegais. Contudo, passara boa parte das últimas 24 horas pensando nele – e se irritando. Aquele era um maldito país livre, e caso ela quisesse estar ali, numa propriedade pública, tinha esse direito.

Ele queria privacidade? Então que cuidasse dos seus negócios em outro lugar que não no meio da rua.

Enquanto sua irritação ressurgia, ela cerrou os dentes... e entendeu que esse era o seu pior defeito no trabalho.

A vida inteira foi do tipo que fez exatamente aquilo que lhe diziam para não fazer. Claro, quando isso envolvia coisas como "Não, você não pode comer uma bolacha antes do jantar" ou "Não, você não pode sair de carro, está de castigo" ou "Não, você não deve ir visitar seu pai no presídio"... as implicações eram muito diferentes daquilo que se desenrolava logo adiante.

Não, você não pode voltar para aquela casa.

Não, você não pode mais me espionar.

Ah, 'tá bom, chefão. *Ela* decidiria quando estaria satisfeita, muito obrigada. E naquele instante? Ela ainda não estava satisfeita.

Além disso, havia outro ângulo em sua tenacidade: ela não gostava de se acovardar e fora isso o que acontecera na noite anterior. Ao se afastar do confronto com aquele homem, fora por causa do medo – e aquele *não* seria o modo como ela conduziria sua vida. Desde aquela tragédia, ah, há tanto tempo, quando as coisas mudaram para sempre, ela decidira – não, *jurara* – que nunca mais teria medo de nada.

Não da dor. Não da morte. Não do desconhecido.

E certamente não de um homem.

Sola ajustou o foco, fechando-o no rosto do homem. Graças à iluminação urbana, havia luz suficiente para enxergá-lo adequadamente, e sim, ele era exatamente como ela lembrava. Deus, o cabelo era tão negro, quase como se ele o tivesse tingido. E os olhos – estreitos, agressivos. A sua expressão, tão orgulhosa e controlada.

Francamente, ele parecia ter classe demais para ser o que era. Pensando bem, talvez ele fosse feito do mesmo estofo de traficante de Benloise.

Pouco depois, as duas partes se separaram: o homem só se virou e caminhou na direção de que surgira, com um punhado de sacos de lixo quase vazios por sobre o ombro; os outros três retornando até o Range Rover.

Sola trotou até seu carro alugado, o *body* preto e a máscara de esqui ajudando-a a se misturar à escuridão. Colocando-se atrás do volante do Ford, ela se abaixou e usou um espelho para monitorar a via de mão única que passava por debaixo da ponte.

A rua era a única saída disponível. A menos que o homem estivesse disposto a arriscar uma abordagem da polícia por trafegar na contramão.

Momentos depois, o Range Rover passou por ela. Permitindo que ele se adiantasse um pouco, ela acelerou e se posicionou cerca de um quarteirão para trás.

Quando Benloise lhe dera aquela missão, fornecera-lhe o modelo do SUV do homem, além do endereço da casa à margem do Hudson. Porém, nenhum nome.

Tudo o que ela sabia era aquele fundo de investimento e seu único curador.

Enquanto perseguia o trio, memorizou a placa do carro. Um dos seus amigos no departamento de polícia talvez pudesse ajudá-la com isso; apesar de que, se a propriedade era de uma entidade legal, ela deduzia que ele fizera o mesmo com o carro.

Que seja. Só havia uma coisa de que tinha certeza.

Onde quer que ele fosse, ela estaria logo atrás.

Capítulo 46

O grito ecoou pelo quarto em penumbra, alto, agudo, inesperado.

Conforme ele reverberava em seus ouvidos, Layla não entendeu de imediato o que a acordara. O que tinha...

Relanceando para baixo, ela viu que estava sentada ereta, os lençóis amassados em suas mãos, o coração acelerado, a caixa torácica bombeando.

Olhando ao redor, viu que sua boca estava aberta...

Fechando-a, entendeu quem produzira aquele som. Não havia mais ninguém no quarto. E a porta estava cerrada.

Erguendo as mãos, ela girou os pulsos, fazendo as palmas se voltarem para cima e para baixo. A iluminação do quarto, que era pouca, não vinha mais do seu corpo, mas sim do banheiro.

Virando-se de lado, espiou por cima da beirada da cama.

Payne já não estava mais caída no chão. A fêmea devia ter saído – ou fora carregada para fora?

Seu primeiro pensamento foi sair para procurar a irmã de Vishous, simplesmente levantar num pulo e começar a procurar. Embora não tivesse entendido exatamente o que se sucedera entre ambas, não restavam dúvidas de que aquilo custara imensamente à lutadora.

Layla, porém, deteve-se, conforme a preocupação com o seu próprio bem-estar surgiu: sua consciência passou do externo para o interno, a mente se concentrando no corpo, buscando e esperando encontrar as cólicas, a poça quente entre as pernas, as estranhas dores debilitantes em seus ossos.

Nada.

Assim como um quarto ficava em silêncio quando todos os que estavam dentro permaneciam em silêncio, as partes corpóreas também agiam da mesma forma quando todos os seus componentes não tinham queixas.

Tirando as cobertas de cima do corpo, ela moveu as pernas até que ficassem penduradas na lateral do colchão alto. Subconscientemente, preparou-se para a horrível sensação do sangue descendo do seu ventre. Quando nada desse tipo aconteceu, ela se perguntou se o aborto não chegara ao fim. Mas Havers não lhe dissera que duraria mais uma semana?

Foi preciso coragem para se levantar. Ainda que ela considerasse isso ridículo.

Nada ainda.

Layla foi até o banheiro devagar, esperando que o assalto dos sintomas retornasse a qualquer instante, fazendo-a cair de joelhos. Esperou que a dor atacasse, que aquelas cólicas ritmadas voltassem, que aquele processo mais uma vez estabelecesse o domínio sobre seu corpo e sua mente.

Não sei se funcionará, mas, se permitir, eu gostaria de ver o que posso fazer.

Faltou pouco para que Layla rasgasse as roupas, despindo-se do que a cobria num acesso insano. E logo estava no vaso sanitário.

Nenhum sangramento.

Nenhuma cólica.

Uma parte sua afundou numa tristeza tão grande, que ela temia que não houvesse fim para tal emoção – de modo estranho, durante o processo do aborto, ela sentiu como se tivesse uma espécie de conexão com o filho. E se estivesse tudo acabado? Então, a morte estava completa – mesmo que, logicamente, ela soubesse que não havia coisa alguma que tivesse vivido ou fosse capaz de sobreviver; de outro modo, a gestação não teria chegado ao fim.

Sua outra metade estava tomada por uma esperança ressonante.

E se...

Tomou uma chuveirada rápida, apesar de não saber exatamente por que estava se apressando, ou para onde iria.

Baixando o olhar para o abdômen, percorreu as mãos ensaboadas sobre a faixa reta de pele.

– Por favor... qualquer coisa que quiser, pegue o que quiser... me dê esta vida dentro de mim e pode ficar com qualquer outra coisa...

Ela falava com a Virgem Escriba, claro – não que a mãe da raça a ouvisse mais.

– Conceda-me o meu filho... deixe-me ficar com ele... *por favor*.

O desespero que ela sentia era quase tão ruim quanto os problemas físicos de antes, e ela saiu cambaleando para fora do box, secando-se rapidamente e vestindo-se com qualquer coisa.

Pelo que vira na televisão, as mulheres humanas tinham testes que podiam fazer sozinhas, umas espécies de varetas que lhes diziam se seus corpos estavam procriando seus mistérios. As vampiras não dispunham dessas coisas – pelo menos não que ela soubesse.

Mas os machos sabiam. Eles sempre sabiam.

Saindo apressada do quarto, ela disparou na direção do corredor das estátuas, rezando para se deparar com alguém, qualquer um...

Exceto Qhuinn.

Não, ela não queria que fosse ele a descobrir se aquele milagre acontecera ou... se nada havia mudado. Aquilo seria simplesmente cruel demais.

A primeira porta que viu foi a de Blaylock e ela bateu nela depois de um segundo de hesitação. Blay soube da situação desde o início. E, em seu cerne, ele era um bom macho, um macho bom e forte.

Quando não houve resposta, ela praguejou e deu as costas. Não verificara as horas, mas já que as persianas estavam erguidas e não havia o aroma da refeição sendo servida, provavelmente já estavam no meio da noite. Sem dúvida ele saíra para lutar...

– Layla?

Ela se virou. Blay estava inclinado para fora do quarto com uma expressão de surpresa.

– Desculpe... – quando a voz dela se partiu, ela teve que pigarrear – E-eu...

– O que aconteceu? Você está... Epa, vá com calma. Venha, vamos acomodá-la aqui.

Quando algo se aproximou e a segurou por trás, ela percebeu que ele a agarrara e a levara até o banquinho folheado a ouro bem do lado de fora do quarto dele.

Ele se ajoelhou diante dela e a tomou pelas mãos.

– Quer que eu vá chamar Qhuinn para você? Acho que ele está...

– Diga-me se eu ainda estou grávida – quando os olhos dele se arregalaram, ela apertou suas mãos. – Preciso saber. Alguma coisa... – ela não sabia se Payne queria que ela contasse o que acontecera entre as duas. – Eu só preciso saber se acabou ou não. Pode... por favor, eu preciso saber...

Quando ela começou a balbuciar, ele apoiou a mão no braço dela e o apertou.

– Acalme-se. Apenas respire fundo... isso, respire comigo. Isso mesmo, assim está bom.

Ela fez o que pôde para obedecer, concentrando-se no tom de voz grave e firme.

– Quero chamar a doutora Jane, está bem? – quando ela se mostrou disposta a discutir, ele balançou a cabeça com firmeza. – Fique aqui. Prometo que não vou a parte alguma. Só preciso ir buscar meu telefone. Fique aqui.

Por algum motivo, os dentes dela começaram a tiritar. Estranho, pois não estava frio.

Um segundo depois, o soldado estava de volta e se ajoelhava mais uma vez. Ele estava com o celular pregado ao ouvido e falava.

– Ok, Jane já está vindo – informou ele, desligando o aparelho. – Vou ficar aqui, esperando com você.

– Mas você sabe, não sabe? Você tem que saber, consegue sentir o cheiro...

– Psiiiu.

– Desculpe – ela desviou o rosto, abaixando a cabeça. – Não tive a intenção de envolvê-lo nisso. Eu só... desculpe.

– Está tudo bem. Não se preocupe com isso. Vamos só esperar pela doutora Jane. Ei, Layla, olhe para mim. *Olhe* para mim.

Quando ela finalmente encarou os olhos azuis, ficou pasma com a bondade neles. Ainda mais quando o macho sorriu com gentileza.

– Estou contente que tenha vindo me procurar – disse ele. – O que quer que esteja acontecendo, nós vamos cuidar disso.

Fitando o rosto belo e forte, sentindo a segurança que ele oferecia com tanta generosidade, percebendo a decência profunda do lutador, ela pensou em Qhuinn.

– Agora entendo por que ele está apaixonado por você – disse ela sem querer.

Blay empalideceu de uma vez, toda a cor do seu rosto sumindo da face.

– O que... você disse?

– Cheguei – disse a doutora Jane do alto das escadas. – Estou aqui!

Enquanto a doutora Jane se aproximava correndo, Layla fechou os olhos.

Droga. O que acabara de escapar da sua boca?

No centro da cidade, no armazém em que Xcor passara o dia, o líder do Bando de Bastardos por fim emergiu na escuridão fria da noite.

Ele tinha as armas no corpo e o celular na mão.

Em algum ponto durante as horas iluminadas do dia, a sensação de que ele se esquecera de algo finalmente cessara, e ele se lembrara de que dissera aos soldados para abandonar aquele local. O que explicava por que nenhum deles aparecera antes do amanhecer.

O novo esconderijo não era no centro. E, após um pouco de reflexão, fora um erro de sua parte tentar estabelecer o QG naquela parte da cidade, mesmo se as coisas pareciam desertas: muito risco de descoberta, circunstâncias complicadas ou comprometedoras.

Como bem ficaram sabendo na noite anterior com a visita daquele Sombra.

Fechando os olhos brevemente, ele pensou como era estranho que os eventos podiam se suceder muito além das intenções originais de alguém. Se não por aquela intromissão do Sombra, ele se perguntava se um dia teria conseguido rastrear a sua Escolhida. E se ele não a tivesse seguido até a clínica, não teria descoberto que ela estava grávida... tampouco teria descoberto a respeito da Irmandade.

Lançando-se no vento impiedoso, materializou-se no teto do mais alto arranha-céu da cidade. As rajadas de vento eram cruéis naquela altitude, açoitando seu casaco ao redor do corpo, o coldre da foice era tudo o que mantinha nas costas. O cabelo, que crescia cada vez mais, emaranhava-se, obscurecendo a sua visão da cidade que se estendia aos seus pés.

Ele se virou na direção da montanha do Rei, a grande elevação no horizonte.

– Pensávamos que estivesse morto.

Xcor girou sobre as botas de combate, o vento afastando o cabelo do rosto.

Throe e os outros formavam um semicírculo ao redor dele.

– Ai de mim! Ainda vivo e respiro – mas, na verdade, ele só se sentia morto. – Como são as novas acomodações?

– Onde esteve? – Throe exigiu saber.

– Por aí – ao piscar, ele se lembrou de ter vasculhado aquele cenário estranho e enevoado, circundando a base da montanha. – As novas acomodações, como elas são?

– Boas – murmurou Throe. – Posso falar com você?

Xcor levantou uma sobrancelha.

– De fato, você parece ansioso em fazer isso.

Os dois se afastaram um pouco, deixando os outros ao vento e, sem querer, ele acabou ficando de frente para a direção do complexo da Irmandade.

– Você não pode fazer isso – disse Throe acima das rajadas enregelantes. – Não pode simplesmente desaparecer durante o dia inteiro. Não neste cenário político... nós deduzimos que você tivesse sido morto, ou pior, capturado.

Houve uma época em que Xcor teria rebatido essa censura com uma repulsa afiada ou algo mais físico. Mas seu soldado estava certo. As coisas estavam diferentes no grupo deles – desde que enviara Throe para o covil do lobo, ele começara a sentir uma ligação recíproca com aqueles machos.

– Eu lhe garanto, não foi intencional.

– Então, o que aconteceu? Onde esteve?

Naquele instante, Xcor viu uma encruzilhada à sua frente. Uma direção levava ele e seus soldados à Irmandade, para um conflito sangrento que mudariam suas vidas para sempre para o bem ou para o mal. A outra?

Ele pensou em sua Escolhida sendo sustentada por aqueles dois lutadores, com tanto cuidado como se fosse de vidro.

Optou por essa direção.

– Estive no armazém – ouviu-se dizer após um momento. – Passei o dia lá. Voltei para lá distraído, e já era tarde demais para ir para qualquer outra parte. Passei as horas do dia no subterrâneo, e meu telefone não tinha sinal. Vim para cá assim que saí do prédio.

Throe franziu o cenho.

– Já faz tempo que o sol se pôs.

– Perdi a noção do tempo.

Aquilo era tudo o que estava disposto a informar. Nada mais. E seus soldados devem ter sentido esse limite de demarcação e, ainda que as sobrancelhas de Throe permanecessem tensas, ele não disse nada mais.

– Só preciso resolver um detalhe aqui e depois partiremos para encontrar nossos inimigos – declarou Xcor.

Ao pegar o celular, ele não teria como ler a tela, mas sabia como acessar a caixa de mensagens. Havia algumas ligações não recebidas – muito provavelmente de Throe e dos outros. E depois houve uma mensagem de alguém de quem ele esperava notícias.

– Sou eu – anunciou Elan, filho de Larex. Houve uma pausa, como se em sua mente estivesse ouvindo uma fanfarra de trompetes. – O Conselho vai se reunir amanhã à meia-noite. Pensei que você deveria saber. O local é uma propriedade aqui na cidade, cujos donos recentemente retornaram de sua casa segura. Rehvenge foi bem insistente quanto ao agendamento, portanto só posso deduzir que nosso caro *lídher* esteja trazendo uma mensagem do Rei. Eu o manterei informado quanto ao que se suceder, mas *não* espero vê-lo lá. Fique em paz, meu aliado.

Quando ele apertou o botão de apagar a mensagem, Xcor expôs as presas, e o ressurgimento da sua raiva foi bom – uma volta à normalidade.

Como aquele aristocratazinho afetado ousava lhe dizer o que fazer?

– O Conselho irá se reunir amanhã – disse ele ao guardar o telefone.

– Onde? Quando? – perguntou Throe.

Xcor olhou por sobre a cidade até a montanha. Depois deu as costas para aquele ponto cardinal.

– O caro Elan determinou que não devemos estar lá. O que ele falha em perceber é que isso será escolha minha. Não dele.

Como se deixar de informar o endereço o impedisse de ir caso ele assim o desejasse?

– Chega de conversa – ele caminhou até o restante dos seus soldados. – Vamos descer às ruas e nos engajar como fazem os soldados.

Entre as suas omoplatas, a foice começou a falar com ele mais uma vez, a voz clara em sua mente, suas palavras sedentas por sangue como a súplica de uma amante.

Seu silêncio fora por demais perturbador.

Não foi com pouco alívio que ele se desmaterializou do alto de arranha-céu, o seu desejo férreo direcionando suas moléculas na direção do chão e no campo de batalha. De tantas maneiras, as 24 horas anteriores se passaram como se tivessem sido vividas por outra pessoa.

Todavia, ele voltava para a sua boa e velha pele.

E pronto para matar.

Capítulo 47

Qhuinn estava a dezessete quilômetros por hora numa corrida de 32 quilômetros na esteira quando a porta da academia do centro de treinamento se abriu.

No segundo em que ele viu quem era, pôs-se nas barras laterais da máquina e apertou o botão de parar: Blay estava parado na soleira, com os olhos arregalados e o rosto todo abatido – e não porque alguém o tivesse surrado ou algo assim.

– O que aconteceu? – Qhuinn exigiu saber.

Blay enfiou uma mão nos cabelos ruivos.

– Hum... Layla está na clínica...

– *Merda* – ele saltou da máquina e seguiu para a porta. – O que aconteceu...

– Não, não, nada. Ela só está lá para um consulta de rotina. É só isso – o cara deu um passo para o lado, deixando a saída livre. – Imaginei que você quisesse saber.

Qhuinn franziu o cenho e parou bem onde estava. Ao perscrutar a expressão do macho, chegou a uma conclusão que o deixou ansioso: Blay estava escondendo alguma coisa. Difícil determinar como ele sabia disso, mas, pensando bem, depois de uma amizade desde a infância, você aprende a ler nas entrelinhas.

– Você está bem? – perguntou-lhe.

Blay indicou a direção da clínica.

– Sim. Claro. Ela está na sala de exames neste instante.

Certo, obviamente o assunto estava encerrado.

Reagindo, Qhuinn trotou pelo corredor e quase explodiu porta adentro. No último segundo, porém, um senso de decoro o impediu de fazer isso. Alguns exames em fêmeas grávidas envolviam lugares privados – e por mais que ele e Layla tivessem feito sexo, eles certamente não eram íntimos a esse ponto.

Por isso, bateu à porta.

– Layla? Você está aí?

Houve uma pausa e depois a doutora Jane abriu a porta.

– Olá, pode entrar. Estou contente que Blay o tenha encontrado.

O rosto da médica nada revelava – e isso o deixou psicótico. De modo geral, quando os médicos agiam daquele modo cortês e profissional, as notícias não eram boas.

Olhando além da fêmea de V., ele se concentrou em Layla, mas foi Blay quem ele segurou, agarrando-o pelo braço.

– Fique, se puder? – Qhuinn disse pelo canto da boca.

Blay pareceu surpreso, mas atendeu ao pedido dele, fechando a porta atrás de si após entrar.

– O que está aconteceu? – Qhuinn quis saber.

Consulta de rotina o seu rabo. Os olhos de Layla estavam arregalados e um pouco perturbados, as mãos irrequietas remexendo no cabelo longo.

– Houve uma mudança – disse a doutora Jane com hesitação.

Pausa.

Qhuinn quase gritou.

– Ok, preste atenção, se ninguém me disser que merda está acontecendo, vou perder a cabeça no meio desta sala...

– Estou grávida – Layla deixou escapar.

E como isso representava uma mudança?, ele se perguntou com a cabeça começando a zumbir.

– Isto é, o aborto parece ter parado – explicitou Jane. – E ela continua grávida.

Qhuinn piscou. Depois balançou a cabeça – mas não de um lado para o outro, mas sim como se alguém estivesse masturbando um globo de neve.

– Não entendi.

A doutora Jane se sentou numa banqueta de rodinhas, e abriu o prontuário no colo.

– Eu mesma fiz o exame de sangue. Há uma pequena alteração no equilíbrio dos hormônios gestacionais...

– Vou vomitar – Layla interrompeu. – Agora...

Todos se apressaram para a pobre fêmea, mas Blay foi o mais esperto. Ele pegou um cesto de lixo e foi isso o que a Escolhida usou.

Enquanto ela vomitava, Qhuinn amparou sua cabeça e se sentiu meio tonto.

– Ela *não* está bem – disse à médica.

Jane sustentou o olhar dele por sobre a cabeça de Layla.

– Essa é uma parte normal da gestação. Pelo visto, para as vampiras também...

– Mas ela está sangrando...

– Não está mais. E eu fiz um ultrassom. Posso ver o saco gestacional. Ela ainda está grávida...

– Ai, merda! – Blay exclamou.

Por uma fração de segundo, Qhuinn não conseguiu entender por que o cara estava praguejando. Mas logo percebeu que... hum, o teto mudara de lugar com a parede.

Não, espere.

Ele estava desmaiando.

Seu último pensamento consciente foi o de que foi muito bom Blay o amparar enquanto ele despencava como uma árvore cortada na floresta.

No contexto dos idiomas, existiam palavras muito mais importantes do que "estar". Existiam palavras elegantes, palavras históricas, palavras que valiam a vida ou a morte. Havia trava-línguas com polissílabas que exigiam esforço para serem pronunciadas, e missões críticas essenciais que começavam e terminavam guerras... e mesmo poesias sem sentido que pareciam sinfonias ao saírem dos lábios.

De modo geral, "estar" não era usado por garotos crescidos. Na verdade, mal tinha uma definição e, no decorrer de sua vida, não passava de uma ponte, um conduíte de outras palavras mais importantes em qualquer sentença.

Havia, no entanto, um contexto em que tal palavrinha de cinco letras e de apenas duas sílabas era de arrasar quarteirão.

No que se referia ao amor.

A diferença de "amar" em comparação com "estar amando, estar apaixonado" era a uma freada ante o Grand Canyon. A cabeça de um alfinete em todo o Meio-Oeste. Uma expiração ante um furacão.

Agora entendo por que ele...

Enquanto Blay permanecia no chão da sala de exames com o corpo mole de Qhuinn em seu colo, ele não conseguia, nem que sua vida dependesse disso, lembrar-se o que Layla dissera em seguida. Teria sido "ama você"? Bem, nesse caso, sim, ele sabia que o cara o amava como um amigo há décadas. E isso não mudava nada.

Ou teria sido com o acréscimo do "estar"?

Nesse caso, ele estava meio que considerando imitar Qhuinn e dar um tempo no piso de ladrilhos.

– Como vai o meu outro paciente? – a doutora Jane perguntou enquanto Layla se largava de novo na maca.

– Respirando – respondeu Blay.

– Ele vai melhorar.

Era de se esperar, Blay pensou ao se concentrar no rosto de Qhuinn – como se aquelas feições conhecidas, mesmo ele estando apagado, pudessem lhe dar a resposta para sua pergunta de um ou outro modo.

A Escolhida não poderia ter dito "está apaixonado".

Não podia ser isso. Ele simplesmente se recusava a deixar que duas sessões de sexo excelente reescrevessem as palavras de alguém.

– Tem certeza de que isso é normal? – ele ouviu Layla perguntar à médica.

– O vômito? De acordo com o que Ehlena me contou antes, por certo pode ser parte dos sintomas de uma gestação bem-sucedida. Na verdade, é um sinal claro de que as coisas estão progredindo bem. São os hormônios.

– Eu não tenho que voltar ao consultório de Havers, tenho?

– Bem, Ehlena está voltando da visita ao pai hoje à noite. Por isso, precisamos ver o quanto ela se sente à vontade tratando-a... e depois nós veremos em que ponto você está. Não vou mentir... considero isto um milagre.

– Concordo.

Enquanto as fêmeas conversavam, Blay manteve o olhar nas pálpebras fechadas de Qhuinn. Era um milagre, podem acreditar.

Como se estivesse programado, o cara recuperou os sentidos naquele instante, os cílios escuros se mexendo como se tentassem decidir se ele falava sério quanto a essa coisa de ficar consciente.

– Layla! – ele exclamou ao se erguer de pronto.

Blay se empurrou para trás, soltando-se dele. Sentindo-se um pouco idiota.

Ainda mais quando Qhuinn se pôs de pé e foi para perto da fêmea.

Blay ficou onde estava, recostando-se no armário debaixo da pia, com os joelhos erguidos, as mãos sobre as coxas. Mesmo que isso o estivesse dilacerando, ele não conseguiu deixar de olhar os dois juntos, a mão da adaga de Qhuinn impossivelmente gentil enquanto afastava os cabelos loiros de Layla do rosto.

Ele dizia algo a ela, algo suave e reconfortante.

Antes de Blay se dar conta, ele já estava no corredor, andando para algum lugar, qualquer lugar. Por mais difícil que fosse aceitar a compaixão de Qhuinn... era simplesmente impossível testemunhá-la sendo dada a outra pessoa – mesmo que essa pessoa fosse merecedora.

A ideia de que Layla tivesse recebido em seu cio exatamente o que ele tivera nos dois últimos dias fazia seu peito doer, mas o que era pior? Ao que tudo levava a crer, o esforço físico com ela servira a um propósito biológico. Ela estava grávida – e, graças a Payne, ele tinha a sensação de que ela continuaria desse modo.

Apesar de tudo, ele fizera a coisa certa ao procurar a irmã de V. no dia anterior. Deduzindo que isso tivesse sido a causa da incrível reviravolta. Mas, ainda assim, e mesmo que não fizesse sentido, ele sentia como se...

– Você está bem?

Ele parou de súbito com o choque de ouvir a voz de Qhuinn. Pensara que o cara ficaria com Layla.

Preparando-se, enfiou as mãos nos bolsos e respirou fundo antes de se virar.

– Sim, estou bem. Só imaginei que vocês dois quisessem um pouco de privacidade.

– Obrigado por ir me amparar – ele ergueu as mãos. – Não sei o que aconteceu ali dentro.

– Alívio.

– Pode ser.

Houve um instante embaraçoso. Mas, pensando bem, eles eram especialistas nisso, não?

– Bem, vou voltar para a casa – Blay forçou um sorriso, na esperança de que o cara acreditasse. – É bom ter uma noite de folga.

– Ah, é. Saxton deve estar à sua espera.

Blay abriu a boca, mas se segurou antes que um "por quê?" escapasse dos seus lábios.

– É, ele está. Cuide de sua garota. Eu o vejo na Última Refeição, talvez.

Ao sair andando e entrar na recepção, ele sabia que estava sendo um covarde por se esconder atrás de uma relação inexistente. Mas, quando você se corta, você precisa de um Band-Aid.

Cristo, não era de se admirar que Saxton tivesse rompido com ele. Que romântico...

Capítulo 48

Enquanto Assail passava pelos enormes portões da propriedade na parte abastada de Caldwell, ele se sentia aborrecido. Irritado. E não só porque vinha se drogando com cocaína com regularidade sem se alimentar.

O chalé ficara à esquerda, e ele estacionou o Range Rover de frente, debaixo de uma das janelinhas alegres. Ele preferiria ter se desmaterializado até lá – tão menos complicado. Mas, depois de ter deixado os gêmeos numa boate gótica, o Iron Mask, ele se deparou com a realidade de que, caso não se alimentasse, não seria capaz de continuar em frente.

Ele odiava aquilo. Não que ele se importasse com o custo. O problema era que ele não se sentia atraído pela fêmea – e não apreciava as tentativas dela de modificar a situação.

Abrindo a porta, ele saiu, e o ar frio que o atingiu no rosto lhe deu um chacoalhão, fazendo-o perceber o quão lento estivera.

Naquele mesmo instante, um carro passou pela rua da frente, um tipo de sedã nacional.

E foi quando a portinhola do chalé se abriu.

As presas de Assail formigaram quando a fêmea na soleira foi percebida pelos seus sentidos. Vestida em uma roupa sensual preta, ela estava pronta para ele, o cheiro inebriante da sua excitação marcava o ar, embora não fosse isso o que provocou a sua luxúria. Era a veia dela, nada mais, nada menos...

Assail franziu o cenho e olhou para além do chalé, para a floresta que margeava a propriedade.

Em meio às arvores esqueléticas, as luzes traseiras do carro que acabara de passar ficaram vermelhas. Então, quem quer que estivesse ali, fez uma curva, formando um círculo com os faróis dianteiros – e depois eles se apagaram.

Imediatamente, Assail procurou a pistola.

– Entre. Não estamos sozinhos.

A fêmea guardou as boas-vindas e desapareceu dentro do chalé, fechando a porta com um baque.

Desmaterializar-se na floresta seria a melhor tática, mas claro, ele estava faminto demais para isso.

Abruptamente, o vento mudou de direção e veio a seu encontro, e suas narinas se dilataram.

Assail grunhiu baixinho – e não como um alerta. Mais como um tipo de cumprimento.

Como se um dia ele conseguisse se esquecer daquela combinação específica de feromônios.

Sua ladrazinha invertera as posições, fazendo com ele exatamente aquilo que ele fizera com ela na noite anterior. Há quanto tempo ela estava no seu rastro?, ele se perguntou com uma medida de respeito crescendo em seu peito ao mesmo tempo em que ficava frustrado.

Ele não gostou da ideia de que talvez ela o tivesse visto debaixo da ponte. Conhecendo-a, porém, não tinha como excluir essa possibilidade.

Inspirando profundamente, ele não percebeu nada de significativo. O que significava que ela estava sozinha.

Coletando informações? Para quem?

Assail virou-se de volta para o chalé e sorriu sombriamente. Sem dúvida, uma vez que ele entrasse, ela se aproximaria... e quem era ele para não lhe propiciar um espetáculo?

Ele bateu uma vez, e a fêmea abriu a porta novamente.

– Está tudo bem? – perguntou ela.

Seus olhos percorreram o rosto dela, demorando-se nos cabelos. Eram escuros. Espessos. Parecidos com os de sua ladrazinha.

– Tudo certo. Era somente um humano com problemas no carro.

– Então, não há nada com que se preocupar?

– Absolutamente nada.

Enquanto o alívio abrandava a expressão dela, ele fechava e trancava a porta.

– Estou tão contente que tenha vindo me procurar novamente – disse a fêmea, deixando as duas aberturas de renda do robe de cetim se afastarem.

Esta noite ela vestia uma camisola preta que elevava os seios e apertava a cintura a ponto de ele pensar que poderia envolvê-la com apenas uma mão. O cheiro dela era exagerado: excesso de creme para mãos, para o corpo, xampu, condicionador e perfume marcando seu corpo.

Ele bem que queria que ela não se desse a esse trabalho.

Movendo rapidamente os olhos, Assail verificou a posição das janelas. Naturalmente, nada havia mudado: havia duas estreitas em cada lado da lareira. Três peças de vidro sobre a pia. E o parapeito da *bay window* à esquerda sobre o qual havia um assento embutido com diversas almofadas e almofadinhas bordadas em ponto cruz.

Sua ladra escolheria a janela à direita da lareira. Ela ficava longe da iluminação da porta de entrada, e sob o abrigo da chaminé.

– Está pronto para mim? – a fêmea ronronou.

Assail enfiou a mão dentro da jaqueta. Os mil dólares em dinheiro vivo estavam dobrados uma vez, as dez notas de cem formando um livrinho fino.

Movendo-se sinuosamente, ele ficou de costas para a *bay window* e para a lareira. Por algum motivo, não queria que a sua ladra o visse fazendo o pagamento.

O resto do que estava para acontecer, todavia, ele bem queria que ela testemunhasse.

– Aqui está.

Quando a fêmea apanhou o dinheiro, ele desejou que ela não contasse. E ela não o fez.

– Obrigada – ela recuou e colocou as notas num pote de cerâmica vermelha. – Vamos?

– Sim. Vamos.

Assail se aproximou e assumiu o controle, segurando o rosto da fêmea entre as mãos, inclinando a cabeça dela para trás e beijando-a com avidez. Em resposta, ela gemeu, como se o avanço inesperado fosse algo que ela não só acolhia como não ousara esperar.

Ele ficou satisfeito que ela tivesse apreciado. Mas o prazer dela não era o que ele buscava.

Movendo-a, ele a levou até o sofá que estava na parede oposta do chalé, empurrando-a com o corpo, usando sua força para deitá-la com a cabeça na direção da lareira. Enquanto ela se reclinava, abriu os braços para as laterais, fazendo os seios subirem até brigarem com a barreira de cetim que os cobria.

Assail deitou-se por cima dela completamente vestido, ainda de casaco, o joelho separando os dela, uma das mãos descendo para subir a camisola...

– Não, não – disse ele quando ela tentou segurá-lo pelo pescoço. – Quero ver você.

Tolice. Ele queria que ela fosse vista pela janela.

Enquanto ela o obedecia prontamente, ele voltou a beijá-la e a afastar a longa saia do caminho – e no segundo que em que ela foi afastada, a fêmea abriu bem as pernas.

– Entre em mim – disse ela, arqueando-se debaixo dele.

Bem, aquilo não seria possível. Ele não estava excitado.

Mas ninguém precisava saber aquilo.

A fim de parecer fervoroso, ele tirou o casaco dos ombros, e com uma mordida leve das presas, rasgou as alças da camisola, expondo os seios da fêmea à luz da lareira, os mamilos instantaneamente enrijecendo como picos sobre a pele alva.

Assail fez uma pausa, como se embevecido pelo que via. Depois, esticou a língua e abaixou a cabeça.

No último instante, antes que começasse a lamber e a sugar, ele ergueu os olhos, concentrando-se na janela escura da direita, encontrando o olhar fixo da mulher que ele sabia que estava nas sombras, observando-o...

Um golpe de lascívia pura e simples atravessou seu corpo, tomando conta, substituindo seu juízo como motivador das suas ações. A fêmea debaixo dele deixou de ser uma de sua própria espécie que ele comprava por um tempo breve.

Ela se tornou a sua ladra.

E isso mudou tudo. Com um rompante, ele atacou a garganta da fêmea, tomando sua veia, sugando aquilo que ele tanto precisava...

E imaginando, o tempo inteiro, que a mulher humana estava debaixo dele.

Sola arfou...

E se afastou da janela do chalé.

Quando as costas bateram na lateral dura da chaminé de pedra, ela fechou os olhos, seu coração começou a bombear contras as costelas, os pulmões tragando o ar frio.

Atrás de suas pálpebras, tudo o que ela via eram os seios nus expostos diante dele, a cabeça escura descendo, a língua se projetando para fora da boca... e os olhos dele se erguendo para encará-la.

Oh, Jesus, como ele soubera que ela estava ali?

Ah, merda, ela nunca esqueceria a imagem da mulher estendida debaixo dele, o casaco deixado de lado, o corpo dele subindo para se encaixar entre aqueles quadris esbeltos. Ela conseguia imaginar o calor da lareira ao lado deles, e o calor ainda maior surgindo de dentro dele – a sensação da pele contra a pele, da promessa do êxtase.

Não olhe de novo, ela disse a si mesma. *Ele sabe que você está aqui...*

O grito agudo do orgasmo da mulher vibrou por todo o chalé, perturbando a aparência pacata do lugar.

Sola se inclinou sobre a janela novamente, espiando pelo vidro... mesmo sabendo que não deveria fazer isso.

Ele estava dentro da mulher, a parte baixa do corpo bombeando, o rosto aninhado no pescoço dela, os braços afastados para ancorar o peso da parte de cima do corpo.

Ele não olhou mais para cima. E continuou ocupado por um bom tempo.

Agora era a hora de recuar.

Além disso, será que ela precisava mesmo ver aquilo?

Com uma imprecação, Sola se afastou sorrateiramente dali, passando pelo gramado rasteiro, esquivando-se das árvores baixas sem folhas. Quando chegou ao carro alugado, entrou, trancou as portas e deu a partida.

Fechando os olhos uma vez mais, rememorou toda a cena: a sua aproximação do chalé, da janela, ficando nas sombras lançadas pela chaminé. Ele do outro lado da sala, a mulher de frente para ele, o corpo gracioso coberto pelo cetim preto, o cabelo escuro que cobria as costas inteiras. Ele amparando o rosto dela e beijando-a, os ombros se curvando ao se inclinar para manter contato com uma expressão profundamente erótica...

E depois ele levou a mulher até o sofá.

Ainda que ficasse mortificada por admitir, Sola sentiu uma pontada de ciúme irracional. Mas isso não foi o pior: seu próprio corpo reagira, seu sexo florescendo entre as pernas como se a sua boca tivesse sido beijada, a sua cintura fosse aquela segurada por ele, seus seios comprimidos contra o peito dele. E essa reação só se intensificara quando ele posicionara a mulher no sofá, o rosto dele marcado por uma avidez sombria, os olhos cintilando como se debaixo dele houvesse uma refeição a ser degustada.

Observar era errado. Assistir era errado.

Mas mesmo a ameaça à sua segurança pessoal – e, discutivelmente, sua saúde mental – não bastaram para afastá-la daquele vidro. Ainda mais quando ele recuara para tirar o casaco dos ombros. Fora impossível não visualizá-lo nu, vendo o peito largo exposto na luz da lareira, imaginando como seu abdômen se curvaria sob a pele... E depois, pareceu que ele a tivesse mordido – *mordido*, pelo amor de Deus –, arrancando as alças finas do corpete da camisola.

E bem quando os malditos seios perfeitos da mulher ficaram expostos... ele teve que olhar para ela.

Sem nenhum tipo de aviso, aqueles olhos cintilantes e predatórios se elevaram e cravaram diretamente nela, um sorriso furtivo surgindo no canto da boca.

Como se o show fosse para ela.

– Merda. *Merda*.

Uma coisa estava clara: se o que ele quis foi lhe ensinar uma lição sobre espionagem, era difícil pensar num modo melhor – além de fazê-la comer a ponta do cano de uma .40.

Sola saiu do acostamento e tomou a estrada. Enquanto o Ford Taurus demorou dezesseis quilômetros para chegar ao limite de setenta quilômetros por hora, ela desejou estar em seu Audi: com o sangue ainda correndo rápido nas veias, ela precisava de uma forma exterior de expressar o rugido preso em seu corpo.

Algum tipo de vazão.

Como... sexo, por exemplo.

E não consigo mesma.

Capítulo 49

No que se referia aos padrões dos Grandes Campos de Andirondack, a casa de Rehv tinha tudo: uma enorme mansão rústica ladeada por cedros e recoberta por varandas. Um sem-número de construções externas, inclusive chalés para hóspedes. Vista para o lago. Muitos quartos.

Depois que Trez e iAm se materializaram no jardim lateral, eles deram a volta pela neve até a entrada dos fundos pela cozinha. Mesmo no inverno, o lugar emanava boas vibrações, com aquele brilho cálido atravessando os vidros cortados em forma de diamante. Mas nem tudo era do Mundo do Faz de Conta: os abastados vitorianos que construíram aquele complexo como um escape ao calor e das cidades industrializadas durante os verões muito provavelmente não o equiparam com detectores de movimento a laser, travas de última geração nas portas e janelas, e não uma, mas várias placas-mães diferentes para controlar um sistema de alarme multiface e completamente integrado.

Uau.

A impressão digital de Trez no painel discretamente colocado à esquerda da porta permitiu a entrada ao interior da casa – para uma cozinha de tamanho industrial que estava guarnecida com equipamentos de aço inoxidável no mesmo nível dos do Sal's.

Algo estava assando no forno imenso. Pelo cheiro, parecia pão.

– Estou com fome – observou Trez ao fechar a porta. O mecanismo de tranca fechou a porta por si só, mas ele verificou se ela estava trancada mesmo assim por força do hábito.

Ao longe, alguém passava o aspirador – provavelmente uma Escolhida. Desde que Phury assumira o posto de Primale e basicamente libertara o grupo enclausurado de fêmeas do Outro Lado, Rehv as deixava ficar nos Grandes Campos. Fazia sentido. Muita privacidade, especialmente fora da alta temporada, além de que o distanciamento com a cidade propiciava uma transição suave da uniformidade plácida do santuário para a natureza frenética, se é que Trez entendera corretamente, e por vezes traumática da vida na Terra.

Fazia tempo que ele não ia até a casa – não desde que as Escolhidas foram morar ali, para falar a verdade. Pensando bem, quando Rehv explodira o Zero Sum e pusera um fim ao seu papel de rei das drogas, aquela dívida entre eles perdera um pouco da sua força de retribuição.

Além disso, agora que o cara não tinha mais de fazer entregas de garotas e sexo para a princesa, não havia muitos motivos para ir para o norte.

Ao que tudo levava a crer, porém, aquilo mudara.

– Ei, Rehv, você está aí? – Trez chamou com a voz ecoando.

Por mais que seu estômago protestasse, ele e o irmão saíram para o átrio principal. Objetos vitorianos estavam por toda a parte, desde os tapetes orientais multicoloridos no chão até os bancos cobertos de tapeçaria, incluindo as cabeças de bisão, de cervo, de alce e de lince empalhadas e montadas ao redor da lareira.

– Rehv! – ele chamou novamente.

Caramba, aquele abajur de guaxinim sempre o aterrorizara. Assim como a coruja empalhada com óculos de sol.

– Ele já vai descer.

Trez se virou para a voz feminina.

E, naquele instante, o curso de sua vida mudava para sempre.

A escada que vinha do segundo andar era reta, os degraus baixos e a grade simples emergindo de cima sem nenhum artifício arquitetônico.

A fêmea em seu manto branco parada à base a transformava na escadaria do paraíso. Ela era alta e magra, mas as curvas estavam presentes nos lugares certos; o vestido solto não conseguia esconder o busto alto e a graciosidade das curvas dos quadris. A pele era lisa e da cor de café com leite, o cabelo escuro estava amarrado num coque no alto da cabeça. Os olhos eram claros emoldurados por cílios espessos.

Os lábios eram cheios e rosados.

Ele quis beijá-los.

Especialmente quando eles se moveram, enunciando alguma coisa que ela dizia com precisão intoxicante...

O cotovelo pontudo de iAm o atingiu nas costelas e o fez dar um pulo.

– Ai! Mas que mer... digo, que droga. Cacete, quero dizer, caramba.

Belo modo de parecer calmo e controlado, cretino.

– Ela perguntou se queremos comer – iAm murmurou. – Eu agradeci, mas recusei. Agora é a sua vez.

Ah, como ele queria comer uma coisa... Queria cair de joelhos aos pés dela e se enfiar debaixo da...

Trez fechou os olhos e se sentiu como um absoluto idiota.

– Não, estou bem.

– Pensei que você tivesse dito que estava com fome.

Trez arregalou os olhos e encarou o irmão. O cara estava tentando fazer com que ele fizesse papel de idiota?

O brilho no olhar de iAm sugeria que sim.

– Não. Estou bem – ele resmungou. Entrelinhas: Não force a barra, babaca.

– Eu estava indo verificar o meu pão.

Os olhos de Trez se fecharam novamente, a voz da Escolhida tilintando em seus ouvidos, o som tanto elevando a sua pressão sanguínea quanto o acalmando ao mesmo tempo.

– Sabe – ele se ouviu dizer –, talvez eu vá dar uma olhada para ver se arranjo alguma coisa para comer.

Ela sorriu para ele.

– Siga-me. Estou certa de que posso encontrar algo do seu gosto.

Enquanto ela seguia para a porta pela qual eles tinham acabado de sair, Trez piscou como o idiota que era.

Fazia muito, muito tempo desde que uma fêmea lhe dizia algo sem um sentido duplo... mas até onde ele podia afirmar, aquelas palavras, que discutivelmente podiam ser consideradas uma cantada – pelo menos para o seu filtro de luxúria – não carregavam nenhuma promessa de um boquete ou de sexo carnal. Nem mesmo de uma simples atração.

Naturalmente, isso fez com que ele a desejasse ainda mais.

Seus pés partiram naquela direção, o corpo seguindo como um cão seguiria seu dono, sem um segundo pensamento a não ser ir atrás do caminho escolhido por ela para ele...

iAm o agarrou pelo braço e o puxou de volta.

– Nem *pense* nisso.

O primeiro impulso de Trez foi se soltar, mesmo se isso significasse deixar o braço para trás nas mãos do irmão.

– Não sei do que está falando...

– Não me obrigue a segurar a sua ereção para provar o que estou dizendo – iAm sibilou.

Entorpecido, Trez olhou para baixo. Ótimo. Olha ali.

– Eu não vou... – *fodê-la* era o que lhe vinha à mente, mas, por Deus, ele não podia usar essa palavra ao redor daquela fêmea, mesmo que hipoteticamente. – Sabe, fazer nada.

– Você espera mesmo que eu acredite nisso?

Os olhos de Trez partiram para a porta pela qual ela desaparecera. Merda. Ele não tinha credibilidade nenhuma no quesito abstinência.

– Ela não está disponível para você, veja se me entende – iAm disse, rangendo os dentes. – Isso não seria justo para alguém como ela; mais especificamente, se você fizer isso, Phury vai atrás de você com uma adaga negra. A *dele*, não a *sua*.

Por uma fração de segundo, Trez ficou indignado com isso – não porque seu lado feminista interior se opusesse ao fato de as fêmeas serem tratadas como propriedade, ainda que isso fosse errado. Não, era porque...

Minha.

De algum lugar em seu cerne, Trez arrancou seu subconsciente do precipício no qual, inesperadamente, ele se via caindo.

O rei *sympatho* descia pela mesma escada que a Escolhida utilizara, a bengala equilibrando-o, o casaco de marta preto mantendo seu corpo aquecido.

Enquanto iAm dizia algo e Rehv respondia, Trez voltou a olhar para a porta da cozinha. Ah, o que será que ela estava fazendo ali... Puxa... Provavelmente se inclinando para espiar o pão...

Um grunhido sutil emanou de sua garganta.

– O que disse? – Rehv perguntou com o olhar se estreitando.

Outra cotovela em suas costelas trouxe Trez de volta à realidade.

– Desculpe. Indigestão. Como vai?

Rehv ergueu uma sobrancelha, depois deu de ombros.

– Preciso da ajuda de vocês.

– Pode falar – respondeu Trez com sinceridade.

– Haverá uma reunião do Conselho amanhã à noite. Wrath estará presente. A Irmandade lhe dará proteção, mas quero que vocês dois também estejam presentes.

Trez se retraiu. O Conselho se reunia com regularidade antes da onda de ataques de alguns anos atrás, e Rehv jamais precisou de reforços.

– O que está acontecendo?

– Wrath foi alvejado no outono passado.

Mas. Que. Merda.

Trez cerrou o maxilar.

– Quem foi o responsável? – afinal, ele gostava do Rei.

– O Bando de Bastardos. Vocês não o conhecem, mas podem encontrá-los amanhã à noite... se concordarem em ir.

– Claro que iremos – quando iAm assentiu em concordância, Trez cruzou os braços sobre o peito. – Onde?

– Estou organizando tudo numa propriedade em Caldwell à meia-noite. É uma das poucas que não foi infiltrada pela Sociedade Redutora... De qualquer forma, a família foi quase que completamente dizimada, pois visitavam um parente na cidade quando o ataque ocorreu – Rehv prosseguiu e se sentou no sofá de tapeçaria, girando a bengala no chão entre as pernas. – Deixe-me lhes dizer como vai ser. Wrath agora está completamente cego, mas a *glymera* não sabe disso. Quero que ele esteja sentado na sala principal quando todos aqueles aristocratas chegarem a fim de que não o vejam se apoiando em ninguém para encontrar seu posto. Então...

Enquanto Rehv continuava a explicar o plano, Trez se acomodou diante da lareira e assentiu nos momentos certos.

Em sua mente, porém, ele estava na cozinha, com aquela fêmea...

Qual seria o nome dela?

E mais importante do que isso...

Quando voltaria a vê-la?

CAPÍTULO 50

Lá embaixo, na sala de exames da clínica, Qhuinn se sentia como se estivesse flutuando bem alto. E não do mesmo modo como se sentiu antes do impacto do maldito Cessna com um Irmão ferido nos fundos.

– Desculpe, pode repetir?

A doutora Jane sorriu ao trazer a mesinha móvel para junto da cama. De modo vago, o que havia em cima ficou registrado, mas ele estava mais concentrado no que poderia sair da boca da médica.

– Vocês ainda estão grávidos. Os níveis de hormônios dela estão se duplicando exatamente como o esperado, a pressão está perfeita, os batimentos cardíacos também. E nada mais de sangramentos, certo?

Quando a médica olhou para Layla, a Escolhida assentiu com a cabeça, sua expressão tão assustada quanto ele por certo se sentia.

– Nenhum.

Qhuinn deu alguns passos, passou a mão pelos cabelos, o cérebro dando um nó.

– Não entendo isso... Quero dizer, é o que eu quero... o que nós queremos... mas não entendo como ela...

Depois de descer de montanha-russa para o inferno, era completamente inesperado chegar a uma elevação súbita de volta à Terra.

A doutora Jane apenas balançou a cabeça.

– Isso provavelmente não será de nenhuma ajuda, mas Ehlena também nunca viu nada parecido. Portanto, entendo a confusão de vocês, e, mais do que isso, entendo mais do que podem imaginar como a esperança pode ser traiçoeira. É difícil se entregar ao otimismo depois do que vocês passaram.

Caramba, a *shellan* de V. não era nenhuma idiota.

Qhuinn se concentrou em Layla. A Escolhida estava vestindo um robe branco, não do tipo que ela usava como membro da seita secreta das fêmeas da Virgem Escriba. Era mais um roupão de todo dia e, por baixo, uma camisola hospitalar com coraçõezinhos rosa e vermelhos sobre um fundo branco. E aquela mesa de rodinhas? Ali estava um pacote de bolachas de água e sal e seis latas de refrigerante.

Que espécie de remédios de balcão de farmácia, hein?

A doutora Jane abriu o pacote.

– Sei que a última coisa em que está pensando é comida – ela estendeu um dos quadrados salgados. – Mas se comer isto e tomar um pouco de refrigerante, talvez as coisas se acomodem melhor por aí.

E sabe que adiantou? Layla acabou comendo metade do pacote e tomou duas latinhas.

– Ajuda mesmo, hein? – Qhuinn murmurou quando a Escolhida se recostou com um suspiro de alívio.

– Você *não* faz ideia – Layla pousou a mão no ventre. – O que for preciso, eu faço, eu como, eu bebo.

– A náusea é tão ruim assim?

– Não se trata de mim. Não me importo se vomitar por dezoito meses, contanto que o bebê esteja bem. Só temo que se eu vomitar, eu possa... perder... sabe?

Ok, quem disse que as fêmeas eram o sexo frágil não sabia o que estava falando.

Ele olhou para a doutora Jane.

– E o que fazemos agora?

A médica deu de ombros.

– Meu conselho? Confie nos sintomas e nos resultados dos testes, ou vão acabar enlouquecendo. O corpo de Layla está, como sempre esteve, no controle disso tudo. Se neste instante não há nenhum indício de um aborto, mas, na verdade, só motivos para acreditar que a gestação se concluirá com um resultado positivo? Respire fundo e siga em frente, noite após noite. Se ficarem pensando muito no futuro ou no que aconteceu nos últimos dias? Não vão conseguir chegar ao fim disto inteiros.

Verdade, Qhuinn pensou.

O telefone da médica tocou.

– Espere um segundo... Puxa... Tenho que ir dar uma olhada naquele *doggen* que cortou a mão ontem à noite. Layla, no que me diz respeito, não há motivos médicos para que você fique aqui. Contudo, não quero que saia do complexo nas próximas noites. Vamos dar tempo ao tempo, ok?

– Sim, claro.

A doutora Jane saiu pouco depois, e Qhuinn se sentiu perdido. Ele queria ajudar Layla a voltar para casa, mas ela não estava aleijada, pelo amor de Deus. Ainda assim, sentia vontade de carregá-la pelo resto da bendita gestação.

Ele se recostou no armário de aço inoxidável.

– Eu me pego querendo perguntar como você está a cada dois segundos.

Layla deu uma risada de leve.

– Então somos dois.

– Quer voltar para casa?

– Sabe... não quero, não. Eu me sinto... – ela olhou ao redor – mais segura aqui, para ser bem franca.

– Faz sentido para mim. Precisa de alguma coisa?

Ela indicou a bandeja com itens contra enjoo.

– Contanto que eu tenha isto, estarei bem. E você deve se sentir livre para sair e lutar.

Qhuinn franziu o cenho.

– Pensei em ficar...

– E fazer o quê? Veja bem, não o estou expulsando, mas tenho a sensação de que só vou ficar aqui de molho sem fazer nada. Se alguma coisa acontecer, eu ligo e você pode voltar direto para casa.

Qhuinn pensou para onde a Irmandade e os lutadores se dirigiriam aquela noite: a reunião do Conselho.

Se fosse apenas uma noite normal no campo de batalha, ele provavelmente ficaria ali. Mas com Wrath exposto ao mundo, encontrando-se com aqueles idiotas da *glymera*?

– Ok – disse devagar. – Vou estar sempre com o telefone e deixarei claro para os outros que se você telefonar, sairei de lá.

Layla tomou um gole de refrigerante e depois ficou olhando para o copo, como se estivesse observando as bolhas emergindo ao redor dos cubos de gelo.

Ele pensou na noite em que estiveram no consultório de Havers – descontrolados, aterrorizados, pesarosos.

Ainda podiam voltar a se sentir assim, ele lembrou. Era cedo demais para se apegar.

E mesmo assim ele não tinha como evitar. Parado no meio da sala coberta de azulejos, com o cheiro de desinfetante Lysol no nariz e a beirada da bancada cutucando-o nas nádegas... ele percebeu que naquele instante começava a amar seu filho.

Ali, naquele momento.

Assim como um macho vinculado a uma fêmea, um pai também se sentia unido ao filho – e, sendo assim, seu coração se abriu e recebeu tudo aquilo de braços abertos: o comprometimento que acompanhava a tentativa de ter um filho, o terror de perdê-lo que nunca se dissiparia, a alegria de existir algo seu na face da Terra depois que você se fosse, a impaciência por conhecê-lo pessoalmente, o desejo desesperado de segurá-lo em seus braços e olhar em seus olhos e lhe dar todo o seu amor.

– Tudo bem se... se eu tocar na sua barriga? – ele perguntou baixinho.

– Claro! Você não tem que pedir – Layla se recostou com um sorriso. – O que está aqui dentro é metade seu, sabia?

Qhuinn esfregou as mãos, nervoso, ao se aproximar da mesa. Obviamente ele tocara em Layla durante o cio e, depois, de maneira obsequiosa quando a situação se fez necessária.

Ele jamais pensara em tocar em seu bebê.

Qhuinn observou de longe sua mão de adaga se esticar. Jesus, as pontas dos dedos estavam trêmulas.

Mas se estabilizaram no momento em que fizeram contato.

– Estou bem aqui – disse ele. – Papai está aqui. Não vou a parte alguma. Vou só esperar até que você esteja pronto para vir ao mundo, e depois a sua mãe e eu vamos cuidar de você. Por isso, aguente firme, estamos combinados? Faça o que for preciso aí, e nós esperaremos o tempo que for preciso.

Com a mão livre, segurou a de Layla e a colocou sobre a sua.

– A sua família está bem aqui. Esperando por você... e nós te amamos.

Era uma tolice falar com o que, sem dúvida, era apenas um montinho de células. Mas ele não teve como evitar. As palavras, as ações... eram, de súbito, todas suas, e mesmo assim vinham de um lugar que lhe era desconhecido.

Contudo, parecia certo.

Parecia... com o que um pai deveria fazer.

Mão esquerda, .40. Confere.

Direita, .40. Confere.

Munição extra no coldre sobre o peito. Confere.

Adagas um e dois no coldre do peito. Confere.

Jaqueta de couro...

Uma batida na porta do quarto de Blay e ele se inclinou para fora do closet.

– Pode entrar.

Quando Saxton entrou, ele ajeitou a jaqueta nos ombros e se virou.

– Oi. Tudo bem?

Alguma coisa estava acontecendo.

Os olhos do macho deram um giro de 360 graus no "guarda-roupa de trabalho" de Blay, como o chamavam. O desconforto fez com que as sobrancelhas de Saxton se unissem no alto; pensando bem, ele nunca se sentira completamente à vontade com armas.

– Vai para o campo de batalha, parece-me... – o macho murmurou.

– Na verdade, para uma reunião do Conselho.

– Não sabia que isso requeria tantas armas como acessórios.

– Nova era.

– Sim, de fato.

Uma pausa longa.

– Como você está?

Os olhos de Saxton percorreram o quarto.

– Eu queria lhe contar pessoalmente.

Ah, droga. E agora, o que seria?

Blay engoliu em seco.

– O quê?

– Vou sair da casa por um tempo... em férias, na verdade – ele mostrou a palma da mão para deter qualquer discussão. – Não, não é algo permanente. Já organizei tudo com Wrath, e não há nada que eu precise fazer nos próximos dias. Naturalmente, se ele precisar, volto imediatamente. Vou ficar com um velho amigo. Preciso mesmo de um pouco de descanso e relaxamento... e, antes que se preocupe, juro que vou voltar, e isto, honestamente, não tem nada a ver com a gente. Faz meses que trabalho sem folga e só quero ficar livre de compromissos, isso faz sentido?

Blay respirou fundo.

– Sim, faz. Onde você... – ele se deteve ao se lembrar de que aquilo não era mais da sua conta. – Se precisar de alguma coisa, é só avisar, certo?

– Prometo.

Num impulso, Blay se aproximou e passou os braços ao redor do ex-amante, a conexão platônica tão natural quanto a antiga apaixonada o fora. Abraçado ao macho, virou o rosto para dentro.

– Obrigado – disse Blay. – Por vir me contar...

Naquele instante, alguém passou no corredor, as passadas hesitando.

Era Qhuinn; Blay soube pelo cheiro antes mesmo de a figura alta e imponente ser registrada visualmente. E na breve hesitação antes de o cara continuar a andar, seus olhos se encontraram por sobre os ombros de Saxton.

O rosto de Qhuinn se fechou numa máscara instantaneamente, as feições congelando, não revelando nada.

E logo o lutador se foi, suas pernas longas afastando-o do batente da porta.

Blay deu um passo para trás e se forçou a se concentrar na despedida.

– Quando vai voltar?

– Em alguns dias, no máximo uma semana.

– Ok.

Saxton olhou de relance pelo quarto novamente, e quando o fez, ficou claro que ele estava se lembrando.

– Fique bem e se cuide. Não tente bancar o herói.

O primeiro pensamento de Blay foi... bem, já que Qhuinn normalmente era o primeiro a fazer isso, era bem improvável que ele tivesse de vestir sua roupa de Super-Homem.

– Prometo.

Quando Saxton saiu, Blay ficou olhando para o vazio. Não enxergou o que havia diante dele, nem se lembrou do que Saxton lhe dissera. Em vez disso, sua mente foi para o quarto ao lado, para Qhuinn e para as coisas de Qhuinn... e para as lembranças daquela sua sessão com Qhuinn.

Merda.

Olhando para o relógio, ele colocou o celular no bolso da jaqueta e saiu. Ao se apressar pela escada, as vozes do vestíbulo ecoaram, num sinal de que a Irmandade já se reunira e estava esperando para o sinal de partida.

Como esperado, todos estavam lá. Z. e Phury. V. e Butch. Rhage, Tohr e John Matthew.

Enquanto descia, viu-se desejando que Qhuinn os acompanhasse, mas, certamente, o macho ficaria em casa, devido à situação de Layla.

Onde estava Payne?, ele se perguntou ao parar ao lado de John Matthew.

Tohr acenou na direção de Blay.

– Ok, só estamos esperando mais um e, em seguida, podemos nos encaminhar. A primeira leva vai até o local do encontro. Quando o "ok" for dado, eu me desmaterializarei com Wrath para a casa com o apoio e...

Lassiter derrapou na porta da sala de bilhar, o anjo caído brilhando desde os cabelos loiros e negros e olhos brancos até os coturnos. Pensando bem, talvez a iluminação não fosse de sua natureza, mas sim de todo aquele ouro que ele insistia em usar.

Ele parecia uma árvore de joias viva.

– Estou aqui. Onde está o meu chapéu de motorista?

– Tome, use o meu – ofereceu Butch, mostrando e lançando um boné com um B. Sox bordado. – Isso vai ajudar com esses seus cabelos.

O anjo pegou o objeto no ar e olhou fixamente para o S vermelho.

– Desculpe, mas não posso.

– Não me diga que é fã dos Yankees? – V. disse de modo arrastado. – Terei que matar você e, francamente, hoje precisamos de todos os reforços de que dispomos.

Lassiter devolveu o boné. Assobiou. Olhou de lado parecendo casual.

– Está falando a verdade? – disse Butch. Como se o cara tivesse se voluntariado a uma lobotomia. Ou a amputação de um membro. Ou a uma pedicure.

– Nem fodendo – ecoou V. – Quando e onde você se tornou amigo do inimigo...

O anjo ergueu as mãos.

– Não é culpa minha se vocês não são de nada...

Tohr teve, de verdade, de se colocar diante de Lassiter, como se estivesse preocupado que algo mais do que simples insultos verbais pudessem acontecer. E o triste era que ele tinha razão em se preocupar. Com exceção de suas *shellans*, Butch e V. amavam os Sox acima de qualquer outra coisa... inclusive a sanidade.

– Ok, ok – interveio Tohr. – Temos coisas mais importantes com que nos preocupar...

– Uma hora ele vai ter que dormir – Butch murmurou para seu colega.

– Isso aí, olha por onde anda, anjo – V. zombou. – Não gostamos do seu tipo.

Lassiter deu de ombros, como se os Irmãos não passassem de cachorrinhos ganindo ao redor dos seus calcanhares.

– Tem alguém falando comigo? Ou será apenas o som dos perdedores...

Muita gritaria àquela altura.

– Duas palavras, queridos – Lassiter espicaçou. – Johnny. Damon. Ah, espere, Kevin. Youkilis. Ou Wade. Boggs. Roger. Clemens. Será que só a comida é ruim em Boston? Ou também o jogo?

Butch avançou nessa hora, obviamente preparado para acender o cara como a uma árvore de Natal...

– Que *merda* está acontecendo aqui?!

A voz gritando do alto da escada abafou a disputa Sox versus Yankees.

Enquanto Tohr afastava o tira, todos acompanharam com os olhos a descida do Rei com sua rainha. A presença de Wrath fez com que todos ficassem sérios, profissionais. Até mesmo Lassiter.

Bem, exceto Butch. Mas, pensando bem, ele se mostrava em "alerta máximo", como ele mesmo dizia, nas últimas 24 horas e tinha bons motivos para estar rabugento: sua *shellan* participaria da reunião do Conselho. O que, de acordo com o modo de pensar do Irmão, era como ter dois Wraths ali. A questão era que Marissa era a mais velha de sua linhagem, e como Rehv exigia *quorum* completo, ela tinha de estar presente.

Pobre desgraçado.

Na calmaria que se seguiu, a adaga de Blay começou a formigar, e ele sentiu uma necessidade quase irresistível de pousar a mão em uma arma. Tudo o que ele conseguia pensar era que aquilo era quase idêntico ao prelúdio ao atentado contra Wrath no outono anterior – naquela noite, eles todos se reuniram ali, e Wrath descera com Beth... e uma bala acabara sendo disparada por um rifle, terminando sua trajetória na garganta do Rei.

Aparentemente, ele não era o único a pensar naquilo. Um determinado número de mãos partiu para os coldres em alerta.

– Ah, que bom, aqui está você – disse Tohr.

Blay se voltou com um franzido e teve que engolir a sua reação. Não era Payne que se juntava a eles; mas Qhuinn. E, caramba, o macho parecia mais do que pronto a dar umas pancadas por aí, com os olhos sérios, o corpo tenso como a corda de um arco em seu couro negro.

Por um instante, uma fissura de percepção pura e sexual atravessou Blay.

A ponto de uma fantasia totalmente inapropriada lhe ocorrer: ou seja, ele e Qhuinn se enfiando no depósito para uma rapidinha de roupa e tudo.

Com um gemido, ele voltou a se concentrar no Rei. O que era o mais apropriado. O importante era Wrath, e não a sua maldita vida amorosa...

Uma sensação de desconforto substituiu o tesão.

Será que ele e Qhuinn voltariam a se encontrar algum dia?

Deus, que pensamento estranho. O sexo não era uma boa ideia emocionalmente. De fato, era uma ideia extremamente ruim.

Mas ele queria mais. E que Deus o ajudasse.

– Ok, prontos – anunciou Tohr. – Todos sabem para onde vamos?

Foi um alívio desconcertante ter a natureza séria da missão diante dele para clarear seus pensamentos de tudo que não fosse o comprometimento em manter a vida de Wrath a salvo... mesmo que à custa da sua.

Só que isso era melhor do que se preocupar com a sua situação com Qhuinn.

Não havia dúvidas.

CAPÍTULO 51

Qhuinn se materializou num terraço coberto de neve, e quando todos da Irmandade, exceto Butch, materializaram-se ao seu lado, ele não se surpreendeu com toda aquela pompa. A propriedade em que o Conselho se reuniria estava dentro dos padrões da *glymera*: um enorme terreno que fora limpo e ajardinado. Um pequeno chalé próximo à entrada que mais parecia pertencer a um cartão postal de Cotswalds. Uma enorme mansão que, neste caso, era feita de pedras com cornijas de dentículos, venezianas lustrosas e telhado de ardósia.

– Vamos em frente – disse V., seguindo para uma porta lateral.

No instante em que ele bateu, a porta se abriu, como se, junto a todo o resto, aquilo tivesse sido pré-arranjado. Mas, hum... aquela era a anfitriã? A fêmea parada na entrada trajava um vestido longo com decote até o umbigo, e ela tinha uma gargantilha de diamantes do tamanho da coleira de um Doberman. O perfume era tão intenso que foi como um golpe nas narinas – apesar de ele ainda estar do lado de fora.

– Estou pronta para vocês – disse ela num tom baixo e intimista.

Qhuinn franziu o cenho, pensando que quem quer que fosse o designer fazia a moça ali parecer uma prostituta. Mas isso não era problema seu.

Enquanto ele caminhava em fila atrás dos outros, o cômodo em que entraram parecia um tipo de conservatório, os vasos imensos e o enorme piano de cauda sugeriam que muitas noites com convidados começavam com um cantor de ópera berrando no canto.

Credo.

– Por aqui – instruiu a fêmea com um floreio de uma mão que reluzia.

Em seu rastro, aquele perfume – talvez fossem sprays de diversas fontes, como camadas de todo tipo de tranqueira? – quase coloria o ar atrás dela, e os quadris trabalhavam duplamente a cada passada, como se ela tivesse esperança de que eles olhassem para o seu traseiro, desejando ter um pedaço daquilo.

Nada disso. Assim como os outros, ele olhava cada canto e refúgio, pronto para atirar e depois fazer perguntas para o corpo estirado no chão.

Só foi quando chegaram ao átrio principal, com todas as pinturas a óleo iluminadas pelo teto, e seus tapetes orientais escuros e...

Puta merda, aquele espelho era exatamente igual ao que estivera pendurado na casa dos seus pais. Na mesma posição, do teto ao chão, a mesma moldura rebuscada em ouro.

Sim, aquilo lhe dava arrepios. Dos grandes.

A casa inteira o lembrava da mansão em que ele crescera, tudo em seu devido lugar, a decoração muito longe da classe média, mas nem um pouco afetada ao estilo de Trump. Não, aquela porcaria toda era uma sutil mistura da fortuna antiga com o senso clássico de estilo que só se tinha com o nascimento, não era algo ensinado.

Seus olhos procuraram Blay.

O cara estava fazendo seu trabalho, sério, verificando o lugar.

O pai e a mãe de Blay não eram ricos daquele modo. Mas a casa deles sempre fora mais confortável de tantas maneiras. Mais quente – e isso não tinha nada a ver com o sistema de aquecimento central.

Como estariam os pais de Blay?, ele se perguntou abruptamente. Passara quase mais tempo debaixo do teto deles, em vez de sob o seu. A última vez em que os vira... puxa, fazia tanto tempo. Talvez na noite dos ataques, quando o pai de Blay passou de senhor Contador de Terno para um assassino impiedoso. Depois daquilo, o casal se mudara para a casa segura, e, em seguida, ele e Blay tinham se afastado.

Desejou que eles estivessem bem...

A imagem de Blay e Saxton de pé, peito contra peito, quadril contra quadril no quarto de Blay invadiu seu cérebro.

Puta que... o pariu... como aquilo doeu.

Ah, cacete, o carma era bom em seu trabalho...

Voltando à realidade, ele seguiu as pélvis móveis e a Irmandade até a sala de jantar gigante que fora arranjada segundo as especificações de Tohr: todas as cortinas foram puxadas ante as janelas que davam para o jardim dos fundos, e a porta em vaivém que ele deduzia dar para a cozinha fora obstruída por um aparador antigo e pesado. A mesa que devia pertencer ao centro da sala fora retirada, e 25 cadeiras de mogno combinando com assento em seda vermelha estavam perfiladas diante da lareira.

Wrath ficaria de frente à cornija da lareira para fazer seu discurso, e Qhuinn foi até lá para verificar se a chaminé estava fechada. Estava.

Em ambos os lados da lareira, havia duas portas que davam para uma antiga sala de recepção. Ele, John Matthew e Rhage vasculharam a sala, depois a fecharam, em seguida ele se postou diante da entrada à esquerda, com John à direita.

– Está tudo do seu agrado? – perguntou a fêmea.

Rehv foi até a lareira e se virou de frente para as cadeiras vazias.

– Onde está o seu *hellren*?

– No andar de cima.

– Traga-o para cá. Agora. De outro modo, se ele andar pela casa, é possível que acabe com um tiro no peito.

Os olhos da fêmea se arregalaram, e dessa vez, quando ela andou, não houve exagero nos quadris, nem o "olhem para mim" com uma jogada de cabelos por cima do ombro. Obviamente a mensagem de que não estavam para brincadeira fora recebida, e ela queria que, quem quer que fosse seu parceiro, permanecesse vivo naquela noite.

Na espera que se seguiu, Qhuinn manteve a arma empunhada, os olhos na sala, os ouvidos aguçados para o caso de alguma coisa, qualquer coisa parecer estranha.

Nada.

O que sugeria que seus anfitriões tinham seguido as ordens...

Uma sensação de formigamento estranha subiu pela sua espinha, fazendo-o franzir o cenho e ficar absolutamente alerta. Do outro lado da lareira, John pareceu captar o mesmo sinal, levantando a arma e estreitando o olhar.

Em seguida, uma névoa fria atingiu os tornozelos de Qhuinn.

– Pedi que dois convidados especiais se juntassem a nós – anunciou Rehv.

Nesse instante, duas colunas de fumaça subiram do chão, as moléculas dispersas voltando às formas... que Qhuinn reconheceu instantaneamente.

Ainda bem.

Com Payne fora de combate por sabe-se lá qual motivo, ele se sentira como se estivessem com pouca retaguarda, mesmo reconhecendo toda a habilidade da Irmandade. No entanto, quando iAm e Trez surgiram, ele suspirou de alívio.

Aquele sim era um par de assassinos impiedosos, do tipo que você não gostaria de ter do lado oposto brigando com você. A boa notícia era que fazia tempo que Rehv se aliara aos Sombras, e a ligação de Rehv com a Irmandade e o Rei significava que os irmãos obviamente estavam dispostos a ajudar na retaguarda.

Qhuinn deu um passo à frente para cumprimentá-los, como os outros, juntando as palmas, uma puxada rápida, um tapinha nas costas.

– Ei, cara...

– Como vai?

– Tudo bom?

Depois que todos os ois e olás foram distribuídos, Trez olhou ao redor.

– Certo, então vamos ficar fora de vista a menos que vocês precisem de nós. Mas fiquem tranquilos, estamos aqui.

Depois de uma rodada de agradecimentos da parte dos Irmãos, Rehv trocou algumas palavras em particular com os Sombras... e depois os dois sumiram, desaparecendo de sua forma física, descendo pelas tábuas do piso; a brisa gélida era apenas uma garantia de segurança.

Bem na hora. Menos de um minuto depois, a anfitriã voltou com um ancião pequeno ao seu lado. À medida que os vampiros envelheciam, com um rápido declínio de sua força física mais para o fim da vida, Qhuinn estimou que restava àquele cara mais uns cinco anos. Uns dez, no máximo.

Fizeram-se as apresentações, mas Qhuinn não se importava com aquela baboseira. Estava mais preocupado em saber se o resto da casa estava desocupado.

– Há algum *doggen* aqui? – Rehv perguntou à fêmea enquanto ela acomodava o esquisitão numa das cadeiras.

– Como foi pedido, todos foram dispensados a partir de agora.

V. acenou para Phury e Z.

– Nós três vamos vasculhar a propriedade para ver se está tudo bem.

Mesmo que Blay confiasse em si, na Irmandade, em John Matthew e em Qhuinn, ele se sentiu melhor sabendo que os Sombras estavam por perto. Trez e iAm não só eram excepcionais lutadores e inerentemente perigosos para qualquer um a quem declarassem guerra; eles tinham uma vantagem admirável sobre a Irmandade.

Invisibilidade.

Ele não sabia se eles podiam, de fato, lutar dessa maneira, mas isso pouco importava. Qualquer um que ali entrasse – como digamos, o maldito Bando de Bastardos – julgaria a situação apenas contando com os presentes visíveis no recinto.

Não com aqueles dois irmãos.

Portanto, isso era muito bom.

Naquele instante, V. voltou com Phury e Z. de sua patrulha – e Butch estava com eles, indicando que o Irmão acabara de chegar de carro.

– Tudo certo.

Houve uma breve pausa. Em, seguida, como pré-arranjado, Tohr foi para a porta da frente e abriu caminho para Wrath.

Hora do espetáculo, pensou Blay, com os olhos disparando na direção de Qhuinn antes de voltar a se concentrar.

Tohr e o Rei entraram na sala de jantar lado a lado, as cabeças unidas como se estivessem envolvidos numa conversa séria sobre algo importante, a mão do Irmão sobre o antebraço de Wrath como se o cara estivesse tentando enfatizar algum ponto importante.

Tudo aquilo, porém, não passava de uma encenação para os anfitriões.

Tohr, na verdade, estava conduzindo Wrath pelo braço, levando-o até a lareira, posicionando-o bem no meio da cornija. E a conversa? Era sobre onde os dois aristocratas estavam sentados, onde as cadeiras estavam perfiladas, onde os Irmãos e lutadores estavam a postos – bem como os dois Sombras.

Enquanto assentia, o Rei, deliberadamente, movia a cabeça de um lado para o outro como se seus olhos estivessem captando os detalhes da sala. E, depois, ele cumprimentou os anfitriões quando estes foram levados à frente para beijar o imenso anel de diamante negro.

Depois disso, *la crème de la crème* da *glymera* começou a chegar.

De seu posto designado no fundo da sala na parede das janelas, Blay conseguiu olhar muito bem para cada um. Jesus, ele se lembrava de alguns deles de sua vida anterior aos ataques, antes de ele começar a morar na mansão e a lutar com os Irmãos. Seus pais não estavam no mesmo nível social daqueles machos e fêmeas, ficando mais à margem – ainda assim, a linhagem da sua família era boa e eles foram incluídos em muitas celebrações festivas nas grandes mansões.

Portanto, aquele povo não lhe era desconhecido.

Mas, por certo, ele não tinha como dizer que sentia saudades deles.

Na verdade, teve que rir consigo mesmo enquanto uma bela quantidade de fêmeas franzia o cenho e olhava para baixo para os pés delicadamente envolvidos em sapatos finos, Laboutins sendo erguidos e sacudidos... como se o frio dos Sombras estivesse sendo notado.

Quando Havers chegou, o curandeiro da raça pareceu um pouco desentrosado. Sem dúvida estava nervoso em rever a irmã e tinha bons motivos para tal. Até onde Blay sabia, Marissa acabara com ele na última reunião formal do Conselho.

Blay lamentava muito ter perdido aquilo.

Marissa chegou pouco depois do irmão, e Butch se aproximou dela, recebendo-a com um beijo demorado antes de conduzi-la, com um braço orgulhoso e protetor, para um assento no canto direito, perto de onde ele estava situado. Depois que o tira ajudou-a a se sentar, ele ficou de pé ao lado dela, grande, forte, e com um olhar ameaçador... especialmente quando seus olhos se encontraram com os de Havers e sorriu com as presas expostas.

Blay se viu invejando um pouquinho o casal. Não por conta do estranhamento familiar, isso não. Mas Deus... ser capaz de estar em público com seu parceiro, demonstrar seu amor, ter seu relacionamento respeitado por todos os outros? Casais heterossexuais consideravam aquilo como coisa certa porque nunca conheceram nada diferente daquilo. Suas uniões eram santificadas pela *glymera*, mesmo que os casais não estivessem apaixonados, ou se traíssem, ou fossem, de todo modo, uma fraude.

Dois machos?

Rá.

Apenas mais um motivo para se ressentir da aristocracia, segundo seu ponto de vista. Ainda que, na realidade, ele tinha a sensação de que jamais teria de se preocupar em sofrer discriminação. O macho que ele queria nunca ficaria ao seu lado em público, e não porque Qhuinn se importasse com a opinião alheia. Um, o cara não era do tipo que demonstrava afeto. Dois, sexo não formava casais.

Se assim fosse, o cara estaria comprometido com metade de Caldwell, pelo amor de Deus.

Ah, no que ele estava pensando...

Já fazia tempos que superara aquele sonho impossível com Qhuinn.

De verdade.

Absolutamente...

– Chega – ele murmurou para si mesmo quando o último integrante do Conselho chegou.

Rehv não perdeu tempo. A cada segundo que Wrath ficava diante do grupo, o Rei não só se expunha mortalmente, mas também corria o risco de que sua cegueira fosse descoberta.

O rei *sympatho* se dirigiu ao Conselho, com o olhar violeta perscrutando a assembleia, com um sorriso enviesado no rosto – como se apreciasse o fato de que o grupo de sabichões não fizesse a mínima ideia de que um devorador de pecados os liderava.

– Declaro aberta a sessão do Conselho. O dia e a hora são...

Enquanto a introdução prosseguia, Blay manteve o olhar ocupado, verificando as costas dos machos e das fêmeas, onde os braços e as mãos estavam, se alguém se mostrava ansioso. Naturalmente, o grupo se apresentara em *black-tie* e veludo, e joias para as mulheres e relógios de bolso de ouro para os homens. Pensando bem, fazia um bom tempo desde que se reuniram formalmente, e isso significava que o desejo deles de competir uns com os outros para mostrar quem valia mais sem dúvida vinha sendo estrangulado.

– ... nosso líder, Wrath, filho de Wrath.

Aplausos educados se seguiram, e depois eles se ajeitaram em suas cadeiras quando Wrath deu um único passo à frente.

Caramba, cego ou não, ele certamente parecia uma força da natureza: mesmo não trajando algum tipo de manto com borda de arminho, o Rei parecia irrefutavelmente no comando, o corpo imenso e os cabelos negros longos, e os óculos escuros, fazendo-o parecer mais uma ameaça do que um monarca.

E a ideia era essa mesmo.

Liderança, especialmente quando se tratava da *glymera*, baseava-se em parte nessa percepção – e ninguém tinha como negar que Wrath parecia a representação viva do poder e da autoridade.

E aquela voz grave e profunda também não atrapalhava em nada.

– Admito que faz um bom tempo que não os vejo. Os ataques de quase dois anos atrás dizimaram muitos em suas famílias e eu partilho de sua dor. Eu, também, perdi meus familiares num ataque de *redutores*, portanto, sei exatamente o que vocês têm passado enquanto tentam voltar a colocar a vida nos trilhos.

Um macho na fila da frente se mexeu...

Mas foi só para mudar de posição, não o prelúdio de uma arma sendo sacada.

Blay voltou à sua posição, como alguns outros. Maldição, ele mal podia esperar para que aquela reunião acabasse e eles pudessem levar Wrath de volta para a segurança.

– Muitos de vocês conheceram bem meu pai e se lembram de seu reinado no Antigo País. Meu pai era um líder sábio e de temperamento moderado, um cavalheiro de pensamento lógico e educação real, que se ocupava somente da melhoria desta raça e dos cidadãos – Wrath fez uma pausa, os óculos percorrendo em arco a sala. – Partilho de algumas das características de meu pai... mas não de todas. De fato, não sou temperado. Não sou clemente. Sou um homem da guerra, não da paz.

Nisso, Wrath desembainhou uma de suas adagas, a lâmina negra refletindo a luz do candelabro de cristal acima deles. Diante do Rei, a assembleia reagiu com um tremor coletivo.

– Fico muito à vontade num conflito, seja ele do tipo legal ou letal. Meu pai era um mediador, um construtor de pontes. Eu construo túmulos. Meu pai era persuasivo. Eu sou um conquistador. Meu pai era um Rei que se sentava de boa vontade às suas mesas de jantar para debater minúcias. Não sou assim.

Epa, epa. Sem dúvida, nunca se dirigiram ao Conselho daquele modo. Mas Blay não discordava da abordagem. A fraqueza não era respeitada. Mais do que isso, com aquele grupo, a lei provavelmente não asseguraria a estabilidade do trono de Wrath.

Medo, por sua vez?

Tinha chances muito melhores.

– Meu pai e eu, todavia, temos uma coisa em comum – Wrath inclinou a cabeça num ângulo como se estivesse olhando para a adaga negra. – Meu pai provocou a morte de oito dos seus parentes.

Houve um arfar coletivo. Mas Wrath não permitiu que isso o detivesse.

– No decorrer do seu reinado, ocorreram oito atentados à vida dele, e, não importasse o quanto demorasse, se dias, semanas ou meses, ele tratou de descobrir quem esteve por trás de cada um deles... e caçou pessoalmente cada um dos indivíduos, matando-os. Podem não ter ficado sabendo das histórias verdadeiras, mas sabem dessas mortes... Os criminosos foram decapitados e suas línguas foram cortadas. Por certo, se pensarem no passado, irão se lembrar de alguém em suas linhagens que tiveram esse fim?

Inquietação. Muita inquietação. O que sugeria que as lembranças estavam se avivando.

– Também devem se lembrar de que essas mortes foram atribuídas à Sociedade Redutora. Eu lhes digo, conheço esses nomes, como também sei onde estão esses túmulos, porque meu pai me fez memorizá-los. Foi a primeira lição de reinado que ele me ensinou. Meus cidadãos devem ser honrados, protegidos e bem servidos. Os traidores, por sua vez, são uma doença para qualquer sociedade legítima e precisam ser erradicados – Wrath sorriu de um modo puramente malévolo. – Digam o que quiserem a meu respeito, estudei muito bem aos pés de meu pai. E sejamos bem claros, foi o meu pai, e não a Irmandade, quem cuidou dessas mortes. Sei disso porque ele decapitou quatro deles diante de mim. Eis a importância dessa lição.

Muitas das fêmeas se aproximaram de qualquer que fosse o macho que estivesse sentado ao seu lado.

Wrath prosseguiu:

– Não hesitarei em seguir a liderança de meu pai quanto a isso. Reconheço tudo o que vocês sofreram. Respeito suas provações e quero liderá-los. Todavia, eu não hesitarei em tratar *qualquer tipo* de insurreição contra mim e os meus como um ato de traição.

O Rei abaixou o queixo e pareceu encará-los por detrás dos óculos, a ponto de até Blay sentir uma pontada de adrenalina.

– E se pensam que meu pai foi violento, não viram nada ainda. Farei com que aquelas mortes pareçam misericordiosas. Juro pela minha linhagem.

Capítulo 52

De alguma forma, Assail não conseguia acreditar que estivesse entrando em um restaurante. Primeiro porque ele não costumava, via de regra, frequentar locais humanos, e, segundo, ele não tinha interesse algum em comer ali: o ar rescendia a batata frita e cerveja, e pelo que viu nas bandejas das garçonetes, ele não estava muito certo se as entradas eram consideradas seguras para consumo não animal.

Ora, veja. Do lado oposto, havia um palco que tinha uma parede de tela de arame para galinheiros.

Quanta classe.

– Olá, tudo bem? – alguém ronronou em sua direção.

Assail levantou uma sobrancelha e olhou por sobre o ombro. A mulher humana usava uma camisa apertada e um par de jeans que, obviamente, fora-lhe costurado no corpo. O cabelo era loiro e muito liso. A maquilagem era pesada, com o batom tão brilhante que mais parecia pintura a óleo.

Ele preferiria arrancar os olhos com uma colher a ter qualquer tipo de envolvimento com alguém como ela.

Obrigou-a a se esquecer de que o vira e virou de costas. O lugar estava cheio, havia mais pessoas que mesas e cadeiras, portanto havia uma boa cobertura enquanto ele seguia para um canto e procurava...

Lá estava ela.

A sua ladrazinha.

Praguejando baixinho, ele vagamente reconheceu o quanto aquilo era uma perda de tempo – considerando-se, ainda mais, que seus primos estavam negociando de novo com aquele *redutor*. Infelizmente, porém, assim que ele recebera o alerta de que o Audi dela estava se mexendo, sentira-se compelido a encontrá-lo e segui-lo.

Não estivera preparado para aquilo.

O que ela fazia ali? E por que estava vestida daquela maneira?

Enquanto ela encontrava uma das poucas mesas vazias e se sentava sozinha, ele se viu desaprovando o modo como o cabelo dela estava solto por sobre os ombros, o volume escuro se curvando ao redor do rosto. Ou a saia justa que foi revelada assim que ela despiu o casaco. Ou... ela também estava maquilada, pelo amor de Deus. Mas não da forma carregada daquela mulher que acabara de abordá-lo. A sua ladra deixara as coisas bem leves, de modo a apenas acentuar suas feições...

Ela era tão linda.

Linda demais.

Todos os homens no restaurante olhavam para ela. E isso fez com que ele quisesse matar cada um deles arrancando-lhe as gargantas com os dentes...

Como se estivessem de acordo com seu plano, suas presas formigaram e começaram a se alongar dentro da boca, seu corpo ficando tenso.

Mas ainda não, ele se ordenou. Ele tinha de descobrir o motivo de ela estar ali. Depois de tê-la seguido até a mansão de Benloise, ele esperara qualquer tipo de destino... embora não aquele. O que ela estaria...

A cabeça dela se voltou e, por um instante, ele pensou que, de alguma maneira, ela o tivesse sentido, mesmo não sendo uma vampira.

Mas então, um humano muito alto e bem estruturado aproximou-se da mesa.

Sua ladra fitou o cara. Sorriu para ele. Levantou-se e passou os braços ao redor dos ombros amplos.

A mão de Assail entrou no casaco à procura de sua arma.

De fato, ele se viu indo até lá e despejando uma bala entre os olhos do homem.

– Ei, já esteve aqui antes?

A cabeça de Assail virou para trás. Um humano bem grande o abordara e o fitava com uma expressão um tanto agressiva.

– Eu lhe fiz uma pergunta.

Existiam duas respostas, Assail resolveu. Ele poderia responder verbalmente, o que o colocaria em algum tipo de diálogo que consumiria a sua atenção, não sendo uma boa ideia, portanto, visto que sua mão continuava segurando a arma e seus impulsos não haviam mudado em sua inclinação homicida.

– Estou falando com você.

Ou ele poderia...

Assail expôs as presas estendidas e grunhiu profundamente da garganta, redirecionando sua ira da cena com a sua ladra com aquele tolo para quem ela se vestira e se enfeitara.

O cara cheio de perguntas levantou as mãos e deu um passo para trás.

– Ei, está tudo bem, tanto faz. Desculpe. Tudo bem.

O homem desapareceu no meio da multidão, provando que em certas circunstâncias ratos sem rabo também conseguiam se desmaterializar.

Os olhos de Assail voltaram a se fixar na mesa. O "cavalheiro" que se sentara diante de sua ladra estava se inclinando na direção dela, os olhos fixos em seu rosto enquanto ela examinava o cardápio e olhava ao redor.

Algo teria de ser feito a respeito daquilo.

Sola fechou o cardápio e riu.

– Eu nunca disse isso.

– Disse sim – Mark Sanchez sorriu. – Você me disse que eu tinha olhos bonitos.

Mark era exatamente o que ela precisava numa noite como aquela. Ele era bonito de se olhar, supercharmoso, e contanto que ele não a fizesse se abaixar para fazer mil abdominais, ela não tinha com que se preocupar: como seu professor de ginástica particular? Ele era um demônio, ela bem sabia.

– Então, este é um jeito de me amaciar? – ele se recostou quando a garçonete lhes trouxe as cervejas. – Está tentando fazer com que eu pegue leve na academia?

– Sei que isso jamais funcionaria – Sola deu uns goles da bebida gelada em sua caneca. – Você não dá mole. É a sua regra.

– Bem, para ser justo, você nunca pediu tratamento especial. – Houve uma pausa. – Não que em seu caso eu não estivesse disposto em ceder um pouco... em algumas áreas.

Sola desviou do olhar que lhe era lançado.

– Quer dizer que você não sai com clientes?

– Não. Normalmente não.

– Conflito de interesses.

– Pode acabar em confusão... Mas, em certos casos, o risco vale a pena.

Sola olhou de relance pelo bar. Muitas pessoas. Muita conversa. E o ambiente estava abafado.

Ela franziu o cenho e se enrijeceu. No canto extremo, alguma coisa... alguém...

– Está tudo bem?

Ela tentou se livrar da sua paranoia.

– Sim, desculpe... Ah, sim, queremos fazer o pedido – ela disse quando a garçonete voltou. – Vou querer um cheeseburguer. Desde que o meu treinador não tenha uma embolia em sinal de desaprovação.

Mark riu.

– São dois, então. Mas não coloque fritas. Em nenhum dos dois pratos.

Enquanto a garçonete se afastava, Sola tentou não olhar para o canto escuro ao fundo.

– Então...

– Nunca imaginei que fosse aceitar meu convite. Quanto tempo faz que eu a chamei para sair?

Enquanto Mark sorria, ela notou que ele tinha dentes fantásticos, retos e bem brancos.

– Acho que já faz um tempo. Tenho estado ocupada.

– Então, o que faz para viver?

– Isso e aquilo.

– Em que ramo?

Normalmente, ela se irritava quando as pessoas começavam a ficar curiosas. Mas a postura dele era calma e relaxada, portanto aquela era apenas uma conversa normal de um encontro de um casal.

– Acho que posso chamar de justiça criminal.

– Ah, então lida com leis.

– Sim, eu as conheço.

– Que bacana – Mark pigarreou. – Então... nossa, você está realmente linda.

– Obrigada. Acho que é por causa do meu professor.

– Ah, sabe, de algum modo acho que você se sairia bem sem mim.

Enquanto se envolvia numa conversa descomplicada, ela começou a relaxar de verdade e quando os sanduíches chegaram, eles pediram mais uma rodada de cerveja. Era tão... normal estar num bar, conversando e conhecendo outra pessoa.

O exato oposto do que ela testemunhara na noite anterior.

Sola estremeceu quando as imagens lhe voltaram... a luz de velas, aquele homem de cabelos negros pairando acima da mulher seminua como se estivesse para devorá-la, os dois se soltando com desinibição... Então, aqueles olhos reluzentes se ergueram e se encontraram com os dela através da janela como se ele soubesse o tempo todo que ela estivera espionando.

– Você está bem?

Sola forçou-se a se concentrar.

– Desculpe, sim, estou. O que você estava dizendo?

Enquanto Mark voltava a falar do seu treinamento para o Ironman, ela se viu novamente no frio do lado de fora daquele chalé, observando aquele homem e aquela mulher.

Droga. Ela orquestrara aquele encontro somente porque queria relaxar. Não porque gostasse particularmente de Mark, por mais legal que ele fosse.

Na verdade, talvez ela tivesse feito aquilo porque, coincidentemente, seu professor era bem alto, de boa constituição física, e cabelos muito escuros e olhos bem claros.

Quando a culpa lhe enviou um aviso, ela pensou, ora, pelo amor de Deus. Era uma mulher adulta. Mark era um homem adulto. As pessoas faziam sexo por diferentes motivos – não era porque não queria se casar com o cara que ela estivesse quebrando alguma regra sagrada... a não ser, droga. Deixando de lado a moral da avó, e os dentes brancos e brilhantes e os ombros largos dizendo o contrário, ela não se sentia de fato atraída por Mark.

Ela estava atraída pelo homem de quem Mark a fazia se lembrar.

E era isso o que tornava tudo aquilo muito errado.

Capítulo 53

Mesmo que Qhuinn dificilmente fosse um bom árbitro de aprovação no que se referia às reuniões do Conselho, ficou bem claro para ele que o grupo reunido fora até aquela casa esperando uma coisa só para receber algo completamente diferente.

Wrath não desperdiçava nem atenuava as palavras e, depois de despejar seu discurso, concluiu tudo em cinco, dez minutos.

Na verdade, aquilo era muito bom. Quanto antes ele terminasse, mais rápido o tirariam dali.

– Concluindo – disse o Rei em sua voz grave –, agradeço a oportunidade de me dirigir a este grupo respeitável.

Naquele caso, "respeitável" obviamente significava "idiota".

– Tenho outro compromisso agora – isto é, permanecer vivo. – Portanto, preciso ir. Contudo, se tiverem algum comentário, por favor, dirija-os a Tohrment, filho de Hharm.

Menos de um segundo depois, o Rei deixava a casa com V. e Zsadist.

Após a saída dele, todos os empoados na sala de jantar permaneceram sentados em suas cadeiras, chocados, suas expressões dizendo "e agora?". Obviamente, eles esperavam mais... mas também menos. Como crianças que forçam demais os limites com os pais até finalmente levarem uma colherada de pau na bunda.

Pela perspectiva de Qhuinn, aquilo tudo era muito engraçado, de verdade.

A festa finalmente começou a se dissipar depois que a anfitriã se levantou e disse a todos como fora uma honra recebê-los e blá-blá-blá.

Qhuinn só se importava com uma coisa.

A mensagem que chegou em seu celular um minuto mais tarde: Wrath estava a salvo em casa.

Exalando lentamente, ele guardou o celular no bolso interno da jaqueta de couro e considerou a ideia de dar umas guinadas no piso só para ver se animava aquele bando de empertigados a dançar um pouco. Porém, ele muito provavelmente se meteria em apuros com isso.

Que pena.

O grupo começou a sair logo em seguida, para óbvio descontentamento da anfitriã, como se ela tivesse se arrumado e reorganizado sua casa na antecipação de um evento social que durasse a noite toda – só para descobrir que conquistara seus dois segundos de celebridade e um balde gigante de KFC para comer.

Desculpe, dona.

Tohrment comandou o êxodo, parado diante da lareira, acenando com a cabeça, dizendo algumas poucas palavras. Wrath fizera uma boa escolha. O Irmão tinha a aparência de um guerreiro, com todas as suas armas, mas sempre se mostrou disposto e internamente inclinado a ser um pacificador, e isso não era diferente aquela noite.

Ele se mostrou especialmente agradável quando Marissa e Butch saíram, o rosto demonstrando uma centelha genuína de afeto ao abraçá-la e ao acenar para o tira que acompanhou para fora. Contudo, esse fragmento de realidade foi imediatamente substituído pela sua máscara profissional.

No fim, a anfitriã auxiliou seu *hellren* ancião a se levantar e comentou alguma coisa a respeito de ajudá-lo a subir.

E assim restou apenas um.

Elan, filho de Larex, demorava-se perto do acortinado das janelas.

Qhuinn observara o cara o tempo todo, contando exatamente quantos membros do Conselho se aproximaram dele, tomando-lhe a mão e murmurando algo em seu ouvido.

Cada um deles.

Portanto, não foi uma surpresa quando em vez de simplesmente ir embora como um bom garoto, ele se encaminhou até a lareira como se desejasse uma audiência.

Maravilha.

Enquanto Elan se aproximava de Tohr, quanto mais perto ficava, mais tinha de levantar o queixo para manter contato visual com o Irmão.

– Foi uma honra muito grande ter uma audiência com o seu Rei – o cavalheiro disse com seriedade. – Ouvi atentamente cada palavra.

Tohr murmurou algo em resposta.

– E venho me remoendo com algo – o aristocrata comentou. – Eu tinha esperanças de falar diretamente com ele a respeito, mas...

Bem, não prenda a respiração enquanto espera por isso, amigo.

Tohr se prontificou a preencher o silêncio:

– Qualquer coisa que me disser chegará diretamente aos ouvidos do Rei, sem filtro nem interpretação. E os lutadores neste recinto juraram segredo. Eles são capazes de morrer antes de repetir sequer uma palavra.

Elan olhou na direção de Rehv, obviamente esperando uma jura semelhante por parte do macho.

– O mesmo se aplica a mim – murmurou Rehv ao se apoiar na bengala.

Abruptamente, o peito de Elan estufou como se aquele tipo de atenção personalizada fosse mais do que ele esperava obter naquela reunião.

– Bem, isso tem pesado muito em meu peito.

Certamente não nos peitorais, Qhuinn pensou. Você tem o físico de um moleque de dez anos.

– E *isso* seria... – Tohr deu a deixa.

Elan cruzou os braços atrás das costas e andou um pouco – como se estivesse refletindo sobre suas palavras. Algo garantia a Qhuinn, porém, que elas já tinham sido ensaiadas, ainda que não pudesse dizer como sabia disso.

– Eu esperava que seu Rei se referisse a certo boato que ouvi.

– Que seria? – perguntou Tohr num tom neutro.

Elan parou. Virou-se. Falou com clareza:

– Que ele foi alvejado no outono.

Ninguém emitiu reação alguma. Nem Tohr, nem Rehv. Tampouco os Irmãos restantes na sala. E por certo nem Qhuinn e seus garotos.

– Qual a fonte desse boato? – questionou Tohr.

– Bem, para ser franco, pensei que ele estaria aqui.

– Verdade? – Tohr olhou para as cadeiras desocupadas e deu de ombros. – Quer me contar o que ouviu?

– O macho fez referência à visita do Rei. Semelhante à que Wrath me fez em minha residência durante o verão – isso foi relatado com grande importância, como se aquele tivesse sido o ponto alto do ano de Wrath. – Ele disse que o Bando de Bastardos atirou no Rei enquanto ele estava em sua propriedade.

Mais uma vez, nenhuma reação.

– Mas, obviamente, o seu Rei sobreviveu – a pausa sugeria que Elan estava esperando por detalhes. – De fato, ele parece ótimo.

O silêncio se alongou como se as duas partes na conversa esperassem que a outra fizesse bom uso da quietude.

Tohr ergueu uma sobrancelha.

– Com o devido respeito, você não nos informou muita coisa, e boatos acontecem desde o início dos tempos.

– Mas eis o mais estranho. Ele também falou comigo antes que isso acontecesse. No entanto, não acreditei nele. Quem tramaria uma tentativa de homicídio? Parecia... mais a ostentação de um macho que, de outro modo, estava insatisfeito com a maneira como as coisas estavam sendo conduzidas. Só que, uma semana mais tarde, ele disse que o Bando de Bastardos deu seguimento aos planos, e que Wrath fora atingido. Eu não sabia o que fazer. Eu não tinha como entrar em contato com o Rei pessoalmente, e nenhum modo de verificar se o que esse indivíduo dizia era verdade. Deixei estar... até esta reunião ser marcada. Fiquei me perguntando se talvez... bem. Obviamente nada aconteceu, mas fiquei me perguntando por que ele não estava aqui.

Tohr baixou o olhar em direção ao macho menor.

– Ajudaria bastante se você nos desse um nome.

Foi a vez de Elan franzir o cenho.

– Quer dizer que não sabe quem está no Conselho?

Enquanto Rehv revirava os olhos, Tohr dava de ombros.

– Temos mais coisas com que nos preocupar do que com os associados de Rehv.

– No Antigo País, a Irmandade sabia quem éramos.

– Há um oceano entre nós e a mãe terra.

– Uma pena.

– Essa é a sua opinião.

Qhuinn deu um passo à frente, com a intenção de interferir, para o caso de o Irmão resolver segurar o pescoço do filho da puta: alguém provavelmente teria de agarrar a cabeça antes que ela caísse no tapete da anfitriã. E o peso morto do corpo também.

Parecia o mais hospitaleiro a se fazer.

– Então, sobre quem está falando? – Tohr o pressionou.

Elan olhou para os machos imóveis e letais que se concentravam nele.

– Assail. Seu nome é Assail.

No centro de Caldwell, onde as ruas escuras formavam um labirinto de ratos e os humanos sóbrios eram raros e esparsos, Xcor balançou a foice num círculo amplo de uns dois metros além do piso escorregadio manchado de preto.

O *redutor* foi golpeado no pescoço, e a cabeça, agora liberta da medula espinhal, pendeu do queixo para a têmpora, em meio ao vento frio e implacável. Sangue negro desceu das artérias partidas enquanto o corpo desgovernado despencava no chão num tombo.

Só isso.

Bem desapontador, na verdade.

Virando de costas, ele segurou sua amada foice sobre o ombro para que ela se curvasse atrás dele de modo protetor, vigiando-lhe as costas enquanto ele se preparava para o que viria em seguida. O beco em que ele entrara para perseguir aquele agora incapacitado assassino era aberto na ponta oposta, e atrás dele, os três primos estavam posicionados ombro a ombro para o caso de alguém mais vir daquela direção.

Algo se aproximava.

Algo vinha... em alta velocidade, o ronco do motor aumentando cada vez mais...

O SUV derrapou no beco, os pneus encontrando pouca ou nenhuma tração na rua coberta de gelo. Como resultado da ausência de atrito, o veículo bateu na parede, os faróis cegando Xcor.

Quem quer que estivesse atrás daquele volante não pressionou o freio.

O motor rugiu.

Xcor ficou de frente para o carro e fechou os olhos. Não havia motivo para mantê-los abertos já que não estava enxergando nada. Não se importava se o motorista fosse um assassino, um vampiro ou um humano.

Eles vinham em sua direção, e ele colocaria um fim naquilo. Mesmo que talvez fosse mais fácil simplesmente sair do caminho.

Entretanto, ele nunca gostou de saídas fáceis.

– Xcor! – alguém exclamou.

Inspirando profundamente o ar gelado, ele emitiu um grito de guerra ao acompanhar a aproximação, seus sentidos se aguçando e posicionando o SUV em sua trajetória. A foice desapareceu um instante, e suas pistolas, ansiosas em participar, surgiram em ambas as mãos.

Ele aguardou mais uns cinco metros.

Em seguida, começou a apertar os gatilhos.

Com os silenciadores colocados, as balas só emitiam os sons do impacto ao quebrarem o para-brisa, sibilarem na grade, perfurarem um pneu...

E nessa hora os faróis que o cegavam se viraram, a traseira do veículo rodopiando, toda a trajetória imutável graças à tremenda aceleração – mesmo quando todo o resto se confundia.

Pouco antes de a lataria lateral o atingir, Xcor pulou do chão, as botas impulsionando-o para cima, o teto do carro quase resvalando no solado enquanto uma tonelada e meia desgovernada passava por baixo do seu corpo flutuante.

Quando os coturnos de combate de Xcor aterrissaram, o avanço do carro foi interrompido à custa de um latão de lixo, o receptáculo detendo o veículo melhor do que qualquer freio seria capaz.

Xcor não perdeu tempo para se aproximar, com as duas pistolas erguidas, os gatilhos prontos. Embora tivesse dado alguns tiros, ele sabia que ainda possuía pelo menos umas quatro balas em cada uma. E, mais uma vez, seus soldados o apoiaram por trás.

Aproximando-se para olhar o interior, ele não se preocupava com o que encontraria: um de sua espécie, um homem ou uma mulher, um *redutor*, pouco importava.

O cheiro de carne estragada e melaço o informaram qual dos seus inimigos ele confrontara e, de fato, enquanto se inclinava sobre o para-brisa estilhaçado, dois novos recrutas, que ainda apresentavam cabelos escuros e pele rosada, balançavam nos bancos da frente.

Mesmo com os cintos de segurança a postos, eles estavam em mau estado. Além de terem sido atingidos pelas balas, os rostos demonstravam todos os estragos feitos pelas batidas tanto nas laterais do carro, como no painel e no vidro quebrado: sangue negro escorria pelos narizes e queixos e faces lacerados, a meleca pingando nos peitos como água de um chuveiro.

Nada de air bags. Talvez um caso de mal funcionamento.

– Não pensei que fosse conseguir – murmurou Balthazar.

– É mesmo – o outro concordou.

Xcor desconsiderou a preocupação ao guardar as armas, depois segurou a porta do motorista e a arrancou da dobradiça. Enquanto o guincho metálico ecoava muito alto no beco, ele largou a placa de metal, pegou a adaga de aço e se inclinou.

Como com todos os *redutores*, aqueles afiliados a Ômega ainda se mexiam e piscavam apesar dos ferimentos catastróficos – e continuariam assim eternamente se deixados nesse estado, mesmo que suas formas apodrecessem com o tempo.

Só havia um modo de matá-los.

Xcor aproximou o braço do ombro esquerdo e enterrou a lâmina de sua adaga no peito daquele que estava atrás do volante. Virando a cabeça de lado e fechando os olhos para não se cegar novamente, ele esperou pelo som e pelo flash diminuir antes de se inclinar sobre o assento e fazer o mesmo com o passageiro.

Depois se virou para despachar o corpo decapitado e contorcido... que tinha marcas de pneus sobre o peito, graças à trajetória do carro no beco.

Caminhando pelo piso sujo e lamacento, ele levantou a adaga acima do ombro e enterrou a lâmina no esterno com tanta força que a arma ficou encravada no asfalto.

Quando se pôs de pé novamente, sua respiração emitia sopros de fumaça pelo nariz, como uma locomotiva.

– Vasculhem o veículo, depois temos que ir.

Ele consultou o relógio. A polícia de Caldwell era desapontadoramente atuante, mesmo naquela parte da cidade – e a ameaça constante de envolvimento humano sob a qual ele vivia era sempre um aborrecimento. Mas, com sorte, em questão de minutos, eles iriam embora e seria como se jamais estivessem estado ali.

Embainhando a adaga, ele olhou para o céu, estalando o pescoço e relaxando os ombros.

Era impossível não pensar na reunião do Conselho que fora marcada; aquilo esteve em sua mente a noite inteira. Será que Wrath aparecera? Ou teria sido apenas Rehvenge e os representantes da Irmandade? Se o Rei tivesse de fato aparecido, Xcor podia muito bem imaginar a pauta: demonstração de força, avisos, depois uma partida rápida.

Por mais poderosa que fosse a Irmandade, e por mais que Wrath conseguisse forçar sua vontade sobre aquele grupo de aristocratas traiçoeiros e bajuladores, era difícil imaginar que um macho que recentemente quase fora assassinado fosse se arriscar: mesmo que apenas por interesse próprio, a Irmandade o queria vivo, visto que aquilo também era seu lugar de poder.

E foi por isso que ele escolhera ficar afastado.

Não havia mal algum em permitir que Wrath tentasse recuperar um pouco de seu prestígio perdido, e muito a perder num confronto direto com a Irmandade diante daquele público específico: o potencial de um dano colateral era grande demais. A última coisa que ele queria era assustar a *glymera* a ponto de afastá-los... ou matá-los de uma vez no processo de acabar com o Rei.

Mas ele descobrira, graças aos contatos de Throe, a hora e o local exatos daquele encontro. Que seria naquele instante... e na propriedade daquela fêmea de quem seus soldados se alimentaram no pequeno chalé.

Evidentemente, ela estava disposta a permitir que outros usassem não só o jardim dela, mas também suas salas.

E, muito em breve, ele teria uma transcrição do que acontecera graças ao porta-voz que era Elan – senão por outro motivo que não de o macho desejar apenas se gabar do acesso a que tivera.

Um assobio de apreciação vindo da parte de trás do carro arruinado fez com que ele virasse a cabeça.

Zypher estava parado diante do porta-malas aberto, com as sobrancelhas erguidas enquanto ele se curvava e apanhava... um tijolo de algo branco coberto de celofane.

– Que belo prêmio conseguimos – disse ele, erguendo-o no alto.

Xcor andou até lá. Havia mais três daqueles, apenas jogados na parte traseira, como se o par de assassinos estivesse mais preocupado com a sua segurança física do que com a disposição das drogas.

Naquele instante, as sirenes começaram a gritar vindo do leste, talvez relacionadas àquela batida, talvez não.

– Pegue os pacotes – ordenou Xcor. – Vamos embora agora.

Capítulo 54

Somando-se tudo, o encontro até que não foi tão ruim.

Enquanto Sola se levantava para vestir o casaco, Mark se aproximou por trás e a ajudou a ajeitar a lã nos ombros.

O modo como as mãos se demoraram sugeria que ele estava mais do que aberto a que aquele fosse o término do jantar, mas também apenas o início do resto da noite. No entanto, ele não se mostrou insistente. Deu um passo para trás e sorriu, indicando o caminho da saída com um gesto galante.

Movendo-se à frente dele, pareceu algum tipo de crime contra sua saúde mental que ele não conseguisse fazer seu sangue ferver... como aquele homem extremamente agressivo e dominante o fizera na noite anterior.

Ela precisaria ter uma conversinha com a sua libido. Ou talvez lhe desse uma surra...

Quem sabe daquele outro cara, uma parte sua sugeriu.

– Não – murmurou.

– Desculpe, o que disse?

Sola balançou a cabeça.

– Eu só estava falando comigo mesma.

Depois de abrirem caminho pela multidão, chegaram à porta do restaurante e, puxa, como era bom respirar ar fresco.

– Então... – disse Mark, enfiando as mãos nos bolsos dos jeans, fazendo com que seu torso bem desenvolvido ficasse ainda mais saliente... E ainda assim não conseguindo chegar perto do tamanho do...

Pare com isso.

– Obrigada pelo jantar, você não precisava ter pagado.

– Ora, este foi um encontro. Foi você quem disse – ele sorriu novamente. – E eu sou um cara do tipo tradicional.

Vá em frente, disse ela a si mesma. Pergunte a ele se pode ir até a casa dele.

Afinal, nenhum tipo de ação poderia acontecer na sua casa. Jamais. Não com sua avó no andar de cima – a surdez da mulher era altamente seletiva.

Apenas vá em frente.

Foi para isso que você o chamou...

– Tenho uma reunião bem cedo amanhã – ela deixou escapar. – Por isso, tenho que ir. Mas, obrigada mesmo... e vamos repetir um dia.

Para dar algum crédito a Mark, ele encobriu qualquer desapontamento que pudesse estar sentido com outro daqueles sorrisos campeões.

– É uma boa ideia. Foi bem legal.

– Eu estacionei logo ali – ela apontou o polegar para trás. – Então...

– Eu a acompanho até o carro.

– Obrigada.

Ficaram em silêncio enquanto as botas quebravam o sal que fora colocado por cima do gelo.

– Está uma noite agradável.

– É – ela concordou. – Está mesmo.

Por algum motivo, os sentidos da mulher começaram a lançar um alerta, e seus olhos vasculharam a escuridão do lado de fora do estacionamento iluminado.

Pensou que talvez fosse Benloise indo atrás dela. Sem dúvida, ele já devia ter percebido que alguém invadira sua casa e seu cofre, e também já devia ter notado a leve mudança na posição da estátua. Contudo, seria difícil saber se ele retaliaria. Apesar do ramo de negócio em que se envolvera, ele devia ter ciência de que o que fizera ao cancelar sua missão e suspender o seu pagamento fora errado.

Certamente, ele entenderia a mensagem.

Além disso, ela poderia ter levado tudo o que ele havia guardado.

Aproximando-se do Audi, ela desarmou o alarme. Em seguida, virou-se e levantou o olhar.

– Ligo para você?

– Sim, por favor – disse Mark.

Houve uma longa pausa. Em seguida, ela levantou a mão e a escorregou para trás do pescoço dele, e atraiu a boca dele para a sua. Mark aceitou o convite de pronto, mas não de modo dominador e insistente: enquanto ela pendia a cabeça para o lado, ele fez o mesmo, e seus lábios se partiram, resvalando-se de leve, e depois com um pouco mais de pressão. Ele não a esmagou contra o seu corpo, nem a encurralou contra o carro... não existiu a sensação de descontrole.

Tampouco de uma grande paixão.

Ela interrompeu o contato.

– Vejo você em breve.

Mark exalou profundamente, como se tivesse se excitado.

– Hum... Ok, espero que sim. E não só na academia.

Ele levantou a mão, deu um último sorriso, depois caminhou para a sua caminhonete.

Com uma imprecação leve, Sola foi para trás do volante, fechou a porta e deixou a cabeça cair contra o encosto. Pelo espelho retrovisor, ela observou as luzes traseiras se acenderem, ele dar meia-volta e sair do estacionamento.

Abaixando as pálpebras, ela não visualizou o sorriso radiante de Mark, nem imaginou os lábios dele contra os seus, ou as mãos dele percorrendo seu corpo.

Ela tinha voltado àquele chalé para espionar, testemunhando um par de olhos sensuais e ligeiramente maldosos olhando para ela por cima dos seios expostos daquela outra mulher.

– Ai, pelo amor de Deus...

Tentando se livrar dessa lembrança, ela temeu que, naquele caso, sua necessidade por, digamos, chocolate não seria facilmente saciada por um refrigerante diet. Ou uma bolacha saudável da Snackwell. Nem mesmo por um único chocolate Kiss da Hershey's.

Se continuasse assim, ela teria que derreter uma caixa de trufas da Lindt e colocar num acesso direto em sua veia.

Colocando o pé no freio, ela apertou um botão no painel e ouviu o ronco do motor. Quando as luzes se acenderam...

Sola se recostou no banco assustada, emitindo um grito agudo.

Quando Qhuinn voltou para a mansão com os outros, ele se afastou tão logo passaram pela porta e entraram no átrio principal. Movendo-se num trote rápido, subiu as escadas e seguiu direto para o quarto de Layla. De acordo com as mensagens, ela decidira sair da clínica no fim das contas, e ele estava ansioso em descobrir como ela estava se sentindo.

Batendo à porta, ele começou a rezar. De novo.

Nada como uma gravidez para tornar um agnóstico religioso.

– Entre.

Ao som da voz dela, ele se preparou e entrou.

– Como está se sentindo?

Layla levantou o olhar da revista *Us Weekly* que lia deitada na cama.

– Olá!

Qhuinn se retraiu ante a alegria dela.

– Hum... olá?

Olhando ao redor, ele viu revistas *Vogue*, *People* e *Vanity Fair* no cobertor em volta dela e, à sua frente, a TV estava ligada e passava um comercial sobre desodorante seguido de um de pasta de dente Colgate. Havia latas de refrigerante e bolachas de água e sal na mesinha de cabeceira e, na outra mesinha, do lado oposto, uma embalagem vazia de Häagen-Dazs e algumas colheres sobre uma travessa de prata.

– Estou me sentindo bem enjoada – disse Layla com um sorriso. Como se aquilo fosse bom.

E ele deduziu que fosse.

– Hum... algum sinal de... você sabe.

– Nem um pouco. Nada mesmo. Também não estou mais vomitando. Só tenho que me lembrar de comer um pouco por vez. Se como demais, me sinto mal, e o mesmo acontece se fico muito tempo sem colocar alguma coisa aqui dentro.

Qhuinn se recostou no batente, as pernas ficando literalmente moles de alívio.

– Isso é... incrível.

– Quer se sentar? – era como se ele parecesse tão pálido quanto se sentia.

– Não, estou bem. Eu só... só estava muito preocupado com você.

– Bem, como você pode ver – ela indicou o próprio corpo – só estou fazendo o que tenho que fazer, graças à Virgem Escriba.

Enquanto Layla lhe sorria, ele realmente gostou da aparência dela, mas não de maneira sexual, nada disso. Era só que... ela parecia calma, relaxada e feliz, com o cabelo solto sobre os ombros, uma boa cor no rosto, as mãos e os olhos estáveis. Na verdade, ela parecia... muito saudável de repente, a palidez em sua aparência era perceptível apenas pela sua ausência.

– Então, suponho que tenha tido visitas – comentou, indicando as revistas e o pote vazio de sorvete.

– Ah, todos vieram. Beth acabou ficando mais tempo. Ela se deitou ao meu lado, e não falamos sobre nada em especial. Apenas lemos e olhamos fotografias e assistimos a uma maratona de *Pesca Mortal*. Adoro esse programa. É sobre aqueles humanos que saem em barcos em mar aberto, sabe? É muito excitante. Fez com que eu me sentisse bem quentinha em terra firme.

Qhuinn esfregou o rosto e rezou para que sua sensação de equilíbrio retornasse rapidamente: no fim, suas glândulas adrenais ainda tinham dificuldade para acompanhar a realidade, a ideia de que não havia mais nenhum drama, nenhuma emergência, nada horrendo ao qual reagir, ou com que lidar.

– Estou contente que as pessoas estejam vindo visitar você – murmurou, sentindo como se devesse dizer alguma coisa.

– Ah, elas estão vindo... – Layla desviou o olhar, uma expressão estranha contraindo suas feições –, muitas delas.

Qhuinn franziu o cenho.

– Mas nada estranho, não é?

Ele não conseguia imaginar que ninguém ali na casa mostrasse outra coisa que não apoio, mas ele tinha de perguntar.

– Não... nada estranho.

– O que foi? – enquanto Layla mexia na capa da revista que tinha no colo, o rosto de alguma morena de olhar vago se distorceu, depois voltou ao normal, se distorceu, voltou ao normal. – Layla. Conte para mim.

Para que ele pudesse estabelecer alguns limites, caso fosse necessário.

Layla afastou o cabelo para trás.

– Você vai pensar que eu sou louca, sei lá...

Ele se aproximou e se sentou ao lado dela.

– Ok, preste atenção. Não sei como dizer isso do modo certo, por isso só vou deixar as palavras saírem. Você e eu? Nós vamos enfrentar muita... sabe, muitas baboseiras pessoais com relação a... – oh, Deus, como ele desejava que ela mantivesse aquela gravidez. – Nós bem que podemos começar a ser completamente honestos um com o outro agora. O que foi? Não vou julgar. Depois de tudo o que aprontei na minha vida? Não vou julgar ninguém a respeito de nada.

Layla respirou fundo.

– Está bem... bem, Payne veio me ver na noite passada.

Ele franziu o cenho de novo.

– E?

– Bem, ela disse que talvez pudesse fazer alguma coisa quanto à gestação. Ela não sabia se daria certo, mas não pensava que pudesse me fazer mal.

O peito de Qhuinn se contraiu, uma punhalada de medo fez seu coração acelerar. V. e Payne tinham coisas neles que não eram deste mundo. E isso era legal. Mas não perto do seu bebê – pelo amor de Deus, a mão de V. era assassina...

– Ela esticou a mão e a pousou no meu ventre, bem onde o bebê está...

Uma sensação como se o toalete interior de Qhuinn tivesse dado a descarga de todo o seu sangue para fora da sua cabeça o assolou.

– Oh, Deus...

– Não, não – Layla o segurou. – Não foi ruim. Foi... agradável, na verdade. Eu estava... banhada em luz... Ela fluía de mim, me fortalecendo, me curando. A luz se concentrou em meu abdômen, mas se estendeu para além disso. Depois, porém, fiquei muito preocupada com ela. Ela caiu no chão ao lado da cama... – Layla apontou para baixo. – Mas eu perdi a consciência em seguida. Devo ter dormido por muito tempo. E depois, quando acordei? Foi quando me senti... diferente. No começo pensei que fosse porque o sangramento tinha parado... porque aquilo tinha... acabado. Saí correndo e encontrei Blay, e ele me levou até a clínica. Foi aí que você chegou e a doutora Jane nos contou que... – a mão elegante de Layla tocou o abdômen e ficou ali. – Foi aí que ela nos contou que o nosso bebê ainda estava conosco...

A voz dela se partiu nesse momento, e ela piscou rápido.

– Então, veja bem, acho que ela salvou a nossa gravidez.

Depois de um longo momento de choque, Qhuinn suspirou:

– Ai, caralho...

De volta ao estacionamento do restaurante, Assail pairava diante do capô do Audi de sua ladra, parado bem diante da luz dos faróis.

Bem como fizera na noite anterior, fixou o olhar no dela mais por instinto que por visão.

E, enquanto permanecia no frio, ele estava fervendo de raiva e de algo mais: enquanto o saco de excremento em duas pernas a acompanhara até o carro e teve a insanidade de beijá-la, Assail se viu confrontado por duas escolhas que eram rastrear o homem noite afora e seguir adiante com seu plano original de dilacerar-lhe a garganta, ou esperar até que o humano se fosse e...

Algo muito profundo dentro dele o fez decidir: ele se sentia incapaz de deixá-la.

Sua ladra abaixou a janela e o cheiro da excitação o deixou duro.

E também o fez sorrir. Era a primeira vez a noite inteira que ele percebia esse cheiro, e isso abrandou seu humor como nada mais poderia.

Bem, a não ser talvez arrancar a pele daquele homem ainda vivo.

– O que você quer? – ela rosnou.

Hum, uma excelente pergunta, não?

Ele se moveu para a lateral do carro.

– Você se divertiu?

– Como é?

– Acredito que tenha ouvido a pergunta.

Ela escancarou a porta do motorista e saiu do carro.

– Como *ousa* esperar *qualquer* tipo de explicação a respeito de *qualquer* coisa...

Ele mudou o peso em sua posição, inclinando-se na direção dela.

– Posso lembrá-la de que você invadiu a minha privacidade antes...

– Eu não pulei na frente do seu carro e...

– Gostou do que viu ontem à noite? – ele a calou. E quando o silêncio persistiu, sorriu um pouco. – Então, admite que esteve espionando.

– Você *sabia* muito bem que eu estava – ela retrucou.

– Então, responda à pergunta. Gostou do que viu? – ele perguntou numa voz que pareceu rouca até mesmo para os próprios ouvidos.

Ah, sim, ele pensou ao inalar profundamente. Ela gostou.

– Não importa – ele ronronou. – Você não precisa expressar isso em palavras. Eu já sei a resposta...

Ela o esbofeteou com tanta força e tão rápido que a cabeça dele virou de lado de verdade.

O primeiro instinto dele foi expor as presas e mordê-la, castigá-la, para se excitar, porque não havia melhor tempero para o prazer do que um pouco de dor. Ou muita.

Ele endireitou a cabeça e abaixou os olhos.

– Isso foi bom. Quer tentar de novo?

Quando um novo vigor emanou dela, ele riu com gosto e pensou, sim, essa reação dela era o que garantiria que aquele humano iria continuar vivo. Ou pelo menos morrer pelas mãos de outra pessoa.

Ela o desejava. E a nenhum outro.

Assail se aproximou ainda mais, até que os lábios parassem bem ao lado do ouvido dela.

– O que fez quando foi para casa? Ou não conseguiu esperar tanto tempo?

Ela, deliberadamente, deu um passo para trás.

– Quer saber? Pois muito bem. Troquei a caixa de areia do gato, preparei dois ovos mexidos para mim e uma bela torrada de canela, depois fui para a cama.

Ele, deliberadamente, deu um passo à frente.

– E o que fez quando se viu entre os lençóis?

Quando a essência dela o atingiu novamente, ele voltou a posicionar a boca onde ela esteve antes... perto, ah, tão perto.

– Acho que sei o que você fez. Mas quero que me conte.

– Vá se ferrar...

– Pensou no que viu? – quando uma rajada de vento soprou os cabelos dela para os olhos, ele os ajeitou. – Imaginou que era com você que eu estava transando?

A respiração dela começou a sair com mais força de dentro do peito, e – Santa Virgem do Fade – isso o fez querer tomá-la.

– Por quanto tempo você ficou? Até a fêmea gozar... ou eu?

As mãos dela o empurraram.

– Foda-se.

Num movimento rápido, ela passou pelo corpo dele e voltou a entrar no carro, batendo a porta.

Ele se moveu com a mesma rapidez.

Aparecendo em meio à janela aberta, ele virou a cabeça dela e a beijou com força, a boca assumindo o comando, a urgência de apagar qualquer traço daquele humano fazendo seu sexo latejar.

Ela retribuiu o beijo.

Com a mesma força.

Como os ombros dele eram grandes demais para caberem na janela, quis arrancar o metal. No entanto, teve que ficar onde estava e isso o tornou mais agressivo, o sangue rugindo em suas veias, o corpo se retesando enquanto a língua a invadia, a mão sorrateira indo para trás da cabeça dela, enterrando-se em seu cabelo.

Ela estava maleável e doce, e quente como o inferno.

A ponto de ele ter que se afastar para poder respirar ou correr o risco de desmaiar.

Quando se separaram, ele a encarou. Os dois arfavam, e quando a excitação dela permeou o ar, ele quis se enterrar nela.

Para marcá-la...

O som do telefone tocando foi um exemplo da coisa errada acontecendo no momento errado: o toque em seu casaco fez com que ela voltasse à realidade, os olhos se arregalando enquanto se afastavam, as mãos travando no volante como se ela tentasse voltar à Terra.

Ela não olhou para ele quando subiu a janela e ligou o motor, partindo em seguida.

Deixando Assail arfando no frio.

Capítulo 55

Qhuinn saiu do quarto de Layla pouco depois, seus coturnos levando-o a um passo rápido por sobre a passadeira estreita do corredor até o alto das escadas. Ao passar pelo escritório de Wrath, teve a impressão de que alguém o chamava, mas não deu atenção.

No canto oposto do corredor das estátuas, além da suíte de Z. e de Bella, o quarto em que Payne e Manny ficavam estava com a porta fechada, mas o som da televisão murmurava baixinho do lado de dentro.

Qhuinn precisou de um segundo para recompor as peças em sua cabeça atordoada, e depois bateu.

– Entre – foi a resposta.

Ao entrar, viu que o quarto era banhado por uma luz azulada da tela de TV. Payne estava deitada na cama, a pele tão pálida que refletia as diferentes cenas projetadas nela.

– Saudações – disse ela numa voz cansada.

– Jesus... Cristo...

– Não, não chego a isso... – ela sorriu. Ou, pelo menos, meia boca dela o fez. – Perdoe-me se não me levanto para recebê-lo.

Ele fechou a porta com suavidade.

– O que aconteceu?

Ainda que ele suspeitasse.

– Ela está bem? – perguntou Payne. – A sua fêmea ainda está grávida?

– Os exames parecem indicar isso.

– Bom. Isso muito me agrada.

– Você está morrendo? – ele perguntou num rompante. E depois quis se dar um chute no traseiro.

Ela meio que riu.

– Acredito que não. No entanto, estou muito fraca.

Os pés de Qhuinn o carregaram através do quarto.

– Então... o que aconteceu?

Payne se esforçou para se erguer nos travesseiros, mas acabou desistindo.

– Acho que estou perdendo o meu dom – ela gemeu ao dobrar as pernas debaixo das cobertas. – Assim que cheguei aqui, eu conseguia postar as mãos e curar com pouco ou nenhum esforço. Toda vez que o faço, porém, o esforço parece me arrasar um pouco mais. E o que eu tentei com a sua fêmea e o seu bebê foi...

– Você quase se matou – ele completou por ela.

Ela deu de ombros.

– Despertei ao lado da cama dela. Arrastei-me aqui para baixo. Manny me tirou da cama há um tempo, e eu tinha um pouco de forças. Agora, parece que elas me abandonaram de novo.

– Posso fazer alguma coisa?

– Acho que preciso ir ao santuário de minha mãe – isso foi dito com total menosprezo. – Para me recarregar. Parece lógico, visto que lá pode ter sido a origem do meu dom. Só preciso me fortalecer o bastante para fazer a jornada, por assim dizer. Bem, isso e juntar vontade de fazê-lo. Eu preferiria continuar aqui. A decisão, contudo, parece ter sido tomada por mim. Não se pode negociar com o físico, depois de certo ponto.

É, ele sabia o que era isso.

– Eu não posso... – ele passou uma mão pelos cabelos. – Não sei como agradecer.

– Quando ela der à luz, então você poderá me agradecer. Há um caminho ainda desconhecido a ser atravessado.

Não mais, ele pensou. A sua visão, aquela à porta do Fade, mais uma vez estava em vias de acontecer.

E, desta vez, permaneceria assim.

Qhuinn desembainhou uma das adagas do peito e fez um corte na palma da mão. Quando o sangue se acumulou e começou a pingar, ele se ofereceu à fêmea.

– *Com isto eu ofereço a minha...* – ele se interrompeu. Ele não tinha uma linhagem para oferecer, não com a rejeição de sua família no passado. – *Ofereço a minha honra a você e aos seus daqui até o fim enquanto o meu coração bater e a última respiração sair de meus pulmões. Qualquer coisa de que necessitar, poderá me solicitar e será seu, sem perguntas, nem hesitação.*

De certo modo, parecia ridículo se oferecer dessa forma à filha da bendita divindade. Até parece que Payne precisaria de ajuda...

A mão da adaga de Payne segurou a dele com força.

– *Prefiro aceitar a sua honra a qualquer linhagem na face da Terra.*

Quando seus olhos se encontraram, ele teve ciência de que aquilo não era um assunto macho-fêmea, mas lutador-lutador, apesar da diferença dos sexos.

– Jamais conseguirei agradecer o suficiente – disse ele.

– Espero que ela supere isso. Ela e o bebê, quero dizer.

– Tenho a sensação de que conseguirão. Graças a você.

Pareceu estranho querer se curvar para aquela fêmea, mas algumas coisas você simplesmente faz, e foi o que ele fez. Depois se virou, pois não desejava atrapalhar o descanso dela.

Bem quando já segurava a maçaneta, Payne murmurou:

– Se quer agradecer a alguém, você deveria procurar Blaylock.

Qhuinn ficou imobilizado. Virou o pescoço para trás.

– O que... você disse?

Assail ficou parado enquanto o Audi derrapava para fora do estacionamento e chegava à rua à frente como se sua ladra tivesse plantado uma bomba no restaurante e tivesse acabado de acionar o detonador.

Seu corpo lhe dizia para ir atrás dela, parar o carro e arrastá-la para o banco de trás.

A mente, contudo, sabia que aquilo não seria uma boa ideia.

Ao sentir uma tensão trespassá-lo, ele soube que a extensão com que perdia controle perto dela era perigosa. Ele era um macho que se definia pelo seu autocontrole. Com aquela fêmea? Ainda mais se o sexo dela estivesse excitado?

Ele se sentia consumido pelo desejo de possuí-la.

Portanto, tinha que se controlar.

A bem da verdade, ele não tinha nada que perder tempo perseguindo uma humana qualquer, parado num canto escuro de uma espelunca qualquer, observando-a com um homem.

Também consumido pelo desejo premente de matar o acompanhante de cheeseburguer dela.

O que, em nome da Virgem Escriba, acontecera com ele?

A resposta, quando lhe veio, foi algo que rejeitou com veemência.

Numa tentativa de realocar suas energias, ele pegou o celular para ver quem telefonara para romper o encanto que precisava ter sido rompido.

Rehvenge.

Por muitos motivos, ele não tinha vontade alguma de falar com aquele macho. A última coisa que o interessava era a repetição de todos os motivos pelo quais ele tinha de participar da estagnação social e política que era o Conselho.

Mas isso seria melhor do que ir atrás de sua ladra...

E ele percebeu que nem sequer sabia o nome dela.

E seria muito melhor nunca vir a saber, disse a si mesmo.

Ao retornar a ligação, ele levou o aparelho ao ouvido e enfiou a mão livre no bolso do casaco de lã para mantê-la aquecida.

– Rehvenge – disse ele quando o macho atendeu. – Estou falando com você mais do que falo com minha *mahmen*.

– Pensei que a sua mãe estivesse morta.

– Ela está.

– O seu padrão de comunicação é muito baixo.

– O que posso fazer por você – aquilo não era uma pergunta, pois não havia motivos para encorajar uma resposta.

– Na verdade, trata-se do que eu posso fazer por você.

– Com o devido respeito, prefiro cuidar sozinho dos meus assuntos.

– Uma política muito boa. E por mais que eu saiba que você gosta dos seus "assuntos", não foi por isso que telefonei. Pensei que gostaria de saber que o Conselho se reuniu com Wrath hoje à noite.

– Acredito que renunciei ao meu posto em nossa última conversa. Portanto, o que será que isso tem a ver comigo?

– O seu nome foi dito no fim. Depois que todos tinham se retirado.

Assail arqueou uma sobrancelha.

– De que modo?

– Um passarinho disse que você armou a armadilha para Wrath em favor do Bando de Bastardos em sua casa no outono passado.

Assail segurou o telefone com mais força. E durante a breve pausa que se seguiu, ele escolheu as palavras com extrema cautela.

– Wrath sabe que isso não é verdade. Fui eu quem forneceu o veículo para a fuga dele. Como já lhe disse antes, não estou, e nunca estive, ligado a nenhum tipo de insurreição. Na verdade, eu me retirei do Conselho exatamente porque não quis me envolver em nenhum tipo de dramalhão.

– Relaxe. Ele lhe fez um favor.

– De que modo, exatamente?

– O indivíduo disse isso na minha frente.

– E, mais uma vez, eu pergunto, como isso se...

– Eu sabia que ele estava mentindo.

Assail se calou. Claro que era bom que Rehvenge soubesse que tal declaração era falsa. Mas como?

– Antes que me pergunte – o macho murmurou sombrio –, não vou lhe contar exatamente por que estou tão certo disso. Todavia, eu lhe direi que estou preparado para recompensar a sua lealdade com um presente por parte do Rei.

– Um presente?

– Wrath faz jus ao seu nome.* Ele entende, por exemplo, como um indivíduo pode se sentir se ele for indevidamente acusado de traição. Ele sabe que se alguém tenta implicar outra pessoa com uma informação que não é de conhecimento público, provavelmente está tentando

---

* Wrath em inglês significa ira, fúria, raiva. (N.T.)

desviar a responsabilidade de suas próprias ações... Ainda mais se a pessoa falando tiver um... bem, como dizer, uma inclinação... que indicasse não apenas falsidade, mas também certo nível de maquinação. Como se ele estivesse lhe retribuindo por algo que considerasse deslealdade ou mau juízo.

– Quem é? – Assail perguntou. Mesmo sabendo de quem se tratava.

– Wrath não está lhe pedindo que faça nenhum tipo de trabalho sujo. Na verdade, se escolher não fazer nada, esse indivíduo estará morto dentro das próximas 24 horas. O Rei apenas acredita que, assim como eu, os seus interesses estejam não só alinhados aos nossos, mas que, neste caso, eles os suplantam.

Assail fechou os olhos, a vingança fervendo em seu sangue da mesma maneira com que seus instintos sexuais ferveram há pouco. O resultado, contudo, seria muito, mas muito diferente.

– Diga o nome.

– Elan, filho de Larex.

Assail fechou os olhos e expôs as presas.

– Diga ao seu Rei que eu cuidarei do assunto de boa vontade.

Rehvenge riu com malignidade.

– Farei isso. Eu prometo.

Capítulo 56

Blay se sentia ansioso ao andar de um lado para o outro no quarto. Ainda que estivesse completamente vestido para lutar, ele não iria a parte alguma. Nenhum deles iria.

Depois da reunião do Conselho, Tohr ordenara à Irmandade que ficasse recolhida só para o caso. Rehv estava contatando os membros do Conselho, fora da mansão, para entender em que pé a *glymera* estava. Como o cara não podia aparecer com um grupo de seis Irmãos em sua retaguarda – não se quisesse manter ao menos uma fachada de civilidade –, eles tinham de aguardar. No entanto, devido ao clima político, era importante que a retaguarda estivesse a postos para o caso de o Reverendo precisar.

Não se ele ainda usasse esse nome...

A porta do seu quarto se abriu sem uma batida, um olá, um "ei, posso entrar?".

Qhuinn parou debaixo da soleira, arfando, como se tivesse corrido pelo corredor das estátuas.

Maldição, será que no fim Layla perdera a gravidez?

Aqueles olhos descombinados vasculharam ao redor.

– Está sozinho?

Por que ele acharia que... Ah, Saxton. Certo.

– Sim...

O macho avançou três passos, esticou os braços e... lascou um beijo daqueles em Blay.

O beijo foi do tipo de que você se lembra pelo resto da vida, a ligação forjada com tamanha completude que tudo, desde a sensação do corpo contra o seu, do calor dos lábios nos seus, do poder assim como o controle, acabavam gravados em sua mente.

Blay não fez nenhuma pergunta.

Apenas continuou lá, os braços envolvendo o outro macho, aceitando a língua que o invadia, retribuindo o beijo mesmo que não entendesse o que motivara aquilo tudo.

Ele, provavelmente, deveria se importar com isso. Provavelmente deveria se afastar.

Deveria, poderia, teria...

Que seja.

Ele estava vagamente ciente de que a porta estava aberta, mas não se importou – mesmo que as coisas logo se tornassem bem indiscretas muito rapidamente.

Só que Qhuinn subitamente pisou no freio, colocando um fim no beijo e separando-os.

– Desculpe, não foi para isso que eu vim até aqui.

O lutador ainda arfava, e isso, junto ao ardor do olhar fixo, quase bastou para que Blay dissesse algo do tipo: "Tudo bem, mas podemos terminar isto antes?".

Qhuinn voltou até a porta e a fechou. Depois enfiou as mãos nos bolsos das calças, como se a alternativa preocupante fosse voltar a agarrá-lo.

Ao inferno com os bolsos, Blay pensou enquanto, sutilmente, tentava ajeitar sua ereção.

– O que foi? – perguntou.

– Sei que procurou Payne.

As palavras foram pronunciadas clara e lentamente – e era exatamente isso o que Blay não tinha como lidar. Desviando o olhar, ele andou pelo quarto.

– Você salvou a gestação – anunciou Qhuinn, o tom de sua voz próximo demais de um estado de reverência para o seu conforto.

– Então, ela está bem?

– Você salvou a...

– Payne fez isso.

– A irmã de V. disse que não lhe teria ocorrido sequer tentar... até que você a procurou e falou com ela.

– Payne é muito talentosa...

Qhuinn subitamente ficou diante dele, uma parede sólida de músculos pela qual ele não teria como passar. Ainda mais depois de o macho esticar a mão e resvalar o rosto de Blay.

– Você salvou a minha filha.

No silêncio que se seguiu, Blay soube que devia dizer alguma coisa. Sim... estava na ponta da sua língua. Era...

Merda. Com Qhuinn olhando para ele daquele jeito, ele não se lembrava nem do próprio nome. Blaysox? Blacklock, Blabberfox? Quem é que sabia?...

– Você salvou a minha filha – sussurrou Qhuinn.

As palavras que saíram da boca de Blay foram as que, mais tarde, ele lamentaria – porque era especialmente importante, diante do sexo que parecia acontecer de tempos em tempos, manter a distância.

Mas ligados como estavam, olhos nos olhos, ele estava impotente para refrear a verdade.

– Como eu poderia não tentar... aquilo estava acabando com você. Eu não podia deixar de fazer alguma coisa. Qualquer coisa.

As pálpebras de Qhuinn se abaixaram por um tempo. E depois ele abraçou Blay de uma maneira que ficaram ligados da cabeça aos pés.

– Eu posso sempre contar com você, não é?

Uma doce amargura: a realidade de que aquele macho formaria uma família com outra pessoa, uma fêmea, Layla, atingiu o meio do peito de Blay.

Aquela era a sua sina, de tantas maneiras.

Ele se soltou dos braços de Qhuinn e recuou alguns passos.

– Bem, espero que...

Antes que conseguisse terminar, Qhuinn voltou a se postar diante dele, e seus olhos, um verde, um azul, estavam ardentes.

– O que foi? – disse Blay.

– Eu lhe devo... tudo.

Por algum motivo, aquilo doeu. Talvez porque após anos de tentativas de se entregar para o cara, a gratidão finalmente fora conquistada ao ajudá-lo a ter um filho com outra pessoa.

– O que é isso, você teria feito o mesmo por mim – disse ele, um tanto rouco.

E no instante em que disse isso, não teve tanta certeza. Se alguém o atacasse? Sim, claro que Qhuinn o protegeria. Mas, pensando bem, o filho da mãe adorava lutar e era um herói nato, isso não estaria nada relacionado a Blay.

Talvez aquela fosse a questão em todo esse vazio. Tudo sempre fora nos termos de Qhuinn. A amizade. A distância. Até mesmo o sexo.

– Por que está olhando para mim assim? – Qhuinn perguntou.

– Assim como?

– Como se eu fosse um desconhecido.

Blay esfregou o rosto.

– Desculpe. A noite está demorando a passar.

Houve um momento tenso e longo, durante o qual ele só conseguia sentir o olhar fixo de Qhuinn.

– Eu vou embora – o lutador disse depois de uma pausa. – Eu acho que só... queria...

O som dos coturnos dirigindo-se para a saída fizeram Blay praguejar...

E uma batida única e forte à porta: um Irmão.

A voz de Rhage atravessou com facilidade a madeira.

– Blay? Tohr convocou uma reunião para repassarmos o território a cobrir amanhã. Sabe onde Qhuinn está?

Blay olhou através do quarto para o cara.

– Não, não sei.

Ah, pelo amor de Deus, Qhuinn pensou ante a interrupção. Ainda que, na realidade, a conversa tivesse chegado ao fim.

A boa notícia era que, pelo menos, Rhage não entrara. Sem dúvida, Blay preferiria que os dois não fossem flagrados à toa em seu quarto.

Hollywood terminou a conversa dizendo:

– Se o vir, avise que, se ele pretende ir, temos que nos encontrar em cinco minutos. Entenderemos se ele preferir ficar com Layla.

– Entendido – disse Blay num tom apagado.

Enquanto Rhage seguia em frente para a porta de Z., Qhuinn esfregou o rosto. Ele não fazia ideia do que se passava pela cabeça de Blay naquele instante, mas o modo como os olhos azuis o encaravam o fez sentir como se um fantasma tivesse acabado de passar por cima de sua tumba.

Pensando bem, o que ele esperava? Invadira o quarto que o cara dividia com Saxton, tascara-lhe um beijo e depois se mostrara todo sentimental quanto àquela situação com Payne... Aquele era o espaço de Saxton. E não o seu.

Ele tinha o costume de tomar as coisas para si, não era mesmo?

– Não venho mais aqui – disse Qhuinn, tentando aplacar a situação. – Eu só queria que soubesse que... eu lhe devo muito...

Qhuinn foi até a porta e se inclinou, ouvindo a voz de Rhage, fechando os olhos, à espera que o corredor das estátuas estivesse vazio.

Jesus, como ele sabia ser egoísta às vezes, ele sabia mesmo ser...

– Qhuinn...

Seu corpo se virou no mesmo instante, como se a voz de Blay tivesse uma corda que o puxasse.

– Sim?

O macho andou para a frente. Quando estavam cara a cara, Blay disse:

– Ainda quero transar com você.

As sobrancelhas de Qhuinn estalaram tão alto que quase despencaram sobre o tapete. E, no mesmo instante, ele ficou excitado.

O problema era que Blay não parecia feliz com aquilo. Mas por que estaria? Ele não era do tipo de macho que traía com facilidade – ainda que a ausência de monogamia de Saxton o tivesse curado de sua fidelidade.

O que fez com que Qhuinn quisesse estrangular o primo novamente. E a única coisa que o impedia de ir atrás do cara era que, nesse caso, a situação estava a seu favor.

– Também quero estar com você – disse.

– Vou até o seu quarto depois do amanhecer.

Qhuinn não queria perguntar. Tinha que perguntar.

– E quanto a Saxton?

– Ele saiu de férias.

Mesmo?

– Por quanto tempo?

– Alguns dias apenas.

Pena. Alguma probabilidade de extensão... que tal por um ano ou dois? Quem sabe para sempre?

– Ok, então temos um... – Qhuinn se deteve antes de terminar dizendo "encontro".

Não havia por que tentar se enganar. Saxton estava ausente. Blay queria transar. E Qhuinn estava mais do que disposto a fornecer ao macho aquilo que ele queria.

Não se tratava de um "encontro". Mas, que se dane?

– Venha – disse num grunhido. – Estarei à sua espera.

Blay assentiu, como se tivessem feito um pacto, e depois saiu primeiro, o corpo com passadas agressivas enquanto se encaminhava para a porta e saía.

Qhuinn observou-o ir embora. Ficou para trás. Quase se trancou ali para poder se recuperar.

De repente, ficou todo confuso, apesar da promessa de que se encontrariam em poucas horas. A expressão no rosto de Blay o atormentava a ponto de ele sentir o peito começar a doer. Merda, talvez aquela série de encontros fosse apenas uma evolução dos maus momentos em que estiveram antes, uma nova faceta da infelicidade coletiva dos dois.

Nunca lhe ocorrera antes que eles não fossem bons um para o outro. Que não haveria, no futuro, algum tipo de encontro de mentes em que ele se abrisse depois de todos aqueles anos.

Cerrando um punho, ele socou o batente da porta, o contorno da guarnição retribuindo o golpe para as suas juntas.

Enquanto a dor surgia e latejava, por algum motivo, ele pensou no soco no painel do caminhão-guincho e no grito para sair de lá. Parecia ter acontecido em outra vida.

Mas ele não tinha como recuar. Se sexo era tudo o que teria, era o que receberia. Além disso, o que Blay fizera por Layla?

Aquilo devia significar alguma coisa. O cara se importara o bastante para mudar o curso da sua vida.

Não que Blay já não tivesse feito isso há muito tempo.

Capítulo 57

Assail se materializou ao lado de um riacho que permanecia descongelado graças ao seu constante movimento.

Estivera naquela casa apenas uma vez antes: era uma construção vitoriana de tijolos com tema característico marcado pelas varandas e entradas. Tão pacato. Tão acolhedor. Ainda mais com aquelas janelas amplas de quatro vidraças feitas de vitral, e as nuvens de fumaça que saíam não de uma, mas de três das quatro chaminés.

O que indicava que o proprietário havia se recolhido para aquela noite.

Bem na hora: o amanhecer se aproximaria logo, portanto, era apenas lógico abaixar as escotilhas ante o sol. Proteger seu ambiente. Preparar-se para as horas em que seria necessário permanecer no interior para se proteger de danos.

Assail caminhou sobre a neve imaculada, deixando marcas de solados profundos. Nada de sapatos de couro para aquele trabalho. Tampouco um terno de negócios.

Nenhum Range Rover para a sua ladra perseguir.

Aproximando-se do gramado lateral, ele chegou à janela que ia do teto ao chão da sala na qual o dono da casa recebera, não muito tempo atrás, certos membros do Conselho... junto ao Bando de Bastardos.

Assail estivera entre os convidados da reunião. Pelo menos até que estivesse ficado claro que ele tinha de se retirar ou acabaria misturado ao tipo de discurso dramático pelo qual não se interessava.

Pelo vidro, espiou o interior.

Elan, filho de Larex, estava sentado à escrivaninha, um telefone fixo junto ao ouvido, uma taça de conhaque próxima ao cotovelo, um cigarro queimando num cinzeiro de cristal lapidado ao seu lado. Enquanto ele se recostava em sua poltrona de espaldar alto e cruzava os joelhos, parecia estar num estado de relaxamento e satisfação semelhante ao rejúbilo pós-coito.

Assail cerrou os punhos e as luvas de couro rangeram de leve.

Em seguida, ele se desmaterializou até a sala, voltando à sua forma exatamente atrás da poltrona do macho.

De certa forma, ele custava a acreditar que Elan não tivesse fortificado a casa com medidas de segurança – uma malha de aço fina sobre as janelas e dentro da parede, por exemplo. Pensando bem, ao aristocrata obviamente faltava a habilidade de julgar corretamente os perigos – assim como tinha uma arrogância que lhe garantiria uma sensação de segurança maior do que a que tinha efetivamente.

– ... e então Wrath partilhou uma história sobre o pai. Devo admitir que, pessoalmente, o Rei é bem... feroz. Ainda que não o bastante para mudar meu curso, obviamente.

Não. Assail cuidaria disso.

Elan se inclinou para a frente para pegar o cigarro. A coisa estava presa numa daquelas cigarrilhas antigas, do tipo que as fêmeas tendiam a usar, e levou a ponta aos lábios para tragar, a extremidade indo além do fim da cadeira.

Assail desembainhou uma lâmina de aço brilhante que era tão longa quanto o seu antebraço.

Sempre fora a sua arma predileta para aquele tipo de assunto.

Seus batimentos cardíacos estavam tão ritmados quanto a mão estava firme, a respiração uniforme e regular enquanto pairava atrás da poltrona. Com deliberação, foi para o lado, posicionando-se de modo que seu reflexo aparecesse na janela oposta à escrivaninha.

– Não sei se a Irmandade inteira estava presente. Quantos restaram? Sete ou oito? Essa é uma parte do problema. Não sabemos mais quem eles são – Elan bateu as cinzas no centro do cinzeiro. – Então, enquanto estávamos na reunião, instruí um colega meu a entrar em contato com você... Como disse? Claro que lhe dei o seu número, e ressinto-me do seu tom... Sim, ele esteve na reunião em minha casa. Ele vai... Não, não voltarei a fazer isso. Pode parar de me interromper? Acredito que sim.

Elan tragou novamente e exalou a fumaça no ar, seu aborrecimento manifestado em sua respiração.

– Posso continuar? Obrigado. Como eu dizia, esse meu colega entrará em contato a respeito de certos assuntos legais que podem nos ajudar. Ele me explicou, mas é tudo muito técnico, portanto, deduzi que você gostaria de falar diretamente com ele.

Houve uma pausa expressiva. E quando Elan voltou a falar, seu tom se mostrou mais calmo, como se palavras tranquilizadoras tivessem aplacado seu ego.

– Ah, sim, uma última coisa. Tratei de cuidar do nosso probleminha com certo cavalheiro "com mente apenas para os negócios"...

Assail deliberadamente cerrou um punho.

E quando o couro, mais uma vez, emitiu um suave som de protesto, Elan se endireitou na poltrona, a perna cruzada voltando a se apoiar no chão, a coluna se endireitando a tal ponto de sua cabeça aparecer por sobre o espaldar. Ele olhou para a esquerda. Para a direita.

– Preciso ir...

Nesse instante, os olhos de Elan pararam na janela diante dele e ele viu o reflexo do seu assassino no vidro.

Enquanto Xcor parava na sala protegida com calefação adequada, ele teve que admitir que a nova escolha de abrigo de Throe era muito superior ao porão do armazém em que previamente estiveram. Talvez ele devesse agradecer ao Sombra que invadira o local, se um dia seus caminhos voltassem a se cruzar.

Pensando bem, talvez o calor que ele sentia no corpo fosse seu humor se alterando e não o trabalho de um condutor de calor operante: o aristocrata do outro lado do seu celular estava testando seus nervos.

Ele *não* queria ser procurado por ninguém mais do Conselho. Lidar com um só membro da *glymera* já era o bastante.

Embora tipicamente ele assumisse uma abordagem pacífica com Elan, sua ira deu sinais.

– Não dê meu número a ninguém mais.

Elan e ele trocaram algumas palavras, a ira do aristocrata também se fazendo ver.

O que, na verdade, de nada serviria. Era sempre bom ter um instrumento utilizável nas mãos, não um de difícil trato.

– Minhas desculpas – Xcor murmurou depois de algum tempo. – Trata-se apenas de que prefiro lidar com os que tomam as decisões. É por isso que falo com você e somente com você. Não tenho interesse em ninguém mais. Só em você.

Como se Elan fosse uma fêmea e o relacionamento deles fosse romântico...

Xcor revirou os olhos quando o aristocrata caiu na sua, e voltou a falar:

– ... uma última coisa. Tratei de cuidar do nosso probleminha com certo cavalheiro "com mente apenas para os negócios"...

Instantaneamente, a atenção de Xcor se alterou. O que em nome do Fade o idiota fizera?

Na verdade, aquilo podia ser monstruosamente inconveniente. Podiam dizer o que quisessem por Assail se recusar a aceitar o destronamento de Wrath, mas aquele "cavalheiro" em especial não era feito da mesma seda frágil de Elan. Por mais que Xcor detestasse lidar com o filho de Larex, ele investira um bom tempo e recursos naquele relacionamento. Seria uma pena perder aquele canalha agora e ter de estabelecer outro elo com o Conselho.

– O que você disse? – Xcor exigiu saber.

O tom de Elan se alterou, revelando preocupação.

– Preciso ir...

O grito que reverberou pelo telefone foi tão alto e agudo que Xcor teve que afastar num rompante o celular do ouvido e mantê-lo longe.

Ante aquele som, seus lutadores, que estavam descansando na sala em várias posições, viraram as cabeças na sua direção, testemunhando, assim como ele, o assassinato de Elan.

Os gritos prosseguiram por um tempo, mas não houve nenhum pedido de clemência – ou porque o agressor agira rapidamente ou porque ficou bem claro, mesmo para o macho moribundo, que não haveria nenhuma.

– Que estrago – observou Zypher enquanto outro grito vibrava do telefone. – Uma verdadeira lambança.

– Ainda está respirando – outro comentou.

– Não por muito tempo – um terceiro opinou.

E eles tinham razão. Não mais do que um momento depois, algo atingiu o chão e esse foi o fim dos sons.

– Assail – Xcor disse alto. – Pegue o maldito telefone. *Assail.*

Houve um barulho como se o telefone no qual Elan estivera falando tivesse sido recuperado do lugar em que caíra. Em seguida, ouviu-se o som de uma respiração arfante.

O que sugeria que Elan podia muito bem estar despedaçado.

– Sei que é você, Assail – disse Xcor. – E só posso imaginar que Elan tenha dado um passo em falso e que tal indiscrição tenha chegado aos seus ouvidos. Todavia, você roubou um parceiro meu, e isso não pode passar em branco.

Foi uma surpresa quando o macho respondeu, com a voz grave e forte:

– No Antigo País, previdências eram tomadas perante afrontas à reputação das pessoas. Por certo, não deve se lembrar delas, mas não poderá me negar o meu direito à desforra no Novo Mundo.

Xcor expôs as presas, não por estar frustrado com aquele com quem falava. Maldito Elan. Se o idiota tivesse apenas sido um informante, ele ainda estaria vivo – e Xcor teria tido a satisfação de ele mesmo matá-lo ao fim daquilo.

Assail prosseguiu:

– Ele declarou a representantes do Rei que eu fui responsável pelo seu tiro de rifle, aquele que foi disparado em minha propriedade sem o meu conhecimento, tampouco a minha permissão... E... – ele interrompeu antes que Xcor pudesse falar – você sabe muito bem o pouco que me relacionei a esse ataque, não sabe?

Nos tempos de Bloodletter, aquela conversa jamais teria acontecido. Assail seria perseguido e caçado por ser um estorvo e eliminado tanto por necessidade como por prazer.

Mas Xcor aprendera a sua lição.

Enquanto os olhos pousavam em Throe, parado alto e elegante entre os outros, ele pensou, sim, aprendera que havia lugar e hora adequados para certas... regras...

– O que eu disse antes ainda vale, Xcor, filho de Bloodletter – quando Xcor se retraiu ante essa referência, mostrou-se contente por aquela conversa estar acontecendo pelo telefone. – Não me importo com os seus interesses nem com aqueles do Rei. Sou apenas um homem de negócios; desliguei-me do Conselho e não sou seu aliado. E Elan tentou fazer de mim um traidor... Algo que, como bem sabe, vem com um preço sobre a cabeça de uma pessoa. Tirei a vida de Elan porque ele tentou tirar a minha. Isso é perfeitamente legítimo.

Xcor praguejou. O macho tinha razão. E por mais que a neutralidade inflexível de Assail tivesse parecido inacreditável no início, agora Xcor começava a... bem, *confiar* não era uma palavra que ele costumava usar com outros que não os seus soldados.

– Diga-me uma coisa – disse Xcor de modo arrastado.

– O quê?

– A cabeça desse imbecil ainda está presa ao corpinho frágil dele?

Assail riu.

– Não.

– Sabe que esse é um dos meus métodos de assassinato prediletos?

– Um aviso para mim, Xcor?

Xcor olhou de relance para Throe e pensou novamente na virtude dos códigos de comportamento, mesmo entre os guerreiros.

– Não – declarou. – Apenas algo que temos em comum. Fique bem, Assail, pelo que lhe resta desta noite.

– Você também. E nas palavras de um conhecido em comum, preciso ir. Antes de ser forçado a matar o mordomo *doggen* que está batendo, neste instante, na porta que tranquei.

Xcor jogou a cabeça para trás e gargalhou ao concluir a ligação.

– Sabem – disse ele aos seus lutadores –, até que eu gosto dele.

Capítulo 58

Na noite seguinte, enquanto as persianas se erguiam e um alarme que Blay não reconhecia começava a tocar, ele abriu os olhos.

Aquele não era o seu quarto. Mas ele sabia exatamente onde estava.

Ao seu lado, contra as suas costas, Qhuinn se espreguiçava, o corpo do macho se esticando contra o seu, a pele nua resvalando na sua pele nua – e não é que isso fez uma ereção latejar?

Qhuinn se esticou por sobre a cabeça de Blay, o braço pesado passando por cima para silenciar o alarme do relógio.

A fim de que não houvesse dúvidas quanto a ele querer uma rapidinha antes de todo o ritual de banho e a Primeira Refeição, Blay se arqueou, empurrando as nádegas contra a pélvis de Qhuinn. O gemido que o atingiu no ouvido o fez sorrir um pouco, mas as coisas ficaram sérias quando a mão da adaga de Qhuinn escorregou para baixo e encontrou o pau de Blay.

– Ai, cacete – murmurou Blay ao levantar a perna para abrir caminho.

– Preciso estar dentro de você.

Engraçado, era exatamente isso o que Blay estava pensando.

Enquanto Qhuinn montava nele, Blay se acomodou sobre a barriga, esmagando a palma de Qhuinn com seu mastro erguido.

Não demorou muito para o ritmo ficar intenso e rápido, e enquanto as bolas de Blay se contraíam em novo gozo, ele se maravilhou de tal maneira que seu desespero pelo cara só parecia aumentar – e haveria quem acreditasse que o número de vezes que os dois gozaram juntos, literalmente, durante o dia tivesse aplacado aquele fogo a uma mera ardência.

Não era o caso.

Entregando-se ao prazer, Blay cerrou os dentes quando seu clímax o atingiu ao mesmo tempo em que os quadris de Qhuinn se contraíram e o macho gemeu.

Não houve um segundo round. Não que Blay não quisesse, nem que Qhuinn fosse incapaz. O problema era o relógio.

Quando Blay voltou a abrir os olhos, os números digitais lhe disseram que o alarme de Qhuinn só concedia quinze minutos para que se aprontassem – tempo apenas para uma chuveirada e para se armarem, nada mais. O que o fez desejar que o lutador fosse mais do tipo lerdo que se barbeia duas vezes, passa colônia e escolhe a roupa que vai vestir...

Com mais um dos seus gemidos eróticos de marca registrada, Qhuinn deitou-se de lado, mantendo-os unidos. Enquanto o cara respirava fundo, Blay se deu conta que poderia ficar assim para sempre, apenas os dois em silêncio, no quarto em penumbra. Naquele instante de paz e tranquilidade, não havia nenhuma pendência do passado, ou qualquer coisa que precisasse ser dita mas não foi, ou terceiros elementos, reais ou imaginários, entre eles.

– No fim da noite – disse Qhuinn num tom grave –, você virá me procurar de novo.

– Sim, virei.

Não houve outro tipo de resposta que lhe ocorresse. Na verdade, ele estava se perguntando como esperaria as doze horas de escuridão e refeições e trabalho até poder escapar e voltar para ali.

Qhuinn murmurou algo muito parecido com "ainda bem". Depois gemeu e se desencaixou, afastando-se. Em seguida, Blay ficou onde estava por um instante, mas, no fim, não tinha escolha a não ser se levantar, ir para a porta e voltar para o seu lugar.

Ainda bem que ninguém o viu.

Ele voltou para o quarto sem que ninguém testemunhasse a caminhada da vergonha, e sim, em quinze minutos, ele se lavou, vestiu-se e se armou. Saindo do quarto, ele...

Qhuinn apareceu na mesma hora.

Os dois pararam.

Normalmente, caminharem juntos seria apenas marginalmente estranho, e eles teriam de jogar conversa fora.

Mas agora...

Qhuinn abaixou o olhar.

– Você primeiro.

– Ok – Blay se virou para se afastar. – Obrigado.

Blay jogou o coldre de peito e a jaqueta de couro por sobre o ombro e saiu andando. Quando chegou às escadas, parecia que anos tinham se passado desde que estiveram deitados tão próximos. Será que aquele dia entre eles acontecera de fato?

Jesus, estava começando a enlouquecer.

Entrando na sala de jantar no andar de baixo, ele se sentou numa cadeira qualquer e pendurou suas coisas no espaldar como os outros – mesmo que Fritz detestasse ver armas próximas à comida. Depois, agradeceu ao *doggen* que lhe serviu um prato cheio e começou a comer. Ele não teria como dizer o que lhe fora servido nem quais conversas percorriam a mesa. Mas soube exatamente quando Qhuinn passou pela soleira da porta: seu âmago começou a zunir e foi impossível não olhar por cima do ombro.

Houve um impacto físico imediato ao ver aquele corpo imenso envolto em preto, carregado de armas – como se a bateria de um carro tivesse sido ligada em seu sistema nervoso.

E ele achou que foi até bom Qhuinn evitar olhar para ele. Os outros ao redor da mesa os conheciam muito bem, especialmente John, e as coisas já estavam bem complicadas sem a boataria de corredor ter a oportunidade de se fazer valer – não que alguém fosse dizer algo publicamente. Porém, em particular... Conversas de travesseiros corriam desenfreadamente naquela casa.

Algo a se invejar.

Qhuinn seguiu em frente, depois mudou de direção, e foi para o lado completamente oposto da mesa, para a única cadeira, além daquela ao lado de Blay, que estava desocupada.

Por algum motivo, Blay pensou na conversa que teve com a mãe pelo telefone, aquela em que admitira finalmente a um membro de sua família quem exatamente ele era.

Uma inquietação passou pela sua nuca. Qhuinn jamais faria algo como sair do armário, e não porque seus pais estavam mortos, ou porque, quando o casal estava vivo, eles odiavam o filho.

Eu me vejo com uma fêmea num relacionamento duradouro. Não sei explicar. É só assim que vai ser.

Blay afastou o prato.

– Blay? Alôoo?

Estremecendo, ele olhou para Rhage.

– O que foi?

– Eu perguntei se você está pronto para dar uma de Nanook, o Esquimó.

Ah, é mesmo. Eles voltariam para aquele pedaço de floresta onde encontraram os chalés e o *redutor* com poder especial de desaparecimento, além do avião que, no momento, acumulava neve no jardim dos fundos.

John, Rhage e ele estavam designados para aquela missão. E Qhuinn.

– Sim, sim... sem dúvida.

O mais belo membro da Irmandade franziu o cenho, os olhos azuis como o mar do Caribe se estreitando.

– Você está bem?

– Sim. Estou ótimo.

– Quando foi a última vez em que se alimentou?

Blay abriu a boca. Fechou. Tentou estimar.

– Uhum. Foi o que pensei – Rhage se inclinou para a frente e falou próximo ao peito de Z. – Ei, Phury? Acha que uma das Escolhidas pode vir aqui para assumir o lugar de Layla ao amanhecer? Temos algumas necessidades de sangue.

Ótimo. Era bem isso o que ele queria no fim da noite.

Cerca de uma hora mais tarde, Qhuinn inalou profundamente ao se materializar no frio. Flocos de neve rodopiavam ao redor do seu rosto, atingindo-o nos olhos e no nariz. Um a um, John, Rhage e Blay tomaram forma ao seu lado.

Enquanto ele encarava o hangar, a casca vazia lhe trouxe de volta as lembranças do maldito Cessna, da tentativa desesperadora daquela viagem e da aterrissagem forçada.

Quanta alegria...

– Pronto para ir? – perguntou a Rhage.

– Vamos em frente.

O plano era seguir em trechos de quatrocentos metros até chegarem aos primeiros chalés em que já estiveram. Depois disso, eles localizariam os demais chalés da propriedade, usando o mapa que encontraram anteriormente como um guia. Apenas um protocolo de reconhecimento e busca típicos.

Ele não fazia ideia do que encontrariam, mas aquela era a questão. Não se sabia até fazer o trabalho.

Enquanto avançava, Qhuinn estava muito ciente da localização de Blay. Mesmo assim, quando se materializou diante do primeiro chalé que localizaram, não olhou quando Blay apareceu uns dois metros mais distante. Não seria uma boa ideia. Mesmo estando trabalhando, tudo o que precisava fazer era fechar os olhos e sua mente era inundada por imagens de corpos nus entrelaçados na luz fraca do seu quarto.

Uma confirmação visual que o cara era sexy pra cacete não seria de nenhuma ajuda.

Ele tinha vergonha de admitir, mas, naquele instante, a única coisa que o mantinha são era a promessa de Blay de ir procurá-lo ao amanhecer. O estranhamento durante a Primeira Refeição só o fez desejar estarem juntos ainda mais, a ponto de se abalar ante a ideia de que algum dia, num futuro imediato, Saxton voltaria e Blay deixaria de se aproximar, vindo da porta ao lado – e aí, o que ele faria?

Maldita confusão.

Pelo menos Layla estava bem: ainda enjoada e sorrindo de felicidade. Ainda grávida, graças à intervenção de Blay...

– Leste, nordeste – informou Rhage ao consultar o mapa.

– Entendido – respondeu Qhuinn.

E assim eles prosseguiram avançando no território, a floresta envolvendo-os por centenas e centenas de metros... depois um quilômetro. Em seguida, vários quilômetros.

Os chalés eram bem parecidos, quadrados de seis por seis, abertos no centro, sem banheiro, sem cozinha, apenas um teto e quatro paredes para afastar o pior do inverno. Quanto mais avançavam, mais dilapidadas as estruturas se mostravam – e todas estavam vazias. Lógico. A pé, aquela era uma distância imensa – e *redutores*, por mais fortes que fossem, não se desmaterializavam.

Pelo menos não a maioria deles.

Aquele só podia ter sido o *Redutor Principal*, ele pensou. Seria a única explicação para o fato de o assassino ferido ter simplesmente desaparecido daquele jeito.

O sétimo chalé estava diretamente numa trilha que devia ter sido bem frequentada a ponto de ainda se ver um caminho em meio à vegetação.

Naquele faltava uma janela e a porta estava escancarada, a neve entrando como uma invasora. Qhuinn atravessou um monte de neve, seus coturnos esmagando a superfície imaculada conforme ele se aproximava da varanda. Com uma lanterna na mão esquerda e uma .45 na direita, ele deu um salto para baixo do beiral e se inclinou.

Mesma merda, um espaço vazio diferente.

Ao perscrutar o interior, não havia absolutamente nada ali. Nenhuma mobília. Umas prateleiras embutidas vazias. Teias de aranha balançando na brisa que entrava pela janela quebrada.

– Tudo tranquilo – anunciou.

Virando-se, ele pensou que aquilo tudo era besteira. Ele queria estar chutando uns traseiros, e não estar ali, no meio do nada, perseguindo e caçando sem encontrar coisa alguma.

Rhage acomodou uma lanterna de bolso entre os lábios e abriu o mapa mais uma vez. Fazendo uma marca com uma caneta, ele bateu no papel grosso com um dedo.

– O último fica a cerca de quatrocentos metros para o leste.

Ainda bem. Já era hora.

Presumindo que tudo fosse entediante como até então, eles sairiam dali e se deparariam com o inimigo em becos em quinze minutos, talvez vinte.

Molezinha, molezinha.

CAPÍTULO 59

– Você parece verdadeiramente feliz.

Layla levantou o olhar. De certo modo, parecia inacreditável que a rainha da raça estivesse ao seu lado na cama, lendo revistas *Us Weekly* e *People*, e assistindo à TV. Mas, pensando bem, a não ser pelo imenso anel de rubi que cintilava em seu dedo, ela não poderia ser mais normal.

– Eu estou mesmo – Layla deixou de lado o artigo sobre a última temporada de *The Bachelor* e pousou a mão no ventre. – Estou radiante.

Ainda mais que Payne passara pouco antes e aparentava estar se sentindo bem. Mesmo que o desejo de que sua gravidez continuasse fosse quase patológico, a ideia de que essa bênção viesse à custa de outra fêmea não lhe caía bem.

– Você quer ter filhos? – Layla perguntou num rompante. E depois acrescentou: – Se a minha pergunta não a ofender...

Beth desconsiderou a preocupação dela com um gesto.

– Você pode me perguntar o que quiser. E respondendo, quero, sim. Quero muito. O engraçado é que antes da minha transformação, eu não tinha interesse algum em crianças. Elas eram apenas uma complicação descontrolada e barulhenta que eu, honestamente, não entendia por que as pessoas se davam ao trabalho de trazer ao mundo. Mas aí eu conheci Wrath – ela afastou o cabelo escuro e riu. – Desnecessário dizer como isso mudou tudo.

– Quantos cios você já teve?

– Ainda estou esperando. Rezando. Contando o tempo para que o primeiro venha.

Layla franziu o cenho e se ocupou em abrir mais uma embalagem de bolachas de água e sal. Era difícil lembrar muito sobre aquelas horas de loucura com Qhuinn, mas fora uma provação de proporções épicas.

Considerando-se o milagre que ainda repousava em seu corpo, tudo valera a pena.

Contudo, ela não poderia dizer que gostaria de passar pelo seu período fértil novamente. Não sem medicamentos.

– Bem, então desejo que seu cio venha logo – Layla mordiscou uma bolacha, o quadrado se partindo e derretendo em sua boca. – Não consigo acreditar que disse isso.

– É tão difícil quanto... isto é, não consegui falar com Wellsie sobre o período dela antes de ela falecer, e Bella nunca mencionou nada. – Beth baixou o olhar para seu anel de rainha, como se estivesse admirada por suas facetas captarem e refletirem a luz. – E não conheço Autumn tão bem assim; ela é adorável, mas dadas as circunstâncias pelas quais ela e Tohr acabaram de passar, não pareceu apropriado abordar esse assunto com ela.

– Tudo é muito obscuro, para ser bem honesta.

– Uma bênção, então, não?

Layla fez uma careta.

– Bem que eu gostaria de contradizê-la, mas sim, acredito que seja uma bênção.

– Mas deve valer a pena, não?

– Sem sombra de dúvida... Eu estava pensando exatamente nisso, para falar a verdade – Layla sorriu. – Sabe o que dizem a respeito de fêmeas grávidas, não?

– O quê?

– Se passar tempo com elas, isso encorajará seu cio a chegar.

– Verdade? – a rainha lançou um sorriso amplo. – Então você pode ser a resposta às minhas orações.

– Bem, não sei se isso é verdade. Do Outro Lado, somos sempre férteis. É só aqui na Terra que as fêmeas estão sujeitas às influências dos hormônios, mas eu li a respeito desse efeito na biblioteca.

– Então vamos fazer o nosso experimento, que tal? – Beth ofereceu a mão para um aperto. – Além disso, gosto de estar aqui. Você me inspira.

As sobrancelhas de Layla se ergueram com o que lhe foi dito.

– Inspiro? Ah, não. Não sei como.

– Pense pelo que passou.

– A gestação se ajeitou e...

– Não, não apenas isso. Você é a sobrevivente de um culto – quando Layla lhe lançou um olhar de quem não entendia, a rainha perguntou: – Nunca ouviu falar disso?

– Conheço a definição da palavra. Mas não sei se se aplica a mim.

A rainha desviou o olhar, como se não quisesse criar discórdia.

– Ei, posso estar errada, e você certamente deve saber melhor do que eu... Além disso, você está feliz agora, e é isso o que importa.

Layla se concentrou na tela de TV adiante. Pelo que entendia, um culto não era uma coisa boa, e *sobrevivente* era um termo normalmente associado a pessoas que passaram por algum tipo de trauma.

O Santuário fora como um dia de primavera tranquilo e temperado na face da Terra, todas as fêmeas na paz e tranquilidade do local sagrado com suas tarefas importantes para a mãe da raça.

Nenhuma coerção. Nenhuma contenda.

Por algum motivo, as palavras de Payne entraram em sua mente.

Você e eu somos irmãs da tirania de minha mãe, casualidades de seu plano maior de como as coisas devem ser. Estivemos as duas enjauladas em seus modos diversos, você como uma Escolhida; eu, como sua filha de sangue.

– Desculpe – disse a rainha, esticando a mão para tocar no braço de Layla. – Não tive a intenção de aborrecê-la. Honestamente, não sei que diabos eu estava falando.

Layla voltou-lhe a atenção.

– Ora, por favor, não se preocupe – ela segurou a mão da rainha. – Não me ofendi de maneira alguma. Mas agora, que tal falarmos de coisas mais alegres, tal como o seu *hellren*. Ele também deve estar impaciente para que seu período chegue.

Beth deu uma risada reservada.

– Ele ainda não está exatamente nesse ponto.

– Por certo ele deve desejar um herdeiro.– Acredito que ele me dará um. Mas só por eu desejar muito um filho.

– Ah...

– Isso mesmo, ah... – Beth apertou a mão de Layla. – Ele só se preocupa demais. Sou forte e saudável, e estou pronta para isso. Mas se ao menos eu conseguisse fazer com que meu corpo começasse a funcionar... Quem sabe, ele não segue o seu exemplo?

Layla sorriu e esfregou a barriga ainda lisa.

– Ouviu isso, meu pequeno? Você precisa ajudar a nossa rainha. É importante para a família real ter um filho.

– Não pelo trono – interveio Beth. – Não de minha parte. Eu só quero ser mãe e ter o filho do meu marido. No fundo, é simples assim.

Layla se calou. Ela estava feliz por ter Qhuinn ao seu lado naquela jornada, mas teria sido maravilhoso ter um parceiro de verdade para se deitar ao seu lado e acalentá-la durante o dia, para amá-la e segurá-la e lhe dizer que ela era preciosa não só pelo que o seu corpo era capaz de produzir, mas pelo que ela lhe inspirava em seu coração.

Uma imagem do rosto rústico de Xcor surgiu subitamente em sua mente.

Balançando a cabeça, ela concluiu que não, não poderia pensar naquilo. Ela tinha de se manter calma e relaxada pelo bebê, pois seu estresse poderia ser transmitido para aquilo que seu ventre nutria. Além disso, ela já fora abençoada com tanto, e se aquela gestação vingasse até o fim, e ela sobrevivesse ao parto?

Ela receberia um milagre verdadeiro e contínuo.

– Estou certa de que tudo dará certo com o Rei – declarou. – O destino tem seu modo de nos dar aquilo de que precisamos.

– Amém, irmã. Amém.

Sola parou o seu Audi exatamente no meio do caminho de carros da casa de vidro às margens do rio e estacionou bem na porta de trás da maldita construção.

Saindo, plantou as botas na neve, colocou a mão dentro da parca no cabo da pistola e fechou a porta com o quadril. Ao marchar para a entrada de trás, fez contato visual com o telhado.

Deveria haver uma câmera de segurança ali.

Ela não se deu ao trabalho de tocar a campainha ou bater à porta. Ele saberia que ela estava ali. E se ele não estivesse em casa? Bem, nesse caso ela pensaria em algum tipo de cartão de visitas para lhe deixar.

Talvez um alarme disparado? Ou uma janela ou armário abertos?

Talvez algo faltando dentro da casa...

A porta se abriu e lá estava ele, em carne e osso – exatamente como na noite anterior, e mesmo assim, de algum modo mais alto, mais perigoso, mais sexy do que ela se lembrava.

– Isso não é um pouco óbvio para você? – ele perguntou com lentidão.

Ele vestia um terno preto de algum tipo de designer, e a roupa só podia ter sido feita sob medida, porque o caimento era perfeito.

– Estou aqui para esclarecer uma coisa – disse ela.

– E, ao que parece, veio para estabelecer alguns termos – como se aquela fosse uma ideia intrigante. – Mais alguma coisa? Trouxe o jantar? Estou com fome.

– Vai me deixar entrar ou vamos fazer isto no frio mesmo?

– Por acaso, a sua mão está armada?

– Claro que sim.

– Nesse caso, por favor, entre.

Quando ele recuou, ela revirou os olhos. Por que o fato de ela poder atirar nele encorajaria o homem a permitir a sua entrada era um mistério...

Sola ficou imobilizada quando olhou para a cozinha moderna. Lado a lado estavam dois homens que eram a imagem idêntica um do outro. Também eram tão grandes quanto o homem a quem ela viera procurar – e ambos tinham uma arma na mão.

Só podiam ser aqueles que estiveram com ele debaixo daquela ponte.

A porta se fechou, e ainda que as glândulas adrenais dela tivessem lançado um sinal de alerta, ela escondeu tal reação.

Aquele a quem ela viera ver lançou-lhe um sorriso ao passar por ela.

– Estes são meus associados.

– Quero conversar a sós com você.

O homem se recostou contra uma bancada de granito, colocou um charuto entre os dentes e o acendeu com um isqueiro de ouro. Quando ele fechou a tampa, exalou uma baforada de fumaça azulada e olhou na sua direção.

– Cavalheiros, se nos derem licença por um minuto, por favor.

Os gêmeos senhores Felicidade não pareceram contentes com a dispensa. Pensando bem, mesmo que recebessem bilhetes premiados na loteria eles seriam capazes de arrancar sua mão até o pulso. Só por princípios.

No entanto, eles se encaminharam para longe dali, movendo-se de um modo sincronizado que era incrivelmente perturbador.

– Onde arranjou esses dois? – ela perguntou com aspereza. – Na internet?

– Incrível o que se pode adquirir no eBay...

Abruptamente, ela deixou de lado as amenidades.

– Quero que pare de me seguir.

O homem deu uma tragada no charuto, a ponta gorda brilhando alaranjada.

– Mesmo?

– Você não tem por que fazer isso. Não voltarei aqui novamente... por nenhum motivo.

– Verdade?

– Você tem a minha palavra.

Não havia nada que Sola detestasse mais do que admitir uma derrota – e deixar de lado a investigação desse homem e daquela propriedade era um tipo de renúncia. Mas a noite passada, enquanto ela esteve num encontro com um completo inocente, pelo amor de Deus, cerificou-a de que as coisas estavam se descontrolando. Ela era perfeitamente capaz de brincar de gato e rato; era o que fazia em sua vida profissional. Contudo, com aquele homem? Não havia um objetivo a ser conquistado; nenhum pagamento à sua espera quando informações fossem coletadas; nenhuma intenção de roubá-lo.

E os riscos só vinham aumentando.

Ainda mais se voltassem a se beijar, porque ela duvidava que fosse capaz de parar e a definição de estupidez seria ir para a cama com alguém como ele.

– A sua palavra? – ele repetiu. – E exatamente quanto isso vale?

– É tudo o que tenho a lhe oferecer.

Os olhos dele, aqueles raios laser, detiveram-se em sua boca.

– Não tenho tanta certeza disso.

O sotaque dele e aquela voz grave e deliciosa transformavam as sílabas em uma carícia, uma que ela quase sentia na pele.

Motivo pelo qual ela estava fazendo aquilo.

– Você não tem motivo para me seguir. A partir de agora.

– Talvez eu aprecie a vista – enquanto os olhos percorriam seu corpo, outra onda de choque a acometeu, mas não do tipo ansioso. – Sim, tenho certeza disso. Diga-me uma coisa, gostou do seu passeio ontem? A comida estava do seu agrado? A companhia...?

– Estou colocando um ponto-final nisso agora. Você não vai mais me ver.

Como aquilo era tudo o que ela tinha a dizer, deu-lhe as costas.

– Acha honestamente que isto entre eu e você acaba aqui?

A voz bela e sombria continha uma ameaça velada.

Sola olhou por cima do ombro.

– Você me pediu para não invadir, nem espionar, e eu não vou fazer nada disso.

– E eu lhe digo novamente, acha, *honestamente*, que isto termina assim?

– Estou lhe dando o que quer.

– Nem chega perto do que quero – ele rosnou.

Por um momento, aquela ligação que fora forjada no frio, enquanto seus lábios se tocavam no carro dela e os corpos enrijeceram, voltou à tona.

– É tarde demais para recuar – outra baforada. – A sua chance de sair veio... e foi embora.

Ela se virou de frente.

– Lamento lhe dizer isso, mas quanta besteira. Não tenho medo de você, nem de ninguém, então, venha me pegar. Mas saiba que vou machucá-lo para me defender...

Um som abrupto reverberou no ar entre eles.

Um ronronar? O homem estava mesmo ronronando?

Ele deu um passo à frente. Depois outro. E como um cavalheiro faria, manteve o charuto afastado, pois não queria queimá-la nem deixar que a fumaça a atingisse no rosto.

– Diga-me o seu nome – ele disse. Ou comandou?

– Acho difícil de acreditar que já não o saiba.

– Não sei – isso foi dito com um arquear de sobrancelha, como se buscar informações estivesse aquém dele. – Diga-me o seu nome e eu a deixarei ir, por ora.

Deus... aqueles olhos... eram o luar e as sombras, uma cor impossível, misto de prateado, violeta e azul-claro.

– Como nossos caminhos não se cruzarão mais, isso não é relevante...

– Só para sua informação... você se entregará a mim...

– Como é?

– Mas antes vai me implorar.

Sola se projetou para a frente, seu temperamento implodindo sua atitude de "vamos ser razoáveis".

– Só por cima do meu cadáver.

– Lamento, isso não faz o meu tipo – ele deixou cair o queixo e a fitou por sob as pálpebras abaixadas. – Prefiro você quente... e molhada.

– Isso não vai acontecer – ela deu meia-volta e se dirigiu para a porta. – Estamos entendidos.

Assim que ela entrou na antessala, seus olhos captaram algo sobre um banco acomodado na parte baixa da parede oposta.

Sua cabeça virou para trás, e seus pés falsearam. Era uma adaga, uma adaga muito longa, tão longa que era quase uma espada.

Havia sangue fresco na lâmina.

– Reconsiderando a sua partida? – perguntou a voz sombria bem atrás dela.

– Não – ela se dirigiu para a porta e a abriu. – Já estou de saída.

Batendo a porta atrás de si, ela quis correr para o carro, mas se recusou a ceder ao pânico mesmo esperando que ele viesse atrás dela.

No entanto, o homem ficou parado, pairando no vidro da porta que ela acabara de utilizar, observando-a entrar no carro, dar a partida e passar a marcha no Audi.

Ao se recostar no banco do motorista, ela sentiu o coração disparar.

Ainda mais depois que um pensamento aterrador lhe ocorreu.

Enfiando a mão na bolsa, ela tateou em busca do celular e, quando o encontrou, procurou um nome na lista de contatos e selecionou um deles, apertando o botão da chamada. Tomada pelo medo, ela apoiou o celular na orelha, apesar do seu carro ter Bluetooth e ser ilegal, em Nova York, dirigir sem as duas mãos no volante.

Um toque.

Dois toques.

Três...

– Oi! Eu estava esperando que você me ligasse.

Sola se largou no banco, a cabeça batendo no encosto.

– Olá, Mark.

Deus, ouvir o som da voz do homem era um alívio.

– Você está bem? – seu professor de ginástica perguntou.

Ela pensou na lâmina ensanguentada.

– Estou, sim. Está saindo do trabalho?

Enquanto embarcavam numa conversa agradável, ela saiu dirigindo, o pé pesando no acelerador, o cenário passando às pressas. Neve branquinha. Estrada cheia de sal. Árvores em seus esqueletos. Chalezinho antigo com a luz acesa dentro. Espaço vazio à margem esquerda do rio.

Toda vez que ela piscava, via a silhueta no vidro daquela porta. Observando. Planejando. Esperando...

Por ela.

E, bom Deus, seu corpo estava desesperado para ser capturado por ele.

Capítulo 60

Enquanto Qhuinn se materializava, a sua lanterna iluminava o último chalé. Dessa vez, ele não esperou pelos outros, simplesmente marchou adiante, direto para a porta, que estava intacta e fechada...

Sua primeira pista de que algo estava errado surgiu quando segurou a maçaneta antiga e gasta: um choquinho elétrico atravessou sua mão e subiu pelo braço.

Retirando a mão, ele sacudiu o braço, e seus instintos ficaram em alerta.

– O que foi? – Rhage perguntou ao subir na varanda baixa.

Qhuinn olhou ao redor, notando que Blay e John estavam nas imediações.

– Não sei.

Rhage foi até a porta e teve a mesma sensação, retraindo-se subitamente.

– Mas que merda...?

– É, não é... – murmurou Qhuinn ao recuar um passo e iluminar o exterior.

As duas janelas em cada lado da entrada haviam sido cobertas por tábuas, e quando ele andou ao redor da casa, viu que o mesmo fora feito com aquelas do outro lado.

– Que se foda – grunhiu Rhage. O Irmão recuou três passos e depois se lançou contra a porta, o ombro forte num ângulo como um aríete.

Com o impacto, a madeira da porta se estilhaçou...

Subitamente, uma luz ofuscante cruzou a noite, iluminando a floresta como se uma bomba tivesse explodido, lançando Rhage para trás.

Enquanto Blay e John corriam para verificar se o lutador se ferira, Qhuinn avançou, preparando-se enquanto atravessava o batente, esperando ser atingido por algumas centenas de volts de sabe-se lá o quê.

Em vez disso, ele só atingiu o ar, e seu impulso foi tão grande que ele teve que se recolher numa bola a fim de não cair de cara no chão. Uma respiração depois, ele se impulsionou no chão e aterrissou agachado, uma arma numa mão, a lanterna na outra.

Algo fedia muito ali.

– Atrás de você – avisou Blay, quando um segundo facho de luz se juntou ao seu.

O ar dentro do chalé estava estranhamente quente, como se houvesse um sistema de aquecimento ligado, só que isso não era possível. Não havia eletricidade, nem tanque de combustível. E já fazia um tempo que alguém estivera ali, a julgar pela camada de poeira imperturbável nas tábuas do chão e pelas teias de aranha, delicadas e verticais que se penduravam a partir do teto como cordas inertes.

– O que é isso? – perguntou Blay.

Ao girar seu facho de luz, Qhuinn franziu a testa. Havia um bom número do que pareciam ser tambores de óleo contra a parede oposta, todos juntos, como se tivessem sentido medo de algo e se arrumado em círculo para autoproteção.

Qhuinn andou até lá, sempre movendo a lanterna em círculos amplos, e franziu o cenho mais uma vez quando conseguiu olhar direito para os latões. Nenhum deles tinha tampa e sua luz parecia refletir algum tipo de óleo.

– Mas... que diabos é isso?

Inclinando-se sobre um deles, ele inspirou profundamente e sentiu as narinas queimarem com o fedor forte de assassinos. A julgar pelo modo como a sua luz não conseguia penetrar a superfície do líquido, ele soube que só podia ser uma coisa, e, por certo, aquilo não poderia ser usado como aquecedor ou gerador.

Era o sangue de Ômega.

– Atrás de vocês – disse Rhage ao entrar.

Um assobio suave anunciou que John também entrara.

– Isso é o que eu acho que é? – perguntou Blay ao parar ao lado de Qhuinn.

Qhuinn acomodou a lanterna entre os dentes e esticou a mão nua. Assim que fez contato com a viscosidade desagradável, algo subiu à superfície do barril...

– Cacete! – exclamou, pulando para trás.

Enquanto sua lanterna caía e rolava pelo chão, o facho de Blay iluminava o que quer que tivesse se movido.

Um braço.

Havia alguém dentro daquele tambor.

– Jesus Cristo – sussurrou Blay.

Atrás deles, a voz de Rhage soou alta:

– V.? Precisamos de assistência aqui. Agora.

Qhuinn se inclinou para baixo e apanhou a lanterna. Voltando a apontá-la para o líquido oleoso, ele observou quando o braço se movimentou novamente, mergulhando logo abaixo da superfície, o movimento elevando o pulso e o dorso da mão...

Algo reluziu, e esse fulgor breve atraiu a atenção de Qhuinn. Ajustando o ângulo do facho de luz, inclinou-se ainda mais sobre o tonel.

A mão não parecia bem, as juntas estavam deformadas, faltavam partes dos dedos ou eles inteiros, como se tivessem sido colocados dentro de um moedor...

Aquele brilho surgiu novamente na fossa do sangue de Ômega.

Seria... um anel?

– Espere, espere, Qhuinn... Você tem que recuar.

Qhuinn ignorou o comentário ao se inclinar ainda mais para a frente, aproximando-se, aproximando-se...

Aproximando-se...

A princípio, ele custava a acreditar no que via. Simplesmente não poderia estar vendo um anel de sinete.

Porém, o que mais poderia ser? Estava no indicador, o único dedo que não fora arrancado. E era de ouro – mesmo com todo aquele óleo preto, o brilho amarelado era evidente. E o anel em si tinha uma faceta larga na qual estava gravada...

– Qhuinn – disse Rhage com aspereza –, afaste-se imediatamente...

O braço se moveu novamente, a mão pálida rompendo a superfície do líquido, parecendo um espectro emergindo de uma tumba, esticando-se...

O sangue de Ômega escorreu da superfície do anel, revelando...

– Qhuinn, não estou brincando...

Um barulho explodiu dentro do chalé, preenchendo o ar.

Ele ignorou completamente que o grito saíra de sua boca.

A princípio, Blay pensou que o que quer que estivesse no tonel tivesse agarrado Qhuinn e o puxado para dentro e que foi por isso que Qhuinn gritou. Instintivamente, ele avançou e segurou a cintura de Qhuinn, como se lançasse uma âncora e a puxasse de volta.

O que saiu do tonel atormentaria os pesadelos de Blay durante anos... décadas.

Na verdade, o que estava dentro não se agarrara a Qhuinn; foi exatamente o contrário. Enquanto Blay puxava para trás, uma forma masculina saía do local apertado, o sangue de Ômega caindo pelas laterais em riachos, açoitando o piso frio de madeira do chalé, atingindo os coturnos e as calças de couro de Blay, encharcando Qhuinn.

Qhuinn teve que se esforçar para continuar segurando aquilo que escorregava de suas mãos, a arma e a lanterna esquecidas, as mãos enluvadas apalpando e arranhando para não perder o contato...

E quando eles içaram...

O barril de óleo caiu de lado enquanto o macho nu se estatelava aos seus pés.

Ninguém se moveu. Foi como se todos tivessem acabado de tomar suas posições num palco.

Blay reconheceu quem era imediatamente.

E não acreditou.

O morto voltando para o mundo dos vivos... por assim dizer.

Qhuinn se agachou e tocou no ombro do macho. Em seguida, pronunciou o nome do irmão com voz rouca:

– Luchas?

A resposta foi imediata. As mãos do irmão lentamente começaram a girar, as pernas machucadas a se debater, o corpo nu tentando se mover. A pele estava coberta de hematomas, a parca iluminação das lanternas revelava cada contusão, laceração e hematoma, a mancha do sangue de Ômega gradualmente sumindo da pele pálida.

Bom Deus, o que fizeram com ele? Um dos olhos estava fechado pelo inchaço, e a boca estava torta, como se ele tivesse sido socado ali. Quando ele se retorceu, pareceu que os dentes tinham permanecido intactos, mas aquele era o único sinal de misericórdia que pareceram ter para com ele.

– Luchas? – repetiu Qhuinn. – Consegue falar comigo?

Mais ao lado, Rhage estava novamente ao telefone.

– V.? Temos uma situação nas mãos... Quanto tempo vai demorar... o quê? Não, absolutamente, não. Preciso de você... Não, você. E Payne – Hollywood olhou de relance e articulou apenas com a boca "sabem quem ele é?".

Blay teve que limpar a garganta, sua resposta saindo aos tropeços:

– É... o irmão dele.

Rhage piscou forte. Balançou a cabeça. Inclinou-se.

– Desculpe. O que você...

– O irmão dele – Blay repetiu alto e claro.

– Jesus... – sussurrou Rhage. E depois reagiu. – Agora, V. *Agora.*

– Luchas, consegue me ouvir? – perguntou Qhuinn.

Vishous invadiu o chalé uma fração de segundo mais tarde. O Irmão estava coberto em sangue de *redutor* e sangue vermelho graças a um corte no rosto – também respirava como um trem de carga e tinha uma adaga gotejante na mão.

No instante em que viu sobre o que eles estavam rodeados, ele parou.

– Mas que merda é essa?

Rhage rapidamente fez gestos perpendiculares à garganta, interrompendo qualquer outro comentário. Depois segurou o braço de

V. e o arrastou para longe do alcance dos outros ouvidos. Quando os dois voltaram, V. não revelava emoção alguma.

– Deixe-me dar uma olhada nele – disse V.

Qhuinn apenas continuou falando com o irmão, as palavras saindo numa corrente contínua que não fazia muito sentido. Pensando bem, até onde todos sabiam, o macho fora assassinado nos ataques, junto ao pai, a mãe e a irmã de Qhuinn. Portanto, sim, aquilo era o bastante para fazer até Shakespeare sofrer de um caso de balbucios.

Só que... não era possível, Blay pensou. Havia quatro corpos na casa – e Luchas estivera entre eles.

Blay deveria saber disso. Fora ele a entrar lá para identificá-los.

Ele apoiou uma mão no ombro de Qhuinn.

– Ei.

As palavras de Qhuinn foram sumindo. Depois, ele fitou os olhos de Blay.

– Ele não está respondendo.

– Pode deixar o V. dar uma olhada nele? Precisamos de um parecer médico – e talvez muito mais para ter respostas quanto ao que acontecia ali. – Vamos, venha comigo até ali.

Qhuinn se endireitou e recuou, mas não se distanciou muito, e seu olhar nunca se despregou do irmão.

– Será que o transformaram? – ele cruzou os braços e se enrolou para a frente. – Acha que o transformaram?

Blay balançou a cabeça e desejou poder mentir.

– Eu não sei.

Capítulo 61

Enquanto Qhuinn encarava o chão do chalé, seu cérebro resgatava todo tipo de lembranças desconexas, a noção concreta de que sua família inteira fora devastada colidindo com o que parecia ter sido uma realidade completamente diferente.

Ele continuava a voltar para aquela noite, há tanto tempo, quando passara pela porta de entrada da casa dos pais e encontrara a família toda reunida à mesa de jantar... e o irmão recebendo o anel de sinete que agora estava na mão destroçada.

Você haveria de pensar que um cara torturado, porém vivo, seria tudo em que alguém conseguiria se concentrar.

– O que está acontecendo, V.? – ele exigiu saber. – Como ele está?

– Vivo – o Irmão limpou a adaga na coxa coberta pelo couro da calça. – Filho? Filho, consegue me ouvir?

Luchas continuou olhando para Qhuinn, seus lindos olhos cinza injetados de sangue e arregalados. A boca se movia, porém nenhum som saía dela.

– Filho, vou ter que cortá-lo, está bem? Filho?

Qhuinn sabia exatamente o que V. procurava saber.

– Vá em frente.

O coração de Qhuinn começou a bater como um punho contra seu esterno enquanto o Irmão pegava a adaga negra e fazia um corte no lado externo do braço de Luchas. O cara não reagiu; pensando bem, com tudo o que lhe acontecera... Aquilo era apenas um pingo num tonel de água.

Por favor, seja vermelho, seja vermelho, seja vermelho...

Sangue vermelho se avolumou e escorreu, num contraste brilhante contra o óleo negro no qual ele estava coberto.

Todos emitiram um suspiro de alívio que nem sequer sabiam que estavam represando.

– Ok, filho, isso é bom, é muito bom...

Eles não o haviam transformado.

V. se levantou do chão e fez um gesto de lado com a cabeça, indicando que queria conversar reservadamente. Enquanto Qhuinn o seguia, puxou o braço de Blay e o levou consigo. Era o mais natural a ser feito. Aquilo era muito sério, e ele sabia que não estava acompanhando muito bem – e não havia ninguém mais que ele quisesse consigo.

– Não tenho o medidor de pressão nem um estetoscópio, mas posso lhe garantir uma coisa... a pulsação dele está fraca e irregular, e tenho quase certeza de que ele está em estado de choque. Não sei quanto tempo ele ficou ali dentro e nem o que lhe fizeram, mas ele está vivo no sentido convencional da palavra. O problema é que Payne está fora da jogada – os olhos de V. cintilaram. – E vocês sabem por quê.

Ah, então ele falara com a irmã.

– Ela não poderá ser capaz de usar a magia dela – o Irmão continuou – e estamos a um milhão de quilômetros de qualquer lugar.

– Ou seja – disse Qhuinn.

V. o encarou.

– Ele vai morrer nas próximas horas se...

– V.! – exclamou Rhage. – Venha aqui!

No chão, o corpo castigado de Luchas se erguia sozinho, as mãos quebradas se fechavam em suas palmas, os joelhos se retesavam, a coluna se curvava para o teto do chalé.

Qhuinn se lançou para a frente e se ajoelhou perto da cabeça do irmão.

– Fique comigo, Luchas. Vamos, lute...

Aqueles olhos cinzentos se fixaram nos de Qhuinn, e a agonia deles era tão esmagadora que Qhuinn mal notou V. se apressando para perto e removendo a luva da mão brilhante.

– Qhuinn! – o Irmão exclamou, como se já tivesse repetido o nome dele algumas vezes.

Ele não desviou o olhar do irmão.

– O quê?

– Isto pode matá-lo, mas talvez faça seu coração voltar a bater no ritmo certo. É arriscado, mas é a única chance dele.

Na fração de segundo antes da resposta, ele sentiu uma necessidade esmagadora de que o irmão superasse aquilo de algum modo. Mesmo mal conhecendo o cara, e tendo se ressentido dele por anos – e depois ter sido surrado por ele quando Luchas se juntara à Guarda de Honra –, ele não percebera até eles terem sumido o quanto é possível se sentir desorientado sendo o único ser no planeta sem que ninguém mais do seu sangue esteja com você.

Em retrospecto, esse vazio fora exatamente o que o motivara durante o cio de Layla. E o que o fizera procurar Blay instintivamente.

Ame-os ou odeie-os, por laços de sangue ou do coração, a família era um tipo de oxigênio.

Necessário aos seres vivos.

– Vá em frente – disse ele.

– Espere – Blay interrompeu, tirando o cinto e entregando-o a Qhuinn. – Para a boca dele.

Mais uma razão para amar o cara. Não que ele precisasse de mais uma.

Qhuinn posicionou a tira de couro na boca aberta do irmão e segurou-a no lugar ao assentir para V.

– Fique comigo, Luchas. Vamos... Fique comigo...

Pelo canto do olho, ele rastreou o brilho da luz branca se aproximando do esterno do irmão...

O peito de Luchas se ergueu, o corpo todo sofrendo um espasmo nas tábuas do chão enquanto uma luz brilhante o atravessava, afunilando-se pelos braços e pelas pernas, irradiando-se da cabeça. O som que ele produziu não foi humano, um gemido gutural que atingiu Qhuinn bem em sua medula.

Quando V. retraiu a mão, a palma irradiante erguida, Luchas caiu como o peso morto que era, o corpo rebatendo, os membros vibrando.

Ele piscou rapidamente, como se uma brisa o atingisse no rosto.

– Mais uma vez – exigiu Qhuinn. Quando V. não respondeu, ele o encarou. – Mais uma vez.

– Isso é loucura – murmurou Rhage.

V. avaliou o macho por um instante. Depois aproximou a mão letal novamente.

– Uma vez, é só o que você terá – ele disse a Luchas.

– Maldição – Rhage interveio. – Mais do que isso e ele vira churrasquinho.

O segundo choque foi tão ruim quanto o primeiro – o corpo judiado se contorcendo, Luchas emitindo aquele som horrendo antes de aterrissar num baque de ossos.

Mas ele respirou. Uma respiração profunda, grande, poderosa que expandiu a caixa torácica.

Qhuinn sentiu vontade de rezar e achou que estava mesmo quando entoou:

– Vamos, vamos, vamos...

A mão dilacerada, aquela do anel, esticou-se e segurou a camisa de Qhuinn. A pegada era fraca, mas Qhuinn se inclinou.

– O quê? – disse ele. – Fale devagar.

A mão escorregou para a jaqueta.

– Fale comigo.

A mão do irmão parou no cabo de uma de suas adagas.

– Mate... me...

Os olhos de Qhuinn se arregalaram.

A voz de Luchas não era nada parecida com o que um dia fora, não passava de um sussurro rouco.

– Mate... me... irmão... meu...

Capítulo 62

– Como é que você está? – Blay perguntou.

Parado na varanda do chalé Qhuinn inspirou e percebeu cheiro de cigarro. Blay acendera outro, e por mais que Qhuinn detestasse esse hábito, ele não tinha como culpá-lo. Inferno, se ele curtisse aquilo, também se apoiaria naqueles pregos de caixão.

Olhou-o de relance. Blay o fitava com paciência, obviamente preparado para esperar pela resposta, mesmo se demorasse o resto da noite.

Qhuinn consultou o relógio. Uma da manhã.

Quanto tempo demoraria para que o resto da Irmandade chegasse ali? E será que o plano de evacuação que bolaram iria funcionar?– Sinto como se estivesse enlouquecendo – respondeu.

– Também sinto isso – Blay exalou a fumaça na direção oposta. – Não acredito que ele está...

Qhuinn fitou as árvores diante deles.

– Eu nunca lhe perguntei sobre aquela noite.

– Não. E, francamente, eu não o culpo.

Atrás deles, no chalé, Rhage, V. e John estavam com Luchas. Todos tinham tirado as jaquetas e o envolveram com elas numa tentativa de mantê-lo aquecido.

Parado apenas com a camiseta e as armas, Qhuinn não sentia o frio. Pigarreou.

– Você o viu?

Fora Blay a entrar na mansão depois do ataque. Qhuinn simplesmente não teve coragem de identificar os corpos.

– Sim, eu o vi.

– Ele estava morto?

– Até onde eu sabia, sim. Ele estava... Sim, eu não achei que existisse qualquer chance de ele estar vivo.

– Sabe, não vendi a casa.

– Ouvi dizer.

Tecnicamente, como membro repudiado da família, ele não teria nenhum direito à propriedade. Contudo, tantos foram mortos que ninguém exigiu a propriedade, e ela, de acordo com as Leis Antigas, fora revertida para o Rei, depois do que Wrath imediatamente a passou para Qhuinn como propriedade alodial.

O que quer que isso significasse.

– Eu não sabia o que pensar quando me disseram que eles haviam sido assassinados – Qhuinn levantou o olhar para o céu. A previsão era de mais neve, portanto, não havia nenhuma estrela visível. – Eles me odiavam. Acho que eu também os odiava. E depois eles não estavam mais lá.

Atrás dele, Blay ficou imóvel.

Qhuinn sabia por que e um embaraço repentino o fez enfiar as mãos nos bolsos. Sim, ele absolutamente detestava falar de emoções e esse tipo de baboseira, mas não havia como calar aquilo. Não ali. Sozinho. Com Blay.

Limpando a garganta, ele continuou:

– Mais do que tudo, fiquei aliviado, para ser bem franco. Não tenho como explicar o que foi crescer naquela casa. Com todas aquelas pessoas olhando para mim como se eu fosse uma maldição viva para eles – balançou a cabeça. – Eu costumava evitá-los o quanto podia, usando as escadas dos criados, ficando naquela parte da casa. Mas então os *doggen* ameaçaram se demitir. Na verdade, o maior benefício da minha transição foi que eu podia me desmaterializar direto da janela do meu quarto. Assim ninguém tinha que lidar comigo.

Mesmo quando ouviu Blay praguejando baixinho, Qhuinn não conseguiu parar de falar.

– E sabe o que era pior? Eu via que o amor era possível quando o meu pai olhava para o meu irmão. Teria sido uma coisa se o bastardo nos odiasse a todos, mas não. E isso me fez perceber o quanto eu era excluído – Qhuinn o olhou de relance. Remexeu os pés. – Por que está olhando assim para mim?

– Desculpe. Hum... desculpe. É que você... você nunca falou deles. Nunca.

Qhuinn franziu o cenho e mediu o céu, visualizando as estrelas mesmo sem poder enxergá-las.

– Eu queria. Com você, isto é. Com ninguém mais.

– E por que não falou? – como se aquilo fosse algo que o cara estivesse se perguntando há algum tempo.

No silêncio que se seguiu, Qhuinn remexeu nas lembranças nas quais nunca se demorava, vendo a si mesmo. A sua família. Vendo... Blay.

– Eu adorava ficar na sua casa. Eu não tenho como dizer o que aquilo significava para mim. Lembro-me da primeira vez que me convidou. Eu estava certo de que os seus pais me expulsariam. Eu estava pronto para isso. Inferno, eu tinha que lidar com aquela merda na minha própria casa, por que, então, completos desconhecidos não o fariam também? Mas a sua mãe... – Qhuinn pigarreou novamente. – A sua mãe me fez sentar à mesa da cozinha e me deu comida.

– Ela ficou devastada por você ter se sentido mal. Logo depois, você correu para o banheiro e ficou vomitando por uma hora.

– Eu não estava vomitando.

A cabeça de Blay se virou de repente.

– Mas você disse...

– Eu estava chorando.

Quando Blay se retraiu, Qhuinn deu de ombros.

– Qual é, o que eu iria dizer? Que chorei como uma menininha no chão do banheiro? Deixei a torneira aberta para que ninguém me ouvisse e dava descarga de vez em quando.

– Nunca soube disso.

– Esse era o plano – Qhuinn o fitou. – O plano foi sempre esse. Eu não queria que você soubesse como era ruim ficar na minha casa, porque eu não queria que você sentisse pena. Eu não queria que você, ou os seus pais, sentissem a obrigação de me acolher. Eu queria que você fosse o meu amigo... e você foi. Sempre foi.

Blay desviou rápido o olhar. Depois esfregou o rosto com a mão que não segurava o cigarro.

– Foram vocês que me fizeram superar aquilo – Qhuinn se ouviu dizer. – Eu vivia para as noites, porque eu poderia sair da casa. Era a única coisa que me fazia seguir em frente. Você, na verdade, fazia com que eu seguisse em frente. Sempre foi... você.

Quando os olhos de Blay voltaram a pousar sobre os seus, ele teve a sensação de que o cara estava à procura de palavras.

E que Deus os ajudasse, pois, não fosse por Saxton, Qhuinn teria lançado a palavra que começa com "A" bem ali, apesar de ser uma péssima hora.

– Você pode, sabe – disse Blay, por fim. – Falar comigo.

Qhuinn bateu os pés no chão e curvou os ombros, esticando os músculos das costas.

– Cuidado. Posso cobrar essa promessa.

– Isso ajudaria – quando Qhuinn olhou novamente, era Blay quem balançava a cabeça. – Não sei o que estou dizendo.

Até parece, pensou Qhuinn...

Sem aviso, V. emergiu do chalé, acendendo um cigarro caseiro enquanto saía. Enquanto Qhuinn se calava, não sabia se sentia alívio por aquela conversa ser forçada a um final ou não.

Exalando fumaça, V. disse:

– Preciso me certificar de que você compreende as consequências.

Qhuinn assentiu.

– Já sei o que você vai dizer.

Aqueles olhos de diamante se fixaram nos seus.

– Bem, vamos deixar às claras assim mesmo, está bem? Não sinto a presença de Ômega nele, mas se ele surgir ou se eu tiver deixado passar algum sinal, vou ter que cuidar dele.

Mate-me, irmão meu. Mate-me.

– Faça o que precisar fazer.

– Ele não pode entrar na mansão.

– Aceito.

V. ergueu a mão não letal.

– Jure.

Parecia estranho segurar a palma do Irmão e vincular sua palavra com o contato – porque era o que parentes faziam em situações como aquela, e Deus bem sabia que ele não era próximo de ninguém a esse ponto: mesmo antes de ser repudiado pela família, ele fora a última pessoa a poder jurar baseado em linhagens.

No entanto, os tempos mudaram, não?

– Mais uma coisa – V. bateu as cinzas da ponta do cigarro. – Vai ser uma recuperação muito longa e difícil para ele. E eu não estou só falando da parte física. Você precisa estar preparado.

Como se antes ele tivesse tido algum tipo de relacionamento com o cara... Ele podia partilhar um pouco do seu DNA com o sujeito, mas, fora isso, Luchas era um completo estranho.

– Eu sei.

– Ok. Muito justo.

Ao longe, o som agudo de motores cruzou a escuridão.

– Ainda bem – Qhuinn disse ao entrar no chalé novamente.

No canto, onde o tonel fora derrubado, o irmão não passava de uma pilha de jaquetas, o corpo retorcido coberto pelas mantas improvisadas.

Qhuinn atravessou as tábuas do piso, acenando para John e para Rhage.

Ajoelhando-se ao lado do irmão, sentiu como se estivesse num sonho, e não na realidade.

– Luchas? Preste atenção, eis o que vai acontecer. Vamos levá-lo num trenó. Você vai para uma clínica de tratamento. Luchas? Está me ouvindo?

Enquanto dois *snowmobiles* se aproximavam do chalé, Blay acompanhava o progresso deles da varanda, observando os faróis crescerem e ficarem mais luminosos, o par de motores passando para um ronco baixo quando chegaram ao destino. Ah, muito bom, atrás de um deles, havia um trenó coberto, do tipo que se via nos Jogos Olímpicos de

Inverno quando algum esquiador se machucava e no qual era transportado montanha abaixo.

Perfeito.

Manny e Butch desmontaram e correram.

– Eles estão aqui – disse Blay, saindo do caminho do médico.

– Luchas? Está comigo? – ele ouviu Qhuinn murmurar.

Espiando para dentro, Blay viu Manny se inclinar por sobre o corpo de Luchas. Caramba, que noite. E ele que pensara que o show aéreo de algumas noites atrás fora um dramalhão e tanto...

Sempre foi você.

Voltando a fitar a floresta, Blay esfregou o rosto novamente, como se isso pudesse ajudar. Ele queria acender outro Dunhill, mas quanto mais aquilo demorava, mais paranoico ele ficava. A última coisa que aquela situação precisava era de um esquadrão de *redutores* aparecendo antes que conseguissem transportar Luchas para um local seguro.

Melhor ter uma .40 do que um cigarro nas mãos.

Sempre foi você.

– Você está bem? – Butch perguntou.

Já que a noite parecia ter como tema a honestidade, ele balançou a cabeça.

– Nem um pouco.

O tira o segurou pelo ombro.

– Então você o conhecia.

– Pensei que sim – ah, não, espere, a pergunta era sobre Luchas. – Isto é, sim, eu o conhecia.

– Isso tudo deve ser dureza.

Blay olhou por sobre o ombro novamente e viu, mais uma vez, Qhuinn agachado ao lado do irmão. O rosto do seu velho amigo estava envelhecido naqueles fachos de luz, a ponto de Blay se perguntar se de fato o vira relaxado quando estiveram juntos... Ou se ele estivera equivocado.

Sempre foi... você.

– É duro – ele murmurou.

E estranho também.

Logo após a transição, ele procurou por algum sinal de que o modo como ele se sentia pelo amigo fosse recíproco, alguma pista quanto a em que ponto Qhuinn se encontrava. No entanto, ele não enxergara nada, nada além da lealdade incontestável, da amizade, das habilidades tremendas de lutador. Durante todos aqueles encontros com outras pessoas, e nos treinamentos, e nas noites no campo de batalha... ele sempre se sentiu do lado absolutamente oposto do que desejava, fitando um muro que ele não tinha como transpor.

Aquele tempo breve na varanda?

Foi a primeira vez em que ele teve um vislumbre daquilo que desejava ainda mais do que sexo.

Merda, por um momento traiçoeiro, ele se perguntou se, de fato, entre as palavras que Layla deixara escapar do lado de fora do seu quarto havia o "estar".

– Eles vão levá-lo agora – Butch segurou o braço de Blay e o tirou do caminho. – Venha para cá.

Luchas estava adequadamente coberto agora, com uma manta térmica Mylar prateada envolvendo-o dos pés à cabeça, deixando apenas uma parte do seu rosto visível. Eles o acomodaram numa maca dobrável, com Qhuinn numa ponta e V. na outra; Manny caminhava ao lado, como se não estivesse bem certo se precisaria ressuscitá-lo a qualquer instante.

Perto do trenó, eles o transferiram e o amarraram.

– Eu o levo – anunciou Qhuinn ao montar no *snowmobile* e dar a partida.

– Vá devagar e não pare – avisou Manny. – Ele não passa de uma pilha de ossos quebrados.

Qhuinn olhou para Blay.

– Vem comigo?

Não havia motivo para responder. Ele marchou até lá e se acomodou atrás do cara.

Bem ao estilo de Qhuinn, ele nem se importou em esperar pelos outros. Apenas apertou o acelerador e partiu. No entanto, ele prestou atenção à recomendação médica: deu uma volta ampla e seguiu os rastros que eles deixaram antes, mantendo a velocidade rápida para ganharem tempo, mas não tanto a ponto de sacudir Luchas.

Blay mantinha as armas a postos.

Enquanto Manny e Butch seguiam no outro *snowmobile* ao lado deles, os Irmãos e John Matthew se materializavam em distâncias regulares, aparecendo ao lado das trilhas paralelas.

Pareceu demorar cem anos.

Blay literalmente pensou que nunca conseguiriam sair dali. Parecia que os rugidos agudos de lamentação dos motores, o borrão que era aquela floresta escura e as manchas brancas e brilhantes das clareiras seriam a última coisa que ele veria.

Ele rezou o percurso inteiro.

Quando a estrutura grande em forma de caixa do hangar finalmente ficou visível, ao seu lado, estacionado, estava a coisa mais linda que Blay já vira.

O Escalade de Butch e V.

As coisas se sucederam bem rápidas a partir dali: Qhuinn parando ao lado do SUV, Luchas sendo transferido para o banco de trás, os *snowmobiles* sendo carregados no reboque preso atrás, Qhuinn seguindo para o banco do passageiro.

– Quero que Blay dirija – disse antes de entrar.

Houve um segundo de pausa. Em seguida, Butch assentiu e jogou as chaves.

– Manny e eu vamos atrás.

Blay se acomodou detrás do volante, mexeu no assento para acomodar as pernas e acionou o motor. Com Qhuinn ao seu lado, ele olhou e disse:

– Coloque o cinto.

O macho o obedeceu, ajustando a faixa de nylon por sobre o peito. Depois, imediatamente, virou-se para trás para se concentrar no irmão.

Uma sensação de determinação única se acomodou sobre os ombros de Blay e ele apertou as mãos. Não se importava pelo que tivesse de passar por cima, atropelar ou deixar as marcas da grade do carro; ele levaria Qhuinn e o irmão dele para o centro de treinamento e para a clínica.

Pressionando o pedal do acelerador, não olhou para trás.

Capítulo 63

Trez franziu para a calculadora na qual vinha inserindo números. Esticando a mão para pegar a lingueta longa de papel que se pendurava pelo outro lado da sua escrivaninha, ele tentou enxergar a coluna de números que acabara de produzir.

Piscou.

Esfregou os olhos. Abriu-os novamente.

Nada. O círculo pulsante no quadrante superior direito do seu campo de visão ainda estava ali, e isso não era resultado de um problema de visão.

– Merda.

Empurrando os recibos que vinha somando de lado, olhou para o relógio, depois apoiou a cabeça nas mãos. Ao apertar os olhos, a aura ainda estava no mesmo lugar, o padrão de formas geométricas entrelaçadas brilhando em todas as cores do arco-íris.

Ele tinha cerca de 25 minutos antes de o inferno acontecer na Terra – e não conseguiria se desmaterializar.

Pegando o telefone do escritório, apertou o botão do interfone. Dois segundos depois, a voz de Xhex se fez ouvir pelo alto-falante, mais aguda do que de costume. O que significava que a sua sensibilidade auditiva também estava sendo afetada.

– Ei, diz aí... – ela disse.

– Estou ficando com enxaqueca. Preciso ir embora.

– Puxa, cara, que merda. Não teve uma na semana passada?

Tanto faz. Isso não vinha ao caso.

– Pode assumir?

– Precisa de carona para casa?

Sim.

– Não. Eu consigo – ele começou a juntar a carteira, o celular, as chaves. – Ligue se precisar, ok?

– Pode deixar.

Trez inspirou fundo quando a ligação terminou e ele se levantou. Por enquanto, sentia-se perfeitamente bem. E a boa notícia era que ele não estava nem a quinze minutos de casa, mesmo se pegasse todos os faróis vermelhos. O que lhe daria dez para se trocar, pegar um cesto de lixo e deixar uma toalha ao lado da cama e se preparar para um colapso digestivo.

Dali a seis ou sete horas? Ele se sentiria bem melhor.

Infelizmente, entre o agora e o depois seria uma merda.

A caminho da porta do escritório, pegou a jaqueta, colocou-a por sobre os ombros e se preparou para a música do outro lado.

Quando saiu, deu de cara com a parede que era o peito considerável de iAm.

– Me passe as chaves – foi tudo o que o irmão disse.

– Você não tem que...

– Eu pedi a sua opinião?

– Maldita Xhex...

– Logo atrás do seu irmão – a fêmea o interrompeu. – E sei que você disse isso como uma forma de elogio.

– Estou bem – disse Trez, ao tentar mudar o campo de visão para enxergar sua chefe de segurança.

– Quantos minutos até que a dor piore? – Xhex sorriu, mostrando as presas. – Quer mesmo desperdiçar esse tempo discutindo comigo?

Trez abriu caminho pela boate e, no instante em que o frio o golpeou nas narinas, seu estômago protestou, como se estivesse prestes a agir.

Acomodando-se no assento do passageiro do seu BMW, ele fechou os olhos e recostou a cabeça. A aura estava se expandindo, a linha original de brilho se dividira em dois e se esticara, movendo-se lentamente para a margem da sua visão.

Durante o trajeto para casa, ele se sentiu grato por iAm não ser do tipo conversador.

Embora isso não significasse que ele não sabia no que o cara estava pensando.

Estresse demais. Dores de cabeça demais.

Ele, provavelmente, também precisava se alimentar, mas isso não aconteceria por um tempo.

Enquanto o irmão dirigia com atenção, Trez passou o tempo imaginando em que parte da cidade estavam, que faróis tinham passado ou nos quais paravam; que curvas faziam; onde estava o Commodore, com sua torre alta ficando cada vez maior conforme se aproximavam.

Uma inclinação súbita lhe disse que estavam entrando na garagem subterrânea e que ele se atrasara em sua visualização mental: até onde ele supunha, eles deviam estar alguns quarteirões mais para trás.

Diversas curvas à esquerda enquanto espiralavam três andares para baixo até uma das duas vagas que lhes pertenciam.

Quando entraram no elevador e iAm apertou o botão do décimo oitavo, a aura vagara para os confins da sua visão, desaparecendo como se jamais tivesse existido.

A calmaria antes da tempestade.

– Obrigado por me trazer para casa – disse com sinceridade. Ele detestava depender de qualquer pessoa para qualquer coisa, mas seria muito difícil não atingir nada enquanto flashes de neon pipocam atrás dos seus glóbulos.

– Achei que seria melhor assim.

– É...

Ele e o irmão não falaram da visita do sumo sacerdote desde que ela acontecera, entretanto aquela aparição cordial de AnsLai estava entre os dois, mas, pelo menos, iAm deixara de lado sua irritação para trazê-lo para casa.

A primeira indicação para Trez de que a dor de cabeça estava começando de fato foi o modo como a campainha sutil de aviso de chegada ao destino deles atravessara sua cabeça como uma bala.

Ele gemeu quando as portas se abriram.

– Isso vai ser ruim.

– Você não teve uma na semana passada?

E ele imaginou quantas pessoas poderiam lhe perguntar isso ainda.

iAm cuidou da trava na porta, e Trez largou a jaqueta dois metros depois da entrada. Despiu o suéter de cashmere preta a caminho do corredor e estava desabotoando a camisa de seda quando entrou...

Ao ficar imobilizado, a única coisa que lhe passou pela cabeça foi aquela cena do filme *Trocando as bolas* – quando Eddie Murphy entra no seu quarto do apartamento luxuoso e uma garota seminua se ergue de sua cama e diz: "Olá, Billy Ray".

A diferença nesta situação era que a sua perseguidora, aquela do namorado valentão com problemas de confiança, era loira e não vestia o corpete justo dos anos 1980. Para falar a verdade, ela estava absoluta e completamente nua.

A arma que apareceu sobre o ombro dele estava firme e, como acessório, tinha um silenciador.

Portanto, iAm poderia matá-la, sem problemas.

– Pensei que ficaria feliz em me ver – a garota disse, olhando dele para o cano da arma do irmão.

Como se quisesse parecer mais sedutora, ela levantou um braço para mexer nos cabelos, mas se ela tinha esperanças de os seios o atiçarem, estava sem sorte: aquelas pedras falsas estavam tão imóveis quanto algo pregado na parede.

– Como entrou aqui? – Trez exigiu saber.

– Não está feliz em me ver? – quando não recebeu nenhuma resposta e o cano ainda estava mirado nela, ela fez beiço. – Fiz amizade com o segurança, está bem. O quê? Ah, 'tá bom... eu chupei ele, ok?

Quanta classe.

E aquele policial contratado cretino ficaria desempregado.

Trez andou até a pilha de roupas no pé da cama.

– Vista-se e saia.

Deus, como estava cansado.

– Ora, vamos lá – ela se lamuriou quando as coisas dela caíram ao seu redor. – Eu só queria fazer uma surpresinha para quando você chegasse do trabalho. Pensei que isso fosse fazer você feliz.

– Vejamos... não fez. Você tem que sair daqui... – como ela abriu a boca como se fosse dar uma de louca para ele, ele balançou a cabeça e a interrompeu. – Nem pense nisso. Não estou a fim e o meu irmão aqui não se importa muito se você vai sair daqui andando ou num saco plástico. Vista-se. Saia.

A garota olhou de um para o outro.

– Você foi tão legal comigo na outra noite.

Trez fez uma careta quando a dor se apossou do lado direito da sua cabeça.

– Meu bem, vou ser bem franco com você. Nem sei o seu nome. Nós transamos duas vezes...

– Três vezes...

– Não me interessa quantas vezes foram. O que eu sei é que você vai se esquecer disso tudo hoje. Se você me procurar de novo ou vir até aqui, eu vou... – o Sombra dentro dele queria ser mais sangrento em sua explicação, mas ele se forçou a continuar em termos humanos que ela pudesse entender. – ... chamar a polícia. E você não vai querer isso, porque é viciada em drogas e também negocia paralelamente. E se eles vasculharem sua casa, seu carro, sua bolsa, vão encontrar muitas coisas bem interessantes. Eles vão pegar você e o idiota com quem está dormindo por posse de drogas com o intuito de distribuição, e vão mandar vocês para a cadeia.

A garota só piscou.

– Não me obrigue, benzinho – Trez disse numa voz exausta. – Você não vai gostar do que vai acontecer.

Digam o que quiserem a respeito da moça, mas ela era rápida quando devidamente motivada. Alguns minutos depois, após algumas poses de ioga para enfiar aqueles pesos plásticos dentro de uma "blusa" dois números menores, ela estava a caminho, bolsinha barata sobre o ombro, os saltos altos pendurados pelas alças.

Trez não disse nada. Apenas a seguiu até a porta, abriu... e fechou na cara dela quando ela se virou para dizer alguma coisa.

E fechou a trava manualmente.

iAm guardou a pistola.

– Temos que nos mudar. Este lugar não é confiável.

Seu irmão estava certo. Não que onde moravam fosse um grande segredo, mas ficar no Commodore dava a ideia de que o segurança não seria estúpido o bastante para deixar uma mulher subir sem a permissão dos proprietários.

Se isso podia acontecer uma vez, poderia acontecer novamente...

Abruptamente, a dor se intensificou, como se o volume do concerto infernal em seu crânio tivesse disparado de súbito.

– Vou vomitar por algum tempo – murmurou ao se arrastar dali. – Vamos começar a mudança assim que esta enxaqueca passar...

Ele ficou sem saber o que iAm respondera, ou até mesmo se o cara chegara a responder.

Cacete.

Capítulo 64

Parado do lado de fora da sala de exames do centro de treinamento, Qhuinn tinha as mãos enfiadas nos bolsos da calça, os dentes cerrados com força, as sobrancelhas tão baixas que pareciam unidas.

Esperando... Esperando...

Ele concluiu que essa coisa médica era bem parecida com uma bela luta: longos períodos sem fazer nada, interpostos por muitos momentos de morte e vida.

Era o bastante para estampar um carimbo de louco na testa de alguém.

Ele olhou para a porta.

– Quanto tempo mais acha que vai demorar?

Do outro lado, Blay cruzou e descruzou as longas pernas. O cara se esticara no chão na última meia hora, mas aquela fora a única concessão para aquele buraco de minhoca em que foram tragados.

– Já deve estar terminando agora – ele respondeu.

– É. O corpo só tem determinado número de partes, certo?

Depois de um instante, Qhuinn se concentrou melhor no macho. Havia círculos escuros ao redor dos olhos de Blay e as faces estavam encovadas. Ele também estava mais pálido do que de costume, o rosto claro demais.

Qhuinn se aproximou, recostou-se contra a parede e deixou os coturnos deslizarem até que seu traseiro batesse no chão ao lado de Blay.

Blay olhou para ele e lançou um breve sorriso, depois voltou a fitar as pontas das botas.

Qhuinn observou quando a própria mão se esticou e resvalou o maxilar do amigo. E quando Blay se assustou e olhou para ele, Qhuinn descobriu que queria fazer muito mais – e não sexualmente. Ele queria trazer o macho para o colo e deixar Blay repousar sua cabeça ali. Queria afagar os ombros fortes e passar os dedos pelos cabelos ruivos curtos. Queria que algum passante lhe trouxesse uma coberta para que ele envolvesse e esquentasse o corpo poderoso que parecia enfraquecido.

Qhuinn se forçou a desviar os olhos e afastou a mão.

Deus, como ele se sentia... preso. Ainda que não houvesse algemas nele.

Olhando para baixo, verificou os pulsos. Os tornozelos. Sim, totalmente livres. Nada o segurava.

Abaixando as pálpebras, ele deixou a cabeça encostada na parede. Em sua mente, ele tocava em Blay – e, de novo, não de modo sexual. Apenas sentia a vitalidade debaixo da pele, o deslocamento dos músculos, a solidez dos ossos.

– Acho que você deveria procurar Selena – disse-lhe.

Blay exalou como se algo o tivesse atingido no peito.

– É, eu sei.

– Podemos ir juntos – Qhuinn se ouviu oferecendo.

Ele abriu os olhos a tempo de ver a cabeça de Blay virar rapidamente em sinal de surpresa.

– Ou você pode ir na frente, sozinho – Qhuinn estalou as juntas. – Como achar melhor.

Merda. Em face do que vinha acontecendo com Saxton, aquilo talvez fosse um pouco demais. Alimentar-se, afinal, podia ser um ato mais íntimo do que o sexo...

– É... – Blay respondeu com suavidade. – Vou fazer isso.

O coração de Qhuinn começou a bater com força. E, mais uma vez, não porque esperasse conseguir algo do cara. Ele só queria...

Partilhar. Ele achava que a palavra certa era essa.

Não, espere. Era mais do que isso. Ele queria cuidar do macho.

– Sabe, acho que nunca lhe agradeci – murmurou.

Quando os olhos azul bebê de Blay o encararam, quis desviar o olhar – o contato visual era quase demais para ele suportar. Mas logo pensou no irmão naquele leito hospitalar – e em todos os modos como as pessoas eram roubadas do tempo.

Jesus, ele manteve tantas coisas reservadas por tanto tempo – e todas lhe pareceram perfeitamente válidas. Mas isso não seria arrogância demais? Que tipo de relutância pressupunha que ele teria tempo para falar daquilo que desejava? Que a pessoa no fundo da sua mente sempre estaria por perto? Que ele mesmo estaria?

– Pelo quê? – perguntou Blay.

– Por nos trazer para casa. A mim e a Luchas – ele inspirou fundo e exalou o ar lentamente. – E por ficar aqui ao meu lado a noite inteira. Por procurar Payne e pedir a ajuda dela. Por cuidar da minha retaguarda no campo de batalha e durante os treinamentos. E também pela cerveja e pelos videogames. Pelas batatinhas e pelos M&M's. Pelas roupas que peguei emprestado. Pelo chão em que dormi quando passava a noite na sua casa. Obrigado por me deixar abraçar a sua mãe e conversar com o seu pai. Obrigado... pelas milhares de coisas boas que fez para mim.

Do nada, mais uma vez se lembrou da noite em que chegara em casa a tempo de testemunhar o pai entregando o anel de sinete de ouro para o irmão.

– Obrigado por me telefonar naquela noite – disse roucamente.

As sobrancelhas de Blay se ergueram.

– Que noite?

Qhuinn pigarreou.

– Depois que Luchas passou pela transição e meu pai lhe entregou... você sabe, o anel – ele balançou a cabeça. – Subi para o meu quarto e pensei em fazer algo... hum, algo verdadeiramente estúpido. Você me telefonou. Você foi até lá. Lembra?

– Lembro.

– Não foi a única vez em que fez algo assim.

Enquanto Blay desviava o olhar, Qhuinn soube exatamente para onde a mente do cara tinha se voltado. Sim, aquela noite não fora a única em que quase pulara do precipício.

– Eu já disse que sentia muito – Qhuinn declarou. – Mas acho que nunca agradeci. Por isso... obrigado.

Antes de perceber o que estava fazendo, ele esticou a mão, oferecendo a palma. Pareceu-lhe apropriado marcar aquele momento, ali, naquele instante, naquele lugar, do lado de fora da sala de operações do seu irmão arrebentado, com algum tipo de contato solene.

– Apenas... obrigado.

Inacreditável.

Depois do que pareceram vidas ao lado de Qhuinn, Blay pensava que as surpresas tinham chegado ao fim. Que o macho não poderia arranjar nada mais que o deixasse sem fala.

Errado.

Jesus... de todas as conversas imaginárias que teve em sua cabeça com o cara, conversas nas quais fingia que Qhuinn se abria, ou dizia algo bem perto "da coisa certa", nada nunca se tratara de gratidão. Mas aquilo... era exatamente o que ele precisava ouvir, mesmo sem saber disso.

E aquela palma ofertada lhe partiu o coração.

Ainda mais porque o irmão do cara estava às portas da morte na sala diante deles.

Blay não aceitou a mão oferecida.

Ele esticou o braço, segurou o rosto do lutador e aproximou Qhuinn para um beijo.

Que deveria ter durado apenas um segundo – como se os lábios se encontrando equivalessem a um aperto de mãos. Quando foi se afastar, porém, Qhuinn o capturou, e o segurou no lugar. As bocas se encontraram de novo... e de novo... e mais uma vez, as cabeças inclinadas para o lado, o contato se demorando.

– Não tem de quê – Blay disse rouco. Depois sorriu de leve. – Contudo, não garanto que tenha sido sempre um prazer.

Qhuinn riu.

– É. Imagino que emprestar as calças não tenha sido divertido – o macho ficou sério. – Por que, diabos, ficou sempre por perto?

Blay abriu a boca, a verdade pairava na ponta da língua.

– Ah... Merda. Desculpem, rapazes, não quis interromper.

Qhuinn se afastou com tanta rapidez que literalmente arrancou o rosto das mãos de Blay. Depois, num salto, se pôs de pé e encarou V., que acabara de sair da sala de operações.

– Sem problemas. Não estava acontecendo nada de mais.

Enquanto a expressão de V. registrava um "até parece", Qhuinn apenas encarou o Irmão, como se desafiasse Vishous a ter uma opinião contrária à sua.

No silêncio entre os dois machos, Blay se levantou mais lentamente e descobriu que estava tonto, e não porque não havia se alimentado.

Sem problemas. Não estava acontecendo nada de mais.

Para ele, não foi bem assim. Maaaas, mais uma vez, Qhuinn se desvencilhara de qualquer proximidade, escondera-se atrás de um escudo, retraíra-se, desconectara-se.

Só que... Caramba, era a hora errada. O lugar errado. E V. era a última pessoa diante da qual você gostaria de demonstrar todo o seu amor.

No entanto, aquilo serviu de lembrete. Situações estressantes tinham um modo de tornar a mais rígida das personalidades maleáveis. Pelo menos por um tempo. Tristeza, choque, ansiedade extrema... tudo isso podia deixar alguém vulnerável e propenso a falar de modo que não falaria costumeiramente porque tinha suas defesas completamente inoperantes. O comportamento extraordinário não era um sinal da mudança da maré, porém. Não era um indicador de algum tipo de conversão religiosa segundo o qual, dali por diante, tudo ficaria diferente.

Qhuinn estava mexido pelo que acontecia com o irmão. E qualquer revelação ou declaração emotiva que saísse de sua boca, sem dúvida, seria o produto do estresse pelo qual passava.

E ponto.

Nada de "estar apaixonado" ali. Não mesmo. Não permanentemente. E, droga, ele tinha que se lembrar disso.

– ... os ossos vão ficar no lugar? – Qhuinn estava perguntando.

Blay procurou se concentrar enquanto V. acendia um dos seus cigarros e exalava a fumaça para longe deles.

– Primeiro, nós o estabilizamos. Selena vai alimentá-lo novamente e depois vamos abrir o abdômen dele numa cirurgia exploratória para descobrir de onde vem a hemorragia. Depois que virmos o que está acontecendo, consertamos os ossos.

– Vocês têm alguma ideia do que possa ter acontecido com ele?

– Ele não está falando no momento.

– Ok. Entendo.

– Por isso precisamos do seu consentimento. Ele não é capaz de entender os riscos e os benefícios.

Qhuinn passou os dedos pelos cabelos.

– Sim. Claro. Façam o que precisarem fazer.

V. exalou novamente, o cheiro do tabaco turco permeando o ar e lembrando a Blay exatamente quantas horas, minutos e segundos fazia que ele acendera seu último cigarro.

– Você tem Jane, Manny, Ehlena e a mim ali dentro. Não vamos deixar que nada aconteça com ele, está bem? – ele segurou Qhuinn pelo ombro. – Ele vai superar. Nem que nós quatro morramos tentando.

Qhuinn murmurou um agradecimento.

E V. olhou para Blay. Depois olhou para Qhuinn. Pigarreou.

Sim, o Irmão estava fazendo um tipo de cálculo mental. Perfeito.

– Por isso, fiquem por aqui. Eu volto com notícias assim que souber de alguma coisa. É isso aí.

As sobrancelhas do Irmão se ergueram bem alto na testa, as tatuagens na têmpora se distorcendo enquanto ele esmagava o toco do cigarro mal fumado com a sola do coturno.

– Volto daqui a pouco – disse antes de voltar a entrar.

Após a saída do Irmão, Qhuinn andou de um lado para o outro, os olhos fixos no piso de concreto, as mãos nos quadris estreitos, as armas que ele se esquecera de tirar captando a luz fluorescente do lugar e reluzindo.

– Vou sair para fumar – Blay informou. – Volto logo.

– Você pode fumar aqui – Qhuinn sugeriu. – A porta é selada.

– Preciso de um pouco de ar fresco. Mas não vou demorar.

– Ok.

Blay saiu apressado, indo direto para a porta no fim do corredor que se abria para o estacionamento. Quando chegou lá, abriu caminho com um soco e inspirou profundamente.

Ar fresco, o cacete. Tudo o que obteve foi um ar seco e carregado de concreto.

Mas pelo menos estava mais arejado ali.

Merda.

Deixara os cigarros na maldita jaqueta. No chão. Do lado de fora da sala de operações.

Enquanto praguejava e andava de um lado para o outro, ele se sentiu tentado a socar alguma coisa, mas juntas machucadas seriam apenas mais uma coisa que ele deveria explicar para as pessoas.

E o que V. testemunhara já era mais do que o bastante.

Enfiando as mãos nos bolsos das calças, ficou intrigado ao sentir que a direita resvalava em algo duro.

O isqueiro de Saxton. Aquele que o macho lhe dera em seu aniversário.

Pegando o objeto, ele o virou e revirou na mão, pensando em tudo o que fora dito no corredor.

Houve uma época em que ele teria pegado essas palavras e as colocado numa cornija em sua cabeça e em seu coração, dando-lhe um lugar de destaque para garantir que a sua preciosidade ficasse para sempre com ele pelo resto de sua vida.

Por tantos anos aqueles momentos no chalé e no chão duro e frio de agora há pouco teriam bastado para deixar de lado qualquer conflito, qualquer rusga e dor, deixando tudo tão imaculado que ele se relacionaria como um virgem para com Qhuinn.

Um começo do zero.

Tudo não só perdoado, como também esquecido.

Esse não era mais o caso.

Deus, ele provavelmente era jovem demais para se sentir tão velho, mas a vida se baseava mais em experiência e não em dias do calendário. E parado ali, sozinho, ele, definitivamente, sentia-se um ancião: estava absoluta e completamente livre da ingenuidade colorida e otimista que acompanhava a visão de vida de um jovem.

Quando se acreditava que os milagres não eram impossíveis... mas meramente ocasionais.

Ainda bem quc V. aparecera naquela hora.

Senão, três palavrinhas teriam escapado da sua boca. E, sem dúvida, o condenariam de um modo que ele sequer poderia imaginar.

Hora errada. Local errado.

Para esse tipo de coisa.

Para sempre.

Capítulo 65

Enquanto iAm andava de um lado para o outro no apartamento, ele mantinha a pistola sempre consigo – ainda que fosse altamente improvável que houvesse um segundo round com alguma vagabunda nua invadindo o "lar, doce lar" do seu irmão e dele.

Maldição, ele bem que precisava de uma fumaça vermelha. Só para se livrar dessa irritação.

Por que, naquele exato instante, ele estava à beira da violência.

Ele supunha que a boa notícia era que ele, de fato, não tinha um alvo, e era isso o que o mantinha estagnado. A enxaqueca estava acabando com seu irmão. E aquela pobre mulher desgastada que fora acompanhada até a porta da frente? Ela já estava sendo torturada em níveis demais para se contar. Agora, aquele segurança seria um excelente candidato, mas o filho da mãe já saíra do trabalho uma hora antes, e iAm não estava disposto a deixar Trez naquele estado vulnerável só para poder dar um corretivo no imbecil...

Ao longe, ele ouviu o sussurro dos canos de esgoto.

Era a descarga do vaso sanitário de Trez sendo acionada. De novo.

E logo se seguiu uma imprecação, o rangido da estrutura de madeira enquanto Trez se deitava na cama.

Pobre. Coitado.

iAm foi até as imensas janelas que davam vista para o rio e parou para fitar a margem oposta de Caldwell. Pousando as mãos nos quadris, ele examinou os lugares para onde poderiam se mudar. A lista era curta.

Inferno, um dos principais benefícios do Commodore fora a sua segurança; com isso, eles nem se importavam em acionar o alarme.

O que se mostrara um erro.

Eles necessitavam de um lugar seguro. Protegido. Impenetrável.

Ainda mais se seu irmão continuasse com aquela mania de conquistar e abandonar, e se AnsLai mantivesse suas visitas "diplomáticas".

iAm voltou a andar. Era impossível ignorar o fato de que seu irmão estava piorando. Aquela situação sexual vinha se arrastando há anos – e por um bom tempo, iAm apenas a catalogou como um impulso sexual saudável de um macho.

Algo que muitas vezes ele acreditou que lhe faltasse.

Pensando bem, seu irmão transara com fêmeas em número suficiente por eles dois.

Nos últimos meses, contudo, ficara evidente que o processo vinha se intensificando – e isso antes de o sumo sacerdote começar a aparecer. E agora que as coisas pareciam estar chegando ao fim com AnsLai? As maquinações do s'Hisbe simplesmente colocariam ainda mais pressão em seu irmão, o que o levaria a aprontar ainda mais.

Merda. iAm sentia como se estivesse diante de um entroncamento, computando a velocidade de uma locomotiva e da aproximação de um carro... e ver a carnificina seria o resultado. A metáfora também se aplicava por ele se sentir tão impotente, visto que não conseguiria deter nenhuma das forças: não estava atrás do volante, nem no assento do maquinista. Tudo o que lhe restava fazer era se acomodar e assistir à cena.

Ou, muito provavelmente, gritar ao lado da estrada.

Para onde *diabos* eles poderiam ir...

Franzindo o cenho, ergueu o olhar do cenário, subiu pela moldura de gesso e parou no teto.

Depois de um minuto, pegou o celular e fez um telefonema.

Quando desligou, foi até o quarto do irmão. Entreabrindo a porta, disse para o silêncio escuro e denso:

– Vou dar uma saída rápida. Volto logo.

O gemido de Trez poderia significar qualquer coisa, desde "Beleza" até "Ai, não tão alto" ou até "Bom divertimento, vou continuar vomitando mais um pouco".

iAm andou rápido. Para fora do apartamento. Para dentro do elevador.

Dentro do qual, apertou o botão "C" de Cobertura.

Quando a porta deslizou se abrindo, havia duas escolhas: uma direção o levava para o apartamento do Irmão Vishous; a outra para o do seu velho amigo.

Ele se encaminhou para a campainha de Rehvenge.

Quando o *sympatho* abriu a porta, Rehv apareceu como de costume: com seu corte moicano, os olhos violeta e casaco de marta. Perigoso. Um tanto diabólico.

– Ei, cara, como está? – disse o macho ao se abraçarem e baterem no ombro um do outro. – Entre.

Enquanto iAm entrava no espaço privativo do Reverendo pela primeira vez em mais ou menos um ano, descobriu que nada havia mudado e, por algum motivo, isso era um alívio.

Rehvenge foi até o sofá de couro e se sentou, apoiando a bengala ao seu lado e cruzando as pernas.

– Do que precisa?

Enquanto iAm tentava juntar as palavras certas, Rehv imprecou.

– Caramba, eu sabia que esta não era uma visita social, mas não esperava que as suas emoções estivessem tão conturbadas.

Ah, sim, as características de devorador de pecados equivaliam a não esconder nada do macho.

Ainda assim, era difícil falar.

– Não sei bem se está a par do que está acontecendo com Trez?

Rehv franziu o cenho, as sobrancelhas escuras se unindo sobre aquele olhar violeta intenso.

– Pensei que o Iron Mask estivesse indo bem. Vocês estão com problemas? Tenho bastante dinheiro se precisarem...

– Os negócios estão ótimos. Temos mais dinheiro do que conseguimos gastar. O problema são as atividades extracurriculares do meu irmão.

– Ele não está metido com drogas, está? – Rehv perguntou com severidade.

– Mulheres.

Rehv gargalhou e dispensou essa preocupação com um gesto de lado da mão da adaga.

– Ah, se é só isso...

– Ele está completamente descontrolado, e uma delas apareceu do nada no nosso apartamento. Chegamos em casa e lá estava ela.

Rehv se recostou e franziu o cenho.

– No seu apartamento? Como é que ela conseguiu entrar?

– O menor denominador comum com um segurança – iAm se movimentou ao redor da sala moderna, notando de passagem que a vista, de fato, era melhor dali de cima. – Trez vem transando com tudo que se move há anos, mas, recentemente, ele tem sido negligente: não apaga as memórias, transa com a mesma mais de uma vez, não se preocupa com as consequências.

– Que *diabos* está havendo com ele?

iAm se virou e encarou o mestiço, que era a coisa mais perto de uma família que ele tinha, além da sua carne e do seu sangue. A bem da verdade, ele confiava mais naquele cara do que em 99% dos seus familiares de fato.

– Trez está comprometido.

Longo silêncio.

– Como que é?

iAm assentiu.

– Ele está comprometido.

Rehv se levantou do sofá.

– Desde quando?

– Desde o nascimento.

– Aaaahhhh... – Rehv emitiu um assobio suave. – Então é uma coisa do s'Hisbe.

– Ele foi prometido para a filha primogênita da rainha.

Rehv se calou por um instante. Depois esfregou a cabeça.

– Isso faria dele um maldito Rei, não faria?

– Isso mesmo. Embora sejamos uma sociedade matriarcal, isso não é uma irrelevância.

– Olha só – o macho murmurou. – Ele, eu e Wrath. Que trio.

– Bem, é diferente para o s'Hisbe, claro. É a rainha quem dita tudo para nós.

– Então o que ele está fazendo aqui fora? Com todos nós Desconhecidos?

– Ele não quer ligação alguma com o s'Hisbe.

– Ele tem poder de escolha?

– Não – iAm olhou para o bar num canto. – Importa-se se eu me servir de um drinque?

– 'Tá de brincadeira? Eu já estaria bêbado se estivesse no seu lugar.

iAm foi até lá, pesou suas opções e acabou escolhendo uma garrafa com um pequeno rótulo no gargalo escrito *Bourbon*. Serviu sem gelo e, ao sorver um gole do copo de cristal, saboreou a queimação na língua.

– Gostoso.

– Coleção Parker's Heritage, lote pequeno. O melhor.

– Não pensei que gostasse de beber.

– Isso não é desculpa para não conhecer aquilo que sirvo para os meus convidados.

– Ah.

– Então, qual é o plano?

iAm inclinou a cabeça para trás, esvaziou o copo e engoliu de uma vez.

– Precisamos de um lugar seguro para ficar. E não só por conta da situação com aquela mulher. Recebemos uma visita do sumo sacerdote na semana passada, isso significa que eles estão começando a levar a sério essa coisa de voltar para casa. Eles estão à procura dele, e se o encontrarem? Temo que ele mate o representante do s'Hisbe. E aí sim teremos um belo problema.

– Acha mesmo que ele chegaria a esse ponto?

– Sim, acho sim – iAm se serviu de outra dose. – Ele não vai voltar para lá. E eu preciso de tempo para encontrar uma maneira de resolver esse conflito antes que algo desastroso aconteça.

– Vocês querem se mudar para a minha casa no norte?

iAm secou o segundo copo de Bourbon de uma vez só.

– Não – ele o encarou. – Quero que nos mudemos para o complexo da Irmandade.

Enquanto Rehv praguejava longa e lentamente, iAm se serviu mais uma vez.

– É o lugar mais seguro para nós.

Xcor estava coberto de sangue de *redutor* e suor ao voltar para seu novo esconderijo. Seus lutadores ainda estavam no centro da cidade, enfrentando o inimigo, mas ele teve que sair e procurar refúgio.

Havia um belo corte em seu braço.

A casa que Throe arranjara para eles estava localizada num bairro modesto cheio de casas modestas com garagens para dois carros e balanços nos jardins. Dentre as suas vantagens, estava o fato de se localizar no fim de uma rua sem saída, e de haver um lote vazio de um lado e a unidade de processamento do Departamento de Esgoto de Caldwell do outro.

Eles teriam aquela casa por três meses com uma opção de compra ao fim do contrato.

Enquanto se desmaterializava pelas cortinas fechadas da sala de estar, ele lamentou o sofá macio em forma de L, suas almofadas cheias de borlas, com sua cor quase de cozido de carne.

Ainda que apreciasse a calefação existente, o fato de o lugar vir "decorado" o incomodava. No entanto, ele sentia estar sozinho nisso: nos últimos dias, flagrou um ou outro dos seus soldados reclinado no maldito monstro, as cabeças largadas para trás, as pernas bem esticadas e confortáveis.

O que viria em seguida? Mantinhas?

Partindo escada acima, sentiu saudades do castelo sombrio que ainda possuíam no Antigo País. Desejou o peso das pedras que os circundavam, a natureza impenetrável do projeto, com seu fosso e muros altos. Lamentou também a falta do divertimento de que desfrutavam assustando os aldeões, dando presença física ao mito.

Bons tempos, diriam aqui no Novo Mundo.

No segundo andar, ele se recusou a olhar os quartos. O rosa em um deles queimava seus olhos, e o verde-água de outro também era um ataque aos seus sentidos. E não havia alívio ao entrar na suíte principal. Papel de parede florido por todos os lados. Sobre a cama, diante das janelas e cobrindo toda a poltrona no canto.

Pelo menos suas botas de combate esmagavam o carpete fofo, deixando marcas fundas como hematomas em seu caminho até o banheiro.

Pelo amor de Deus, ele nem tinha como definir o esquema de cores dali.

Amora?

Estremecendo, desejou deixar as luzes de cima da pia desligadas, mas com as cortinas de florzinhas fechadas, a iluminação da rua abaixo estava completamente invisível, e ele precisava ver o que fazia...

Ah, pelos deuses.

Esquecera-se das cúpulas de renda dos abajures.

Na verdade, em qualquer outro ambiente, as iluminações gêmeas em vermelho sugeririam algo de natureza sexual. Mas não naquele antro excessivamente agradável e meigo. Ali, elas pareciam dois confeitos de goma brilhando na parede.

Ele quase engasgou por excesso de estrogênio.

Num ato de autopreservação, retirou as duas cúpulas ofensivas de cima das lâmpadas e as deixou na bancada entre as pias duplas. Depois, tirou o cabresto, o casaco, as adagas e as pistolas. A camiseta que usava estava manchada pelas longas noites de luta, mas era lavada regularmente – e seria usada mais uma vez. Roupas, afinal, não passavam de pele que os vampiros não recebiam ao nascer.

Não serviam como decoração pessoal – pelo menos não para ele.

Voltando-se para o espelho, resmungou.

O assassino com quem lutara mão a mão fora muito bom com uma adaga, provavelmente consequência de sua vida pregressa nas ruas, e que satisfação combater com alguém com tantas habilidades! Claro que, no fim, ele vencera, mas a batalha fora estimulante.

Infelizmente, porém, ele levara para casa um suvenir do conflito: um corte no bíceps que dava a volta e terminava no alto do ombro. Bem desagradável. Mas ele já estivera em situação pior.

E, por isso, ele sabia como se cuidar. Perfilados sobre a bancada estavam os vários itens que ele e seus lutadores necessitavam de tempos em tempos: um frasco de álcool CVS para desinfetar, um isqueiro BIC, diversas agulhas, um carretel de fio de náilon de pesca.

Xcor fez uma careta ao tirar a camiseta e quando a manga curta que fora rasgada passou raspando no corte, abrindo-o mais. Cerrando os dentes, ele ficou parado, a dor se intensificando a ponto de sua barriga se contrair como um punho fechado.

Respirando fundo, ele esperou até que as sensações diminuíssem, depois pegou o frasco de álcool. Retirou a tampa branca, inclinou-se sobre a pia, preparou-se e...

O som que escapou dos seus dentes cerrados era parte rugido, parte gemido. Enquanto sua visão formava quadriculados, ele fechou os olhos e apoiou o quadril na beira da pia.

Inspirando profundamente, suas narinas ardiam com o cheiro, mas não havia como recolocar a tampa: sua bela coordenação motora ainda estava comprometida.

Andando um pouco para clarear a cabeça, ele foi para o quarto e deu ao seu corpo um tempo para se recalibrar. Enquanto a dor o acompanhava, como se tivesse um cachorro atado ao braço que tentava comê-lo vivo, ele praguejou diversas vezes.

E acabou no andar de baixo. Onde a bebida estava.

Por nunca ser de se embebedar, vasculhou as sacolas de lona com bebidas que Zypher trouxera com eles do armazém. O soldado apreciava um drinque de tempos em tempos e, por mais que Xcor não aprovasse, há muito ele aprendera que se devia conceder certas liberdades no que se referia a lutadores agressivos e inquietos.

E numa noite como aquela, ele se viu grato.

Uísque? Gim? Vodca?

Não fazia diferença.

Pegou uma garrafa qualquer, quebrou o selo da tampa e inclinou a cabeça para trás. Abrindo a boca, ele derramou o que quer que aquilo fosse para dentro da garganta, engolindo a despeito de seu esôfago queimar como se estivesse pegando fogo.

Xcor continuou a beber enquanto subia. Tomou ainda mais enquanto andava de um lado para o outro à espera de sentir os primeiros efeitos.

E mais bebida.

Ele ficou sem saber quanto tempo levou, mas, no fim, voltou para o banheiro bem iluminado, passando uns sessenta centímetros da linha preta pela cabeça fina da agulha. Diante do amplo espelho retangular sobre as pias, ele se sentiu grato pelo fato de a adaga do *redutor* ter se deparado com o seu braço esquerdo. Isso significava que, como macho destro, ele poderia lidar com aquilo sozinho. Se tivesse sido do outro lado? Ele precisaria de ajuda.

A bebida ajudou imensamente. Ele mal percebeu quando perfurou a pele e fez um nó com a ajuda dos dentes.

De fato, o álcool era uma substância curiosa, ponderou ao começar a fileira de pontos. O entorpecimento que o abatera fazia com que ele se sentisse submerso em água quente, o corpo estava relaxado, a dor ainda presente, mas a intensidade da agonia estava bem menor.

Devagar. Preciso. Uniforme.

Quando chegou ao alto do ombro, deu mais um nó; depois liberou a agulha, guardou tudo o que usara e foi para o chuveiro.

Abaixando as calças, chutou as botas de combate e se colocou debaixo do jato de água.

Daquela vez o gemido foi de alívio: enquanto a água quente cobria seus ombros doloridos, as costas rígidas e as coxas duras, a sensação de conforto foi quase tão intensa quanto a agonia o fora.

E, só para variar, ele se permitiu ceder à sensação. Provavelmente porque estava embriagado.

Recostando-se na parede de ladrilhos, a água o atingiu primeiro no rosto, mas de modo gentil, como a chuva, antes de viajar pela frente do seu corpo, percorrendo o peito e seu abdômen enrijecido, passando pelos quadris até o sexo...

E do nada ele viu a sua Escolhida inclinada sobre ele, os olhos verdes reluzentes na luz do luar, a árvore acima parecendo um abrigo para ambos.

Ela o alimentava, o pulso fino e pálido em sua boca, a garganta dele engolindo ritmadamente.

No meio do seu torpor alcoólico, o desejo sexual o atingiu, parecendo desdobrar sua pélvis como uma mão aberta.

Ele ficou rijo.

Abrindo os olhos – e ele nem se dera conta de tê-los fechado –, fitou a si mesmo. A luz brilhante de cima da pia fora atenuada pela cortina opaca que evitava que a água se espalhasse pelo banheiro, mas havia mais do que iluminação suficiente para enxergar.

Ele desejou que estivesse completamente escuro... pois não se alegrava em ver sua excitação, aquele mastro erguido a partir do corpo tão estúpido e orgulhoso.

Não tinha como entender no que esteve pensando: se aquelas prostitutas queriam receber um adicional para acomodar os seus impulsos, ele dificilmente imaginava que a adorável Escolhida fizesse outra coisa que não gritar e correr na direção oposta...

De pronto, isso lhe pareceu deprimente, ainda mais quando o latejar entre as pernas se intensificou. Na verdade, seu corpo era apenas um triste instrumento, patético em seu desejo e permanecendo ignorante quanto ao fato de ser indesejado por todas.

Em especial, por aquela que ele desejava.

Virando-se, ele inclinou a cabeça para trás e passou as mãos pelos cabelos. Hora de parar de pensar e se lavar. O sabonete na saboneteira afixada na parede fez seu trabalho com entusiasmo em sua pele e seu cabelo...

E ele ainda estava ereto quando chegou a hora de sair.

O ar frio tomaria conta daquilo.

Pisando no tapete do banheiro, também de um horroroso tom de vermelho rosado, ele se secou com a toalha.

Ainda ereto.

Olhou para as roupas de luta, viu-se contrariado em vesti-las. Duras. Ásperas. Sujas.

Talvez o ambiente feminino o estivesse contaminando.

Xcor acabou na enorme cama, nu, deitado de costas.

Ainda ereto.

Uma espiada rápida no relógio de cabeceira lhe disse que não demoraria muito para que a casa fosse inundada pelos lutadores.

Aquilo teria de ser rápido.

Enfiando a mão debaixo dos lençóis e descendo pelo corpo, ele se segurou...

Os olhos de Xcor se fecharam e ele gemeu, o tronco se retorcendo pelo calor e o desejo que se avolumava na parte inferior do corpo. E quando o travesseiro veio receber seu rosto – logicamente, foi o contrário, ele supôs – começou a bombear para cima e para baixo.

Delicioso. Especialmente no topo, onde a cabeça lisa doía querendo atenção e a recebia a cada golpe. Mais rápido. Mais apertado.

E o tempo todo visualizando a sua Escolhida.

Na verdade, a imagem dela o satisfazia mais do que aquilo que executava ali embaixo. E quando as sensações se intensificaram, ele percebeu pela primeira vez por que os soldados faziam aquilo com tanta frequência. Tão bom. Tão, tão bom...

Ah, a sua fêmea era linda. Ao ponto em que, apesar da força que exercia em si mesmo, ele não se distraía da imagem dela. Em vez disso, ela se tornava cada vez mais clara para ele, dos cabelos loiros até os lábios rubros e o pescoço delicado – por todo o caminho do corpo elegante e longilíneo que tanto se escondia quanto se revelava pelo manto branco imaculado que ela vestira.

Como seria a sensação de ser desejado por tal criatura? Ser aceito dentro do seu corpo sagrado como um macho de valor...

Nesse instante, a realidade da gravidez dela o atingiu como um golpe físico. Mas, pelo menos, já era tarde demais. Mesmo que seu coração tivesse gelado e seu peito tivesse começado a doer com o conhecimento de que ela aceitara outro, seu corpo continuou sua corrida para a felicidade, a conclusão tão inevitável que...

O orgasmo que o assolou o fez gritar – e graças ao Fade que o travesseiro abafou a sua capitulação: naquele mesmo instante, no andar de baixo, ele ouviu os seus primeiros soldados andando pela casa, o rufo das botas de combate como um trovoar inconfundível que ele reconheceria em qualquer lugar.

O resultado do seu clímax foi desastroso de maneiras demais para se contar. Ele se virara por cima do ombro machucado; gozara sobre a mão e o abdômen assim como nos lençóis; a visão encantadora sumira de sua cabeça, e sua dura realidade era tudo o que lhe restava.

A dor dentro dele era ardida como um ferimento recente.

Mas, pelo menos, ninguém saberia dela.

Ele, acima de tudo, era um soldado.

Capítulo 66

– Sim, você pode ir vê-lo. Ele está sonolento, mas acordado.

Enquanto a doutora Jane sorria para Qhuinn, ele ajeitava as calças nos quadris e enfiava a barra da camiseta para dentro. No entanto, conteve-se e não arrumou os cabelos, forçando os braços a ficarem ao longo do corpo mesmo que as suas palmas estivessem coçando para penteá-los.

– E ele vai ficar bem?

A médica assentiu ao começar a tirar a máscara cirúrgica que ainda estava pendurada ao redor do pescoço.

– Retiramos o equivalente vampírico ao baço dos humanos, e isso cuidou da hemorragia interna. Fizemos um pente-fino nele. Até onde sabemos, ele esteve num estado de estase dentro daquele tonel de óleo, o sangue de Ômega, de algum modo, preservando-o no estado em que estava apesar dos ferimentos. Se ele estivesse do lado de fora, tenho certeza de que teria morrido.

A maldição que causara um milagre, pensou Qhuinn.

– E ele não está contaminado?

Jane deu de ombros.

– Ele sangra vermelho, e ninguém percebeu nenhum sinal de Ômega nele... foi um caso de estar sobre e ao redor dele.

– Ok. Muito bem – Qhuinn olhou para a porta. – Ótimo.

Hora de entrar, ele se ordenou. Vá...

Seus olhos pararam em Blay. Durante as quatro horas de operação, o cara andara de um lado para o outro no corredor, saindo em intervalos regulares para o estacionamento para fumar. No entanto, ele sempre voltara.

Puxa, ele estava de cara fechada.

Desde que V. aparecera e os encontrara... é...

Cristo, que hora de chegar era aquela, hein?

– Vou entrar – disse ele.

Mas só depois que Blay acenou com a cabeça é que ele entrou na sala de cirurgia.

Empurrando a porta, a primeira coisa que o recebeu foi o cheiro antisséptico que ele associava com contusões pós-batalha. Em seguida, foi o bipe suave ao lado da maca no meio da sala, e o som de Ehlena digitando num computador.

– Vou deixar que fiquem a sós – ela disse num tom gentil, ao se levantar.

– Obrigado – ele respondeu baixinho.

Quando a porta se fechou atrás dela, Qhuinn voltou a ajeitar a camiseta ainda que ela não precisasse ser ajeitada.

– Luchas?

À espera que seu irmão respondesse, ele olhou ao redor. Os escombros da operação, as gazes ensanguentadas, os instrumentos usados, os tubos plásticos, tudo fora retirado; nada além do corpo inerte debaixo dos lençóis brancos e um saco biológico com conteúdo vermelho para indicar como aquelas horas tinham sido transcorridas.

– Luchas?

Qhuinn se aproximou e baixou o olhar. Caramba, ele normalmente não tinha problemas de pressão, mas quando olhou bem para o rosto machucado do irmão, as coisas meio que giraram, e a onda de tontura o fez perceber exatamente o quanto ele era alto e como o chão estava distante.

Os olhos de Luchas tremularam e se abriram.

Cinza. Os dois sempre foram cinza e ainda eram.

Qhuinn se esticou para trás e pegou uma banqueta com rodinhas. Ao sentar-se, não sabia o que fazer com os braços, com as mãos... com a voz.

– Como está se sentindo?

Que pergunta mais idiota.

– Ele... me... manteve...

Qhuinn se inclinou para a frente, mas, cacete, era difícil de entender aquela voz fraca.

– O que disse?

– Ele me... manteve... vivo...

– Quem?

– ... por sua causa.

– De quem você está falando? – difícil imaginar que Ômega quisesse se vingar de...

– Lash...

Ante esse nome, os lábios superiores de Qhuinn expuseram suas presas. Aquele safado do primo deles – que, no fim, relevou-se não ser parente deles, mas sim filho transplantado de Ômega. Quando criança, o filho da puta não passara de um exibido detestável. Como pré-trans no programa de treinamento ele tornara a vida de John Matthew um inferno. Depois da transição?

Seu pai verdadeiro o recebera de volta em seu rebanho, e a completa destruição fora o resultado. Lash fora o responsável por liderar os ataques. Depois de séculos em que a Sociedade Redutora teve que caçar e encontrar os enclaves dos vampiros, o maldito soube exatamente para onde mandar os assassinos – e por ter sido adotado por uma família aristocrática, ele dizimara a classe alta.

Mas, ao que tudo levava a crer, o papaizinho e o garoto de ouro tiveram uma desavença.

Merda, a ideia de Lash ter torturado o seu irmão só o fez desejar matá-lo mais uma vez.

Enquanto Luchas gemia e inspirava fundo, Qhuinn levantou uma mão para... lhe dar um tapinha no ombro ou algo assim. Mas não fez nada.

– Escute aqui, você não precisa falar.

Os olhos cinza injetados prenderam-se os seus.

– Ele me manteve vivo... por causa do que eu fiz... com você.

Ali na maca, lágrimas se avolumaram e começaram a rolar, as emoções do irmão escorrendo pelo rosto, o arrependimento com o que sem dúvida devia ser dor física além dos narcóticos usados para tratar dele.

Porque Qhuinn achava difícil de imaginar que aquele cara demonstraria qualquer coisa numa situação normal. Não foram criados assim. Etiqueta acima das emoções.

Sempre.

– A Guarda de Honra... – Luchas começou a chorar a valer. – Qhuinn... eu sinto... eu sinto muito.

Não devemos matá-lo!

Qhuinn piscou e regressou para a surra no acostamento daquela estrada, para aqueles machos em mantos negros cercando-o e atacando-o enquanto ele tentava proteger a cabeça e os testículos. Depois, às portas do Fade, onde encontrou sua filha.

Estranho como as coisas se completavam num círculo. E como algumas tragédias na verdade levavam a coisas boas.

Nessa hora, Qhuinn tocou no irmão, levando a mão da adaga para o ombro magro dele.

– Psssiu... está tudo bem. Nós estamos bem...

Ele não sabia ao certo se aquilo era verdade, mas o que mais ele poderia dizer enquanto o cara se desmanchava em lágrimas?

– Ele quis... me transformar... – Luchas respirou fundo. – Ele me... ressuscitou. Acordei na floresta... os machos dele bateram em mim... fizeram coisas comigo... me colocaram naquele... sangue. Esperei pela volta deles... Eles nunca voltaram.

– Você está a salvo aqui – foi tudo em que ele conseguiu pensar. – Não precisa se preocupar com nada, ninguém vai pegar você aqui.

– Onde... estou...

– No centro de treinamento da Irmandade.

Os olhos dele se arregalaram.

– Verdade?

– É.

– Puxa... – a expressão de Luchas se alterou, aquele belo rosto mais uma vez se crispando. – O que foi feito de *mahmen*? Papai e Solange?

Qhuinn apenas balançou a cabeça de um lado para o outro.

E, em resposta, uma força repentina surgiu naquela voz frágil.

– Tem certeza de que estão mortos? Tem certeza?

Como se ele não desejasse o sofrimento pelo qual passara para nenhum deles.

– Sim, tenho certeza.

Luchas suspirou e fechou os olhos.

Merda. Qhuinn se sentia mal em mentir, mas, apesar de as máquinas ao lado da cama indicarem que o estado do seu irmão era estável, se o cara piorasse, ele não queria mandar Luchas para o túmulo pensando que depois do que fizeram com ele, ninguém mais tinha certeza de quantos outros tinham sido levados ou quando.

No silêncio, Qhuinn baixou o olhar para a mão do irmão. Para o anel de sinete que fora deixado – talvez porque a junta acima dele estivesse tão inchada que eles teriam de ter cortado o dedo.

O timbre que fora gravado na faceta de ouro carregava os símbolos sagrados com os quais apenas as Famílias Fundadoras podiam marcar suas linhagens. Ah, sim, e como era completamente perturbador, e absolutamente inapropriado, cobiçar a maldita coisa. Depois de tudo o que acontecera, era de se pensar que ele se sentisse nauseado.

Pensando bem, talvez fosse apenas uma reação instintiva, um eco de todos aqueles anos de uma esperança vã de que poderia receber um para si.

– Qhuinn?

– Diga.

– Eu sinto muito...

Qhuinn balançou a cabeça, ainda que as pálpebras de Luchas estivessem abaixadas.

– Não se preocupe com nada. Você está seguro. Voltou. Tudo vai ficar bem.

Enquanto o peito do irmão subia e descia como se ele estivesse aliviado, Qhuinn esfregou o rosto e não se sentiu nada bem em relação a tudo aquilo. A respeito do estado do irmão... e do seu retorno.

Não que ele desejasse que o cara estivesse morto. Torturado. Congelado para sempre.

Contudo, ele fechara a porta ante toda aquela dinâmica familiar. Relegara-a para um armário mental bem no fundo da sua cabeça. Deixada para trás de uma vez por todas, para nunca mais olhar para ela.

Mas o que ele poderia fazer?

A vida era especialista em chacoalhões.

O triste era que eles, no fim, inevitavelmente acabavam atingindo--o bem no meio do saco.

Quando um assobio suave soou ao lado de Blay, ele se sobressaltou.

– Ah, oi, John.

John Matthew levantou a mão num aceno. *Como estão as coisas?*

Enquanto Blay dava de ombros, achou que seria uma boa ideia se levantar. A bunda já estava entorpecida, o que significava que estava na hora de mais uma das suas voltinhas.

Resmungando ao se levantar, esticou as costas.

– Acho que tudo bem. Luchas estava desperto o suficiente depois da cirurgia, portanto Qhuinn está lá dentro agora.

Caramba...

Enquanto Blay andava em círculos para fazer o sangue circular novamente, John se recostou à parede. Ele estava com roupa de ginástica e seu cabelo ainda estava úmido... e havia uma marca de mordida em seu pescoço.

Blay desviou o olhar. Abriu a boca para dizer alguma coisa. Ficou sem ter do que falar.

Pelo canto do olho, viu John sinalizar: *Então, como está Saxton?*

– Hum... bem. Ele está bem, saiu de férias por uns dias.

Ele tem trabalhado bastante.

– É, tem mesmo – ele esperava que o assunto terminasse ali, pois se sentia estranho em esconder algo de John. Além de Qhuinn, o cara fora seu amigo mais próximo, ainda que, no último ano, eles também tivessem se distanciado. – Mas ele vai voltar logo.

Você deve sentir saudades dele. John desviou o olhar como se estivesse forçando a barra.

Fazia sentido. Blay sempre evitou qualquer conversa a respeito do seu relacionamento, direcionando a conversa para outros assuntos.

– É.

Então, como está Qhuinn? Eu não quis me meter, mas...

Blay só pôde dar de ombros mais uma vez.

– Já faz um tempo que ele entrou. Acho que isso é bom.

E Luchas vai sobreviver?

– Só o tempo pode garantir isso – Blay pegou um dos seus Dunhills e o acendeu, exalando lentamente. Quando não restou nada além do silêncio, ele disse: – Escute, desculpe se estou meio estranho.

A verdade era que aquela marca de mordida era um lembrete do que aconteceria a ele, e ele não queria aquilo tão presente.

A voz de Qhuinn invadiu seus pensamentos: *Podemos ir juntos.*

Com o que acabara concordando?

Você está cansado, John gesticulou enquanto olhava para a porta. *Todos estamos. Tudo isso é tão... desgastante.*

Blay franziu o cenho ao perceber o humor do cara.

– Ei, você está bem?

Depois de um momento, John sinalizou:

Uma coisa muito estranha aconteceu na outra noite. Wrath me chamou no escritório dele e me disse que Qhuinn não era mais o meu ahstrux nohtrum. *Quero dizer, tudo bem, sem problemas... Isso, na verdade, complicava muito as coisas. Mas Qhuinn nunca me disse nada, e eu não sei, devo falar com ele? Eu nem sabia que isso era possível. Quero dizer, quando tudo começou foi meio que "é assim que as coisas são", sabe? Será que ele se demitiu? É por causa dessa situação com Layla? Pensei que eles não fossem se vincular.*

Blay exalou uma imprecação, a fumaça subindo acima da sua cabeça.

– Não faço ideia.

Merda, essa coisa de eles se vincularem devia ter lhe ocorrido – e talvez, por isso, Qhuinn se afastou tão rapidamente quando V. aparecera.

Será que Qhuinn e Layla ficariam juntos agora que o bebê estava bem...?

A porta se abriu e Qhuinn saiu, parecendo ter levado um chute na cabeça.

– Ei, John, tudo bem?

Enquanto os dois se davam um tapinha nos ombros, Qhuinn olhou a vista, e então conversou um pouco com John.

E depois, ele e Qhuinn foram deixados a sós quando John partiu minutos mais tarde.

– Você está bem? – perguntou-lhe Qhuinn.

Pelo visto, essa era a pergunta do momento.

– Na verdade, eu ia perguntar isso mesmo para você. Como está Luchas? – Blay tragou o cigarro depois bateu as cinzas sobre o coturno.

Antes que Qhuinn pudesse responder, Selena saiu do escritório, como se tivesse sido convocada pela mansão. A Escolhida andou até eles com graciosidade, mas com um objetivo, e seu manto tradicional branco rodopiava por entre as pernas.

– Saudações, senhores – disse ela ao se aproximar. – A doutora Jane sugeriu que eu estava sendo requisitada?

Enquanto Blay exalava, ele sentiu vontade de se socar. Aquela era a última coisa que...

– Sim, por nós dois – respondeu Qhuinn.

Blay fechou os olhos quando um desejo súbito o acometeu. A ideia de presenciar Qhuinn se alimentar era como uma droga em sua circulação, relaxando-o e ameaçando sua excitação. Mas, sério, aquilo não...

– No fim do corredor seria perfeito – murmurou Qhuinn.

Bem, melhor do que num quarto. Certo? Mais profissional. Não?

E ele precisava mesmo se alimentar – e Qhuinn, sem dúvida, também, depois de todo aquele drama.

Blay descartou o toco do cigarro numa lata de lixo e seguiu Qhuinn que ia à frente. Andando, ele não acompanhou os movimentos da Escolhida. Não, nada disso. Seus olhos estavam colados nos movimentos de Qhuinn, desde aqueles ombros, até os quadris... e a bunda...

Ok, isso teria de parar ali. Naquele instante.

Ele só precisava se controlar, alimentar-se e arranjar uma desculpa para sair dali.

Quem sabe aquele plano acabasse funcionando?

Passando pela porta. Um pouco de conversa. Sorrisos educados, ainda que ele não soubesse o que fora perguntado nem respondido.

Ah, uma das salas do hospital. Muito bom, um ambiente clínico. Apenas tomar uma veia e seguir em frente, uma função biológica que não necessariamente levava à outra...

– O que disse? – perguntou a Escolhida, olhando-o abertamente.

Maravilha. Ele andou falando em voz alta de novo, mas não havia como saber o quanto partilhara.

– Desculpe – ele se justificou –, só estou morrendo de fome.

– Nesse caso, gostaria de ser o primeiro? – Selena perguntou.

– Sim, ele quer – Qhuinn respondeu ao se recostar na porta.

Bem, tudo certo, então, Blay pensou. Quando fosse a vez de Qhuinn, ele iria embora.

Dando um passo à frente, ele se questionou como, exatamente, aquilo se daria, mas Selena resolveu a questão levando uma cadeira e sentando perto do leito hospitalar. Ok. Blay subiu no colchão, seu peso deslocando o travesseiro da cabeceira ligeiramente elevada, as molas rangendo. Em seguida, sua mente se fechou, o que foi um alívio. Enquanto Selena esticava o braço e puxava a manga branca para trás, a fome dele tomou a frente, as presas se estendendo da mandíbula superior, a respiração se intensificando.

– Por favor, tome o tanto que precisar – ela ofereceu placidamente.

– Agradeço-lhe por este presente, Escolhida – ele respondeu num tom baixo.

Inclinando-se para baixo, ele atacou rapidamente, mas com o máximo de gentileza que conseguia, e na primeira golada, soube que já fazia muito tempo. Com um rugido profundo, seu estômago demonstrou sua necessidade, a sua civilidade se escoando para fora, os instintos assumindo o controle: ele sugou fundo, bebendo cada vez mais rápido, a força se derramando em seu interior e se espalhando a partir dali...

Seus olhos dispararam na direção de Qhuinn.

Vagamente, tomou ciência de que mais um dos seus planos logo sairia voando pela janela, completamente esquecido. Na verdade, aquela fora uma má ideia – desde que não quisesse mais transar com o cara: a lógica já era bem difícil quando se tratava apenas de um caso de emoções conflituosas. Uma necessidade sexual absoluta, incrementada pela alimentação?

Ele era um idiota de primeira; era mesmo.

E isso se revelou especialmente verdadeiro quando notou a ereção de Qhuinn inflar por debaixo de suas calças de lutador.

Merda.

Merda.

Cara, um dia desses, ele seria forte o bastante para se afastar. Seria, sim, de verdade.

Ah, MERDA.

Capítulo 67

Enquanto Qhuinn assistia ao *show*, sua língua saiu da boca e lambeu os lábios.

Do outro lado do quarto estreito, Blay estava sentado na cama hospitalar, o torso perfeito num ângulo para frente para poder tomar a veia da Escolhida, as mãos, ah, as mãos tão hábeis, bem treinadas e fortes seguravam o pulso delicado contra a boca com cuidado – como se, mesmo no auge da sua sede, ele fosse um cavalheiro.

Enquanto continuava a beber, o torso se curvou ainda mais, a caixa torácica se flexionando e se acomodando a cada respiração, a cabeça sutilmente mudando de posição a cada deglutição.

Qhuinn mal conseguia permanecer parado. Ele desejava imensamente subir naquele colchão também, retorcendo o corpo para poder chegar por trás. Queria estar na garganta de Blay enquanto ele se alimentava da Escolhida. Queria transar com o cara de doze a quinze horas direto até que os dois caíssem de exaustão.

Depois do drama com Luchas, aquele breve e intenso descanso de todo o choque e dor era um alívio glorioso cheio de culpa: aquilo era simplesmente bom demais para que ele se concentrasse em algo assim – sua mente cansada e o corpo exaurido estavam prontos para serem revigorados para ele poder voltar forte uma vez mais à realidade de lutas.

Deus, seu irmão...

Balançando a cabeça, ele deliberadamente deu algo erótico com o que sua mente se ocupar: enquanto a mão de Blay escorregava sorrateira por entre as pernas e rearranjava algo atrás da braguilha, ficou bem claro que ele estava completamente excitado.

Como se seu cheiro delicioso já não tivesse deixado aquilo evidente.

Bem quando Qhuinn estava para perder o controle, Blay levantou a cabeça e emitiu um som de sucção e satisfação. Depois, o macho selou as feridas das presas que deixara.

Quer saber, Qhuinn pensou. A alimentação que se danasse. Ele precisa somente de Blay...

– Sua vez, senhor? – disse a Escolhida.

Merda. Ele provavelmente devia fazer isso.

Além disso, Blay, por certo, estava num estado de torpor pós-alimentação, o corpo letárgico, os olhos pesados... e Qhuinn tirou vantagem disso, colocando-se entre as pernas do lutador e a Escolhida, o traseiro se esfregando contra a coluna enrijecida da ereção de Blay ao subir na cama.

Enquanto Blay deixava um gemido escapar, Qhuinn se inclinou e pegou o outro pulso da fêmea. Segurando-o com uma mão, usou a outra para puxar a bainha da camiseta para fora – e depois empurrar a palma de Blay para a frente da sua calça.

Qhuinn conteve seu gemido sugando a veia da Escolhida, mas o sibilo de Blay foi ouvido.

Talvez a Escolhida deduzisse que...

Os olhos de Qhuinn reviraram por trás das órbitas enquanto Blay o afagava, a fricção ameaçando-o a gozar ali mesmo – uma coisa que ele não gostaria de fazer diante de Selena.

Mas, caraaaalho, aquilo era...

Ele pousou a própria mão ali, detendo o movimento.

Com isso, Blay lhe deu apenas um apertão em seus colhões.

Qhuinn gozou na sugada seguinte, o orgasmo escapando dele antes que conseguisse pensar em algo cansativo ou sem atrativos para distraí-lo, o prazer surgindo com tanta força que ele vergou-se em sua própria pele.

A risada de Blay foi erótica como o inferno.

Que seja, a vingança seria terrível, Qhuinn jurou a si mesmo.

E, como se viu em seguida, ele nem conseguia esperar mais por ela. Retraiu as presas e parou de beber antes de se saciar, porque a sua fome por outra coisa tinha assumido o controle completamente, e já passara da hora de despachar Selena.

Fazer a Escolhida sair de maneira educada, porém eficiente, foi uma manobra executada no piloto automático – ele não fazia ideia do que estava dizendo –, mas pelo menos ela estava sorrindo e parecia contente, portanto, ele devia ter dito a coisa certa.

No entanto, estava bem ciente de que trancara a porta.

Ao se virar, encontrou Blay deitado e cuidando de si, a mão subindo e descendo entre as pernas. As presas ainda estavam alongadas da alimentação e os olhos cintilavam por baixo das pálpebras pesadas e, puta merda, como estava sensual...

Qhuinn se livrou dos coturnos. Das calças. Da camiseta.

Blay atingiu o clímax antes de ele sequer chegar à cama, o macho se arqueando para o alto e gemendo com a cabeça contra o travesseiro fino, e os quadris elevados.

Como se ver Qhuinn nu em pelo tivesse sido demais para ele.

Melhor. Elogio. De. Todos. Os. Tempos.

Qhuinn atacou a cama, lançando-se sobre Blay, encontrando aquela boca aveludada e assumindo o controle. Roupas rasgadas – os botões da braguilha da calça de Blay voando para todos os lados e aterrissando como moedas jogadas sobre o linóleo, a camiseta dilacerada em pedaços. E logo estavam pele a pele. Vada os separava.

Enquanto se retorciam um contra o outro, Qhuinn soube o que queria. E estava desesperado e faminto demais para pedir com educação – ou sequer falar a respeito.

Tudo o que conseguiu fazer foi se afastar daquela boca, rolar para longe de Blay... esticar o braço para trás e puxar o macho para cima dele enquanto esticava uma perna.

Sem nem pensar, Blay assumiu a partir dali. E soube exatamente o que fazer.

Qhuinn se sentiu posicionado por mãos rudes – e, sem nem se dar conta, estava ajoelhado, o rosto no colchão, a respiração saindo com dificuldade pela boca. Tudo aquilo era muito desconhecido, deixar alguém assumir o controle – e ele também se sentiu vulnerável, por mais que quisesse...

– Ai, *cacete*! – ele gritou ao ser possuído, as sensações de dor e de prazer, de alongamento e de acomodação, misturando-se num coquetel que o deixou tão excitado a ponto de ver estrelas.

Em seguida, Blay começou a se movimentar.

Qhuinn se apoiou sobre os braços e empurrou para trás, e se segurou enquanto toda aquela coisa de virgindade ia para o espaço de uma maneira muito boa.

Ah, caramba, era uma torrente incrível, só que muito melhor. Enquanto o braço de Blay passava por baixo do seu peito e o abraçava, o ângulo mudou, as penetrações ficaram mais profundas, mais rápidas, a cama começou a balançar ao encontro da parede, o arquejo em seu ouvido ficando mais e mais rude...

O ápice foi a chama maior que ele já sentiu, o clímax não só do seu orgasmo, mas do de Blay, segurando-o por toda parte, as coxas unidas, as pélvis inclinadas para receber, os braços grandes segurando a ambos...

Quando Blay gozou, as investidas foram tão fortes que a cabeça de Qhuinn bateu na parede – não que ele tivesse notado ou se importado. Em seguida, aquele pau começou a produzir espasmos violentamente...

E Qhuinn se sentiu bem e verdadeiramente possuído pela primeira vez na vida.

Aquilo foi... nada menos que um milagre.

Naturalmente, Blay levou um tempo até se fartar. E, engraçado, Qhuinn estava totalmente à vontade com aquilo.

Quando, no fim, as coisas chegaram a uma pausa que durou mais de um minuto e meio, Qhuinn soltou a tensão nos braços e se afundou na cama, virando de lado. Blay também devia estar exausto, seu corpo seguiu a liderança e se esticou atrás dele.

O braço de Blay permaneceu fixo em seu lugar.

E o que importava agora, apesar de toda aquela experiência, era o peso forte e solto daquele braço. Largado como estava, tornava-os não apenas dois machos que acabaram de fazer sexo e estavam deitados lado a lado, mas sim, dois amantes.

Na verdade, ele nunca antes tivera um amante – e isso não pelo fato de ter sido a primeira vez em que ficara por baixo. Fizera muito sexo. Mas nunca antes tivera alguém a que quisesse que o abraçasse depois. Nunca alguém que ele quisesse retribuir o abraço.

Sim... Blay era o seu primeiro amante verdadeiro.

E por mais que ele tivesse perdido a oportunidade de ser isso para o cara, parecia lógico que Blay fosse o seu. Ninguém jamais lhe poderia tirar o seu primeiro – e ele se considerava sortudo. Muitas vezes ouvira boatos de que aquilo podia ser muito doloroso – para as fêmeas – ou simplesmente um ato confuso em que nada ficava gravado.

Ele lembraria daquilo para sempre.

Atrás dele, Blay ainda respirava profundamente, o calor irradiando dos corpos unidos.

E Qhuinn quis tirar vantagem dessa tranquilidade: muito lentamente – como se, caso ele não se movesse muito rápido, o cara não fosse notar – cobriu o antebraço de Blay com o seu e... pousou a mão sobre a do amigo.

Fechando os olhos, ele rezou para que aquilo fosse certo. Que pudessem ficar daquele jeito só por mais um pouquinho.

Merda, o medo repentino que sentiu não passava de uma tortura, e o fez pensar na verdadeira natureza da coragem.

Mais especificamente em quão pouco a possuía no que se referia a Blay.

Do nada, ele se lembrou de ter lhe dito que ele só se via a longo prazo com uma fêmea. De esse ser o motivo de não poder aceitar a oferta de Blay. Na época, ele acreditara nisso, ainda que não parecesse muito convincente.

Ele fora um covarde na época, não fora?

– Deus, eu me sinto em carne viva – sussurrou.

– O que foi? – Foi a resposta sonolenta.

– Eu me sinto... Exposto.

E se Blay se retraísse agora? Ele se estilhaçaria em mil pedaços que nunca mais se encaixariam.

Blay fungou e puxou o braço, atraindo Qhuinn para mais perto, em vez de afastá-lo.

– Está com frio? Você está tremendo.

– Pode me esquentar?

Houve um barulho de algo sendo puxado e depois uma coberta foi jogada em cima dos dois. E as luzes se apagaram.

Enquanto Blay respirava fundo parecendo contente naquele instante, Qhuinn fechou os olhos... e ousou entrelaçar os dedos nos do melhor amigo, lacrando as mãos.

– Você está bem? – Blay perguntou de um modo abafado. Como se não houvesse nada ligado além de uma luz piloto em seu cérebro, mas ele se importava.

– Sim. Só estou com frio.

Qhuinn abriu novamente os olhos ante a escuridão. A única coisa que enxergava era a faixa de luz que se formava debaixo da porta.

Enquanto Blay cochilava, a respiração se tornando mais lenta e mais ritmada, Qhuinn olhou adiante, mesmo sem conseguir enxergar nada.

Coragem.

Ele pensava que tinha toda de que precisava – que o modo como fora criado o tornara mais durão e forte do que qualquer outra pessoa. Que o modo como realizava seu trabalho, entrando em prédios em chamas ou pulando nos assentos de pilotos de aviões caindo aos pedaços, provasse isso. Que a maneira como levava a vida, essencialmente distante, significava que ele era forte. Que ele estava seguro.

No entanto, a verdadeira medida da sua coragem ainda estava por vir.

Depois de anos demais, ele finalmente dissera a Blay que sentia muito. E depois de drama demais, ele finalmente dissera ao cara que sentia gratidão.

Mas chegar lá e ser verdadeiro quanto ao fato de que estava apaixonado? Mesmo Blay estando com outra pessoa?

Aquele era o real divisor.

E que Deus o ajudasse, mas ele o faria.

Não para separar o casal – não, não era por isso. E nem para sobrecarregar Blay.

Naquele caso, a revanche, como se mostrou, foi, na verdade, uma promessa. Algo que seria feito sem expectativas nem reservas. Seria o salto sem paraquedas, o pulo para o desconhecido, o trajeto e a queda sem ninguém para segurá-lo.

Blay fizera isso não uma, mas diversas vezes – e, sim, claro, Qhuinn queria ter de volta um desses momentos de vulnerabilidade e socar tanto suas encarnações prévias até que sua mente clareasse e ele reconhecesse a oportunidade que lhe era concedida.

Infelizmente, não era assim que as coisas funcionavam.

Estava na hora de ele pagar aquela demonstração de força... de maneira equivalente, suportando a dor que viria quando ele fosse rejeitado de uma maneira infinitamente mais gentil do que ele dispensara.

Forçando as pálpebras a abaixarem, levou os nós dos dedos de Blay até a boca e resvalou-lhes um beijo. Depois se entregou ao sono, permitindo-se escorregar para a inconsciência, sabendo que, pelo menos pelas horas seguintes, ele estaria seguro nos braços do seu amado.

CAPÍTULO 68

Enquanto a noite seguinte caía, Assail estava sentado nu à escrivaninha, os olhos rastreando a tela do computador diante dele. A imagem do monitor era dividida em quatro quadrantes que estavam marcados como norte, sul, leste e oeste, e, de tempos em tempos, ele manipulava as câmeras, mudando-lhes o foco e a direção. Ou às vezes mudava para outras lentes ao redor da casa. Ou voltava para as que estivera observando.

Tendo tomado banho e se barbeado horas antes, ele sabia que devia se vestir para sair. Aquele *redutor* com grande apetite pelos seus produtos estava se armando, alegando que fora enganado num suprimento de cocaína. Mas os gêmeos haviam completado aquela transação em particular de acordo com as especificações do assassino – e a gravaram.

Apenas uma precauçãozinha que Assail iniciara.

Portanto, ele não entendia sobre o que aquilo se tratava, mas, por certo, iria descobrir: enviara a gravação para o celular do *redutor* cerca de uma hora antes e aguardava uma resposta.

Talvez aquilo envolveria outra reunião cara a cara.

E seu comprador descontente não era a única coisa pairando sobre ele. Estava chegando aquela época do mês em que Benloise e ele ajustavam as contas – uma complicada transferência de fundos que estava deixando a todos ansiosos, inclusive Assail. Ainda que ele realizasse pagamentos semanais regulares, eles totalizavam apenas um quarto das compras, e no dia trinta ele teria de acertar as contas.

Muita grana. E as pessoas eram capazes de tomar decisões muito ruins quando havia muito dinheiro em jogo.

Também havia a questão de que, pela primeira vez, ele queria levar os primos para acompanhá-lo. Ele não conseguia visualizar Benloise apreciando a companhia adicional, mas era apropriado que seus associados ficassem mais envolvidos nos negócios – e aquele seria o maior pagamento que ele iria realizar.

Um recorde que certamente seria quebrado se ele e aquele *redutor* continuassem a fazer negócios.

Assail mudou a posição do mouse. Clicou em um dos quadrantes. Virou a câmera de segurança, vasculhando a floresta atrás de sua casa.

Nada se mexia. Nenhuma sombra mudava de posição. Nem mesmo os ramos dos pinheiros se moviam sob algum tipo de vento existente.

Nenhuma marca de esquis. Nenhuma figura escondida espiando.

Ela poderia estar espionando-o por outro ângulo, pensou. Do outro lado do rio. Da estrada. Do final da rua.

Distraído, ele alcançou o frasco de pó que mantinha ao lado do teclado. Usara-o no fim da tarde, quando a luz minguante do dia o fizera mudar as câmeras para visão noturna. E também usara algumas vezes desde então, só para se manter acordado.

Àquela altura já fazia dois dias que ele não dormia.

Ou seriam três?

Enquanto mexia a minúscula colher, desenhando um círculo na base do frasco, tudo o que ele conseguiu foi o barulho do metal no vidro.

Olhou dentro do frasco.

Evidentemente, ele terminara aquele lote.

Irritado por absolutamente tudo em sua existência, Assail deixou o frasco de lado e se recostou na poltrona. Enquanto sua mente girava e a compulsão de ir de imagem para imagem o apertava tal qual uma forca em sua liberdade de escolha, ele estava vagamente ciente de que seu cérebro zumbia de uma maneira bem pouco saudável.

No entanto, ele estava trancado ali. Não iria a parte alguma tão rapidamente.

Onde estaria a sua bela ladra?

Por certo ela não devia ter falado sério.

Assail esfregou os olhos e odiou o modo como sua mente estava acelerada, os pensamentos transitando de um lado ao outro em seu cérebro.

Ele simplesmente não queria acreditar que ela se manteria afastada.

Enquanto seu telefone tocava, ele o apanhou com reflexos rápidos demais, ansiosos demais. Quando viu quem era, ordenou ao seu cérebro que se recompusesse.

– Recebeu o vídeo? – ele perguntou em vez de dizer "alô".

A voz de seu maior cliente parecia descontente.

– Como posso saber quando isso foi gravado?

– Você deve saber o que os seus homens vestiam no dia.

– Então, onde está o meu produto?

– Isso não cabe a mim dizer. Uma vez que eu concluo o negócio com os seus representantes, a minha responsabilidade cessa. Entreguei a mercadoria requisitada na hora e no local acordados, e, portanto, cumpri a minha obrigação para com você. O que acontece dali por diante não é da minha alçada.

– Se eu o pegar me sacaneando, eu vou te matar.

Assail emitiu uma exalação carregada de enfado.

– Meu caro, eu não perderia tempo com algo assim. Como conseguiria o que necessita então? E para isso, permita-me lembrá-lo que não há nada que me leve a ser desonesto com você ou com a sua organização. O lucro que você representa é o que me interessa, e eu darei o melhor de mim para fazer com que os fundos continuem a vir na minha direção. Assim são os negócios.

Houve um longo silêncio, mas Assail sabia muito bem que isso não significava que o assassino do outro lado da conexão estava confuso ou perdido.

– Preciso de um novo suprimento – o *redutor* murmurou depois de um tempo.

– E eu o providenciarei com muito prazer.

– Preciso de um empréstimo – agora Assail franzia o cenho, porém o *redutor* prosseguiu antes que ele o interrompesse. – Você me empresta esse novo pedido e eu garanto que será pago.

– Não é assim que faço negócios.

– Eis o que sei a seu respeito. Você tem uma pequena operação que controla uma área imensa. Precisa de distribuidores, porque você matou todos os outros que estavam aqui antes. Sem mim e a minha organização? Sem ofensas, mas você está fodido. Você não tem como servir Caldwell inteira, e seu produto nada vale se não chega às mãos dos seus usuários – quando Assail não respondeu de imediato, o *redutor* riu de leve. – Ou você pensava que fosse desconhecido, meu amigo?

Assail segurou o telefone com força.

– Por isso, acho que você tem razão – o assassino concluiu. – Você e eu somos colegas. Eu não preciso lidar com o atacadista, quem quer que ele seja. Especialmente em minha atual... encarnação.

Sim, só o cheiro faria com que Benloise fechasse a porta na cara dele, pensou Assail.

– Preciso de você. Você precisa de mim. E é por isso que vai me entregar o meu pedido e me dar 48 horas para pagar. É como você mesmo disse. Não valemos nada um sem o outro.

Assail expôs as presas, o reflexo do seu rosto de fato medonho no vidro do monitor.

E mesmo assim ele manteve a voz tranquila e impassível:

– Onde gostaria de nos encontrarmos?

Enquanto o *redutor* ria novamente, como se estivesse gostando de tudo aquilo, Assail se concentrou na própria imagem, com as presas expostas. Seria desajuizado se o assassino se tornasse ganancioso, ou tomasse liberdades demais.

A única coisa sempre verdadeira nos negócios? Ninguém é insubstituível.

Quando Trez despertou, ele se sentiu como se estivesse flutuando numa nuvem – e, por uma fração de segundo, imaginou se não estava mesmo. Seu corpo parecia não pesar nada, a ponto de ele nem saber se estava deitado de frente ou de costas.

Um som estranho se infiltrou em seu torpor.

Shhhscht.

Ele levantou a cabeça, e a orientação lhe veio subitamente: a luz vermelha do seu rádio relógio lhe disse que estava deitado de barriga e em diagonal na cama.

Lá vinha o som novamente.

O que seria aquilo? Metal contra metal?

Ele conseguia sentir iAm se movimentando pelo corredor, a presença do irmão tão certa quanto a sua. Então, se houvesse outra pessoa no apartamento ou algum tipo de ameaça? iAm cuidaria disso.

Erguendo-se, saiu da cama e... Uau, o quarto girou ao seu redor. Pensando bem, não havia nada, absolutamente nada em seu estômago. A bem da verdade, era bem possível que ele tivesse vomitado o fígado, os rins e os pulmões durante a enxaqueca. A boa notícia era que a dor sumira, e que essa sensação não era tão ruim. Era como estar bêbado, só que com a ressaca vindo antes.

Quando entrou no banheiro, ele sabia que era melhor não acender a luz. Ainda era muito cedo para isso.

A chuveirada foi maravilhosa. Mas ele não se deu ao trabalho de se barbear – haveria tempo para isso mais tarde, depois que colocasse um pouco de combustível em seu tanque. O roupão foi agradável: quentinho, especialmente com as lapelas erguidas cobrindo-lhe o pescoço.

Os pés descalços não estavam tão agradáveis, ainda mais quando ele saiu do quarto e pisou no corredor de piso de mármore, mas ele precisava descobrir que diabos estava...

Trez parou diante da porta da suíte do irmão. iAm estava diante do armário, tirando as camisas que estavam nos cabides. Quando ele puxou uma nova braçada pelo cano de ferro, aquele *shhhscht* soou novamente.

Naturalmente, seu irmão não se surpreendeu quando ele apareceu. Apenas descarregou a carga sobre a cama.

Merda.

– Vai a algum lugar? – murmurou Trez, a voz alta demais para os próprios ouvidos.

– Sim.

Bosta.

– Escute, iAm, eu não pretendi...

– Também estou fazendo as suas malas.

Trez piscou algumas vezes.

– Hã?

Pelo menos o cara não estava indo embora sozinho. A menos que quisesse a satisfação de jogar as coisas de Trez pela varanda...

– Encontrei um lugar mais seguro para nós.

– Fica em Caldwell?

– Sim.

E entra a música tema de *Jeopardy!*.

– Quer me dar o CEP?

– Eu daria se soubesse.

Trez gemeu e se recostou contra o batente, esfregando os olhos.

– Você encontrou um lugar para irmos, mas não sabe onde fica?

– Não, não sei.

Ok, talvez aquilo não tivesse sido uma enxaqueca, mas sim um derrame.

– Desculpe, não estou entendendo...

– Nós temos – iAm consultou o relógio de pulso – três horas para fazermos as malas. Roupas e itens pessoais apenas.

– Então o lugar é mobiliado – Trez deduziu.

– Sim, é.

Trez passou um tempo observando o irmão sendo extraeficiente com a bagagem. Camisas tiradas dos cabides, dobradas com precisão, colocadas em malas de couro da Louis Vuitton. O mesmo com calças. Pistolas e adagas foram para maletas de aço combinando.

Naquele ritmo, o cara acabaria de empacotar seus pertences em meia hora.

– Você precisa me dizer para onde vamos.

iAm olhou para ele.

– Vamos nos mudar para a Irmandade.

O cérebro de Trez levou uma descarga, a névoa sumindo de uma vez só.

– Como é?

– Estamos nos mudando para lá.

Os olhos de Trez se arregalaram.

– Eu... hum... espere, acho que não ouvi direito.

– Ouviu, sim.

– Com a permissão de quem?

– De Wrath, filho de Wrath.

– Caceeeete. Como foi que conseguiu isso?

iAm deu de ombros, como se não tivesse feito nada além de uma reserva no Motel 6.

– Falei com Rehvenge.

– Eu não sabia que o macho tinha todo esse poder.

– Ele não tem. Mas procurou Wrath, que apreciou a nossa retaguarda na reunião do Conselho. O Rei acredita que seremos um bom acréscimo ao front da casa.

– Ele está preocupado com um possível ataque – Trez concluiu.

– Talvez esteja. Talvez não. Mas o que sei é que ninguém vai nos encontrar lá.

Trez expirou fundo. Então ali estava o motivo por trás daquilo. Seu irmão, assim como ele mesmo, não queria que ele fosse arrastado de volta para o s'Hisbe.

– Você é incrível – ele disse.

iAm só deu de ombros, como de hábito.

– Pode começar a fazer as suas malas ou devo cuidar disso?

– Não, pode deixar – ele deu uma batida no batente e se virou para sair. – Estou te devendo uma, irmão.

– Trez.

Ele olhou de relance por cima do ombro.

– O que foi?

Os olhos do irmão estavam sérios.

– Isso aqui não é uma liberdade permanente. Você não pode fugir da rainha. Só estou ganhando um tempo com isso.

Trez ficou olhando para os pés nus – e ficou se perguntando quão longe conseguiria ir se eles estivessem protegidos por seus Nikes.

Bem longe.

Seu irmão era o laço que ele não conseguia romper, a única coisa que ele não se sentia capaz de deixar para trás a fim de se livrar de uma vida de luxo como escravo sexual.

E, num momento como aquele, em que o cara mais uma vez se prontificava a ajudá-lo... ele se perguntava se seria impossível ir embora sem iAm.

Talvez ele tivesse que, no fim, ceder ao seu destino.

Maldita rainha. E sua maldita filha.

Os costumes não faziam sentido. Ele jamais vira a jovem princesa. Ninguém jamais a vira. Era assim que funcionava – a seguinte na linha sucessória ao trono era tão sagrada quanto a mãe, porque seria ela a liderá-los no futuro. E, tal qual uma rosa rara, ninguém tinha permissão para vê-la até que ela estivesse adequadamente comprometida.

Pureza e tal.

Blá-blá-blá.

Uma vez que ela estivesse comprometida, porém, estaria livre para sair na sociedade, livre para viver a sua vida – dentro do s'Hisbe. O coitado que se casasse com ela? Ficaria ao lado dela dentro das paredes do castelo, fazendo o que quer que ela quisesse, quando ela quisesse – desde que ele não estivesse aos pés da rainha, idolatrando-a.

Sim, quanta alegria.

E eles acharam que ele se sentiria honrado com essa união?

Mesmo?

Ele transformara o próprio corpo num latão de lixo na última década, transando com todas aquelas humanas e sabe o que era pior? Desejou ter sido capaz de pegar todas daquelas doenças dos *Homo sapiens*. Impossível. Ele fez sexo desprotegido o quanto pôde com a outra espécie e ainda estava tão saudável quanto um cavalo.

Uma pena.

– Trez? – iAm se endireitou. – Trez? Fale comigo. Para onde você foi?

Trez olhou para o irmão, memorizando aquele rosto orgulhoso e inteligente e os olhos penetrantes sem fim.

– Estou bem aqui – murmurou. – Vê?

Ele ergueu as mãos e fez um círculo sobre seus pés descalços, em seu roupão, naquele estado de torpor pós-enxaqueca.

– No que está pensando? – iAm perguntou.

– Em nada. Só acho incrível isso que você fez. Vou fazer as malas e me aprontar. Eles vão mandar um carro ou algo assim?

iAm estreitou o olhar, mas respondeu mesmo assim:

– Isso. Com um mordomo chamado Fred. Ou seria Foster?

– Estarei pronto.

Trez saiu dali, os restos da dor de cabeça se escoando conforme ele olhava para o futuro... e se preocupava com esse seu último laço.

Porém, aquela mudança era positiva. iAm tinha razão: ele passara estes últimos anos ciente de que a princesa estava crescendo, e que o tempo corria, e que o dia do acerto de contas estava se aproximando rapidamente.

Existiam coisas que se podiam postergar. Aquela não era uma delas.

Inferno, talvez ele devesse desaparecer. Mesmo que isso o matasse.

Além disso, se seu irmão estivesse com Rehv na mansão do Rei? iAm teria o tipo de apoio que precisaria caso Trez acabasse sumindo.

Quem sabe, depois de tanta merda acontecendo?

O cara ficaria aliviado por se ver livre dele.

CAPÍTULO 69

A vida inteira de Qhuinn sofreu nova guinada cerca de quinze horas após ele perder a virgindade. Mais tarde, ele decidiria se aquilo de que as coisas aconteciam em trios era verdade mesmo. Quando a coisa ocorria, porém, tudo o que ele queria era sobreviver...

Em algum momento durante as horas do dia, ele e Blay acordaram, se separaram e seguiram seus caminhos.

Qhuinn teria preferido se eles voltassem para a casa principal juntos, mas ele tinha de parar para ver Luchas, e Blay estava ansioso para voltar para o quarto e tomar banho. E, de certa forma, isso não fora ruim, porque assim Qhuinn teve a oportunidade de também dar uma olhada em Layla.

No que se referia ao irmão e à Escolhida, tudo estava tranquilo. Os dois estiveram adormecidos em suas respectivas camas; a cor do rosto de Luchas estava melhor e, pela primeira vez, quando Qhuinn foi ao quarto de Layla, ele sentiu a gravidez. Os níveis de hormônio o atingiram assim que entrou, e ele ficou imóvel de tão forte que foi a sensação.

O que fora muito bom mesmo.

O que ele não gostara muito foi de passar diante da porta de Blay e querer bater, entrar e voltar a dormir.

Em vez disso, acabara dentro de suas quatro paredes completamente sozinho.

Na cama. No escuro. Indo e voltando da terra do REM pelas duas horas que antecediam a Primeira Refeição.

Portanto, quando a porta foi escancarada e uma fileira de homens altos em mantos negros entrou, seu passado e presente colidiram, os dois se tornando intercambiáveis – a tal ponto que o ataque da Guarda de Honra pulou para fora do túmulo da sua memória e aterrissou bem em seu quarto na mansão.

Sem saber se estava sonhando ou se aquilo era real, seu primeiro pensamento foi de alegria por Blay não estar com ele. O cara já o encontrara quase morto no acostamento da estrada uma vez. Ninguém precisava de um replay daquilo.

Seu segundo pensamento foi que abateria quantos pudesse antes que eles, finalmente, acabassem com ele.

Com um grito de guerra, Qhuinn explodiu para fora da cama, o corpo nu passando ao ataque com tal força que acabou derrubando os dois primeiros. Atacando com as pernas, ele chutou e socou tudo que dele se aproximava, e houve uma pequena satisfação quando seus alvos praguejaram e se afastaram do seu alcance...

Algo prendeu seu peito por trás, e o girou com tal força que seus pés se ergueram do chão e formaram um arco e...

Olá, parede.

O impacto valeu por três pontos em sua brilhante ideia de revide de luta, o rosto, o tronco, os quadris se chocando na parede com tanta força que, sem dúvida, ele deixara uma reprodução em 3D do seu corpo, ao estilo dos desenhos animados.

Instantaneamente, ele empurrou a superfície plana, preparado para se...

O braço que o empurrou pela nuca o prendia de tal forma que parecia ser de aço. Não havia, literalmente, espaço para se mexer, e mesmo assim ele tentou, pois seu corpo se recusava a ser dominado.

– Calma aí, sua besta. Apenas fique *parado* antes que eu seja forçado a machucá-lo.

O som da voz de Vishous não fazia sentido algum.

E, de repente, pelo canto do olho, ele percebeu que um círculo fora formado ao seu redor, todos aqueles mantos negros o cercando, assim como aquela chave de braço no seu pescoço.

Mas eles não estavam atacando.

– Apenas relaxe – disse V. em sua orelha. – Respire comigo, vamos lá... Apenas respire. Ninguém vai machucar você.

A fala ajudou, aquela voz calma, controlada atingindo sua reação de "lute ou fuja" e aplacando o rugido do seu pânico.

Logo em seguida, Qhuinn começou a tremer, os músculos processando toda a adrenalina.

– Vishous?

– Sim, sou eu, amigo. Você precisa continuar respirando.

– Quem... mais?

– Rhage.

– Butch.

– Phury.

– Zsadist.

– Tohr.

As vozes combinavam com os nomes, aqueles tons graves, sérios, sem sinais de bobeira, penetrando em seu cérebro, ajudando-o a perceber a realidade que não envolvia o passado.

E, então, o último foi o responsável por ele descer o derradeiro degrau do vórtice mental, regressando para o que era real.

– Wrath.

Qhuinn tentou virar a cabeça na direção do Rei, mas seu impulso não o levou a nada.

– Vou soltar você, ok, amigo? – disse V. – Vai se controlar?

– Sim.

– No três, então. Um. Dois. Três.

Vishous deu um salto para trás e parou numa pose de combate: braços erguidos, punhos prontos, posição equilibrada. Mesmo com o rosto do Irmão coberto pelo capuz, Qhuinn bem podia visualizar a expressão dele: sem dúvida se Qhuinn fizesse qualquer movimento, ele seria reapresentado à parede – e aquela amizade já fora travada, muito obrigado.

Ele se sentia uns quinze centímetros mais fino.

Com uma imprecação, Qhuinn se virou devagar, mantendo as mãos onde a Irmandade pudesse vê-lo.

– Estão me expulsando da mansão?

Ele não fazia ideia do que tinha feito, mas com seu histórico de irritar as pessoas, voluntariamente ou não? Podia ser qualquer coisa.

– Não, seu idiota – V. respondeu com uma risada.

Encarando a fila de silhuetas solenes cobertas por capuzes, ele procurou entender quem era quem, travando contato, lembrando-se de que aqueles eram os caras com quem ele lutava lado a lado, que sempre protegeram suas costas, que eles trabalhavam juntos.

Por isso, que diabos era aquilo...

A terceira figura a partir da esquerda levantou o braço, um dedo longo estendido e apontando para o meio do peito de Qhuinn.

Na mesma hora, Qhuinn se viu novamente na carcaça daquele Cessna, com o drama do voo concluído, Zsadist vivo e bem, o objetivo alcançado... aquele macho o destacando como fazia agora.

No Antigo Idioma, Wrath disse:

– *Ser-lhe-á feita uma pergunta. E ela será feita apenas uma vez. A sua resposta será testada desde este instante até o resto de sua linhagem. Está pronto para responder a pergunta?*

O coração de Qhuinn começou a bater forte. Os olhos voltando-se ao redor, ele não podia acreditar que aquilo...

A não ser... mas como era possível? Considerando-se a sua linhagem e o seu defeito, não seria legal alguém como ele...

Do nada, a imagem de Saxton trabalhando na biblioteca todas aquelas noites o acometeu.

Puta... merda.

Tantas perguntas: por que ele? Por que agora? E quanto a John Matthew, cujo peito, magicamente, já carregava a marca da Irmandade?

Enquanto a sua mente alucinava, sabia que tinha que responder, mas, cacete, ele não podia...

Com uma clareza absurda, ele pensou na filha, visualizando a imagem que vira na porta do Fade.

Qhuinn olhou para cada um dos capuzes de novo. Quanta ironia, pensou. Quase dois anos antes, uma Guarda de Honra em mantos negros fora enviada para deixar bem claro que a sua família não o queria. E agora, ali estavam aqueles machos, reunidos para levá-lo a um tipo diferente de família – que era tão ou mais forte que aquela de sangue.

– Pode crer, manda aí – foi a sua resposta.

A primeira pista de Blay de que algo grande estava acontecendo foram as passadas diante da porta do seu quarto: ele estava na frente do espelho, barbeando-se, quando as ouviu se aproximando pelo corredor das estátuas, muitas delas, pesadas e repetitivas.

Só podia ser a Irmandade.

Depois, enquanto ele se inclinava sobre a pia para retirar o resto do creme de barbear, algo pesado caiu no chão do quarto ao lado – ou foi lançado contra a parede. Parecia muito ter vindo do quarto de Qhuinn.

Desligando a torneira, ele pegou uma toalha e envolveu os quadris enquanto saía da suíte e seguia para...

Blay parou de pronto. O quarto de Qhuinn estava escuro, mas a luz do corredor caía sobre um círculo de mantos negros que cercava o cara. E ele estava sendo empurrado de cara contra a parede.

O único pensamento de Blay foi que uma segunda Guarda de Honra viera atrás do lutador – mesmo ele sabendo muito bem que era a Irmandade debaixo daqueles mantos. Só podia ser, certo?

A voz de Vishous resolveu essa questão, pois as palavras do macho se fizeram ouvir de modo claro e lento.

Em seguida, Qhuinn foi solto. Quando ele se virou, estava branco como um lençol, tremendo de pé nu no centro do círculo das figuras encapuzadas.

Wrath quebrou o silêncio, a voz grave de barítono do Rei preenchendo a escuridão:

– *Ser-lhe-á feita uma pergunta. E ela será feita apenas uma vez. A sua resposta será testada desde este instante até o resto de sua linhagem. Está pronto para responder a pergunta?*

Blay levou a mão da adaga para a boca quando ela se abriu. Aquilo não podia ser... podia? Eles o estavam iniciando na Irmandade da Adaga Negra?

Instantaneamente, ele juntou as peças: Saxton trabalhando duro todos aqueles meses; os atos de heroísmo de Qhuinn; John sendo informando de que o cara já não seria mais o seu *ahstrux nohtrum*.

Wrath devia ter alterado as Leis Antigas.

Puta que o pariu...

– Pode crer, manda aí...

Blay teve que sorrir quando recuou e voltou para o quarto. Só mesmo Qhuinn para ser tão direto.

Quando a porta se fechou, ele ficou grudado nela, esperando. Minutos depois, aquelas passadas pesadas retornaram, transitando diante do seu quarto, descendo para o vestíbulo, desaparecendo... mudando a história para sempre.

Em toda a existência da Irmandade, nunca houve ninguém iniciado que não fosse filho de um Irmão ou uma fêmea de sangue de Escolhida. Qhuinn, tecnicamente, era um aristocrata – mesmo tendo sido banido pela família, e com o seu "defeito", a sua linhagem era aquilo que era. Mas não tinha as credenciais de DNA, ou o nome de guerreiro, que os outros tinham.

Contudo, desde que sobrevivesse à cerimônia, ele voltaria à mansão como um macho entre seus pares, para nunca mais ser desertado.

Era bom que Luchas estivesse vivo para presenciar aquilo. Seria muito importante.

Blay se vestiu, e quando verificou o celular, viu que havia uma mensagem para o grupo todo enviada por Tohr, informando que ninguém sairia a campo naquela noite e que iriam receber um par de novos hóspedes: os dois Sombras iriam morar na mansão.

Beleza. Em face à inquietação da aristocracia e ao atentado contra Wrath? Nada melhor do que ter aqueles dois assassinos debaixo do teto. Junto aos modos afetados de Lassiter, isso significava que o Rei dispunha de um trio com habilidades extras para protegê-lo.

Com um pouco de sorte, Trez e iAm se tornariam hóspedes permanentes.

Saindo do quarto, ele correu pelas escadas e não se surpreendeu ao encontrar os *doggen* se apressando para arrumar um banquete.

Quanto tempo levaria?, ele se perguntou.

Ah, como ele queria ter algo com que passar o tempo.

Indo até a sala de bilhar, pois sabia que de nada adiantaria abordar Fritz para oferecer ajuda para os preparativos, ele pegou um taco e o triângulo para formação das bolas. Enquanto passava giz na ponta, a campainha da porta da frente tocou.

– Pode deixar – ele exclamou enquanto levava o taco consigo até a tela da câmera de segurança.

Saxton estava ali, parecendo descansado e saudável.

Blay abriu a porta.

– Bem-vindo de volta.

Houve um momento de incerteza, pois não sabiam se se abraçavam ou se cumprimentavam com um aperto de mãos.

– Precisamos parar com essa estranheza – anunciou Saxton. – Venha cá.

– É mesmo, não?

Depois de um abraço rápido, Blay apanhou as malas combinadas da Gucci e os dois subiram o lance de escadas, lado a lado.

– Então, como foi de férias? – Blay perguntou.

– Foi maravilhoso. Fui para a casa da minha tia... aquela que ainda fala comigo, sabe? Ele tem uma propriedade na Flórida.

– Um lugar bem perigoso para vampiros. Não existem muitos porões.

– Ah, mas ela vive num castelo de pedra – Saxton indicou o vestíbulo. – Não como este. As noites são quentes, o oceano é maravilhoso, a vida noturna...

Quando Saxton parou abruptamente, Blay olhou para ele.

– Está tudo bem, sabe. Estou feliz que tenha se divertido. De verdade.

Saxton o observou atentamente e depois murmurou:

– Você também andou ocupado, não?

Maldita coloração de ruivo. Todo rubor ficava evidente e, naquele instante, seu rosto estava em fogo.

Quando viraram à esquerda depois do escritório de Wrath e seguiram pelo corredor das estátuas, Saxton riu de leve.

– Estou feliz por você. E não vou fazer nenhuma pergunta.

Ele sabia o "quem", Blay concluiu.

– Bem. É isso.

– Que tal me pôr a par das novidades? – Saxton sugeriu ao entrarem em seu quarto. – Sinto como se estivesse longe há um século.

– Bem... prepare-se.

Luchas. Trez e iAm. Qhuinn e a iniciação.

Quando Blay terminou de falar, Saxton estava sentado na cama de boca aberta.

– Mas você sabia dessa do Qhuinn, não sabia? – disse Blay ao terminar seu relato.

– Sim, eu sabia – Saxton endireitou a gravata borboleta, mesmo o nó estando perfeitamente simétrico. – E tenho que lhe dizer que, apesar de não saber tudo o que você sabe sobre ele no campo de batalha, tudo o que ouvi sugere que é uma honra digna. Fiquei sabendo que ele teve um papel de muita importância no resgate de Wrath no dia da tentativa de assassinato.

– Ele é corajoso, isso é verdade.

Dentre tantas outras coisas.

Enquanto Blay olhava para o corredor e visualizava aquelas figuras encapuzadas ao redor do seu amigo, tudo em que pensava era... o que diabos vão fazer com ele?

Capítulo 70

Qhuinn não tinha ideia de onde estava.

Antes de saírem do seu quarto, eles lhe deram um manto negro e o instruíram a colocar o capuz, fixar o olhar no chão e manter as mãos cruzadas às costas. Ele não podia falar a menos que o pedissem para falar e deixaram bem claro que o modo como ele agisse seria parte do seu julgamento.

Não podia ser nem cretino nem covarde.

Ele podia fazer isso.

A parada seguinte, depois de descerem a escadaria principal, foi o Escalade de V.; ele soube disso pelo cheiro do tabaco turco e pelo ronco do motor. Trajeto curto, executado lentamente. E depois lhe disseram para sair, o ar frio atingindo-o por debaixo do capuz e pela bainha do manto.

Os pés descalços cobriram um pedaço de terra batida e dura pelo frio, e depois um pedaço mais fofo, sem neve por cima. A julgar pela acústica, ficou claro que eles seguiam por um corredor ou talvez uma caverna...? Não demorou para que o fizessem parar, um tipo de portão foi aberto, e então ele se viu numa descida. Pouco depois, foi parado uma segunda vez, e houve uma espécie de sussurro, como se mais uma barreira fosse desimpedida.

Agora, mármore liso sob seus pés. E ele estava aquecido. Também havia uma fonte suave de luz – luzes de velas.

Deus, seu coração batia rápido em seus ouvidos.

Após alguns metros, ele foi parado novamente e ouviu o som de tecido sendo removido ao seu redor. Os Irmãos estavam retirando os mantos.

Ele quis olhar, ver onde estavam, descobrir o que estava acontecendo, mas não o fez. Como instruído, manteve a cabeça baixa e os olhos no...

Uma mão pesada pousou em sua nuca e a voz de Wrath ecoou no Antigo Idioma:

– *Você não é digno de entrar aqui como está. Acene com a cabeça.*

Qhuinn acenou.

– *Diga que é indigno.*

No Antigo Idioma, ele acatou:

– *Sou indigno.*

Ao seu redor, os Irmãos explodiram no Antigo Idioma, numa discordância que o fez querer agradecer a eles por apoiarem-no.

– *Apesar de ser indigno* – prosseguiu o Rei –, *você deseja tornar-se digno esta noite. Acene com a cabeça.*

Ele acenou.

– *Diga que quer se tornar digno.*

– *Quero me tornar digno.*

Dessa vez, o tremendo grito dos Irmãos foi de aprovação e apoio.

Wrath continuou:

– *Só existe um modo de se tornar digno, e é o modo adequado e próprio. Corpo do corpo. Acene com a cabeça.*

Qhuinn acenou.

– *Diga que quer se tornar corpo do nosso corpo.*

– *Quero me tornar corpo do seu corpo.*

Assim que a voz sumiu, um canto começou a ser entoado, as vozes graves da Irmandade se misturando até formarem um coro perfeito numa cadência perfeita. Ele não os acompanhou, porque não o ordenaram que o fizesse, mas, assim que alguém se postou diante dele, e alguém se colocou atrás, e logo o grupo todo passou a oscilar de um lado para o outro, seu corpo seguiu a liderança deles.

Movendo-se juntos, tornaram-se uma unidade, os ombros largos movendo-se para frente e para trás no ritmo do canto, o peso remexendo nos quadris – a fila começou a avançar.

Qhuinn começou a cantar. Não foi de propósito, apenas aconteceu. Seus lábios se partiram, os pulmões se encheram e a voz acompanhou a dos outros.

No instante em que começou a cantar, começou a chorar.

Ainda bem que estava de capuz.

Por toda a sua vida ele quis pertencer. Ser aceito. Estar entre tantos que eram respeitados. Ele o desejou com tanta avidez que a privação de toda e qualquer união quase o matara – e ele só sobrevivera ao se revoltar contra a autoridade, os costumes, as normas.

Ele nem mesmo se dera conta de ter desistido de um dia encontrar tal comunhão.

E lá estava ele agora, em algum lugar debaixo da terra, cercado por machos que... o escolheram. A Irmandade, os lutadores mais respeitados pela raça, os soldados mais poderosos, a elite da elite... escolhera a *ele*.

Aquilo não era um acidente de nascimento.

Ser considerado uma maldição para acabar sendo acolhido ali, naquele instante? De súbito, ele se sentiu inteiro como nunca antes em sua vida.

De repente, a acústica se alterou, o canto coletivo ricocheteando ao redor, como se tivessem entrado num grande espaço com teto alto.

Uma mão em seu ombro o fez parar.

Em seguida, o coro e o movimento cessaram, os acordes finais de suas vozes sumindo aos poucos.

Alguém o segurou pelo braço e o incitou a avançar.

– Escada – era a voz de Z.

Ele subiu cerca de seis degraus, depois chegou a um patamar. Quando parou, foi com o peito e os dedos dos pés contra o que parecia ser uma parede de mármore do mesmo tipo em que o piso parecia ser feito.

Zsadist se afastou, deixando-o onde ele estava.

Seu coração bateu forte contra o esterno.

A voz do Rei soou forte como um trovão:

– *Quem indica esse macho?*

– *Eu* – Zsadist respondeu.

– *Eu* – Tohr ecoou.

– Eu.

– Eu.

– Eu.

– Eu.

Qhuinn teve que piscar repetidamente enquanto, um a um, os Irmãos se pronunciavam. Cada um dos malditos Irmãos o indicava.

E então foi a vez do último.

A voz do Rei soou alta e clara:

– Eu.

Cacete, ele precisava piscar um pouco mais.

Quando Wrath prosseguiu, a inflexão aristocrática do Antigo Idioma foi acompanhada pela força de um guerreiro:

– Com base no testemunho dos membros reunidos da Irmandade da Adaga Negra, e com base na indicação de Zsadist e Phury, filhos do guerreiro da Adaga Negra Ahgony; Thorment, filho do guerreiro da Adaga Negra Hharm; Butch O'Neal, parente de sangue de minha própria linhagem; Rhage, filho do guerreiro da Adaga Negra Tohrture; Vishous, filho do guerreiro da Adaga Negra conhecido como Bloodletter; e na minha própria como Wrath, filho de Wrath, consideramos o macho diante de nós, Qhuinn, filho de ninguém, uma indicação adequada para a Irmandade da Adaga Negra. E como está em meu poder e juízo fazer tal coisa, e por ser adequado para a proteção da raça, e, além disso, pelas leis terem sido reconstruídas para guarnecer o que é de direito e adequado, eu dispenso toda e qualquer exigência de linhagem. Podemos agora dar início. Virem-no. Dispam-no.

Antes que alguém se aproximasse, Qhuinn aprumou os ombros e conseguiu esfregar os olhos rapidamente, assim voltava a ser um macho quando o giraram e retiraram seu manto.

Qhuinn arfou. Ele estava sobre um tablado, e a caverna que estava diante dele era iluminada por centenas de velas negras, as chamas criando uma sinfonia de luzes suaves e douradas que queimavam em paredes mal cortadas e refletiam o brilho do piso.

Mas não foi isso que chamou a sua atenção: bem diante dele, entre ele e o tremendo espaço bem iluminado, havia um altar.

No centro do qual jazia um crânio.

A coisa devia ser bem antiga, pois o osso não era branco como os dos recém-falecidos, mas trazia uma pátina escurecida de idade, de sacro, de venerável.

Aquele era o primeiro Irmão. Só podia.

Quando seus olhos se desviaram daquilo, ele se viu tomado por admiração: abaixo, olhando para ele, estavam os portadores vivos daquela tradição. A Irmandade estava ombro a ombro, os corpos nus dos guerreiros formando uma incrível parede de pele e músculos, a luz das velas cintilando sobre tanta força e poder.

Tohr segurou o braço de Wrath e conduziu o Rei pelas escadas que Qhuinn acabara de subir.

– Recoste-se na parede e segure as estacas – Wrath ordenou em inglês ao ser acompanhado até o altar.

Qhuinn obedeceu sem hesitação, sentindo as escápulas e o traseiro encostarem na pedra enquanto as mãos seguravam duas protuberâncias firmes em forma de cavilhas.

Quando o Rei levantou a mão, Qhuinn entendeu imediatamente como cada um dos Irmãos conseguira a cicatriz em forma de estrela no peitoral: uma antiga luva de prata estava na mão de Wrath, os espinhos marcando os nós dos dedos do objeto e, dentro do punho, havia o cabo de uma adaga negra.

Com um mínimo de espalhafato, Tohr estendeu o pulso de Wrath por cima do crânio.

– Meu senhor.

Enquanto o Rei aproximava a adaga, as tatuagens ritualísticas que delineavam a linhagem dele foram evidenciadas pela luz das velas – e depois, a lateral afiada marcou a pele.

Sangue vermelho vivo se avolumou e caiu sobre a taça de prata que estava incrustada na base do crânio.

– *Meu corpo* – proclamou o Rei.

Depois de um instante, Wrath lambeu a ferida para fechá-la. E depois, o macho imenso, com seu cabelo escuro longo até a cintura e em bico no alto da testa, e naqueles óculos escuros, foi conduzido até Qhuinn.

Mesmo sem o benefício da visão, Wrath, de algum modo, sabia exatamente onde seus corpos estavam posicionados, onde estava o rosto de Qhuinn, e qual era a altura...

Porque o Rei avançou até a garganta dele. Então, com força brutal, empurrou o rosto de Qhuinn para o lado, expondo-lhe a garganta.

Agora ele entendia para que serviam as cavilhas.

O sorriso cruel de Wrath expunha presas espantosas, do tipo que Qhuinn jamais vira.

– *Seu corpo.*

Com um ataque veloz como a luz, o Rei se segurou sem misericórdia, perfurando a veia de Qhuinn numa mordida brutal e depois tragando uma série de golfadas que eram engolidas uma a uma. Quando, por fim, retraiu os caninos, ele passou a língua sobre os lábios e sorriu como um chefe guerreiro.

E chegou a hora.

Qhuinn não precisou que lhe dissessem para se segurar firme. Abaixando as mãos, travou os ombros e as pernas, pronto para receber.

– *Nosso corpo* – rugiu Wrath.

O Rei não se conteve. Com a mesma acuidade certeira, ele cerrou o punho dentro da luva antiga e socou a coisa no peitoral de Qhuinn, o impacto das juntas com espinhos foi tão grande, que os lábios de Qhuinn se moveram na rajada que emanou de seus pulmões. A visão enxergou uma série de passarinhos por um momento, mas quando voltou, ela focalizou a expressão de Wrath.

Que era de respeito – e ausência absoluta de surpresa, como se Wrath tivesse antecipado que Qhuinn suportaria aquilo como um macho.

E assim continuou. Tohr foi o seguinte, aceitando a luva e a adaga, repetindo as palavras, cortando o braço, sangrando dentro do crânio, atacando a garganta de Qhuinn, depois atingindo com o máximo de sua força. E depois Rhage. Vishous. Butch. Phury. Zsadist.

Ao final, Qhuinn sangrava por causa das feridas no pescoço e no peito, o corpo estava coberto de suor, e o único motivo pelo qual não estava caído no chão eram aquelas cavilhas.

Mas ele não se importava com o que mais lhe fizessem; continuaria de pé não importando o que acontecesse. Desconhecia a história da

Irmandade, mas estava disposto a apostar que nenhum daqueles caras caíra como um saco de batatas durante a iniciação deles – e ele não se importava em ser o primeiro de algumas maneiras, mas não devido à ausência de coragem.

Além disso, até ali, tudo bem. Os outros Irmãos estavam parados adiante, sorrindo de orelha a orelha para ele, como se aprovassem completamente o modo como ele vinha lidando com aquilo – e não é que isso só aumentava a sua determinação?

Com um aceno, como se tivesse recebido uma ordem, Tohr levou o Rei de volta ao altar e lhe entregou o crânio. Erguendo o sangue coletado, Wrath disse:

– Este é o primeiro de nós. Saúde o guerreiro que deu origem à Irmandade.

Um grito de guerra emanou dos Irmãos, a combinação das vozes trovejou pela caverna, e depois Wrath se aproximou de Qhuinn.

– Beba e junte-se a nós.

Entendido.

Com uma força renovada, ele pegou o crânio e olhou bem dentro das cavidades oculares ao levar a taça de prata aos lábios. Abrindo a boca, despejou o sangue pela garganta, aceitando os machos dentro de si, absorvendo-lhes a força... juntando-se a eles.

Ao seu redor, os Irmãos rugiram sua aprovação.

Quando terminou, voltou a colocar o crânio nas palmas de Wrath e limpou a boca.

Uma gargalhada se espalhou pelo peito amplo do Rei.

– Acho que vai querer se segurar nessas cavilhas, filho...

E foi *essa* a última coisa que ele ouviu.

Como um raio vindo dos céus e atingindo-o em cheio na cabeça, uma onda súbita de energia o atingiu, sobrepujando todos os seus sentidos. Ele deu um salto para trás, encontrando as cavilhas e segurando-se a elas bem quando seu corpo foi acometido por uma convulsão...

Ele tinha toda a intenção de permanecer consciente.

Mas, caramba... O redemoinho era poderoso demais.

Enquanto seu corpo tremia, e o coração palpitava, e a mente sibilava como um fogo de artifício, *Bum!*, as luzes se apagaram.

Capítulo 71

– Sola, por que você não me contou que teríamos visita?

Sola fez uma pausa ao colocar a mochila sobre a bancada da cozinha. Embora sua avó estivesse claramente esperando uma resposta, ela não se viraria até que sua expressão não demonstrasse a surpresa que sentia.

Quando estava pronta, virou-se sobre uma bota.

A avó estava sentada na cadeira delicada à mesa, sua roupa de ficar em casa rosa e azul coordenando com os bobes na cabeça e as cortinas floridas logo atrás dela. Aos oitenta anos de idade, ela tinha o rosto graciosamente marcado de uma mulher que vivera no período de treze presidentes, numa Guerra Mundial, e com inúmeras dificuldades pessoais. Seus olhos, contudo, ardiam com a força de uma imortal.

– Quem veio aqui, vovó? – perguntou.

– O homem com o – a avó levantou a mão de juntas grossas e apontou para os bobes – ... cabelo escuro.

Bosta.

– Quando ele veio?

– Ele foi muito gentil.

– Ele deixou um nome?

– Então você esperava por ele?

Sola inspirou profundamente e rezou para que sua postura neutra continuasse a postos, apesar de sua irritação. Inferno, depois de viver anos com a avó era de se esperar que ela já estivesse acostumada ao fato de que a mulher nunca se desviava no que se referia a fazer perguntas.

– Não, eu não estava esperando por ninguém – e a ideia de que alguém aparecera à porta a fez enfiar a mão na bolsa. Havia uma .09 com visão a laser e um silenciador ali...o que era muito bom. – Como ele era?

– Muito grande. Cabelo escuro. Olhos profundos.

– De que cor? – a avó não enxergava muito bem, mas devia se lembrar disso. – Ele era...

– Como a gente. Ele falou comigo em espanhol.

Talvez aquele homem erótico que ela investigara fosse bilíngue. Ou trilíngue, a julgar pelo sotaque estranho.

– Então, ele deixou um nome? – não que isso fosse ajudar. Ela desconhecia o nome do homem que seguira.

– Ele disse que você o conhecia, e que vai voltar para ver você.

Sola olhou de relance para o relógio digital do micro-ondas. Passava pouco das dez.

– Quando ele veio?

– Não faz muito tempo – os olhos da avó se estreitaram. – Você tem visto ele, Marisol? Por que não me contou?

Naquele ponto, tudo escorregou para o português, as falas de sílabas destacadas se sobrepondo, todo tipo de "não estou namorando ninguém" misturado a "por que você não se casa". Elas discutiram aquilo tantas vezes que basicamente retomavam as partes muito bem ensaiadas daquela peça de teatro já ultrapassada.

– Bem, eu gosto dele – anunciou a avó ao se levantar da mesa e bater na superfície com as palmas abertas. Enquanto o porta-guardanapos com sua pilha de *Vanity Fair* dava um salto, Sola quis praguejar. – Acho que você tem que trazer ele aqui para um jantar de família.

Eu até faria isso, vovó, mas não conheço o cara – e o que a senhora acharia se soubesse que ele é um criminoso? Um playboy?

– Ele é católico? – perguntou a avó a caminho da porta.

Ele é traficante de drogas, portanto, se é religioso, tem incríveis poderes de reconciliação.

– Ele parece um bom rapaz – a avó comentou por sobre o ombro. – Um bom rapaz católico – e aquilo foi tudo, por ora.

Enquanto os chinelos se arrastavam escada acima, sem dúvida o sinal da cruz era feito repetidamente pelo caminho. Sola bem conseguia visualizar isso.

Com uma imprecação, baixou a cabeça e fechou os olhos. De certa forma, ela não conseguia enxergar o homem sendo agradável e gentil só porque uma senhora de idade brasileira abrira a maldita porta. Católico, até parece.

– Maldição.

Em retrospecto, quem era ela para ser uma santa? Era uma criminosa. Há diversos anos. E o fato de ela sustentar a si e a avó não justificava tantas invasões de propriedade.

Quem seu homem misterioso sustentava, ela se perguntou quando o cachorro do vizinho começou a latir. Os gêmeos? Eles pareciam *bastante* autossuficientes. Será que ele tinha filhos? Uma esposa?

Por algum motivo, estremeceu.

Cruzando os braços diante do peito, ficou olhando o piso imaculado que a avó limpava todo santo dia.

Pensou que ele não tinha o direito de ir até lá.

Tudo bem, ela fora até a casa dele sem ser convidada, não é mesmo?

Sola franziu o cenho e levantou o olhar. A janela emoldurada pela cortina rosa rendada estava escura porque ela não acendera as luzes de fora ainda. Mas ela sabia que havia alguém ali fora.

E sabia muito bem quem era.

Com a respiração se tornando superficial e o coração começando a bater forte, ela levou a mão à garganta sem nenhum motivo.

Vire, ordenou-se. Fuja.

Mas... ela não fez isso.

Assail não tivera a intenção de ir até a casa da sua ladra. Mas o equipamento de rastreamento ainda estava acoplado ao Audi, e quando ele o informou de que ela havia retornado àquele endereço, viu-se incapaz de não se desmaterializar até ali.

No entanto, ele não queria ser visto. Então, escolheu o quintal dos fundos, e que sorte: quando a ladra entrara na cozinha, ele teve uma visão desobstruída dela, bem como de sua acompanhante.

A humana mais idosa era muito encantadora em seu modo mais ancião, o cabelo enrolado, o roupão vivaz como um dia de primavera, o rosto belo apesar da idade. Ela, porém, não parecia feliz, ao se sentar à mesa e olhar adiante, para o que Assail supunha, fosse a neta dela.

Palavras foram trocadas, e ele sorriu um pouco na escuridão. Havia muito amor entre elas; muito aborrecimento também. Como sempre acontecia com os parentes de mais idade, quer eles fossem humanos ou vampiros.

Ah, como se sentia aliviado em saber que ela não vivia com um macho.

A menos, claro, que aquele com quem ela se encontrara no restaurante também morasse naquela casinha.

Enquanto ele grunhia baixinho no escuro, o cachorro da casa vizinha começou a latir, avisando os humanos sobre aquilo que eles desconheciam.

Um momento depois, sua ladra foi deixada a sós na cozinha com uma expressão tanto de resignação quanto de frustração.

Enquanto ela continuava de pé, com os braços cruzados, balançando a cabeça, ele disse a si mesmo que deveria ir embora. Em vez disso, não foi: atravessou o vidro com a mente, e deixou seu desejo correr solto.

Ela reagiu imediatamente, o corpo delgado se enrijecendo contra a bancada, os olhos seguindo direto para a janela.

– Venha para mim – disse ele para o ar frio.

E foi o que ela fez.

A porta dos fundos rangeu quando ela a abriu com o quadril, forçando a parte inferior a raspar uma porção de neve acumulada no assoalho.

O cheiro dela era a sua ambrosia. E enquanto ele diminuía a distância entre eles, seu corpo foi inundado por um desejo predatório.

Assail não parou até estar a centímetros dela. Tão perto assim, quase peito contra peito, ela era muito menor do que ele; todavia, o efeito que ela surtia nele era monumental. Suas mãos se crisparam, as coxas endureceram, seu coração pulsava com sangue aquecido.

– Não pensei que fosse voltar a vê-lo – ela sussurrou.

O pau dele endureceu ainda mais, só de ouvir a voz dela.

– Parece que temos assuntos inacabados.

Que não envolviam nem dinheiro, nem drogas, tampouco informações.

– Falei sério – ela afastou os cabelos para trás, como se tivesse dificuldade para ficar parada. – Não vou mais espionar. Prometo.

– De fato, você me deu a sua palavra. Mas, ao que tudo leva a crer, sinto falta dos seus olhos sobre mim – o sibilo dela atravessou o ar frio entre eles. – Dentre outras coisas.

Ela desviou o olhar rapidamente. Voltou a fitá-lo.

– Isto não é uma boa ideia.

– Por quê? Por causa daquele humano com quem você jantou?

Sua ladra franziu o cenho, provavelmente pelo uso da palavra "humano".

– Não. Não é por causa dele.

– Então ele não mora aqui.

– Não, somos somente a minha avó e eu.

– Aprovo isso.

– E por que você deveria ter uma opinião quanto a isso?

– É o que me pergunto todos os dias – ele murmurou. – Mas explique, se não é por causa daquele homem, por que não podemos nos encontrar?

Sua ladra empurrou os cabelos sobre os ombros mais uma vez e balançou a cabeça.

– Você... representa problemas.

– E quem diz isso é a mulher que anda sempre armada.

Ela empinou o queixo.

– Você acha que eu não vi aquela adaga ensanguentada no seu hall de entrada?

– Ah, aquilo – ele dispensou o comentário com um aceno da mão. – Eu só estava cuidando de alguns assuntos.

– Pensei que o tivesse matado.

– Quem?

– Mark, o meu amigo.

– Amigo – ele se ouviu grunhir. – Se é que ele é isso mesmo.

– Então, quem você matou?

Assail pegou um charuto para acender, mas ela o deteve.

– A minha avó sentiria o cheiro.

Ele olhou para as janelas fechadas do segundo andar.

– Como?

– Apenas não o faça, por favor. Não aqui.

Com uma inclinação de cabeça, ele cedeu – mesmo que não conseguisse se lembrar de um dia o ter feito em respeito a ninguém.

– Quem você matou?

A pergunta foi feita de modo prático, sem a histeria que haveria de se esperar de uma fêmea.

– Isso não tem nada a ver com você.

– Melhor eu não saber, hein?

Visto que ele era de uma espécie diferente da dela? Ah, sim, de fato.

– Não é ninguém que você um dia fosse conhecer. Eu lhe direi, contudo, que tive meus motivos. Ele me traiu.

– Portanto, mereceu – não era uma pergunta, mas apenas uma declaração de aprovação.

Ele não tinha como deixar de apreciar o modo como ela encarava os fatos.

– Sim, mereceu.

Houve um instante de silêncio, e depois ele teve que perguntar:

– Qual o seu nome?

Ela riu.

– Quer dizer que não sabe?

– Como eu descobriria?

– Bom argumento... E eu lhe direi, se você me explicar o que disse para a minha avó – ela abraçou o torso como se estivesse com frio. – Sabe, ela gostou de você.

– Quem gostou de mim?

– A minha avó.

– E como é que ela me conhece?

Sua ladra franziu o cenho.

– Quando você veio aqui antes. Ela disse que o considerou um bom rapaz, e quer convidá-lo para jantar – aqueles olhos incríveis se voltaram para ele. – Não que eu esteja defendendo isso... Ei, o que foi? Ai!

Assail forçou a mão para que relaxasse, pois nem percebera que segurara o braço dela.

– Eu não vim aqui antes. Tampouco falei com sua avó.

Sua ladra abriu a boca. Fechou-a. Abriu-a novamente.

– Não veio aqui hoje?

– Não.

– Então quem diabos está me procurando?

Enquanto um sentimento avassalador de protegê-la o assolou, suas presas se alongaram e o lábio superior começou a se retrair – mas ele se conteve, refreando a demonstração exterior das suas emoções interiores.

Abruptamente, ele indicou a direção da cozinha.

– Vamos entrar. Agora. E você vai me contar mais a respeito.

– Não preciso da sua ajuda.

Assail a fitou do alto de toda a sua altura.

– Mas você a terá mesmo assim.

Capítulo 72

Trez não estava acostumado a andar de motorista. Gostava de dirigir. De estar no controle. De escolher a direita ou a esquerda. Esse tipo de escolha não constava do cardápio daquela noite, porém.

Naquele instante, ele era apenas um gostosão no banco de trás de uma Mercedes que era do tamanho de uma casa. Na frente, Fritz – esse era o nome dele – dirigia como um morcego saindo do inferno; não exatamente algo que se esperava de alguém que parecia ter uns sete mil anos de idade.

No entanto, visto que Trez ainda se sentia meio estranho após a dor de cabeça da noite anterior, ele achava uma boa ideia ser passageiro num caso como aquele. Mas se ele e iAm iriam morar lá, eles teriam de saber onde ficava a maldita propriedade.

Mas. Que. Merda.

Por algum motivo, seus sentidos captaram uma mudança na atmosfera, algo tintilava nos limites de sua consciência, um aviso. E, vejam só, do lado de fora da janela, o cenário iluminado pelo luar ficou ondulado, com uma distorção vital retorcendo sua visão.

Os olhos verificaram o interior da Mercedes. Tudo estava bem: o couro preto, a costura castanha, a divisória erguida entre os assentos estavam exatamente como deviam estar. Portanto, não era um desajuste dos seus nervos óticos.

Voltando os olhos para o exterior, ele entendeu que a distorção não era fruto de uma névoa. Nem de algum tipo de chuvisco. Não, aquilo não era provocado pelo tempo – era algo completamente diverso... como se o medo tivesse se cristalizado nas partículas do ar, e estivesse provocando a metamorfose do cenário.

Que belo escudo protetor...

E lá estava ele supondo que ele e o irmão eram os únicos com truques escondidos nas mangas.

– Estamos próximos – comentou.

– O que é isso, hein? – iAm murmurou ao olhar para fora da janela.

– Não sei. Mas precisamos conseguir um pouco disso para nós.

Abruptamente, o carro começou a subir, e com a aceleração do Homem Pé de Chumbo, mais parecia que eles subiam uma montanha-russa. No entanto, eles não despencaram uma vez no alto: do nada, uma imensa mansão de pedra se materializou, aparecendo tão repentinamente que Trez segurou o apoio na porta para se preparar para o impacto.

No entanto, o motorista sabia muito bem onde estavam, e qual a distância necessária para fazer o carro parar. Com a habilidade de um dublê de Hollywood, o mordomo girou o volante e pisou nos freios, fazendo-os estacionar entre um GTO que Trez imediatamente cobiçou... e um Hummer que parecia mais uma escultura abstrata do que algo dirigível.

– Talvez ele tenha feito alguma besteira com esse aí – Trez disse causticamente.

Quando as portas foram destrancadas, ele e iAm saíram ao mesmo tempo.

Puxa. Olha só essa casa, Trez pensou ao pender a cabeça para trás e olhar para cima, bem para cima. Em comparação à pilha gigantesca de pedras, ele se sentia do tamanho de um polegar.

Do polegar de uma criança de dois anos de idade.

Pairando bem no alto na noite escura, com gárgulas que observavam do beiral, e um par de alas de quatro andares muito sinistras que se estendiam para os dois lados, a construção parecia exatamente o que você esperaria do lugar em que vivia o rei dos vampiros: assombrada, arrepiante e ameaçadora.

Era a representação do Halloween, só que verdadeiro. As pessoas ali dentro mordiam mesmo, e não só quando lhes pediam.

– Maneiro – elogiou Trez, sentindo-se imediatamente em casa.

– Senhores, entrem, por favor – disse o mordomo amigavelmente. – Eu me empenharei em levar suas malas.

– Não, não – opôs-se Trez, já indo para o porta-malas. – Temos muitas tranq... quero dizer, coisas.

Era difícil se portar mal diante de alguém de fraque.

iAm concordou.

– Podemos fazer isso por você.

O mordomo olhou de um para outro, com um sorriso no devido lugar.

– Por favor, sigam para as festividades, senhores. Nós cuidamos desses assuntos mundanos.

– Ah, mas nós...

– Isto é, não vai ser...

Fritz pareceu confuso, depois, ligeiramente em pânico.

– Por favor, os senhores precisam se juntar aos outros. Eu cuido disto. Esta é a minha função na casa.

A aflição parecia tão despropositada, mas eles não teriam como argumentar sem causar ainda mais problemas; estava claro que o cara teria um chilique se eles mesmos levassem a bagagem até a porta de entrada.

Quando em Roma... Trez concluiu.

– Ok, certo, muito obrigado.

O sorriso agradável e franco reapareceu de pronto.

– Muito bem, senhores! Muito bem, mesmo.

Enquanto o mordomo indicava o caminho para a entrada, como se a imensa porta de catedral fosse um mistério, Trez deu de ombros e seguiu para as escadas.

– Acha que ele vai nos deixar limpar nossas bundas? – perguntou baixinho.

– Só se ele não nos vir ir ao banheiro.

Trez gargalhou e olhou para o irmão.

– Isso foi uma piada, iAm? Hum? Acho que foi...

Depois de dar uma cotovelada no irmão e obter um grunhido como resposta, ele esticou a mão e segurou a maçaneta pesada do portal. Ficou um tanto surpreso em ver que não estava trancado, mas, pensando bem, com... aquela *coisa*... ao redor, quem é que precisaria de chaves? Nenhum rangido ao entrar, e isso não foi nenhuma surpresa. O lugar era bem cuidado em cada centímetro, a neve retirada, sal espalhado no piso para evitar a formação de gelo, tudo absolutamente bem ordenado.

Mas também, com aquele mordomo encarregado? Uma sujeirinha que fosse devia ser uma emergência nacional.

Saindo do frio, ele se viu numa antessala com piso de mosaico e teto alto, de frente para uma recepção que incluía uma câmera de segurança. Ele sabia para que servia aquilo – e enquadrou a cara bem no campo de visão.

No mesmo instante, a porta interna, que se equiparava a de um cofre de banco, se abriu.

– Olá! – uma fêmea exclamou. – Vocês chegaram.

Trez mal notou Ehlena ao perceber o que estava por trás dela.

– Oi... como é que você está...

Ele não ouviu a resposta dela.

Puxa... vida. Uau... que cores lindas...

Trez nem percebeu que se adiantava, mas foi o que fez... andando em direção à maior maravilha arquitetônica que ele jamais vira. Imensas colunas de malaquita e mármore rosa subindo para um teto mais alto que os céus. Candelabros de cristal e arandelas douradas reluziam. Uma escadaria vermelho sangue tão grande quanto um parque se elevava a partir de um piso de mosaico que parecia a representação... de uma macieira carregada de frutos.

Por mais sombrio que o exterior parecesse, o interior era absolutamente resplandecente.

– Rivaliza com o palácio – iAm murmurou maravilhado. – Oh, olá, Ehlena.

Trez estava vagamente ciente do irmão abraçando a *shellan* de Rehvenge. E também havia outras pessoas por perto, fêmeas em sua maioria, mas ele também reconheceu Blay e um macho loiro junto a John Matthew e, claro, Rehv, que cruzava o piso com a ajuda de sua bengala.

– A festa não é para vocês dois, mas podem fingir que é.

iAm e Rehv se abraçaram, porém, mais uma vez, Trez não estava prestando a mínima atenção.

Na verdade, o arco-íris colorido também desaparecera por completo.

Parada na entrada do que parecia a porta de uma sala de jantar formal, a Escolhida que ele vira na casa de campo de Rehv falava com outra também de manto branco.

A visão de Trez se afunilou nela, seus olhos concentrando-se somente em sua imagem e lá ficando.

Olhe para mim, ele desejou. *Olhe para mim.*

Nesse instante, como se tivesse sentido o comando, a Escolhida olhou em sua direção.

Trez, imediatamente, ficou excitado, o corpo inchando com o desejo de seguir até aquela fêmea, tomá-la nos braços e levá-la para algum canto reservado.

Onde ele poderia marcá-la.

A voz de iAm era exatamente o que ele não precisava ouvir em seu ouvido:

– Ainda não é para o seu bico, irmão.

Ele precisava tê-la, mesmo que isso o matasse.

E se chegasse a esse ponto? Bem, sua vida não era uma festa no momento, era?

Quando Qhuinn recobrou os sentidos, estava deitado no altar. O crânio bem ao lado da sua cabeça, como se o Irmão o estivesse protegendo enquanto ele se recuperava após ter bebido o sangue. Piscando bem os olhos, ele percebeu que fitava um mural de nomes: cada centímetro da imensa pedra de mármore contra a qual estivera apoiado estava gravado com nomes no Antigo Idioma.

Exceto pela parte onde estavam as cavilhas.

Ao se sentar e deixar as pernas penderem, suas costas estalaram e a cabeça rodou um pouco... Esfregando o rosto, ele saiu num pulo e andou para a frente... até poder tocar nas gravuras.

– Você está bem no fim – Zsadist informou atrás dele.

Qhuinn se virou. A Irmandade mais uma vez estava parada embaixo, cada um deles sorrindo como filhos da mãe.

O sotaque de Boston soou:

– É emocionante ver seu nome escrito aí. Você precisa dar uma olhada.

Qhuinn voltou a olhar para frente. Depois de seguir para a direita, no fim, ele encontrou o nome do tira... e depois o seu.

Suas pernas ficaram bambas quando ele se abaixou, ajoelhando diante da fileira precisa de símbolos. Depois olhou para a parede, os nomes individuais desaparecendo, transformando-se num padrão coeso em todo o mármore. Assim como a Irmandade. Não indivíduos, mas um grupo.

E ele era parte daquilo.

Por Deus... ele estava ali.

Qhuinn se preparou para uma experiência transformadora – algo que seguisse a linha de um grande sino ecoando em seu peito "Você pertence"... ou, merda, um simples "Você é o cara" soando em sua mente.

Nada disso aconteceu. Sim, claro, ele estava feliz. Estava orgulhoso, porra. Pronto para sair dali e lutar como um desvairado.

Porém, ao se pôr de pé, ele percebeu que apesar da nova sensação de completude, uma parte sua permanecia separada. Em retrospecto, seus últimos dias foram tremendos – como se o destino tivesse jogado sua vida num liquidificador e estivesse preparando um molho com o seu traseiro.

Talvez fosse porque ele nunca fora muito bom nessa coisa de emoções? E nada mudaria aquilo.

Mas, pelo menos, ele não estava fugindo.

Indo para junto dos Irmãos, ele levou tantos tapas nos ombros e no peito que soube como os atacantes se sentiam no futebol americano depois dos treinos.

Mas logo ele se deu conta... iria para casa encontrar Blay.

Santa Maria Mãe de Deus, roubando uma expressão do tira, ele estava morrendo de vontade de ver o cara. Talvez dar uma escapada e contar o que tinha acontecido, mesmo que provavelmente ele não devesse fazer isso. Talvez subir para o quarto depois que a festa acabasse e... bem, por um tempo...

Ok, agora ele estava ficando excitado.

Rhage lhe lançou seu manto negro de volta.

– Portanto, bem-vindo ao hospício, seu pobre filho da mãe. Está preso a nós pelo resto da vida.

Qhuinn franziu a testa e pensou em John.

– Mas e a minha posição como *ahstrux nohtrum*?

– Já era – V. disse ao se vestir também. – Você é um homem livre.

– Então John sabia?

– Não que você estava recebendo este tipo de promoção. Mas ele foi informado que você já não poderia ser mais o segurança dele – quando Qhuinn tocou a tatuagem debaixo dos olhos, V. assentiu. – É. Vamos ter que mudar isso... É uma dispensa honorável, sabe, não é como uma morte ou demissão.

Beleza. Melhor do que um aviso prévio empurrado contra seu peito ou uma cova rasa.

Enquanto saíam, Qhuinn deu uma última olhada na caverna. Era tão estranho; sim, era a história acontecendo, mas aquilo também parecia o ápice de todas aquelas noites lutando com os Irmãos, uma lógica interna fazendo aquele evento extraordinário parecer... inevitável.

Refazendo o trajeto que percorreram anteriormente, Qhuinn se viu num corredor tomado por prateleiras do chão ao teto superalto.

– Jesus... Cristo... – ele sussurrou ao percebeu todos os jarros dos *redutores*.

Todos pararam.

– Os jarros? – Wrath perguntou.

– É – confirmou Tohr com uma risada. – Nosso garoto parece impressionado.

– E devia mesmo – murmurou Rhage ao ajeitar o cinto do manto. – Somos destemidos.

Múltiplos gemidos. Olhos se revirando.

– Pelo menos ele não veio com um daqueles "Somos incríveis!" – alguém murmurou.

– Esse é Lassiter – foi a resposta.

– Cara, esse filho da mãe tem que parar de assistir a maldita Nickelodeon...

– Dentre outras coisas.

– Foco, gente, foco – Rhage interrompeu. – Podemos ter um momento de seriedade aqui, por favor?

Grunhidos de aprovação substituíram as críticas, os sons se elevando e ecoando entre as lembranças dos seus inimigos mortos.

– Apenas pense – Tohr disse ao passar um braço ao redor dos ombros de Qhuinn –, agora você pode mandar os seus para cá.

– Legal – murmurou Qhuinn ao olhar para os diferentes tipos de contêineres. – Muito legal.

Saíram por portões que tanto eram velhos como pareciam necessitar de um maçarico por umas belas horas para serem transpostos. Depois havia outro obstáculo que foi empurrado, um que, de verdade, parecia a parede de uma caverna e, olhe só, eles saíram de um recesso raso na terra e chegaram ao Escalade. Levou um tempo para atravessarem a floresta, mas no instante em que a mansão pôde ser vista, ele começou a ficar tão excitado que o corpo se adiantou para a beira do banco e a mão procurou a maçaneta da porta.

O SUV mal tinha parado quando ele já estava abrindo a porta e saindo. Risadas emanaram da Irmandade quando eles saíram de modo mais civilizado, seguindo a liderança dele escada acima. No portal de entrada, ele o abriu e se postou no átrio, mostrando o rosto para a câmera de segurança.

Atrás dele, ele ouviu as vozes dos Irmãos...

Seus irmãos, agora. Não eram?

Seus *irmãos* tiravam sarro dele ao se aproximarem, e a porta interna foi aberta por Fritz.

Qhuinn quase derrubou o mordomo quando ele deu um passo para o lado. Muitos rostos sorrindo, as *shellans* da casa, a rainha, *doggens* por todos os lados... iAm, Trez, Rehv e Ehlena...

Ele procurava por cabelos ruivos, vasculhou a sala de jantar, depois olhou para a sala de bilhar. Onde ele est...

Qhuinn parou.

Do lado oposto da mesa de bilhar, no sofá diante da TV montada acima da lareira, Blay e Saxton estavam sentados lado a lado. Os rostos virados um para o outro, um par de gim e tônica nas mãos, os dois pareciam envolvidos numa conversa animada.

De repente, Blay começou a rir, inclinou a cabeça para trás...

E, nesse instante, olhou na direção de Qhuinn.

No mesmo momento, sua expressão endureceu.

– Parabéns!

O som da voz de Layla o confundiu, e ele se virou às cegas, a mente embaralhada de um jeito que não deveria estar: ele sabia o tempo inteiro que Saxton voltaria depois das férias.

– Estou tão feliz por você! – enquanto Layla o abraçava, ele passou os braços ao redor dela automaticamente.

– Obrigado – ele se afastou e passou as mãos pelos cabelos. – Então, como está se sentindo?

– Enjoada e maravilhosa!

Qhuinn se retraiu dentro da própria pele, tentando encontrar alegria pela gravidez.

– Fico feliz. Estou... muito feliz.

Capítulo 73

Sola bateu contra o fogão ao levar o homem para dentro de sua casa. Em seguida, como parte da correção de curso, ela derrubou a cadeira em que a avó estivera sentada – mas, pelo menos, conseguiu reparar nisso segurando-a e sentando-se nela.

– Você também não me disse o seu nome – murmurou, ainda que nomes próprios fossem a última coisa em sua mente.

O homem se juntou a ela do lado oposto da mesa. Seu tamanho imenso e as roupas caras faziam com que tudo ali parecesse frágil, desde a tábua laminada que os separava até as cadeiras e a própria cozinha.

A casa inteira.

Ele esticou a mão por sobre a mesa. Naquela voz grave e carregada de um sotaque divino, ele disse:

– Sou Assail.

– Assail? – cautelosa, Sola esticou a mão, preparada para encontrá-lo no meio do caminho. – Nome diferente...

No instante em que o contato foi feito, um raio subiu pelo braço e terminou em seu coração, acelerando-o, fazendo-a corar.

– Não gosta? – ele sussurrou, como se conhecesse muito bem a reação dela.

Só que ele estava falando do nome, não? Sim, era isso.

– É... inesperado.

– Me diga o seu – ele deu o comando sem soltá-la. – Por favor.

Enquanto esperava, enquanto segurava a mão dela, enquanto respiravam juntos, ela percebeu que, às vezes, havia coisas que eram mais íntimas do que sexo.

– Marisol. Mas as pessoas me chamam de Sola.

Ele ronronou. *Ronronou.*

– Eu a chamarei de Marisol.

E não é que combinava? Deus, aquele sotaque... ele transformara aquilo pelo qual fora chamada a vida inteira num poema.

Sola puxou a mão da dele e a colocou sobre o colo. Mas os olhos continuaram cravados no homem: sua expressão era arrogante, e ela teve a impressão de que se tratava de um defeito inconsciente, que não se relacionava a ela. O cabelo parecia impossivelmente grosso, e, sem dúvida, devia ter recebido algum produto – nada meramente humano poderia manter aquela onda perfeita afastada da testa daquele modo. E o perfume? Esqueça. O que quer que fosse aquilo, ela estava ficando simplesmente embriagada só com o cheiro incrível.

Juntando a boa aparência, aquele corpo e a mente afiada? Ela seria capaz de apostar a casa que a vida dele era conduzida com base no lema "o mundo me pertence".

– Então, fale-me desse seu visitante – ele pediu.

Enquanto aguardava, o queixo dele abaixou e ele a fitou por baixo das pálpebras.

Não era surpresa ele ter matado alguém.

Ela deu de ombros.

– Não tenho ideia de quem seja. A minha avó apenas me disse que um homem de cabelos escuros e olhos profundos... – ela fez uma careta, notando que as íris dele eram sempre de uma cor de luar, do tipo de coisa que parecia impossível na natureza. Lentes de contato? – Ela... Hum, ela não mencionou nenhum nome, mas ele deve ter sido educado, senão eu teria ouvido um belo sermão e muito mais. Ah, e ele conversou com ela em espanhol.

– Alguém poderia estar atrás de você?

Sola meneou a cabeça.

– Nunca menciono esta casa, jamais. A maioria das pessoas sequer sabe meu verdadeiro nome. Foi por isso que pensei que fosse você, quem mais... Quero dizer, ninguém mais veio aqui a não ser você.

– Não há ninguém em seu passado?

Expirando longamente, ela olhou pela cozinha; depois pegou os guardanapos e os rearranjou.

– Não sei...

Com a vida que ela levava? Podia ser qualquer pessoa.

– Você tem alarme de segurança aqui? – ele perguntou.

– Sim.

– Você tem que considerá-lo perigoso até que se prove o contrário.

– Concordo – quando o homem, isto é, Assail, colocou a mão dentro do casaco, ela balançou a cabeça. – Nada de charutos. Já disse que...

Ele fez um gesto exagerado ao retirar uma caneta dourada e mostrá-la. Depois, pegou um dos guardanapos que ela acabara de ajeitar e escreveu um número de sete algarismos.

– Você vai me ligar se ele voltar – ele passou o quadrado de papel pela mesa, mas manteve o indicador apoiado sobre os números. – E eu cuidarei disso.

Sola se levantou tão rápido, que a cadeira gemeu. Imediatamente, ela olhou para o teto. Quando nenhum som veio de cima, ela se lembrou de fazer menos barulho.

Caminhou até o fogão. Depois voltou. Foi até a porta de trás que dava para a varanda. Voltou novamente.

– Escute aqui, eu não preciso de ajuda. Agradeço...

Ao se virar para voltar para junto do fogão novamente, ele estava bem diante dela. Arfando, ela deu um pulo para trás – nem o ouvira se mexer...

A cadeira dele estava na mesma posição de quando ele esteve sentado. Não como a dela, empurrada de lado.

– O que... – ela se calou, a mente rodopiando. Por certo ela não lhe perguntaria *o que* ele era...

Quando ele esticou a mão e amparou seu rosto, ela soube que teria dificuldades para dizer não para o que quer que ele sugerisse.

– Você vai me ligar – ele ordenou – e eu virei até você.

As palavras foram tão lentas que quase se deturparam, a voz grave... tão grave...

O orgulho formou um protesto em sua mente, mas sua boca se recusou a dizê-lo.

– Está bem – ela disse.

Agora ele sorria, os lábios se curvando para cima. Deus, os caninos dele eram bem afiados, e mais longos do que ela se lembrava.

– Marisol – ele ronronou. – Um lindo nome.

Enquanto ele começava a se inclinar sobre ela, a pressão sutil em sua mandíbula levantava-lhe o queixo. Ah, não, não, não, ela não podia estar fazendo aquilo. Não naquela casa. Não com um homem como aquele...

Que seja. Com um suspiro de rendição, ela fechou os olhos e levantou a boca para aceitar a dele...

– Sola! Sola, o que você está fazendo aí embaixo?!

Os dois ficaram imóveis e, no mesmo instante, Sola se viu com treze anos novamente.

– Nada! – respondeu alto.

– Quem está com você?

– Ninguém... É a televisão!

Três... Dois... Um...

– Isso não parece a TV!

– Vá – ela sussurrou ao empurrá-lo pelo peito largo. – Você tem que ir embora agora.

As pálpebras de Assail se abaixaram.

– Acho que quero conhecê-la.

– Não quer, não.

– Quero...

– Sola! Estou descendo!

– Vá – ela sibilou. – *Por favor.*

Assail passou o polegar por baixo do lábio inferior dela e se inclinou, falando diretamente ao seu ouvido:

– Tenho planos para retomar isto do ponto em que fomos interrompidos. Só para você saber.

Virando-se, ele se moveu com frustrante lentidão até a porta. E enquanto os chinelos da avó se aproximavam pela escada, ele ainda teve tempo de olhar para trás enquanto abria a porta.

O olhar ardente percorreu-lhe o corpo.

– Isso entre mim e você não acabou.

E logo ele se foi, graças ao bom Deus.

A avó fez a curva no segundo seguinte à tela da porta exterior voltar ao seu lugar.

– E então? – ela disse.

Sola olhou de relance pela janela além da mesa, certificando-se de que ainda estava escuro do lado de fora. Sim. Tudo bem.

– Viu? – disse ela, abrindo os braços para mostrar a cozinha vazia. – Não há ninguém aqui.

– A televisão não está ligada.

Por que, oh, por que sua avó não tinha a graciosidade de ficar de miolo mole como tantos outros anciões?

– Eu a desliguei porque ela estava incomodando a senhora.

– Ah – olhos cheios de suspeita vasculharam o cômodo.

Merda. Havia neve derretida no linóleo onde eles estiveram.

– Venha – disse Sola ao girar a senhora para o outro lado. – Chega de aventuras por uma noite. Vamos nos deitar.

– Estou de olho em você, Sola.

– Eu sei, vovó.

Enquanto subiam juntas, uma parte sua continuava intrigada com a pessoa que fora procurá-la e com o motivo da visita. E a outra metade? Bem, essa parte ainda estava na cozinha, prestes a beijar aquele homem.

Provavelmente foi muito melhor terem sido interrompidos.

Ela tinha a distinta impressão que seu protetor... também era um predador.

O telefonema que Xcor vinha aguardando chegou na hora mais oportuna. Ele acabara de perseguir e matar um assassino solitário debaixo das pontes do centro da cidade, e limpava sua adorada, o sangue negro na lâmina de sua foice saindo com facilidade enquanto ele passava um pedaço de camurça de cima a baixo.

Ele colocou sua fêmea de volta nas costas, e só depois pegou o celular. Ao responder, olhou para seus lutadores que se reuniram e conversavam sobre as lutas da noite no vento frio.

– Quem fala é Xcor, filho de Bloodletter?

Xcor cerrou os dentes, mas não se importou em corrigir a imprecisão. O nome de Bloodletter era de valia para a sua reputação.

– Sim. Quem é?

Houve uma longa pausa.

– Não sei se devo lhe dizer.

O tom era aristocrático e também lhe informava a identidade daquele que lhe telefonara.

– Você é associado de Elan.

Outra longa pausa e, pelos deuses, aquilo testava a sua paciência. Mas aquela era outra coisa que manteria para si.

– Sim, sou. Soube da novidade?

– Sobre?

Quando um terceiro momento de silêncio se fez, ele soube que aquilo demoraria um pouco. Assobiando para seus soldados, indicou que eles deveriam prosseguir para o arranha-céu deles, a alguns quarteirões dali.

Um momento depois, ele estava no telhado, as rajadas de vento tão mais fortes no ponto elevado de sua preferência. Uma vez que a ventania impedia a conversa, ele se refugiou no abrigo de algo mecânico.

– Novidade a respeito de quê? – ele instigou.

– Elan está morto.

Xcor expôs os dentes e sorriu.

– De fato.

– Não me parece surpreso.

– Não estou – Xcor revirou os olhos. – Ainda que esteja desolado.

O que era verdade: foi como perder uma arma útil. Ou, mais precisamente, uma chave de fenda. Mas essas coisas podem ser substituídas.

– Sabe quem foi o responsável? – o outro exigiu saber.

– Bem, acredito que você saiba, estou certo?

– Foi a Irmandade, claro.

Outro juízo falso, mas, novamente, Xcor achou melhor deixar de lado.

– Diga-me, está esperando que o *ahvenge*?

– Isso não me diz respeito – a fala afetada sugeria que o macho estava mais preocupado em não se deparar com o mesmo destino. – A família dele cuidará das remediações.

– Como de direito – quando nada mais foi dito, Xcor entendeu o que era esperado e necessário. – Posso lhe garantir duas coisas: a minha confidencialidade e a minha proteção. Deduzo que estivesse presente na reunião na casa de Elan no outono. Minha oposição ao Rei não mudou e estou deduzindo que este telefonema o coloque numa posição favorável a mim. Estou correto?

– Não busco poder político nem social.

Tolice.

– Claro que não.

– Estou... preocupado com o futuro da raça e Elan e eu concordávamos nisso. No entanto, eu não estava de acordo com a tática proposta. Homicídios são muito perigosos e, no fim, podem não resultar no que se deseja.

Au contraire, Xcor pensou. Uma bala na cabeça resolve muitas coisas...

– A lei é o meio para derrubar o Rei.

Xcor franziu o cenho.

– Não entendo.

– Com todo o respeito, a lei é mais forte que a espada. Parafraseando um ditado humano.

– As suas referências oblíquas são um desperdício de palavras comigo. Seja mais específico, se não se importar.

– As Leis Antigas suprem o poder que Wrath exerce. Elas explicam detalhadamente o domínio unilateral que ele tem sobre tudo o que diz respeito às nossas vidas e à nossa sociedade, concedendo-lhe rédeas soltas para que ele aja como quiser, sem ter que explicar nada a ninguém.

Motivo pelo qual Xcor desejava o posto, muito obrigado.

– Prossiga.

– Não existem restrições para o que ele pode fazer, que caminhos pode tomar... Na verdade, ele também pode mudar as Leis Antigas caso queira, e alterar a estrutura das nossas tradições e fundamentos.

– Estou bem ciente disso – consultou o relógio. Desde que não ficasse preso ali ao telefone pelas duas horas seguintes, haveria ainda muito tempo para lutar. – Talvez queira marcar um encontro para conversarmos amanhã à noite...

– Porém, existe um embargo.

Xcor ficou intrigado.

– Embargo?

– Ele deve ser capaz de procriar, e eu cito exatamente, "um herdeiro de sangue puro".

– E como isso é relevante? Ele já está vinculado e, sem dúvida, no futuro...

– A *shellan* dele é mestiça.

Foi a vez de Xcor se calar – e o conselheiro de Elan se aproveitou desse silêncio.

– Sejamos bem francos um com o outro. Existe sangue humano na espécie. Ninguém pode dizer ser absolutamente de "sangue puro". Há, porém, uma diferença vital entre um civil se misturando ao material genético humano e o Rei procriar um filho cuja mãe é mestiça... referido filho que herdará o trono após a sua morte.

Throe apareceu ao lado do motor do sistema de aquecimento e refrigeração.

– Tudo bem? – perguntou baixinho.

Xcor abafou o telefone com a mão.

– Leve os outros para as ruas. Estarei com vocês em seguida.

– Como preferir – Throe disse com uma breve mesura.

Enquanto o lutador se afastava, o aristocrata do outro lado continuava:

– Existe ansiedade entre os membros da classe dominante, como você bem sabe. E eu acredito que se alguém abordar essa questão, ela será muito mais eficiente em demover Wrath, filho de Wrath, do que qualquer atentado à sua vida. Ainda mais depois de ele ter feito a demonstração de poder na reunião do Conselho da noite passada.

De fato, muitos se apavoraram e se mostraram submissos em seguida, seus desejos subjugados pela força física, que foi bem férrea.

A mente de Xcor começou a repassar todas as possibilidades.

– Portanto, diga-me, cavalheiro, segundo seu parecer, quem deverá sucedê-lo, o senhor?

– Não – foi a resposta cortante. – Sou advogado e, como tal, valorizo a lógica acima de tudo. Neste clima de inquietação e guerra, somente um soldado poderia, e deveria, liderar a raça. Elan era um tolo com suas ambições, e você vinha tirando vantagem disso. Sei disso porque o observei na casa dele naquela noite durante o outono, você o colocou onde ele queria estar, mesmo ele acreditando que fosse o contrário. Quero mudanças, sim. E estou preparado para fazer isso acontecer. Porém, não tenho ilusões quanto à minha utilidade e não tenho interesse algum que o destino de Elan se torne o mesmo que o meu.

Xcor se voltou na direção do topo daquela montanha.

– Nenhum rei foi destronado dessa maneira.

– Nenhum rei jamais foi destronado.

Bela observação.

Enquanto ele fitava para o nordeste, onde uma estranha perturbação no cenário estava localizada, ele pensou no Rei com sua rainha... e na Escolhida grávida.

Houve um tempo em que ele preferiria o caminho mais sangrento, aquele que seria marcado com a satisfação de arrancar o trono de um moribundo Wrath. Mas aquela guerra de palavras era... mais segura. Para a sua fêmea.

A última coisa que ele queria era atacar o lugar em que ela comia, no qual ela dormia... onde seu estado era tratado.

Fechando os olhos, ele balançou a cabeça para si mesmo. Ah, como ele caíra... no entanto, ainda se ergueria, jurou.

– Como sugere que procedamos? – perguntou asperamente.

– Secretamente, a princípio. Preciso organizar os precedentes de modo que o "sangue puro" tenha sido mencionado em casos levados adiante para decisões. A vantagem é que existe discriminação contra os humanos há tempos, e ela era ainda pior no passado... quando era o pai de Wrath despachando proclamações e interpretando as leis. Essa será a chave. Quanto mais forte o precedente, mais bem-sucedido isto será.

Quanta ironia. A interpretação do próprio pai de Wrath seria a responsável pela derrocada do filho.

– O nosso problema será o próprio Rei. Ele tem que permanecer vivo... e não pode reconhecer a fraqueza inerente em seu reino para tentar consertá-la antes que possamos apresentar essa questão.

– Você enviará um e-mail para um associado meu com as passagens relevantes e depois se encontrará comigo.

– Isto levará alguns dias.

– Entendido. Mas espero que me ligue imediatamente.

Enquanto nomes eram trocados, e Xcor dava o endereço de e-mail de Throe, ele começou a sentir ânimo. E se aquele macho estivesse certo? O reinado de Wrath terminaria sem mais derramamento de sangue. E, então, Xcor estaria livre para determinar o futuro da raça: até onde ele sabia, Wrath não tinha parentes diretos, portanto, quando fosse deposto, ninguém reclamaria o trono. Ainda que isso não significasse que alguns poderiam se prontificar sabe-se lá de onde.

No entanto, ele saberia lidar com intrusos. E com o apoio do Conselho? Ele era capaz de apostar que seria um líder populista – desde que todos andassem na linha.

Wrath não era o único que poderia mudar as leis.

– Não perca tempo com isso – disse Xcor. – Você tem uma semana. Não mais do que isso.

A resposta que lhe foi dada foi gratificante:

– Agirei com a maior rapidez.

E ora se aquele não era um modo adorável de encerrar uma ligação.

Capítulo 74

O túnel que ligava a mansão ao centro de treinamento era fresco, tranquilo, com luz suave.

Ao passar por ele, Qhuinn estava sozinho e contente por isso. Nada pior do que estar cercado por pessoas felizes quando você se sente morto por dentro.

Quando chegou à porta que dava para o fundo do armário do escritório, ele digitou um código, esperou até que a tranca abrisse, depois empurrou a porta para entrar. Uma passada rápida em meio a papéis e canetas, e por meio de outra porta, e ele dava a volta em uma mesa. Logo em seguida, estava no corredor diante da sala de levantamento de pesos, mas ele não estava em busca de se exercitar. Depois do que a Irmandade lhe fizera, ele se sentia duro e dolorido – especificamente nos braços, graças à força empregada para se sustentar agarrado àquelas cavilhas.

Caramba, as mãos ainda estavam dormentes e, quando as flexionou, soube o que era artrite pela primeira vez na vida.

Seguindo em frente, parou novamente ao chegar à área da clínica. Quando foi ajeitar as roupas, percebeu que ainda vestia somente o manto.

Não voltaria para se trocar, isso era certo.

Batendo à porta da sala de recuperação, ele chamou:

– Luchas? Está acordado?

– Pode entrar – foi a resposta rouca.

Ele teve que se preparar antes de entrar. E ficou contente por ter feito isso.

Deitado na cama com a cabeceira erguida, Luchas ainda parecia estar à beira da extinção. O rosto do qual Qhuinn se lembrava como sendo inteligente e jovem estava marcado e austero. O corpo, dolorosamente magro. E aquelas mãos...

Jesus Cristo, as mãos...

E ele achava que as suas doíam um pouco?

Pigarreou antes de falar:

– Oi.

– Olá.

– Então... hum... Como você está?

Que pergunta... O cara estava diante de semanas de recuperação na cama, e depois meses de fisioterapia – e teria sorte se um dia voltasse a segurar uma caneta.

Luchas fez uma careta ao tentar dar de ombros.

– Estou surpreso por você ter vindo.

– Bem, você é o meu... – Qhuinn se deteve. Na verdade, o cara não era mais um parente seu. – Quero dizer...

Luchas fechou os olhos.

– Sempre fui e sempre serei sangue do seu sangue. Nenhum pedaço de papel pode mudar isso.

Os olhos de Qhuinn pousaram para a mão com o anel de sinete.

– Acho que nosso pai discordaria disso.

– Ele está morto. Portanto, a opinião dele já não é mais relevante.

Qhuinn piscou.

Quando ele não disse nada, Luchas abriu os olhos.

– Você parece surpreso.

– Sem querer ofender, mas jamais pensei ouvir o que acaba de sair dos seus lábios.

O macho indicou o corpo alquebrado.

– Eu mudei.

Qhuinn se esticou para pegar uma cadeira; enquanto se acomodava, esfregou o rosto. Fora até ali porque visitar seu antes supostamente irmão morto era a única desculpa remotamente aceitável para sair de uma festa em sua homenagem.

E passar a noite vendo Blay e Saxton juntos? Isso não iria acontecer.

Só que agora que estava ali, ele não se achava capaz de sustentar qualquer tipo de conversa.

– O que aconteceu com a casa? – perguntou Luchas.

– Hum... nada. Quero dizer, depois... do que aconteceu lá, não a reivindicaram, e eu não tinha direito a ela. Quando ela passou para Wrath, ele a devolveu para mim, mas veja, ela é sua. Nunca entrei lá desde que fui expulso.

– Eu não a quero.

Ok, *isso* era uma surpresa. Enquanto crescia, seu irmão falava sem parar de tudo o que queria conquistar quando ficasse mais velho: a educação, a proeminência social, assumir do ponto em que o pai deixaria tudo.

Ele renegando aquilo era como alguém recusar um trono: inimaginável.

– Você já foi torturado? – Luchas murmurou.

A infância dele lhe veio à mente. Depois, a Guarda de Honra. Mas de jeito nenhum ele mencionaria nada daquilo.

– Já levei umas surras, sim.

– Aposto que sim. O que acontece depois?

– Como assim?

– Como você volta ao normal?

Qhuinn flexionou as mãos doloridas, olhando para os dedos perfeitos apesar de todas as dores que sentia. Seu irmão já não conseguiria mais contar até dez. Recuperar-se era uma coisa, mas regeneração era algo totalmente diferente.

– Não existe mais normalidade – ele se ouviu dizer. – Você... meio que... só segue adiante, porque isso é tudo o que lhe resta. A parte mais difícil é ficar perto das pessoas... É como se elas estivessem em outra frequência, mas só você sabe disso. Elas falam de suas vidas e o que há de errado com elas, e você... as deixa falar. É uma linguagem totalmente diferente, e você tem que se lembrar de que só pode lhes responder nesse idioma. É bem difícil se relacionar.

– É, é exatamente isso – Luchas disse devagar. – Você tem razão.

Qhuinn esfregou o rosto de novo.

– Nunca esperei ter nada em comum com você.

Mas eles tinham. E quando Luchas o encarou, aqueles olhos cinza perfeitamente combinados encontraram-se com os ferrados do irmão, e a conexão estava ali presente. Os dois atravessaram o inferno, e aquilo era mais poderoso do que o DNA que partilhavam.

Era tão estranho.

E engraçado; supôs que aquela parecia a noite para ele encontrar uma família em todas as partes.

Exceto onde mais queria.

Enquanto o silêncio se estendia, com nada além dos bipes das máquinas de monitoramento ao lado da cama para romper a quietude, Qhuinn ficou ali por um bom tempo. Ele e o irmão não conversaram muito, e estava tudo bem. Era aquilo o que ele queria. Ele não estava pronto para falar de Layla e do bebê deles, e ele deduzia que Luchas não lhe perguntar a respeito significava alguma coisa. E ele, certamente, não abordaria o seu assunto com Blay.

No entanto, era agradável estar ali sentado com o irmão. Havia algo a respeito das pessoas que cresciam juntas, aquelas com quem você partilhara a infância, as pessoas das quais você não se lembra de um tempo em que não as conhecia. Mesmo que o passado fosse somente uma complicação, conforme envelhece você apenas se sente contente pelos filhos da puta ainda habitarem o seu planeta.

Isso lhe dá a ilusão de que a vida não era tão frágil quanto na realidade é – e, de vez em quando, isso é a única coisa que o faz atravessar as noites.

– É melhor eu ir para você poder descansar – disse, esfregando os joelhos para acordar as pernas.

Luchas virou a cabeça no travesseiro hospitalar.

– Vestido estranho para você, não?

Qhuinn olhou para o manto negro.

– Ah, este trapo velho? Foi a primeira coisa que vi para vestir.

– Parece cerimonial.

– Precisa de alguma coisa? – Qhuinn se levantou. – Comida?

– Estou bem, obrigado.

– Bem, avise se precisar de algo, ok?

– Você é um rapaz decente, Qhuinn, sabia?

O coração de Qhuinn parou e depois bateu forte. Aquela era a frase que o pai sempre usava para descrever cavalheiros... era como um A+ no quesito elogio, o máximo de todos, o equivalente a um abraço de urso e um cumprimento com a palma erguida para um cara normal.

– Obrigado, cara – disse ele, rouco. – Você também é.

– Como pode dizer isso? – Luchas pigarreou. – Como, em nome da Virgem Escriba, pode dizer isso?

Qhuinn exalou fundo.

– Quer saber? Vou te contar como isso é possível. Você era o favorito. Eu, uma maldição. Estávamos em polos opostos na escala em nossa casa. Mas nenhum de nós teve escolha. Você não era mais livre do que eu. Você não teve escolha a respeito do seu futuro. Ele foi determinado no seu nascimento, e de certa forma, os meus olhos... eles foram o meu passaporte para sair da cadeia, porque significava que ele não se importava comigo. Ele acabou comigo? Sim, mas pelo menos eu pude decidir o que queria fazer e para onde queria ir. Você... nunca teve essa possibilidade. Você não passava de uma equação matemática já resolvida quando foi concebido, com todas as respostas predeterminadas.

Luchas fechou os olhos novamente e estremeceu.

– Eu fico lembrando tudo. Todos aqueles anos, desde a minha primeira lembrança... até a última coisa que eu vi naquela noite quando... – ele tossiu um pouco, como se seu peito doesse, ou como se o ritmo do seu coração tivesse vacilado um pouco. – Eu o odiava. Sabia disso?

– Não. Mas isso não me surpreende.

– Não quero voltar para aquela casa.

– Então não precisa. Mas se quiser... eu vou com você.

Luchas voltou a olhar para ele.

– Verdade?

Qhuinn balançou a cabeça. Mesmo não estando com pressa alguma de andar naqueles cômodos e dançar com os fantasmas do passado, ele iria lá se Luchas quisesse.

Dois sobreviventes de volta à cena dos crimes que os definiam.

– Sim, verdade.

Luchas deu um sorriso breve, a expressão em nada parecida com aquela que ele costumava ter. E isso estava ok. Qhuinn preferia essa àquela. Era honesta. Frágil, porém honesta.

– Vejo você em breve – disse Qhuinn.

– Isso seria... muito legal.

Virando-se, Qhuinn empurrou a porta e...

Blay estava à sua espera no corredor, fumando um cigarro enquanto estava sentado no chão.

Enquanto Qhuinn saía pela porta, Blay se pôs de pé e esmagou o Dunhill no copo em que estivera bebendo. Ele não sabia muito bem como o lutador estaria, mas, decerto, não assim: tão tenso e infeliz, apesar da incrível honra que lhe fora concedida. Pensando bem, passar um tempo ao lado do leito hospitalar do irmão não pode ser um evento muito feliz.

E Blay não era estúpido. Saxton estava de volta à casa.

– Pensei que o encontraria aqui – disse, quando o macho nem mesmo lhe disse um oi.

Na verdade, os olhos azul e verde de Qhuinn se ocupavam com o corredor, fitando para tudo quanto é lado, exceto para ele.

– Então... como está o seu irmão? – Blay o instigou a falar.

– Vivo.

Pelo visto aquilo era a única coisa que poderiam desejar por enquanto.

E, ao que tudo levava a crer, essa era a única coisa que Qhuinn estava disposto a dizer. Talvez ele não devesse ter ido até lá.

– Eu... hum... queria lhe desejar parabéns.

– Obrigado.

Ok, Qhuinn ainda não estava olhando para ele. Em vez disso, o cara estava concentrado na direção do escritório, como se, em sua mente, ele já estivesse caminhando para lá e fazendo bom uso daquela passagem no armário cheio de suprimentos de papel do escritório...

O som de Qhuinn estalando as juntas dos dedos era tão alto quanto tiros. Depois ele flexionou as mãos, esticando os dedos, como se eles estivessem doendo.

– Isso é histórico – Blay foi pegar mais um cigarro, mas se conteve. – Uma verdadeira primeira vez.

– Tem havido muito disso por aqui – Qhuinn disse com uma ponta de irritação.

– O que isso quer dizer?

– Nada. Não é nada importante.

Cristo, pensou Blay, ele não deveria fazer aquilo.

– Pode olhar para mim? Isto é, você vai morrer se olhar para mim?

Aqueles olhos descombinados se voltaram.

– Ora, mas eu vi você, pode ter certeza. Acho que o seu macho está em casa. Vai contar para ele que andou me fodendo enquanto ele esteve fora? Ou vai manter esse segredinho sujo? É, pssssiu, não diga nada ao meu primo.

Blay cerrou os dentes.

– Seu santarrão filho da puta.

– Desculpe, mas não sou eu quem tem namorado...

– Vai mesmo ficar aqui fingindo que foi muito franco ao nosso respeito? Como quando Vishous passou por aquela porta – ele apontou o dedo para o outro lado do corredor –, você não pulou como se o seu traseiro estivesse pegando fogo? Quer fingir que esteve todo orgulhoso por estar transando com um cara?

Qhuinn pareceu momentaneamente surpreso.

– Acha que foi por isso? E não, hum, deixe-me pensar, por tentar respeitar o fato de que você estava *traindo* o amor da sua vida!

Àquela altura, os dois estavam com os quadris empinados, as vozes se elevando e sendo transportadas pelo corredor.

– Ah, mas que idiotice! – Blay cortou o ar com a mão. – Isso é uma absoluta cretinice! Veja bem, esse *sempre* foi o seu problema. Você nunca quis sair do armário...

– Sair do armário? Por que, acha que sou gay?

– Você transa com homens! O que acha que isso significa, porra?

– Esse é *você*... *Você* transa com caras. Você não gosta de mulheres e de fêmeas...

– Você *nunca* foi capaz de aceitar quem você é – Blay gritou – porque tem medo do que as pessoas vão pensar! O grande iconoclasta, o senhor Piercing, ferrado pela família! A verdade é que você é um covarde e sempre foi!

A expressão de Qhuinn era de absoluta fúria, a ponto de Blay estar pronto para ser socado – e, inferno, ele queria levar um soco só para poder ter o prazer de esmurrar de volta.

– Vamos deixar as coisas bem claras – Qhuinn bradou. – Você fica com a sua merda do seu lado do corredor. E isso inclui o meu primo e o fato de você o ter traído.

Blay levou as mãos para o alto e teve que se conter antes de sair da própria pele.

– Não suporto mais isso. Não consigo mais fazer isso com você. Parece que passei a vida inteira lidando com as suas merdas...

– Se eu sou gay, por que você é o único macho com quem estive?

Blay parou no ato e só ficou olhando para o cara, com as imagens de todos aqueles homens nos banheiros se infiltrando em sua mente. Pelo amor do que existia de mais sagrado, ele se lembrava de cada um deles, mesmo que, sem dúvida, Qhuinn não se lembrasse. Dos seus rostos. Dos seus corpos. Dos seus orgasmos.

Todos recebendo o que ele desejara tão desesperadamente, e lhe fora negado.

– Como se atreve? – perguntou. – Mas que porra, como se atreve? Ou acha que eu não sei da sua história sexual? Tive que testemunhá-la por muito mais tempo do que eu queria. E, francamente, ela não é tão interessante assim... e nem você é.

Enquanto Qhuinn empalidecia, Blay começou a balançar a cabeça.

– Pra mim já chega. Não aguento mais... O fato de você não aceitar quem você é vai acabar com o que resta da sua vida, mas isso é problema seu, não meu.

Qhuinn praguejou.

– Nunca pensei que eu fosse dizer isso... mas você não me conhece.

– Eu não conheço você? Acho que o problema é outro, idiota. *Você* não *se* conhece.

E com isso, ele esperou algum tipo de explosão, alguma emoção teatral, absurda, excessiva emanando do cara.

Nada.

Qhuinn apenas aprumou os ombros, empinou o queixo e falou de modo controlado:

– Passei o último ano tentando descobrir quem sou, parando de mentir, tentando...

– Então você desperdiçou 365 noites. Mas, como todo o resto a esse repeito, o problema é seu.

Com um xingamento cruel, Blay se virou e começou a se afastar. E não olhou para trás. Não havia motivo. Não havia ninguém no corredor para quem ele quisesse olhar.

Caraca, se a definição de insanidade era fazer a mesma coisa repetidamente à espera de um resultado diferente, então ele perdera o juízo há muito tempo. Para a sua sanidade mental, seu bem-estar emocional e sua vida, ele precisava deixar tudo isso...

Qhuinn o girou, segurando-o pelo braço, o seu rosto furioso bem diante do dele.

– Não me deixe falando sozinho assim.

Blay sentiu uma onda de exaustão assolá-lo.

– Por quê? Porque você tem mais uma coisa para me dizer? Alguma ideia brilhante que acabou de ter a respeito de si mesmo que vai fazer todas as peças do quebra-cabeça se encaixarem? Alguma confissão que vá estabilizar o navio e fazer tudo ficar maravilhoso ao pôr do sol na praia? Você não tem esse tipo de vocabulário, e eu já não sou mais ingênuo.

– Quero que você se lembre de uma coisa – Qhuinn grunhiu. – Tentei fazer com que as coisas entre nós dessem certo. Eu nos dei uma chance.

Blay ficou de queixo caído.

– Você nos deu uma *chance*? Está de *brincadeira* comigo? Acha que fazer sexo comigo para se vingar do seu primo é um relacionamento? Acha que algumas sessões secretas consistem num caso amoroso?

– Era tudo de que eu dispunha – aqueles olhos descombinados perscrutaram o rosto de Blay. – Eu não estou dizendo que foi um tremendo de um romance, mas eu apareci porque eu queria estar com você do modo que fosse possível.

– Bem, parabéns. E agora que nós dois experimentamos, posso lhe garantir, com certeza, que não servimos um para o outro – e enquanto Qhuinn começava a discutir, Blay enfiou a mão no cabelo e quis arrancá-lo. – Preste atenção, se isso o ajudar a dormir durante o dia, e eu custo a acreditar que isso vá incomodá-lo por mais do que uma noite, diga a si mesmo que fez o que era possível, mas que não deu certo. Eu? Eu prefiro a realidade. O que aconteceu entre mim e você é exatamente a mesma coisa que você fez com todos aqueles aleatórios com quem esteve. Sexo... apenas sexo. E agora já chega.

Os olhos de Qhuinn ardiam.

– Você não me entendeu.

– Então você além de estar em negação está se iludindo.

– As pessoas mudam. Não sou mais assim, definitivamente não com você.

Deus... era um triste alívio sentir nada quando aquelas palavras se dirigiram a ele.

– Sabe... houve um tempo em que eu teria caído de joelhos na sua frente ao ouvir algo assim – murmurou. – Mas agora... tudo o que eu vejo é você pulando daquele chão no segundo em que alguém abriu a porta e nos viu juntos. Você diz que essa reação foi por causa de Saxton e do meu relacionamento? Tudo bem. Mas, estou quase certo... não, estou *totalmente* certo de que, se você olhar a fundo, vai descobrir que tem muito mais a ver com você do que com o seu primo. Você se odeia há tantos anos, que não acho que seja possível amar alguém ou sequer entender quem você é. Espero que, um dia, você descubra isso, mas eu não vou fazer parte disso; isso eu prometo.

Qhuinn meneou a cabeça, o franzir em sua testa tão profundo que era como se uma fenda tivesse se aberto entre as sobrancelhas.

– Acho que você já me decifrou direitinho, não?

– Não é tão difícil assim.

– Só para constar, eu estava apaixonado por você.

– Por três dias, Qhuinn. Três dias. Durante os quais houve drama suficiente para tornar *Guerra e Paz* um livro de comédia. Isso não é amor. É um sexo bom como distração para o fato de que a vida é uma merda.

– Eu não sou gay.

– Tudo bem. É bi. Bicurioso. Está experimentando. Tanto faz. Não me importo. Não mesmo. Eu sei quem eu sou e é assim que consigo viver a minha vida. O seu esquema é completamente diferente... e boa sorte com isso. Obviamente, está funcionando *superbem* para você.

Dito isso, ele se afastou novamente.

E, dessa vez... Qhuinn o deixou ir.

Capítulo 75

Uma semana mais tarde...

Nesse meio-tempo, a vida retomou seu curso, Qhuinn pensou ao subir as calças de couro pelas coxas, passar a camiseta pela cabeça e apanhar as armas e a jaqueta.

Deus, ele custava a acreditar que apenas sete noites antes fora iniciado pela Irmandade.

Parecia uma eternidade.

Saindo do quarto, ele passou diante das estátuas de mármore, pelo escritório de Wrath e bateu à porta de Layla.

– Entre.

– Olá – disse ele ao entrar. – Como está?

– Estou ótima – Layla se ergueu um pouco na pilha de travesseiros e esfregou o ventre. – Ou melhor, *estamos* ótimos. A doutora Jane acabou de passar aqui. Os índices estão perfeitos, e eu continuo firme e forte no refrigerante e nas bolachas de água e sal, portanto, estou bem.

– Mas você não deveria comer um pouco de proteína? – merda, ele não queria que aquilo tivesse parecido uma exigência. – Não que eu esteja lhe dizendo o que fazer.

– Ah, não, está tudo bem. Para falar a verdade, Fritz grelhou peito de frango para mim e eu consegui comer, por isso vou tentar fazer isso todos os dias. Contanto que a comida não tenha muito sabor de nada, consigo mantê-la no estômago.

– Precisa de alguma coisa?

Os olhos de Layla se estreitaram.

– Para ser franca, preciso, sim.

– Diga e será seu.

– Fale comigo.

As sobrancelhas de Qhuinn se ergueram.

– Sobre o quê?

– Você – ela emitiu uma imprecação exasperada e jogou de lado a revista que vinha lendo. – O que está acontecendo? Você anda se arrastando por aí, não fala com ninguém, e todos estão preocupados.

Todos. Fantástico. Por que diabos ele não morava sozinho?

– Estou bem...

– Você está bem. Sim, claro.

Qhuinn levantou as mãos num ato de quase submissão.

– Ei, 'pera lá. O que quer que eu diga? Eu me levanto, trabalho, volto para casa... Você está bem e o bebê também. Luchas está se recuperando. Faço parte da Irmandade. A vida é ótima.

– Então por que parece que está de luto, Qhuinn?

Ele teve que desviar o olhar.

– Não estou. Escute, preciso arranjar alguma coisa para comer antes de...

– Vocêaindaquerobebê?

As palavras de Layla saíram tão rápidas que o cérebro dele precisou de um tempo para decifrar o que ela tinha dito. Depois...

– *O quê?*

Quando as mãos dela começaram a se retorcer como sempre fazia quando estava nervosa, ele se aproximou da cama e se sentou. Abaixando a jaqueta e as armas, ele tranquilizou os dedos nervosos dela com os seus.

– Estou *empolgado* com o nosso bebê – a bem da verdade, o bebê dentro dela era a única coisa que o fazia seguir em frente no momento. – Eu já o amo.

Sim. O bebê era o único lugar seguro para depositar o seu coração, no que lhe dizia respeito.

– Você precisa acreditar nisso – ele disse com veemência. – Tem que acreditar.

– Está bem, ok, eu acredito – Layla esticou a mão e acariciou a lateral do rosto dele, sobressaltando-o. – Mas, então, o que foi que o quebrou assim, meu bom amigo? O que aconteceu?

– Apenas a vida – ele sorriu de leve para ela. – Nada demais. Mas não importa o meu estado de humor, você tem que saber que estou com você nisto.

Os olhos dela se fecharam em sinal de alívio.

– Sou muito agradecida por isso. E pelo que Payne fez.

– Assim como Blaylock – ele murmurou. – Não se esqueça dele.

Quanta ironia. O cara o apunhalara no coração, mas também lhe dera um novo.

– Como é? – ela perguntou.

– Blaylock procurou Payne. Foi ideia dele.

– Verdade? – Layla sussurrou. – Ele fez isso?

– É. Tremendo cara. Um verdadeiro cavalheiro.

– Por que você o está chamando assim?

– É o nome dele, não é? – ele lhe deu um tapinha no braço e se levantou, pegando seus pertences. – Vou sair. Como sempre, estou com o meu celular, por isso, ligue se precisar de mim.

A Escolhida pareceu confusa.

– Mas Beth disse que você não estava escalado para o turno de hoje.

Maravilha. Então ele era mesmo um assunto a ser discutido.

– Eu vou sair – e quando ela pareceu prestes a discutir, ele se abaixou para depositar um beijo casto em sua testa, na esperança de apaziguá-la. – Não se preocupe comigo, ok?

Ele saiu antes que ela pudesse lançar novo ataque contra as suas defesas. No corredor, ele fechou a porta e...

Parou de pronto.

– Tohr. Hum... o que foi?

O Irmão estava recostado na porta de Wrath como se o aguardasse.

– Pensei que você e eu tivéssemos discutido a escala ontem à noite.

– Sim, discutimos.

– Então o que há com todas essas armas?

Qhuinn revirou os olhos.

– Veja bem, não vou ficar aqui preso nesta casa por 24 horas. Isso não vai acontecer.

– Ninguém disse que você tem que ficar aqui. O que *estou* lhe dizendo, de irmão para irmão, é que você *não* vai a campo hoje.

– Ah, para com isso...

– Vá ver um maldito filme se quiser. Vá para uma CVS, mas lembre-se de levar as chaves do carro com você desta vez. Vá para um shopping que fique aberto até mais tarde e entregue a sua lista ao Papai Noel, não faz diferença para mim. Mas você *não* vai lutar... E antes que continue a discutir, isso é uma regra para todos nós. Você não é especial. Você não é o único que não vai sair para lutar. Entendido?

Qhuinn resmungou baixinho, mas quando o Irmão levantou a palma, ele a segurou e assentiu.

Enquanto Tohr se afastava rapidamente descendo a escadaria principal, Qhuinn quis disparar a xingar. Uma noite só para si. Eba...

Nada como ter um encontro com sua depressão.

Inferno, talvez ele devesse ir ao cinema, colocar alguns adesivos de reposição hormonal e se alegrar assistindo *A noviça rebelde* pintando as unhas.

Talvez *Flores de aço... Como água para coco...*

Ou seria *Chocolate*?

Pensando bem, talvez fosse melhor simplesmente se dar um tiro na cabeça.

Qualquer uma dessas coisas.

A casa segura da família de Blay ficava no interior, cercada por campos cobertos de neve que ondulavam gentilmente até o limite da floresta. Feita de pedra rolada cor de creme, a casa não era grandiosa, mas muito aconchegante, e a cozinha de última geração era a única coisa moderna na propriedade.

Era lá que sua mãe definitivamente cozinhava o néctar dos deuses.

Enquanto ele e o pai saíam do escritório, a mão relanceou do fogão de oito bocas. Seus olhos estavam arregalados e preocupados enquanto ela mexia a panela de cobre em que derretia queijo.

Sem querer fazer muito estardalhaço sobre o assunto monumental que fora discutido no cômodo perfilado por livros, Blay levantou o polegar na direção dela e se acomodou à mesa de carvalho rústica em um dos cantos.

A mãe levou a mão à boca e fechou os olhos, ainda mexendo na panela enquanto as emoções se avolumavam.

– Ei, ei... – o pai disse ao se aproximar de sua *shellan*. – Psssiuu.

Virando-a para ele, envolveu-a nos braços e a segurou com força. E mesmo assim ela continuou a mexer na panela.

– Está tudo bem – ele a beijou na cabeça. – Ei, está tudo bem...

O olhar do pai o alcançou e Blay teve que piscar rápido. Depois teve que amparar os olhos rasos de lágrimas.

– Gente! Pelo amor da Virgem Escriba! – o homem também fungou. – Meu filho lindo, inteligente, saudável e precioso é gay; não há nada a lamentar!

Alguém começou a rir. Blay acompanhou.

– Não é como se alguém tivesse morrido – o pai ergueu o queixo da mãe e lhe sorriu. – Certo?

– Só estou muito feliz que tudo foi esclarecido e que estamos juntos – disse ela.

O macho se retraiu como se qualquer outro resultado lhe fosse inimaginável.

– A nossa família é forte... não vê isso, meu amor? Mais do que tudo, isto não é um desafio. Não é nenhuma tragédia.

Deus, seus pais eram os melhores.

– Venha cá – o pai o chamou. – Blay, venha aqui.

Blay se levantou e se aproximou. Enquanto os pais o abraçavam, ele respirou fundo e se tornou a criança que um dia fora: a colônia pós-barba do pai ainda tinha o mesmo cheiro, o xampu da mãe o lembrava de uma noite de verão, e o cheiro da lasanha do forno aguçava o seu apetite.

Como sempre.

O tempo era, de fato, algo relativo. Mesmo ele sendo mais alto e mais forte, e depois de tantas coisas terem acontecido, aquela unidade – aquelas duas pessoas – era a sua fundação, sua pedra fundamental, seu nunca perfeito, porém jamais decepcionante, padrão. E, parado ali na proteção de sua família, dos braços amorosos, ele conseguiu se livrar de toda tensão que sentia.

Fora muito difícil contar ao pai, encontrar as palavras, romper a "segurança" que acompanhava o não correr o risco de ter que reformular sua opinião sobre o macho que o criara e o amara como a nenhum outro. Se o cara não o apoiasse, se tivesse escolhido o sistema de valores da *glymera* a respeito do seu autêntico eu? Blay seria forçado a enxergar alguém a quem amava sob uma perspectiva completamente diferente.

Mas isso não acontecera. E agora? Ele se sentia como se tivesse pulado de um prédio... e aterrissado sobre um colchão fofo, seguro e salvo: o maior teste de sua estrutura familiar não só fora passado, mas completamente vencido.

Quando se afastaram, o pai pousou a mão no rosto de Blay.

– Sempre meu filho. E eu *sempre* terei orgulho de chamá-lo de filho.

Quando ele abaixou os braços, o anel de sinete reluziu na luz do teto, o dourado brilhando. O padrão que fora gravado no metal precioso era precisamente o mesmo no anel de Blay – e enquanto ele tracejava os contornos conhecidos, reconheceu que a *glymera* entendera tudo errado. Todos aqueles timbres deveriam ser o símbolo daquele espaço, das uniões que fortaleciam e melhoravam as vidas entrelaçadas, dos compromissos que ligavam mãe a pai, pai a filho, mãe a filho.

Mas, no que muitas vezes se referia à aristocracia, os valores eram mal colocados, baseados no ouro e nas gravações, não nas pessoas. A *glymera* se importava com a aparência das coisas, em detrimento da essência delas. Conquanto as coisas parecessem belas no seu exterior, você poderia muito bem estar quase morto ou completamente desprovido debaixo da superfície que eles estariam em paz com isso.

E no que se referia a Blay? A comunhão era o que importava.

– Acho que a lasanha está pronta – disse a mãe ao beijar os dois. – Por que não arrumam a mesa?

Agradável e normal. Graças a Deus.

Enquanto Blay e o pai se movimentavam pela cozinha, pegando talheres, pratos e guardanapos em tons de verde e vermelho, Blay se sentia meio tonto. Na verdade, havia uma espécie de êxtase em revelar tudo e descobrir, por sua vez, que tudo o que ele mais desejara era o que, de fato, ele tinha.

E, mesmo assim, quando se acomodou um pouco depois, sentiu o vazio que o aguardava em seu regresso, claro como se ele tivesse apenas pisado brevemente numa casa aquecida, mas teria de sair e voltar para o frio.

– Blay?

Ele se sacudiu e pegou o prato cheio de comida caseira que a mãe lhe entregava.

– Hum, parece uma delícia.

– A melhor lasanha do planeta – disse o pai, ao desdobrar o guardanapo no colo e empurrar os óculos para o alto do nariz. – Parte de fora para mim, por favor.

– Como se eu não soubesse que você gosta da parte mais crocante... – Blay sorriu para os pais enquanto a mãe usava a espátula para pegar um dos cantos. – Dois?

– Sim, por favor – os olhos do pai estavam fixos na travessa. – Hum, perfeito.

Por um tempo, não houve outro som que não o deles comendo educadamente.

– Então nos conte, como estão as coisas na mansão? – a mãe perguntou, depois de um gole de água. – Alguma novidade?

Blay exalou fundo.

– Qhuinn foi iniciado na Irmandade.

Queixos caindo.

– Que honra – comentou o pai.

– Ele merece, não? – a mãe de Blay balançou a cabeça, os cabelos ruivos refletindo a luz do teto. – Você sempre disse que ele era um ótimo lutador. E sei como as coisas foram difíceis para ele; como lhe disse na outra noite, aquele garoto partiu meu coração no instante em que o conheci.

Então somos dois, pensou Blay.

– Ele também vai ter um filho.

Ok, nessa hora o pai largou o garfo num acesso de tosse.

A mãe se apressou em bater nas suas costas.

– Com quem?

– Com uma Escolhida.

Silêncio absoluto. Até a mãe sussurrar:

– Bem, isso é demais.

E pensar que ele mantivera o maior dos dramas para si.

Deus, a briga que tiveram no centro de treinamento. Ele a repassou vezes sem conta na cabeça, lembrando cada palavra despejada, cada acusação, cada negação. Ele odiou algumas das coisas que dissera, mas mantinha firme o ponto de vista que estava tentando provar.

Caramba, a forma de ter dito poderia ter sido um pouquinho melhor, porém. Essa parte ele de fato lamentava.

Contudo, não havia como se desculpar. Qhuinn praticamente desaparecera. O lutador nunca mais esteve presente no horário das refeições, e se estava se exercitando, não era durante o horário diurno no centro de treinamento. Talvez ele estivesse se consolando no quarto de Layla. Quem haveria de saber?

Enquanto Blay repetia o prato, pensou em quanto aquele tempo junto à família e a aceitação deles significavam. E se sentiu um cretino de novo.

Deus, perdera a cabeça de tal forma, a ruptura chegando finalmente depois de anos de drama de lá pra cá.

E não havia volta, ele pensou.

Ainda que, na verdade, jamais tivesse havido.

Capítulo 76

– Olá?

Enquanto Sola esperava pela resposta da avó do andar de cima, ela apoiou um pé no degrau de baixo e se inclinou sobre o corrimão.

– Está acordada? Já cheguei.

Olhou para o relógio. Dez da noite.

Que semana... Ela aceitara um trabalho como detetive particular para uma das grandes empresas de advocacia especializada em divórcio de Manhattan, cujo advogado suspeitava que a própria esposa o traía. No fim, a mulher o estava traindo mesmo, com duas pessoas para falar a verdade.

O trabalho levara noites e mais noites, e quando, por fim, ela conseguira entender os detalhes das idas e vindas, pronto, fazia seis dias que estivera afastada.

Porém, esse tempo longe fora bom. E a avó, com quem falara todos os dias, não lhe contara sobre nenhuma outra visita inesperada.

– Está dormindo? – chamou, mesmo sabendo que era estupidez. A mulher já teria respondido se estivesse acordada.

Ao recuar e voltar para a cozinha, seus olhos partiram direto para a janela sobre a mesa. Assail esteve em sua mente sem cessar – e ela sabia que, de certa forma, aquele projeto na Grande Maçã tivera muito mais a ver com colocar uma distância entre eles do que qualquer necessidade premente de ganhar dinheiro ou alavancar a sua carreira como detetive.

Depois de tantos anos cuidando de si e da avó, o modo descontrolado como se sentia ao redor dele não era bem-vindo. Ela não tinha nada a não ser ela mesma naquele mundo. Nunca fora para a faculdade; não tinha pais; e a menos que trabalhasse, ela não teria dinheiro. E também era responsável pela senhora de oitenta anos com contas médicas e mobilidade em declínio.

Quando se é jovem e se vem de uma família normal, é permitido perder a cabeça com um romance fadado ao fracasso porque existe uma rede de proteção.

Naquele caso, Sola *era* a rede de proteção.

E ela rezava para que após uma semana sem nenhum contato...

A pancada veio pelas costas, bem direto na parte de trás da cabeça, o impacto fazendo-a cair de joelhos. Ao bater no piso, ela deu uma bela olhada nos calçados do seu agressor: mocassins, mas não luxuosos.

– Pegue-a – disse um homem em tom baixo.

– Primeiro, preciso revistá-la.

Sola fechou os olhos e ficou parada enquanto mãos ásperas a viravam e a apalpavam, a parca sendo manipulada, a cintura da calça sendo repuxada em seus quadris. A pistola foi confiscada com seu iPhone e a faca...

– Sola?

Os homens ficaram imóveis, e ela lutou contra o instinto para tirar vantagem da distração para tentar assumir o controle da situação. O problema era a avó. O melhor seria fazer aqueles homens saírem da casa antes de machucar a anciã. Sola lidaria com eles para onde quer que a levassem. Mas se a avó estivesse envolvida...

Alguém com quem ela se importava poderia morrer.

– Vamos tirá-la daqui – o da esquerda sussurrou.

Enquanto a suspendiam, ela permaneceu largada, mas entreabriu um olho. Ambos usavam máscaras de esqui com buracos para os olhos e para a boca.

– Sola! O que está fazendo?

Vamos, idiotas, ela pensou enquanto eles brigavam com os braços e as pernas dela. Mexam-se...

Bateram-na contra uma parede. Quase derrubaram um abajur. Praguejaram alto o bastante para permitir que os ouvissem enquanto carregavam o peso morto dela pela sala de estar.

Bem quando ela estava prestes a voltar à vida só para ajudá-los a sair dali, eles chegaram à porta de entrada.

– Sola? Eu vou descer...

Orações se formaram em sua mente, desenrolando-se em conhecidas e velhas palavras de toda uma vida. A diferença nessa recitação era que elas não eram em vão – ela precisava desesperadamente que a avó, pelo menos uma vez, fosse devagar. Para que não chegasse embaixo antes de eles estarem fora da casa.

Por favor, Deus...

O ar frio que a atingiu foi uma boa notícia. Assim como a velocidade súbita com que os homens ganharam ao carregá-la até o carro. Bem como o fato de eles a colocarem no porta-malas sem amarrarem-na nos pés e nas mãos. Simplesmente a jogaram ali e saíram em disparada, os pneus girando em falso sobre o gelo até que a tração fosse conquistada e o movimento para a frente obtido.

Ela não enxergava coisa alguma, mas sentiu as viradas que faziam. Esquerda. Direita. Enquanto ela rolava de um lado para o outro, usou as mãos em busca de algo que pudesse usar como arma.

Sem sorte.

E estava frio. O que limitaria suas reações e força se aquela fosse uma viagem longa. Ainda bem que não tirara a parca.

Cerrando os dentes, ela se lembrou de que já estivera em situação pior.

De verdade.

Merda.

– Prometo não bater.

Enquanto estava na cozinha esperando que Fritz argumentasse, Layla terminava de abotoar o casaco de lã que Qhuinn lhe dera no começo do mês.

– E não vou demorar muito.

– Então eu posso levá-la, senhora – a voz do velho *doggen* se animou, as sobrancelhas brancas e volumosas se erguendo em sinal de otimismo. – Posso levá-la para onde quiser...

– Obrigada, Fritz, mas só vou dar uma volta. Sem destino.

Na verdade, estava ficando louca por ter que ficar em casa, e depois das boas notícias do mais recente exame de sangue da doutora Jane, ela resolvera que precisava sair um pouco. Desmaterializar-se não era uma opção, mas Qhuinn a ensinara a dirigir – e a ideia de se sentar num carro quentinho, sem nenhum lugar para ir... livre e sozinha... parecia o paraíso absoluto.

– Talvez eu deva ligar...

Ela o interrompeu.

– As chaves. Obrigada.

Ao esticar a mão, ela cravou o olhar no mordomo e o sustentou, fazendo a exigência do modo mais gentil, porém firme, que conseguia. Engraçado, houve um tempo, antes da gravidez, em que ela teria cedido e desistido ante o desconforto do *doggen*. Não mais. Estava começando a se acostumar a se defender, a defender o filho e o pai dele, muito obrigada...

Passar pelo inferno de quase perder aquilo que ela tanto queria a redefinira de modos que ela ainda estava tentando compreender.

– As chaves – repetiu.

– Sim, claro, é pra já – Fritz se apressou para a mesinha no fundo da cozinha. – Aqui estão.

Quando ele voltou e lhe apresentou um sorriso tenso, ela pousou uma mão em seu ombro, ainda que isso o embaraçasse ainda mais.

– Não se preocupe. Não vou longe.

– Está com o telefone?

– Sim, estou – ela o pegou do bolso do casaco. – Viu?

Depois de acenar em despedida, ela saiu para a sala de jantar e acenou para a equipe que já preparava o cômodo para a Última Refeição. Cruzando o átrio, ela se viu caminhando mais rápido ao se aproximar da entrada.

Em seguida, ela estava completamente fora da casa.

Do lado externo, parada no alto das escadas, inspirou fundo o ar gélido que era uma bênção, e olhou para a noite estrelada, sentindo uma onda de energia.

Por mais que quisesse sair correndo escada abaixo, no entanto, tomou cuidado ao descer, e também ao cruzar o pátio. Ao dar a volta pela fonte, apertou o botão do controle, e as luzes do gigantesco carro preto piscaram para ela.

Santa Virgem Escriba, permita que a coisa não fique destruída.

Colocando-se atrás do volante, ela empurrou o banco para trás porque, evidentemente, o mordomo fora o último a dirigir. Depois, ao colocar o controle no console e apertar o botão da ignição, fez uma pausa.

Ainda mais quando o motor pegou e começou a roncar.

Estaria mesmo fazendo aquilo? E se...

Detendo aquele espiral, moveu a alavanca próxima à mão direita para cima e olhou para a tela no painel para se certificar de que não havia nada atrás dela.

– Vai ficar tudo bem – disse para si mesma.

Tirou o pé do freio e o carro se moveu lentamente para trás, o que era bom. Infelizmente, ele foi na direção oposta à desejada e ela teve que mover o volante.

– Caramba.

Em seguida, um pouco de ré e primeira marcha, ela pilotando uma série de acelerações e paradas até que a frente circular e ornamentada do carro estivesse apontando para a estrada que descia a montanha.

Uma última olhada para a mansão e ela, a passo de caramujo, descia a colina, mantendo-se à direita conforme ensinado. Ao seu redor, o cenário estava borrado, graças ao *mhis*, e ela estava pronta para se ver livre dele. Visibilidade era algo que almejava desesperadamente.

Quando chegou à estrada principal, ela seguiu para a esquerda, coordenando a virada do volante com a aceleração a fim de demonstrar um pouco de ordem aparente. Em seguida, mas que surpresa, tudo correu muito bem: a Mercedes, ela achava que era assim que o veículo se chamava, era tão firme e confiável que ela quase se sentia à vontade para se recostar e assistir ao filme do cenário que passava ao seu lado.

Claro que a sua velocidade não passava de dez quilômetros por hora.

E o ponteiro do mostrador ia até duzentos e cinquenta!

Humanos tolos e sua velocidade. Pensando bem, se aquele era o único modo como podiam se deslocar, ela entendia o valor da pressa.

A cada quilômetro transposto, ela ganhava confiança. Usando o mapa do painel para se orientar, manteve-se bem distante do centro da cidade e da autoestrada. As terras cultivadas eram uma boa ideia – muito espaço para parar e não muitas pessoas passando, ainda que, vez ou outra, um carro aparecesse no meio da noite, os faróis aumentando e ultrapassando-a.

Demorou um pouco para ela perceber para onde estava indo. E quando percebeu, ordenou-se a dar meia-volta.

Não fez isso.

Na verdade, surpreendeu-se em ver que sabia muito bem para onde estava indo, no final das contas: suas lembranças deveriam ter esmaecido desde o outono, com a passagem dos dias, e esses eventos pareciam obscurecer ainda mais a localização que ela procurava. Nada disso aconteceu. Mesmo a estranheza de estar em um carro e ter que se restringir a estradas não diminuiu o que ela via em sua mente... ou aonde as suas lembranças a estavam levando.

Ela encontrou a campina que vinha buscando vários quilômetros além do complexo.

Estacionando na base, fitou a subida gradual. A grande árvore de bordo estava precisamente onde esteve antes, o seu tronco amplo e os galhos arteriais menores sem nenhuma folha que antes formava um dossel colorido.

Entre um piscar de olhos e o seguinte, ela visualizou o soldado abatido que antes esteve deitado no chão próximo às raízes, lembrando-se de tudo a respeito dele, desde os braços pesados até os olhos azuis-escuros e o modo como ele a recusara.

Inclinando-se para a frente, ela apoiou a cabeça no volante. Bateu uma vez. Repetiu o gesto uma segunda vez.

Não só era insensato encontrar qualquer tipo de galanteria naquela negação, como também muito perigoso.

Além disso, sentir empatia pelo inimigo era uma violação de todo o padrão de comportamento que ela sempre teve para si.

Todavia... sozinha no carro, com nada além dos seus pensamentos com quem discutir, ela descobriu que seu coração ainda estava com o macho que, por todo direito e moral, ela deveria odiar fervorosamente.

Aquela era uma situação muito triste, sim, verdadeiramente triste.

Capítulo 77

Trez ganhou na loteria lá pelas dez e meia da noite.

Ele e iAm receberam quartos um de frente para o outro no terceiro andar da mansão, do lado oposto à suíte restrita que abrigava a Primeira Família. Seus aposentos eram maravilhosos, com banheiros anexos e imensas camas macias, e antiguidades e objetos da realeza em quantidade suficiente para causar inveja a qualquer museu.

Mas o que tornava as acomodações verdadeiramente incríveis era o teto sob o qual estavam.

E não porque as telhas eram uma fortuna que mantinham as forças da natureza do lado de fora.

Inclinando-se para perto do espelho sobre a pia, Trez deu uma ajeitada na camisa de seda preta. Alisou o rosto para ver se o seu barbear fora meticuloso o bastante. Arrumou a cintura das calças pretas.

Relativamente satisfeito, ele concluiu o seu ritual de se vestir. Em seguida, o coldre. Preto, para não aparecer. E o par de .40 que ele portava debaixo dos braços estava bem escondido.

Normalmente ele fazia o tipo jaqueta de couro, mas na última semana vinha usando o casaco de lã de peito duplo que iAm lhe dera há diversos anos. Passando-o pelos braços, ele puxou as mangas, e mexeu os ombros para frente e para trás, até que a costura estivesse bem ajeitada.

Recuando um passo, olhou-se no espelho. Nenhuma evidência de armas. E naquela roupa alinhada, não havia como saber que o seu negócio era lidar com álcool e prostitutas.

Fitando os olhos no espelho, desejou estar num ramo melhor. Algo de mais classe, como... analista político ou professor universitário... ou físico nuclear.

Claro, tudo aquilo era um monte de asneira humana para o qual ele não dava a mínima. Mas, por certo, ganhava do que ele de fato fazia para viver.

Consultando seu relógio Piaget – que não era o que ele usava de costume –, soube que não poderia esperar mais. Foi para o quarto vermelho, com suas cortinas de veludo pesadas e paredes adamascadas de seda, as passadas sem produzir som algum sobre o Bukhara que recobria o piso.

Sim, dada a sua mais recente... predileção... ele gostou de como se sentia naquela decoração, naquelas roupas, com seu modo de pensar.

Claro, a ilusão seria rompida no segundo em que pisasse na boate, mas era ali que a sua aparência contava.

Ou... poderia contar.

Pelo amor de Deus, ele esperava que, por fim, contasse.

A sua Escolhida, aquela que ele conhecera nos Grandes Campos de Rehv, e que vira na noite em que ali chegara, não esteve por perto. Portanto, de certo modo, ele pensou, ao sair do quarto, que toda aquela arrumação não valera de muita coisa.

No entanto, era otimista. Em meio a uma série de conversas orquestradas com diversos membros da casa, ele descobrira que a Escolhida Layla que viera servindo às necessidades de sangue dos caras, não poderia mais fazê-lo por estar grávida.

Evento abençoado esse.

Portanto, a Escolhida Selena...

Selena. Que lindo nome ela tinha...

De qualquer forma, a Escolhida Selena estivera vindo até ali para cuidar desse assunto, e isso significava que, cedo ou tarde, ela teria de voltar. Vishous, Rhage, Blay, Qhuinn e Saxton todos tinham de se alimentar com regularidade, e a julgar pelo modo como os caras vinham lutando nas últimas noites, eles precisariam de uma veia.

O que significava que *ela* teria que aparecer.

Só que... maldição. Ele não poderia dizer que gostava do motivo. A ideia de alguém tomar a veia dela meio que o fazia querer dar uma de Ginsu ou algo semelhante.

Levando-se tudo em consideração, a sua obsessão era um tanto triste, particularmente em sua manifestação: todas as noites durante a última semana, ele se demorou durante a Primeira Refeição, aguardando, parecendo casual, conversando com o maldito Lassiter – que, na verdade, não era um cara tão ruim depois que você o conhecia melhor. A verdade era que aquele anjo era uma fonte de informações sobre a casa e tão ligado na TV que nem parecia se dar conta de quantas perguntas lhe eram feitas a respeito das fêmeas. Do Primale. Se havia algum tipo de relacionamento acontecendo, com alguém além dos casais vinculados.

Parando ao lado do computador, ele desligou o *The Howard Stern Show*, pondo um fim a um novo round de blá-blá-blá; depois saiu do quarto, passando ao lado da parede em arco que se retraía toda vez que Wrath ou Beth queria entrar ou sair dos aposentos privados. Chegando às escadas acarpetadas, apareceu na ponta do corredor das estátuas.

Ou corredor dos caras de bunda de fora, como ele pensava sobre o lugar.

Indo para a direita, passou diante do escritório do Rei, que estava fechado, e desceu a escadaria principal até aquele vestíbulo incrível. No meio do caminho, ele olhou para o relógio, desejando não ter que sair. No entanto, negócios eram negócios e...

Ele estava a meio caminho até o piso de mosaico abaixo quando a fêmea que ele tanto desejava encontrar saiu da sala de bilhar e seguia na direção da biblioteca.

– Selena – ele a chamou, indo até a balaustrada e se recostando em todo aquele ouro.

Enquanto ele olhava por sobre o corrimão, ela levantou a cabeça e seus olhos se encontraram.

Tum. Tum. Tum.

Seu coração era como um canto de guerra dentro do peito, e as mãos automaticamente foram para o casaco, para garantir que a frente continuasse fechada. Afinal, ela era uma fêmea de valor – e ele não queria assustá-la com as suas armas.

Ah, caramba, como ela era linda.

Com o cabelo escuro torcido na altura da nuca e seu manto diáfano cobrindo o corpo, ela era preciosa e gentil demais para estar perto de qualquer coisa violenta.

Ou algo como ele.

– Olá – ela o cumprimentou com um sorriso delicado.

Aquela voz. Jesus do céu, aquela voz...

Trez desceu correndo.

– Como está? – perguntou quase derrapando ao parar diante dela.

Ela fez uma pequena mesura.

– Muito bem.

– Isso é bom. Muito bom. Então... – merda. – Você vem sempre por aqui?

Ele queria se acertar na cabeça. Aquilo por acaso era um bar? Droga...

– Quando sou chamada, sim – a cabeça dela se inclinou para o lado, os olhos se estreitaram. – Você é diferente, não é?

Ao olhar para a pele escura das mãos, ele sabia que ela não estava se referindo à sua cor.

– Não tão diferente.

Ele tinha presas, por exemplo, que queriam morder. E... outras coisas. Que por acaso poderiam ficar enrijecidas só por estarem na presença dela.

– O que você é? – o olhar dela era firme e determinado, como se o estivesse analisando em algum nível além da audição e da visão. – Não consigo... determinar.

Ela não é para você.

Quando a voz do irmão surgiu, ele a deixou de lado.

– Sou um amigo da Irmandade.

– E do Rei, ou não estaria aqui.

– Isso mesmo.

– Você luta com eles?

– Se eles me chamam.

Agora os olhos dela reluziam com respeito.

– Isso é muito digno – ela se curvou novamente. – O seu trabalho é muito louvável.

O silêncio recaiu sobre eles, e enquanto ele quebrava a cabeça para arranjar alguma coisa, qualquer coisa, ele se lembrou do motivo de toda aquela merda que vinha fazendo. Bem, aquilo ele sabia fazer muito bem sem nenhum tipo de aviso. Agora, conversa educada? Era um tipo de idioma completamente desconhecido.

Deus, ele odiava pensar naquilo perto dela.

– Você está bem? – perguntou-lhe a Escolhida.

E foi nesse instante em que ela o tocou. Esticando a mão, ela a pousou em seu antebraço – mesmo sem ter contato pele a pele, seu corpo sentiu uma ligação se espalhar, os braços e as pernas ficando imóveis, a mente pairando num estado latente, como se estivesse em transe.

– Você é... incrivelmente linda – ele se ouviu dizer.

As sobrancelhas da Escolhida se ergueram.

– Só estou sendo honesto – ele murmurou. – E tenho que lhe dizer... eu venho esperando para vê-la a semana inteira.

A mão dela, aquela que o tocava, retraiu-se e foi para o colarinho do manto, fechando as lapelas.

– Eu...

Ela não é para você.

Enquanto o embaraço dela acabava com ele, Trez baixou as pálpebras, e uma sensação do tipo "que diabos você estava pensando" o atingiu em cheio. Pelo que ele sabia sobre as Escolhidas da Virgem Escriba, elas eram do tipo mais puro e virtuoso de fêmea que havia no planeta. O polo oposto das suas "acompanhantes" mais recentes.

O que ele achava que aconteceria se começasse a passar cantadas nela? Que ela pularia nele, enlaçando-o com as pernas?

– Desculpe – disse ela.

– Não, escute, sou eu quem tem que se desculpar – ele recuou um passo, porque, ainda que ela fosse alta, devia ter um quarto do seu tamanho, e a última coisa que ele queria era que ela se sentisse acossada. – Eu só queria que soubesse.

– Eu...

Maravilha. Toda vez que uma fêmea precisa de tempo para encontrar as palavras certas, você sabe que pisou na bola.

– Desculpe – ela repetiu.

– Não, está tudo bem. Sério – ele levantou uma mão. – Não se preocupe com isso.

– É só que eu...

Amo outra pessoa. Sou comprometida. Não estou nem um pouco interessada em você.

– Não – ele a interrompeu, não querendo ouvir os detalhes. Eles eram apenas vocabulário para o inevitável. – Está tudo bem. Eu entendo...

– Selena – uma voz à esquerda chamou.

Era de Rhage. Merda.

Enquanto a cabeça dela se voltava para aquela direção, a luz atingiu a face e os lábios num ângulo diferente, e ela ficou ainda mais linda, claro. Ele poderia encará-la para sempre...

Hollywood se inclinou para fora do arco da entrada da biblioteca.

– Estamos prontos para você... Ei, oi cara.

– Oi – Trez o cumprimentou. – Tudo bem?

– Ótimo. Só precisamos cuidar de uma coisinha.

Maldito. Bastardo. Cret...

Trez esfregou o rosto. Certo. Ok. Não havia espaço naquela casa imensa para aquele tipo de agressão, ainda mais no que se referia a uma fêmea que ele encontrara apenas duas vezes na vida. Que não queria conhecê-lo. Enquanto ela realizava o seu trabalho.

– Estou de saída – informou ao Irmão. – Volto antes do amanhecer.

– Entendido, cara.

Trez acenou para Selena quando ela começou a se afastar, dirigindo-se para o vestíbulo e desmaterializando até o centro da cidade – que era onde pertencia.

Ele não conseguia acreditar que esperara uma semana por aquilo; e ele devia ter imaginado que terminaria assim.

Sentindo-se um tolo, ele retomou a forma atrás do Iron Mask, nas sombras do estacionamento. Mesmo lá atrás, ele já ouvia a batida grave da música, e ao se aproximar da porta dos fundos, com a tinta descascada e a maçaneta muito usada, ele sabia que seu mau humor era uma complicação com a qual teria de lidar com cautela pelas próximas seis ou oito horas.

Humanos + álcool × desejo de matar = contagem de corpos.

Nada em que ele e seus associados tivessem interesse.

Do lado de dentro, ele foi direto para o escritório e arrancou sua fantasia de Halloween de legitimidade, tirando o casaco chique, bem como a camisa de seda, ficando só de camiseta preta e as belas calças sociais.

Xhex não estava no escritório, então ele apenas acenou para as garotas que estavam se preparando para trabalhar no vestiário e saiu para a terra da grande imundície.

A boate já estava bem cheia, e todos vestiam roupas pretas e justas, cultivando uma expressão de aborrecimento – ambas acabariam se perdendo enquanto o tempo atuava em seus fígados digerindo a mistura de bebidas que ingeriam e as drogas que tomavam.

– Oi, paizinho – uma delas lhe disse.

Olhando para baixo, ele percebeu uma coisinha curvilínea encarando-o. Com os olhos com maquilagem tão preta que ela mais parecia estar de óculos escuros, e um bustiê agarrado, ela mais parecia um animê vivo.

Tédio.

– Eu sou *blá-blá-blá*. Você vem sempre aqui? – ela deu uma chupada no canudo vermelho do drinque dela. – *Blá-blá-blá* estudante universitária *blá-blá-blá* psicologia. *Blá-blá-blá*?

Pelo canto do olho, ele viu parte da multidão se mover, como se estivessem se afastando de um leão de chácara ou, quem sabe, de uma bola de demolição.

Era Qhuinn.

Parecendo tão mal-humorado quanto Trez se sentia.

Trez acenou para o cara, e o lutador retribuiu o aceno enquanto seguia para o bar.

– Uau, você o conhece? – perguntou a estudante universitária. – Quem é ele? *Blá-blá-blá ménage à trois*, quem sabe, *blá-blá-blá*?

Enquanto ela falava como se fosse uma garotinha bem safada, Trez a avaliou de cima a baixo.

Por muitos motivos, o prato de *hors d'oeuvres* sendo oferecido era totalmente impalatável.

– *Blá-blá-bláblábla* – risadinhas. Quadril gingando. – *Blá*?

De modo meio embaçado, Trez estava ciente de sua cabeça se mexendo, e eles estavam se movendo para uma parte escura. A cada passo que dava, outra parte sua se fechava, desligava-se, saía em hibernação. Mas ele não conseguia se deter. Ele era um viciado esperando que a próxima dose fosse tão boa quanto a primeira – e que lhe trouxesse o maldito alívio de que tanto precisava.

Mesmo ele sabendo que isso não aconteceria.

Não naquela noite. Não com ela.

Em nenhuma parte de sua vida.

Provavelmente nunca, jamais.

Mas, às vezes, você simplesmente tinha de fazer alguma coisa, ou acabaria enlouquecendo.

– Diz que me ama? – a garota lhe pediu ao se pressionar contra o corpo dele. – Por favoooor...

– Claro – respondeu ele, meio entorpecido. – Isso mesmo. O que você quiser.

Tanto faz.

Capítulo 78

Xcor cruzou as mãos e as apoiou sobre o tampo lustroso da mesa. Ao seu lado, Throe falava baixo; ele próprio permanecera calado desde que tiraram o peso dos pés naquelas cadeiras combinando.

– Isto parece muito persuasivo – seu soldado virava outra página de uma pilha de documentos que lhe fora oferecida. – Muito persuasivo mesmo.

Xcor olhou para o anfitrião deles, do lado oposto da mesa. O advogado da *glymera* tinha a constituição de um panfleto, tão magro que alguém haveria de imaginar se deitado ele apresentava algum tipo de verticalidade. Ele também se expressava com uma perfeição exaustiva, seus parágrafos verbais em fontes pequenas e repletos de palavras complicadas.

– Diga-me, qual a abrangência deste resumo? – perguntou Throe.

Os olhos de Xcor se fixaram nas estantes. Elas estavam lotadas de volumes de couro, e ele acreditava que o cavalheiro tivesse lido cada um deles. Talvez duas vezes.

O advogado se lançou em mais um cruzeiro bem pensado e articulado na língua inglesa:

– Eu não o teria entregado a vocês dois sem ter me certificado de que todos os esforços tivessem sido...

Em outras palavras, sim, Xcor completou mentalmente.

– O que não vejo aqui – Throe virou mais páginas – é qualquer anotação de uma opinião contrária.

– Isso porque não fui capaz de encontrar nenhuma. O termo "sangue puro" foi usado em apenas dois contextos: no que se refere à linhagem, do filho de um macho ou de uma fêmea de sangue puro, e no da identidade racial. No transcorrer do tempo, houve alguma dissolução da carga genética num âmbito amplo, alguma contaminação por parte dos humanos e, mesmo assim, indivíduos com distante sangue de *Homo sapiens* ainda foram considerados sangue puro pela lei desde que passassem pela transição. Agora, claro, esse não é o caso com o filho de um humano com um vampiro. Isso caracteriza um verdadeiro mestiço. E esses indivíduos, mesmo que sobrevivam à transição, historicamente receberam um tratamento diferenciado pela lei, com menos direitos e privilégios do que os outros civis. A preocupação, portanto, é de que como a *shellan* do Rei é mestiça, existe uma chance de que um filho macho deles possa não sobreviver à transição.

Throe franziu a testa como se estivesse considerando as implicações.

– Mas dentro de 25 anos, saberemos se isso é ou não verdade, e o casal real pode tentar ter mais de um filho.

Xcor interveio acidamente:

– Você está pressupondo que estaremos neste planeta em duas décadas e meia. Neste compasso, já estaremos quase extintos.

– Precisamente – o advogado inclinou a cabeça na direção de Xcor. – Sob uma perspectiva prática, ser um quarto humano pode ser suficiente para impedir que a transição ocorra; houve incidentes documentados disso e estou certo de que Havers poderia nos fornecer mais exemplos. Além disso, existe muito receio entre as pessoas da minha geração de que um filho com um vínculo tão próximo aos humanos de fato possa preferir se casar com uma de sua espécie... Isto é, sair à procura de alguém que não seja da nossa espécie. Nesse caso, nós poderíamos ter uma rainha humana e isso é – o macho meneou a cabeça em sinal de desgosto – absolutamente inadmissível.

– Portanto, existem duas questões aqui – Xcor se recostou e a cadeira rangeu sob o seu peso. – O precedente legal e as implicações sociais.

– De fato – o advogado mais uma vez balançou a cabeça. – E eu creio que os temores sociais podem muito bem ser aproveitados para preencher as áreas cinzentas ao redor da porção relevante da lei no que se refere ao filho do Rei.

– Concordo – Throe disse ao fechar os papéis. – A questão é: como procedemos?

Quando Xcor abriu a boca para falar, uma estranha vibração o perpassou, interferindo em seu processo de pensamento, o corpo se tornando um diapasão em alguma mão invisível.

– Gostaria de rever a documentação? – o advogado lhe perguntou.

Como se ele pudesse, Xcor pensou amargamente. Na verdade, haveria de se imaginar o que o macho letrado pensaria se soubesse que o cabeça era absolutamente analfabeto.

– Já estou convencido – ele se levantou, pensando que talvez uma esticada poderia curar aquilo que o afligia. – E penso que essa informação deva ser partilhada com os membros do Conselho.

– Tenho contatos suficientes para convocar os *princeps.*

Xcor se aproximou de uma janela e olhou para fora, deixando seus instintos soltos. Seria a Irmandade?

– Faça isso – disse ele distraído enquanto o entoar em seu íntimo aumentava, criando uma necessidade impossível de se ignorar...

Sua Escolhida...

A sua Escolhida saíra do complexo e estava perto...

– Preciso ir – disse apressado ao seguir para a porta. – Throe, conclua a reunião.

Houve certa comoção atrás dele, a conversa entre os dois que ficaram para trás, sobre a qual ele pouco se importava. Passando pela porta da frente, ele observou as terras cultivadas ao seu redor...

E localizou o sinal.

Entre um batimento cardíaco e o seguinte, ele desapareceu, o corpo atraído pela fêmea assim como um ladrão moribundo se atraía pela redenção.

No Iron Mask, no centro da cidade, Qhuinn foi até o bar e estacionou numa das banquetas de couro. À sua volta, a música reverberava, e suor e sexo já estavam misturados ao ar quente, fazendo-o se sentir claustrofóbico.

Ou talvez aquilo só estivesse em sua cabeça.

– Faz tempo que não o vejo – a *barwoman*, uma fêmea de boa aparência e de peitos grandes colocou um guardanapo diante dele. – O de sempre?

– Duplo.

– É pra já.

Enquanto esperava que a sua Herradura Selección Suprema chegasse, ele sentia os olhos humanos no clube pairando sobre si.

Sair do armário? Por que, acha que sou gay?

Você transa com homens! O que acha que isso significa, porra?

Balançando a cabeça, ele bem que merecia uma folga: aquela conversa animada vinha martelando em sua cabeça, logo abaixo da superfície do seu consciente, desde que a merda acontecera uma semana antes. De modo geral, ele realizou um excelente trabalho de sublimação. Infelizmente, aquela maré de sorte parecia ter chegado ao fim. Quando sua tequila chegou e ele esvaziou um copo, e depois o outro, ele sabia que não haveria outras distrações em que se apegar, não haveria mais como postergar a introspecção.

Estranhamente – ou talvez nem tanto assim –, ele pensou no irmão. Ainda não contara sobre o bebê a Luchas. Tudo parecia muito tênue. Embora a gravidez estivesse firme e forte, aquilo lhe parecia apenas mais uma camada de drama que o cara não precisaria àquela altura.

Por certo ele não mencionara sua vida sexual e Blay. Primeiro porque seu irmão ainda era virgem – ou era isso o que Qhuinn achava: a *glymera* era muito mais restritiva quanto ao que as fêmeas podiam fazer antes de se vincularem e, mesmo que Luchas tivesse transado com alguma fêmea de modo casual, isso até seria tolerado caso ele não se envolvesse a longo prazo. Porém, todas as alimentações de Luchas depois de sua transição foram testemunhadas, portanto, ali não houve nenhuma oportunidade, e as noites do cara foram sempre muito ocupadas com estudos e aprendizagem e eventos sociais monitorados. Nenhuma chance ali também.

De algum modo, falar sobre tudo o que Qhuinn fizera não lhe parecia apropriado. E também, segundo Blay, nem fora tão interessante assim.

Qhuinn esfregou o rosto.

– Mais duas – pediu.

Enquanto a *barwoman* o atendia prontamente, ele pensou que tinha achado sexo com Blay *muito* interessante. E, na hora, Blay não lhe parecera muito entediado...

Que seja. Voltando a Luchas. Em todas aquelas conversas à beira do leito hospitalar que vinha tendo com o irmão, as fêmeas não foram abordadas – e machos, certamente, não constavam do menu. Antes dos ataques, Luchas fora hetero como o pai, o que significava que a transa era um simples "papai-mamãe" com a fêmea com que se tinha um compromisso para gerar um filho e talvez uma vez ao ano depois de um festival.

Machos, fêmeas, homens, mulheres, em diversas combinações, às vezes em público, raramente na cama? Não era algo sobre o qual Luchas tivesse qualquer tipo de referência.

Quando as Herraduras três e quatro foram colocadas à sua frente, ele acenou um agradecimento.

Buscando bem fundo, mesmo que detestasse tanto essa expressão quanto o seu significado, ele tentou ver se havia mais alguma coisa entre as suas reticências para conversar sobre a sua vida com o membro restante de sua família. Alguma vergonha. Embaraço. Inferno, qualquer tipo de rebelde oculto que ele não desejava infligir ao irmão aleijado...

Qhuinn se retorceu dentro de suas roupas.

Ora, ora. Quer saber? Sendo brutalmente honesto? Sim, ele estava um pouco sensível. Mas por não querer ser visto de maneira estranha por mais um motivo... como seu irmão conservador, provavelmente virgem, sem dúvida pensaria se ele lhe contasse sobre todos os machos e homens.

Era isso.

Sim. Só isso.

Não sei como explicar. Eu só me vejo com uma fêmea a longo prazo.

Ele dissera isso a Blay há um tempo, e falara sério...

Algum tipo de emoção se enroscou em seu íntimo, revirando as coisas lá dentro, rearranjando seu fígado e intestino.

Tentou se convencer de que fosse o álcool.

O medo repentino que sentiu sugeria outra coisa.

Qhuinn engoliu a terceira dose na esperança de se livrar da sensação. E a quarta. Nesse meio-tempo, os rostos, os seios e os sexos de muitas fêmeas e mulheres com que trepara lhe vieram à mente...

– Não – disse em voz alta. – Não, não.

Ah, Deus...

– *Não.*

Quando o cara sentado ao seu lado lhe lançou um olhar estranho, ele se calou.

Esfregando o rosto, ele se sentiu tentado a pedir mais um drinque, mas se conteve. Algo sísmico estava desesperadamente tentando romper à superfície; ele o sentia tremendo na fundação de sua psique.

Você não sabe quem você é, e esse sempre foi o seu problema.

Cacete. Se ele tomasse mais tequila, se continuasse engolindo, se continuasse naquele curso de fuga, o que Blay dissera a seu respeito seria verdade. O problema era que ele não queria saber. Ele simplesmente... não queria... saber...

Não ali. Não agora. Não... nunca.

Praguejando, ele sentiu um gêiser de percepção começar a ferver, algo alto e claro em seu peito ameaçando irromper – e ele sabia que uma vez libertado, não mais voltaria para baixo da superfície.

Maldição. A única pessoa com quem ele queria falar a respeito não estava falando com ele.

Ele deduziu que deveria criar coragem e lidar com aquilo sozinho.

Em certo nível, a ideia de que ele fosse... bem, *você sabe*, usando as palavras que a sua mãe teria dito... não deveria afetá-lo. Ele era mais forte que a condescendência da *glymera* e, merda, vivia num ambiente em que ser gay ou hétero pouco importava: contanto que você conseguisse segurar as pontas no campo de batalha e não fosse um completo idiota, a Irmandade estaria sempre ao seu lado. E o histórico sexual de V., por exemplo? Velas pretas usadas para algo além de fonte de luz no escuro? Inferno, ser ligado em machos era bolinho comparado com esse tipo de coisa.

Além disso, ele não vivia mais na casa dos pais. Aquela não era a sua vida.

Aquela *não* era a sua vida.

Aquela não era a sua vida.

Contudo, enquanto repetia isso para si uma vez atrás da outra, o passado que não mais existia estava logo atrás dele, observando-o por sobre o ombro... julgando-o e considerando-o não só deficiente, não só inferior, mas completa e absolutamente indigno.

Era como a dor do membro amputado: a gangrena se fora, a infecção fora cortada, a amputação completada... mas as sensações horríveis permaneciam. Ainda doíam demais. Ainda o aleijavam.

Todas aquelas mulheres... aquelas fêmeas... o que era a verdadeira natureza da sexualidade, ele se perguntou repentinamente. O que contava como atração? Porque ele quisera transar com elas, e o fizera. Ele as pegara em boates e bares, até mesmo naquela loja no shopping quando foram comprar roupas de verdade para John Matthew depois que ele passara pela transição.

Escolhera as mulheres, em meio a multidões, utilizara algum tipo de filtro que excluía umas e destacava outras. Recebera sexo oral, fizera sexo oral. Pegara-as por trás, de lado e pela frente. Agarrara seus seios.

Fizera tudo isso por escolha própria.

Fora diferente com os caras? E mesmo se tivesse sido, ele tinha de se rotular por causa disso?

E se não se definisse, isso significaria que ele não seria algo que os pais, que estavam mortos e que sempre o odiaram de todo modo, não teriam aprovado?

Enquanto todas essas perguntas surgiram em sua cabeça, bombardeando-o com o exato tipo de autoanálise que sempre excluiu dos seus pensamentos, ele chegou a uma conclusão ainda mais chocante.

Por mais importante que toda aquela merda fosse, por mais que ele estivesse se transformando num Cristóvão Colombo, nada disso se aproximava da questão mais crítica.

Nem de perto.

O problema real que descobrira fez toda aquela merda parecer um passeio no parque.

Capítulo 79

Assail não perdoava xingamentos. Em sua opinião, eles eram vulgares e desnecessários. Dito isso, a semana fora uma merda.

No porão da casa, no cofre, ele e os primos tinham acabado de organizar a bolada dos últimos dias: notas estavam agrupadas em bolos que foram contados, amarrados e separados de acordo com a classe, e o montante era excepcional, mesmo para os seus padrões.

Tudo somado, eles tinham cerca de duzentos mil dólares.

O *Redutor Principal* e seu alegre bando de assassinos vinham fazendo um excelente trabalho.

Ele deveria estar feliz.

Não estava.

Na verdade, ele se sentia um filho da mãe infeliz e o motivo para o seu mau humor o deixava ainda mais irritado.

– Vão até Benloise – disse aos gêmeos. – Peguem a próxima leva de cocaína e voltem aqui para separá-la.

Os gêmeos eram mestres em separar a droga colocando aditivos antes de embalá-la em saquinhos, o que era uma coisa boa. Os assassinos estavam distribuindo três vezes mais drogas do que antes.

– Depois façam a entrega – Assail consultou o relógio. – Está marcada para as três da manhã, portanto, vocês devem ter tempo de sobra.

Levantando-se da mesa, esticou os braços acima da cabeça e arqueou as costas. Seu corpo andava enrijecido nos últimos tempos, e ele bem sabia por quê: estar num estado constante de excitação latente endurecera suas coxas e costas, dentre outras coisas... que se mostraram deveras resistentes à autorregulação.

Depois de anos sem se preocupar muito em cuidar ele mesmo das suas ereções, caíra na rotina de se dar prazer.

E tudo o que isso resultava era em sublinhar aquilo que ele não vinha conseguindo.

Na última semana, ele esperou que Marisol lhe ligasse, ansiou para que o telefone tocasse, e não porque algum desconhecido tivesse aparecido à sua porta. A mulher o desejara tanto quanto ele a desejara, e, por certo, isso levaria a um encontro. Não fora o caso. E o fato de ela ter demonstrado esse tipo de controle com o qual ele vinha se debatendo o fez questionar não só o seu autocontrole, mas também a sua sanidade.

De fato, ele começava a temer que acabasse cedendo antes do que ela.

Saindo do porão, subiu as escadas até a cozinha. A primeira coisa que fez foi pegar o telefone, para o caso de ela ter telefonado ou aquele Audi dela ter finalmente se movido após sete noites sem ir a parte alguma. O maldito veículo permanecera estacionado diante daquela casa desde que ele lhe fizera uma visita, como se, talvez, ela soubesse que ele havia colocado um rastreador nele.

Verificando a tela, viu que alguém lhe telefonara, mas era um número inexistente em sua lista de contatos.

E também havia uma mensagem de voz.

Enquanto a acessava, dirigia-se para à sala em que guardava os charutos. Vinha fumando muito ultimamente, e, talvez, utilizando coca demais. O que era dolorosamente insensato; se alguém já estava irritado e frustrado, acrescentar estimulantes a essa química interna era o mesmo que colocar gasolina no fogo...

– *Hola*. Sou avó de Sola. Estou tentando falar com... Assail... por favor? – Assail ficou imóvel no meio da sala. – Pode ligar de volta? Obrigada...

Com um sentimento de horror, ele interrompeu a mensagem e apertou a tecla para retornar a ligação.

Um toque. Dois toques...

– *¿Hola?*

Na verdade, ele não sabia o nome dela.

– Aqui quem fala é Assail, senhora. A senhora está bem?

– Não, não. Não estou. Encontrei seu número na mesinha de cabeceira dela por isso liguei. Alguma coisa está errada.

Ele segurou o iPhone com mais força.

– Conte-me.

– Ela sumiu. Voltou para casa, mas saiu pela porta logo depois que chegou. Eu a ouvi sair... Só que tudo dela, a bolsa, o carro, está tudo aqui. Eu dormia e ouvi de lá de cima alguém se mexer. Chamei por ela e ninguém respondeu... Depois ouvi um barulho forte, muito forte, e desci. A porta da frente está aberta, e acho que ela foi levada... Não sei o que fazer. Ela sempre me diz que a gente não pode chamar a polícia. Eu não sei...

– Psssiu. Está tudo bem. A senhora fez o que era certo. Vou já para aí.

Assail correu para a porta da frente sem se importar em avisar aos gêmeos; não havia mais nada na sua mente a não ser chegar àquela casinha o mais rápido que podia.

Um segundo foi tudo o que levou para ele se desmaterializar, e enquanto retomava sua forma no jardim da frente, ele pensou que de todos os possíveis cenários em relação ao seu retorno ali, aquele não era um deles.

Como a avó relatara, o Audi estava estacionado na rua no fim da calçada. Bem onde estivera antes. Mas o que se observava? Uma bagunça de pegadas na neve, a trilha cruzando o jardim até a rua num padrão diagonal.

Ela fora sequestrada, Assail deduziu.

Maldição.

Subindo às presas os degraus até a frente, ele apertou a campainha e bateu os pés. A ideia de que alguém levara a sua fêmea...

A porta se abriu e a mulher do outro lado estava visivelmente abalada. E pareceu ainda mais assustada ao erguer os olhos para vê-lo totalmente.

– Você é... Assail?

– Sim. Por favor, deixe-me entrar, e eu a ajudarei.

– Você não é o homem que veio aqui.

– Não o que a senhora viu. Por favor, deixe-me entrar.

Enquanto a avó de Marisol dava um passo para o lado, ela se lamentava:

– Ah, não sei onde ela está. Mãe de Deus, ela sumiu, sumiu...

Ele perscrutou a sala de estar arrumada, e depois foi até a cozinha para olhar pela porta dos fundos. Intacta. Abrindo-a, ele se inclinou para fora. Nenhuma pegada além daquelas deixadas na semana anterior. Fechando e trancando a porta, ele voltou para junto da avó.

– A senhora estava no andar de cima?

– *Sí*. Na cama. Como disse, eu dormia. Eu a ouvi entrar, mas estava meio dormindo, meio acordada. Depois ouvi... o barulho... de alguma coisa caindo. Eu disse que ia descer, e a porta da frente abriu.

– Viu algum carro se afastar?

– *Sí*. Mas de muito longe, não vi a... a placa, nem nada.

– Há quanto tempo?

– Liguei para o senhor uns quinze, vinte minutos depois. Fui para o quarto dela e olhei ao redor... foi aí que eu encontrei o guardanapo com o seu número.

– Alguém ligou?

– Ninguém.

Ele consultou o relógio, e ficou preocupado com a palidez da anciã.

– Aqui, senhora, sente-se.

Enquanto ele a acomodava no sofá florido da sala de estar, ela pegou um lenço delicado e o pressionou aos olhos.

– Ela é a minha vida.

Assail tentou se lembrar como os humanos se dirigiam aos seus superiores.

– Senhora... Hum... senhora...?

– Carvalho. O meu marido era brasileiro. Sou Yesenia Carvalho.

– Senhora Carvalho, preciso lhe fazer algumas perguntas.

– Pode me ajudar? A minha neta...

– Olhe nos meus olhos – quando a mulher o fez, ele disse num tom baixo: – Não há nada que eu não faça para trazê-la de volta. Entende o que estou dizendo?

Enquanto ele enviava a sua intenção no ar entre eles, os olhos da senhora Carvalho se estreitaram. Depois de um momento, ela se acalmou e balançou a cabeça uma vez, como se aprovasse os métodos dele, ainda que existisse uma boa probabilidade de eles serem violentos.

– O que precisa saber?

– Existe alguém que a senhora acredite que possa machucá-la?

– Ela é uma boa menina. Trabalha num escritório à noite. Ela é reservada.

Portanto, Marisol não contara à avó nada do que de fato fazia. Isso era bom.

– Ela tem bens?

– Dinheiro?

– Sim.

– Somos pessoas simples – ela notou as roupas costuradas e feitas à mão dele. – Não temos nada fora esta casa.

De algum modo, ele duvidava disso, mesmo sabendo muito pouco sobre a vida da sua mulher: achava difícil acreditar que ela não tivesse juntado dinheiro fazendo o que fazia, e ela nem tinha de pagar impostos sobre a renda que ganhava com tipos como Benloise.

No entanto, ele imaginava que um telefonema pedindo resgate não seria feito.

– Não sei o que fazer.

– Senhora Carvalho, não quero que se preocupe – ele se levantou. – Cuidarei disso imediatamente.

Os olhos dela se estreitaram novamente, transmitindo uma inteligência que o fez pensar na neta dela.

– O senhor sabe quem fez isso, não?

Assail se curvou num sinal de respeito.

– Eu a trarei de volta.

A pergunta era quantas pessoas ele teria que matar para conseguir isso – e se Marisol estaria viva até aquilo acabar.

Só de pensar que alguém poderia ferir aquela mulher o fez rugir, as presas desceram e a sua porção civilizada se rompeu tal qual a pele de uma cobra.

Enquanto saía da modesta casa, Assail teve a sensação de saber do que aquilo se tratava. E se estivesse certo? Mesmo apenas vinte minutos após o sequestro poderia ser tempo demais.

E, nesse caso, um determinado sócio seu teria de aprender novas lições no que se referia à dor.

E Assail seria o professor desse homem.

Capítulo 80

Layla ficou dentro da Mercedes. Estava quente ali, o banco era confortável e ela se sentia segura dentro do confinamento da gaiola de aço que a envolvia. E ela tinha uma espécie de cenário diante do qual refletir: os faróis iluminavam à frente do carro, os fachos de luz avançando bem em meio à noite.

Depois de um tempo, flocos de neve começaram a flutuar na iluminação, suas rotas preguiçosas e circulares sugerindo que eles não queriam que a descida das nuvens de lá de cima terminasse.

Sentada em silêncio, ligando e desligando o motor de tempos em tempos conforme Qhuinn lhe ensinara a fazer no tempo frio, a sua mente ficou em branco. Não, sua mente não estava nem um pouco vazia. Embora olhasse fixamente adiante e percebesse a queda da neve, e a estrada à frente e o cenário tranquilo que a rodeava... o que ela enxergava era aquele lutador. Aquele traidor.

Aquele macho que estava sempre com ela, especialmente quando ela estava sozinha.

Mesmo sentada a sós no carro no meio do nada, a presença dele era tangível, as suas lembranças tão fortes que ela seria capaz de jurar que ele estava ao seu alcance. E o desejo... Santa Virgem Escriba, o desejo que ela sentia não era nada que ela pudesse partilhar com aqueles a quem amava.

Era um destino tão cruel reagir daquela forma a alguém que era...

Layla se retraiu no assento, um grito escapando de seus lábios e ecoando no interior do carro.

A princípio, ela não estava muito certa se o que se materializara nos fachos de luz era, de fato, real: Xcor apareceu de pé, com as botas plantadas na estrada adiante, o corpo imenso e coberto por couro parecendo absorver os fachos gêmeos como um buraco negro o faria.

– Não! – ela exclamou. – Não!

Ela não sabia a quem estava se dirigindo, ou o que negava. Mas uma coisa era certa: enquanto ele avançava um passo e depois outro, ela soube que o soldado não era invenção da sua cabeça ou dos seus desejos horrorosos, mas algo muito real.

Ligue o carro, ordenou-se. Ligue e acelere.

Até um vampiro, mesmo um terrivelmente feroz como ele, não era páreo para um impacto daqueles.

– Não – ela sibilou quando ele se aproximou.

O rosto dele era exatamente como ela se lembrava: perfeitamente simétrico, com maçãs altas, olhos estreitos, e um franzir permanente entre as sobrancelhas. O lábio superior era retorcido para cima como se ele estivesse rosnando, e o corpo... o corpo se movia tal qual o de um animal, os ombros se movimentando com poder mal contido, as coxas pesadas carregando-o para frente com a promessa de uma força brutal.

Ainda assim... ela não sentia medo.

– Não – ela gemeu.

Ele parou quando estava a apenas meio metro do para-choque, o casaco de couro rodopiando ao seu lado, as armas reluzindo. Os braços estavam ao lado do carro, mas não continuaram assim. Ele os esticou, movendo-os lentamente...

Para retirar algo das costas.

Uma arma de algum tipo. Que ele depositou sobre o veículo.

E depois as mãos, cobertas em luvas de couro preto, foram para a frente do casaco... e tiraram duas pistolas de dentro do casaco. E adagas de um coldre que cruzara os peitorais. E uma corrente comprida. E algo que brilhou, mas que ela não reconheceu.

E tudo isso ele colocou sobre o carro.

Então, ele recuou. Abriu os braços. E girou num círculo lento.

Layla inspirou fundo.

Ela não tinha uma natureza guerreira. Nunca tivera. Mas ela sabia, instintivamente, que dentro do código dos guerreiros, desarmar-se ante outras pessoas era um tipo de vulnerabilidade que não era realizada com facilidade. Claro que ele permanecia letal – um macho com aquela constituição física era capaz de matar somente com as mãos.

No entanto, ele estava se oferecendo para ela.

Provando do modo mais aparente possível que ele não queria lhe fazer mal.

A mão de Layla seguiu para uma fileira de botões no painel lateral e lá parou. No entanto, ela não estava parada – respirava com dificuldade, como se estivesse fugindo, seu coração estava acelerado, o suor brotava sobre o lábio superior...

Ela destravou as portas.

Que a Virgem Escriba a ajudasse... mas ela destrancou as portas.

Quando o som reverberou no interior, os olhos de Xcor se fecharam rapidamente, a expressão se suavizando, como se ele tivesse recebido um presente inesperado. Logo ele se aproximou...

Quando abriu a porta do passageiro, ar frio entrou, e depois o corpanzil se dobrou no assento ao lado do dela. A porta se fechou num baque, e os dois se viraram de frente.

Com as luzes internas ligadas, ela conseguiu olhá-lo melhor. Ele também arfava, o peito amplo se expandindo e contraindo, a boca ligeiramente aberta. Ele parecia rude, a fina camada de civilidade arrancada de suas feições – ou, melhor dizendo, como se ela nunca tivesse estado ali. E por mais que outros pudessem chamá-lo de feio devido à sua deformidade, para ela... ele era belo.

E isso era um pecado.

– Você é real – ela disse para si mesma.

– Sim – a voz dele era grave e ressonante, uma carícia para os seus ouvidos. Mas ela se partiu, como se ele estivesse sofrendo. – E você está grávida.

– Estou.

Ele fechou os olhos novamente, mas agora como se tivesse levado um golpe.

– Eu a vi.

– Quando?

– Na clínica. Já há algumas noites. Pensei que eles a tivessem surrado.

– A Irmandade? Mas por que...

– Por minha causa – ele abriu os olhos, e havia tanta angústia neles que ela quis confortá-lo de alguma maneira. – Eu jamais teria escolhido que você estivesse nessa posição. Você não é da guerra, e meu tenente jamais deveria tê-la arrastado para isto – a voz ficou ainda mais grave. – Você é uma inocente. Mesmo eu, que não tenho honra, reconheço isso imediatamente.

Se ele não tinha honra, porque acabara de se desarmar, ela pensou.

– Você está comprometida? – ele perguntou asperamente.

– Não.

De pronto, o lábio superior dele se retraiu revelando as presas tremendas.

– Se você foi estuprada...

– Não. Não. Eu... escolhi isto para mim. E para o macho – a mão dela desceu para o ventre. – Eu queria um filho. Meu cio chegou e tudo o que eu pensava era o quanto eu queria ser uma *mahmen* de algo que fosse meu de verdade.

Aqueles olhos estreitos se fecharam novamente, e ele levantou a mão calejada para o rosto. Escondendo a boca irregular, ele disse:

– Eu queria poder...

– O quê?

– ... ser merecedor de lhe dar aquilo que desejava.

Layla, mais uma vez, sentiu uma necessidade pecaminosa de esticar a mão e tocá-lo, para confortá-lo de algum modo. A reação dele era tão pura e honesta, e o sofrimento dele se parecia com o seu toda vez que pensava nele.

– Diga-me que a estão tratando bem apesar de ter me ajudado.

– Sim – ela sussurrou. – Muito bem, de fato.

Ele baixou a mão e deixou a cabeça pender para trás em alívio.

– Isso é bom. Isso é... muito bom. E você tem que me perdoar por eu ter vindo até aqui. Eu a pressenti e me descobri incapaz de me negar isto.

Como se ele estivesse atraído por ela. Como se ele... a desejasse.

Ah, Santa Virgem Escriba, ela pensou, enquanto o corpo se aquecia por dentro.

Seus olhos pareceram se pregar na árvore da campina logo à frente.

– Você pensa naquela noite? – ele perguntou numa voz suave.

Layla abaixou os olhos para a mão.

– Sim.

– E isso a faz sofrer, não faz?

– Sim.

– Eu também. Você está sempre na minha mente, mas por um motivo diferente, eu me arrisco em dizer.

Layla respirou fundo quando o coração bombeou em seus ouvidos.

– Não estou certa... de que seja um motivo diferente do seu.

Ela ouviu a cabeça dele virar abruptamente.

– O que disse? – ele perguntou num sussurro.

– Acredito... que tenha me ouvido muito bem.

Instantaneamente, uma tensão vital se fez entre eles, diminuindo o espaço que os separava, aproximando-os mesmo sem que eles se mexessem.

– Você tinha que ser o inimigo deles... – ela pensou em voz alta.

Houve um longo silêncio.

– É tarde demais agora. Ações foram tomadas que não podem ser desfeitas nem com palavras nem com promessas.

– Eu queria que não fosse assim.

– Nesta noite, neste instante... eu desejo isso também.

Agora foi a vez da cabeça dela se virar.

– Talvez haja um modo...

Ele esticou a mão e a silenciou com a ponta do dedo, depositando-o sobre a boca com gentileza.

Enquanto os olhos se concentravam nos lábios dela, um grunhido quase imperceptível vibrou dentro dele... mas ele não permitiu que continuasse por muito tempo, abafando o som como se não quisesse sobrecarregá-la, ou talvez assustá-la.

– Você está nos meus sonhos – murmurou. – Todos os dias, você me atormenta. O seu cheiro, a sua voz, os seus olhos... esta boca.

Ele mudou a posição da mão e afagou o lábio inferior com o polegar calejado.

Abaixando as pálpebras, Layla se inclinou em direção ao toque, sabendo que aquilo era tudo o que ela teria dele. Estavam em lados opostos na guerra e, por mais que ela não soubesse nenhum detalhe específico, ouvira o bastante na mansão para saber que ele tinha razão.

Ele não tinha como desfazer o que já fora feito.

E isso significava que eles o matariam.

– Não consigo acreditar que tenha me deixado tocá-la – a voz dele ficou rouca. – Eu me lembrarei disso todas as minhas noites.

Lágrimas surgiram nos olhos dela. Santa Virgem Escriba, em toda a sua vida, ela esperara por um momento como aquele...

– Não chore – o polegar dele seguiu para o rosto. – Bela fêmea de valor, não chore.

Se lhe dissessem que alguém tão rude quanto ele fosse capaz de tal compaixão, ela não teria acreditado. Mas ele era. Com ela, ele era.

– Preciso ir embora – disse ele abruptamente.

Os instintos pediam que ela implorasse que ele tomasse cuidado... mas isso significaria que ela desejava o bem para aquele que queria destronar Wrath.

– Adorável Escolhida, saiba de uma coisa. Se um dia precisar de mim, eu virei.

Ele pegou algo do bolso, um celular. Direcionando-o para ela, ele ligou a tela com um toque.

– Consegue ler este número?

Layla piscou com força para seus olhos enxergarem.

– Sim, consigo.

– Esse sou eu. Sabe como me encontrar. E se a sua consciência exigir dar esta informação à Irmandade, eu entenderei.

Ela percebeu que ele não conseguia ler os números, e não por falta de acuidade visual.

E ela se perguntou que tipo de vida triste ele tivera.

– Fique bem, minha bela Escolhida – disse ele, ao fitá-la não apenas com os olhos de um amante, mas de um *hellren*.

E logo ele se foi sem nem mais uma palavra, saindo do carro, apanhando as armas e voltando a se munir delas...

... antes de se desmaterializar noite adentro.

Layla imediatamente cobriu o rosto com as mãos, os ombros começando a sacudir, a cabeça pendendo, as emoções fluindo.

Presa entre a mente e a alma, ela se viu despedaçar, mesmo permanecendo inteira.

Capítulo 81

– Entre.

Ao falar, Blay ergueu os olhos do *Uma confraria de tolos* e se surpreendeu ao ver Beth entrando em seu quarto.

Bastou um olhar na direção da rainha, e ele se sentou na *chaise--longue*, deixando o livro de lado.

– Ei, o que aconteceu?

– Você viu Layla?

– Não, mas acabei de chegar da casa dos meus pais – ele olhou de relance para o relógio. Pouco depois da meia-noite. – Ela não está no quarto?

Beth meneou a cabeça, o cabelo escuro brilhando ao escorregar ao redor dos ombros.

– Ela e eu íamos passar o tempo juntas, mas não consigo encontrá-la. Ela não está na clínica, nem na cozinha e eu também procurei por Qhuinn na academia quando desci para lá. Ele também desapareceu.

Talvez os dois estivessem tendo um jantar romântico, por exemplo, dividindo um prato de espaguete, com suas bocas se encontrando no meio do caminho graças a um fio do maldito macarrão.

– Tentou telefonar? – perguntou.

– O celular de Qhuinn está no quarto. E Layla não está atendendo o dela, se é que está com o aparelho.

Ao se levantar e começar a ficar agitado, ele pensou que deveria se acalmar, afinal, aquela não era uma emergência nacional. Na verdade, aquela era uma casa grande com muitos cômodos, e, mais importante, eles eram dois adultos. Duas pessoas deveriam poder sair juntas sem que isso se transformasse em uma crise.

Ainda mais se estavam tendo um filho juntas...

O som do aspirador de pó ao longe chamou a sua atenção.

– Venha comigo – ele disse à rainha. – Se existe uma pessoa que pode saber o que está acontecendo, essa pessoa está com o aspirador ligado.

Como era de se esperar, Fritz estava trabalhando na sala de estar do segundo andar, e quando Blay entrou, ele se viu açoitado pelas lembranças dele e de Qhuinn indo às vias de fato no tapete diante do sofá.

Perfeito. Simplesmente fabuloso.

– Fritz? – a rainha o chamou.

O *doggen* parou o movimento de vai e vem e desligou o equipamento.

– Ora, olá, Vossa Majestade. Senhor.

Muitas mesuras.

– Escute, Fritz – disse Blay –, você viu Layla?

Instantaneamente, o semblante do mordomo se fechou.

– Ah, sim. Eu a vi. De fato.

Quando ele não informou mais nada, Blay o instigou:

– E?

– Ela pegou o carro. A Mercedes. Há mais ou menos duas horas.

Mas que coisa, pensou Blay. A menos que...

– Então Qhuinn estava com ela.

– Não, ela estava sozinha – enquanto um pressentimento ruim se apossava do estômago de Blay, o mordomo meneou a cabeça. – Eu insisti em levá-la, mas ela não permitiu.

– Para onde ela foi? – Beth perguntou.

– Ela disse não ter um destino específico. Eu sabia que o mestre Qhuinn a ensinara a dirigir, e quando ela me ordenou que lhe entregasse as chaves, eu não sabia o que fazer.

A rainha disse:

– Você não fez nada de errado, Fritz. Nada mesmo. Só estamos preocupados com ela.

Blay pegou o celular.

– E o carro está equipado com GPS, por isso vai ficar tudo bem. Só preciso pedir a V. que o localize para nós.

Depois de enviar a mensagem, a rainha apaziguou o mordomo um pouco mais, e Blay ficou por ali, à espera de uma resposta.

Dez minutos depois? Nada. O que significava que o Irmão com habilidades de informática estava entretido em algum assunto no centro da cidade.

Quinze minutos.

Vinte.

Ele até ligou, mas não teve resposta. Portanto, ele só pôde deduzir que alguém estava sangrando ou que o telefone de V. se espatifara durante alguma luta.

– Qhuinn não está na academia? – ele perguntou, ainda que essa pergunta já tivesse sido respondida.

Beth deu de ombros.

– Não quando fui olhar.

Blay deu mais um telefonema, para Ehlena, e um minuto depois foi informado que a sala de ginástica estava vazia, que Luchas estava dormindo e que não havia ninguém nem na piscina, nem na quadra de basquete.

O cara não estava na mansão. E nem no campo de batalha, pois não era seu turno. Isso fazia com que houvesse apenas outro lugar possível.

– Sei onde ele está – Blay disse bruscamente. – Vou buscá-lo enquanto esperamos a resposta de V.

Afinal, a fêmea estava carregando o filho dele e se ela tinha saído sem avisar, ele tinha o direito de se envolver na localização dela. E quem sabe Qhuinn soubesse onde ela estava? Mas Blay tinha a sensação de que ele não sabia. Era difícil de acreditar que ele tivesse saído deixando o telefone no quarto se soubesse que ela estava dirigindo por aí. Ele haveria de querer ter um modo de se comunicar com ela.

Pensando bem, por que ele deixara o celular no quarto? Não era do seu feitio.

A menos que ele pensasse que Layla estava bem e... não desejasse ser interrompido.

Maravilha.

Voltando para o quarto, Blay pegou uma arma – porque nunca se sabe quando vai se precisar de uma – e um casaco que era só para encobrir seu equipamento. Correu pelas escadas e foi até o vestíbulo... e se desmaterializou na noite.

Reassumiu sua forma no estacionamento do Iron Mask quando chegou à porta dos fundos da boate, apertou a campainha e mostrou o rosto para a câmera de segurança. Xhex abriu a porta.

– Oi – ela disse, abraçando-o rapidamente. – Tudo bem? Faz tempo que não o vejo aqui.

– Eu estou procurando...

– Já sei, ele está lá no bar.

Claro que estava.

– Obrigado.

Blay acenou para os leões de chácara, Big Rob e Silent Tom, e atravessou a parte dos funcionários para chegar ao clube de fato. Ao emergir do outro lado, o som grave do baixo da música o atingiu bem no esterno – ou talvez fosse apenas o seu coração.

E lá estava ele: mesmo tendo umas cem pessoas lotando o arredor do bar, Qhuinn era como um sinal de neon para ele, destacando-se de todo o resto. O lutador estava sentado na ponta, de costas para Blay, os cotovelos apoiados no balcão de madeira preta lustrada, a cabeça pensa.

Blay emitiu uma imprecação ao pensar que lá estavam eles, de volta ao começo. E, claro, antes que ele conseguisse se aproximar, uma mulher o abordou, o corpo resvalando no de Qhuinn, a mão pousando no braço dele, a cabeça dele se virando para poder dar uma boa olhada nela.

Blay sabia o que viria em seguida. Uma rápida passada dos olhos descombinados, algumas palavras arrastadas e o casal seguiria para o banheiro...

Qhuinn balançou a cabeça e levantou a palma num sinal de pare. E por mais que ela parecesse disposta a um segundo apelo, isso só fez com que ela voltasse a conversar com a palma da mão dele de novo.

Antes que Blay conseguisse andar novamente, um cara com o cabelo até o traseiro e um par de calças de veludo grafitadas apareceu. O sorriso dele era muito branco, e o corpo delgado parecia ser feito para acrobacias.

Uma náusea repentina tomou conta do estômago de Blay, mesmo ele tentando se lembrar de que, após a última discussão, Qhuinn nunca mais o procuraria para ter sexo, portanto, ele não deveria se importar com quem o lutador transasse. E Deus sabia muito bem que aquele macho tinha tremendos impulsos sexuais...

O senhor Calças de Veludo com apliques no cabelo recebeu o mesmo tipo de dispensa.

Depois da qual Qhuinn simplesmente voltou a se concentrar no que havia diante dele.

Uma vibração abrupta disparou no bolso de Blay, era o seu celular avisando o recebimento de uma mensagem. Pegando o aparelho, ele viu que era de Beth: *Tudo certo; Layla está em casa. Só saiu para passear um pouco, e agora vai assistir TV comigo.*

Blay respondeu agradecendo e recolocou o celular no bolso. Não havia motivo para ficar e incomodar o lutador com algo que nem chegara a acontecer... embora houvesse a possibilidade de controlar os danos da bomba H que ele soltara na semana anterior.

Blay avançou, desviando-se dos corpos no meio do caminho. Quando se aproximou o bastante, pigarreou e falou por sobre a balbúrdia:

– Ei...

Aquela mão disparou por cima do ombro de Qhuinn.

– Pelo amor de Deus, não estou a fim, ok?

Naquele instante, a pessoa à esquerda decidiu liberar a banqueta com o drinque que tinha pedido.

Blay tomou o lugar do humano.

– Já disse pra... – Qhuinn parou no meio da dispensa. – O que... você está fazendo aqui?

Ok. Por onde começar?

– Alguma coisa errada? – Qhuinn perguntou.

– Não, não. Verdade, nada... errado, sabe – Blay ficou intrigado ao ver que não havia nenhum copo diante do cara. – Acabou de chegar?

– Não, cheguei já faz... acho que umas duas horas.

– Não está bebendo?

– Bebi assim que cheguei. Mas desde então, não... não bebi.

Blay estudou o rosto que conhecia tão bem. Ele estava sério, com covas debaixo das maçãs do rosto e um franzido que sugeria que o cara também não dormia há sete dias.

– Escute, Qhuinn...

– Veio se desculpar?

Blay pigarreou novamente.

– É. Eu vim. Eu...

– Tudo bem.

– Como é?

Qhuinn levantou as mãos e esfregou os olhos, depois deixou as palmas cobrindo-o da testa ao queixo. Ele disse algo incompreensível e foi então que Blay percebeu que algo significativo acontecera.

Pensando bem, o pobre coitado provavelmente percebera que Blay, de fato, não era nenhum santo.

Blay se inclinou para perto.

– Fale comigo. O que quer que seja, você pode me contar.

O que é justo é justo, afinal de contas. Ele, com certeza, descarregara tudo o que lhe passara pela cabeça na última vez em que se viram.

– Você está certo – Qhuinn disse. – Eu não sabia... que eu era...

Quando nada mais foi dito, as costelas de Blay se contraíram ao mesmo tempo em que as sobrancelhas subiam ao teto quando ele entendia o significado daquilo. Ah...meu Deus.

Um choque o atravessou por inteiro, e ele percebeu que jamais esperara que o cara assumisse. Mesmo tendo despejado tudo, aquilo fora mais o resultado de, por fim, ter surtado em vez de algum tipo de expectativa de que as palavras fizessem sentido para o outro.

Qhuinn balançou a cabeça, as mãos firmes no mesmo lugar.

– Eu só... Todos aqueles anos, toda aquela merda com eles... eu não tinha como aguentar outro golpe contra mim.

Blay estava mais do que ciente sobre quem eram "eles".

– Fiz muitas coisas para fazer aquilo sumir, para encobrir toda aquela merda porque, mesmo depois que eles me expulsaram, eles continuaram na minha cabeça. Mesmo depois de terem morrido... ainda lá, sabe. Sempre ali... – uma mão se fechou num punho e começou a bater na cabeça. – Sempre aqui...

Blay segurou o punho e guiou o braço do macho para baixo.

– Está tudo bem...

Qhuinn não olhou para ele.

– Eu nem sabia que estava distorcendo tudo. Eu não estava... sei lá, ciente dessa merda na minha cabeça... – a voz grave ficou entrecortada. – Eu só não queria lhes dar mais um motivo para me odiar, mesmo que isso pouco importasse. Que merda é essa, hein? No que eu estava pensando?

A dor que emanava do corpo de Qhuinn era tão grande que mudava a temperatura do ar ao redor dele, abaixando-a a ponto de os pelos dos braços de Blay se eriçarem.

E, naquele instante, defronte à tristeza abjeta, Blay desejou poder retirar tudo o que dissera – não porque não fosse verdade, mas porque não cabia a ele arrancar aquele Band-Aid. Mary, a *shellan* de Rhage, poderia tê-lo feito como parte de uma sessão de terapia ou algo assim. Ou talvez Qhuinn gradualmente pudesse perceber isso.

Mas não daquele modo...

A devastação que estava escrita em todas as linhas do corpo de Qhuinn, na rouquidão da voz, no grito mal contido que parecia estar apenas abaixo da superfície, eram aterradores.

– Eu nunca soube o quanto eles me afetaram, especificamente o meu pai. Aquele macho... ele contaminou tudo em mim, e eu nem vi isso acontecer. E isso arruinou... tudo.

Blay franziu o cenho, sem conseguir entender essa parte. Mas o que estava claro era a justaposição entre os seus pais e os de Qhuinn – não que ele precisasse de mais um lembrete. Tudo o que ele conseguia pensar era naquele abraço junto ao fogão, sua mãe e seu pai abraçando-o, a aceitação deles franca, honesta, sem reservas.

E aqui estava Qhuinn passando por aquilo sozinho. Numa boate. Sem ninguém para ampará-lo enquanto ele lutava contra o legado de discriminação a que fora condenado... e a identidade que ele não poderia mudar e, ao que tudo levava a crer, não poderia mais ignorar.

– Arruinou *tudo*.

Blay pôs a mão sobre os bíceps tensionados.

– Não, nada foi arruinado. Não diga isso. Você está onde está e isso é bom...

A cabeça de Qhuinn virou, soltando-se de sua gaiola da mão que restara, os olhos azul e verde avermelhados e rasos de lágrimas.

– Eu te amo há anos. Estive apaixonado por anos e anos e anos... durante a escola e o treinamento... antes da transição e depois... quando você me abordou e sim, mesmo agora que você está com Saxton e que me odeia. E essa... *merda*... na porra da minha cabeça me travou, me impediu... e isso me custou você.

Enquanto o som de pneus freando ecoava entre os ouvidos de Blay, e o mundo começou a girar, Qhuinn simplesmente continuou:

– Então, você vai ter que me desculpar se eu discordo de você. Não está tudo bem... e nunca estará bem... e por mais que eu esteja disposto a viver com o fato de que fui uma mentira ambulante por décadas, a ideia de que isso sacrificou o que poderia ter acontecido entre nós... com certeza, definitivamente, não está bem para mim.

Blay engoliu em seco quando Qhuinn voltou a encarar a parede de garrafas de bebida atrás do bar.

Abrindo a boca, Blay teve a intenção de dizer alguma coisa, mas, em vez disso, apenas repassou o monólogo de novo em sua cabeça, do começo ao fim. Jesus Cristo...

Então, caiu-lhe a ficha.

Se eu sou gay, por que você é o único macho com quem estive?

De repente, todo o sangue se esvaiu da sua cabeça enquanto ele decifrava as palavras que interpretara tão erroneamente. Isso significava que... naquela noite em que ele...

– Oh, Deus – disse num tom baixo.

– Então é neste ponto que estou agora – disse o lutador de modo brusco. – Quer uma bebida...?

As palavras saltaram da sua boca:

– Não estou mais com Saxton.

CAPÍTULO 82

Qhuinn virou a cabeça mais uma vez. Decerto ele não poderia ter ouvido que...

– O quê...?

– Rompi com ele umas duas semanas atrás, mais ou menos.

Qhuinn sentiu as pálpebras piscarem um determinado número de vezes.

– Por quê...? Espere... eu não estou entendendo.

– Não estava dando certo. Já fazia um tempo que não estava dando certo. Quando ele voltou para casa naquela noite depois de ter estado com outro? Já não estávamos juntos, portanto, ele não me traiu.

Por algum motivo, tudo o que Qhuinn conseguia pensar era em Mike Myers dizendo: *O quê, baby?*

– Mas eu pensei... espere, vocês dois pareciam bem felizes. Eu ficava acabado toda noite em pensar que... bem...

Blay fez uma careta.

– Sinto muito por ter mentido.

– Caraaalho. Eu quase o matei.

– Bem, discutivelmente você estava sendo galante. Ele entendeu.

Qhuinn franziu a testa e balançou a cabeça.

– Eu não fazia ideia de que vocês... bem, eu já disse isso.

– Qhuinn, eu tenho que te perguntar uma coisa.

– Manda – desde que ele conseguisse se concentrar.

– Quando você e eu estivemos juntos... naquela noite... e depois você disse que nunca... você sabe...

Qhuinn esperou que o cara continuasse. Quando não o fez, ele não tinha noção sobre a que se referia...

Ah, aquilo.

Qhuinn não conseguia acreditar, mas sentiu o rosto ficar vermelho e quente.

– É, aquela noite.

– Bem, você nunca...

Levando-se em consideração tudo o que ele acabara de dizer, aquela coisinha parecia um mero detalhe. Além disso, fato é fato.

– Você foi o primeiro e único macho com quem estive daquele jeito.

Silêncio por parte do outro. E depois:

– Oh, meu Deus, eu sinto muito, eu...

Qhuinn se precipitou, interrompendo as desculpas desnecessárias.

– Eu não lamento. Não há ninguém mais com quem eu gostaria de ter perdido a minha virgindade. Do primeiro a gente sempre se lembra.

Parabéns, Saxton, seu maldito filho da puta sortudo.

Outro longo silêncio. E bem quando Qhuinn estava prestes a consultar o relógio e sugerir que eles dessem um tempo de todo aquele constrangimento, Blay falou:

– Não vai me perguntar por que Saxton e eu nunca iríamos dar certo?

Qhuinn revirou os olhos.

– Sei que não foi nenhum problema na cama. Você foi o melhor amante com quem já estive, e custo a acreditar que o meu primo tenha uma opinião diferente.

Maldito Saxton.

Ao perceber que o outro cara não ia dizer nada, Qhuinn olhou de relance para ele. Os olhos azuis de Blay tinham uma luz estranha neles.

– O que foi? – ah, pelo amor de Deus. – Está bem. Por que não teria dado certo?

– Por que eu estive, e continuo, completa, absoluta e inteiramente... apaixonado por você.

A boca de Qhuinn ficou escancarada. Enquanto os ouvidos começavam a zumbir, ele se perguntou se ouvira direito. Aproximou-se.

– Como é, o que você...

– Oi, benzinho – uma voz feminina interrompeu.

Ao seu lado direito, uma mulher com abundância suficiente para encher duas tigelas de salada pressionou o corpo dele.

– Gostaria de companhia para...

– Para trás – rugiu Blay. – Ele está comigo.

Abruptamente, a coluna de Qhuinn se endireitou. Estava bem claro pelo fogo azul frio que era lançado pelos olhos de Blay que o cara estava preparado para arrancar a garganta da mulher se ela não desaparecesse rapidinho.

E isso era...

Incrível.

– Ok, ok – ela ergueu as mãos em submissão. – Eu não sabia que vocês estavam juntos.

– Estamos – Blay sibilou.

Enquanto a mulher com a antiga ideia brilhante saía derrotada, Qhuinn se virou para Blay, ciente de que a sua surpresa era evidente.

– Estamos? – perguntou arfante para o seu ex-melhor amigo.

Com a música da boate martelando e um estádio repleto de desconhecidos ao redor deles, com a *barwoman* servindo drinques e as moças do clube trabalhando, com milhares de outras vidas seguindo adiante... o tempo parou para eles.

Blay esticou os braços e segurou o rosto de Qhuinn entre as mãos, o olhar azul aquecendo-o enquanto o fitava.

– Sim. Sim, nós estamos juntos.

Qhuinn praticamente pulou em cima do cara, acabando com a distância entre as bocas e beijando o amor da sua vida uma vez, duas... três vezes – mesmo sem saber o que estava acontecendo, ou se aquilo era mesmo real ou se o rádio-relógio tocaria em seguida.

Depois de tanto sofrimento, ele estava sedento por um pouco de alívio, mesmo que fosse temporário.

Quando ele se afastou, Blay pareceu confuso.

– Você está tremendo.

Seria possível que ele não estivesse imaginando aquilo?

– Estou?

– Sim.

– Não importa. Eu te amo. Eu te amo tanto e sinto muito por não ter tido a coragem de admitir...

Blay o silenciou com um beijo.

– Você está demonstrando muita coragem agora... O resto faz parte do passado.

– Eu só... Deus, eu estou tremendo mesmo, hein?

– É. Mas tudo bem, eu cuido de você.

Qhuinn virou o rosto na direção da palma do macho.

– Você sempre fez isso. Você sempre teve a mim... e ao meu coração. Minha alma. Tudo. Só queria que não tivesse demorado tanto tempo para eu criar coragem. Aquela minha família... ela quase me destruiu. E não só por causa da Guarda de Honra.

Os olhos de Blay se desviaram. Em seguida, ele abaixou as mãos.

– O que foi? – Qhuinn perguntou assustado. – Eu disse alguma coisa errada?

Ah, Deus, ele sabia que aquilo era bom demais para ser verdade...

Houve um longo momento enquanto Blay simplesmente o fitava. Mas logo o macho estendeu a mão.

– Dê-me a sua mão.

Qhuinn obedeceu prontamente, como se o comando de Blay governasse seu corpo mais do que a sua própria mente.

Quando algo foi colocado em seu dedo, ele se assustou e olhou para baixo.

Era o anel de sinete.

O anel de sinete de Blay. Aquele que o pai do macho lhe dera logo depois da sua transição.

– Você é perfeito do jeito que você é – a voz de Blay era forte. – Não há nada errado com quem ou o que você sempre foi. Sinto orgulho de você. E eu te amo. Agora... e sempre.

A visão de Qhuinn ficou embaçada. Cacete.

– Sinto orgulho de você. E te amo – Blay repetiu. – Sempre. Esqueça a sua antiga família, você tem a mim agora. Eu sou a sua família.

Tudo o que ele conseguia fazer era fitar o anel, ver o timbre, sentir o peso em seu dedo, observar como a luz refletia seu metal precioso.

Parecia que por toda a sua vida ele quisera um daqueles para si.

E agora... como de costume, como sempre, era Blay quem o atendia.

Quando um soluço escapou de sua garganta, ele se sentiu sendo arrastado para junto do peito largo e maciço, braços fortes amparando-o e segurando-o. E lá, do nada, um cheiro forte surgiu, a essência – a da vinculação com Blay –, a coisa mais maravilhosa que seu nariz já sentira.

– Sinto orgulho de você e amo você – Blay disse mais uma vez, aquela voz tão familiar rompendo todos os anos de rejeição e julgamento, dando-lhe não só uma corda de aceitação na qual se segurar, mas uma mão de carne e osso que o levaria para longe da escuridão do passado...

E para um futuro que não necessitava de mentiras ou desculpas, porque o que ele era, e o que eles eram, era tanto extraordinário quanto nada excepcional.

O amor, afinal, era universal.

Qhuinn fechou a mão num punho e soube que nunca, jamais tiraria o anel.

– Para sempre – Blay murmurou. – Por que família é uma coisa eterna.

Bom Deus, Qhuinn soluçava tal qual uma menininha. Mas Blay não parecia se importar nem um pouco – nem julgar.

E era isso o que contava, não?

– Para sempre – Qhuinn ecoou rouco. – Para sempre...

Epílogo

Duas semanas depois...

Nesse meio-tempo a vida foi simplesmente maravilhosa.

– Então, gostou de ontem à noite?

Enquanto Qhuinn falava ao ouvido de Blay, Blay revirou os olhos na penumbra.

– O que acha?

Com os corpos nus debaixo das cobertas pesadas e quentes, Qhuinn estava pressionado atrás dele, os braços entrelaçados, as pernas enroscadas.

No fim, Qhuinn descobriu que gostava de ficar juntinho. Quem haveria de imaginar? Era divino.

– Acho que gostou – Qhuinn lambeu a lateral do pescoço de Blay. – Diga que gostou.

À guisa de resposta, Blay flexionou a coluna e cravou o traseiro contra a ereção do outro macho. O gemido resultante deixou Blay radiante.

– Parece que *você* é que gostou – murmurou ele.

– Ah, sim, pode contar com isso.

Na noite anterior os dois estiveram de folga, e depois de malharem na academia e de jogar uma partida de bilhar com Lassiter e Beth – que perderam –, Blay sugeriu que eles fossem ao Iron Mask por um motivo bem específico.

Enquanto Blay se lembrava do que tinha acontecido depois que lá chegaram, o pau de Qhuinn entrava num lugar em que era muito bem-vindo... e Blay, mais uma vez, rendeu-se à deliciosa penetração e ao ritmo lento que o seu macho estabelecia.

As coisas de que ele se recordava da boate só tornavam tudo muito mais erótico: os dois sentando-se ao bar para tomar uns drinques, Herradura para Qhuinn, uns dois G&Ts para Blay. Em seguida, Qhuinn ficou com aquele olhar...

E Blay se pôs ao trabalho.

Levou o macho na direção dos banheiros, e assim que entraram, foi como se a sua fantasia tivesse tomado vida, os beijos, as mãos nas calças, despirem-se apressadamente da cintura para baixo...

Um gemido escapou da garganta de Blay pelo que estava acontecendo, e pelo que acontecera, as duas coisas misturadas, o coquetel erótico levando-o à beira do orgasmo – e, graças à masturbação que Qhuinn lhe proporcionava, bem no auge seu pau gozou violentamente na mão do amante, o corpo se libertando e fazendo com que Qhuinn também atingisse o clímax...

Depois de um período de recuperação, e de uma segunda rodada muito satisfatória, Qhuinn disse de modo arrastado:

– Alguma chance de você estar pensando naquele banheiro?

– Talvez.

– Podemos repetir uma noite dessas, se você quiser.

Blay riu.

– Bem, acho que estamos livres de novo hoje à noite, então...

A Irmandade ordenara que ficassem, e como não havia nenhuma explicação na mensagem de Tohr, Blay imaginou que devia haver alguma reunião com o Rei. O Bando de Bastardos e a *glymera* estiveram muito quietinhos nas duas últimas semanas – nenhuma mensagem de e-mail, nenhum movimento de tropas no centro da cidade, nenhum telefonema. Não era um bom sinal.

Provavelmente haveria uma atualização ou uma sessão de estratégia quanto à morte daquele Conselheiro e as suas implicações. Ainda que Blay não conseguisse encontrar nenhum ponto negativo em Assail ter acabado com aquele filho da puta idiota.

Tchauzinho, Elan. P.S., da próxima vez em que comprometer alguém falsamente, tente escolher um pacifista.

A perspectiva de uma reunião o fez pensar na integração de Qhuinn à Irmandade, que se mostrara perfeita. O comportamento do lutador não ficou diferente, a sua postura era exatamente a mesma. E esse era apenas mais um motivo para amar o cara. Mesmo com o *status* elevado que lhe fora concebido, ele não permitiu que isso lhe subisse à cabeça.

E a tatuagem de lágrima que fora mudada para um tom de roxo? Totalmente sensual. Assim como a nova cicatriz em forma de estrela no peitoral.

– Definitivamente vamos repetir isso – Qhuinn disse ao se retrair lentamente e rolar de lado. Levando os braços atrás da cabeça, ele sorriu e se espreguiçou, a luz tênue vindo do banheiro apenas o suficiente para que Blay enxergasse a elevação daqueles lábios incríveis. – Aquilo foi demais. Você foi demais.

– O que posso dizer, era uma fantasia minha de longa data – quando Qhuinn se tornou sério, Blay tocou a testa do macho. – Ei. Pode parar. Começar do zero, lembra?

Depois da noite da grande revelação no Iron Mask, eles tiveram longas conversas e decidiram que conduziriam aquele relacionamento passo a passo, sem nenhuma pretensão. Foram amigos, depois, uma espécie de inimigos, para em seguida serem amantes de certa forma... antes de finalmente resolverem suas pendências. E mesmo que se conhecessem há anos, e de tantas maneiras, namorar era algo completamente diferente.

– É. Do zero – enquanto Qhuinn se inclinava para um beijo, o telefone de Blay tocou, avisando da chegada de uma mensagem de texto.

Naturalmente, Qhuinn não estava interessado em nenhum comunicado do mundo exterior e continuou a abrir caminho com a língua pela boca de Blay, mesmo quando este se esticou para pegar o aparelho.

Blay o segurou acima dos ombros pesados de Qhuinn enquanto o macho manobrava para ficar por cima, esfregando seu pau ainda rijo no de Blay...

– Mas que diabos? – Blay perguntou, interrompendo o contato labial.

– Fomos interrompidos?

– Parece que sim... Butch disse que precisa de mim no Buraco para uma consulta de vestuário?

– Bem, o seu estilo é perfeito.

Por algum motivo, o comentário o fez pensar em Saxton. Assim que ele e Qhuinn resolveram assumir o relacionamento, Blay contara ao advogado o que estava acontecendo – e o cavalheiro foi muito mais do que benevolente... e não se mostrou nem um pouco surpreso. Até dissera que era um alívio de certa forma, um sinal de que tudo estava bem no mundo, mesmo que para ele não estivesse nada bem.

Ele dissera que pelo menos Blay conquistara o seu verdadeiro amor.

Se pelo menos Saxton encontrasse o dele.

– É melhor eu ir para lá – murmurou. – Talvez ele tenha um encontro.

Enquanto ele tentava sair da cama, Qhuinn o segurou pelos quadris novamente, puxando-o para mais um beijo demorado.

Quando Qhuinn se recostou, os olhos estavam semicerrados.

– Um encontro é uma excelente ideia. Quer sair para dançar comigo uma noite dessas?

– Dançar? – Blay riu. – Você dançaria? Comigo?

Era tudo o que Qhuinn mais detestava: sentimentalismo demais, muitos olhos pousados sobre eles e, deduzindo que o fizessem em público, eles teriam de estar totalmente vestidos.

– Se você quisesse, eu faria isso num piscar de olhos.

Blay pousou a mão no rosto do macho. Qhuinn vinha se esforçando muito, e Blay estava mais do que disposto em esperar pelo dia em que o cara estivesse pronto para demonstrar seu afeto em público. A Irmandade e os demais na casa sabiam que eles estavam juntos – ficou meio óbvio depois que Qhuinn mudou seus pertences para o seu quarto. Mas não se passava uma vida inteira em negação para automaticamente se sentir confortável namorando seu namorado na frente de Deus e do mundo.

Mas ele estava tentando. E estava falando – muito – sobre a família e o irmão, que, lenta e dolorosamente, estava se recuperando na clínica.

No entanto, atrás das portas fechadas? Era pura magia, sem nenhum tipo de barreira.

Exatamente o que Blay sempre quis.

– Vai descer para a Primeira Refeição? – Blay perguntou quando as persianas começaram a subir nas janelas.

– Talvez eu apenas fique aqui esperando para comer você quando você voltar.

Ah, sim, aquele grunhido safado estava de volta na voz de Qhuinn, e isso não fez Blay querer voltar para os lençóis?

– Você é... – quando um gemido ecoou, Blay parou no meio do caminho para o banheiro. – Onde está a sua mão?

– Onde você acha que está? – Qhuinn arqueou o corpo, uma presa mordendo o lábio inferior.

Blay pensou na mensagem que não pretendia ignorar.

– Você é terrível.

– Sou mesmo, não sou? – Qhuinn lambeu os lábios. – E você adora.

Blay praguejou e marchou para o banheiro. Naquele compasso, ele jamais sairia do quarto...

Como era de se esperar, mesmo após um banho quente e uma rápida barbeada, Qhuinn ainda estava na cama, deitado como um leão, o cabelo escuro bagunçado pelas mãos de Blay, os olhos descombinados semicerrados prometendo todo tipo de ação para quando Blay voltasse.

Gostoso maldito.

– Só vai ficar aí deitado? – Blay o repreendeu a caminho da saída.

– Ah... não sei. Talvez eu me exercite um pouco enquanto você estiver fora – um sibilo seguiu outro daqueles gemidos... e, veja só, o movimento do braço para cima e para baixo sob os lençóis fez Blay pensar em todo tipo de coisa bagunçada, suada e maravilhosa. – Sabe como é importante se exercitar.

Blay cerrou os molares e escancarou a porta.

– Volto logo.

– Leve o tempo que for preciso. Sabe como a antecipação só me deixa mais duro.

– Ah, 'tá, como se você precisasse de ajuda com isso.

Fechando a porta, ele se rearranjou nas calças folgadas de esporte e praguejou novamente. Era melhor Butch ter um bom motivo para aquilo.

E um problema que pudesse ser facilmente resolvido.

No segundo em que Blay saiu, Qhuinn afastou as cobertas e saiu da cama num pulo. Pegando seu celular na mesinha de cabeceira, ele apertou o botão de enviar na mensagem que já deixara escrita e seguiu para o chuveiro. Felizmente, a água ainda estava quente.

Ensaboada rápida. Xampu num segundo. Barbear-se...

– Ai! – exclamou ao se cortar no queixo.

Fechando os olhos, ele se forçou para diminuir o ritmo antes que acabasse cortando fora o nariz: barbeador na face, movendo-se devagar, contornando o maxilar, descendo pelo pescoço. Repetindo. Repetindo.

Por que diabos ele insistia em fazer aquilo no chuveiro? Numa noite como aquela, ele deveria estar diante do espelho...

– Ei, rainha do baile, está pronto? – a voz de Rhage entrou no banheiro. – Ou quer depilar as sobrancelhas?

Qhuinn passou a mão pelo queixo para ver se estava tudo em ordem. Perfeito.

– Dá um tempo, Hollywood – exclamou por cima do barulho do chuveiro.

Fechando a torneira, ele saiu e se secou a caminho do quarto.

Parado ao lado de um sorridente Tohr, Rhage estava com os braços escondidos atrás do corpo.

– Que jeito de falar com o seu estilista...

Qhuinn encarou os Irmãos.

– Se estiver segurando uma camisa havaiana, eu te mato.

Rhage olhou para Tohr e sorriu. Quando o outro Irmão assentiu, Hollywood apresentou aquilo que escondia atrás do corpanzil.

Qhuinn parou no ato.

– Espere... isso é um...

– Smoking, acho que é esse o nome – Rhage o interrompeu. – S-M-O-K-I-N-G.

– É do seu tamanho – comentou Tohr. – E Butch disse que é do melhor estilista.

– Que tem o nome de um carro – resmungou Rhage. – Você haveria de achar que uma pomposa...

– Ei, você também anda assistindo Honey Boo Boo? – Lassiter perguntou assim que entrou. – Uau, smoking maneiro...

– Só porque você insiste em deixar aquele maldito programa ligado na sala de bilhar – Hollywood olhou de relance quando V. chegou logo atrás do anjo. – Ele nem sabia o que isto aqui era, Vishous.

– O smoking? – V. acendeu um cigarro enrolado à mão. – Claro que não sabia. Ele é um macho de verdade.

– Isso, então, faz com que Butch seja uma garota – Rhage observou. – Porque foi ele quem comprou.

– Ei, a festa já começou – Trez exclamou assim que ele e iAm chegaram. – Belo smoking. Não é um Tom Ford?

– Ou Dick Chrysler – opinou Rhage. – Harry GM; espere, isso soou meio safado...

– Melhor se vestir, Rapunzel – V. consultou o relógio. – Não temos muito tempo.

– Que smoking *lindo* – Phury anunciou quando ele e Z. abriram a porta. – Tenho um igualzinho a esse.

– Fritz acendeu as velas – Rehv disse atrás dos gêmeos. – Ora, ora, belo smoking. Tenho um igual a esse.

– Eu também – comentou Phury. – O caimento é fantástico, não é?

– Nos ombros, não? Tom Ford é o melhor...

Pandemônio. Total.

Enquanto Qhuinn analisava tudo aquilo, os machos falando uns por cima dos outros, cumprimentando-se com tapas na mão, nos traseiros, ele ficou um segundo sem ar. Depois olhou para o anel que Blay lhe dera.

Ter uma família era... simplesmente incrível e maravilhoso.

– Obrigado – disse suavemente.

Todos pararam na hora, os rostos se virando e parando nele, os corpos imóveis, o barulho silenciando.

Foi Z. quem falou, com seus olhos amarelos brilhando:

– Vista logo esse troço. Nós nos encontramos lá embaixo, garotão.

Muitos apertos no ombro enquanto cada um dos lutadores se despedia antes de sair pela porta. E logo ele se viu sozinho com o smoking.

– Vamos fazer isso – disse ele para a coisa.

A camisa vestiu bem, mas os botões eram diferentes. Pareciam do tipo abotoaduras e ele levou um tempão para abotoá-los. Depois ele enfrentou as calças... e encarar a real e vestir sem cueca. Por fim, um par de sapatos de couro brilhantes que foram largados na cama por um deles – bem como um par de meias pretas de seda que estavam muito próximas de serem consideradas meias finas femininas.

Mas ele faria as coisas do modo correto.

Quando vestiu o paletó, preparou-se para se sentir apertado, mas Phury e Rehv tinham razão – o material se ajustava ao corpo como num sonho. Seguindo para o banheiro, pegou uma faixa de seda preta de cima do cabide e se enfrentou no espelho.

Caramba... ele até que estava bem sensual.

Subindo o colarinho engomado, ele passou a gravata borboleta ao redor do pescoço e puxou para a esquerda e para a direita até estar no lugar certo. E depois repetiu o que viu o pai e o irmão fazerem quando não percebiam que ele estava observando: um nó perfeito na frente do pescoço.

Provavelmente teria sido mais fácil se tivesse tirado o paletó.

E se as suas mãos não estivessem tremendo tanto.

Mas, que seja, o trabalho tinha sido feito.

Recuando um passo, ele se olhou no espelho, da esquerda para a direita. Na parte de trás.

É, ele estava um arraso. A questão era que ele não se parecia em nada com ele mesmo. De jeito nenhum.

E isso era um problema para ele. Autenticidade se tornara algo *extremamente* importante para ele.

Graças à falta de atenção, seu cabelo ficara achatado e, num impulso, ele pegou um produto que ele e Blay dividiam, espalmando as mãos pelos cabelos, arrepiando-os um pouco.

Melhor. Assim ficava menos idiota.

Mas alguma coisa ainda não estava boa...

Enquanto tentava adivinhar o que havia de errado, ele pensou em como as coisas vinham se desenrolando. Depois que ele e Blay tiveram aquela conversa no Iron Mask, ele se surpreendeu sobre como se sentia leve, o fardo que nem sabia que carregava saindo de cima dos seus ombros. Era tão estranho... mas, de repente, ele se surpreendia exalando fundo de tempos em tempos, o peito se elevando e abaixando de volta ao seu lugar com facilidade.

De certa forma, ele ainda esperava acordar e descobrir que aquilo não passara de um sonho. Mas toda noite ele se via abraçando Blay, o cheiro da vinculação do macho em seu nariz, o calor do corpo bem ao lado do seu.

Eu te amo. Você é perfeito do jeito que é.

Sempre.

Enquanto a voz de Blay ecoava em sua cabeça, ele fechou os olhos e balançou...

Abruptamente, abriu os olhos e fitou as gavetas debaixo da pia.

Sim, era isso. Era disso que ele precisava.

Alguns minutos mais tarde, ele saiu do quarto sentindo-se exatamente como devia, mesmo de smoking.

Quando chegou ao alto da imponente escadaria, as velas votivas acesas nos dois lados até embaixo brilhavam e reluziam. E havia mais embaixo: sobre as cornijas das lareiras, no chão, colocadas por sobre os arcos que levavam aos outros cômodos.

– Você está ótimo, filho.

Qhuinn se virou e olhou por cima do ombro.

– Olá, senhor.

Wrath saiu do escritório com a sua rainha em um braço e o cachorro do outro lado.

– Não preciso dos meus olhos para saber que você faz justiça à fantasia de pinguim.

– Obrigado por me deixar fazer isto.

Wrath sorriu, expondo as imensas presas brancas. Puxando a fêmea para um beijo rápido, ele riu.

– No fundo, sou um tremendo romântico, sabe?

Beth riu e se esticou para apertar o braço de Qhuinn.

– Boa sorte. Não que você precise.

Ele não estava muito certo disso. Na verdade, enquanto deixava que a Primeira Família descesse antes, ele se esforçou para se controlar. Esfregando o rosto, perguntou-se por que motivos ele acreditara que aquela seria uma boa ideia...

Não seja covarde, ele se admoestou.

Começando a descer, ele juntou as duas metades do paletó e as abotoou. Como um cavalheiro faria.

Estava a meio caminho quando a porta interna no vestíbulo se abriu e a rajada de vento fez as velas tremularem.

Qhuinn parou quando Fritz acompanhou duas figuras para dentro, os dois batendo os pés para se aquecerem. Na mesma hora, os dois olharam para ele.

Os pais de Blay estavam vestidos formalmente, o pai num smoking, a mãe num vestido de noite de veludo azul. O mais lindo que Qhuinn já vira.

– Qhuinn! – ela o chamou, levantando a saia para se apressar pelo piso de mosaico. – Olhe só para você!

Sentindo o rosto queimar, ele abaixou a cabeça para cumprimentá-la. Mesmo ela sendo uns trinta centímetros mais baixa, de salto, ele sentiu como se tivesse doze anos quando ela segurou suas mãos e as afastou para os lados.

– Você é o macho mais lindo que eu já vi!

– Obrigado – ele pigarreou. – Eu... queria ficar apresentável.

– E está! Ele não está lindo, meu *hellren*?

O pai de Blay se aproximou e estendeu a mão.

– Muito bem, filho.

– É um Ford. Acho – Deus, ele estava agindo como um idiota. – Algo assim.

Enquanto ele e o pai de Blay apertavam as mãos e depois se abraçavam, o macho lhe disse:

– Eu não poderia estar mais feliz por vocês.

A mãe de Blay começou a fungar e apanhou um lenço.

– Isto é tão maravilhoso. Tenho outro filho... Dois filhos! Venha cá, tenho que abraçá-lo. Dois filhos!

Qhuinn cedeu de imediato, pois era categoricamente incapaz de negar qualquer coisa àquela fêmea – ainda mais um dos seus abraços. Eles eram ainda melhores do que a sua lasanha.

Deus, como ele amava os pais de Blay. Ele e Blay foram visitá-los algumas noites depois de decidirem dar uma chance ao relacionamento deles, o casal fora mais do que afável, à vontade... normal.

Mas Blay não sabia da visita que Qhuinn fizera na noite anterior, logo depois da meia-noite, antes de eles irem para a boate...

Enquanto Qhuinn recuava, ele percebeu Layla parada do lado de fora da sala de jantar. Gesticulando para ela, passou-lhe o braço pelos ombros, porque sabia que ela estava se sentindo pouco à vontade.

– Esta é a Escolhida Layla.

– Apenas Layla – ela murmurou ao estender a mão.

Em resposta, o pai de Blay se curvou e a mãe fez uma mesura.

– Por favor, isso não é necessário – disse a Escolhida, relaxando apenas quando o casal deixou a formalidade de lado.

– Minha querida, Qhuinn nos contou sobre a notícia maravilhosa – a *mahmen* de Blay estava radiante. – Como está se sentindo?

Segundo ponto para os pais de Blay. Qhuinn custava a acreditar como eles reagiram bem ante a novidade da gravidez – e estavam tão afáveis como sempre, deixando Layla à vontade.

Caramba, eles sempre foram assim, desde quando Qhuinn conseguia se lembrar, livres das cretinices da *glymera*, despreocupados com o juízo da aristocracia, prontos a fazer a coisa certa num piscar de olhos.

Não era de se admirar que Blay tivesse se saído tão bem...

– Ele está vindo para cá – V. exclamou da sala de bilhar às escuras. – Temos que nos esconder, pessoal, agora.

– Venha conosco – disse a *mahmen* de Blay ao pousar o braço de Layla sobre o seu. – Você tem que nos ajudar para não esbarrarmos na mobília.

Enquanto se afastavam, Layla olhou por cima do ombro e sorriu.

– Estou tão contente por você!

Qhuinn retribuiu o sorriso.

– Obrigado.

Tempo para um frio na barriga, pensou ao se virar de frente para a entrada da mansão.

Com a casa silenciosa e as velas acesas, ele aguardou, sentindo-se entorpecido.

Hora do espetáculo.

Ok, aquilo não fazia sentido algum, Blay pensou ao atravessar o pátio.

– Você está ótimo! – Butch exclamou da porta do Buraco.

Ele ainda não entendia como fora parar dentro de um smoking. Butch viera com algum tipo de história de que precisava que Blay desfilasse com a maldita coisa na esperança de que Vishous comprasse um igual. Mas aquilo era loucura. Butch só precisava colocar um dos quatro que tinha e desfilar ele mesmo.

Além disso, ninguém convencia V. a fazer coisa alguma. O Irmão era tão firme quanto uma rocha.

Tanto faz... Ele só queria acabar logo com aquilo para poder voltar para cima... E quem sabe ainda encontrar Qhuinn na cama.

Enquanto seguia para a escada frontal da mansão, os sapatos finos quebravam o sal no chão estalando como fogo, e assim que entrou no vestíbulo, ele bateu os pés para que o couro brilhante não se estragasse. Mostrando o rosto para a câmera de segurança, ele...

A porta se abriu e, a princípio, ele não sabia para o que estava olhando. Tudo estava tão escuro – não, isso não era verdade. Havia luz de velas brilhando em cada canto, refletindo o dourado da balaustrada, os candelabros e os espelhos...

Qhuinn estava parado bem no meio do espaço vazio. Sozinho.

Blay atravessou a soleira nos pés que já não sentia.

Seu amante e melhor amigo estava vestido no mais belo smoking que Blay jamais vira – pensando bem, talvez isso tivesse menos a ver com a roupa do que com o macho que a vestia: o cabelo muito escuro espetado, a camisa branca que deixava a pele bronzeada ainda mais luminosa, e o corte... eram apenas um lembrete do corpo perfeito do guerreiro.

Mas não foi isso o que afetou.

Foram aqueles olhos descombinados, um verde e outro azul, que brilhavam tão belamente que deixavam as velas votivas no chinelo. Qhuinn parecia nervoso, porém, as mãos se remexendo, o peso passando de um lado para o outro sobre sapatos muito bem lustrados.

Blay avançou, parando quando ficou de frente para o lutador. E mesmo quando sua mente partiu para a agitação com o que tudo aquilo significava, e ele começava a chegar a conclusões muito loucas, teve que sorrir como um maníaco.

– Você voltou a colocar os piercings.

– É. Eu só... eu só queria que você soubesse que este aqui sou eu mesmo, sabe?

Enquanto Blay mexia na fileira de anéis de metal que estavam na orelha, Blay se inclinou e o beijou na boca – e na argola que mais uma vez estava no lábio inferior.

– Ah, eu sei que é você. Sempre foi. Mas estou feliz que eles estejam de volta. Eu os adoro.

– Então eles nunca mais sairão daqui.

No átimo de silêncio que se seguiu, Blay pensou: Ah, será que é isso... entendi errado?

Qhuinn se abaixou em um joelho. Bem sobre a imagem da macieira florida.

– Não tenho um anel. Não tenho nada elaborado na minha mente ou na ponta da minha língua – Qhuinn engoliu em seco. – Sei que é cedo demais, e que é muito repentino, mas eu te amo e quero que a gente...

Pela primeira vez na vida, Blay teve que concordar com o cara – nada mais precisava ser dito.

Mudando a posição do corpo decididamente, ele se inclinou e acabou com toda aquela conversa com um beijo. Depois se endireitou e assentiu.

– Sim. Sim. Absolutamente sim...

Com uma imprecação explosiva, Qhuinn se levantou e eles se abraçaram.

– Graças a Deus. Ah, caramba, faz dias que estou à beira de um ataque cardíaco...

De uma vez só, o som de palmas explodiu, preenchendo os três andares, ecoando ao redor.

As pessoas surgiram da escuridão, todo tipo de rostos familiares, e felizes...

– Mãe? Pai? – Blay riu. – O que estão... Ei, como vocês estão?

Enquanto abraçava os dois, seu pai lhe disse:

– Ele fez do jeito certo. Veio me pedir antes.

A cabeça de Blay se virou para seu par.

– Verdade? Pediu minha mão ao meu pai?

Qhuinn assentiu, depois começou a rir como um filho da mãe.

– É a minha única oportunidade. Portanto, quis seguir o protocolo. Podemos ter música?

No mesmo instante, todos recuaram, formando um círculo, e enquanto se acomodavam, toques de algo muito conhecido começaram a soar.

"Don't Stop Believing", do Journey.

Qhuinn esticou a mão.

– Dança comigo? Diante de todos... seja meu e dance comigo.

Blay começou a piscar rápido. De alguma forma, esse gesto pareceu maior ainda do que o pedido de casamento: diante de Deus e de todos. Os dois. Ligados, coração com coração.

– E acha que eu vou recusar? – sussurrou rouco.

Só que quando os corpos se encontraram, ele hesitou.

– Espere... quem vai conduzir?

Qhuinn sorriu.

– Ah, isso é fácil. Nós dois.

Dito isso, os dois se abraçaram e começaram a se mover em perfeita harmonia...

... e viveram felizes para sempre.

Este livro foi composto nas fontes Adobe Garamond Pro e Trajan Pro,
e impresso em papel *Norbrite* 66,6g/m² na Imprensa da Fé.